山居杂忆

高诵芬　徐家祯 著

花城出版社

中国·广州

图书在版编目（CIP）数据

山居杂忆 / 高诵芬, 徐家祯著. -- 广州 : 花城出版社, 2022.10（2024.5重印）
ISBN 978-7-5360-9711-7

Ⅰ. ①山… Ⅱ. ①高… ②徐… Ⅲ. ①回忆录—中国—当代 Ⅳ. ①I251

中国版本图书馆CIP数据核字（2022）第092789号

出 版 人：张　懿
责任编辑：杨柳青
技术编辑：林佳莹
特约策划：李林寒
特约编辑：刘　平　王慧敏
装帧设计：周安迪

书　　名	山居杂忆 SHANJU ZAYI
出版发行	花城出版社 （广州市环市东路水荫路11号）
经　　销	全国新华书店
印　　刷	唐山富达印务有限公司 （唐山市芦台经济开发区农业总公司三社区）
开　　本	880毫米×1230毫米　32开
印　　张	16.75印张
字　　数	470,000字
版　　次	2022年10月第1版　2024年5月第11次印刷
定　　价	98.00元

如发现印装质量问题，请直接与印刷厂联系调换。
购书热线：020-37604658　37602954
花城出版社网站：http://www.fcph.com.cn

奉谢
稼研词长、诵芬夫人、家祯世大兄寄赠大著《山居杂忆》。率赋小令《浣溪沙》一阕，录博粲正
八六弟退密拜草
石窗韵语（印章）[1]

1　"石窗"为周退密号。

序一

徐定戡

老妻高诵芬，年十八始来归。今且七十有八，结缡亦周六十岁星矣。时海上文坛正以周作人、林语堂诸君之倡，风靡明季公安、竟陵所谓小品文者。偶于余插架中翻得明末越人张岱国变后所著《陶庵梦忆》。撷读数则，爱玩不去手，曰："明白简洁，言之有物，而抚时感事，令人低回涵咏，不能自已，真佳作也。"余曰："曷不效颦为之？"则逊谢不遑也。嗣后此六十年中，兵戈布迁之危，疾病刀圭之惧，儿女抚育之劳，井臼操持之烦，乞无宁晷得以从容闲暇，伸纸濡毫。

癸酉岁冬，与余同来澳大利亚南部定居，就养长子家祯斯陡林山馆。白头翁媪，远适异邦，遐谢嚣尘，耳目清旷，栽瓜种豆，抱瓮灌园，时日颇裕，因复怂恿为文，俾偿六十年前夙愿。初以姜芽敛手为解，强而后可，乃复排日追忆儿时情景，以时序为次，寻绎杭州岁时伏腊，节物风光。一一委缕，笔而出之。其有记忆未确，余为补缀而得。每一篇成，儿子辄润色朗读，

周退密先生为《山居杂忆》题词

卅二万言巨著，新《山居杂忆》记前尘，牛刀小试已惊人，文通知当真有味，事虽琐屑笔传神，故家乔木雨嶙峋，稼研词长诵苦夫人家复世苦老字样大岩山居难悟辛妣心念浣沤抄一阕舒怀，集正 公弟退密拜艸

周退密先生为《山居杂忆》题词

徐家祯

十多年前,周退密先生为先母和我合著之《山居杂忆》题词《浣溪沙》。周老今年已一百零三岁高龄了。原文如下:

卅二万言巨著新,
山居杂忆记前尘,
牛刀小试足惊人。

文逼知堂真有味,[1]
事虽琐屑笔传神,
故家乔木两嶙峋。[2]

---

1 "知堂"即周作人,鲁迅胞弟,以善写琐事著称。
2 "故家乔木两嶙峋"指先父母,因都出身旧家。

全以为可，稿乃定。偶以文中所述情节举以儿辈，已有茫然如闻开天遗事者矣。

《后汉书·班彪列传》曰："摅怀旧之蓄念。"其亦人之恒情，为贤者所不废乎？

稼研病叟

1995 年 3 月 8 日

书于斯陡林红叶山庄

时年八十

序二

徐家祯

去年一月底，我从中国休假回澳，家父、家母也与我同来澳大利亚定居。转眼竟然已经一年有零了。

我的居所位于阿德莱德东郊，在一片不高的丘陵之中，离市中心大约十七八公里之遥。这一地区原来是英国移民的聚居之地。他们从英国和欧洲大陆移植来了不少花木，再加上这一带正处于丘陵和平原的交界之处，云层遇到山丘上升变冷就凝结成雨雾，所以在以干燥著名的南澳州中，这儿却是难得的雨水充足地区。尤其是冬季，一周之中总有一半以上的日子是阴雨连绵、云雾缭绕。于是来自英国的居民大概联想起他们祖国苏格兰著名的 Stirling，就以此命名这一地区。每年一到秋天，这儿山坡上、山谷里各种树叶都开始变色。有的红得像血，有的黄得像金，有的正在由绿转黄，有的却已变橙为褐，一时之间真是万紫千红、五彩缤纷。即使还没有搬到这儿来住之前，我已常在秋天驱车来此观赏红叶了。面对山丘上绚丽的秋景，我常常想起还是在年龄很小的时候背过的一首唐诗："远上寒山石径斜，白云生处有人家。停车坐爱枫林晚，霜叶红于二月花。"记得我念小学时家父曾教我背过不少古典诗词，但是我自小就表现出缺乏作诗的天资，所以随背随忘。然而奇怪的是，这首杜牧的小诗却成了我至今还没有忘记的不多的几首中的一首，可能说明我从来就对秋叶有所偏爱吧。其实这儿山上家家都种有茶花，从四五月开始，早开的茶花已在院中开放，直到十月、十一月，晚放的茶花还是满枝满丫的。虽说春天的色彩也很富丽，但我总更爱秋天的红叶，于是就把敝舍命为"红叶山庄"。

家父、家母初从车马喧嚣、人声嘈杂的大上海搬到远离闹市的山居与花虫草树做起伴来，确有些不太习惯。但是，几个月之后，他们渐渐找到了自己的新生活方式——家父除跟在上海时一样，平时不是伏案写诗、填词，就是与友人书信来往以外，现在添了一个活动：坐在屋外平台上，在终年浓绿成荫的六株大玉兰树下喝着茶看书报。家母近几年来在上海已经不再烧茶、煮饭，但是来了澳大利亚南部，觉得在这儿煮三餐饭菜不是难事，就"重操旧业"。中国的很多蔬菜和调味品在这儿无法买到，真是"巧媳妇难为无米之炊"呢。幸亏家母一向有把最普通的瓜豆蔬菜变成美味佳肴的本领，所以住的日子一长，又"技痒"起来，不但常做包子、饺子、馄饨、面饼，连粉蒸肉、素烧鹅、雪里蕻都做成功了。记得"文革"时期，一家四口靠我微薄的工资度日，每天的菜钱常常只是几毛钱而已，但家母还能变换花样，使全家人吃得津津有味。我的好友、现在住在墨尔本的倪兄那时常来便饭。他爱成语"活学活用"，有时能取得意外的效果。一次饭后发表了一鸣惊人的评论道："真是妙手回春！"直到现在我们还常提起。不想三十年之后，家母竟会又在澳大利亚南部"妙手回春"！

除了做菜，家母又种起瓜豆来。她先将买来的干蚕豆种在草地的四周、花坛的边沿，山上气温较城里低四五摄氏度，豆子的成熟也比城里晚好几个星期，但是最后居然也收获了几十斤之多。除了嫩的采下炒食之外，老豆冰冻起来，随时取而食之，竟然直到现在还没有吃完。

最有趣的是种南瓜。去年，我弄到十多粒加拿大种的南瓜子。可是因为园里种满花草，没有空地可种瓜果，于是家母就在花盆里种起南瓜来。她从我的工具房中找出大大小小十只花盆，小的只有直径三四寸，大的也不满一尺。我只当她是种着玩玩而已，没有当一回事。然而家母却认真浇水施肥，几周之后，居然每盆都抽出苗来。不久，瓜茎就长到尺许，然后就开了黄花。为了保证每朵雌花都能结果，家母就用一支棉签给每朵雌花人工授粉。结果，十盆南瓜每盆虽然都只有二三尺长的瓜藤，但每根茎上都结了南瓜，一共结了二十几个。这些小南瓜是供观赏用的，二十多个南瓜倒有十种不同的样子：有的皮色雪白光滑，只有小柿子大小；有的皮色碧绿，有西瓜似的花纹；有的像葫芦状；有的像一盏挂灯，有一圈翻起的荷叶边；有的像橙色的手雷，上边还长着高低不平的颗粒……天气晴好的日子里，每天一早，家父、家母就去院子平台上赏瓜。如果发现有新开的雌花就给它授粉。然后就一个个研究南瓜的大小、式样、皮色，总有一两个小时可以消磨。

除了煮饭菜、种瓜豆，家母也开始看起书来。家母出身于世家，家教很严。我外公认为女孩子不用出去念书，进学校只能学会闹学潮、交男友，不如在家请老师念。于是家母从来没有机会进入正式的学校学习。从五六岁开始，她跟家庭老师念读"四书""五经"，还学过一些书画，直到十八岁嫁到徐家才中止学习。之后，当然是生儿育女，做个贤母良妻。虽说家里有男仆女用人可做帮手，但偌大一个家还是要家母来当。于是六十年来，不要说没有时间舞文弄墨，连看书看报的时间都不太有了。只有到了澳大利亚南部，因为家由我来当了，所以反倒有空看起书报来。我书架上有周作人、丰子恺、杨绛等人的散文，家母最爱看他们写的回忆性散文。除了他们生活的时代跟她的十分相似之外，他们的家庭背景也跟家母的十分相近，于是看了之后就激发共鸣，然后引起回忆。家母、家父常常边看边在院子里、饭桌上议论书中的内容或者自己过去经历过的事和认识的人，其中包括长辈、平辈、朋友、老师、医生、仆人，所谈论者大多早已作古了，一谈往往可以几个小时。我对家母说："何不把这些人和事写下来呢？这不是跟周作人他们散文中所写的内容一样吗？"家父也从旁鼓动，我还答应为家母所写的散文做整理润色的工作。终于，家母动起笔来了。先从杭州一年四季的风俗习惯写起，再写到各色人物、各种事件，倒也积累了不少篇。我边对母亲已经成篇的做整理、誊抄成文，边写了这篇小序，向能看到这组散文者介绍写作的背景，因为我觉得，了解这组散文的写作境地对理解这组散文的风格和特点是很重要的。

说到这组散文的特点，我认为最重要的是文章中显示出来的平淡、自然、闲适的风格。这是我近十年来一直在自己的文章中尽力追求但自感一直未能真正达到的境地，而在帮助我母亲整理这组散文时，我却自觉基本达到了。周作人先生在《雨天的书·自序二》中说：

> 我近来作文极慕平淡自然的景地。但是看古代或外国文学才有此作品，自己还梦想不到有能做的一天，因为这有气质境地与年龄的关系，不可勉强，像我这样褊急脾气的人，生在中国这个时代，实在难望能够从容镇静地做出平和冲淡的文章来。

周作人的这段话道出了这组文章之所以能够平淡、自然、闲适的根本原因。我想，除了气质和年龄之外，最主要的可能就要算境地了。我近年来总想：为什么莫扎特、舒伯特能写出那么幽雅、舒坦的室内乐来？这不正是跟他们所生活的时代和那时的田园生活方式有关的吗？所以，如果不是在澳大利亚这样的环境中生活，我想，即使有了我母亲的高龄和气质两个条件，我也怀疑她能写出现在所写出的这组闲适散文来。当然，生活在自然环境中的人也同样可以满脑名利、满身铜臭，那么我们的这组文章就绝对不是为他们而写的！

　　这组散文中写的既没有轰轰烈烈的大人物，又没有惊心动魄的大事件。这儿记载的仅仅是近半个多世纪里生活在中国一个大家庭中的闺房小姐和家庭妇女眼睛里看出来的世界。但是正因为作者曾生活在大半个世纪之前，又居住在相当特殊的家庭环境之中，所以她所写的平常事，从现在年轻人的角度来看就不很平常了。更何况这些小事本身就是传统文化的具体体现呢！即使对于现在生活在海外而以前来自同一个大故乡——中国的华人而言，能够通过这本书中所述的很多小事，来了解中国的过去和现在，从而更加感悟中国的将来的。正如唐朝大诗人王维所云：

　　　　君自故乡来，应知故乡事。
　　　　来日绮窗前，寒梅著花未？

　　在二十世纪的中国作家中，我最佩服周作人。他1918年在《新青年》第五卷第六期上发表的题为《人的文学》的文章中说："我们现在应该提倡的新文学，简单地说一句，是'人的文学'，应该排斥的，便反对的是非人的文学。"后来，他又发表了《平民的文学》，把"人"的含义具体化为了"平民"。周作人主张要写"平凡人的平凡生活"(《谈龙集·竹林的故事》)，他认为"生活里面本来就没有那么多真正的大悲剧大喜剧，有之也多只是装腔作势、夸张扮演出来的，并不足以代表生活的全体"。(舒芜:《周作人的是非功过》) 直到晚年，他还重提自己的主张。在为上海《亦报》写的一篇只有四五百字的杂文《琐事难写》中，他说：

　　　　我们所要知道的还是平常人的平常事，有如邻人在院子里吃晚
　　　　饭，走过时招呼一下，顺便一看那些小菜，那倒是很有兴味的。人

与事是平常，其普遍性更大，若是写得诚实亲切，虽然原是甲与甲家的琐事，却也即是平民生活的片段，一样的值得注意。

现在，家母的这组文章，就是想写出周作人提倡的"邻人在院子里吃晚饭，走过时招呼一下，顺便一看那些小菜"式的回忆性散文，当然力求做到既"诚实"又"亲切"。至于作者所力求的能不能真使读者也真正感觉到，当然又是另外的一个问题了。不过，这既在作者力所能及的范围之外，那么也就暂且不去管它了吧！

徐家祯

1995年6月1日

写于斯陡林红叶山庄

贰拾玖章·寡妇	二四九
叁拾章·姨太太	二六六
叁拾壹章·香市	二八八
叁拾贰章·放生	二九四
叁拾叁章·我的弟弟宜官	三〇三
叁拾肆章·我的哥哥恺之	三二〇
叁拾伍章·家乡的吃	三三四
叁拾陆章·我的烹饪经历	三四四
叁拾柒章·逃难之一	三五〇
叁拾捌章·逃难之二	三五九
叁拾玖章·逃难之三	三六八
肆拾章·一位朱先生和三位朱师母	三八六
肆拾壹章·黄山之游前后	三九五
肆拾贰章·周端臣和沈颂南	四〇六
肆拾叁章·丁蕙女士	四一二
肆拾肆章·阿苏和绍大	四二二
肆拾伍章·吴汉槎先生	四二九
肆拾陆章·汤书年医生	四三五
肆拾柒章·说说沪杭的私人医生	四四一
肆拾捌章·奶姆姆	四六九
肆拾玖章·阿四老太	四八一
伍拾章·倪兄	四八八
伍拾壹章·依然静好楼记	四九八
后记	五一一
增订版后记	五一四

目录

壹章·杭州旧时风俗之一	一
贰章·杭州旧时风俗之二	八
叁章·杭州旧时风俗之三	一七
肆章·杭州旧时风俗之四	二六
伍章·曾祖母二三事	三三
陆章·叶妈	四三
柒章·招姑娘	五三
捌章·褚先生	五七
玖章·黄先生	六二
拾章·鬼故事	七〇
拾壹章·再说鬼故事	七七
拾贰章·孙云章医生	八五
拾叁章·阮师傅和杨海师傅	九〇
拾肆章·民四嫂	九八
拾伍章·绣花沈妈	一〇四
拾陆章·扶乩	一一〇
拾柒章·陈妈	一一七
拾捌章·桂花糖	一二四
拾玖章·我的父母	一三三
贰拾章·结婚之一	一四七
贰拾壹章·结婚之二	一五七
贰拾贰章·结婚之三	一六五
贰拾叁章·结婚之四	一七七
贰拾肆章·我的公婆	一九三
贰拾伍章·我的太婆	二〇五
贰拾陆章·黄妈	二二〇
贰拾柒章·吴烈忠医生	二二九
贰拾捌章·昆明叔叔	二四二

壹章
杭州旧时风俗之一

新年的农历新年是在澳大利亚度过的。虽说有的华人社团也庆祝新年，而且澳大利亚政府也第一次发行了猪年邮票，以示庆祝。但是因为周围毫无节日的气息，于是少数几个华人的庆祝活动也就显得冷冷清清而生气全无了。再说这儿的华人大多来自粤、闽，他们的风俗与我家乡也有很大不同。现在我回想儿时过年过节的情景，已是恍若隔世了。有些风俗习惯现在早已绝迹多年，有些则是只有在《红楼梦》般的封建大家庭中生活过的人才能知道。最近阅读丰子恺先生的《端阳忆旧》，使我联想到儿时家中一年四季节日的旧风俗习惯，现在写出，或许能够帮助年轻人了解一点中国的旧传统。

我儿时生活在一个典型的封建大家庭中。我家是杭州的名门望族，几房人家世代聚族而居。[1] 虽然大家住在一个墙门之中，但除了公用的门房、走

---

[1] 我娘家姓高，家住杭州双陈衖孩儿巷，故称"杭州双陈衖（孩儿巷）高家"。我们高家祖先是从蒙城（今属安徽省）南迁至山阴前梅（今属浙江省）的。乾隆年间，高士桢迁杭州定居于双陈衖，至今已有近三百年了。在这三百年间，高家人读书、经商、做官，出了不少人物，成了杭州一个世家望族。杭州曾有"高半城"的夸张说法，意思是说：杭州有半个城的产业都是属于高家的。

道、厅堂之类以外，每房还有自己的小天地，与外界隔绝。我的曾祖父、曾祖母在世时，虽然我的祖父早就故世，但是他的兄弟还在，所以是名副其实的"四世同堂"。

记得小时候最喜欢的是过年，因为那时有吃、有穿、有看、有玩，真是一年之中最为高兴的时候了。

大年初一，早晨一睁开眼，不等我开口说话，保姆（即专门照看孩子的女仆）就会将冷冰冰的橘子和干荔枝塞进我的嘴中。这是因为"橘"和"荔"两个字是"吉利"两字的近音字。再加过年时放在果盘中的橘子是福建出产的，叫"福橘"，当然会带来福气，那就更为吉利了。于是开年第一件事就是吃"橘荔"，象征着整年都会大吉大利。

橘子和荔枝是每年父母给孩子的果盘中必有的两种水果。果盘也叫岁盆，里边还装着各种干果和糖果。除夕之夜，等我们孩子睡着了，母亲就轻轻地放在枕边，让我们第二天醒来时看见感到高兴，好像外国人把礼物装在红袜子中，圣诞前夕挂起来对小孩说是圣诞老人送的礼物一样。除了岁盘，母亲还在我们的枕下放一个红包，里面是压岁钱。对年龄较大的孩子，父母事先关照好，第二天醒来先吃什么，后吃什么，不可弄错。小的孩子弄不清，也记不住，于是关照保姆按次序塞进我们的嘴里。记得看鲁迅的《朝花夕拾》中他的保姆长妈妈也在年初一大清早给他嘴里塞进一瓣冷冰冰的橘子，可见这一习俗不只在杭州，而是在江浙一带都有。

岁盆里的糖果过了初十、十五渐渐吃完，而父母给的压岁钱却是不用的。这大约是以前有教养的旧式家庭教育孩子要勤俭节约的方法之一。过了初五，小孩把红包交给母亲，存入每个小孩自立的存折内。这个折子是孩子出生时就立的，存入的是长辈给的见面钱，以及每年除夕、正月家中长辈、亲友给的压岁钱等。孩子长到十岁，长辈就不再给压岁钱了。存的钱要到成

杭州旧时风俗之一

高诵芬家人在杭州西湖（摄于清末民初雷峰塔未倒时）

年时才可用于购买田地、房产，算自己的私蓄。最近看杨绛的杂忆，她家以前连仆佣的私蓄都交给东家去管，这种习俗一定也出自同一来源。

初一早上起来保姆替我们换上新衣、新鞋，辫子上还要扎一朵红花，这又是使孩子高兴的事。以前的人生活俭朴节省。平时很少给孩子穿新衣。小的孩子就穿大的孩子穿旧的衣服。丰子恺先生也是江浙一带的人，有同样的风俗习惯，所以有"老大新、老二旧、缝缝补补给老三"的漫画。我们家还有小孩不准穿绸衣的习惯，说是"折福"，所以终年穿的是布衣，而且常常是大人穿旧的衣服改一改给小孩穿。家中有女裁缝（称为"女手"），还有专管绣花的女用人，轮流在各房中做衣服，吃、穿都在我家，一年四季有做不完的衣服。可见那时人工比材料要便宜得多。否则，像现在人工这么贵的时代，家中常年雇着个女工做新衣、改旧衣，倒不如买现成的新衣服来得便宜呢！

我们家以前也不准小孩穿丝绵和皮货，说是因为"小孩骨头嫩，要焐烊的"，其实也是要孩子懂得节俭。到了十六岁，男孩子戴冠，女孩子梳髻，算长大成人了，才可以穿绸衣、皮衣和丝绵的衣服。女孩十六岁还要穿了红裙子去拜祖先。那时家里的房子很大，各房隔开很远，平时大家不见面，只有在从大门进出或去账房、大厅、花厅等公用的地方时大家才有见面的可能。而大厅则是办喜丧之事、祖宗生日死忌的地方，那时也是大家庭团聚的时候。我穿红裙子去大厅拜祖宗的那天十分害羞。拜完之后飞快地跑进自己家的房里，怕被人家看见我穿着红裙、梳了头，已成大人了。

大年初一早上打扮好了以后，先向父母说"恭喜"，再去拜灶司菩萨、大厅内"天地君亲师"的牌位和祖宗堂。然后向父母、长辈叩头，叫"拜年"。用人们要向主人道"恭喜"，向阿官道"恭喜"。"阿官"者，乃用人对小主人之尊称也。

年初一早上吃的东西是固定的，有糖汤年糕、肉粽、豆沙粽、枣泥粽、红枣莲心粽，还有栗子红枣粽等，各择所爱而食之。早饭后跟大人到宅内各房长辈处依次拜年。他们也来回拜，于是这样一上午很快过去了。我曾祖父母在世时，年初一早上还有账房先生、坟亲和店里、厂里的经理们来拜年。所谓"坟亲"就是管祖坟的人和他的家人。因为他替主人照管祖先的坟墓，情重如亲戚，所以尊称他为"坟亲"。

年初一还要"兜喜神方"，就是年内在历本上查好明年喜神所在的方向，年初一早上拜年完毕就坐家中的包车去这个方向兜一圈，算迎接喜神。记得有一年年初一下雨，地上湿滑。我弟弟同他保姆王妈同坐一车。王妈是圆面孔、大胖子。不知怎的，车夫因王妈太重吃不消，车子失去控制，翻了身。王妈抱着弟弟，两脚朝天却安然坐在车里，像个元宝。许多车夫停下车来帮忙抬车子。回家后，大家都笑王妈今年运气好，大年初一变个大元宝！

过年的主要活动是拜年。近亲们都在初五之前来拜。有客来，先请他们喝清茶，然后喝红枣莲心冰糖汤一盅，再加四盘热点，一般是：茶叶蛋（象征元宝）、猪油玫瑰年糕、肉粽和枣饼。枣饼是我家的特色点心，制作工序繁多、用料讲究。制作时先将最上等的红枣蒸得发黑，去皮及核，与水磨糯米粉和成团。然后将粉团搓成小粒，捏成碗形，内放猪油、冰糖、切细的核桃和松子做馅，再在印版上印出各式图案，最后在蒸笼上蒸。蒸的火候很难掌握，因为皮子很薄，一旦蒸过了时就会露馅。每次做枣饼，必定要我曾祖母亲自参与制作。只有我母亲和一个从二十四岁就在我曾祖母身边做起、一直做到七十多岁的老女仆叶妈可以做帮手。其他人我曾祖母嫌她们脏，不让她们参与。[1] 拿出来请客人吃的点心要拣样子最好的，发现有走样的都要退回厨房调换。而客人则一般只喝一二调羹的莲子汤，枣饼也只吃半个，算是客气。

1　我曾祖母和老用人叶妈，均在本书有专章详述，分别见第伍章和第陆章。

从正月初五到十八"落灯",虽仍有人来,但都是些婆婆奶奶之辈,比如:媒婆、"搀扶阿奶"(即结婚时专管搀扶新娘的喜娘)、卖珠宝婆、奶妈等。我父母要给她们红包,并以年糕、粽子招待她们。

我小时年初二必到外婆家拜年,吃了中饭才回家。我外婆七十余岁,面貌清秀而无牙,很少跟我们孩子说话,所以我见了有点怕生。外婆家人也很多。二姨母因早寡、无儿女,所以最喜爱我,常给我玩具和好吃的东西。我小时害羞,不肯叫人,直到十岁都这样。于是每到外婆家,我二舅就说:"挖不开的黄蚬儿来了。""黄蚬"是杭州一带一种类似蛤蜊的贝类,可食。买来的黄蚬如已死,贝壳就会张开;而活的黄蚬,贝壳就闭得紧紧的,要到煮熟才会张开。所以舅舅就把不肯开口的我比作"黄蚬"。

过年当然也要放鞭炮。记得那时一到晚上,男用人在天井里放各式花炮。现在我只记得蹿天老鼠、金盆闹月、百子炮仗、万花筒这几种了。还有一种可让小孩拿在手里,叫"滴滴精"。那是一根签子,上半段涂火药,用火柴一点即发出火花,不会烫手,可玩多时才熄灭。

正月十三是上灯,家家户户都要买灯。有龙灯、走马灯、兔子灯。那时街上有各色灯笼店,到这一天真是好生意。夜晚时,路上举行灯会,迎龙灯,满街男男女女,大概像古时笔记小说中所写的那样:那天在人山人海的庆祝活动中,有的小孩就此被拐子拐去;有的小姐和书生就此眉目传情,于是就闹出不少悲欢离合的故事来。可能正因为如此,所以当时一般家教较严的人家都不出去凑热闹,也不许仆人带孩子去看灯会,我家也历来如此。于是我们就买了灯来在家里玩灯。常买的是走马灯和兔子灯。走马灯有八面,画着八匹马,挂在厅中。晚上在灯的中间点起蜡烛,烛光的热气熏着灯顶的风车,风车转动起来会带动八匹马也奔腾起来,花花绿绿,甚是美观。兔子灯则做成兔子形状,下有四个小轮,放在地上,兔子中间点上红蜡烛,小孩人手一只，用绳子牵着，可以像小狗一样牵来牵去。但有时不慎，拉得不平，烛芯歪倒，兔子灯就会烧起来。拉灯的小孩在前面走，往往不知道身后已经着火。直到后面的小孩大叫起来，大人赶来救火，灯已经烧得差不多了。这也常常是所有兔子灯的下场。

正月十三那天，每家还要做圆子，店家也有圆子卖，叫"元宵"。晚上先要以元宵供祖先，然后一家老小一起吃。

过年的最后一个节目叫"落灯"，那是正月十五，即把挂着的灯除下，还要把年前挂上去、过年的时候多次祭祀的祖宗神像取下来。这表示过年的庆祝活动已经结束，又要回到正常的工作和生活中去了。后来不知是谁把落灯改到正月十八，于是新年庆祝活动就延长了三天。除像之前，先要以圆子、酒菜、香烛最后一次祭祖，还要焚烧锡箔。然后将祖宗画像收起，藏好，要到年底拿出来再挂了。

小孩时总觉得过年开心，因为既有吃穿，又有好玩，样样新奇有趣。于是一年之中天天盼新年，好像日子过得很慢。等到成年之后，只觉得一年一年过得何其快也，于是再也尝不到小孩时过年的乐趣了！

高诵芬作文
徐家祯整理
1995 年 3 月 6 日
于斯陡林红叶山庄

贰章
杭州旧时风俗之二

新年过去不久,二月就开始了。到了二月,人们的生活和工作都恢复正常了。繁忙的一年就在前头。我们家是经商的,所以每年这个时候要请账房先生和各厂、店的经理先生吃春酒。到时,由家中的厨师做几桌上等酒菜,端出去。当然,这是大人们的事,孩子们不能参加的,尤其是女孩,不可出去看。不过我哥哥到了十多岁,也可上桌陪吃,这是为了学习主客之礼而已。

春天的最重要活动是清明上坟。我家祖坟在西湖区的翁家山老虎洞一带。后来我的曾祖父、曾祖母故世后却不知为什么没有葬在那儿,而在另一风景区——岳坟一带买了一块地安葬。上坟的前一天,家里要派用人去定十几顶轿子,厨师要准备好祭祀用的菜。我家祖传有一本祭祀簿,上面规定好上坟必备的菜目,每年只要按单备齐即可,无非是鱼、肉、鸡、鸭之类。上坟那天一早,家中男仆挑了担子先行,祭祀用的香烛、茶酒、果菜都放在三托的大幢篮里。男主人坐三名轿夫轮流抬的轿子去坟上。坟地有坟亲看管,那天坟亲必来领路、陪侍。用人把菜肴放在墓前的石桌上,再点起香烛,然后男主人按辈分依次叩头跪拜三轮。祭毕,再到坟亲家坐玩一回,把一桌供菜全部送给他,再付些赏金,就回家了。清明时节正是春季,一路桃红柳绿,山清水秀。其实,上坟祭祖的活动也就是一次春游,到家时往往已是午时矣。

我家规矩很严,女人不许参加上坟活动。大概是因为怕女人出门抛头露面吧。所以其实我家上坟的具体细节我并不清楚,只是从父兄嘴里听到一二而已。不过后来我嫁到徐家,就参加了徐家的上坟活动,仪式与我们高家也是大同小异。

最近见清朝顾铁卿著的《清嘉录》中有对清明上坟活动的考证。他认为《礼记》中说的"宗子去在他国,庶子无庙,孔子许'望墓为坛,以时祭祀'"就是墓祭的来源,但未必在寒食(即清明前后)。他认为清明野祭始于五代,因为《周世宗本纪》中说:"五代礼坏,寒食野祭而焚纸钱。"但他又认为自唐之后清明上坟才成风俗,因为《全唐文》载,开元二十年有敕命曰:"寒食上墓,礼经无文。近代相传,浸以成俗。士庶有不合庙享,何以用展孝思?宜许上墓……编入五礼,永为常式。"南宋时,首都南迁,杭州(旧称武林)成为国都。那时的清明热闹非凡。周密的《武林旧事》中描述曰:"清明前三日为寒食节……野祭者尤多:如大昭庆九曲等处,妇人泪妆素衣,提携儿女,酒壶肴罍。村店山家,分馂游息。"可见早在南宋时,妇女就能参加上坟。而我家却在民国年代还不让妇女参加,其封建思想之严重由此可知。

我家上坟还有一个与别家不同的地方,那就是我们一年要上两次坟。这是因为不知哪个年代哪一位祖宗说过:"每年只有清明上坟一次,祖宗要第二年才有得吃,实在不够。"于是从他开始,我家六月再上坟一次。

夏季从立夏节开始。立夏头一天,在高庄管庄的朱师傅必拿一大扎青精饭叶子来。高庄是我家在西湖边的庄园,由我曾祖父所建,造得幽雅非凡,成为西湖一景,直到现在遗迹仍在。[1]平时因为主人并不去住,只是空关,所以管庄子的朱师傅空闲得很。有时一些主人相识的亲友去玩,朱师傅也开门接待,以清茶、果品招待,客人自然也给赏钱,这就成了朱师傅的"外快"。庄园占西湖一角,湖中种有莲、荷、菱、藕。到了夏天,朱师傅采了鲜菱、鲜藕送上门来,让主人尝鲜。庄中也有菜园,种些一年四季需用的特殊菜果,比如青精饭叶子就是一种。拿来之后,女仆们把叶子摘下,放在竹编的大淘箩中。再用一只大木盆放满水,将叶子浸入水中,隔淘箩揉搓。渐渐叶子变碎,水变黑。然后将糯米放在大布袋里,浸入水中。次日早上,男厨师将浸了一夜的糯米取出,用大蒸笼蒸成青蓝色的糯米饭,清香可口,我们名之曰"乌糯米饭"。

乌糯米饭做就之后,第一碗必须先供灶司菩萨,再供祖先,然后男女主人、小孩和账房先生、长工、司阍人及轿夫、车夫、男女用人等每人一大碗。立夏这天,市上必有青梅、樱桃上市。我们买来后除供菩萨、祖先之外,还分给全家男女老幼,每人一份,再加白糖一包。

做乌糯米饭的青精叶也叫南烛草,在道家的神仙诗中就有记载,说吃了

---

[1] "高庄",又名"红栎山庄"。原是我们高家的庄园,现是花港观鱼公园的一部分。上海古籍出版社1995年出版的《西湖志》有"红栎山庄"条:红栎山庄,在苏堤南端。《西湖新志》卷八:亦称豁庐,为邑人高氏别业,俗称高庄,与花港观鱼旧址毗连,前含山色,后挹湖光,地不数亩而布置精雅,引人入胜。万竿丛竹,尤饶娴静。有一楼曰"鸥渡",俯瞰园景,历落在目。每当荷香菱熟之时,裙屐皆来,辄刻竹题诗而去,此湖上别墅之以优雅胜者。俞樾联云:选胜到里湖,过苏堤第二桥,距花港不数武;维舟登小榭,有奇峰四五朵,又看树两三行。语语纪实。今(1921年)已易去。《杭州通志》:清光绪三十三年建造,业主为杭州人高云麟、骖麟兄弟。庄内植春柳。四周亭台环之。内有莲池,池蓄金鱼。园景以春竹、夏荷、秋菊、冬梅出名。庄后有小桥,下通湖中,由潏源桥望之,庄南历历可见。北可观隐秀桥,西看三台来水,玉琴清流,铮淙可听。抗日战争杭州沦陷时,庄屋被毁,只剩藏山阁一处。今为花港观鱼景点之一部分。《西湖新志》中云"今(1921年)已易去",不确,因为我曾祖父高云麟去世后,高庄还是属于高家的产业,一直到1949年后高庄才被政府征用。

《西湖志》引用阮毅成《三句不离本"杭"》一书中关于高庄内容曰:高庄,系杭州双陈巷(衖)高姓所建。西湖的庄屋,多属他省、他县人氏,只有高庄,是真正杭州人的产业。高氏以经营茶叶起家,遂在苏堤之西,定香桥花港观鱼原址之后,于清光绪丁未年建成别墅……高庄主人爱鹤,豢于庭中,不加樊笼,客至,则侧睨长鸣。其后鹤死,即于庭中,立一鹤冢,由吴昌硕书碑。吴昌硕写的碑上即为"鹤冢"两个大字。可惜今已不存矣。阮毅成所说的鹤实际上有两只。一只死后不久,另一只也飞去从此不返了。

杭州旧时风俗之二

杭州高庄豢养的仙鹤（左侧为高诵芬父亲高孟徵）（大约摄于清末）

杭州西湖畔的高庄（大约摄于民国初年）

青精饭可以长生不老,能成仙。杜甫《赠李白》诗曰:"岂无青精饭,使我颜色好。"即指此饭。顾铁卿的《清嘉录》中又说此饭也叫"阿弥饭",因以此饭供佛时须诵"阿弥陀佛"也。

我母亲极爱吃这种青精乌糯米饭。我在娘肚里时,临产她还吃了一碗。后来我也爱吃这饭。家人就笑我说:"在肚里时就已经吃过了,所以爱吃。"可惜我二十岁时,日寇侵杭,我与夫家迁到沪上,就此无缘再吃乌糯米饭了。我生日这天,正是立夏。以后每二十年一轮,所以我二十、四十、六十岁生日那天都是立夏。

立夏之日每年都要用大秤称人。称人时先取一只长凳,两头扎了麻绳,挂在走廊梁上,被称者就坐在长凳上,由男仆称之。有一次,领我弟弟的女仆、大胖子王妈又闹出笑话。她一坐到长凳上,绳子就被她的分量压断。凳子跌在地上,胖王妈也扎扎实实地仰天一跤,幸好凳子挂得并不太高,王妈没有受伤。大家又大笑一阵。

立夏那天还要吃咸蛋、苋菜,吃了有解暑作用,一年不会中暑(杭州方言叫"发痧")。所以全家上下都非吃不可。

记得我父亲还教过我一首关于立夏的儿歌,讲的是立夏要吃的食品:

薄切猪肉蒜泥浇,青梅白糖与樱桃。
海蛳甲鱼健脚笋,咸蛋米苋乌饭糕。

海蛳是一种很尖的螺蛳,可能产在海中,故称为"海蛳",但不知为什么立夏要吃海蛳。立夏时冬笋、春笋早已落市,只有一种很细小的笋,叫"健脚笋",据说吃了对夏天时的身体也有好处。

立夏之后很快就到端午节了。端午前一天,高庄的朱师傅拿带根的艾叶和菖蒲各一大把来。端午那天上午,四五十岁的女仆们就做起菖蒲宝剑来。

所谓"菖蒲宝剑",就是将菖蒲叶剪成剑状,在近根处再横插一根菖蒲做剑柄,看起来就很像宝剑了。做好以后,仆人们将菖蒲宝剑和艾根一起挂在各门各户上。这天,账房里要派人到中药店去采购苍术、黄檗(杭州人叫"白芷")之类一包包的药,还要买雄黄、烧酒。再由男仆阿顺师傅和王四十师傅分送各大、小房中。中午时分,女仆们将门窗关紧,各持一白铜的脚炉,将苍术、白芷放在炉里烧熏,一小时左右。房里草药的气味能保留很多天。烟熏是为了解百毒。端午后天气渐热,各种虫豸都要出来活动,在端午这天做消毒工作可以防止它们的进一步繁殖,这是很有科学道理的。

端午那天,小孩身上要挂香袋。所谓"香袋"是一种内放香料,做成各式形状(如老虎、兔子之类),用彩色丝线穿起来的小布袋。布袋外还绣花,既好看又好闻,大概含有解毒的作用在内。小孩都很喜欢香袋,那天戴了到处走,还相互比较,看谁的最精巧。于是小姐们也以绣香袋来展示自己的手艺。有的在嫁妆中带一大批香袋去男家。端午中午,小孩的额上还要用雄黄调的烧酒写一个"王"字。大人们则都喝一口雄黄酒,也是为了解毒的目的。那天,大家还要吃黄色的小菜,如:黄鱼、黄瓜、枇杷、黄鳝、烧鹅等,不但主人,而且账房、司阍、长工和男女用人都必须这样吃一顿。

暑天的正式到来是"入伏"。一般都在阴历六月里。入伏那天,高庄的朱师傅又来了。这天是送庄园里的荷花来。曾祖母叫人把送来的荷花插入客堂里霁红色的大花瓶里去,可欣赏多日,望之即生凉意。送来的荷叶则交给老仆去做荷叶粉蒸肉。老仆先将粳米炒香,磨成粗粒的粉状。然后将在酱油内浸了几小时的五花肉拌上粳米粉,包上荷叶,蒸到肉酥即可。此肉因带有荷叶的清香,所以不但入口油而不腻,而且其味无穷,为杭州的一道特色菜也。

"伏"期分成三段,每"伏"十天,一共三十天。每一"伏"都有特殊的食品要吃。比如："头伏"必吃火腿（或蒸干贝，或蒸虾，或蒸笋干，也可吃白切火腿）。"二伏"必吃鸡（白烧或红烧、葱焖）。"三伏"必吃"金银蹄"。所谓"金银蹄"就是一只"火腿䏌"（䏌字杭州音读成"撞"。在杭州，火腿蹄髈称为"火腿䏌"）和一只鲜猪蹄放在一锅炖成。因"火腿䏌"色金黄，鲜猪蹄色银白，故称为"金银蹄"。杭州有顺口溜曰："头伏火腿二伏鸡，三伏金银蹄。"就是说这三样菜。其实，头伏还有一样特殊的食品，叫"双插瓜"，是一种酱菜。杭州有一家很老的南货店叫"徐德昌"，双插瓜总在头伏开缸。

夏天的最后一个活动是"落夜湖"。这也是杭州话，意思是晚上游西湖。"落夜湖"必在阴历六月十八。六月十九日是观音菩萨生（成道）日，所以前一天夜里尼姑、和尚皆坐了船，一船船去西湖念佛，算给观音菩萨做生日，祈祷他保佑百姓太平、幸福。商家在此日做了纸的荷花灯，内插蜡烛，以备人们买了放入湖中结缘。有钱的人家那天提早吃了晚饭，买了几十只荷花灯，拿了在井中浸了一天的冰凉西瓜和菱、藕、炒果，去"落夜湖"了。

记得我五六岁时去落过两次夜湖：一次是同外婆一起去的，一次则是同曾祖母一起去的。那天，我们坐的是大船。西湖上有两种游船。平时游湖一般都是坐的小船，一则小船比较便宜，半天只要几毛钱而已；而大船的船钱要贵几倍。二则小船速度快，灵活机动；大船慢却稳。小船只能坐七八人，而大船则可坐十一二人。大船分内舱、外舱。内舱有睡炕、桌椅，可供游客或坐或躺。外舱有桌椅茶水，四面有窗，上有舱顶。内、外舱如同两间屋子。大船船头可供人坐立。因为比较通气，所以年轻男子都喜欢在船头吹风、看风景。我去"落夜湖"的那两次，因为去的人较多，有老人、也有小孩，所以坐较平稳的大船，小孩睡着了也不至于着凉感冒。

我只记得看见湖中大大小小的游船，在湖上摇来摇去。一船船尼姑、和尚念经的喃喃之声和钟磬铙钹的敲打之声传入耳中。湖里到处有人在放荷花灯，满湖红烛照得湖光闪闪。漂来漂去的荷花灯映在水面，水上一盏，水底一盏，使人迷迷蒙蒙、恍恍惚惚。看久了，小孩只觉睡眼蒙眬，快要睡去。这时，听见大人在喊："快吃西瓜！"只好勉强睁开眼来。因为平时夏天吃西瓜总是在下午家中的天井里，现在忽然在湖中半夜里吃起瓜来，所以小孩感到好奇，不愿放弃这一机会，即使瞌睡也要醒来。此时大人连忙将西瓜放进小孩嘴中。吃了冷冰冰、甜蜜蜜的西瓜，瞌睡顿醒，睡意也就全无了。

我的二舅还叫船靠到三潭印月的塔旁去，在湖中的这三个大石塔中点燃蜡烛。于是三个石塔的倒影就映入水中，极为美观。"三潭印月"的妙处就在这里。

其实，那天"落夜湖"也并非一切都十全十美。因为六月十八正是杭州最热的时候，西湖的水被太阳晒了一天，湖水发烫，热气未散，坐在船中犹如隔水煮炖菜，热不可耐。老太太们平时很少出门，更不习惯熬夜。坐在船上还会头晕、呕吐。只是那夜的美景，却至今还清楚地留在脑海，不能忘怀。

高诵芬作文
徐家祯整理
1995 年 3 月 12 日
于斯陡林红叶山庄

叁章
杭州旧时风俗之三

按照中国农历，立秋之后算是秋天了。但其实每年的立秋都在阳历八月七、八、九日这三天中。这正是江浙一带最热的日子。如果加上"秋老虎"的话，江南的热天总要到九月中旬才结束。可是，按照我家的规矩，立秋这天起就不得再吃西瓜，不许再睡席子，晚上也不能再到天井里去乘凉了。当然，这样的规矩制订出来时，一定是有其道理的。可能古时候天气远远没有现在热，也可能那还是南宋的老祖宗随皇帝南迁时带来的北方规矩呢！但在过去，只要祖宗规定的事，就要去照做，不能有丝毫变通。现在看来，这些规矩不看客观实际情况，死板之极。

立秋一到，管我家在西湖边的庄园——高庄的朱师傅又送时鲜来了。这次是送嫩藕、莲蓬、青菱和红菱。藕、菱、莲蓬都是可以生吃而鲜嫩可口、可以煮熟加糖又清香扑鼻的水果。特别是这些水果都是在最得令的时候从西湖里现采下来的，真是色、香、味三者俱备的佳品啊！于是老仆们又可以清洗、挑拣、剥皮、去壳、烧煮地忙上一天了。

高诵芬抗战前在杭州双陈衙布店弄高家花园留影

现在回想起来，最使人回味无穷的是杭州满觉陇的桂花栗子。满觉陇在杭州风景区九溪十八涧附近。那一带，遍种桂花树。一到秋天桂香扑鼻。茶室里都卖冰糖栗子，上撒桂花。坐在桂花树下，吃一碗含桂花香的冰糖栗子，真是其乐无穷。

除了在满觉陇能吃到栗子外，街上当然也是可以买到栗子的。我家每年一到栗子上市的时候都要买大量栗子，于是就成了摊贩的老买主、大买主，有的摊贩就此按时拣最好的栗子送上门来。栗子担子挑上门来之后，因为门房已经跟摊贩熟悉，就请他在门房里休息。门房中派一司阍将栗子取一些样品放在盘中拿进去。因为男仆一般不直接进上房，所以装栗子的盘子要由女仆传进女主人房中，让女主人看看栗子嫩不嫩、新鲜不新鲜，然后决定买几斤。再由女仆去门房付钱、称栗。我四五岁时，女用人就带着我一起去门房看看。只见门房中放着两大篓毛栗子，卖栗人拿一把快刀，把毛栗子四周的毛刺切去，再把外壳削掉一半，于是可见壳内的三粒栗子。然后再称斤两。买来之后，女仆们剥壳、削皮、去衣，要忙半天。再用清水煮得汤清栗糯，加入冰糖，此味已五十余年未尝矣！

农历七月初七是"七夕"，也称"七巧节"，这是传说中牛郎织女鹊桥相会的日子。每家都要供香烛。我母亲说，织女手巧，会做花织布，所以女孩子应该祈祷织女保佑，以后长大了也能成为巧手。晚上在天井里供上香烛和水果四盆，叫我跪拜，再用清水一大碗，供到次晨，见水上会结起一层皮。此时将缝衣针一根，轻轻投到水面，针便会停在水面而不会沉入水中。据说，水面的针在碗底投下阴影，如果影子呈一根细针状，那么女孩子长大之后会成巧手；如果影子是粗粗的一根，那么女孩子长大会是笨蛋无疑。我依照母言，战战兢兢地把针放下去，很巧，是细细的一根。然而我至今未成针线巧手，看来只能姑妄听之罢了。

今见清朝顾铁卿《清嘉录》上也载有这一风俗：

> 七日前夕，以杯盛鸳鸯水，掬和露中庭。天明日出晒之，徐俟水膜生面。各拈小针，投之使浮，因视水底针影之所似，以验智鲁，谓之"乞巧"。

书中还引吴曼云《江乡节物词》中一首描写这一风俗的诗：

> 穿线年年约比邻，
> 更将余巧试针神。
> 谁家独见龙梭影，
> 绣出鸳鸯不度人。

诗中所谓"穿线"则是指另一风俗，在专记南宋时杭州杂事的《武林旧事》（南宋周密著）"乞巧"一节中提到过，但这一风俗我小时候似乎已经消失。那是：

> 妇人女子，至夜对月穿针，饾饤杯盘，饮酒为乐，谓之"乞巧"。及以小蜘蛛贮盒内，以候结网之疏密，为得巧之多少。

旧时妇女不剪发，都梳头梳辫子。当时有迷信的说法，说每洗一次头发，阴间的母亲就要喝一次洗头水，所以不能多洗头。不知这种说法出自何处。总之，那时女子是不常洗头的。到了七月初七这一天，则家家妇女皆要洗头。这时我家管高庄的朱师傅前一天就送来山上采的荆柳叶。女仆将叶子采下，用淘箩搓洗，浸出水来，次日上午大家洗头。这水清凉、滑顺，比肥皂还佳十倍。

农历七月十五日是中元节，也叫"鬼节"，又作"盂兰盆会"。这天又是我们小孩子最欢喜的一天，因为要请和尚到家中来拜三日梁皇忏，超度一切受苦受难的鬼魂，希望他们能保佑全家四季平安。之所以叫"梁皇忏"，是因为那是由六朝时的梁武帝首创的。

拜皇忏从十三日开始,至十五日结束,共有三天。事先,寺里的老司务挑了一担和尚念经时要穿的几套衣服和敲打用的钟鼓锣磬之类来了。家中大厅里安放了桌子,等十二位大小和尚来拜佛、念经。拜皇忏那几天,午饭都由寺里的老司务挑来给和尚吃。饭菜当然比平时寺里吃的要体面得多,而且下午还有点心供应,所以和尚们也很愿意拜皇忏。

到十五日最后一天,晚饭后还有大和尚来"放焰口"。所谓"放焰口",就是由和尚做一场法事。那天晚上,在大厅中间将两张桌子拼起来,外面挂上绣花的大红桌围,桌上放了香炉、烛台,燃点起来。桌子上方供了一尊佛像。佛像面前放水果、糕点之类的祭品。大和尚高高在上地坐在用两张凳子叠起来的高凳上,身披新的大红绣金格的袈裟。其余八位和尚分两边面对面坐在桌子下方。大和尚手拿小锤子,敲着磬念经。大和尚先领头念一句,小和尚们跟着齐念。大厅的四周安放着很多桌子,桌上供着香烛、水果。和尚们在中间的桌子边念了一阵之后,就轮番到边上的桌子去忏念一阵。家中的男主人也要跟着和尚向供台拜祭。

我们小孩,在和尚拜忏的时候就跟着带领我们的用人一起观看。但是每到最后一天晚上,我总感到汗毛凛凛的,因为那天在天井角边有一桌供着鬼怪的画像,而且都是些恶死的鬼怪,比如:吊死鬼、落水鬼、杀头鬼、饿死鬼等,叫寒灵台,阴气森森,恐怖万分。祭祀这些鬼的目的,当然是希望他们不要作祟。我们小孩不敢走近去看,就牵着带领我们的女仆的手在远处望望。父母也早已关照用人不许带孩子走到近旁去,恐怕引鬼入身,染病惹祸。到了十岁左右,女孩就连大厅中都不许去看了。

和尚念经念到晚上八九点钟,就由女仆烧好绿豆百合红枣汤送上去请和尚吃。大和尚吃时必用衣袖遮口,以示礼貌。拜忏毕,在桌子面前放一盆米,大和尚一面口中喃喃有词,一面抓起米向桌下四面八方撒放,这叫"施食"。据说,饿鬼喉咙小,平时不能吃东西,此时听了超度的念经声就可以吃了,所以和尚撒米施食。

忏毕,大和尚向各位和尚相对合掌互拜,男主人在下方向和尚拜谢。账房在向寺院预定拜皇忏时已预付费用,所以此时只管送到门口,请他们明年再来。现在回想起来,那情景真是一片清平祥和啊!

《清嘉录》上引有徐倬的《盂兰盆会歌》曰:

城头鼓角吹遥空,沉沉月色来阴风。阴风淅沥纸钱飞,金山银山光闪红。道场洁净大欢喜,撞钟伐鼓声隆隆。声隆隆,灯烂烂,千盏万盏莲花散。莲花散成般若台,欲泛慈航登彼岸。啾啾众鬼泣荒丘,栖苔附草招同伴。魂来风月明竹枝,满地幡影横魂去。风月落森森,夜色转萧索。须弥一粟不可量,杯中净水甘露凉。安得甘露化为酒,孤魂一吸消愁肠。雉矫矫,狗喔喔,蟾蜍影灭高树颠,萤火飞光不成绿。

真是鬼气祟祟!

农历七月三十是地藏王菩萨生日,也叫"晦日"。据说地藏王菩萨原来是某长者子,名那落迦。他在佛前发誓说,要解脱众生的痛苦,方才愿意自身成佛。另有传说地藏王菩萨能够分身,能遍满百千万亿恒沙世界。每一世界化为百千万亿身,每一身能超度百千万亿人,所以人们都纪念他。那天晚上家家户户都在地上插香烛。清朝郭伯祥有《七月晦日诗》曰:"万百千灯并一炬,幽幽鬼火青如雨。人间哪识那落迦,但闻中有幽冥主。"就是描写那天的情景。

我们小孩子那天早上就盼望晚上快到。七月底时,天气正是已凉未寒时。下午洗好澡，全身一爽。此时账房已经购好许多香烛，由阿顺师傅和王四十师傅分别送到大房、二房和三房来，以备晚间插在地上石板缝里。吃完夜饭，用人们负责把香烛点旺。小孩们抢着把香拿在手中。而蜡烛则是由用人插的，因为一则蜡烛难插，二则一不小心，蜡烛油会滴在手上，十分烫手。我们孩子虽然被香烟熏得一把眼泪、一把鼻涕的，但还是要抢着插。地上插满香烛后，好像天上的星星落到了地上，星星点点十分壮观。第二天一早起身，孩子们又抢着拔烧剩的香棒。香棒也可作玩具，总有几天可玩。

那天各房的老女仆还要念一夜佛，叫"宿山"。阿顺、王四十两位男师傅担任"宣卷"。他们前一天就要来问我家一个老女仆阿妈[1]，宿山安排在哪儿。阿妈是我家各房中做得时间最长的女仆，在我家五十年左右，所以不论男女仆人都尊称她为"叶奶奶"。有时，宿山安排在大房、二房的空地上，我们就不便去看了。有时，安排在我们一房正屋旁的天井里，我就可以去看。

天井里由王四十、阿顺两师傅拼起两张桌子，上放香炉、烛台。各房的太太们都愿意拿出点钱来资助她们的宿山，叫"结缘"。她们拿了钱用来买香烛、水果供佛，再买几斤面，半夜煮糖面吃。

女仆们吃过晚饭就换上蓝黑色的新衣绸裙，用一杯开水漱好口，提了香篮和念佛珠到天井来。各房女仆到齐后，大家招呼着在方桌边椅子上坐下。两位主持"宣卷"的男师傅则坐在高高的高凳上，翻开《花名宝卷》高声朗读起来，声调好像是唱歌，小孩时总觉得很好听。记得前面几句是："花名宝卷初正开，诸佛菩萨降临来。善男信女都来听……"后面就不记得了。女仆们则把香篮里的念佛珠拿出来，念一声佛，数一粒珠子。此时满地香火、满鼻香烟，真是别有天地，我们看得很新奇。到九点多钟，大人们就来叫我们

---

[1] "阿妈""叶妈""叶奶奶"，实际上即众人对老佣叶妈妈的不同称呼而已。详见本书第陆章《叶妈》。

进去睡觉了。第二天一觉醒来，阿妈必定要把供过的东西拿来分给我们吃，据说吃了会聪明智慧、消灾延年。

过了晦日，中秋节就很快到来了。我家一年有三节要亲友互赠礼物，那就是：新年、端午、中秋。中秋礼物中必有两盒月饼。盒中月饼有两种、四种或八种式样，不定。用人送礼去亲友家就能拿红包。仆人一年之中拿来的红包都交给主人，逢年过节时由主人再分配给所有的仆人：老用人和送礼去的用人多分一点；新来的用人则少分一点。主人当然还要给用人另加节赏。

城里有一家南货店，是百年老店，我们是他们店里的老主顾。不到中秋节，他们就派店员上门来预先征订月饼。一般的种类是枣泥、豆沙、白果、玫瑰等。中秋节前两天，我们差家里的老师傅阮师傅去店里取。月饼是现做的，拿来往往还热，与现在店里卖的味道截然不同。这些月饼除了送礼之用，就分送家中上下。

中秋晚上吃酒席、赏月亮，还要在天井里供一桌瓜果、点心，斗香一盆。所谓"斗香"就是在斗形的一只木碗里装高高的盘香和五彩的纸旗。供品中当然有月饼，而且不是一只，而是几层高的一套月饼，由底下的最大到顶上的最小。这是由大寺院送来给大施主的净素月饼。小孩时我就盼着第二天可以吃底下最大的那个。

中秋之夜园中香桂芬芳，月明如洗，大家在园中耽到半夜才有睡意。

农历九月初九重阳节，是秋天的最后一个节日。传说这一天要有患难，所以全家老少要到山上避难，避难时当然要带干粮。后来只作为一种节日来纪念而已。记得我家那天必煮一大锅两只角的老菱。下午每人一碗，全家上下、老小都分到。我家还有长做的泥水工人，那天下午必来把灶头粉刷一新，然后账房里送他们赏钱若干，这也是古时传承的习惯。据说，古时一家人家九月初九从山上回来时，发现家中灶已损坏、鸡犬皆死，他们自己则庆幸因为去了山上，所以得以毫发无损。后来修灶和登山成为重阳节的传统习俗。

高涌芬作文

徐家祯整理

1995 年 3 月 15 日

于斯陡林红叶山庄

肆章
杭州旧时风俗之四

一年之中，自然是冬季的节日最多，因为秋收之后人们可以得到较长时间的休息，那时正是享受丰收成果的时候，当然人们要想出各种办法来娱乐。在冬季，节日最集中的又是十二月。阴历十一月里只有一个节日，那就是"冬至"。节日虽只有一个，却很重要，因为俗话说："冬至大如年。"

冬至前一日，仆人去市上购得一种特地为冬至用的青白两色的方块年糕。这是用来供祖宗用的。祭祀时，将两块一青一白的年糕叠放在一碗白饭上，再将一个橘子和一只剥壳的老菱，放在饭的两边。"橘"当然是"吉"的谐音；菱的形状像元宝，于是象征"财"。青、白两色则代表青年和老年两代，所以皆是取吉祥之意耳。

冬至前一夜称为"冬至夜"。这一夜是全年最长的一夜。据说那夜做的梦最准，能预言以后的事。我常常希望这一夜能做个好梦，但是实际上却往往不是做了梦到早上已经忘得精光，就是一夜睡到大天亮，什么梦都没做。

冬至早上，大家都要去祖宗堂拜祭。晚上以十碗菜点水果供奉祖宗，全家人依次磕头、跪拜。这天还要吃年糕。孩子早上一般吃甜的，晚上则吃咸的。

如果冬至只有这点内容，当然是无法跟过年的热闹相比的。那么为什么说"冬至大如年"呢？其实这种讲法至少在清道光年间就有了，因为在《清嘉录》中就有这种说法。那时冬至的庆祝活动是跟过年很相似的。该书记载：

> 郡人最重冬至节。先日，亲朋各以食物相馈遗，提筐担盒，充斥道路，俗呼"冬至盘"。节前一夕，俗呼"冬至夜"。是夜，人家更速燕饮，谓之"节酒"。女嫁而归宁在室者，至是必归婿家。家无大小，必市食物以享先。间有悬挂祖先遗容者。诸凡仪文加于常节。故有"冬至大如年"之谚。

南宋时，冬至的庆祝更为隆重。《武林旧事》说，那时"朝廷大朝会，庆贺排当，并如元正仪"；人们都要相互贺节，"车马皆华整鲜好，五鼓已填拥杂遝于九街。妇人小儿，服饰华炫，往来如云。岳祠城隍诸庙，炷香者尤盛。三日之内，店肆皆罢市，垂帘饮博，谓之'做节'"。可惜这样的风俗，在我小时已经不见，不知失于何时。

十二月一到，孩子最为高兴，因为一到月半，私塾老师要告年假回去，直到第二年正月十八才上课。

过年的准备工作很多。我们最高兴见到的是采购年货。过年要穿新衣。于是母亲去店里买了衣料，叫裁缝给我们缝制新衣、新鞋。吩咐用人去采购年货，准备过年自用或者作为礼品给亲戚、朋友之用。一般所买的年货不外桂圆、荔枝、核桃、枣子、雪枣、寸金糖（一种外面拌上芝麻、内有糖粉的管状糖食，约一寸长，色金黄，故名"寸金糖"。吃起来香脆甜蜜，是杭州特

高诵芬抗战前在杭州某名胜留影

产)、长生果、酱鸭、咸肉、火腿、海蜇头、皮蛋、干贝、发菜、海参、醉蟹、糟鸡、糟鸭、糟肉等。

男女用人忙着挑的挑、提的提,将八色、六色、四色、二色的年礼送这家、那家的。礼物的多少一般依关系的远近而定。礼品是火腿、酱鸭、猪油年糕、福橘、荔枝、素烧鹅、青鱼干、糟蛋之类。送去的礼,亲友只收一二样,随着退回的礼品,总附有一张名片,上书:"谨领一色(或二色),余珍璧谢。"下面还注着"尊使一元(或二元)",这就是给用人的小费,叫"脚力"。我家送礼物去亲友家,当然亲友也同时派用人送礼品来了。一边送几色礼物去,另一边也回几色来,礼来人往,好不热闹。用人到了过年过节当然更为高兴,因为有外快好拿。

过年之前还要大扫除。大扫除杭州话叫"掸尘"。于是过年之前的大扫除就叫"掸年尘"。女仆先将房子里各式家具、用品都遮盖起来,男仆们头上包了一块布用以遮灰尘,手里拿一根长竹竿,竿上扎一把新扫帚,在屋梁、天花板、橱顶上掸尘。掸下的尘土由女仆清扫,而洗地板、擦玻璃这些重活则由男仆来做。因为房子大,房间多,这样的掸尘总得花一个星期的时间。接下来是洗帐子,拆洗被褥,忙得不亦乐乎。

随后是做自制的年货:粽子、枣饼等。年糕是买现成的,但买了一大批回来之后要把年糕风干,再浸入水缸里,这样不会干裂或发霉。要吃的时候可以拿几条出来烧煮,很方便。

做枣饼最费工夫。老女仆阿妈已经在我家做了几十年,专做上手生活,所以做枣饼总由她负责。做枣饼前先要买来粽箬、麻绳。粽箬买来后要煮一下,浸在木盆里,使它变得坚韧而不易脆裂,以后用来垫在枣饼下面。阿妈是做枣饼的熟手,事先把红枣洗干净,装在大盆里。因为家里人多,厨房里是用大灶、大锅煮饭的,饭锅很高。饭上有空间可以放蒸托蒸东西。于是每次煮饭时都在饭上蒸红枣，一直要蒸到红枣皮发黑为止。然后剥皮、取核，以备做枣饼时和在粉里用。做枣饼的馅也很费工夫。先要将核桃在水里浸过，然后用眉毛钳去其衣，再将核桃肉烘干，与松子肉一起切细，拌上绵白糖。在将馅子放进枣饼去时，每只里还要放一小块糖猪油。

到二十日左右，要做一大锅豆沙、一大钵酱油浸猪肉，作包粽子用。包粽子是我母亲和阿妈的事，别人不得插手，我曾祖母嫌她们不干净。每年我们总要做荤素粽子几百只。光煮粽子就要花好几天，煮得全家都是粽箬和粽子的香味。煮好后，四只一串、八只一串地挂在空房间里，新年时请客人吃或者分给家里上下人等，连新年来拜年的客人的用人也要送红包、年糕和粽子。

我曾祖母不爱吃外买之物，认为不干净，所以过年用的很多菜肴、糕点都由阿妈制作。阿妈会做素烧鹅、豆腐松、肉松、肉干，还会自烘瓜子、自制玫瑰花糖梅干和桂花糖梅干，加上生南瓜片，吃起来又脆、又香、又甜。园里的毛豆收上来后，阿妈会烘成烘青豆，既香又鲜，收藏起来可以吃很久。

平时，大户人家是庵堂寺院的大施主，不但常常去寺院进香、拜佛，太太们还向尼姑、和尚请教佛经，而且过年、过节送香敬给寺院。所以每到端午、中秋、春节三个大节，庵堂寺院必有一担自制的四样礼物送来，一般是青白团子（青的是豆沙馅，白的则是豆腐干与笋炒自制雪菜，味道鲜美）、素烧鹅、素鸡、桂花瓜子、沙胡桃糖之类。正月里，和尚、尼姑也一定来拜年。记得小时候我跟大人一起去古云庵参加过菩萨开光典礼。全家老小，带了用人去玩一天，还吃了一桌丰盛的素菜席。

十二月廿三下午要送灶司菩萨。那时家家灶上都有一尊灶司菩萨。灶司菩萨是监视家中一切事项的菩萨，每年年底要回天上向玉皇大帝汇报他负责的一家的善恶诸事，所以没有人敢得罪灶司菩萨。那天下午，先在灶司菩萨前供上几十盆菜点。要烧一顶纸花轿，送灶司菩萨上天。到除夕再供他一次，接他回来。送灶时的供品中必有一种小的糖圆子，叫"亮眼汤圆"。大概叫灶司菩萨吃了，眼睛看得清楚些，不要说错。供完灶司菩萨后，全家老小也都要吃几粒，以求明目。供灶的点心中还有一种什锦糖叫"灶糖"。据说灶司菩萨吃了，嘴巴会被糖封住。到了天上，玉皇大帝问他那家人家一年如何，他就只会说"灶糖，灶糖"（即"照常，照常"的谐音）了。

在《清嘉录》中也有关于送灶的记录，但在吴地是廿四日送灶。也有以糖黏牙的事，称这种糖为"糖元宝"；还"以米粉裹豆沙馅为饵，名'谢灶团'"。而且，要请僧尼来主持送灶仪式。念经拜祭之后，要将主人姓名填上去，以便让玉皇大帝知道是哪家的灶神来汇报了。烧纸做的车马、轿子，在灰烬中拣出未烧尽者，纳还灶中，谓之"接元宝"。还要把稻草切成一寸长短，和之以青豆，撒在屋顶，叫"马料豆"。撒剩的马料豆吃了据说也可明目。这些风俗已与我小时很不相同了。

年廿六半夜要请财神。整个的猪头、鸡、鸭、鱼、肉供满一桌，供到半夜，放花炮送财神。这些拜祭之事都是男人的事，女人不让参加。那晚合家要吃鸡汤年糕，喝酒、吃菜，到半夜一二点才睡。这时，离春节越来越接近了。庆祝活动越来越密，小孩就越来越兴奋起来。

二十九日始，要供祖宗的画像了。这些画像叫作"神像"。我们房里请的老师平时住在我家。我们招待老师住的是一个三开间的厅堂。十二月半，老师回家度年假去了，账房先生和工人将那个厅堂收拾一番，把神像挂起。我们家自从迁到杭州已有八代，所以祖宗神像挂起来满满的一厅。每个像前都供香烛、食品。各房负责轮值一年。轮到我们一房时，我看见母亲把糕点、粽子、桂圆、荔枝、花生堆得高高的一盆盆，也很想试试。但我母亲不许我动手。直到我十三四岁时，母亲开始让我学这些事了。后来，每年这些事都归我来做，也算是个帮手了。

到了大年夜，在供桌上放上鸡、鸭、鱼、肉、水果、糕点，然后各房男女老少都要来厅上拜祭。拜祭时男女不见面。男的拜了两遍之后，退避到别的房间，女的才出来拜。等男的拜了三次，就烧锡箔送祖。之后，吃年夜饭。

仆人们是在年二十九吃年夜饭的，吃十个菜，叫"十碗头"。吃年夜饭也叫"分岁"。主人家是在大年三十分岁的。菜点很多，我已记不起具体有什么了。只记得桌旁一个茶几上放有一个蒸笼，里面有蒸熟的、用稻草一张张隔开的春卷皮子。吃时内夹春笋、肉丝、韭芽黄。还有油炒的黄豆芽、萝卜条和雪菜，叫"如意菜"，因为黄豆芽形状像如意也。甜食则总有"藕脯"，就是用红糖、红枣、老菱肉、白果煮的甜菜。过年，藕是必吃的，因为藕中有很多孔洞，叫"路路通"，象征一年万事通顺也。年夜饭当然也有鱼，但是总是最后拿上来，不吃的，象征"年年有余"。

吃了年夜饭要等候新年的到来，叫"守岁"。《清嘉录》曰："家人围炉团坐，小儿嬉戏，通夕不眠，谓之'守岁'。"这是自古以来就有的风俗。杜甫有诗曰"守岁阿戎家"；东坡也有诗曰"欲唤阿咸来守岁，林乌枥马斗喧哗"，皆是也。守岁时，大人们在谈笑，小孩们可以自由玩耍，气氛特别欢乐。但是往往不到半夜，孩子就已经支撑不住而睡去了，醒来则早已换了一年，大了一岁！

有些过年的风俗习惯，现在即使在中国也已消失，不要说我已生活在南半球，不再可能会有这些庆祝活动了。现在回想这些事，都成了过眼烟云，真让人感慨万千！

高诵芬作文

徐家祯整理

1995 年 3 月 19 日

于斯陡林红叶山庄

伍章
曾祖母二三事

　　1969年前后，老友孔阳先生[1]忽然拿来一本小小的线装书，说是从杭州旧书店里买来送给我的。我一看，喜出望外。原来，这本小书是我曾祖母高老太太的诗集——《云峰阁主人诗稿》。我还以为这本书早已经在世上绝

---

[1] 孔阳先生，即朱孔阳。我丈夫家世交。
　朱孔阳（1892—1986），曾用名朱既人。上海松江人，画家，字云裳，晚号庸丈、龙翁、眷翁。
　生平爱好金石书画。16岁时，曾从岳旭堂学医。清宣统二年（1910年），加入松江同盟会支部。
　民国成立后，进杭州之江大学自助部文科学习。不久，在杭州教会办的青年会工作，由干事升至代总干事。先后创办书法、国画、篆刻等班。
　抗战爆发后，朱孔阳任浙江省抗战后援会常委及杭州留守，又任万国红十字会杭州分会华方总干事，主办伤兵医院和难民收容所，救护数百名抗战将士并收容、转送难民2000余人。民国二十七年（1938年）初，随难民撤离杭州，到达上海租界。此后，在上海寓居，担任由宁迁沪的金陵神学院和金陵女子神学院文史教授。
　朱先生对历代文物，既精鉴别，又富收藏。曾说："不只因为自己爱好，主要是为国家保存文物。"抗战期间，为使表现抗金英雄岳飞精神的精忠柏化石免落日本侵略者之手，多方筹款购得。新中国成立后，将此化石捐献给杭州岳庙。所收藏的除书画精品外，还有印章、古砚、陶瓷、竹石雕刻等。
　新中国成立后，朱孔阳发起成立上海美术考古学社。1952年夏，得王国维手拓殷墟甲骨文本和李汉青摹写本，经过校审，辑成《殷墟文字考释校正》。1953年，应上海中医学院医史博物馆之聘，负责征集、鉴定医史文物和资料。曾撰写历宋、元、明、清二十余代的《何氏世系考》。
　1972年，以80岁高龄退休，应邀赴杭州、合肥、太原、济南、曲阜、绍兴等地，协助有关部门，从事文物鉴定工作，被聘为杭州市文管会委员。1978年，被聘为上海市文史馆馆员。曾先后向中国革命博物馆，南京、上海、浙江等博物馆、杭州市文管会、太原市文化局、杭州市佛教协会、上海玉佛寺等捐献重要文物百余件，古籍数百种，受到各单位的嘉奖和表彰。年近90岁时，还应邀至浙江美术学院研究班讲学。
　朱孔阳先生晚年，与刘海粟、高络园三人合作《松竹梅图》，人称沪上"海陆空三军"（"陆"即"络"；"空"即"孔"，皆为谐音）。
　朱先生著作还有《名墓志》《分韵古迹考》《分韵山川考》等。

迹了呢!

这本书的外貌并不引人注目——薄而窄的一本线装书,藏青色的纸面已经褪色。左侧是我曾祖父的题签:《云峰阁主人诗稿》。书前有汪蔚山所画的《云峰阁定诗图》和王月泉、唐寿石、汪蔚山等人的序。书后则是我五叔祖高尔登[1]的跋——对我来说,这是一件很有意义的纪念品。

在我所有的亲戚朋友中,最富有传奇色彩的人物应该算是我的曾祖母高老太太了。儿子家祯在写他的外公、外婆时有一节专门写高老太太。他的文章中写过的事我就不再重复,所以这儿写的只能说是她的二三事而已。

高老太太姓金,名英,字亦茗。因为她积极参与各种社会活动,所以在当时杭州名气很响,成了德高望重的社会名人。但凡知道她的人,不论男女老少,不论中国人还是外国人,都尊称她为"高老太太"。

高老太太与她丈夫、我的曾祖父同年,十六岁就于归高家。那时正是太平天国的时候,杭州一带叫洪秀全的兵"长毛",因为他们都留长发。1861年,太平军英王陈玉成攻陷杭州,高、金两家逃离杭州,到上海避难。高府暂时被太平军占领做了英王的王府。那时高老太太已跟我曾祖父定亲,但还没有过门。为了担心兵荒马乱影响他们的婚事,两家长辈同意让他们在上海草草成亲。后来,高老太太曾对我母亲说:"当时时世很乱,不及准备嫁妆,娘家只送了一堂红木家具,还是我娘的嫁妆。所以儿媳辈的嫁妆即使简薄,我也不会讥笑。"

---

[1] 高尔登(1885—?):我五叔祖。字子白,浙江杭县人,清末民初军事、政治人物。高尔登早年留学日本陆军士官学校,自骑兵科毕业,他是光复会会员、同盟会会员。毕业归国后,曾任云南督练公所兵备处总办,后兼任云南陆军讲武堂总办。辛亥革命后,他曾任浙江都督府财政司司长、徐海道道尹、浙江银行总经理、护国军总司令部参谋长、广东军政府卫戍总司令部参谋长。1913年2月20日授陆军少将,1919年7月24日授陆军中将。高尔登于1941年前后因病去世。

从此事，也可以看出虽然高老太太是生活在一个半世纪前的古人，那时儿女结婚很通行置办丰厚的嫁妆，否则会被男家和社会舆论所讥讽，但是她却并无这种陈旧的观念。不过，高老太太的那套陪嫁木器倒确是精品。不但式样别致、精巧，而且木质优良、结实，为如今之少见。虽经过两个世纪的风风雨雨，至今有几件仍被我哥哥保留着。

高老太太思想的进步，当然不只表现在她对嫁妆的态度上，而且也表现在她对社会上各种问题的看法，甚至对政局的看法上。以前中国妇女只要做个贤母良妻，在家里管好烧茶煮饭即可，国家大事是男人的事。高老太太不但对国家大事有自己的看法，而且有相应的积极措施，实在难能可贵。

在《云峰阁主人诗稿》高尔登的跋中有这样一段记述，说的正是高老太太的政治态度：

> 时值清廷失政，朝野哗然。鉴于世变日亟，力赞先公命男登、孙维魏等负笈瀛海，储为国用。复于桑梓组天足会、设产科学堂，实开革新之先河。而最不慊于清那拉后，以一妇人秉太阿，倒行逆施，耽乐怠教，竟屋清社，诚女祸之尤。集中《花下围棋》一绝，即为庚子西狩时作也。忆尚有"鸷鸟盘空将觅食，潜蛟戏水故惊人"一联，则为讥袁氏戡影洹上时所作。今集中不存，盖已佚之矣。

跋中所提到的那首诗是这样的：

> 花下围棋笑语频，
> 潜攻默守各通神。

> 误将一子输全局，
>
> 多少旁观冷眼人。

如果与慈禧因八国联军入侵而西狩的时代背景联系起来看，那么这首诗显然是讽刺西太后慈禧以为义和团会帮她打败洋人，结果却落得个仓皇出逃、被世人所讥笑的下场的事。

至于该段文字中高老太太鼓励自己的儿子高尔登和孙子高维魏[1]——即我父亲——去日本留学和创立"天足会"、产科学堂、女子学堂等事，家祯的文章中已有提及，而且我曾祖母办这些事时我还没有出世呢——高老太太办的天足会我母亲参加过，那时她仅十四岁——所以不再重复。然而家祯文章中也提到的关于高老太太施药、行善的事，我倒想做些补充，因为这是我所亲见的。[2]

高老太太有一笔私蓄，她就是以这笔钱来做善举的。比如，她准备了米票，每张一斤；棉袄票，每张一件，发放给穷苦人。穷人拿了票就可以去指定的店里领取米或棉袄。平时，高老太太难得出门，最多只是坐了自备包车或者轿子回娘家，有时也去庵堂寺院。每次出门，她就带上这些票，并把铜

---

[1] 高维魏(1888—1969)，字孟微，我父亲。高孟微先生为杭州私立安定学堂首届毕业生。1904年入京师大学堂。次年即赴日留学，就读于日本帝国大学，获农科学士。在日本居住十三年。回国后曾任杭州笕桥的浙江省立甲种农业专门学校校长(1923—1925)。该校即后来并入浙江大学的浙江农业大学前身。据《浙江公立农业专门学校年谱》，1922年，"12月，命杭县高维魏任农校校长"。随即，"省议会认为兽医学生太少，决定停办。校长高维魏力主维持原状，经费由其私人垫补，兽医科学生也向省议会请愿，议会才通过发半费。1923年1月15日，省立甲种农校校长高维魏接事，学生开欢迎大会。校内学生原分研究社、自治社两派，经开导融和，消灭派别。……1925年，校长高维魏创建浙江公立农业专门学校的'安忘图书馆'。"

自1933年起，高维魏先生担任母校杭州安定中学董事长。抗战期间，日寇犯杭，高先生与校长孙信带领杭州安定中学师生转移到浙江南部的壶镇继续开办。直到抗战胜利，高先生才设法将学校迁回杭州。高先生继续担任该校董事长，直到二十世纪五十年代学校被国家收为公有为止。高维魏先生在二十世纪四十年代曾任杭州参议员。1969年高维魏在"文革"中被迫害致死。

[2] "家祯文章已有所及"是指儿子徐家祯所写的《高老太太》一篇散文，收在他出版的《东城随笔人物篇·外公、外婆及其他》一文中。

板、角子与票子包在一起,沿路见到"叫花子"(即杭州话的"乞丐"),就择一个包,布施给他。我四五岁时曾用一张小板凳放在她乘坐的包车的踏脚上,坐着跟她一起出去,所以看见她路上布施的情况。

高老太太还爱施药。那时看医生、买药都很贵。穷人生病只能挺过去,或者到庙里去求神拜佛,吃香灰。高老太太自制药品,布施给穷人。她发放的药品计有:孕妇用的催生丹、胃气病用的梅花丹、小儿惊风用的金老鼠丸,中暑、发痧用的十滴水、痧药水等。

催生丹是请杭州最有名的中药店胡庆余堂药店派专人来我家账房的空屋里做的。做前要拜三天皇忏,以示虔诚,据说可以增加药的疗效。我记得五六岁时用人领着我去看。只见做好的药丸如桂圆大小,色黑,放在几个大匾里晒。等干了,一部分放在账房里,由账房先生包好放在石灰缸中储存起来;另一部分则拿到上房里,由我曾祖母和我母亲亲自包装,老用人叶妈做帮手。我看见她们先在药丸外裹上金叶——即一种很薄的金纸。在金叶外又包一层白棉纸,然后在外面裹以油纸防潮。最后,还要包一大张用法说明,很费工夫。包好以后也放在石灰箱中。放在账房里的药丸是每天由孕妇自己到门房去讨的。上房的药丸则由亲戚和三姑六婆这些平时走熟的人来讨,所以可以多讨一些。

十滴水是由我曾祖母亲手调制的。她有一张祖传的药方,叫人按方把药配齐,然后把药浸在一坛坛的高级烧酒中,用泥封好,三年后轮流开坛。打开后再用特地从上海买来的滤纸过滤。我还记得小时候看见十滴水过滤时一滴滴慢慢滴入一个大玻璃瓶的情形。十滴水要滴几天才滴完,然后再分装在一个个小药瓶中,备病家来讨。我记得有人自带酒杯来装,说这种十滴水比店里买的香,喝了比店里的灵。[1]

我父亲因为早年丧母,所以从小就是我曾祖母带大的。而我出世时,我曾祖母已经七十二岁了。到她八十岁去世,我只有八岁。在我脑海里,高老太太是个不高的老妇人,头上梳着发髻,穿着灰色、藏青或黑色的上衣和裙子。高老太太平时对人很是严肃,不苟言笑,对下人的要求也很高,所以大家都有点怕她。我母亲未嫁到高家来之前,有人对她说:

"高老太太是杭州城里有名的'雌老虎',连是宰相孙女的媳妇都被她赶回娘家去了。你去做她孙媳妇一定很难。"[2]

但奇怪的是我曾祖母对我母亲一直很好。我母亲一直服侍到高老太太去世。大家都称赞我母亲会做人,不容易。

在我的印象中,虽然我曾祖母平时对我们很少言笑,但是却从来不斥骂我们。有时,高老太太有客上门,我们可以在旁边玩儿,她并不呵斥我们。我还记得有几位外国女传教士也常上门来,会讲很好的杭州话。我现在只记得一位叫"吉姑娘",其他的名字都不记得了。

平时早上起来后,我们小孩就随母亲到曾祖母房里去请安。有时就在她

---

[1] 关于高老太太制药行善之事,我哥哥高恺之曾在来信中做过补充:我家送药,确是曾祖母的一件事,最出名的要算催生丹。此药原名回生丹,因主要供临产用,大家就称之为催生丹。此药由孩儿巷同春坊的张同泰药店(也是杭州有名的大药店)派人来家在账房配制,成药是丸状,有山核桃大小。我幼年时常到账房去玩,亲手包药、送药,亦成乐事。至于配药时家里要拜三天忏之说,外面确有这种传说,但我没有见过。此药大半天可以配好,中午吃素倒是真的,许多事往往越传越神,也是常事。

十滴水配好后即可用。我从十滴水想到另一种药,此药名芥菜露,要用新鲜芥菜以制酒器蒸馏,其液清如蒸馏水,香味扑鼻,要装入坛中,用泥封口,放在有千人走的地板下面三年才可用。所以在我家从大门口到账房的途中,有一片有活动地板,药即被放在下面,因为此处过往的人最多也。此药治肺痈,来讨药者要问明是否吐臭痰才可给药。至于何谓肺痈,就不清楚了,也许是肺癌吧。

"痈"字是炎症及肿块之类的意思,我猜大约不一定是肺癌,可能也包括肺炎之类较重的肺部疾病。从前医疗诊断不太发达,就笼统命名之了。

[2] 关于高老太太把她宰相孙女的媳妇赶回家的事,可见本书第叁拾章《姨太太》一文中"三叔祖的姨太太"一节。

父亲高孟徵和曾祖母高老太太（摄于二十世纪二十年代初）

房里坐谈一会儿。上午十点左右,她常从食柜里取出一只焖盖碗,里面装着煮熬得黏黏的红枣。这是她常吃的零食。如果我们在身旁,她就用两根银签,挖一点给我们小孩子吃。每天临睡,我们也要跟母亲在她睡房里坐一会儿,谈谈天。那时只见老用人叶妈帮她脱去外衣,她穿着一件贴身的小棉袄,坐靠在床头跟我们说话。这时,叶妈总端上来一碗冰糖白木耳。她每天吃剩一点,让我或哥哥、弟弟轮流尝尝。以前说,孩子不能穿得、吃得太考究,否则要"折福"的。所以白木耳这些补品,只有大人才可以吃,小孩最多吃大人吃剩的,就不算"折福"了。

过去女孩不能进学校,所以高老太太出嫁时文化程度也不高。后来她丈夫,即我曾祖父,教她作诗,她就作起诗来。后来居然也作得不错。我曾祖父就把她的诗收集起来,起了个集名,叫《云峰阁主人诗稿》。之所以叫"云峰阁",在那本诗集的序言中有所提及:

"云峰阁"者,非凡境也。太夫人尝梦游焉。其地小园亩许,杂莳梧竹,垒石为山,丘壑毕具。陟其巅,飞阁翼然,有额曰"云峰"。几案明净,卷帙琳琅,清绝迥异尘世。守者进茗碗曰:"此固太夫人前生之所居也。"数梦皆如是。

所以"云峰阁"是梦境中的地名。这个故事是否可靠我就不得而知了。后来我曾祖父和曾祖母相继故世,经过战乱、变迁,高老太太的诗稿也就散佚几净了。我丈夫喜爱诗词,他知道我曾祖母留有诗词,就发心要将其印出。后来我母亲找出一个嵌螺钿的小紫檀盒子,里面都是一张张的小纸片,这就是收入此卷的百余首诗词。我丈夫请人将全部诗词抄写成一本,再请一家书店印了一二百册,分送亲友。后来抗战爆发,剩下的诗集和原稿当然都化为乌有了。我们以为这本小书一定也不会存在于世间,不承想竟让孔阳先生找到一本。

我丈夫在那本书后写了一篇短跋，记载这本诗集失而复得的事。

数年之后，我丈夫把这本诗集拿给福建大词家陈兼与先生[1]看。兼与老人十分重视此书，特地在书的扉页上题诗曰：

> 甥馆陈衙南宋坊，
> 两家文物故堂堂。
> 江湖风雨多流旧，
> 乡献凭君补佚亡。

> 几劫图书尽化烟，
> 留春小草幸犹全。
> 云窗王母熏修地，
> 添得天龙一指禅。

高老太太寿很长，到八十岁才去世。我曾祖父也很长寿，比高老太太还多活了两年。他们结婚六十多年。关于"重谐花烛"结婚六十年大庆等盛况，家祯的文中已有详述。别人都说高老太太是"福寿双全"，其实，她也有不如意的地方。特别是自从我曾祖父娶了姨太太，就很少去她的房里了。连那天结婚六十大庆的典礼之后，高老太爷都没回她的房里，高老太太当然很不高兴。

在诗集中常常可以看到题为《夜坐》《秋夜不寐》的小诗，就可见高老

1　陈兼与(1897—1987)，诗人、书画家，我丈夫好友。原名声聪，后以字行，字兼与，号壶因、荷堂，福建闽侯人。毕业于中国大学政治经济科。曾任贵州税务局副局长、福建省直接税务局局长、财政部专门委员。新中国成立后，被聘为上海文史研究馆馆员。中国书法家协会会员。曾任中华韵文学会副理事长、中华诗词学会顾问。早年即以书法名重于时，曾与沈尹默举办个展。工诗词，亦擅兰竹、山水。二十世纪三十年代与汤用彬等合著《旧都文物略》。著有《兼与阁诗》《壶因词》《兼与阁诗话》《荷堂诗话》《填词要略及词评四篇》《壶因杂记》等。

太太的心情并不舒畅。比如有一首题为《不寐偶成》的诗写道:

> 听尽长更与短更,
> 愁怀难遣梦难成。
> 残灯暗暗风穿牖,
> 竹叶萧萧雨有声。

> 不饮却能知酒味,
> 多言渐恐拂人情。
> 良宵独坐西窗下,
> 夜半谁家砧杵鸣。

可见世上难寻十全之人呀!

高诵芬作文

徐家祯整理

1995 年 3 月 23 日

于斯陡林红叶山庄

陆章
叶妈

我小时候，家里有个忠心耿耿的老用人，叫叶妈。虽然她已经故世半个多世纪了，但是我在谈话中还会常常提起她。

那时做用人的，总希望好好服侍东家。只要东家满意，她就可以安安稳稳地在主人家劳作一辈子，不但不用担心吃住，而且还有积蓄，将来可以供子孙买田、买房，以后也可发家致富。哪里像现在社会上传说的某些小保姆、老娘姨，最好今天一口谋吞主人的家财，明天就反仆为主呢！

叶妈在我出世之前很早就在我们高家帮佣了。从二十四岁来高家做我曾祖母[1]的贴身女仆，到曾祖母去世后继续在我母亲身边做女用人，一直做到近七十岁，在我家前后五十年左右。她是我家用人中做得最长的一位。

叶妈之所以能在我家做那么久，当然是因为她手脚勤快、聪明能干、老

---
[1] 关于我曾祖母，可详见本书第伍章《曾祖母二三事》一文。

高家老女仆，左起：孙妈、叶妈、叶妈媳妇（摄于二十世纪二十年代前后）

实可靠、性格纯朴、不挑拨是非。但叶妈在关键时刻倒也绝不是懦弱可欺、逆来顺受的,而是有刚烈决断一面的。

叶妈当然姓叶,至于她的名字从不见别人提起,于是就没有人知道了。我只知道她是浙江绍兴一带的人。听我母亲说,叶妈二十岁左右在乡下时由媒人许配给过一个男人。按照旧传统,新郎、新娘在正式成亲之前当然是不能见面的。到了新婚之夜,叶妈看到这个男人相貌丑陋、家境穷困,真是所谓的"家徒四壁"。她知道上了媒人的当,就在凳子上坐泣了一夜,没有跟他同床,次日就逃回了娘家。那是一百年之前的事了。当时,女子要"三从四德"。既然拜了天地,就是一辈子的夫妇了。嫁鸡随鸡,嫁狗随狗。女人嫁得不好也只能认命而已。叶妈竟敢不顾舆论的压力而毁除婚约,真正是极其勇敢的事情。

但是在那时候,女人没有丈夫,一辈子在家里住下去是不可能的,不但社会舆论不允许,而且家里的兄嫂弟妇也不会同意。当然,去社会上进学堂、找工作更是不可能。于是,留给这类女子的唯一出路是去城里帮佣。这大概与现在有的人在国内混不下去了就出洋、移民有点类似吧。

杭州是离绍兴最近的大城市,于是叶妈到了杭州,由荐头店(即佣工介绍所)介绍到戴家做用人。戴家是杭州的大家之一。戴熙[1]为道光年间进士,官拜广东学政、兵部右侍郎。晚年回杭州办团练,正遇洪杨起兵。太平军攻陷杭州,戴熙投园中小池"白云堆"而殉职。后来咸丰皇帝追赠他尚书衔,

---

1 戴熙(1801—1860),清代官员、画家。钱塘(今浙江杭州)人,字醇士(一作莼溪),号榆庵、松屏,别号鹿床居士(一作麐床)、井东居士。道光十一年(1831年)进士,十二年(1832年)翰林,官至兵部侍郎,后引疾归,曾在崇文书院任主讲。咸丰十年(1860年)太平天国克杭州时死于兵乱,谥号文节。

工诗书,善绘事。为"四王"以后的山水画大家,被誉为"四王后劲",与清代画家汤贻汾齐名。山水画早年师法王翚,进而模拟宋元诸大家,对于王蒙、吴镇两家笔意更有所得。晚年观摩巨然真迹,在用墨方面有深切的领会。道光时宫廷书画多出于其手。又能画花鸟、人物,以及梅竹石,笔墨皆隽妙。秦祖永的评论是:"临古之作形神兼备,微嫌落墨稍板,无灵警浑脱之致,盖限于资也。所写竹石小品停匀妥帖,尚为蹊径所缚,未能另立门庭也。"

谥"文节"。当然，叶妈去戴家帮佣时，戴文节公已经去世多年。她是去给戴熙之媳做房里生活的，主要工作是收拾房间，给太太、小姐梳头，扎辫子，以及做些针线活。戴熙的这位媳妇是续弦的，小姐为前妻所生，所以跟后母不亲。小姐见叶妈勤快、能干，人也和气、可亲，十分中意，反而对她比对后母更为亲近。后来小姐知道了叶妈的身世，对她更觉同情。主仆二人常常说些心里话。

但是好景不长。一天，叶妈在给小姐梳头时说，她不再在戴家做下去了。小姐大为吃惊，忙问为什么。原来，那时用人在东家家里做工，白天只能做东家的事，只有到了晚上才能做自己的生活（"做生活"，杭州话，即"做工作"之意）。那天早上，戴家的太太对叶妈说，她晚上做生活时间太长了，费灯油，以后最好早点睡觉。叶妈听了心中不快，觉得东家对她不满意，所以决定要调换人家。小姐再三挽留也改变不了叶妈的决心，最后小姐只好跟她流泪而别。

叶妈离开了戴家，又到一家叫"王中人"的荐头店去找工作。王中人就把她推荐到高家三房，亦即我曾祖母房中做事。因叶妈虽是乡下人，但相貌端正、干净利索、规矩正派，人也聪明，深得我曾祖母的欢心，于是一做就做了几十年，直到高老太太故世以后。

最巧的是叶妈进高家门不久，得知戴家的那位小姐已与高老太太的长子订婚，次年就要嫁来高家做媳妇了。她听了心里十分高兴，觉得真是前世有缘啊。等到办喜事那天，主仆重逢，正是如同做梦一般。谁知天有不测风云，次年新娘做产妇，生下孩子只有十天就去世了。真是祸从天降！那个十天就失去母亲的孩子正是我的父亲，而与叶妈前世有缘的小姐就是我从未见过的祖母[1]。

---

[1] 我祖母，即戴熙孙女，名戴爱。她是戴熙幼子戴穗孙的第二个女儿。

孩子没有了母亲就由奶妈喂奶，生活则由他祖母和叶妈悉心照顾，所以我父亲从小就对叶妈很亲热。因为他太小的时候不会叫"叶妈"，把"叶"字发成了"阿"音，于是"叶妈"成了"阿妈"。所以全家老小都跟着他叫起"阿妈"来了。而后来新来的用人，则都尊称她为"叶奶奶"。

我曾祖母见叶妈在她身边忠心耿耿，几十年如一日，颇为看重她，渐渐就只叫她做房内的高级家务了，粗活则由家中其他的女用人去做。比如，叶妈只管高老太太的衣服、被褥的整理及收藏，还管高老太太一年四季的饮食、点心，每晚要吃的白木耳，等等。

高老太太对用人的要求很高，特别是干净、整洁方面，简直有点苛求，但叶妈都能为高老太太满意地办到。比如，高老太太认为女人的下身是不干净的，所以上身的衣服要与下身的衣服分开洗，再分开用两根竹竿晾干，决不能混在一起。那时女人身上要穿个肚兜，是一种像围裙一样的东西，套在胸前和肚子上，预防着凉。高老太太的肚兜是由上下两截缝制而成的：腰以上为上身，腰以下为下身，以便洗时分开。老太太连被褥、床单也都分上下两段。洗时由叶妈拆开，再由一个做粗活的女用人老李妈来洗净，然后由叶妈缝起来。每次叶妈都不会弄错，使高老太太十分放心。

冬春之季，自己菜园里种的雪里蕻和大白菜收了上来，叶妈就带领年轻女用人洗、晒，腌制成雪菜、冬腌菜，除生吃及炒食外，还可晒干，做霉干菜。

我家有一个厅，厅外有一株绿梅，每年都结一树梅子，我们就把这个厅叫作梅厅。每年梅子熟了，花园师傅把梅子采下，再由叶妈和上玫瑰花瓣，做成紫苏荽白片白糖青梅。叶妈还会用店里买来的酸梅干加玫瑰花和白糖腌制成蜜饯。桂花时节，叶妈将采来的桂花和上冰糖，磨成粉，做桂花糖，香甜可口。她也会把桂花和南瓜片与酸梅干和在一起，做糖食，色、香、味俱佳。夏季菜园中收了毛豆，叶妈将豆烘成烘青豆，色绿如翠。生的瓜子经她用盐水一煮、一烘，也成为别有风味的炒果。

叶妈做菜、做点心的手艺都很好。她做的素烧鹅、豆腐松、蚕豆泥、霉苋菜根、霉豆腐等素菜，不但味道鲜美，而且很有特色；做的枣饼、汤圆，皮薄而馅多，全家人都爱吃。

叶妈信佛，终生吃素。她不放心厨师烧的菜，怕混有荤腥，不干净，因此总是用一只砂锅自己炖在烘缸中，煮素什锦。烘缸者，旧时杭州一带家家户户都有的一种炊具：将煮饭之后剩下的炭放在灰里，上面再盖之以灰，炭火就能保持很久而不灭。炭上置一瓦缸，可以炖菜。这就是"烘缸"。那时还没有热水瓶，于是一般以烘缸将开水保温。叶妈煮素什锦当然不会用讲究的材料，只是用菜皮、菜头、豆腐边皮、粉丝头、笋头等做料而已，但是因为本身都是很新鲜的东西，再加常年不起底，鲜汁越煮越浓，所以她的素什锦又香又鲜，味美无比，全家老小都要向她讨烘缸里的菜，吃得津津有味。我小时候也讨来吃过，至今还有回味。我曾祖母每月吃"十斋素"——就是每月吃十天素——素菜当然由叶妈烧。高老太太吃时必分一份给叶妈吃。

我母亲于归高家以后，跟叶妈亦相处甚好。我们大家完全把叶妈当作是家庭的一个成员了。我出生之后，跟着大家叫她"阿妈"。我记得叶妈会拔牙。小时候我们快要换牙时，牙齿松动了，叶妈就叫我们站在床前，两腿要并拢。然后用一根线缚在动摇的牙齿上，很快一拉，动摇的牙齿就掉落下来。她一边拔牙一边还要唱道："不要金牙，不要银牙，只要老鼠牙。"如果这颗牙是从上颚拔下的，就扔到床底下去；如果是从下颚拔下的，就扔到床上的帐顶上去。拔牙时脚要站正、并拢，大概是希望新牙会长得整齐的意思；不要金牙、银牙，而要老鼠牙，当然是希望以后长出的新牙像老鼠牙那么锐利、坚固，而不希望以后装假牙。至于为什么拔下的牙，要分不同的方向扔到床上床下，我至今不得而知。

高家老仆叶妈（1936年摄于布店弄双陈衙金鱼池畔）

有时候，我们孩子生病发烧，叶妈就说是"惊风"了，于是她来"收惊"。方法是手拿一只木柄的铜勺，勺内可能放的是烧化了的蜡。她钻到我们睡的帐子中来，一面口中念念有词，一面手里拿着铜勺在空中挥来挥去。一会儿勺中的蜡冷却、凝固了，她看蜡形像鼠，就说是见了鼠受的惊；如果蜡形像狗，就说是受了狗的惊。我现在已经忘记，叶妈的这种做法究竟灵验不灵验了。

叶妈比较喜欢男孩，所以她比较喜欢我哥哥。我哥哥小时候，将水果、糖果都交给叶妈收藏、保管起来，非常相信她。

叶妈自己有一个房间，房内桌、椅、箱、橱，一应俱全，都是我曾祖母送给她的。平时我曾祖母常常送她点心、水果，她都不舍得吃。水果一定要放到快烂了才拿出来吃。我曾祖母一年四季都有衣服送她，她也不舍得穿，都藏在自己的箱、橱里。老太太给她鞋面布做鞋子，她舍不得，藏起来不用，只用碎布拼接起来做鞋面。每逢过年、过节或婚丧喜事，叶妈的外快都比别的用人多。但她一生的工资、节金、外快从来不用，全部交给东家存在一个钱庄的存折里。

叶妈除了跟一个名义上的丈夫结过婚外，从来没有结过婚，当然也没有孩子。后来，她承继了一个叫三伯的侄子做儿子。三伯长大之后讨了媳妇，生了三个孩子，都是用的叶妈的积蓄。平时，三伯还常来向叶妈要钱，甚至用她的钱在杭州城外买了一块地，种菜赚钱，还娶了一个小老婆。有时，叶妈别的侄子也来向她要钱，把她当作大财主。每当此时，我们总看见叶妈涨红了脸，很不高兴。叶妈有时始终不给，让他们空手而回；有时也会给他们一些。

我曾祖母八十岁在上海去世。叶妈不胜悲悼。她为高老太太供灵三年，后来仍在我家做工。做到快七十岁时，一次在天井中滑了一跤，股骨受伤。

我父亲连忙请了家庭医生孙云章先生来家中为她诊治。但她一直不肯让医生检查，说她把裤子脱下来给男医生看，则宁愿等死！养了一段时间，居然可以用一只茶几扶着走路了。我们通知叶妈乡下的儿媳，即三伯娘娘来服侍她，三餐饭由她儿媳端进去给她吃。我们每月照付叶妈和她儿媳两人的工资。这样又过了几年。

一天叶妈家乡有亲戚来看她，无意中说起：

"你这么大年纪了，还在人家家里做。虽然是吃吃坐坐，念念佛，折折锡箔，但万一死在东家家里就要做他们的'地主阿太'了。要回乡下在自己家住三年，死了才可算自己家的祖宗。"

这倒很合现在西方国家的移民法：要定居一定年份才可入籍！而所谓"地主阿太"者，就是杭州、绍兴一带的土话，指死后一直在当地而不能回家乡的鬼魂。

叶妈听了大有启发，于是就决定回乡。我父母再三挽留也留不住，只好送她一年工资，包了一只大船，将她房里的桌椅、板凳、眠床、箱橱，以及一切可动用物件都装上船去，再雇一顶轿子送她到江头上船，并请账房先生和一个男仆阿顺师傅陪她回乡。以后每年账房先生去乡下收租，都绕道去叶妈家乡探望她，送她一点生活费用。叶妈回乡之后好像还来过一次杭州，是来我家取出代存在钱庄里的积蓄的。我记得，她一共有三千几百块钱的积蓄。在抗战之前，这真是一笔很大的财富呢。

抗战爆发了，我那时早已嫁到徐家，我父母一家则随杭州安定中学逃难。他们正巧经过叶妈的家乡，顺便去看望叶妈，那时她已八十岁了。我后来看见他们跟叶妈一起拍的照片：叶妈坐在中间的椅子上，可能她那时已经行动很不方便了吧。

叶妈一直活到八十二岁才故世。那时我正生我的大儿子，我母亲在上海陪伴我。叶妈的儿子三伯特地赶来上海报丧，说叶妈死时并无痛苦，他们儿孙服侍得很是周到，都尽了孝心云云。我们听了噩耗，不胜怅然。

从叶妈去世到现在已过去五十多年了。但我还清清楚楚地记得她高高的身影、胖而慈祥的笑脸，还能回味出她做的美味的菜点呢！

高诵芬作文

徐家祯整理

1995年3月26日

于斯陡林红叶山庄

柒章
招姑娘

招姑娘是我杭州老家的一个邻居。我不知道她姓什么,也不知道她的名字,只知道大家都叫她"招姑娘",我也就跟着大家这样叫了。我甚至都不知道为什么大家叫她"招姑娘"。

记得我第一次见到她时,她已经是三十多岁的寡妇了。我不知道她原来的丈夫是做什么的、怎么去世的,因为从来没有人谈起过,也从来没有人问她。

招姑娘为人规矩正派、诚实有礼、做事认真。她是寡妇,按照从前的规矩,她应为死去的丈夫守寡一辈子,不能再结婚。当然她就不能涂脂抹粉、穿着打扮,去招蜂引蝶。于是,每次我看见她,只见她虽然整齐清洁,却总穿着素色的破旧衣服,头发上也不涂油,显得有点蓬头散发的样子。招姑娘身材不高,脸色槁黄,眉毛有点倒挂,很有些苦相,见了她使人想起《列女传》上那些三贞九烈的人物形象。

招姑娘为人彬彬有礼，超过了一般的常例，显得很是拘谨。比如，每次她来我家，总是从上到下，每个人都招呼到，连小孩都不忽略。她叫我为"阿官"。"阿官"者，杭州一带对小孩子的尊称也。我们请她坐，她总是不肯。我们一定要再三再四地恳请，她才勉强坐下，但是总是坐在最下方的一张椅子上，而且不是整个屁股坐在椅子上，只是斜着身子，只有屁股的一角坐在椅上，表示客气和谦卑。

招姑娘以帮人洗衣、做家务赚钱为生。她做事从不马虎偷懒。那时杭州人家洗衣服一般都用井水。招姑娘洗起衣服来，搓了又搓，擦了又擦；然后一桶桶井水吊起来漂，一直漂到水里一点肥皂沫都没有为止。她洗的衣服、被褥、帐子洁白如新，无人可比，所以我们每年总要请她几次，来洗大件衣物，所给的工钱当然也比别人给的多得多。有时招姑娘上门是来为自己或人家讨药的。凡是她上门来，我们会额外多给一点。总之，虽然她穷困，但是大家都看得起她的正直为人。连我曾祖母都十分看重她。

招姑娘生有一子，从小抚养成人，十分辛苦。儿子倒也孝顺母亲。后来，儿子托人找到一个工作，母子两人相依为命，日子渐渐过得好了起来。又过了几年，托人做媒，给儿子介绍了一个乡下姑娘，由儿子亲自去暗中相亲。他看了觉得很是满意，于是就订了婚约，择日结婚。为了举办婚事，母子两人用尽了半生积蓄，主要花费在给女家的彩礼上。大喜那天还办了几桌酒席，请媒人、朋友来吃饭，倒也很是体面。不想待新娘从轿中出来，才发现并不是那天相亲时所看见的女子，方知受骗上当了。想要声张起来，把假新娘退回去，但一则怕闹出笑话，面子上过不去；二则又怕彩礼讨不回来，以后再要积起一笔钱来结婚怕很不容易了，于是只好忍气吞声，将就算了。但是日子过下去才发现这个媳妇并非贤惠勤俭之人，而且在娘家时已有外遇，常常一去几日不见人影。原来和和睦睦的一家，就让这个媳妇常常弄得鸡犬不宁。最后，媳妇索性一去不返了。

不久，日寇犯杭，母子逃避乡间，靠儿子做单帮、负重物得钱度日，有时一天要走数十里路。大约因为劳累过度，儿子得了心脏病，就此一命呜呼。可怜这时招姑娘也年已花甲，几家老东家都逃难去了上海，叫她如何生活下去。

抗战时期，我母亲在上海陪我做产妇。我娘家也都逃离杭州。招姑娘实在无法过下去，就到我娘家账房中求助。账房写信把情况告诉了我母亲。我母亲亦是心慈信佛之人，平时乐善好施，出门见了叫花子必要择几个钱给他们。招姑娘是熟人，又是邻居，哪有不帮之理。于是我和母亲赶紧寄钱给账房，请他们转交招姑娘。但是那时正是乱世，我新婚不久，住在大家庭中。我家的规矩是每月由账房按每人已婚还是未婚的情况发给月规钱做生活费用。我每月也靠大家庭所给的月规钱过日。抗战时期物价飞涨，拿来的月规往往几天就用得精光，所以我们即使有心想帮助招姑娘，实际上也帮不了多少钱，尤其无法定期帮她。

后来，局势稳定了。我的经济也从大家庭中独立出来了。我听说招姑娘的情况还很可怜，就常寄钱去杭州请我母亲转交招姑娘。但是因为我家住上海，所以很少有机会见到她。

有一次我去杭州探望父母，他们的一个女仆赵妈告诉我，招姑娘大约得了老年痴呆症，有一时期常常来高家。他们给她饭吃，她狼吞虎咽，口中还念念有词，不知所云。赵妈说，不要一次给她的钱太多，因为她可能会乱用。于是从此我就把一笔钱放在母亲那儿，由她分批接济招姑娘。我母亲她们那时经济已大不如以前，但也或多或少接济她一点，一直到招姑娘去世为止。

我常想，佛教徒总相信：善有善报，恶有恶报。然而为什么很多像招姑娘那样的善良人，命运却如此不幸呢？难道是因为他们前世造孽，所以今世才要受苦？！

高诵芬作文
徐家祯整理
1995 年 3 月 26 日
于斯陡林红叶山庄

捌章
褚先生

我曾祖母思想非常开明，在近一百年前就让我父亲去北京念京师大学堂（北京大学前身），毕业以后又让他去日本留学十三年。但是我父亲思想却十分封建，觉得女孩子不用有高深的学问，只要识几个字就好，以后反正靠丈夫，所以从来没有让我进过正式的学校。我还记得我很小的时候，母亲常对我说："女孩子也应该进学堂念书。你要自己对父亲说要进学堂。"但我那时也受封建思想的影响，反倒认为母亲的说法不对，所以始终没有向父亲提过进学校的事。现在想起来真是终生遗憾的事。

我开始认字念书是六岁的事。一直念到十八岁出嫁，中间因为军阀混战而逃难，中断了一段时间，前后加起来共念了十年左右的书。这十年中，共换过三位老师。其中一位教的时间很短，已经没有什么印象了。其他二位，至今印象很深。

我的启蒙老师姓褚，名东郊，杭州人，在我家坐馆时三十岁左右。那时我哥哥和一位叔叔已经在跟褚先生念书了。我算是他的第三个学生。

第一天进馆时的情景，我现在还记得很清楚。那天一早起来，女用人给我用红头绳扎了小辫子，换了新衣、新鞋，打扮得很漂亮，准备上学了。但我却心事重重，既担心又害怕。因为平时大人总说，先生对学生是很严格的，老师的话学生一定要听，所以我想还是待在家里好，周围都是熟人，现在却要去见以前从未见过的老师了，心里真是越想越怕。

那时大户人家请的老师都住在主人家中，我们也不例外。学馆设在一个三开间的大厅中。大厅旁边有厢房，是老师的卧室，外边有天井。学馆离我们住的内室有很长一段距离，都有走廊相通，很像现在去苏州园林看见的那种样式。

第一天去馆里，我大哭起来。女用人抱着我进馆，我一路看见走廊里的庭柱就用手紧紧抱住，不肯上学去。但是等走到大厅门口，我倒不哭了，因为怕被老师看见难为情。

女用人把我放在门口，开门进去。只见叔叔和我哥哥已经坐在各人书桌前了。先生见我进去，笑嘻嘻地站起来。女用人让我叫先生，我也叫了。然后，让我朝上方以两支红蜡烛供着的孔夫子像跪拜；再请褚先生站在上面，要我朝他跪拜。拜完之后，先生笑眯眯地把我领到一张小书桌前面，让我坐下，拿一本书给我，教我念"人、手、刀、尺"，还学写描红字。写好之后，拿给老师看，他在上面圈了几个圈，说我写得好、聪明。下午不但让我比哥哥早放学，还给我一把糖果。于是，我就放下了心，不再害怕上学了。第二天，我乖乖地跟着哥哥一起进馆，不再啼哭。后来等我长大，我才知道，老师给我的糖果是我母亲事先交给老师的。

褚先生是一位有学问、有修养、有孝道的老师[1]。他瘦而高，那时还没有成亲，家里有一老母靠他抚养。我家对老师很客气，除了一日三餐由服侍老

---

[1] 最近，在网上查到好几本褚东郊编写、校注的课本、读物、文选，大部分由商务印书馆出版，并编入王云五编的《万有文库》中。可惜至今尚未找到褚先生的简历。

师的女用人端过去之外，每天还有一顿点心。有时买了糖果、点心、时鲜果品，也拿去请先生品尝。褚先生总是只吃一点，或者一点也不吃，将果品包回家给他母亲吃。我曾祖母知道了此事，十分看重他，就将她娘家的侄孙女六小姐嫁给了他，于是褚先生成了我们的亲戚了。

褚先生在我家坐馆时，常有一位好友来访。此人矮矮胖胖，而孔黑黑的。每次来看褚先生，总是上午。我们在下面做功课，他就和褚先生在上面谈论书画，所说内容当然不是六七岁的孩子能听懂的。中午，褚先生留朋友吃午饭。下午，他们常一起画扇面。我只见他们用图钉将空白的扇面钉在桌上，抹平。然后用无敌牌牙粉把扇面擦一遍，去掉扇面上的油脂。最后褚先生写字，他朋友画画。画好扇面，他们就出去了。此人的名字叫王云五。我想一定就是后来发明"四角号码检字法"，出版《万有文库》，曾经任上海商务印书馆总经理的那个王云五[1]。因为我那时听我父亲说过，说他当时在商务印书馆做事，但尚未当上总经理。

褚先生教我的时间并不长。后来他找到了别的工作，就辞去了在我家的工作。两三年后，有一次我们逃难在上海，褚先生来看望过我们。那时可能他又没有了工作，而我们临时住在上海，当然也没有老师。于

1　王云五（1888—1979），中国出版家、教育家。原名云瑞，号岫庐。原籍广东香山，1888 年 7 月 9 日生于上海，1979 年 8 月 14 日在台北逝世。他自学成才。幼年读《三字经》《千字文》等书。14 岁在上海一家五金店当学徒，入夜校学英文，18 岁担任中国公学英文教员。任教时，曾购买一套 35 册的《不列颠百科全书》，每日以二三小时读之，三年内通读一遍。一生未进大学，无一纸文凭，但学识渊博，在台湾政治大学授课 13 年间，博士、硕士出其门下者不下百人。

辛亥革命后，应邀出任临时大总统府秘书。1913 年 3 月，应蔡元培邀请就任民国政府教育部教育司科长，与普通司科长许寿裳、社会司科长周豫才（鲁迅），被称为"三司"之秀。1921 年经他的学生胡适推荐进商务印书馆，历任编译所所长、总经理等职。除 1929—1930 年间离馆 5 个月外，一直工作到 1946 年。1964 年后主持台湾商务印书馆，至 1979 年逝世。在商务印书馆工作的 40 年中，该馆经历了几次危难，王云五均锐意推行科学管理，输入新知，发扬国故，普及文化，开拓文化疆域。在他主持下，出版适应时代的教科书、工具书，翻译出版世界学术名著，整理出版有价值的古籍。

《万有文库》《大学丛书》和《丛书集成》等问世，使商务印书馆成为对当代中国文化有贡献的出版社。此间，他还倡导中外图书统一分类法及四角号码检字法。他的著作，至 1977 年达近 100 种，其中有关政治思想史和教育思想的论著，各逾 100 万字。

王云五

是我父亲就请褚先生教过我们三个孩子一段不长的时间。

我最后一次见到褚先生已是抗战胜利之后了。那次父亲来上海，住在我家里，也借我们大家庭的房子开杭州安定学校[1]董事会。因为我丈夫也是董事之一，还有陈叔通[2]、钱均甫[3]等几位董事都在上海。可能褚先生知道我父亲在上海，特地来探望他。我也出去见先生，看见他是一副春风得意的样子。父亲送走老师后对我说：

"褚先生靠他朋友王云五的帮忙已经得发了。"

"得发"者，杭州话，发达的意思也。现在算起来，当时王云五正在当国民政府的经济部部长、财政部部长，帮好友在政府部门找个工作一定不是难事。后来，我们没有再听见过褚先生的消息，不知他是留在大陆还是跟王云五去了台湾。

高诵芬作文

徐家祯整理

1995 年 4 月 2 日

于斯陡林红叶山庄

1　杭州安定学校，杭州最老的私立学堂，创办于 1902 年，初名"钱塘县私立安定学堂"，民国元年改名为安定中学。筹备初期由陈叔通先生主持，后由项兰生先生任监督。第一届毕业生共十名，我父亲高孟徵先生为其中之一。1933 年后，我父亲任该校董事长，直到二十世纪五十年代取消董事会为止。安定学堂现在已改为杭州第七中学。

2　陈叔通（1876—1966），名敬第，以字行，中国政治活动家，爱国民主人士，浙江杭州人，清末翰林。曾留学日本，后参加戊戌维新运动。辛亥革命后，任第一届国会众议院议员，曾参加反对袁世凯的斗争。长期担任上海商务印书馆董事、浙江兴业银行董事等职。抗日战争期间参加抗日救亡活动。1949 年 9 月出席中国人民政治协商会议第一届全体会议。新中国成立后，任中央人民政府委员，全国人大常委会副委员长，政协全国委员会副主席以及中华全国工商联合会第一、二、三届主任委员。1966 年 2 月 17 日卒于北京。

3　钱均甫（1880—1969），即钱均夫。我父亲的好友。名家治，后以字行，祖籍杭州。爱国民主人士。曾在南京国民政府教育部任职多年，后任浙江省教育厅厅长。1956 年被中央人民政府国务院任命为中央文史馆馆员。1969 年去世。他是一位爱国的革命人士，新中国文史专家。钱均夫为钱学森父亲。钱学森（1911—2009），生于上海，祖籍浙江省杭州市临安。毕业于交通大学和美国加州理工学院。世界著名科学家，空气动力学家，中国载人航天奠基人，中国科学院学部委员及中国工程院院士，中国"两弹一星功勋奖章"获得者，被誉为"中国航天之父""中国导弹之父""中国自动化控制之父"和"火箭之王"。

玖章
黄先生

我十岁左右时，家里换了第三位私塾老师。他姓黄，名静山，浙江萧山人，前清秀才，是我父亲的舅舅，即清朝戴文节公戴熙之孙介绍来的。黄老师一开始负责教我哥哥、弟弟和我三人。后来，他们两人先后进了学堂，只有我一人在家。我父亲请他继续教我，直到我出嫁为止，一共在我家教了八年。

黄先生一家寄住在杭州江头。虽然离杭州市区不远，但是不能每天回家，所以一开始黄先生是住在我家的。在作为学馆的一间三开间的大厅旁边，有一间厢房是黄先生的房间。房外还有一个天井。我们专门请了一个女仆服侍黄老师。那个女用人给老师洗衣、倒茶、打扫卫生，一日三餐由她从大厨房里将饭端去给老师，下午还送一顿点心。除了工资以外，膳宿当然都是免费的，外加茶、烟供应，老师的待遇相当不错。后来，黄先生见在我家能够长教下去，就将家眷搬来杭州，住在离我家不远的地方，于是他就每天回家了，但仍有一顿饭是在我家吃的。

黄老师来我家教书时已经六十多岁，黄师母早已亡故。据他自己说，他喜欢小脚妇人，找来找去找了一个脚小得走路都有困难的夫人。有时他夫人不能用脚走，只能跪在地上用膝盖走路，听了真是残忍。他共生过十个儿女，但只剩下两个女儿，此时都已三十多岁，还待字闺中。旧时，女子出嫁很早，如果二十多岁还不许配人家，一般就只能做填房了。我母亲知道黄先生家境不好，家里没有得力的人手，就对他和他的两个女儿很是同情，所以凡是家中有什么时鲜果点，请黄先生吃了，还送一些给他，让他带回家去给女儿尝尝。有一次他女儿病了，就请我家的家庭医生孙云章先生去诊治，还派我家的一个女用人陈妈去服侍她一个月，直到完全康复才回来。黄先生家有什么事要做，总差我家的男仆桂生去他家帮忙。

有一次，我家买了一台收音机。当时在杭州，收音机是稀奇的奢侈品，很少有人有。我父亲想，黄先生一定没有看见过收音机，就叫用人去请他及二位小姐一起来听。黄先生十分高兴，叫用人回话说："马上就来。"过去，男女不能随便见面，平时老师是不进内房的。但那时收音机放在父亲房中，于是只好请先生进内房来坐了。我母亲以前从来没有见过先生，我也从来没有见过师姐，大家都很兴奋地等着。不一会儿，门房跑进来通知，说："黄先生、黄小姐来了。"于是我和母亲先行一步，我父亲则后走十几步路，落在后面。从正屋到外边要经过一条长廊，穿过一个天井，还要出一扇园门。出了门，只见先生和三师姐迎面来了。先生特地换了袍子、马褂；三师姐穿了一件花色旗袍、黑鞋、白袜，一头乌发，一张黄黄的圆脸，并不漂亮。为了做客，她还特地学当时的时髦样子，戴了一副墨镜，显得有点不伦不类，我看了差点笑出来。我忙招呼老师和师姐。母亲因是第一次见先生，行了敛衽礼，先生作揖回礼。师姐叫我母亲为"大妈"，也行了敛衽礼。先生为二师姐不能来道了歉，然后大家谦让一番，才由先生先行。这时，父亲也到了，大家又

塾师黄静山

行礼、问候，让进父亲房中。用人泡上龙井茶，装上四盘果品。先生听了收音机，啧啧称奇，说："南京、上海的声音怎么会跑到杭州来了！"那时杭州还没有广播电台，所以只能收别的城市的新闻广播。现在，地球另一头的声音、图像都能即刻在地球的这一头呈现，这在六十多年前真是做梦也想不到呢！

有一年，夏天特别热。我母亲忽然想到黄先生的家是与人拼住的，只有一两间房，一定很热，于是就由我们传话给先生，请他到我家梅厅里来过夏。这梅厅是我父亲当时新造不久的一个厅，是一栋三开间的楼房，在花园旁边，独门进出，很是清静、凉快。天井四边有花坛，种着黄杨、罗汉松、海棠、天竺桂，中间则有一株很大的绿梅，所以大家叫它"梅厅"。先生一家住进来之后，我们让用人一日三餐将饭送去，下午送绿豆百合红枣汤、西瓜、凉粉请他吃，洗衣、洗澡也由用人照管。晚饭之后，两位师姐常来我们内屋天井中乘凉、聊天。住到暑热过去了才搬回家去。他们一家为此对我们十分感激。

黄先生为人十分诚实、正派，但是因为自尊心很强，加上脾气暴躁，所以常常莫名其妙地发用人的脾气。比如，我家是大家庭，房子很大。外面有总的门房，为三房人家看门。门房里总有两三个看门人，不用按铃、打门。但是黄先生进了大门，在走到我们一房的花园之前，还要经过一道门，这扇门平时总关着。他要按电铃，等女用人给他开门，然后穿过花园、房子、走廊，到后院旁边的三间书房去。有时他在门外按了电铃，用人一时没有听见，或者走得慢了一点，他就会光火，大骂。有时用人不服，低声嘀咕几声，或者对他稍有失礼之处，那就更不得了了。他会从大门口一路高声跳着骂进来，一直骂到书馆。我们三个学生丈二和尚摸不着头脑，不知又是谁得罪了先生，只好让他骂一个上午。中午，一般由我哥哥陪老师吃饭。我和弟弟进里屋跟父母一起吃饭时，把黄先生又发脾气的事告诉母亲。母亲找用人来询问。有时用人说：可能因为新来的用人不知道先生性子急躁，开门慢了一步，让先生按铃多按了一会儿。于是大家才知原委。

我哥哥之所以中午陪老师吃饭，也是因为黄老师发用人的脾气引起的。起初，黄先生刚来我家时，是让用人将饭菜端到书馆里去请他单独吃的。每天四菜一汤，两荤两素。黄先生吃相很好，饭菜吃得干干净净，从不杯盘狼藉，而且每次只吃两样菜，其余两样菜是不动的，大概也是有"派头"的表现。他吃鱼吃得最为干净，总是只吃一面，从不将鱼翻身，吃另一面。我父亲说："这就叫'君子不吃翻身鱼'！"有一次，黄先生吃饭时大发脾气，说用人看不起他，把冷饭拿给他吃。其实，只不过是给他盛饭时盛了锅子表面的饭，而且没把饭块打碎罢了，他却以为是剩饭。于是，我父亲以后就让我哥哥陪他吃饭，以示一视同仁。用人以后给他盛饭，不但只给他盛饭锅中间的饭，而且还要小心翼翼地把饭团打碎。

现在回想起来，黄先生的这种脾气正是他矛盾心理的反映。因为他是老师，所以总觉得自己是一个有地位的人，自尊感强。从前，老师的地位仅次于父母，是"天、地、君、亲、师"中供奉的对象之一。俗话有"一日为师，终身为父"的讲法。但是黄老师的家境贫困，所以又有自卑感，怕用人们嫌他穷，看不起他。于是，他就疑神疑鬼。凡是用人对他稍一怠慢，他就会牵扯到看他不起上去了。他的大发雷霆，正是他要维护自尊心的表现。有时我们听到他跳着骂时说"我在娘胎里时就是用用人的"等，就是他认为用人嫌他穷的明证。

从黄老师要找小脚女人做太太一事，当然可见他的老派了。他有时还真古板，迂腐得可笑。我开始跟他上课时，当然他教我的是"四书""五经"。后来，因为受社会上流行梁启超在《新民丛报》上发表的大量文章的影响，黄先生开始让我改读这类文章了。这些文章明白通畅，容易理解，于是我开始在作文中模仿。老师在我的作文本上常画密圈，表示赞赏。那时，我弟弟将进初中，哥哥已进高中，家中请了一位补习老师来给他们补习英文和数学。因为我只上半天课，黄先生下午回家，所以学馆就让给哥哥、弟弟补课。这位年轻老师喜欢翻弄我的书桌，看了我的文章，摇头摆尾地念了起来，还对我弟弟说："你姐姐的作文写得真好。"此后，每次来上课，他必找我的文章阅读。有一次，我弟弟对黄先生说起补习老师称赞我的文章的事。黄老师不但不高兴，反而大怒道："男老师怎么可以开女学生的抽屉？岂有此理！以后把抽屉锁起来，不许他看！"从此，我就在那位老师来之前把抽屉锁好，不让他看了。现在想黄先生的理由，真老派得可笑！

一个先生教三个学生，平时当然很空闲。我们在自己的书桌上看书、写字时，他也看书、写字。有时实在无聊，他就看墙上挂着的寒暑表，唠唠叨叨地说"今天多少多少度了，天要冷了"，或者"天要热了"。夏天温度一高，黄先生就说："今天热死了热死了。下午一定要中暑了。我不来了。"于是我们三个学生也乐得放假一个下午。黄先生可能有支气管炎之类的病，有时会吐一点血。等到他发现痰里带血，就说："不好了，吐血了。我不来了。"于是又放假几天！

后来，我跟徐家的少爷订了婚，黄先生很是慌急起来。因为他听说新郎会作诗，新娘怎么可以不会呢？于是，他也教我学诗。但是作诗是要多读才能领会入门的，我才读了几十首诗，他就出题目要我作了，我当然只能瞎作而已。我还记得，黄先生给过我一本小书，只有二寸许长，里面都是诗词典故，作诗时可用。那时我作的打油诗现在都忘了。只记得有一次题目是《雁来红》。我诗末两句是"小草亦能争艳丽，何须寒菊满庭栽"，老师颇为欣赏，加了密圈。可惜不久后结婚，俗事累人，未能继续学下去，至今我对诗词仍是一窍不通！

我出嫁后不久，抗战爆发，我随夫家逃难到上海，住在位于南京路山西路盆汤弄的夫家所开的庆成绸庄上海发行所里。一天，忽然黄先生来临。原来，他是从我娘家的账房中打听到我的地址的。他告诉我，离开我们家之后，他还要去找他的另一位得意门生阮葭仙。那位学生在宁波当了银行行长，当然就安排黄先生在行里当了一位职员。后来因为抗战，银行解散，黄先生失了业，只好再回乡下去投靠亲戚。这次是路过上海，想来借一百块钱。他很客气地说：如果不便，他可以去向做过行长的学生借。在抗战期间，一百块是一笔不小的数目。我看他年老气喘的样子，十分可怜他。虽然我当时自己手头也不宽裕，但想念师生之情，就一口答应了他的要求。黄先生露出了喜出望外的样子，连连说：“是真的吗？那我不用去葭仙那儿借了！那我不用去葭仙那儿借了！”我看了很是感动。

我问他现在住在何处。他告诉了我一个小旅馆的名字，说很远，是坐了黄包车走了很久才找来的。我一听说：“你的旅馆就在我们对面呀！”原来车夫欺他是外地人，拉着他兜了一个大圈子，骗了他一笔车费！

我连忙叫我的女用人陈妈搀老师过对门去。我也过去见二师姐。相见以后谈起来，才知道三师姐已由邻居做媒，嫁给了一个在杭州开绸庄的、五十多岁的萧山地主做填房，现在已经生了一个儿子，家里还有前妻所生的子女、媳妇、用人，她做了太太，生活很富裕。这次她和父亲就是去投靠这位女婿的。

我的太婆是个很善良的人，听说我的老师来了，而且住在对面客栈里，就吩咐说：“三餐饭由我们的厨房做了由阿福师傅送过去。”老师省了三天饭钱，心里也觉得非常温暖。

那天下午我丈夫回家，知道我先生来了，就同我一起过去拜望他。次日，黄先生要我和二师姐同去附近一家照相馆拍照留念，他也同去。我见他步履艰难，走路就气喘吁吁的样子，很觉可怜。到了店里，我请他一同拍照，他坚决不肯。我见他有男女有别、师生不可同照的意思，就不再勉强了。可惜我和二师姐同照的那张相片遗失了。

黄先生离沪去杭时，我太婆又请男用人阿福送他上车。他拿出五块钱来给阿福表示感谢。二师姐上车时还抱了一只很漂亮的纯白的"日月眼"波斯猫。这就是我跟他们的最后一面。

过了几年，有一次我回杭州娘家，正巧三师姐抱了她的儿子在我娘家吃午饭。她告诉我，黄先生已经作古了。去世那天晚饭后，二师姐正在帮黄先生洗脚。忽听她喊："三妹快来，爹爹要去了！"三师姐说："这么晚了还去哪里？"后来才弄清，原来是指黄先生已到临终之时了。黄先生去世以前，二师姐一直在先生身边，服侍她父亲，没有出嫁。黄先生故世之后，二师姐由妹夫介绍嫁给一个当地人做续弦。不久，她回杭州办事，想不到回乡下时竟在路上染霍乱去世了。我们听了不胜伤感。次日，我和弟弟同去三师姐处回看她，岂知她已回乡，我们两人只得怅然而归。从此以后，我和三师姐就没有通过音信。

三师姐比我年长二十多岁，经过这么多人事变迁，大概不会在人世了吧。

高诵芬作文
徐家祯整理
1995 年 4 月 4 日
于斯陡林红叶山庄

拾章
鬼故事

我小时候,家中用人很多。在我三四岁时,不算看门的、打杂的、在外面做粗重活的男用人,光在里屋工作的就有六个女仆:三个是服侍我曾祖母的,三个算是归我母亲的。

在服侍我曾祖母的三个老用人中,阿妈的资格最老,我已专文另述了。另一个女用人姓李,年纪也很大了,牙齿都已掉光,吃起东西来靠上、下嘴唇一开一合,所以我们叫她"瘪嘴李妈"。又因为她喜欢搬弄是非,我们在背后就叫她"李老太婆"。最后一个叫朱妈,她除了做老太太的事,也兼着照顾馆里的老师褚先生。朱妈是老杭州,讲的是地道的杭州话,比如,她说"楚楚谐歇儿"(只能按音写出),意思是"等一会儿",不知是哪个年代上的话。现在大概在杭州已没有人知道了。

照管我的是陶妈,绍兴人。她在我断奶后就来照看我,但不久就离去。照管我弟弟的是王妈,就是那个坐车车翻身、称人称断绳的大胖子。还有一个姓李,年纪比老李妈轻,我们就叫她小李妈。小李妈手脚不大干净,爱拿东西。有一次，我母亲亲眼看见她在蒸点心的蒸笼里装了一盘热气腾腾的点心，飞快地走到账房里给账房先生吃。可能这是因为她平时要麻烦账房先生写信、看信，所以要拿东西以表示感谢。

这些女仆平时没有很多事做，因为擦窗、掸尘这些重活都是男用人干的，我们主人连老师在内只有七八个人而已，所以很空闲。每到下午，她们这几个新、老用人往往全坐在后间，围着一张大方桌。阿妈折锡箔、念佛；瘪嘴李老太擦油灯，准备晚上用，因为那时杭州还没有电灯，所以晚上总是点三根灯草的油灯；朱妈做鞋底；小李妈把洗好、晾干的衣服折叠起来；奶妈则给我弟弟喂奶。我坐在领我的陶妈的膝盖上，看她们做事，听她们讲话。她们最喜欢讲的是鬼故事。

记得一次她们讲过一个僵尸鬼的故事，说有个僵尸鬼生了个孩子，既然是僵尸，当然没有奶可喂孩子，于是她每天清早太阳还没出来的时候，就抱了孩子去汤团店讨汤团汤喂孩子。店主见此人从来不讲话，也不换衣服，每天都来得那么早，就怀疑她是鬼。一天，店主叫学徒暗中尾随她，看她住在哪儿。果然，只见她走到一片荒地里，钻进一个坟墓中去了。店主知道之后叫人把墓打开，只见里面躺着女鬼和婴儿。不一会儿，太阳出来，僵尸一见太阳就化为一摊鲜血，从此就没有抱孩子的女人去讨汤团汤了。

她们还说乡下某地有一个人死了之后附在活人身上，说自己因为生前做了什么坏事，现在被罚入地狱，就要割掉舌头，投胎做狗去了。听了这些故事，我害怕得汗毛凛凛，贴在保姆的身上不敢离开，晚上也不敢一个人独自在黑暗中走路了。我还想：以后大起来一定要当好人，不要也投胎变狗。

这一类鬼故事不但用人们常说，而且因为那时人们都相信鬼神，也相信因果报应，所以大家都说，有的说得简直难分真假了。记得有一次我家的一位堂房二伯伯来访。因为那时的规矩是，男客来了女主人不能出去陪客，所以只有我父亲出去。送走了客人进来时，父亲很吃惊地讲给我们听客人说的故事，还说这是客人亲见的。

客人有位友人，平日对父母甚为孝顺，一天忽然得急病死了。他的父母妻儿十分伤心，天天哭悼他。他变成了鬼，也十分思念父母妻儿，在阎罗王面前苦苦哀求。最后感动了阎罗王，允许他还阳，并嘱咐他在某年、某月、某日夜里托梦给家中所有上下老小，叫他们在某个时辰去打开棺材，他就可以复活。这一天，果然全家同时做了一样的梦。大家觉得奇怪，想一定有什么因缘，就真的在指定的时间打开了坟墓。只见他躺在棺材里已有了一点呼吸，过了一会儿，眼睛睁开，竟活了过来。大家把他搀出棺材，却见他左脚走路一瘸一瘸的，问他是何原因。他说："你们开墓开得早了一刻钟，我的左腿还没完全长好。要是再晚一些就好了。"我父亲说，这是我堂房二伯伯亲见的。他说，那位友人还把左腿的裤管拉起来，给二伯伯看，腿上确实没有皮肉，只有骨头，很是难看。我们听了，既感害怕，又感疑惑，不知是真是假。

还有一次，我父亲的朋友传给他听一个有名有姓的人的故事，更为离奇了。那个人是办实业的，在杭州很有点名气。他开了一家很大的店，叫"三友实业社"，卖的是各种实用百货，应有尽有，就像现在的百货商店。那时在中国还没有这样的店，他这一做法倒是创举。据说，这位老板信佛甚笃，每天定时在家静坐。但是这家的女主人脾气极坏，家中的事一不称心，即大声吵骂。男主人最怕听她的骂声，一听就心中烦恼。经过多年的修炼，那老板终于功德圆满，自知在某天某个时辰就要离开人世，到西方极乐世界去了。于是到这一时刻，他就去房里静坐。谁知正在他灵魂出窍的一刻，妻子为了什么小事大发雷霆起来。被她一骂，那人心中一乱，灵魂误入邪路，投胎成了某家之狗。这天晚上，他托梦给家人，要家人去那家，把情况说明清楚，讨回小狗来养。家人去一问，果然在这一时辰生过一只梦中描述的小狗，于是讨回来奉养，全杭州城里传为奇闻。

还有一事，也很离奇，而且故事中人还跟我夫家有一点亲戚关系呢。杭州旧时大多数房子都是用木板盖的，很容易着火。我小时候一听见火警，最为害怕。有一年，下城区大火，次日有友人来说，那天火势甚厉害，烧了许多人家。有一户人家，前门已经着火，不能出去，只好走后门。他们的后门通一个大户人家。那家大户怕别人趁火打劫，把门紧紧关住，死也不肯打开。于是邻居一家五六口人被活活烧死在他们的门外。次日大家看见门上许多血手印，真是惨不忍睹。周围群众都指骂那家大户不人道，将来没有好报。不久，那家的老主人果然暴死。他托梦给儿子，说将投胎到某处某户做猪去了，并告诉他儿子，猪身上会有什么记号。他儿子第二天马上去看，果然发现此猪，乃买回当老太爷奉养。最近，我在浙江佛学会杂志的一篇文章上也见到此事。该文还说用人去喂这头猪时，叫一声"老爷"，那猪便会"哼哼"答应。我结婚后太婆也给我讲过此事，看来似乎不假。只是真的难以使人相信！

旧时，大家庭的房子很大，房子既旧，空屋又多，于是常常闹鬼。我夫家在杭州老家的房子就很大，比我娘家的房子更大，这是徐家从一个姓许的、后来败落的大户人家手中买来的[1]。听说那房子里有丫头投井自尽过，所以有鬼。我丈夫说，他小时候，家里还雇有打更的老头。杭州话叫"打更"为"敲梆"。他家那个敲梆老头年纪很大，留着很长的白胡子，每天晚上敲梆报

1　我夫家的房子是我丈夫的祖父徐吉生先生民国初从许增（迈孙）家买来的一座大园林，叫"榆园"（又名"娱园"）。沿运河，在横河桥，即现在杭州建国中路一带。现已不存。

徐家杭州老家榆园之庭园 （摄于二十世纪三十年代）

时。一天，那老头说，昨晚敲梆时突然看见一个陌生人，他以为有人跟他开玩笑，便说："你不可以吓人啊！人吓人是要吓死人的。"当他讲完之后，对面的人影就不见了。他才知道是鬼。

我夫家也是大家庭，人口很多，小孩都分别有女仆带领、伴宿。有一天傍晚，一个女用人抱着我丈夫不满五岁的堂弟到一个客堂里去闲玩。这个客堂平时很少有人去，是专门招待和宴请宾客的地方，厅外有一个花园，园里有池塘、假山、树木、花草茂盛，景致很好，所以大家称这个厅为"花厅"。花厅里摆了一堂紫檀木的桌椅。那天，这用人就抱着小主人坐在一把椅子上。略坐一会儿，就想回到内厅去。不料突然她倒在地上，不省人事，双目直视，面有怒色，用北方男子的声音说："我是某老爷。你怎么无礼坐在我身上……"大家一听，知道她碰上了"赤佬"——即杭州话"鬼"的意思——于是代为求饶，答应到深夜用酒饭、锡箔赎罪。过了刻把钟，她才慢慢醒过来。别人后来问她有何感觉。她说："好像睡熟了一样，只是非常疲倦。其他什么也不知道。"

最奇怪的是，很多人都说见过那所大房子里有一个老太婆形状的女鬼。而且，在不同时间看见过的人的描述都大同小异。比如，有一次，我丈夫的堂弟的大学同学来做客，寄宿在我家。第二天早上，他问堂弟："你家是不是有一个白头发的老太婆？我昨天看见她从厨房那儿走过，不知她是你家的什么人。"堂弟说，我家并没有这样的老太婆呀。于是知道他的朋友见了鬼。最后一次有人见到这个老太婆，已是1949年之后了。那时因为我们的老屋已被政府征用，所以要把东西出清：一部分有用的带回上海，一部分没用的在杭州处理掉。我带了两个女用人，从上海去杭州老屋办理此事。两个女仆中有一个是十七岁的小姑娘。一天，她说晚上去天井里倒水，看见一个白发老太婆从厨房门口走过。她所描述的跟别人所说完全一样。那个小姑娘以前从来没有去过杭州，更没有听说过这儿有鬼，竟也会看见大家都在传说的鬼，真是有点使人不信也要信了！

高诵芬作文

徐家祯整理

1995年4月6日

于斯陡林红叶山庄

拾壹章
再说鬼故事[1]

最近听儿子说,看到《澳洲新报》上香港的消息,讲近来有几宗杀人案,破案经过有点扑朔迷离,好像有鬼神在指使一般。儿子的话,使我想起儿时听见过的鬼怪故事。

其实,鬼神之事,若有若无。信者曰有,则信之;不信者曰无,则不信之。大多数人则似信似不信而已。

我曾经写过一篇《鬼故事》,回忆儿时听说的鬼故事。有的故事在最近国内出版的佛学杂志上还得到过印证,有的则就发生在自己家中老屋里。虽然我自己一辈子从未亲眼见过鬼神,但是有的传说真有点说得神乎其神,使人似乎不得不信。现在就记忆所及,再说几则。有的故事还是有相当地位的

---

[1] 我与母亲合著的《山居杂忆》出版之后,反响极佳。于是,我和父亲就又怂恿母亲续写。但是一本书已经写完,再硬接下去的续集,往往会有狗尾续貂的味道。清代青莲室主人续的《水浒传》是这样,高鹗续的《红楼梦》也是这样,我们想请母亲写《山居续记》,当然也没有什么别的结果。记得她只动手补写过两篇:一篇就是这篇《再说鬼故事》,还有一篇则是写她大哥,也即我在杭州的大舅。但我看后觉得质量不如《山居杂忆》,也就放着没有整理。今天不知怎么忽然找到《再说鬼故事》这篇,就整理出来,以飨喜欢《山居杂忆》一书的读者。——徐家祯注

人所说的，真是信不信由你，只能姑妄听之罢了。

记得我十多岁时，父亲曾对我说，他祖母家的房子很大。一天，不知是谁半夜醒来，听见房外走廊里有人穿着竹布裙行走的声音。那时，女人通行穿裙子：富人穿的是绸裙，因为布料很软，走起路来声音就很轻；穷人则穿布裙，用的常是一种浅蓝色、很硬朗的布料，叫"竹布"，走起路来窸窣有声。那人听见房外有声，遂把帐子帘子拉开一点，向窗口一看，只见有一个老妇人的脸，在窗口向房里张望，一会儿就不见了。那人第二天把见到的面孔向大家描述，却没有人在家里见过这样的老妇人。况且在半夜三更，大门都关严了，也不可能有外人在走廊里行走、张望。于是，大家都认为那人见到的是鬼。

以前，一般人还都相信：要是有人在家里见到鬼，往往就意味着这家人不是刚刚死过人，就是将要有人死去了。这是因为所谓的阳气一衰，阴气就盛了起来，鬼怪也就此乘虚而入了。

我有一位女亲戚，她告诉我她十七八岁的时候，母亲故世了。过了不几天，一日傍晚，她看见有一个不认识的人走上楼去。因为那时天色已经昏暗，她不及看见那人的脸面，但却清楚地看见那人穿着黑漆皮鞋的双脚。她忙叫用人上楼去看是谁。用人下来说，遍寻楼上各个房间都不见人影。于是他们全家都相信刚才我亲戚看见的是鬼了。

还有一件事是我们的老朋友周仲民告诉我的。他说他太太病重时的一天黎明，他醒来时看见太太床后有一个很高且黑、面目不清的人影站着。不久，人影就消失了。就在这天，他太太去世了。所以，周先生相信那个人影其实就是来招他太太魂灵的阴差。

在我幼小的时候，我母亲也告诉过我一件她亲身经历的鬼故事。记得那天我同母亲睡在一张床上。她说她六岁时，因为其父（即我的外公）在外地做官，所以全家都旅居在当地一所租屋之中。一天傍晚，我母亲走进她父母房中去，只见有人躺在他们床上，穿着红衣服、黑背心。我母亲以为是她父亲躺在床上，正要喊叫，忽见那人在床上直立起来，头一直碰到高高的帐顶，但没有看清那人的面孔长得如何。那时，我母亲还是小孩，一见就吓得大哭起来。我外婆听见哭声，连忙跑来问原因。我母亲即告以看见的人影。当然，我外婆并没有看见床上有什么人。于是，大家也都相信这屋里有鬼。就在这一年，我外公因病去世了。我外婆家也就此搬回了杭州。

记得当时我听我母亲说的这个故事，吓得贴在母亲怀里，不敢动弹。从此之后，我才知道世界上有"鬼"这样的事物。但是我现在已经活到八十二岁了，却从来没有见过"鬼"。所以我觉得，大概"鬼"这东西，也只能姑妄听之罢了。

在我听到的鬼故事中，最使人不得不信的，就是我父亲的老友钱家治先生告诉我父亲的几件事了。钱先生字均夫（可能是"均甫"的笔误），即中国"火箭之父"钱学森先生的父亲。钱均夫先生是我父亲在日本留学时的好朋友。回国后，在杭州任教育工作时，与我父亲也常有来往。他们两人都笃信佛教。钱先生后来在上海定居过，似乎还是上海佛教学会的主要负责人之一。二十世纪五六十年代，他儿子钱学森在北京工作，就把钱先生接去北京住了。我想，因为他儿子工作性质的原因，他与人通信一定不太方便，于是去北京后跟我父亲来往就少了。[1]

---

[1] 不记得在哪本书里（可能就是周作人的《知堂回想录》）曾见到有人回忆鲁迅、周作人、钱玄同等人在日本东京听章太炎先生讲小学时的情景——也就是钱玄同喜欢在日本榻榻米上爬来爬去，因而得到了"爬来爬去"那个绰号的时候——那人（可能就是周作人？）的回忆里还提到同时听章太炎先生讲课的其他几人，其中有钱均夫先生的名字。他好像写的是"钱均甫"，但是我猜"钱均夫"和"钱均甫"就是一个人，错了一个字的。

我外公在杭州安定学堂念书时，与钱均夫堂弟钱家瀚是同班同学。但我外公后来去日本留学，却比钱均夫要晚几年，所以没有机会与鲁迅、钱玄同、周作人等人见面。但是钱均夫回国后曾任浙江教育厅厅长，而我外公那时任过农校校长、安定学堂董事长等职，所以算是同行。他们一定是在那时熟悉起来的吧。所以本文中，我母亲说"钱均夫先生是我父亲在日本留学时的好朋友"，这句话不确。关于钱均夫，可见本书第捌章《褚先生》注。——徐家祯注

榆园庭园中之假山及小桥,桥上左立者为高诵芬二叔公徐立民(摄于二十世纪三十年代)

以前，钱先生住在杭州时，常来我家。但我家有规矩：男客一律不进内室，男主人总在花厅会客。因此，我当然不会有机会亲耳听见钱先生的故事。不过，等他一走，父亲往往就在饭桌上把他从钱先生处听到的故事转讲给我们听。至今，有的故事我还记得。

钱先生既信佛教，当然也信因果报应、转世轮回之说。有一次，他说：他有一友人，到外地旅行，在旅馆住了一夜。晚上，房里的电灯忽然暗了几下，然后突然出现一个中年女人，站在他床前。那女人说，因为缺少路费，所以死后灵魂无法回到家乡，现在特来向他讨钱，希望他明天烧些纸钱云云。说毕，即不见踪影。这位朋友第二天就遵其所请而买了一些纸钱焚烧给她。记得钱先生还说：这位友人一定本身缺少威光，故而鬼才能入侵也。

还有一次，钱先生特地来我家，告诉我父亲他自己的一次亲身经历。那时，他太太刚病故不久。因为去世很突然，他太太临终未能将家务事情交代清楚。平时，钱家的事情都是钱太太在调度、安排，现在只剩钱先生一人在家，常常连日常要穿的衣服也找不到，因此心里十分苦恼。有一天早晨，他还没有起床，太太娘家一个男仆急匆匆地来请钱先生到他岳父家去，说："姑太太（即钱太太）附在小姐（即钱太太的内侄女）身上了。现在正要对姑老爷（即钱先生）说话。"钱先生立刻起身前去。只见内侄女还睡在床上，双眼紧闭，口中喃喃有词，连声音也跟她原来的不同了。见了钱先生，内侄女涕泪交加，用钱太太的口气说："我因急病身亡，临终不及遗言。见君找不着衣服，看了难过，今将去投生，求阴差答应，附在侄女身上，讲几句给你听听。"然后，讲了什么衣服放在哪一只箱子里，还说了一些要保重、当心之类的话，恋恋不舍之情显而易见。她还要求钱先生烧三支香，否则就不能出门。钱先生依其言答应了。不久，这位内侄女就醒了过来。大家问她怎么会说这么一番话，她竟一无所知。钱先生回家依言一找，果然衣服都在她说的箱子

榆园账房先生们（摄于二十世纪三十年代）

榆园的女仆们（约摄于二十世纪三十年代）

里。奇怪的是，这位内侄女平时并不清楚钱家家务，她何以知道钱先生的衣服放在哪里呢？更何况她并不住在钱家，恐怕连钱先生找不着衣服的事情都不会知道呢！

钱先生住在上海时，就住在愚园路岐山村，离我们江苏路的家很近，走路只要十多分钟就到。二十世纪五十年代，我父亲最后一次来上海，住在我家，钱先生就常过来探望我父亲，一起长谈。记得那年中秋节，天气特别热，晚饭后，我们全家都在花园里吃西瓜、乘凉，钱先生也在。那晚，钱先生与我丈夫和父亲就大谈西藏活佛、密宗、鬼怪之类的事。我大儿子那时还小，也在旁边，后来他就把两件事写在他的《东城随笔·人物篇》这本书里了。我记得的跟他所述大致相同，只是我记不清，那两件事是钱先生说他自己的经历，还是在说他熟人的经历。不过，事情确实是那样的，这里姑且就当是钱先生自己的亲身经历来说说吧。

一件事是说舍利珠的事。因为钱先生是佛教界头面人物，所以跟西藏宗教领袖有来往。他说，一天，收到一位活佛的信，说释迦牟尼佛的一颗舍利珠某日要到达，请钱先生去迎接。但信中只有到达的日期，并没有说去迎接的具体时间和地点。钱先生不知道该如何去迎接才好。指定的日子到了，钱先生正在家里犹豫不决、不知如何是好的时候，忽然看见他家天井上空有一只乌鸦一直在盘旋，似乎不愿离去的样子。钱先生就走到天井，伸出手掌。这时，从乌鸦嘴里突然掉下一物，正落在他手中。他一看，真是舍利珠！于是，迎入寺中供奉。

还有一天，钱先生在给友人的信中说了佛教学会中还未公开、暂时尚须保密的一件事。信寄出之后，他十分懊悔，但已无法追回。几天以后，他去看一位活佛，谈起此事，并表示歉意。活佛笑着说："没有关系。"说着，便从抽屉里取出一封信来交给钱先生。一看，正是前几天他亲自寄给友人的那封信。信并未拆开过，信封上却已盖上了邮局的邮戳，只是最后却没有抵达友人的手中。

这几件事都是钱均夫先生的亲身经历，不应该算成是道听途说。而钱先生又是一位德高望重、博古通今、很有社会地位的人，所以，似乎连平时不信鬼神的我，也有点不得不信了！

我想，所谓"怪力乱神，子所不语也"，那是因为孔子以为"未知生，焉知死"，所以必须"敬鬼神而远之"。我如今已经八十二岁了，对于人生的甜酸苦辣都已尝尽，所以现在一反孔子之道而大谈鬼神，应该也算无伤大雅的吧。

1999 年 7 月 14 日
写于澳大利亚南部绿陂寄庐[1]
2011 年 2 月 12 日
重新整理丁刻来佛寺新红叶山庄

---

[1] "绿陂寄庐"即我母亲生前最后一个住处。在 Greenbank 路，于是我父亲就把它译成"绿陂"。"陂"者，水边、岸边也。至于叫"寄庐"，那就是把短暂的人生看成是在尘世的寄居，是暂时的居住，所以住的地方也就叫"寄庐"了。
此文写成时，我母亲八十二岁，再过六年，她就去世了。写此文时，她说从没见过鬼神。要是世上真有鬼神的话，她现在自己不就成了鬼神了吗？我倒真想有机会能问一问她：那么到底鬼神真有，还是真没有呢？！——徐家祯注

拾貳章
孙云章医生

　　二十世纪三十年代，杭州虽然已是一个通都大邑，但绝大部分居民思想尚比较守旧。比如说，在医疗方面都还相信中医而不相信西医。我家虽然也是世家旧族，却得风气之先，不但在杭州是相信西医比较早的一家，而且对于杭州西医的推广和普及也起到一定作用。这要归功于我的曾祖母。她在辛亥革命前就结识外国传教士，相信西医。比如，我母亲生产已不用稳婆（即旧法收生婆），而改用助产士了。我们小时候凡有病痛也均请西医看病。因受他祖母的影响，我父亲十八岁就去日本留学，回国后也一直相信西医。当时，我们常看的一位医生姓孙，名云章。

　　孙医生原来是我家大房里的朋友。大房共有六兄弟，都是跟我父亲共高祖的堂兄弟。虽然我们跟大房不住在一起，但是因为共用一个总的大门，合用一个总的账房，所以堂兄弟们也能在去账房间看报、聊天时见见面。大房的六兄弟中，老五[1]能诗善画，爱喝老酒，为人豪爽好客，家中常常高朋满座：有谈字画的，讲风水的，也有打拳头的，学中西医的，还有研究烹调的，每天来家里随便谈谈笑笑、吃吃喝喝。那班人很像春秋战国时诸侯家里养着的食客，也有点像《红楼梦》贾府上所谓的"清客相公"，只是这班人都有自己的家，不住在高家，大部分都有自己的职业，不完全靠高家来养活，所以我还是把他们叫作"朋友"。我父亲也常去参加他们的谈笑，只是因为他不善饮酒，所以只是清谈陪坐而已。

孙云章就是这批朋友中的一个。他是英国人办的一个大医院里的实习医生出身，虽无正式大学文凭，但有丰富的临床经验。孙医生相貌清秀，谈吐高雅，聪明好学，平时戴一副金丝边眼镜，梳一头西发，身穿笔挺的高级料子长衫或马褂，脚蹬一双擦得乌黑锃亮的皮鞋，这是当时社会上十分时髦的打扮。我父亲在大房五伯伯那儿认识了他，大家谈得很投机。于是我家凡有什么红白喜事，他必是座上客。

孙云章医师家境并不富裕，当时也没有固定工作，我父亲很想帮助他。那时民间穷苦人很多，不少人有病无钱求医，只能求神问卜，往往误事送命。我父亲想，我曾祖母生前一向乐善好施，为什么不提出她的部分积蓄做善举费开医院呢？这样既能帮助孙云章先生找个工作，又能解决穷人治病的大事，岂不一举两得？于是就在杭州闹市区租了几间房屋，开了一家普济医院，请孙云章医生担任内科，还请了一位年轻的外科医生担任外科及配药。

既然医院是慈善性质的，当然就不以营利为目的。门诊费很便宜，一次一角钱。如果家中贫苦，则挂号费、医药费全部奉送。二位医生的工资亦由

---

[1] 高家大房六兄弟中，有三人为著名画家：老大高时丰（鱼占）、老二高时显（野侯）及老六高时敷（络园），人称"高氏三杰"。这里说的老五，名高时敬，字仪卿，杭州人。清末优贡。时丰、时显弟。书宗颜真卿，画擅写兰。惜早逝。著有《姜丹书稿》。虽也善书画，但名气不如他兄弟响亮，可能因为早逝之故吧。

我家支付。经过一段时间的实践，远近都传扬孙医生的医术不错，每天总有一二十人来就诊。

这样一来，孙医生也自然成了我们的家庭医生。我母亲一向患有失眠症，失起眠来一夜要小便多次，这样起起睡睡，就更加睡不着了。以前看过上海、杭州的很多名医，都治不好她的病。吃了孙医生的药，竟能一觉睡到天亮，即使小便一两次，解后也能入睡。因此，大家对孙医生要大为相信了。我们小时候小毛小病，不论日夜，只要一个电话，他即刻坐自备包车而来，我们服药即愈。

因为他是我们的家庭医生，所以我们平时请他出诊，不必送他诊费。每至三节，即端午、中秋、过年，母亲必备高级礼品，如：衣料、香烟、名酒，还有自做的枣饼，差男用人去送给他。他必笑纳，还特地来我家面谢。孙云章医生对我们自做的枣饼赞不绝口，所以这一样点心就成了每次送礼时必不可少的一种了。

一位好的医生，不但要有高明的医术，而且要能理解病人的心理。有时，后者更为重要，因为病人所谓的病往往并不是身体上的病，而只是心理上的病而已。比如：有一年，我母亲去人家家里吃喜酒，坐在新娘床前一张椅子上。一位女客走来，母亲为了给她让路，把脚一扭，跌了一跤，膝盖脱了臼，忙请骨科医生来接好，回家养了半年。因为此事，她心里很烦，一有什么事就失眠。一天，她正躺在床上养病，忽然来了一个以前在大家庭中做过、已有多年未来的女用人。她说她现在已经在上海做喜娘了，坐下就拿出两个绣花的缎子被面：一个是乌蓝色的，一个是粉红色的，花样很老式，说是代我母亲买了，将来可以做我结婚时的嫁妆用的，要五十块钱。此事很明显是来敲我们一笔竹杠的，我们没有托她买过什么嫁妆，何况这两条被面无论是颜色还是花样都不适宜做嫁妆，一定是她自己不知从哪儿弄来的东西，推销不掉，就推销到我母亲这儿来了。我母亲听了很不高兴，但听那用人说了很多好话，听她说已经代买，觉得不付钱要她白白垫出又不好意思，就收下了。那天我也在场，记得她很勉强地叫我把橱里积着的五十块大洋拿给那用人。

当天晚上，为了此事，我母亲又失眠了。次日，请孙云章医生来诊治。母亲对医生说："生病不瞒医生。"就把前因后果说了一遍。孙医生听后想了一想，说："把被面拿来让我看看。"一看以后，他就说要买下这两条被面。母亲问他为什么。他说有一老友要做寿，他可以拿这被面去做寿礼。母亲不信。但孙医生坚持是真的，于是被面归他拿去，说下次来还钱。他开了药方，由用人拿去配药。这一夜母亲睡得很好。第二天孙医生又来复诊，并还五十块钱。母亲心病即去，失眠症自然就随之而愈了！

孙医生是不是真有好友做寿我们且不用去管，他买了我母亲不喜欢的被面是为了安慰我母亲却是显而易见的。这就是俗话所说的"心病还须心药医"啊！

孙云章医生在杭州行医十多年，没有听说他出过什么医疗事故，不论贫富人家都说他是治病的良医，可见他的医术确实不错。记得有一次我哥哥放学回来忽然大喊肚子疼，疼得用脚把床板踢得咚咚直响。我母亲吓得不得了，以为出了什么大毛病，赶忙请孙医生来。孙医生开了一剂药，一服就好了。

我家有一个新来的年轻女用人，叫张妈，三十多岁，很胖，眼睛白瞪瞪的不很灵活。她说有"心痛病"，痛起来哇哇大叫，但一会儿就好，大家也就不当一回事儿。一天晚上，她的心痛病又犯了，叫到晚上十点忽然没了声音。不一会儿，另一个用人陈妈匆匆地进来说："张妈死了！"我父母慌忙差人去请孙医生来急诊。孙医生来了之后，给张妈鼻子里闻了什么药，她就醒了过来。后来孙医生又给张妈打了一针，她很快就好了。于是，孙云章医生名声大振，说他连死人都能治活。

  对于孙医生的医术，大家从不怀疑，但对他的私生活，倒有一些传说。孙医生已经结婚，生有一子，但奇怪的是他不和妻子住在一起，却从很年轻的时候开始就长住在一位姓丁的好友家中，吃住均由丁友供应。那位丁友也已结婚，还有一位姨太太，原来是丁家的丫头，后来收了房。听说丁友与小妾住在前间，孙云章医生住在后间；中间虽有门，却常敞开，畅通无阻。于是外人传说孙、丁两人合拥一妾。也有人说，可能孙先与丫鬟有关系，后来丁友才娶而为妾，因此两人就有了密契。真实情况当然没有人知道。不过记得有一次我同母亲去一家大布店购衣料，见丁家姨太太亦来购物，听见店员称她为"孙师母"，而丁家的姨太太竟也会答应。丁姨太离去后，店员还悄悄地把她跟孙、丁两人的关系告诉我母亲，以为我们不知道呢。

  后来，日寇犯杭，大家避居沪上，孙云章医生亦与丁友一同迁到上海。听说孙医生在北京路上一家药房里设了一个诊所，但生意不佳。不久，他又搬回杭州，没有多久就与世长辞了，终年只有五十多岁。

高诵芬作文
徐家祯整理
1995年4月11日
于斯陡林红叶山庄

拾叁章
阮师傅和杨海师傅

以前用人的分工是很细致的：女用人一般只做房里的活，还有细巧的活和针线活；室外的、粗重的、花园里的、对外的工作，一般都由男用人来做。当然，门房、账房也都是男的。在我家众多的男仆中，有两个我至今还有印象：一个是管花园的阮师傅，一个是打杂的杨海师傅。

阮师傅是绍兴人——那时，杭州的用人大多是绍兴人。他还是我曾祖父、曾祖母时候用的园丁呢，算起来，他开始在我家做时至少是八十年前的事了。

我家有一个很大的花园，阮师傅的专职工作就是管这个花园。他对花木颇有经验，园里一年四季的花儿不断，有茶花、木香、水仙、白兰、珠兰、月季、香水花、夜来香、蜡梅、石榴、红梅、绿梅、兰花、茉莉等。每逢某种花盛开的时候，他就用花盆装了这种花送到上房天井的石桌上来，定期更换。

夏天天热，太阳太猛烈。一早，阮师傅就把天井里的蓝布凉棚拉开，遮阳；傍晚，太阳西下了，他就把凉棚收起来。有一天，他在收凉棚时，天上乌云密布，好像马上就要下雨的样子。我有一位小叔叔，年龄比我大不了几岁，十分调皮。他就问阮师傅，今天晚上会不会下雨。阮师傅用地道的绍兴话回答："伏无夜雨啦。"这可能是绍兴的谚语，意思是：伏天晚上是不会下雨的。绍兴话"夜"念成"呀"这样的音。我小叔叔听了觉得好笑，就学了他一句："伏无'呀'雨啦。"阮师傅用很重浊的绍兴口音答应："后！"意思是："对！"大家听了都大笑起来。以后，小孩子们学他的样子，这句话风行一时。一个小孩说："伏无'呀'雨啦。"另一个小孩答道："后！"这样闹了好一阵。

阮师傅平时住在花园内。我大约只有五六岁时，有一次，跟兄弟们一起"躲毛毛果"（杭州话"捉迷藏"的意思）。我躲入阮师傅的房中，过了多时，没有人来找我，可能他们找不到我，就把我忘了。我躲在阮师傅的家具后面时间长了觉得厌气，见前面有一木吊桶，是吊井水用的，桶里装满了豆壳。因为无聊，我就随便把手伸进豆壳中乱抓。忽然，我发现豆壳下有物。一看，原来是园中树上采下的杏子，而且是最好、最大的杏子，满满一桶。我连忙奔回家告诉我母亲。母亲就同我一起去阮师傅房里把杏子拿来，大家分而食之。母亲说："不要向阮师傅提起此事，以免他难堪。"我至今不知道阮师傅在自己房里藏那么一大桶杏子做什么，是自己吃呢，还是送人呢，或者偷偷拿出去卖钱呢？

曾祖父去世后，我父亲继续用阮师傅做园丁。阮师傅喜欢喝酒，每天饭前必喝高粱酒一杯，这样一直做到他七十二岁，我那时已十一二岁了。有一天，记得是大年初二，我经过花房门口，见阮师傅坐在那儿，赤了一只胳膊在晒太阳，脸色有点难看。我问他："你为什么赤了手臂晒太阳，冷不冷？"

他说："今天不知为什么一只手有点麻，不大能动。"我连忙进屋去对父母说了。他们马上叫阮师傅躺到床上去，并差人去请我们的家庭医生孙云章先生来诊治。[1] 孙医生说阮师傅中风了。父亲一面叫账房里的老师傅暂时来服侍阮师傅，一面要账房先生写信让阮师傅在乡下的儿子来。儿子赶来以后，我们在皮市巷租了一间房子，把阮师傅搬到那儿，让他们父子住在那里，每月生活费当然也由我们来出，还定期让孙云章医生前去诊治、送药。

半年之后，阮师傅不治身死。我们出钱给他买了棺材，暂厝了一个专停棺木的会馆，在他的家乡给他买了一块坟地，做了坟墓。半年之后，准备给他移到墓地去落葬时，我家一个账房先生陪阮师傅儿子一起去厝棺材的地方，岂知找了半天竟找不到阮师傅的棺材，大概别人拿错了他的棺材。最后，没有别的办法，只好在原来停放阮师傅棺材的地方抬了一口别人的棺材去安葬了。大家感叹说，阮师傅没有福气，那个陌生人倒有福，葬到了阮师傅的墓地上去了。其实，我在想，阮师傅被别人抬去，葬在别人的坟里，受别人的子孙的祭祀，不是也一样有福吗？

杨海师傅比阮师傅来得晚多了，那时我已快要出嫁，但是他也在我娘家做了几十年，一直到1949年之后还常来帮做事。

杨海师傅是浙江诸暨人，他原来是二房开的狮子峰茶场里的工人。可能因为我家那时缺一个男用人，就由二房里介绍来了。他来的时候已四十岁左右，头上有点癞疤，背有点驼，不太善于说话，人很忠厚老实。一开始，他在我家的菜园里工作，有时也去买菜、烧饭、采购。杨海师傅做事情非常仔细、认真。让他洗东西，一定洗得干干净净，一丝不苟。所以凡是有什么吃的东西要洗，我母亲总要杨海师傅去洗。

1　关于孙云章医生，可见本书第拾贰章《孙云章医生》。

杨海师傅已经结婚，他的妻子好像一直在工厂工作。他们全家都住在我们家中。

抗日战争爆发了，日寇侵入杭州。那时我已出嫁，我哥哥和弟弟都在念大学，我父亲在安定中学担任董事长。因为他留学过日本，懂得日语，他怕日本人会找他出去为他们做事，所以就带了母亲和男女用人一起，随安定中学逃到浙江永康、壶镇达八年之久，家中的房屋、财产都交给杨海师傅和他妻子两人保管。

日寇进了杭州，杀人放火，强奸妇女，无恶不作，家家鸡犬不宁，我们家也遭到了很大损失。比如：我父亲在狮子峰顶修建的别墅意胜庵[1]就因为没有好好管理坍败了，砖瓦也给附近农民偷走了不少，后来一直未能修复；看管我家在西湖的庄园——高庄的朱师傅的儿子竟拆了房子，把材料卖掉了换钱用。抗战胜利之后，他还有脸皮来问我父亲要工钱，被我父亲奚落了几句才没趣而回。可惜高庄后来一直未能恢复原貌，至今只剩下一个遗址而已，西湖也从此少了一景。

而杨海师傅却对我家非常忠心。他怕日寇进我家来抢东西，就很聪明地用橱柜等物把通上房的门都叠盖起来。还把通花园和客厅的门也用同样的方法堵住，只留后门、菜园、厨房、大厅及洗衣房等边房可以进出。日本兵几次到我家，都不知道我们家后面还有很多房子，所以抗战胜利后我父亲回家，发现屋内东西完整无缺。

抗战期间，他在我家生了一个儿子，十分高兴。他说，这孩子是我家祖

---

1 意胜庵，我父亲在杭州龙井狮子峰建的一栋别墅，是他从日本留学回国后建的。他自己设计，将此屋建成日本式，有活动的拉门；地下还有一个大蓄水池，可蓄山水以备家用。可惜该屋在抗战中被毁，现在仅剩墙基还在。当地茶农如今还把此屋附近的茶田叫作"孟徵墙角下"。孟徵，即我父亲高孟徵。

杭州龙井狮子峰高家别墅意胜庵中引山泉入蓄水池的龙状吐水口（摄于抗战前）

高诵芬在狮子峰别墅意胜庵门前（摄于抗战前）

徐定戡在狮子峰别墅意胜庵前（摄于抗战前）

宗给他的，因为有一天他做梦，看见一位老太太抱了一个胖小孩，送入他的怀抱。后来他妻子就怀孕了。于是他逢人便说这是高家祖宗给他的孩子。

抗战胜利后，杨海师傅的孩子已可进小学了。为了报答杨海师傅保护我家房屋和财产，我父亲把他的小孩送进学校，让他一直念到中学毕业，都是高家出的钱。后来，这个孩子进了大学，那时已是1949年后，大学生都由国家培养了。

杨海师傅寿命很长，活到七十多岁。新中国成立后，我父亲也要靠我哥哥奉养，但我哥哥每月还拿出一笔生活费给杨海师傅。杨海师傅寿终正寝时已是六十年代，我哥哥经济已经很是困难，但他仍拿出一笔丧葬费送给杨海师傅的妻子，据说丧事办得甚为体面。

现在，我想杨海师傅的儿子一定也已儿孙满堂了吧。

高诵芬作文
徐家祯整理
1995年4月9日
于斯陡林红叶山庄

拾肆章
民四嫂

在我们这一辈的女子中,虽然也有读大学的、出洋留学的,也有婚姻自主的,但大多数仍受传统礼教的束缚,婚姻由父母之命、媒妁之言来决定,于是造成了很多悲剧。据我所闻,大多数女子以这样的方式嫁出去之后都受丈夫之罪,比如:有的丈夫跟她生了一个儿子后就出去讨小老婆,然后将妻子搁在一边,不闻不问,甚至当她是老妈子,做家务服侍他们;也有的丈夫暗中寻花问柳,长年在外,很少回家,把家当作旅馆,让妻子守活寡;更有的丈夫在家庭中与族里人做偷偷摸摸的事,不顾伦理、廉耻。而受传统道德束缚、只知道做贤母良妻的女子,则往往忍气吞声地挨过凄惨的一生。我的一个亲戚民四嫂就是这样的典型人物。

民四嫂是我家族中大房五伯伯的媳妇。我的五伯伯家教很严。他家两女当大,最后生了一子,十分宝贝。五伯伯夫妇都爱吃酒。有一天晚餐时,五婶娘吃鱼不小心鱼骨卡在喉头,中了风,医治无效,不久故世。这位五伯伯却也不再续弦,一心只想尽快讨房儿媳妇来帮忙料理家务。当时,他的大女儿已经出嫁，儿子在上海念大学，只有小女儿在身边。

五伯伯的儿子是民国四年（1915年）生的，所以小名就叫"民四"。这位大少爷其实是个花花公子，在上海早就被花花世界所迷惑，时常在舞厅、赌场进进出出。后来认识了一个舞女，叫小玲珑，与她同居，且已生儿育女了。但是因为他父亲平时太严厉，他当然不敢告诉其父说已跟舞女同居，所以凡是要向父亲拿生活费用，总要找各种借口。幸而他与其父分住两地，因此父亲倒也没有发现民四在上海已有家小的事。

于是，五伯伯就在杭州按旧规矩替民四物色太太。当时，旧式家庭只要有差不多到了结婚年龄的孩子，总有媒婆进出出地来做媒。最后，五伯伯找到了一位名门淑女。双方父母交换相片看了，再请杭州有名的算命先生来排八字，一切相合，于是也不征求在上海的民四的意见，就定了亲。

按照当时杭州的规矩，定亲之日亲戚和本家皆要去道喜、吃喜酒，再正式请两位有身份的朋友或长辈做男女两方的媒人，交换红绿帖子。待一二年后，才择定结婚之日。在结婚前半个月左右，还要请媒人吃一次酒，叫"下盒"。这天，由男女双方的媒人共同将男家送新娘的首饰之类拿到女家去。然后，在结婚前几天，女家把新娘的嫁妆送到男家去。这天，男女两家要请媒人吃一顿酒席，亲友作陪。这样热闹了好一阵，结婚的日子终于到了。民四始终不敢把他在上海已有家小的事告诉其父，直到结婚前几日，他才勉强回到杭州。

杭州的风俗习惯是结婚时要在亲友中请两位十几岁的女孩做"龙凤小姐"，就是所谓的"傧相"。这次，我正好做他们的"龙凤小姐"之一，所以婚礼情况就亲眼看到了。

中午十二点，新娘用花轿抬到男家来拜午时堂。新房桌子上点了一对红蜡烛，"龙凤小姐"的职责就是用手扶着这对蜡烛，怕人多撞倒，不吉利。除了请"龙凤小姐"管蜡烛外，还要在亲友中请一位中年妇女做"全福太太"，也一声不响地坐在蜡烛前边，很严肃的样子。这位"全福太太"在我们本家中算是有福气的：夫妇双全，一子一女都已成婚，还有了外孙、孙子，所以各房侄辈结婚皆请她来担任"全福太太"，用以借她福气之光的意思。

只见新郎坐在新房的床上，面孔朝里，身上穿了蓝袍黑褂，算是礼服，胸前别了一簇喷香的茉莉花。不一会儿，花轿敲锣打鼓地抬进门来，停在大厅里。新娘由喜娘搀扶出轿，站在大厅的左边。媒人在上面高声喊道："一请新郎入堂！""二请新郎入堂！""三请新郎入堂！"这时，新郎由男傧相扶着下楼至大厅拜堂。所谓"拜堂"者，即杭州话"行婚礼"之意也。新夫妻对行鞠躬礼之后，新娘、新郎就入洞房了。后面跟了一大批男女、长幼，来看热闹。新夫妇先坐在床上，新娘坐下时，喜娘必把新郎袍子的一角压在新娘的屁股下边，算是把新郎的威风压住了，以后新郎就会怕老婆。

坐了一会儿，新郎、新娘再坐在放花烛的桌子前，吃交杯酒。喜娘拿了一杯杯的桂圆、莲子、圆子之类的东西，在新郎、新娘的嘴唇上装一装样子，一面口中还要说些"连中三元""早生贵子"等吉利话。这一仪式结束，婚礼的这一部分算是告一段落。这时，新郎可以出房自由活动了。"龙凤小姐"的任务也算完成，可以同诸客一同出房，让新娘一个人在房里休息一会儿；因为下午新郎、新娘还要一起回娘家去拜见女方的父母亲及长幼亲戚，这叫"回郎"。按照杭州的风俗，中午男家备喜酒，晚上女家备喜酒，要热闹两顿。然后再吵房，总要闹到半夜以后才可以休息。

据后来喜娘来说，新郎当天下午回到房中故意要喜娘拿信纸来，说要给上海写信。很明显，是要让新娘听见，知道他上海已有了别的女人。或者他还希望新娘一气之下回郎时不再回来，省了他一个麻烦。谁知民四嫂是个典型的三从四德的旧式女子，即使知道丈夫上海已有女人，也只好嫁鸡随鸡，嫁狗随狗了，当天晚上照样跟了新郎回到洞房来。等闹房的客人离去之后，新郎又对喜娘说："要分两个被洞睡。"喜娘也只好照办。这样的情况五伯伯当然都是不会知道的。

次日早晨，新婚夫妻去见五伯伯，五伯伯很是高兴，以为娶了个贤媳，以后可以一家老小平安度日了。谁知，这几天因为高兴，他多喝了几杯，当天半夜忽然吐起狂血来。听说血多得只能用面盆来盛。等孙云章医生赶到，用了各种止血药都无法妙手回春，到"三朝"上午竟不治身亡！

按照杭州的习惯，新郎、新娘在结婚的第二日要回娘家去吃午饭。到了"三朝"，亲友要去男家吃酒。男家还要在下午请变戏法的人来表演。变戏法的会变出很多东西来，送给贺喜的孩子做礼物。这天，我和父母、兄弟正准备去五伯伯家道喜，忽听账房先生报告说："五先生在今天上午去世了。"于是，喜事变成了丧事，酒席、戏法全部辞掉；大厅里挂的红彩球除下，挂起白灯笼来，"喜堂"顿时变了"灵堂"。大家无不既惊奇、扫兴，又感叹、惋惜。我也为新娘感到难受，想她一结婚就遇到这么倒霉的事，别人一定会抱怨说她进门不吉利。那时，大家还不知道，其实新娘心里还有更大的、说不出口的苦恼呢！

"三朝"，本来是女方新亲上门贺喜的日子，女方只有寡母和哥嫂，现在既然已无喜可贺，于是改由哥哥去吊丧了。我父母也去吊了丧，我们孩子就不去了。据说，新娘一见其兄，即哭得极为伤心，至于是否告诉他新郎在上海已有外遇之事，我们大家就不得而知了。后来，五伯伯的丧事一完，新郎就回上海去了。于是新娘就在杭州守起活寡来。

大家虽然对民四嫂很为同情，但毫无帮她的办法，只能在背后议论纷纷，为她抱不平。民四嫂完全是一个讲旧道德的妇女，虽受了丈夫如此不公的待遇，却仍不动声色，默默忍受。比如，五房里的用人传来说：新婚几天，丈夫仍与她分被而睡，她毫无怨言。有一次，民四少爷睡在里床，要老仆给他盖毯子。老仆的手不够长，伸不到里床去为少爷盖被，民四嫂就默默地起来为少爷盖毯子。丈夫去上海后就此一去不回，民四嫂就与小姑在家过日子，还给小姑做出嫁用的绣件，放在嫁妆中作为送给亲戚长辈的礼物。

有一次，给民四嫂做媒的喜娘来我家说——一天，她去探望民四嫂，见她正在给小姑做针线，就对她说：因为不知底细，做了这份媒，害了小姐，心里十分难过。民四嫂回答说："我不怪你，是我自己命里注定的。我现在手里在做花，针却不知道插在哪里呢！"听了真使人难过。

还有一次，账房先生来我家讲：民四少爷因为父亲做法事，与友人在家吃饭，饭后打牌打到十二点钟，又外出去住旅馆了。账房先生见楼上少奶奶房里的灯一直开着，直到听见丈夫出门去的声音才熄灯。这位老账房边说边叹息不已。

过了几年，日寇犯杭，我家各房均避难上海。此时，民四嫂的小姑也已出嫁，五房里只剩了民四嫂一个人。一个女子无法独自在上海生活，只好暂住她三叔婆家。那时我母亲也在上海，她去看望本家，见到民四嫂。民四嫂告诉我母亲，在上海她曾见过民四的外遇小玲珑和她的两个小孩。她还对我母亲说："这种人（指小玲珑这种舞女）怎么会照看孩子？我看了真肉痛！"我母亲回来对我们讲："这位四少奶奶真厚道、贤惠。丈夫如此不当她是妻子，她还把他的孩子当作自己的孩子来肉痛呢！"大家听了也不胜感叹！

又过了若干年，听说民四嫂住到大姑娘家去了，可能她的三叔婆已故世，她就不能再住下去。新中国成立后，五房的家境远不如前，她们不能再靠祖传的家财吃饭，民四嫂只好跟姑娘一起去生产组工作。生产组主要成员是家庭妇女，虽然收入较低，但民四嫂精神明显好转。二十世纪六十年代，又传来消息，说民四嫂已故世。而她的丈夫，听说新中国成立前跟随国民党去了台湾，我们再未听到他的消息。

民四嫂的一生实在是凄惨。如果要讲命运，我们可以说这是她的苦命决定的。民四嫂并不难看，人长得很秀气，但两条眉毛有点下挂，看上去有些苦相。当然谁都说不清，是因为她的脸上有了苦相，所以才一生如此苦命的；还是因为一生苦命了，所以脸上才露出苦相来的。但有一点可以肯定，那就是葬送这位如此善良、贤惠的名义夫人的，正是民四！不过，如果仔细想想，也不能完全怪民四，因为他其实并没有欺骗民四嫂。他在上海通过自由恋爱，有了与小玲珑组成的小家后，没有主动要娶民四嫂做妻，这是五伯伯自作主张定下的亲事！只是民四没有勇气向他父亲讲明真相、向封建礼教做斗争罢了。我们不能要求民四为了民四嫂的幸福而牺牲自己的幸福，去跟一个不爱的女人生活一辈子呀。所以严格来说，民四和民四嫂都是旧社会封建礼教的牺牲品啊。只是因为民四是个男的，在封建社会比妇女多一点自由而已。

过去，像民四嫂这样的悲剧真是不知有几千几万呀！

高诵芬作文
徐家祯整理
1995 年 4 月 15 日
于斯陡林红叶山庄

拾伍章
绣花沈妈

我的父亲虽然在日本留学多年，但他的思想仍然封建守旧，尤其表现在他对子女的教育和我的婚姻上。他请老师在家里教我们三兄弟姐妹古文。不过，我的兄弟到十多岁，他就送他们进了学校，可能因为他们是男孩子，将来长大要去社会上工作；而我是女孩子，他觉得进学校念书只有去学新潮，去自由恋爱，将来结婚与丈夫不合就闹离婚，所以只许我在家念私塾。

至于我的婚姻，我父亲认为我们高家三个老房都是父母之命、媒妁之言许配女儿出嫁的，所以我也不可例外。因为我将来许配的人家一定是门当户对的，决不用妇女抛头露面外出工作。教育小孩会有家庭教师，做衣服必有裁缝，做菜煮饭必有厨师，所以只要懂点古文、学点字画，作为日后消遣即可。于是，我虚年龄十四岁时就由父亲的老朋友介绍，许配给金洞桥徐家。那时，我也受封建礼教的影响，以为父亲的想法绝不会错，就毫不犹豫地将我的终身幸福交给我父亲去碰运气了。

既然我父母只有我一个女儿，就要在我出嫁时准备一份丰盛的嫁妆。从定亲到结婚有四年之久，他们有充分的时间做准备。按照当时杭州的风俗习惯，结婚满月后女方要给男方的长辈、平辈亲戚送绣花端盒。所谓"绣花端盒"，就是用一个朱红色的福建漆长盒，内装各种绣花用品，作为礼物送人。徐家也是大家庭，亲戚很多，为了准备足够的绣件，我家特地请了绣花娘子，专门做绣件。

　　绣花娘子是托当时经常串门入户卖珠宝的萧阿奶去物色的，要她去找一位绣得很精致的能手。过了几天，萧阿奶领来一位四十岁左右的中年妇女，圆圆的脸、矮矮胖胖，有一双小脚，名沈蕴仙，绍兴人。沈蕴仙的丈夫是做师爷的，早已去世，家里只有一个女儿。师爷，就是旧时官府里的幕僚，或管诉讼，或管钱粮，也算是个不高不低的职位。沈蕴仙也知书识礼，只是因为丈夫去世以后经济困难，只能出来帮人家做工。她生就一双巧手，绣功很好，大的能绣帐子、被面，小的能绣粉扑、烟袋，在当时杭州世家大族中绰绰有名，大家叫她"绣花沈妈"。

　　绣花沈妈来了之后，我母亲准备一间单独的卧室给她住。卧室里布置得窗明几净。每天给她供应三餐饭菜，外加点心、茶水。我母亲亲自与她一起去采购各色缎料，由她来裁剪、上绷、画图、刺绣。开始，我们见她绣得比较粗糙，没有大家传说的那么精致，就向她提了意见。她听了也不生气，笑着说："这很容易。我只要把丝线挑得再细一点好了。"我父母以为她在说大话，因为绣花用的线是一种丝做的绒线，做时要临时用小手指把它挑开，很费心、花工夫。但再去一看，她绣的花果然细巧、美观。父母大为满意，就当面称赞她。她说："把花线挑得很细要花几倍的工夫。一般东家要节省工钱，不舍得让我这样做。既然你们只要质量高，不惜工本，那么我以后这样做好了。"以后，她在我家绣了四年绣件，就是一直按这标准做的。

除了沈蕴仙之外，我们请了另一位绣花娘子来绣花。但那位绣花娘子只做了两年。她跟绣花沈妈是有不同分工的，绣花沈妈做的是上妆货，也就是给男家长辈、平辈的礼物。如：送男长辈的钱包、钥匙包、扇袋、眼镜袋、烟袋等；还有送女长辈的大小镜袋、粉扑、油拓等。所谓"镜袋"，就是套在镜子外用绣花缎子做的套子。大的镜袋套着衣镜、梳妆镜，小的则套随身所带的小镜子。据说，晚上鬼要来照镜子，所以一到晚上就一定要把镜子用镜袋套好。"油拓"，就是那时妇女在头上涂头油时用的。至于送平辈的绣件，则跟送长辈的大同小异。因为男家的长辈、平辈多，所以这类绣件要备几十份。

绣花沈妈除了绣送礼的绣件外，还要绣新房里用的绣花被面、床罩、椅披、桌围、椅垫、镜奁、桌毯之类。

另外，嫁到男家之后，第一年的端午节还要用花线扎大黄老虎，给每个长辈各一只；扎八卦，给每个平辈各一个；送小辈的则是小粽子、小八卦、双钱等，都是供挂在床上用的。每年三个重大节日（指端午、中秋、过年），除了送用锡器做的桃子形状的模型压出来的，上用红绒杨梅球装饰的桃形绵白糖外，还要送绣花鞋袜：长辈如果成双，则送两双鞋袜，四杯白糖；成单的长辈，减半。一般长辈只收白糖，鞋袜是不收的，但送去的喜娘就有"礼力"（就是小费）可拿，又是一笔外快。这些端午用的绣件和送礼的鞋袜，都要做得很讲究，所以都要绣花沈妈做。绣花沈妈精工细作，历时四年才做完。

另一位做下妆货的绣花娘子则专做给男女用人的绣件。那时，新娘嫁到夫家之后，头一年的三节要给男家的男女用人送礼物。除了送绣件外，男用人还要送衣料、毛巾、镀金戒指等；女用人则送衣裙、鞋面、戒指、耳环、簪子、挖耳等,按用人做的年份的多少决定送礼的轻重。送男用人的绣件一般也是钥匙包、钱包、烟包;女用人则送粉扑、油拓等。因为是送下人的,当然不必像送主人的做得那么讲究,所以让这位绣花娘子做。但是,因为男家用人多,她也花了两年时间才做完。

记得那时我弟弟只有十一二岁,放学后喜欢在绣花沈妈的房间里做风筝。他把竹子劈得极薄极细又极匀称,然后用白纸在竹子上糊成蝴蝶风筝、老虎风筝等。我常去绣花沈妈的房间里看弟弟糊风筝,也看绣花沈妈绣花。她绣花时十指尖尖地将极细的绣花针上上下下地在绣绷上穿刺。每绣几针,手指就要在旁边放着的一块湿毛巾上揩一揩,这是防止手汗沾在花上使花色不光亮。

绣花沈妈的记性很好,她看过的故事书都记得详详细细,有一时期,我们一放学就去她的房里听她讲故事。绣花沈妈的口齿很伶俐,能把故事原原本本地讲得十分生动,只是每讲一两句就要加一个"嗳"字。她讲的有中国的章回小说,也有自己的经历。记得她说她曾看见过秋瑾,在杭州西湖边穿了蓝布男袍骑在马上。在清朝时,她的这种举动当然十分新奇,因而也是引人注目的。可惜,绣花沈妈所讲的其他故事都已忘了。只记得她一边绣花,一边"嗳嗳"地给我和弟弟讲故事的情景。

四年之后,嫁妆准备好了,我就嫁到了徐家。"三朝"那天,我家送过来衣服、首饰,由男用人用条箱抬来,有十几锻盒之多。所谓"条箱",即一种盛器,朱红色,有三托,要两人对抬。这次送来的东西中,有装绣品的红箱一个,由绣花沈妈自己送来。男家因为看重她的绣功,给她与其他用人不同的礼力,单独给她一份很重的红包,她十分开心。不久,绣花沈妈就去别的大户人家做绣件去了。不过她平时常来看看我们,有时也讨点我家特制的催生丹、十滴水之类的药。

过了十多年，我已跟丈夫住在上海，生了几个孩子，忽然接到高家账房代绣花沈妈写来的一封信。原来这几年绣花沈妈和女儿到苏州加入了一个苏绣小组做绣花女工。最近，因为生意不佳，这个小组解散了，绣花沈妈和女儿只好回到绍兴乡下。她一时没有工作，就想到来问我有没有工作给她做。这时，我正缺少一个给小孩做衣服、鞋子的人手，就请她来上海我家了。记得她来时还带来一个我老家院里种的老南瓜。

绣花沈妈一到就告诉我，她回乡后把女儿嫁给了一个负心汉。那男人对她女儿很凶。女儿为他生了一个小女孩，不几天就死了。女婿对绣花沈妈很凶，她无法住在女婿家，只好出来谋生。我听了她的叙述，心中很是难过。

从此，绣花沈妈就在我家，专给我的四个小孩做一年四季的衣服、鞋子。她也给这些孩子讲故事，两个小的孩子大概还听不懂，大的听过也已忘了，大概总是因果报应、狐狸鬼怪之类的故事。小孩们和别的用人都叫她"绣花沈妈"，虽然她那时已经不绣花而只做别的针线活了。

绣花沈妈在上海做了二三年，孩子们渐渐长大，那时开始穿外边店里买来的时式衣服和皮鞋了。这时，大家庭里对她有点闲话，说她一天到晚就是做做针线活，没有别的事情可做。绣花沈妈这人讲话喜欢敲别人的顺风锣，也爱在背后搬弄别的用人的是非，大家庭中别的用人都不太喜欢她。我知道后不很高兴，就在一年春天趁去杭州上坟的机会，送了她几个月工资及一些衣料、用品，把她带回杭州了。她回杭之后住在亲戚家，仍靠做针线生活度日。有时，她到我杭州的娘家去看望我父母，他们总送她几块钱。有时，我带孩子们去杭州探亲，总要叫用人通知她来，送她一些零用钱。有一次，她还把一个她丈夫留下的石质图章给我孩子，后来这枚图章不知去向了。

后来，绣花沈妈由友人介绍入了基督教会，每星期都去做礼拜。她说，教会很照顾她,有病给她医治,有针线活介绍她去做,生活还过得去。

几年后,一次我回杭州去,母亲告诉我绣花沈妈去世了,是教会给她办的后事。我听了心中闷闷不乐好几天。

高诵芬作文

徐家祯整理

1995 年 4 月 17 日

于斯陡林红叶山庄

拾陆章
扶乩

"双峰插云"是西湖十景之一。这"双峰"指的是西湖上的两个主峰——南高峰和北高峰。前人游记说,南高峰以水为胜,北高峰以山为胜。前者如九溪、虎跑;后者如风篁岭、龙井,都是中外闻名的胜地。

从灵隐上去,过了下天竺,向中天竺行进,路渐渐高起来,也渐渐狭起来了。到了上天竺向左走大约三百多步,就到一个山脚,那儿有一条石磴,其宽度约两乘轿子可擦肩而过。这一条石蹬共有七百余级之多,春天时,两边皆映山红(即野杜鹃花),红白相衬。除了映山红,其余是一层层的茶树,郁郁葱葱。快到山顶的地方,看见竹林,这就是风篁顶了。在风篁顶上,只见一条山脊,一直可以往下通到龙井。登上山脊,一面可望钱塘江,一面可观西湖,真是观赏杭州风景的好地方。在山脊的一头,有一块一亩多的山顶平地。平地附近有一座没有名气的庙宇,叫"望仙亭"。我有一位堂房伯父就在庙宇旁边买下一块山地,造了几间小巧玲珑的西式楼宇式别墅。

这位伯父很会享受，等望仙亭的别墅造好之后，他经常带了家中的厨师，与家人或宾客一起，到山上去休假。他是一位交游广阔的人，在他三教九流的朋友中，有一位据说是什么道门的成员，善于扶乩。于是我的伯父就常请他在山顶别墅中主持扶乩。好在他的别墅下层，有一间相当宽大的客厅，正好可以作为扶乩的乩坛。

扶乩要有工具，于是我的伯父就叫了几个木匠开始做扶乩用的大台子、沙盘和乩笔。再请漆匠把这些台子、沙盘和乩笔都漆成朱红色。他又请我的父亲做那位会扶乩的朋友的副手。

我当时还很小，有时也随同父母、兄弟一起去观看。我父亲那时也已在通往龙井的山脊那一头叫狮子峰的山顶买了一块地，自己设计，请人建了几间日本式的房子，门口挂了一块小牌子，上面写了"意胜庵"三个篆字。因为扶乩开坛总在晚上，所以我们全家看完扶乩就不下山去，而睡在狮子峰的意胜庵里了。

好在扶乩没有很多清规戒律，男女老幼都可以去观看，没有限制。在这两所别墅附近还有一个我家二房办的茶场[1]，每逢扶乩的日子，一到晚上，茶场工人和他们的眷属都来看热闹了。开坛时这个宽敞的大客厅里必定人头攒动，十分热闹。

扶乩一般在阴历初一、十五举行。举行扶乩之日，正、副乩手都要斋戒、沐浴，以表虔诚。

扶乩开始了。先在供桌上供上香烛、水果、净素糕点。正、副二手跪拜叩头，焚烧黄纸，口中念念有词。据说这就是默祷，请各种仙鬼降坛来。

---

[1] 最近，听高家一位长辈说，杭州龙井茶场其实并不属于二房，而是大二三房共有的。当时龙井最好的几百亩茶地，全都属于高家。在龙井还设有高家的茶叶公司。——徐家祯注

高诵芬夫妇在杭州龙井狮子峰意胜庵别墅前（摄于抗战前）

杭州龙井狮子峰望仙亭近旁堂房伯父的别墅（摄于抗战前）

默祷一阵之后，两位乩手相对立在大台子两边，将一根四尺左右、中指粗细、朱红色的木棍搁在中指和食指上边。这根朱红棍子的当中，用一根朱红线缚着另一根朱红漆木棍，约一尺，较横在上面的那根木棍略细，这就是乩笔。乩笔一直垂到下面放着的一个沙盘上。沙盘有二尺见方，边沿约三寸高，里面铺平细沙，这就是乩盘。

这时，如有求神问卜的人，就可以对着香烛默祷了。约过了十几分钟，只见乩笔慢慢移动起来，有时就在沙盘上写出降临的仙鬼的名字。有时在沙盘上还会写出一些词句、一个药方或画出一些图画，作为对求神问卜者的解答。但有时只见乩笔在沙盘上画大小圆圈，或者画毫无意义的笔画。这样反复了多次，主持扶乩的人就知道这次请不到仙鬼，就只能作罢。

也有的时候，乩盘上说："拿纸来。"于是，在旁边观看的人中就有人帮忙把沙盘撤走，铺上整幅的宣纸以及早已预备好的盛满墨汁的墨海，同时把原来的乩笔换上特制的大毛笔。毛笔会自动在宣纸上写出字来。我记得，有一天晚上降坛的仙鬼名白玉蟾。后来查《西湖方志》，确有此人。他俗名葛长庚，乃南宋时杭州一个读书人，曾在西湖边的山上修道，遂改名为白玉蟾，以后不知所终，有一卷《白玉蟾诗集》流传下来。那天，白玉蟾在乩坛上写了不少诗。边写，旁观的人边把那些写在宣纸上的诗贴在客厅四周，就像书画展览会似的。现在，我只记得有两句是：

而今又历刀兵劫，战血成河遍九州。

还有一次，也是白玉蟾降坛。那次是一个乡下中年妇女来求神问卜。她对着香烛跪拜默祷之后，恭恭敬敬站在一旁。忽然，那乩笔写道："孕也非病也。"连续不断写了这五个字。最后，乩笔就不动了。原来，这农妇是为她的儿媳妇来问病的。她儿媳妇成婚三四年，一直未怀孕。最近半年来，每月月经仍来，唯很少，而且面黄肌瘦，胃口不开。中医说这是"干血痨"，应该用通经的药，但服后病况日重。不得已，听人说望仙亭乩坛很有灵验，就打着灯笼，赶了长路来求仙方，结果不得要领，只好怏怏而去。据说，几个月后她的儿媳妇居然产下一子，大小平安。后来她特地买了香烛来谢仙。

另有一次，听我父亲说，有一个什么仙鬼降坛，没等人求神问卜，乩盘上就出现一条横线，两端各垂下两根直线，直线的下端又画了两个大圆圈。画成后，乩笔就不动了。大家开始不懂什么意思。后来才知道，当天晚上旁观者中，有一人是挑粪担的，他一下工顾不上洗手、换衣就赶来看扶乩了。乩坛的仙鬼嫌他不洁，在沙盘上画的图案正是一副粪担的简易图！

大约我十岁时，杭州有一次大旱，连西湖有的地方都已浅涸见底。听人说，这是百年未见的大旱。当时已没有当地长官率百姓到龙王庙祈雨，以及百姓将城隍老爷抬出庙门曝晒在太阳底下，叫作"晒城隍"，用以逼他上奏天庭降雨这套做法了。当局也没有别的办法。民间则仍自发地到处求神拜佛。于是有人来请求扶乩。听说还是杭州县长悄悄派来的。当然，扶乩请来的仙鬼没有呼风唤雨的本领，更不负担地方旱涝的责任，唯一可以出力的就是预报一下晴雨而已。

听我父亲说，那天仍是白玉蟾降坛，大家一齐跪拜祈祷。只见乩盘上龙飞凤舞地写了不少字，大家都看不清楚，请求是否可以写在纸上，居然答应了。于是拿笔墨纸砚来。原来是两句诗，道：

黑云翻墨未遮山，白雨跳珠乱入船。

写完，笔就不动了。大家虽不懂这两句诗的出处，但看到内容是与雨有关的，也猜出下雨有望了。

果然，隔了不多天就下起雨来。可是，这雨一下就下个没完，旱灾又变成了水灾。我家当时正做了百来斤水磨粉，需要晴天在太阳下晒。因为久雨不止，这些水磨粉先变成黄色，继而变成红色，最后发酵变质了。母亲爱惜物力，说"不要暴殄天物"，舍不得倒掉，大家只好想尽各种法子吃下去。自己一下子吃不完，还叫仆人送给至亲好友，请他们一起"惜罪过"。母亲对父亲埋怨不已，说都是他扶乩的结果！

后来父亲查书，才知道这两句诗是苏东坡写的关于西湖上落阵雨的诗，后两句是：

卷地风来忽吹散，望湖楼下水如天。

这后两句明明说的是阵雨过后，天就放晴了。乩上只引用了前两句，可见已明明告诉大家雨是不会停的呢。父亲说给大家听了，大家都哑然失笑！

我小时候多次问我父亲，扶乩究竟是怎么一回事。父亲说，他在扶乩时，如果有仙鬼降坛，就觉得乩笔比平时要重得多，而且乩笔的移动也是不由自主的。父亲问过另一个乩手的感觉，他也这样回答。这事至今对我来说仍是一个谜。

望仙亭乩坛扶乩一事，在当时杭州及近邑非常有名，来求的人络绎不绝。过了几年，我的那位堂伯因饮酒过量，中风吐狂血去世。乩坛无人主持，就此烟消云散了。

高诵芬作文
徐家祯整理
1995 年 4 月 19 日
于斯陡林红叶山庄

附记：

过了六十余年，我写完这篇散文时，我的丈夫看了这两句乩坛诗说，他记得好像上面的两句并不是那样，也不是出自苏轼，而是：

"南渡当年此地游，而今不比旧风流。"

后面两句是：

"谁知又历刀兵劫，战血成河遍九州。"

其实那次降坛写诗，距离"七七"卢沟桥事变爆发、全民抗战的兴起，尚有五六年之久。这首乩坛诗也许是预言吧。

拾柒章
陈妈

我自来到澳大利亚以后，时常想起家乡的各种情况。比如，现在上海用一个保姆，工资要二三元一个小时，比大学教授还高，而这些保姆做事情却草草了事，很不负责。我有一个朋友很形象地说，她们做事"像一阵风，一卷即去"。还有的朋友说，现在有些保姆，要偷吃的、拿用的，有的还要跟男主人勾搭，实在吃不消。

由此，我又想到我小时候用人的情况。那时，用人往往是由中人店介绍来的，大多知道其来历、底细，以及可靠与否。所谓"中人店"，也叫"荐头店"，即佣工介绍所也。而当时的用人呢，也大多胆小、心平、老实、可靠。那时，女用人一般分做房里生活和粗做生活的两种。做房里生活的要细巧一点的人；粗做生活的人是打杂的，要身强力壮的人。这两种人的工资也略有区别，一般是一个月三元或四元，这当然是指抗战之前。但有的人家主人喜欢打牌，于是每次打牌，用人可以分到几毛甚至一块钱，这叫"头钱"，即用人的外快。所以用人喜欢做这种人家，因为收入较多。但服侍打牌的人家要做事轻快、应对伶俐、相貌端正的用人，要求比较高。

我的曾祖母家规很严，不许子孙在家中打牌。我父亲年轻时要打牌，只好出去打。我母亲从不爱打牌，所以在这一方面来讲，对用人是不利的。她们只有过年、过节去别家送礼时能得到一点外快，再加主人给的节赏而已。

我八九岁时，家里来了一个女用人，叫陈妈，三十岁左右，是绍兴人，身材适中，面孔很板，少有笑容。她结婚后生了一子，因家贫，产后就去河边洗血布，因此手指得了关节炎，有些僵硬。她的丈夫有点神经不正常，她生产后不久，丈夫就离家出走，不知去向。陈妈因无经济来源，就只好到杭州帮佣。

陈妈是由王中人介绍来的，开始在我家做一般家务，如：洗衣，收拾房间，有空时也做小孩的鞋子。做了一段时间，我母亲很喜欢她，说她做事认真，洗衣干净；不多讲话，人很规矩，不跟男用人开玩笑，与别的女用人也能和睦相处；手脚可靠，不拿东西。我九岁那年，因军阀混战，全家避难到上海，随身带了两个女用人、一个男用人，到上海同孚路仁厚里租了一栋独立的房子住了一段时间，所带用人中的一个就是陈妈。那时，我母亲开始教陈妈做菜、烧饭，让另一个女用人王妈做房里事，那个男用人则管买菜。

陈妈开始不会做菜，后来，我母亲在旁边教她，她就慢慢能做我们平时爱吃的各种菜肴了。她做火腿蒸笋时先把冬笋或春笋切成缠刀片，将火腿切成薄片，再把火腿一层一层很整齐地铺在笋上，又用一只盆子盖在盛火腿的碗上蒸。这样蒸起来，火腿不会萎缩走样；她做的火腿膧儿炖鲜笋猪肉能炖得酥而不烂，做卤蛋能做得外面皮老而里面的蛋黄仍嫩；她的油焖笋、豆腐松、素烧鹅、汤虾仁、海参火腿羹都能做得色、香、味俱佳。后来，我母亲又教她做点心。她蒸枣饼、饺子，煮汤圆等都能称我母亲的心意。于是，每年我母亲多给她一些节钱，外快也多给一点，还常送她衣服之类的礼物。

在上海避难时,我的二舅也住在我家做客。上海的弄堂里每天有各种小贩进来叫卖,水果、熟菜、点心、布料等均有。二舅见有小红萝卜、黄瓜、马蹄之类的瓜果,就买了生吃,我也爱吃。当时,大家还不知道生吃瓜果要先消毒,而上海的生水又不干净,于是全家人拉起肚子来。后来,他们渐渐好了起来,我却久热不退,延请傅庄民医生来看,说是伤寒,要当心饮食,母亲就叫陈妈终日陪在我的床边照顾我。

陈妈告诉我,她在乡下也生过伤寒。她说,生伤寒病的人千万要当心吃食,不可多吃,否则肚肠要坠断的。她还说,伤寒病好起来的时候很饿,但此时也要少吃,只能一点点增加食物的分量才对。她生伤寒病时因无人在旁,看见白煮蛋,实在饿极了,偷吃了一个,伤寒就此复发,差一点送命。我母亲听了陈妈的实际经验,很为我担心,就叫她不必做别的事,一直陪在我的床边,怕我偷吃东西,直到我完全好起来为止。

我病了三个月,那么长的时间躺在床上,刚起床时连路都不会走了,只能由陈妈扶着,一天走几步,重新学起走路来。我吃的饭菜都由陈妈做,我吃的时候她在旁边看着,怕我多吃。等我完全恢复以后,母亲很是高兴,另外谢了她一笔劳金。

在上海住了一年多,内战平复,我们又回杭州。陈妈说要回乡下去一趟,我们同意了,母亲另外雇了一个女用人做她的替工。不久,听人家传说,陈妈其实并没有回乡,只是嫌我家不打牌没有外快,所以去别的人家做了。过了一年半载,陈妈来看我母亲,她说刚从乡下出来。我母亲也不点穿她,只问她现在有没有人家在做。她说没有。于是又留她在我家做了。这样来来去去,做了好几回。最后一次她来,我正好将要结婚,她就来帮忙办喜事。日寇侵杭,我父母又要逃难了,本来想让陈妈留守在家看房子,她说要回乡下去,我们只能让杨海师傅一个人看守老家了。

高诵芬夫妇迁居上海后合影（摄于 1940 年前后）

徐定戡在上海中山公园大理石亭前（摄于 1940 年前后） 　　高诵芬在上海中山公园铜钟前（摄于 1940 年前后）

我在上海住了一年，忽然陈妈来看我了。她说她是去高家的账房里讨了我的地址才找来上海的。当时我已有别的用人在做，但是既然陈妈来了，我就把别的女用人辞了一个，留下陈妈。

这时，我住在我丈夫的大家庭里，中午和晚上两餐饭菜都由大厨房送进来，但每房要吃什么特别的菜，可以自己开小灶。我让陈妈在小灶上煮我喜欢吃的菜，如：火腿干贝、红烧蹄筋、笋炖肉之类。春季黄鱼上市，我叫陈妈买来，下午与豌豆、笋片一起下面，当点心；秋季则叫她蒸大闸蟹，下午一吃四只。陈妈自己也爱吃蟹，每年总要买几只吃吃。除工钱之外，我平时常给她一点零用钱，还送她衣服、袜子等物品。

一年后，我小产了。陈妈很迷信。她说小产的人家叫"暗房"，在暗房里做事不吉利，下一世会不好。所以过了不久，她就借故换东家去做了，但仍常来看我。

再过了若干年，不见陈妈来。我那时已经中年，我们从大家庭独立出来，自立门户了。我想，陈妈大概不会再来。

一天下午，陈妈忽然同一个亲戚来了。我听见她们在向我们弄堂的看门人打听我家。我很高兴，出门招呼她们。我问她："陈妈，你这几年在哪里？我以为你已经死了呢！"

陈妈也高兴地回答道："我还没死呢！"

大家说笑着进内屋。她问了我娘家诸位的情况，再告诉我她自己的情况。原来她这几年来仍在东做西做，没有固定的东家。她的儿子长大后到外地去了，就此没有消息。幸亏她的弟弟和弟媳对她很好，因为以前她弟弟失业时她也照顾过他们。她现在住在上海她弟弟的家里。

我送她很多衣服，又给她四块钱。她笑得嘴都合不拢了，对跟她一起来的亲戚说："你看呢！"意思是：我对你说我的老东家很好，不是这样吗？后来，她到杭州去看我父母，他们也给她钱和衣物。

几年之后，她的儿子从外地回来了，她就搬去跟她儿子住。但是她的儿媳妇不贤，生了三个小孩都交给她带领，自己不管，完全把她当作不要工钱的用人。她儿子的工资很低，又不知省吃俭用，每月入不敷出。陈妈往往吃不饱，只好常去她弟弟家吃几顿，有时来我家临时帮几天，赚点外快。那时陈妈年已七十，我不敢再让她长做，只能每次来时送她点衣服、食品，给她点零用钱，让她带回家去。她知道每次来总有东西可拿，所以必带一只布袋来装。东西就放在她弟弟家，生怕被她儿子、儿媳妇剥削。

陈妈最后来我家那次，已是"文革"开始了。我家住在一间只有十六平方米的朝北后间。陈妈以为我们还住在以前的大房子里，到那边一看，发现人去楼空。问了那儿看弄堂的王阿三，知道我们已住在这儿，就找了过来。

我告诉她我们家被抄了家。我丈夫中了风，行动不便；我杭州娘家也是这般遭遇。她听了大为不平，说：

"老爷、太太（指我父母），先生（指我丈夫）都不是这种人（指红卫兵对我们的诬蔑）。真不应该这样对待。"

我告诉她，现在我们全家都靠大儿子的工资生活，一个月只有五十多块。她可能想到自己在儿子家吃不饱的事，就同情地说：

"那么先生一天到晚坐着，肚子多么饿啊！"

我见陈妈手里拿着一只布袋，原来她还想来装东西回去呢！那时我们自己已穷得只有吃三顿饭的钱了，还有什么可以给她呢！但以前每次陈妈来看我们，总有东西给她，这次也不能让她空手失望而回呀。这时，我丈夫站在陈妈背后，伸出两个指头向我做手势。陈妈一回头去，看见了这个手势，当然也懂这是向我暗示给她两毛钱的意思了。于是，我拿出两毛钱来，对她说：

"现在我们已如此情况，不留你吃饭了。这两毛钱是给你的车钱。你年纪大了，以后就不要来了吧！"

我送她到后门口，她回转头来，眼泪汪汪地对我说：

"小姐，你要想开点，比如你本来就生在苦人家。"

从此，陈妈没有再来过，我却常常想念她。算算她现在应该已有一百岁出头了，总不会还在人世了吧！

高诵芬作文
徐家祯整理
1995 年 4 月 20 日
于斯陡林红叶山庄

拾捌章
桂花糖

杭州风俗，中产以上家庭嫁女，除了必不可少的喜筵、嫁妆之外，就是要准备桂花糖，也即喜糖。之所以要用桂花糖做喜糖，大概是因为取"桂"与"贵"同音，而桂子是一种长生药物，这跟"早生贵子"的吉利口彩又有联系了。

杭州较大的糖果店一般有现成的桂花糖出售，办喜事的人家可以较大数量采购。普通每包四粒，红、黄两色。黄的是以桂花和白糖制成，也加一些色素；红的是玫瑰，但因玫瑰在中国系名贵花卉，不易多得，只好大多用色素冒充。较考究的也有六粒一包的。外用红、绿两色的纸分别包成长方形纸包。长短、阔狭约如两指相并宽，比手指略短。

这种桂花糖不在结婚当天分赠来道贺的宾客，而是留在结婚第三天，亦即"三朝"这天晚上宴请宾客时用的。等宾客坐定，主人就派人按人头逐个将桂花糖放在杯筷的旁边。普通每位两包，一红、一绿；体面些，则增加至四包，两红、两绿，不过这种人家不多。之所以要在开宴时逐个分糖而不再在其他场合分糖，大概是因为这样不会重发或漏发喜糖。

我家是杭州世家大族，从家里原来保存的家谱来考查，远祖是追随宋代高宗皇帝从河南汴梁南渡，来到当时叫作临安的杭州陪都的[1]。大家庭聚族而居的地名叫"双陈衙"。这个地名还是沿袭南宋旧称，在元朝写成的《咸淳临安志》这部杭州地方志上可以查到这个地名。基于我家当时的社会地位，嫁女时分送桂花糖就成了来宾瞩目的一件事。另外，我丈夫家是从事工商业的家庭，交游广阔，家族中亲友人数众多，在桂花糖的质和量两方面都必须有充分准备，以免被人笑话。于是我父亲在我出嫁之前不但在嫁妆方面准备得精益求精，而且在桂花糖准备方面也要力求出人头地，让人可以赞不绝口。

首先，我们准备的桂花糖品种不能仅限红、黄两色，而必须有六种不同的颜色；其次，选料必须讲究，一切色素或人工香料完全摈绝不用。另外，

1　据家谱记载，我家祖籍山东蒙城（现已属安徽），北宋末年随皇帝南迁，后定居于山阴前梅。为皇帝护驾的那位大将叫高琼，就是我们的远祖。高琼（935—1006），字宝臣，亳州蒙城人，北宋大将。历仕太宗龙直指挥使、保大军节度使、检校太尉、忠武军节度使。屡立战功，不识字而晓达政事。

《宋史》上亦有高琼传记（见卷二百三十九，列传第四十八）。高琼事迹中，督促皇帝败敌的一段甚为生动：

景德元年（1004年）冬，辽萧太后率精兵20万，再次南侵，直抵澶州（今河南濮阳市）北城，朝野震惊。真宗召集群臣议策，有的主张南迁，有的主张西逃。宰相寇准力排众议，请真宗亲征。真宗畏战，朝议难决。寇准出殿遇高琼，言明此事，高琼说："国家临危，理当效死！"随同寇准上殿见真宗。高慷慨陈词："宰相主战，实乃良策。若避敌迁都，就一定会军心动摇。望陛下亲征，重振军威，一定能大败辽师。老臣虽年近古稀，愿效力死战。"促真宗下定亲征的决心。

《涑水记闻》上载：真宗起驾后，高、寇二人不离左右，适时进谏，坚定真宗抗敌的信心。到了澶州南城，探马飞报辽军势盛。真宗惧敌，不想前进。高琼劝道："陛下若不渡河，难定军心，请火速进军。"金书枢密院事冯拯大声斥责："太尉无理。"高琼亦怒声大喝："你能赋诗退敌？"冯不敢回答。高琼遂拥辇而行。到达黄河浮桥，真宗又想停留。高琼急令驭辇武士飞马前进，直抵澶州北城，请真宗全副仪仗登上城楼。城外宋军见皇帝亲征，都高呼"万岁"，军威大振。高琼立即率军进击，杀死辽国先锋萧挞凛，大破辽军，迫辽罢兵，订立和约。

据载，高琼不识字，但他经常告诫他的儿子："你们不要依仗父辈的功绩作荫庇，而要勤奋读书，以求得个人的出路。"景德三年（1006年），高琼病逝，追赠侍中、太师、尚书令兼中书令，追封卫国忠烈王，归葬故里双锁山西南麓。

建炎年间（1127—1130），高宗下诏在杭州武林门内建高氏"五王祠"，内祀忠烈王高琼、康王高继勋、楚王高遵甫、普安郡王高士林、新兴郡王高公纪一门五代。绍兴初年（1131年），在山阴县西梅花山白达湾建分祠。

乾隆年间，我祖上有一位叫高士桢的，从山阴前梅迁移杭州，在双陈衙定居。他就是我们高家的迁杭始祖。所以从这位始祖开始，我们高家在杭州定居的历史已近三百年了。在这三百年中，我家有做官的，有经商的，有研究学问的，有擅书画的，出过很多人物，所以是杭州名副其实的一个世家大族。

数量必须充足，不但在"三朝"晚宴上让每位宾客都能分到四包，而且我丈夫家在当天如需要桂花糖，我们也要能够大量供应，务必使宾客满载而归。于是，制作和储备桂花糖就成了一桩长期而烦琐的工作。

我们准备的六种桂花糖是：黄的桂花糖，红的玫瑰糖，白的代代花糖，绿的薄荷糖，黑的乌梅糖，蓝的靛青花糖——统称"桂花糖"。这六种糖的用料，除了乌梅可以现成从南货店里买来自己再略作加工外，其余五种都必须经过摘选、分理、拌和、研捣、印制、收干等工序，由我们自己来制作。由于五种糖的原料不一样，所以手续也不一样，再加采集原料的时间也不同，于是从我十四岁订婚到十八岁出嫁这四年时间里，每到春、秋两季出动不少人力进行桂花糖的制作，煞是热闹非凡。

先说桂花糖的制作。我家园里有两株高大的老桂树，在二层楼的阳台上可以采到桂花。每到秋季，屋里屋外一片木樨香。除自家瓶供外，还遣男仆分送至亲朋好友处，年年如此，已成定规。自从大规模制作之日起，就没有多余的桂花可供分送了。不但采完了园里的桂花，还得由管园工人朱师傅将西湖边上的别墅——高庄的几株老桂树上的桂花也采集来。即使这样，所得的桂花数量仍不够使用，于是只得遣男仆到盛产桂花的满觉弄去大量采购，年复一年，直到我出嫁。

采集桂花时，不能只将树上的桂花采下，而必须整枝带花剪下，再轻轻将花朵从细的青枝上摘下，去蒂去芯，然后放入白瓷盘中。这一采集工作必须选择年轻、眼明、手快而又有耐心的女用人来做。我家的亲戚中也有人被邀来参加、督工，连我父亲有空也去检查桂花的质量。每到秋天，家中客堂中的方桌、圆桌旁坐满了一桌桌的人在采桂花，桌的中央则堆放着一堆堆整枝的桂花。采下并装在白瓷盘中的桂花经过我母亲的检查后，倒入纱布袋中，再浸在酸梅干的水里。咸梅干可以从南货店里买到，其咸无比，无法入口。

买来后将外面的盐洗净，放在大瓷钵中，倾入沸水浸数小时，直到沸水冷却，用口尝酸液的浓度如已足够，就将此水倒入一大口玻璃瓶中，这就是浸桂花的酸梅水。桂花在大玻璃瓶的酸梅水中要浸三小时以上，这样桂花的色泽就会永远不变了。

与此同时，母亲还吩咐粗做用人去买来纯白无杂质的大块冰糖，自家磨成细粉，要细得跟水磨粉一样。然后把在酸梅水中浸了三小时以上的桂花放入臼中，舂成糯糊状，加入磨细的冰糖粉，拌匀，使它的颜色跟桂花的颜色一样，然后用力舂捣，直到臼内的桂花糖与臼底完全脱离，毫无黏滞之感为止。

我家藏有历代传下来的硬木印版，每块约一尺长、一寸宽、半寸高，上下两块可以合起来，成为一副。花纹刻在下面一块上。每块印版的图案都不同，一般都有吉祥的意义，如双喜、双鱼、双钱、元宝、福字、方胜等。把捣好的桂花糖泥放入下面有花纹的印版，将上面的一块印版合上，用手按平，再轻轻揭开上面的那块，就可以取下制成的桂花糖了。

制成的桂花糖盛在朱红漆的捧盒里。这种捧盒原来是历代传下装新娘送长辈鞋袜、绣货用的，盒盖、盒底一样大小、高低。我母亲说，因为我家历代新娘都有陪嫁，所以这种捧盒楼上空间里有的是，正可用来装印好的桂花糖。放糖前，盒里先要铺一层小粒的石灰，起收燥、吸潮的作用。在石灰上还要盖一张矾纸，然后才把桂花糖一粒粒均匀地放在矾纸上，直到糖变干、变硬，达到入口不化、可在嘴里含很多时候才算符合要求。这时，可把桂花糖用白棉纸包好，三十粒一包，放入石灰箱。

别的五种糖的制作跟桂花糖的制作工艺大同小异，只是采用的原料不同。做玫瑰糖时要大量玫瑰，我们园里玫瑰的数量不多，远不敷用。好在我们有一个熟识的花农叫阿彩师傅，他自己经营了一个规模相当大的苗圃，各

人工舂制桂花糖

成形的桂花糖

色树木、花草都有，我们就请他物色、采集玫瑰和代代花。薄荷和靛青都是我们园里就有的，不用另外设法。薄荷是春季长叶的，必须采初生的嫩叶色泽才新鲜、青翠；靛青则是七月开花，也跟薄荷一样要及时采下。做糖的最后一种原料是乌梅。乌梅是用半黄的梅子熏干而成的，是做酸梅汤的主要原料，在南货店里可以买到。我们把买来的乌梅浸入沸水中，经过三四小时，再将乌梅从水中取出，装入纱布袋，挤干、捣烂，和以冰糖粉，拌匀同舂，也跟制桂花糖一样印制、收燥。

等到六种糖都制成，就将它们分装在六只很大的石灰箱里。每个铁箱外边都用红纸写上一个字："桂""玫""代""靛""乌"或"薄"，各代表一个品种。等结婚大喜之日的前一个月，就要开始正式包装桂花糖了。

正式包装桂花糖是制作桂花糖的最后一道工序，那就是从六只石灰箱中各取一粒不同的桂花糖，分成两行，用正方形的白棉纸包起来，外加红或绿的色纸，包成长方形的一个糖包，必须包得大小完全一样。再把四个糖包用红绿纸条绾起来，作为一扎。包成每五十扎，按照中国传统的计数法写个"正"字。最后，一共写了八十个"正"字，也就是包了一万六千包，共计九万六千粒桂花糖！这是多么烦琐、费时而细致的工作啊！

结婚的第三日，虽说婚礼的高潮已经过去，新娘已经进门，嫁妆早已发到夫家，本来已没有什么可以借题发挥的事再热闹一场了。但按杭州的风俗而论，"三朝"其实比结婚当日更热闹。而且结婚所必须举行的繁文缛节都已结束，所以宾主双方倒可以无事一身轻地尽情吃"三朝"酒，热闹一番了。

"三朝"当天，除了午、晚要摆两次酒席外，在我丈夫家的几个大厅、内厅前搭起了明瓦棚，点上汽油灯，晚上照得如同白昼，在那儿"做堂会"。所谓"做堂会"就是戏剧大会演：有变戏法，就是变魔术的前身；有说大书，一般是说《三国演义》《水浒传》之类小说中的故事；还有唱杭州滩簧（一种地方戏曲），那是由八个人表演的一种说唱。八人分两边坐在由三张方桌拼起来的大长方桌旁，有节奏地互相说白、清唱，手里演奏胡琴、三弦、琵琶等乐器。如今这种演唱形式已经失传。

"三朝"晚宴上，等每桌都坐满十人、第一道菜上好之后，我的伴娘们就手捧一个大朱红漆的木盘，将桂花糖一扎四包放在每位客人前面。那时，客人一面看戏、听说书，一面喝酒、吃菜，很是斯文有礼。但是一等宴席结束，宾客就纷纷拥进新房开始闹了起来。那时杭州有个通例，叫作"三日无大小"，就是说从结婚之日到"三朝"这三天之内，是没有往日的尊卑之分的，大家都可以加入闹新房的行列。

那天，正在大家闹得起劲的时候，忽然不知谁说：

"高家的桂花糖是精工选制、色香味俱全的，而且听说做了几万包，今天每人只分得四包，实在微不足道，我们还要！"

这时，好多人已有几分醉意，听见此人一说，都跟着大声嚷嚷起来。几位伴娘一看来势不妙，连忙堆着笑容说：

"好！好！老爷、少爷、阿官、小姐，每人再添一包。"嘴里连珠炮似的说着"甜甜蜜蜜、高高兴兴、五福登门、五子登科"等口彩，意思是说：五包桂花糖是个好数目。

此时，八间新房里里外外已挤满了人，只听见大家嚷着："不够！不够！"还有人嚷道："起码五十包！"更有人叫道："起码每人一百包！"正在闹成一片时，忽然听见有人在新房卧室里嚷道："好了！好了！找到了！找到了！"

原来杭州的传统，在作为嫁妆的一部分的新马桶中要装满荔枝、桂圆、花生、红枣、桂花糖等糖食、炒果，当然也是取"吉利""早生贵子"等意思。不知是谁在马桶中找到了放着的四十扎桂花糖。于是，一时群情大乱起来，大家分头毫无目的地翻箱倒柜乱找起来。几个伴娘着起慌来，知道局面恐怕无法控制。她们在我耳边轻轻说了几句，出去请我夫家的长辈来调停这一闹剧了，否则可能闹到天亮也不会结束。

伴娘出去了，有的宾客更无法无天起来，有的要我唱歌，有的要我当场作诗，人多口杂，我不知该听谁的话好。

正在这扰扰攘攘的时候，伴娘搀了一位戴着深度近视眼镜的半老太太进来了。宾客看见这位半老太太，就嚷道：

"现在请二太太说句公道话，究竟应该给大家几包桂花糖！"

原来这位就是我丈夫的二婶母，我应该叫她二叔婆。我丈夫从小失去了父母，是他的祖母带领大的，所以他家除了他祖母之外，这位二婶母就是辈分最高的一位了。

这时，又有人出主意了，说："先拿出六千包桂花糖来，我们就罢休。"有人说："至少五千包。"二叔婆就跟他们讨价还价起来，最后答应给他们三千包。但是那时已是深更半夜，我的父母早已回去，哪里去找三千包桂花糖？

二太太对大家说：

"我们男家的桂花糖真的已经分光了，怎么办呢？还是大家先回去吧，明天一定补给大家。"但没有人同意。

我在二太太耳边轻轻说："快打电话到我家去，要他们现在就送来，这样才好解二叔婆的围。"但二叔婆不答应，说："三更半夜打电话去女家要桂花糖，实在太不成体统。"

一位宾客说："二太太说明天给糖，口说无凭，我们怎么可以相信二太太的话？除非有重要的抵押品给我们，才可以放二太太回去。"

于是有人建议要二太太的手表做抵，也有人要二太太的耳环或戒指什么的。正在无法决定要什么时，忽然一人大声说：

"这些东西都算不了什么。我看还是拿二太太的眼镜做抵押。等桂花糖到手，我们就把眼镜还二太太，大家看这个主意好不好？"

原来此人知道二太太的眼睛非常近视，离开了眼镜是寸步难行的，所以想出了这么一个刁钻的主意。大家七嘴八舌地商量了一会儿，都说这个办法不错。于是二太太只好束手无策地除下眼镜，交给了那个出主意的人，答应明天一定用三千包桂花糖去赎回，大家才兴尽散去。此时已是"四朝"，而早不是"三朝"了！当然那天晚上，二叔婆只能由用人搀到床上去睡觉，什么别的事都不能再做了。

我们做的桂花糖，除了"三朝"、满月大量送宾客之外，还多余一两百扎，一直收在石灰箱里，后来就渐渐忘记了。直到我的孩子十多岁时，他们有时在石灰箱里找吃的，还不断一包一包地从一只只石灰箱的箱底发掘出来，吃得津津有味呢！当我告诉他们这还是我结婚前做的，已有二十年了时，他们都觉得难以相信，那时竟然做了那么多的桂花糖，吃了二十年还吃不完！

高诵芬作文
徐家祯整理
1995年4月26日
于斯陡林红叶山庄

拾玖章
我的父母

我的大儿子家祯在四五年前写过一篇七八万字的长文《外公、外婆及其他》，发表在《澳洲汉声》杂志上，所以我决定不了是不是应该写一篇关于我父母的文章。后来，我想，既然我已写了我的曾祖母、医生、邻居、亲戚和用人，那么总应该也写写我的父母，何况家祯的长文中也还有遗漏之处。于是，我决定写一篇短文，谈谈我的父母，主要谈家祯没有说到的事情。

我的母亲是我外婆最小的女儿。她姓金，名琳。六岁时，她的父亲就生病离开人世，她母亲当时还只有四十七八岁。金家上代也是做官的书香门第。她父亲去世之后，她的大伯伯很是凶恶，欺负她们孤儿寡母。那时金家还未分家，财产都在这位大伯伯手里。后来分家时，大部分财产都被他占有，连房子都分给我外婆最差的。那时我的大舅只有十六岁，家中只靠几间租屋的租金生活，当然经济情况大不如前了。幸亏大舅对他母亲很孝，读书也很用功，后来考取公费留学日本，回国后先在北京当行政长官，后来又调任南京，抗战时担任贵州省政府秘书长。他将每月薪水的一部分交给母亲，做补贴生活之用，一直孝敬到我外婆七十九岁归天。

我母亲十四岁时，我曾祖母高老太太在杭州创办女子学校，她在这一学校中念过一年书。学堂里请外国女教师上音乐课，唱圣诞歌，她也学了一些。直到我三四岁时躺在她身边，还听她唱过。她也教过我英文字母的发音，这也是外国老师教她的。她说，她在女子学堂念书时，女生都住在学堂里，到星期六下午，家中就派轿子去把她们接回家，到星期天下午再坐轿子回学校。后来因为她家经济能力不够，只读了一年就停学了。她还说，她很喜欢英文和唱歌，也爱弹钢琴。如果那时有现在这样好的条件，我母亲说不定还会成为什么家呢！

我母亲二十三岁时，由高家一位远房长辈叫某二太爷的做媒，男家即我父亲。他们两家先看照片，再排八字。当时我父亲虽在日本留学，思想比较新，而且也有人把女留学生介绍给他做媒，但他从小失去父母，是由祖母带大的，他对祖母十分孝顺。为了报答祖母的养育之恩，他就不愿自由恋爱。他说，如跟女留学生结婚，那人一定想做一番事业，不肯在曾祖母身边三从四德地服侍她一辈子。所以凡给他介绍留学生，他都拒绝了。等到做媒的把我母亲的照片拿给他一看，他就说："此人相貌圆圆胖胖的，很秀丽、本分，一定是贤母良妻，能守妇道的。"于是就定了下来。他们两人同年。在二十四岁那年暑假，他从日本回来度假一个月，就成婚了。

听我母亲说，她与父亲是在农历六月二十四结婚的。在杭州，那时正是大热天。按照风俗，新娘头上要盖红色的大面巾，身上穿纱的夹礼服、大红百褶裙子。他们拜的是午时堂，那么热的天，穿戴那么多的衣服，中午坐在轿子里，真是吃不消。新娘出轿之后还要行很多礼节，下午回郎去还有许多

高诵芬杭州双陈衙布店弄老屋走廊和天井（摄于抗战前）

高诵芬杭州双陈衙布店弄老屋金鱼池中『云』字假山石（摄于抗战前）

繁文缛节，直到半夜回到高家才可松衣宽带。以后，作为高家的孙媳妇，又要在堂上遵守家规，一日三回必须到太婆房里去请安、陪坐。她说，新婚几天每天都是头脑昏昏沉沉的，腹中还有些恶心，以为病了，实际是中了暑。

新婚不满一个月，我父亲就回日本去上课了，要到明年暑假才可再回中国，跟妻子团圆。新婚离别，其情可测！我母亲一个人在高家，人地生疏，又住在大家庭里，三餐与太公、太婆及太公的姨太太和她的两个女儿同桌吃饭，有时二小叔也一起吃。太公的姨太太的两个女孩年龄都比我母亲小，但辈分比我母亲高，所以要叫她们"姑母"。这姨太太和她的两个女儿极为尖刻，因我母亲是新来高家，就欺负她。记得我母亲说，有一次二小叔不在，桌上有一碗黄豆芽，我母亲多吃了几筷，姨太太就没有好声气地说："二少爷要吃的！"给我母亲夹了一筷，就把这碗菜放到橱里去了。母亲是老实人，虽不露声色吃了这筷菜，但一直气在心中，等我懂事了还提起此事。

辛亥革命后，母亲跟大家庭逃难到上海租房子住了一段时间。因为人地生疏，丈夫不在身边，所以心中十分苦闷，常常想念杭州家人，一个人常立在走廊里发呆。我五叔公[1]见了很感同情，问她："孙少奶，你要是想念母亲，我可去杭把她接来。"我母亲当然只好谢曰："非也。"

高家的规矩，姨太太是不能上台面的，连祭祖宗也不能出去拜。即使要拜，也要等最小的一辈拜完才可以去拜，所以我曾祖父虽有年轻的姨太太，却不能出来应付家内大小事情；而我母亲的公婆早已故世，她是长孙媳妇，所以一切应酬等等上正场的事，都要由我母亲出面。我母亲对太婆尊敬守礼，也懂得太婆的心理，所以太婆极喜欢、相信她。结婚三年，我哥哥出世，再

1　五叔公，即高尔登（子白）。

三年就生了我,又过三年,生了我弟弟,太婆十分高兴,就更为喜欢她了。亲戚本家也无不尊重我母亲。

我母亲不喜欢打麻将,没有吸烟、吃酒、喝茶等嗜好,不会花钱。每次回娘家总是上午回去,傍晚前必回家。平时也从不去看戏,很合我曾祖母的心意。

母亲对我讲,她嫁到高家,虽外面传说高家是"高半城",有田地、有房子、有店铺,但其实平时家里是很节俭的。每月她只有四块钱的零用,叫月规钱。逢年过节还要给太婆送鞋袜、糖茶,也要给用人节钱。有时还要硬省一点钱,寄火腿去给在日本的我父亲。

我父亲到三十岁才从日本回国。他在日本时,我母亲常写信给他,以解相思。回国以后,父亲就去笕桥当了浙江农校——现在浙江农业大学的前身——的校长。我父亲是好好先生,人家向他借钱,他有求必应,于是常有人向他借钱,甚至借一两千块钱的也有,借了不还。农校缺少房子,他就拿出钱给农校造房子。后来,他自己也觉得这样工作下去,不但没有赚到钱,还要把家里的钱搭上去,实在对不起祖宗和长辈,就辞去了校长之职,在家闲居起来。

我父亲喜欢打麻将,于是请了朋友、亲戚来家里打。这时,他的祖母已故世,家里分了家。有人看他有钱,就勾结起来骗他钱。有一次约他去莫干山打麻将,骗他输了一千块。终于,他气得鼻子发尖,下决心不再打麻将了。

我的曾祖母故世之后,我父亲觉得住在原来的地方会常常想念他的祖母,就决定大兴土木,把我们住的房子和我曾祖母住的房子大改一下,这样他说就容易忘记祖母了。母亲也觉得房子变了样,有新鲜感。过了一些时候,

父亲高孟徵在因抗战迁移至浙江壶镇的杭州安定中学校门前（摄于 1938 年）

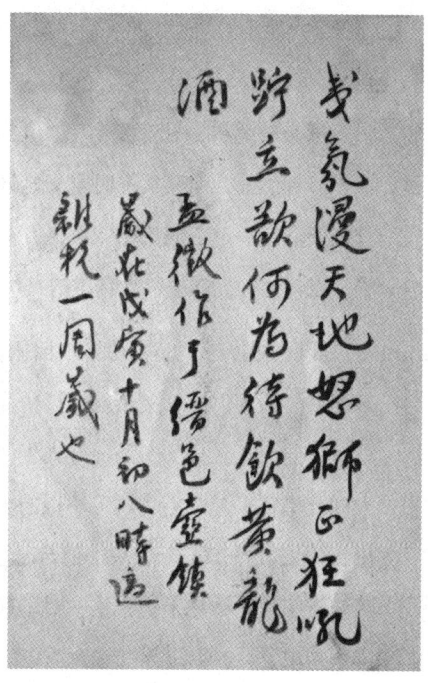

照片背面高孟徵亲笔题诗 —— 1938 年农历十月初八

父亲高孟徵与安定中学校长孙信（摄于浙江壶镇贤母桥畔）

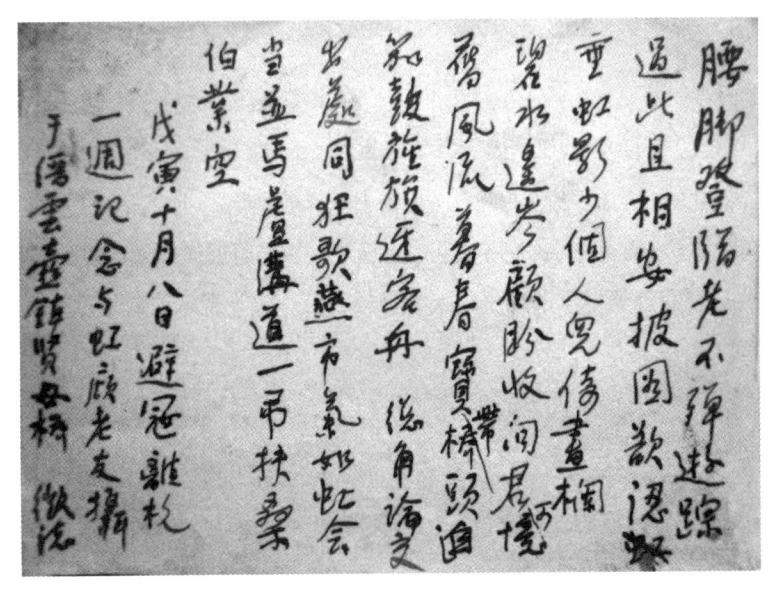

照片背面高孟徵亲笔题诗 —— 1938年农历十月初八

父亲看见大房的六伯伯[1]家中有小客厅，园里有假山、池塘，颇为清雅、舒适，于是也将我们家的大厨房拆去，造了一栋有楼的梅厅。开桂花的时候可以上楼去赏桂花，摘桂枝。平时有客来访，不再用以前用来接待客人的老花厅了。过了几年，父亲又请人在梅厅旁边的一块空地上造了一间屋子，还挖了一个池塘，塘里养了金鱼，池塘周围以连着椅子的栏杆相围。池塘中间竖立着一块两人高的假山石。我的会画画的六伯伯看见了，说："这块石头样子好，像篆字的'云'字。"于是，把池塘旁的那间屋子叫作"小仇池屋"，这是因为根据传说，神仙住在一个叫"仇池"的地方，也有山石。

父亲不打麻将以后，在家里待不住，就到狮子峰山顶造了一个日本式的别墅[2]，住在上面吃素、念佛、修行。他从茶场工人中挑选一个叫子发的二十多岁的诸暨人来做男仆，负责煮菜、烧饭、洗衣、挑水，服侍他。他每天与城里家中通电话一次，每星期下山回家一次，也买点牛油、面包上山。母亲与我们也常坐轿子上山去小住。我的兄弟能爬山，就从灵隐一直走上山去。

这时，我母亲常对我和哥哥说："你们父亲真会用钱，把太爷爷分给他的钱都造房子用掉了。他只会用钱，不会赚钱！"

以前妇女在家，很少出门，父亲出去也不常带我们。我只记得有一年我大舅的小儿子苏哥哥[3]因病在西湖边上楼外楼饭店附近的朱公祠楼上养病。朱公祠是我外婆娘家的祠堂，朱公是她祖上一位长辈，曾被皇帝封为公

---

1 大房的六伯伯，即高时敷（络园）。高时敷（1886—1976），现代篆刻家、收藏家。字绎求，又字弋虬，号络园。浙江杭州人，寓居上海。与兄高时丰、高时显，并称"高氏三杰"。工书画，花卉人物而外，尤工画竹，画竹得清秀之致。其书画处处"络园"，因此为号。工篆刻，取径浙派，融会徽派及明代名家之法，所作工稳端庄，富收藏，惜于抗战时期，毁于日寇之手。精鉴别，辑所藏古玺印与明清名家印作有《乐只室古玺印存》十册、《乐只室印谱》十一册，以及《次闲篆刻高氏印存》《二十三举印摭》《二十三举印摭续集》《二陈印则》《丁黄印范》。1937年与丁仁、葛昌楹、俞人萃各出所藏合辑成《丁丑劫余印存》二十卷。

2 狮子峰的别墅，即意胜庵。

3 关于"苏哥哥"，另有一章专门叙述，可见本书第肆拾肆章《阿苏和绍大》。

侯。[1]这楼面湖靠山,空气新鲜,风景优美。我父母常带我们孩子去看望苏哥,顺便也去游西湖。还坐划子到各庄子游览一番。

有一次,我们全家还到西湖边我家的庄园——高庄去吃晚饭。那天正值中秋,高庄当时还没有电灯,朱师傅就点起蜡烛。我们一面在大树下赏月,一面让朱师傅去隔壁一家饭馆要他们送饭菜来。饭馆知道是高庄的主人来了,菜肴当然特别丰盛,还奉送一大碗很鲜的汤给我们。这天同去的还有我的表姐、表姐夫、他们的儿子和我的二舅。饭后,我们又划船到三潭印月去散心。

我家自曾祖母开始信佛,不杀生。平时买的鱼、虾都是刚死而尚新鲜的。买来之后,我弟弟还要在菜篮里检查一遍,如果发现有活的鱼、虾,就马上拿出来,养在一只小水缸中。我家也不杀鸡,而杭州那时不卖杀好的鸡而只卖杀好的鸭,所以我小时候只能在家中吃到鸭和家里养的鸡生的蛋。不过在外婆家,我倒能吃到自养、活杀、肥厚、鲜嫩的白斩鸡。至于蟹,因为总要吃活杀的,所以从不进门。有一年,我已十四五岁,母亲趁父亲在狮子峰别墅里住,忽然对我们说:"你们应该尝尝蟹的滋味了,去买一次你们三人尝尝吧。"于是,这就是我的第一次吃蟹,当然连怎么剥都不知道。

母亲每年要带我们孩子到杭州有名的菜馆知味观去吃几次全虾馄饨和汤圆、水饺等点心;也去一家有名的面馆奎元馆吃蟹粉面、虾爆鳝面;去聚水馆吃蟹粉小笼包,馅是全蟹的,咬一口就有汤水流出来。现在这几家馆子还在,

---

[1] 朱公祠,即朱文公祠。朱熹谥号为"文",故称为"朱文公"。《西湖志》(上海古籍出版社1995年出版)上有该条目:朱文公祠,在孤山徐公祠右(今楼外楼菜馆一部分),祀南宋理学家朱熹。《西湖志》卷十四:公昔为浙江提举,修举荒政,厘革病民诸事,又治台州、置书院、申教条、立社仓、宽通负,奏捐丁绢,输筑陡闸、开浚河渠、修治塘岸,有功于浙最深。明嘉靖四十年,督学秦梁谓:"朱子提举浙东有遗泽,建祠锦坞山,督学苏濬动支仁和县学租银八两遣官致祭。国朝顺治丁酉,公裔孙以锦坞山峻,岁久倾圮,请于巡抚陈应泰、巡安王元曦、提学谷应泰移建今处。……今已不存。"其实,该祠馆直到二十世纪六十年代初还存在的。当时的浙江美术学院就设在附近,好像占用了朱文公祠的房屋。而我外婆是朱熹后代,所以可以使用朱文公祠内房屋。

但供应的都是名不副实的菜点了。现在的人，当然想象不出那时货真价实的东西的味道。

家祯说他外公、外婆的感情不好，平时不讲话，也不到对方的房间。这是他们晚年的情况。其实，他们在年轻时关系还是不错的。比如，我曾祖母还在世时，母亲跟父亲一起陪我的曾祖母去游夜湖。他们也去曾祖父在西湖上造的别墅高庄避过暑。母亲回忆说，在高庄时，每天早上由管庄子的朱师傅采了湖上的鲜嫩莲子煮来当早餐，也采水红菱做点心或炒菜吃。但是不知为什么，中年以后，他们两人的关系越来越不好了。可能因为我父亲爱花钱、爱打麻将、爱造房子；也可能我母亲觉得我父亲不会赚钱、容易受人骗、上人当；也可能因为生活上的一些小冲突，或者为了一些小事意见不合。

比如，当时高家的规矩是男女一般不一起出门游玩、应酬的。即使去亲戚家喝喜酒，也是男归男去，女归女去；男客向男主人道贺，女客向女主人道贺。后来曾祖母去世了，我父亲独自应酬、出门的次数很多，我母亲总在家，可能她就很不高兴了。比如有一次，还是二十世纪二十年代军阀混战时，我们避难在上海。当时，京剧名角梅兰芳在上海演出。父亲爱好京剧，就买票和朋友一起去看了。可能他认为我母亲不懂京剧，就没有给她买票。母亲在我们面前很不高兴地说："你们父亲一个人去看戏，梅兰芳也不让我看看！"

我父母五十岁那年，我父亲带我哥哥去宁波阿育王寺，没让母亲去；父亲与友人去莫干山住一个月，打牌、游玩，也没让我母亲去。她都很不高兴。

有时我母亲生气，就一个人到娘家或我的二阿姨家去谈天、解闷。有时，她说："你们父亲那样花钱，我也要花花钱出出气！"但我母亲天生是节俭之人，要她花钱还不会呢。有一次，她出去买了一双真皮的小脚拖鞋，花了三块钱；还有一次，买了一对有盖的水晶缸，都算是花了钱、出了气了。

我 的 父 母

高诵芬母亲抗战前（摄于杭州双陈衙布店弄老家天井中）　　高诵芬母亲穿清朝大礼服（摄于 1910 年前后）

高诵芬母亲在杭州双陈衙布店弄老家庭院中（摄于抗战前）

有时，她也带我们三个孩子和阿姨、表姐去游西湖，到楼外楼吃西湖醋鱼、清炒虾仁，也算对父亲不带她出去的报复。

我小时候将母亲这种种的不快看在眼里，所以等到1950年我们从大家庭分出来，经济独立，也买了自己的房子后，就常请我母亲来上海住一段时间。有一年，我们带孩子们到莫干山避暑，请我母亲同往。记得那次我们一家六口，加上我母亲共七人，包了一个十张床的大房间，住在那儿一星期，天天在山上游览、吃馆子，我母亲非常高兴。还有一次，京剧著名演员程砚秋来上海演出，我母亲正在上海，我想到以前我父亲去看梅兰芳京剧不带母亲去的事，就特地买了票请她去看。她看了后说："虽然我不懂他唱什么，但听他唱得婉转、悲哀，也很好听。"

二十世纪六十年代初，上海刚开始有电视了，我们去买了一台。那时电视还是稀奇之物，很多人没有机会看到。我母亲正在上海，她倒有机会看到了。记得她在电视上看过西哈努克亲王之女帕花黛维公主的舞蹈和梅兰芳之子梅葆玖的京剧，都很感兴趣，总算也享受过一点物质文明。我父亲五十年代患直肠癌之后，虽也来上海住过一个月，但那时上海还没有电视台，以后他就没有机会再来上海了，所以他直到1969年去世，都从没有机会看过电视。

我母亲去娘家时看见有算命先生走过，总爱叫住请他们算命。奇怪的是，他们都异口同声说我父母两个人的命里注定要"榔头碰钉头，胡椒碰生姜，叮叮笃笃一辈子"（就是要拌嘴的意思），但是"越吵寿命越长"。我母亲听了颇感解闷、安慰。算命先生都说我母亲是戊子年生的属鼠，又是半夜子时生，所以一世衣食不亏，那是因为半夜出洞的老鼠总是有东西吃的。她听了后很高兴。算命先生说的这两点可以说算得颇准：他们二老一生总算衣食无忧，只有最后几年受了一些罪；而且虽"叮叮笃笃"一辈子，却都到

二十世纪六十年代初摄于杭州高家走廊上（前排左起：侄女、母亲、小侄子、父亲；中排左起：女用人方妈、嫂嫂、哥哥、丈夫、女儿、高诵芬；后排左起：大侄子、次子、长子家祯、幼子）

八十二岁寿终正寝，也算福寿双全了。

我小时候常听母亲对我叹苦经，说："可惜我不会做书，否则我一定把我的苦处做一本书给世人看看。"现在我写了我父母的二三事，既可作为儿子家祯文章的补充，也可用以告慰我母亲的在天之灵。

高诵芬作文
徐家祯整理
1995年4月28日
于斯陡林红叶山庄

贰拾章
结婚之一
——做媒、相亲、订婚

从前旧式婚姻有几种方式：一种叫"指腹为婚"，即两家的妻子都已怀孕，因为两家是好朋友、门当户对，就由家长决定，如果一方生的是女孩，而另一方生的是男孩，以后就让这对男女结为夫妻；还有一种是从小定亲，这往往是因为两家有很亲密的朋友关系，或两家本来是亲戚，想再亲上加亲，就从小给双方的男孩和女孩订婚了。其他人则一般要到十几岁时由亲戚、朋友或三姑六婆来做媒而结婚的。旧时，如果一个女子到了二十多岁还没有许配人家，父母就要担心她恐怕只能做续弦了，也就是做填房；或者只能"柱大门"，这是杭州话，意思是嫁不出去，像一根柱大门的木头。男的过了二十出头尚不成家，大人也是要担心的。

我父母不信三姑六婆，所以她们平时来我家只是讨讨药物或者卖卖珠宝、谈谈张家长李家短的空话而已，从来不跟她们讲婚姻之事。于是，这些人也见风使舵，从未给我们做过媒。

我十二岁时，忽有我父亲的好友朱君来为他的徐姓外甥给我做媒。他说他外甥的父亲在家中排行老大,这位外甥的父母已经双亡,从小在祖父母身边长大,还有两位叔叔和婶婶一同照顾。我父亲自己也是从小失怙失恃,由祖父母养大的,所以觉得这个孩子命运跟他相同,心里大感同情。但女儿的婚姻大事总要跟妻子商量,于是对朱君说,要跟内人商量后再给他回音。

友人走了之后,午饭桌上,父亲对母亲说了此事。我母亲对父亲说:"怎么这孩子与你一样,也是没有父母,要祖父母养大?我想祖父母一定是很宝贝他的,当然想早见曾孙,要他早点结婚吧。我只有一个女儿,想养得大点,在家里多待几年再出嫁。慢慢再谈吧。"

过了些时,那位媒人来听回音了,父亲就把母亲的意思告诉了他。后来,媒人仍一次一次来说,我父亲总回他说内人不肯。

这样过了一年左右,我父亲被他说得有点不好意思了,想着不管答应不答应总要有个具体理由,于是就想出一个要看看那个徐姓孩子的文章的理由。他想,如果文章不通,就可借口回绝了。媒人一口答应。过了几天,朱君将那孩子的文章及诗词拿来。父母看了,拿给我们的私塾老师黄先生看。大家都认为文章清通。只是我父亲说:"他的诗词有一种忧郁感,乃是从小无父母之故吧。"

再过了几天,媒人又来了,只好回答他说:"诗文都不错。但内人总觉得女儿还小,不肯答应。"

又是一段时间过去了,母亲又想出要父亲对媒人说要看看这孩子身体如何的主意。我母亲说:"身体要强壮,相貌最好是圆脸孔的。"

父亲笑着说:"身体只要没病就好。我小时候身体也弱,吃完几颗汤圆要用人扶着绕圆桌兜几圈,使汤圆能够消化,以防停食。现在身体不是也不错?难道你想把女儿嫁给一个大力士!"

太公徐吉生先生

徐家全家福（中排左起：太婆、太公；后排左起：三叔婆、二叔婆、婆婆、二叔公；前排中立者为徐定戡，其余皆为其堂弟妹）（摄于二十世纪二十年代初）

母亲无言以答，就笑了。

等到媒人再来时，父亲就将母亲要看看那孩子的要求告诉了他。媒人一口答应，约好某日下午三时在西湖边的西园茶馆吃茶，他带他的外甥同去。这家西园茶馆是杭州一家有名的老店，茶馆就面对西湖，登上三楼可将西湖全景一览无遗。茶馆供应特色点心，如：猪油瓜仁白糖豆沙水晶包，皮薄而馅多，还有火腿干丝、菜卤腐干、千层甜糕等杭州有名小吃。

那天，父亲坐家里的包车先到西园茶馆，拣了一张靠窗的桌子，一个人坐着。母亲与我弟弟则另坐一张桌子，装作与我父亲不认识的样子，暗中偷看。过了些时候，只见媒人带了一个个子不高、身材较瘦的青年来了。打了招呼之后，大家相对坐下。母亲后来说，只看见那个孩子手中在不停地玩弄一个照相机镜头，也不知道他知道不知道这天是相亲去的。

母亲一心想找个大力士般的女婿，看着此人虽然相貌清秀，但身体条件一般，再加面孔不是圆的而是长的，觉得不甚满意，于是看了一会儿就与弟弟先回家了。

到了傍晚，我家的包车夫回来了，说："老爷到三义楼与客人吃饭去了，等一会儿再去接。"我母亲听了对弟弟说："看来你父亲中意了，不然不会去吃饭的。"

到了晚上九点左右，母亲已上床睡了，我则睡在母亲旁边一张床上。听见父亲回来站在母亲床前说：

"这孩子同我小时候身体差不多。吃饭时我讲了一个笑话，说从前有一位公子，穷得连大饼上落下的芝麻都想捡起来吃，但又怕别人笑话。于是设法讲了一个笑话，借机用手将桌子一拍，芝麻从桌缝里跳出来，他顺手把芝麻黏在手上放入口中吃了。那孩子听了我的故事大笑起来，很天真的样子。"

母亲说:"看你的意思是相中了吧。我看他身体瘦弱了些。"

父亲说:"我看可以了。你这样挑选下去,要让女儿'柱大门'了。我看就答应了吧。"

母亲不再反对,便说:"如果男家十六岁来娶,我是不答应的。"

不久,媒人来讨回音。父亲说:"内人同意了,但不答应早婚。"媒人把话传给徐家,次日来说:"徐老太爷(即那孩子的祖父)[1]很高兴,想交换一下照片,可以吗?"父亲说:"让男方先拿过来吧。我女儿还要去拍呢。"媒人说:"当然!当然!"

父亲对母亲说了男方要讨照片的事,母亲说先要给我做一件新旗袍再去拍照。一天下午,母亲就陪我到杭城最热闹的商业大街保佑坊选衣料。保佑坊整条街都是绸布店和别的日用品店。我眼高手低,竟然从街头走到街尾,看遍了所有的绸缎店都摇头,不中意。母亲有点不耐烦了。她说:

"你真疙瘩。天都快晚了,店也看完了,难道空手回去?让我替你挑算了。"

此时,正好走到街底一家不大的绸布庄,母亲请店员从玻璃橱窗里取出一块绸料,说:"这块如何?"我看看还不错,就买了下来。然后去配了花边及珠子扣,叫裁缝来做衣服。

衣服做好后,母亲陪我到杭州最大的一家照相馆——二我轩拍照。走

---

[1] 徐老太爷,即我丈夫的祖父,徐吉生先生(1864—1934),绍兴安昌盛陵人,浙江近代著名工商实业家。杭州瑞云公记绸庄、庆成缫织厂、绍兴吉生布厂、嘉兴伟成庆记绢丝厂、上海庆济纺织厂等企业的创办人;与中国近代著名工商实业家张謇等人在江苏南通创办了南通垦殖公司。徐吉生先生热衷公益活动,民国初期,在家乡盛陵创办吉生小学,供本村及附近子弟免费入学,解决村民教育和就业问题。该校至今仍在,已历时百年矣。他还在诸暨枫桥创办育婴堂,收养弃婴,年收百名,主要是女婴。

上楼去,照相师推出一个布景,是天上的一条龙,叫我立在布景前面,身体略侧,又要我面容微笑:就这样拍了一张照。过了一星期,取来给父亲看,他说:

"新郎肖龙。这布景很有意思,看样子成功了!"

那天,媒人对徐家说"女方让男方先拿照片过去"之后,不几天用大红纸包了新郎一张照片来了。母亲把照片拿来给我看。我低着头,不好意思地看了一眼,心中亦没有主意,好像好与不好、愿与不愿都事不关己似的。我想:我家其他女孩的终身大事都是由大人做主的。女孩子总要出嫁,好还是不好要看天命而定。母亲也不问我喜欢不喜欢,就把照片包好放入橱里去了。

后来,媒人来讨我的照片,我们也用红纸包了交给他。过不多久,媒人很高兴地来说:

"那天我的父母(即新郎的外公、外婆)先看了照片。他外婆说:'十四岁的女孩子生得很长大[1]。下巴也很大,有福气的。'再拿到徐家,大家看了也很满意。"

于是下一步就是请双方的庚帖了。所谓"庚帖",也叫"红绿帖",就是男女双方的生辰八字。庚帖用上等红绿两色纸张粘在一起,用梵夹式裱装,大约一市尺多长,半市尺多宽,在封面上用工楷写着"百年好合"四个字。翻开第一面,用同样的工楷写着新郎或新娘的年庚、八字。所谓"年庚",就是虚岁多少;所谓"八字",就是出生的年、月、日、时,每一项都用天干、地支两个字来代表,合成八个字。庚帖的最后由父亲具名。庚帖写好后,放在一具红木拜帖盒子里,由媒人送给对方。在《红楼梦大辞典》中也提到此

---

[1] 长大,"长"念 cháng。"长大",杭州话,即"高大"的意思。

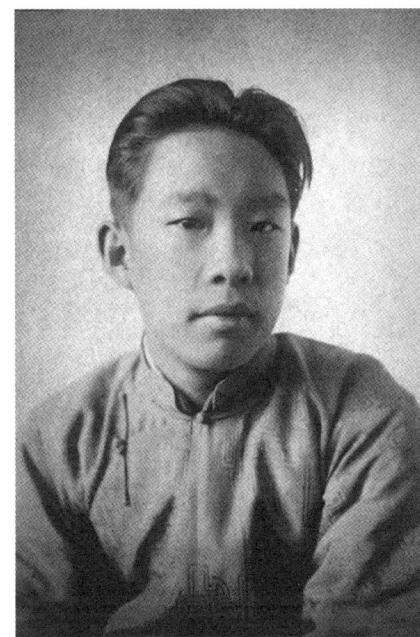

年轻时之徐定戡（摄于二十世纪三十年代初）

事，还说有的地方要把庚帖压在祖宗堂香烛台下，"若三日之内有破碗碎碟之事发生，则认为不祥，而成婚之举遂归乌有之乡矣"。我们这儿没有这样的说法。但男女双方拿到庚帖之后，就请杭州当时最有名的算命先生普天求去算命。他排出来的是所谓"龙马八字"（因为我属马），很相配，于是就算正式定下来了。

接下来是"下定"，也叫"放定"，就是订婚。要择一个吉日，通知亲友来喝喜酒，男方也要给女方送礼。这个吉日当然也是由算命先生决定的。我记得这时已是我十四岁的下半年了。媒人先来传徐家的话，对我父亲讲：

"徐家要我来问，你们要徐家拿什么东西过来做订婚聘礼？"

我父亲马上回答："我是嫁女儿，又不是卖女儿。我是不要徐家什么东西的。至于我女儿的妆奁，也是称家之有无，请徐家不要见笑。"这样，婚事就算定了下来。

订婚那天，我家家规是我不能出去见客，要躲在房里一天。外面则男客在花厅里坐，由父亲招待；女客在内厅里坐，由我母亲招待。我一个人在房中看看小说，表姐们进来陪我一会儿，谈谈笑笑，解解闷。中午，家里从名菜馆叫几桌鱼翅席宴请客人；而我，则由女用人将家中厨房做的我平时喜欢吃的几碟小菜搬进房里来吃。

订婚时要正式请两位有地位的人做媒人。一位就是新郎的朱姓舅舅；另一位姓赵，是杭州一家钱庄的经理，也是我们世交。那天，他二位中午前来我家，手中捧着一个红木拜盒，内放两只金元宝，压了一张红绿帖。这就是古礼中的所谓"纳彩"。

以后，父母就慢慢准备嫁妆了。嫁妆中第一件就是桂花糖，准备了四年才搞完，我已另文详述了；第二是要物色两个做粗、细绣花制品的绣花娘子，

年轻时之徐定戡（摄于二十世纪三十年代初）

我也另文细述了。

　　再过几年，我已十六岁了，媒人来要求迎娶。徐家定了我十七岁那年来娶。父母碍于情面，只好答应。于是双方又去算命，找好日子结婚。男方算命先生定的日子是三月初六。但我母亲去算的那位算命先生却说：按新娘的八字推算，三月初六是决不能结婚的。但男家已经定了日子，女家也无理由提出改期，而且对于这些迷信事，我家一向将信将疑，于是就定在这天。

　　不料，到了我十六岁的十一月二十八日的大清早，媒人忽然来向父亲报告说："徐家新郎的老太爷昨夜一点钟起来小便，跌倒中风去世了！所以预定明年的婚礼要改期。"父亲听了甚是吃惊，想到算命先生的话应验了，乃将此事告诉媒人，彼此均嗟叹不已！我当时听了不免伤感，想：这孩子从小无父无母，如今又失去了祖父，命也太苦了！

　　按照中国传统丧礼习俗，因为新郎是遗腹子，父母早故，他就要承担儿子、孙子两重身份，所以要守孝三年，当然三年之内就不能结婚了。然而，那时他祖母也年已古稀，抱曾孙之心切，因此决定过了丧期的周年，也即我十八岁那年的十二月十八就结婚。媒人又把这个决定传来，征求我们女家的意见。我父母也就答应了。

高诵芬作文
徐家祯整理
1995年5月4日
于斯陡林红叶山庄

贰拾壹章
结婚之二
——准备嫁妆

因为第一次定在我十七岁时结婚,所以那时我母亲已亲自同家里的一个账房先生一起去上海采办了一部分嫁妆了。买的主要是床上用品、衣料,福建漆器,如茶盘、果盘、缎盒之类,还有当时的新产品,是用叫"电木"的一种材料制的杯碗、盘具,绿色夹白,像玉的样子。她也买了一只黄铜的火油炉,上配不锈钢两托蒸锅。因为她想,徐家是大家庭,吃饭由大厨房送到各小房里去,如果想吃自己喜欢的菜,一定不能自由烧煮,所以她备了这套炉具,说以后我可以在新房里烧制自己喜欢的小菜、点心。后来我嫁过去才知道,每房的用人都可以去大厨房做自己的添菜,很自由的。以后搬到上海,每房更有自己的小厨房做添菜,所以这套小炉子一直没有用过。

后来,因为徐家老太爷的故世,婚事延期,父亲觉得准备我的嫁妆有了更充分的时间,于是就大规模地张罗起来。

准备嫁妆是很复杂的事,因为女家从穿到用几乎一切都要准备好。大致来说,可以分为木器家具、床上用品、四季衣着、杯盘碗碟、铜锡竹器、金银首饰等六类。

先说木器家具。我父亲先问媒人，新房有几间，以便按新房的大小准备木器家具。媒人去问后答复说：新房在二楼，前面四间，后面四间，共有八间。前一时期，我父亲偶然看见媒人朱君家有几只书桌前用的、能转的红木椅子，很是喜欢。问其由来，乃知是一熟识的红木匠做的，而且这个木匠有新房用全套家具的图样，在当时很新潮，共计一口三门大橱、镜台、五斗橱、洗脸台、书桌、搁几、大方桌、四只茶几、八张靠背椅子、两只挂衣架、一张麻将桌，共一千银洋，已经给几家人家做过了。父亲听了很满意，就托朱君去把木匠找来我家，与他面谈，要他照样做一套，并且还要他加做一张叫"马鞍桌"的桌子，可以放在新房窗前，以便做缝纫时用；再加做四只小型的有背转椅、两只书桌前放的较大的转椅和两只腰圆茶几，另外加钱给他。木匠在家中做了几个月。谁知他平时爱赌博、酗酒，结果入不敷出，于是偷工减料，省下来的钱都落了袋。比如，所有的橱，凡有镜子的都应装头号镜子，可是他装了三号的，看起来像哈哈镜一样。父亲看了甚为生气，当场训斥他一顿，叫他重新调换头号镜子。木匠无言以对，只好照办。但在重新装配五斗柜的镜子时，不慎把那面好镜子打破了。木匠无钱再第二次调换。还好，五斗柜上的镜子平时不用，也很少人会注意，父亲就原谅了他，允许他把三号镜子装了上去。但我母亲心里不大高兴，认为打碎镜子是不吉利的事。

临近喜事，父亲又去买了沙发、茶几、太湖石的圆桌、红木圆凳之类的家具，说是放在客厅里用的。再叫木匠在家里做了四只被柜，专门放被子用；还有两只菜橱，放在厨房用的；八只箱橱，专放箱子；两只叠橱，专放铜镴锡（在浙江一带也叫"镴"，这是指锡和铅的混合金属）器。这些家具都漆成花梨木的颜色。母亲说，这些普通木器不好看，等喜事过去之后让男仆杨海师傅送到男家去，可以放在新房的四个后间，储放杂物。

为了准备被子，我母亲派账房先生到苏北去采购棉花，因为苏北出产长绒花，即纤维很长的棉花，质地好。然后叫弹工来家里定弹棉胎、垫被共三十条，又配上绣花被面和各色绸被面。再定做了几条丝绵被，也配上春冬适宜的被里子。

江西的瓷器是世界有名的，所以杯碟盘碗当然去江西定制。先定制了平日用的山水菜碗、饭碗、调羹、碟子、酒杯各十只，红木筷十双。另有花果缸、茶壶、茶杯、痰盂等，不知其数。除了日常使用的，还买了两套准备请客时用的古玩盘碗：一套是水仙、梅花、樱桃、绿叶、金边的花色，大小共一百多件，是清朝光绪年制的；另一套是绿梅花、月亮的图案，上写黑的隶书"锄月山房"，也是清朝制品，每一只盘碗的形式都不一样，全套也是一百多件。光这两套碗具就装满两大木箱。事实上，这些碗具一直都没有机会整套拿出来用过，还是放在箱子里的时间多。后来我们从杭州搬到上海，在上海从大家庭搬到自己的小家庭，这两套碗碟一直用绵纸一只只裹得好好的，装在箱里。1966年被抄家，我们觉得这些古董几十年来舍不得用，现在迟早会被人拿去，还不如自己用掉。于是每套杂乱地拿出二三十只来当日常用的菜碗和饭碗。果然，不久我们被"扫地出门"，除了已在使用的杯盘之外，这两套碗具中剩下的与其他物品一起全部充公。而我们拿出使用的那几十只古董盘碗，在后面几年也被打破得所剩无几了。这次来澳大利亚定居，我们将剩下的几只随身带来，现在放在书架上，既当文物欣赏，也做一生的纪念。

旧时很多日常器具都用银、铜、锡、竹做成，所以在嫁妆中也要准备大量这类用品。我家祖上开了一家铜锡器店叫"高广泰"，我母亲就去那儿定做了许多铜、锡器，如蜡烛台、铜手炉、铜脚炉、供祖宗用的锡盆、茶叶罐等。

其中有一个白铜的熏笼，有小孩子那么高，一托托可拆卸，底下还有一个红木的座子。古时候衣服要用檀香熏过，这熏笼就派这用场；也可以用来生炭取暖。还有一个锡器的聚宝盆，冬至、过年时在盆内装米、橘、荔等取意，在上面还要插一大枝绒绣的富贵花。

银器方面，则定了一桌银台面。所谓"银台面"，就是一整桌的银质器皿，从筷子到杯盘、碗盏都是银的。还有银的梳妆用品、花瓶、高脚果盘、各种装饰品等，就不一一列举了。

我母亲出嫁时，我外婆送她十只大小不同的典铜水暖碗，色如银，据说内含银质，是她母亲家祖传下来的古器，到我们这时代已无此种质量的锡器了。"水暖碗"是一种有盖的锡碗，里面放沸水，把烧好的菜放在里面，等饭吃完菜还不会冷。我出嫁时，母亲就把这套祖传的典铜水暖碗送给了我。

浙江义乌出产精细的竹器，例如：二托、三托的幢篮、大大小小的盒子篮等。有一天，一位账房先生来对母亲说，有事情要去义乌，问她是否要买些竹器，做女儿的嫁妆。母亲听了很高兴，就托他买了大幢篮一对、小幢篮一对、大盒子篮一对、小盒子篮一对。等他买来一看，每个篮子都用牛皮纸包得整整齐齐的。打开一看，原来是编得很细的竹器，篮盖上是黑色的，描上金色的房屋、树木、风景；下部也用金漆漆过，边上也是黑色，甚为古雅、高贵。我于1963年游览北京故宫，见宫内也陈列着这种竹篮，式样、大小、花色完全跟我嫁妆中的一样。可见清朝皇宫中用的竹器，也是从义乌定制的。

除了上述大件之外，我父母还为新郎备了文房四宝，还有英国货的瓷器盥洗用具、五斗柜上放的福建漆镜箱、客厅中放的红木架太湖石摆设、福建漆的和合二仙、屏风、蛋壳窑百蝶大花瓶、大小木盆一套十只、桌毯、椅披等。派人去上海买了四只皮箱，去福建定了八只大皮箱，放衣服。真是各色俱全、应有尽有。

按照杭州的规矩，新床是由男家置备的，不是女家的责任。徐家到上海最大的一家木器店，叫泰昌木器公司，买了一对英国货的双套弹簧床。所谓"双套"，就是有了钢丝弹簧又有弹簧软垫，是双套的，所以特别软。他们还买了各色地毯，从扶梯到各个房间全部铺上地毯。到了结婚那年的十一月间，父亲陪我到上海烫头发、做服装。杭州当时还没有烫头发的，所以要到上海国际饭店楼下一家俄国理发店里去烫。我的一个叔叔懂俄语，请他陪我去，这是我第一次烫发。买衣服、做大衣则是请我一位堂姐和一位表姐陪我去的。她们两位当时都住在上海。我们四人天天跑上海的四大公司：永安、新新、先施、大新，买做旗袍的衣料、羊毛衫、化妆品、法国巴黎的香水；也买了金、银、黑、咖啡四种颜色的高跟鞋各一双和家中穿的绣花鞋。还到上海当时做女装最有名的鸿翔公司去做皮大衣、呢大衣等服装。

我的这位堂姐是从杭州嫁到上海去的，人发胖了，上海的天气也比杭州的暖和，所以她已经忘了杭州冬天的寒冷。她认为新娘在"三朝"时应该穿衬绒及夹旗袍，从早到晚应该换四五套衣服。我结婚的日期是十二月十八，正是杭州最冷的时候，有时真会滴水成冰；我比较怕冷，所以不同意她的建议。但她说，只要在衣服外加一件貂皮短大衣，手里捧一个热水袋就够暖和了。我父亲听了她的话，在鸿翔为我做了一件银丝面子的银鼠皮旗袍，"三朝"晚餐时当晚礼服穿；又做了一件蜜色衬绒旗袍及一件大红的丝绒夹旗袍，中午和下午穿；晚上十点以后，则穿一件月亮云彩的深色旗袍。

在结婚前几个月，徐家忽派一位时装公司的西式服装师，给我做结婚礼服及一年四季穿的旗袍。服装师拿出样本来，叫我挑选式样及料子。我只好在母亲的陪伴下含羞选了几种衣料，让他给我量了尺寸，去做粉红软缎的礼服和头上披的兜纱，还有银丝的晚礼服、紫红色的狐皮冬旗袍、粉红色的透明纱夏旗袍、蜜黄色的衬绒旗袍和灰背皮冬大衣。

在结婚前两个星期的时候，还要请亲朋好友吃一顿喜酒，叫"下盒"。也就是古代婚礼中所谓的"纳征礼"。那天，男家要请媒人把给新娘的礼物送过来。徐家拿来一个玻璃的红木盒子，内装送我的手镯、耳环、别针、珠花、戒指、金银元宝等。

结婚前一星期，女方要把嫁妆抬到男家去。那年杭州十一月下旬降雨不止，到十二月初还是落个不停。父母担心发嫁妆的那天如果下雨，东西上只好用油布盖住，既可能损坏嫁妆，又非常难看。所幸的是，到发嫁妆的这天，竟然在连续几天阴雨之后红日当空，天气放晴了！

发嫁妆前，喜娘们先要把杯、盘、碗盏、花瓶等一切日用品都扎上红绿线；子孙桶（即马桶）内则放了染红的蛋、染成红绿两色的花生（叫长生果）、瓜子、桂圆、荔枝，当然含有"多子多孙""早生贵子"等寓意。然后，把所有的东西装入朱红漆的条箱之中。每一只条箱有三托，每一托里放一张清单。每一个条箱由两个人抬。家具单独抬，大件四个人抬；小件两个人抬。家具上放的摆设、台钟、古玩之类放在条箱里，每一托条箱的摆设专供放在一件家具上用，所以要跟着去的喜娘记住，哪一托条箱的东西放哪一件家具，不能搞错。

随同嫁妆一起去男家的还有一张总的清单，叫"奁目"，是用红纸写的，裱装成经折式。封面上用工楷写着"之子于归，宜其室家"八个字，引自《诗经》；里面也用工楷将嫁妆从大到小逐项开出。一般用具都要成双作对，所以在"数量"这一项目中不是写"成双"，就是写"作对"。只有夜壶是一个。因为这是新郎用的，只有一个，就有"从一而终"的意思。

听说我的嫁妆一共装了三十六个条箱，一路如同迎会一样迎到男家，路上看热闹的人好像在看大游行。大家都说："久雨放晴，这是新娘有福。真是洪福齐天！"

到了徐家，徐家的账房及帮忙的人指挥将东西先放在大厅里，然后照妆奁喜簿上的条目和条箱中的清单一一清点无缺。最后看到条目上"螽斯衍庆"四字，不知何意，也不知是指何物。后来，清点的一位账房先生说："我们先点别的，最后剩下的东西就一定是'螽斯衍庆'了。"点到最后，剩下一把五彩的细白瓷夜壶，才知道是指此物，大家笑得合不拢嘴！

为什么"夜壶"叫作"螽斯衍庆"呢？原来这是我父亲开的一个玩笑。父亲觉得"马桶"可以写成"子孙桶"，比较文雅一些，而"夜壶"如果直写其名，实在不雅。于是他从《诗经》里找出了"螽斯"两字，又加上"衍庆"两字，听起来就十分古雅了。"螽斯"是一种昆虫，在旧式厨房的火灶上跳来跳去，俗称"灶马"。而灶神属于古代家庭五祀之一，所以一般家庭都不去扑杀灶上的螽斯，于是它们就大量繁殖了。《诗经》上有一篇就叫《螽斯》，开头就说：

螽斯羽，
诜诜兮。
宜尔子孙，
振振兮。

意思是："螽斯呀，展开翅膀，密密地飞在一起；你的子孙呀，也聚集一堂。"而"衍庆"则是"将喜庆之事延续下去"的意思。所以父亲用"螽斯衍庆"来叫夜壶的用意当然就很明显了！

等清点完毕，搬到二楼新房里，逐间布置，每间都放得满满的，家具上的陈设也都按原意安放好。大家都称赞嫁妆齐备、周到。抬嫁妆的扛夫每人得到一笔丰厚的喜金，个个喜气洋洋。喜娘们回来对我父母说了男家的情况，父母总算放了一件大心事，预备嫁妆的几年中所花的辛苦也都忘得一干二净。当然他们那时不会知道再过三十年，他们辛辛苦苦准备的嫁妆已所剩无几！现在想来，这一切都成为一场虚空，剩下的只是美好的回忆罢了！

那时发好嫁妆，大家只盼望十二月十八日结婚的大喜之日不要下雨就好。

高诵芬作文
徐家祯整理
1995 年 5 月 7 日
于斯陡林红叶山庄

贰拾贰章
结婚之三
——婚礼

举行婚礼的日子一天一天近了，我心中七上八落，颇为担心。想想从小母亲就说过：女孩子大了是要嫁到别家去做媳妇的，嫁到别家就姓了别人的姓，好比重新投一次胎；而男人是讨妻子进门的，不必去别家。母亲又常说：古人云"穿破七条铁裙，不知丈夫是何心"，意思是说，人心不可测也。现在，我就要投生到徐家去了，丈夫从来没有见过面，不知人好还是不好。徐家人多，我们家父母、兄弟只有五口而已。嫁到他家，人地生疏，真好像重新出生，又要去碰运气了，真可怕呀！

徐家因为老太爷故世，家中供灵，不能办喜事，所以婚礼只能到属于杭州商业中规模最大的丝绸业的绸业会馆去举行。既然男家在会馆办喜事，我们女家也就在外面找地方办。我们高家在西湖边的瀛洲旅馆有股份，所以女方的婚礼就在这家旅馆举办。男家差人来问：新娘喜欢坐汽车还是坐花轿。这时虽然汽车还是很稀罕的东西，但我对父亲说："汽车我已经坐过，以后也总有得坐的。花轿却一生只有坐一次的机会，我还是愿意坐花轿。"

农历十二月十七日，我结婚的前一天晚上，家中祭祖。我由喜娘扶着，先拜祖宗，再向父母跪拜，算是辞行了，此时心中真不好受呀！那天夜里，我很早就上了床，但眼睛闭着却睡不着。到九点钟时，母亲悄悄来看我，以为我已经睡着了。我听见她对父亲说："媳官（我的小名）真镇静，睡着了。"

其实，这一夜我睡得极不安稳。第二天醒得很早，起来一看，竟然天上红日当空，虽然只是腊月，却已春暖洋洋，只须穿衬绒衣就可以了，真是老天照应啊。不然，我这天里面只穿一套粉红绒线衫，外面穿一件结婚礼服，岂不要冷煞！

早上八点，我坐家里的包车去理发店做头发，做好直接去了瀛洲旅馆。那时，客人们还未到，我就在一个后间休息。按照当时的习俗，新娘要由喜娘开面，即用棉线将脸上的汗毛绞干净。我父母不同意行此古礼，说多受痛苦，于是就免了。只是洗了个脸，化了妆。

此时，客人陆续来了。男客坐在大厅里，女客则坐在前间。午时，花轿也来了，停在大厅里。后面跟着的一辆包车里坐了两个给我拉兜纱的童子小官人，是新郎的两个堂弟——六弟和九弟，只有十一二岁。喜娘请两个小客人坐了。我父亲让我的兄弟陪他们吃了茶点。喜娘叫我在房里吃午饭。我心中烦乱，肚子不饿，但要装出镇静的样子，就食而不知其味地勉强吃了一碗。

午饭之后，要上轿了。上轿前，按风俗习惯，先要请一位"全福太太"用灯照一照轿子。我们请的那位"全福太太"是大房里的大伯母，因为她算是有福气的。至于用灯照轿的原因，据说是为了去邪降福。据传说，以前有一新娘坐着花轿去男家。到了揭开轿帘一看，发现新娘已经死在轿中了。于是，大家认为轿里有妖魔鬼怪，从此新娘上轿之前都要先照一下，把鬼吓走。

我结婚时有四个喜娘，两个已在男家管新房，等着迎接我。上轿时由另两个扶我上轿,她们还递给我一大把粉红和白色的康乃馨花,要我捧着,还要我走路要慢。我穿着一双金色的高跟鞋,本来也走不快,便让她们扶着慢慢一步步向轿子移。走出房门,我眼略微向旁边的女客们看了一眼,就马上有一位老长辈走过来,轻轻对我说:

"小姐,眼睛朝下,头低下!"

我连忙低下头。现在回想起来,妇女结了婚,不就是从此要到男家低下头来做人了吗?

两个小官人在后面拉起我的兜纱,把我送进花轿,轿帘放下,几个人抬起就走了。我只听见鸣锣打鼓,笙箫管笛齐奏,闹成一片。乐声中,锣声特别响亮。人们都说,锣声听起来像是在说:"白养!白养!"女家把女儿养得那么大,送给人家,不是"白养"了吗?

轿子抬得很稳,不到半小时就要到绸业会馆了。我心里突然害怕起来,心想:我现在真的要到男家去做人了!我到现在还没有见过我的丈夫,他的相貌如何,脾气如何?我能跟他合得来吗?他也从未见过我,以后会爱我、待我好吗?会对我忠诚吗?他家有太婆、叔公、叔婆、小叔、小姑,很多人,而我在家十八年,从没有进过学校,来往的也只是几个阿姨、表姐而已,自感外出应对很不老练,现在要到这么复杂的环境里去,不知如何做人呢!这样越想越怕,浑身发起抖来了。

不一会儿,男家借用举行婚礼的绸业会馆到了。喜娘把轿帘揭起,扶我下了轿。我手捧一大把康乃馨放在胸前,战战兢兢地立在大厅左边,头低得只看见地面。耳朵里听见礼堂上方左右两边有人在高喊:"请新郎入礼堂!"

这样连喊三遍,新郎才由男傧相扶着走入礼堂,站在右边。不一会儿,又听见叫:

"新郎、新娘向上拜天地！三鞠躬！"

于是我就鞠了三个躬。上面又喊：

"新郎、新娘相对而立！"

于是喜娘和男傧相把新郎、新娘的身子转过来，相对而立。上面赞礼人喊：

"一鞠躬！二鞠躬！三鞠躬！"

我们相对鞠了躬。上面再喊：

"送新郎、新娘双双入洞房，传代归阁！"

我知道仪式结束了。这时，两个人拿来盛米用的空麻袋，一只接一只铺在地上，赞礼人还喊："传袋！传袋！"（即"传代"的谐音）新郎先走在麻袋上，新娘跟着新郎走，走过的麻袋拿起来，接到前面去，这样轮番着一直走到新房的床边。走道两边都是客人在观看。我只听见一位男客的声音说："好格！好格！"（即吴语"好的"），大概是在称赞我吧。

关于"传代归阁"的风俗，近代学者马叙伦先生《石屋余沈》中有一篇专门做了说明。根据马先生的说法，"传席以入，弗令履地，唐人已然，白乐天《春深娶妇》诗：'青衣捧毡褥，锦绣一条斜'"[1]，就是说的这一风俗。至于为什么要这样做，他的解释跟"传袋"是"传代"的谐音这种解释不同，我们只能姑妄听之。他说：

> 据故老言，所由不使新妇履地者，妇家不愿以母家之土带至夫家也，若然，则仍是掠夺婚姻之遗习，盖示掠夺其子女而不得其土

---

[1] 此句原出自袁枚（清）的《随园诗话》。

地之意。

我们的新房当然并不真在绸业会馆,现在去的是会馆里特地布置成的临时洞房,只作举行婚礼之用。走到床边,新郎坐在右边,新娘坐在左边,这叫"坐床"。坐下之前,喜娘连忙把新郎的袍子拉起一角,压在我的屁股底下。这算是"魇禳法",意思是压倒丈夫的威风,免得日后欺负新娘。实际上,在传统礼教束缚之中,有几个妻子能压倒丈夫呢?

坐好床站起来时,有人从我们头上撒下"花果"来。这就是古代婚礼中的所谓"坐床撒帐"。"花果"就是染成红、绿颜色的花生、瓜子、莲子、荔枝、桂圆、枣子等。花果从身上落到地下,撒了一地,这也是取"早生贵子""吉吉利利"的意思。

然后,叫我们相对坐在窗前的一张桌子旁两张披着大红绣花椅披的椅子上,吃交杯酒。喜娘和男傧相各拿一杯酒,在新郎、新娘的嘴唇上碰一碰;然后再将杯子对调,又在新郎、新娘的嘴唇上碰一碰。喜娘一边还要说"多子多孙""早生贵子""五子登科""连中三元""恩恩爱爱""白头到老"等一连串吉利话。这就是古代婚礼中的"合卺"仪式。

吃完交杯酒,新郎可以出房去陪客人吃中午的喜酒了。房内看热闹的客人也都出去吃喜酒。我在房中心里稍定,才想起相对吃交杯酒时看见丈夫的一双十指团团的手,生得还算细皮白肉的。而其尊容,则因我一直都低着头,还未看见呢。

等他们午间酒席散席,我由喜娘扶着到花园,与新郎拍结婚照。照相师是从照相馆请来的。拍照时,客人都在周围围观,我含羞低头,不敢平视,直到摄影师叫:"新娘子,请把头抬起来。"我才抬了一下头。

照好相,再由喜娘扶回洞房,略坐片刻。此时,只见两个十岁左右的小

高诵芬和徐定戡新婚之日（摄于 1936 年 1 月 12 日）

高诵芬在杭州榆园新房卧室（摄于 1936 年初）

结婚之三

高诵芬摄于杭州榆园新房中（摄于1936年初）

高诵芬摄于杭州榆园新房中（摄于1936年初）

姑娘，在旁边跟进跟出，很好奇地看，样子十分可爱。我听见喜娘在叫她们"七小姐""八小姐"，我知道她们一定是二叔婆和三叔婆的女儿。

天渐渐晚了，因是晴天，下午五点左右还有太阳光。喜娘要我换上银色的晚礼服，要"回郎"了。"回郎"是杭州的风俗：结婚当天晚上，新郎、新娘要去女家拜见女方的父母及亲友。

大厅中早已停了两顶绿呢大轿。新郎、新娘各坐一顶，由数人抬到女家借用的瀛洲旅馆。上轿时，我无意中瞥见了走进轿去的新郎：新郎身穿毛葛蓝长袍、黑马褂，胸前别了一个茉莉花的大花团；个子不高，面目尚清秀，是个文绉绉的白面书生的样子。我想，我身材较高，穿高跟鞋更显得高了，跟他的身材不太相配吧。

到了旅馆，喜娘和男傧相把新郎、新娘扶到厅上，男左女右，朝上先拜和合神马。所谓"和合神马"，即纸做的神马。杭州规矩，新郎、新娘如不拜神马，以后有事回娘家，夫妇不得一房同睡。故而，我家历来小姐出嫁，在回郎时都拜和合神马。并且，过了满月之日，就要去接姑爷（即杭州话"女婿"）、小姐回娘家来住一个月，名为"住对月"。这是后话。

我们到大厅时，厅里已经站满了人。拜好神马，我哥哥要给我们拍照。于是，喜娘就搀我们站在大厅上方，拍了几张喜照。然后，就是请岳父母见礼。新郎、新娘向他们跪拜八次。再请诸亲好友、账房先生都来一一见礼：有的要向他们跪拜，有的只向他们鞠躬。行礼毕，我可以进房里休息了。新郎则请到大厅上方去坐，由四位未婚的男青年陪着吃茶点，叫"开席"。大厅下方围着绣花桌披的桌子上放着不点燃的红蜡烛。接着就开喜宴。新郎和男女宾客入席夜膳。新郎由同辈的男子相陪，另坐一桌。

我在套间里休息时，觉得一天折腾下来，弄得神魂颠倒、手足无措、茶

饭无心。晚饭送到房里来了,我一点也不想吃。我听见外面母亲在对别人说:

"嬛官中午还吃饭的。这一下午下来,心乱了,饭都吃不下了!"

晚饭之后,新郎要到上房来第一次叫岳父母,正式跟岳母攀谈,这叫"谈十八句"。岳母请新郎坐在茶桌旁,先开口对新郎说,"堂上(即指新郎的父母。现在新郎的父母已不在,则是指他的祖父母了)办喜事辛苦否?我们嫁妆菲薄,不周到,要请堂上包涵,不要见笑"等;再要说,"我们小姐在家从小娇生惯养,不大会做事,要请姑爷随时教她。要爱护、体贴她"之类的客套话。新郎要对岳母的话一一作答,如"请岳母不要客气""请岳母放心"之类。说了几句,男傧相就会说:"太太,我们姑爷要告辞了。"这时,喜娘就把我扶出房间,与父母、兄弟一一告辞,再坐绿呢大轿,抬到徐家的新房去了。

轿子抬到徐家大厅,宾客已经满满一厅在等新郎、新娘了。这天,新郎的外婆已经回家,但外公和娘舅还等着要"吵房"。杭州规矩是"三日无大小"的,不管辈分大小,都可以闹新房。外公的女儿早亡,剩下一个遗腹子的外孙,养大成人;现在看到他结婚,特别高兴,一定要大大庆祝一下。

我们被扶下了轿,又拜祖宗、灶司菩萨,然后就上楼到新房去了,前前后后拥了大批宾客。在楼下,我只见楼上一片红光,原来是新房外边走廊里挂了一排玫瑰红的明角灯笼,大约有三十几只,里面装了电灯,既富丽堂皇,又古色古香。走进新房,我与新郎并坐窗前马鞍桌旁。周围诸客大讲笑话起来,大多是与新婚吉利有关的话,目的是逗我们俩笑。可惜现在都忘了。伴娘用朱红托盘端着几盘干果和两碗桂圆、莲子汤圆,一面口中念念有词,说些吉利话,一面给我们两人用调羹舀了一点甜汤,放在嘴里,让我们尝了一尝。

此时,已半夜三时了。外公他们说:"时间不早了,让新郎、新娘早点休息,我们'三朝'再来道喜、吵房吧。"我俩由男傧相搀起。喜娘高声说:"姑爷、小姐送客!"客人们说:"不必客气,请留步。"于是走了。男傧相也回家了。只有喜娘还在。

我结婚时有四个喜娘。一个是小王,二十六岁,是从佣工介绍所找来的。先在我家做了几个月,觉得她不错,就带她到男家准备长做。虽然新郎家也有一个服侍新郎的老用人许妈,但我父母怕我到了徐家使唤别人的女用人不便,所以让我把小王当自己的贴身用人带过去。另外三个喜娘中,两个叫伴房,即做男傧相及新房里的杂事的,一个叫搀扶,比伴房高一级,因为她要在见礼时说一大串话,而且从长辈到平辈的所有男女客人都能按次序叫出,不会叫错。

客人走了以后,一个喜娘给我卸装,换了常服,并给我们俩换了拖鞋。两双拖鞋都是绣花沈妈绣的:男的是蓝缎的,绣了一条五彩金龙;女的是粉红缎子的,绣了一只骏马。

另一个喜娘则把床上叠得高高的被褥、枕头拿开,另外铺上女家准备的一套新被、新枕。男方虽然也备有一套,但一般是不用的。

还有两个喜娘,一个盛了两盆水,请我们洗脸;另一个将新房的紫红丝绒房帷拉拢。

此时,我窘得手足无措,只好去盥洗室洗脸去了。新郎跟在我后面,还问我:"今天吃力吗?"我听了回答:"不吃力。谢谢!"

巧的是,这句话倒是我几个月前无意中准备好的。那时,我有一个二阿姨去人家家里吃喜酒。那家新郎与外国女人结婚。亲友们觉得很稀奇,偷偷问新郎:"你们结婚晚上第一句话讲什么?"那个新郎说:"我问她:'吃力吗？'她说：'不吃力。谢谢！'"我听了记在心中。现在丈夫正巧也问我这句话，我就照外国新娘的话脱口而出回答了。

这时一位姓蒋的伴娘正好走过我们身边，听见我们在讲话，抿住了嘴，一副憨笑的样子。

喜娘铺好了床，对我们说："姑爷、小姐早点安置吧。"就把门掩上，出去了。我丈夫对我说：

"请先困（杭州话，'睡觉'的意思）吧。"

我低头不语，不知做什么好。这时，只闻房外钟打四下，时候已经不早了。我只好和衣上床，钻到里床的被子里去。我们的新床是两张单人弹簧床拼起来的，很大；被子是定做的，也很大。我睡在里床，丈夫睡外床，中间还距离很远。但我生平第一次与一个从不认识的男子睡在一起，窘到什么程度是可想而知的了！

可能我丈夫也很窘，所以要想出什么话来问我。他忽然说：

"你明天见了我祖老太太怎么叫法？"

我听了觉得奇怪，心想：我到你家来做孙媳妇，你叫什么，我当然也叫什么，何必问我呢。于是我回答：

"你叫什么呢？"

他说："叫奶奶。"

我就说："那我也叫奶奶。"

接着，我们就聊起天来。因为在订婚前，我父亲已经看见过他了。那一时期，我父亲长住在狮子峰山上的别墅意胜庵中，请一男青年仆人陪他，给他烧素菜。我丈夫有时爱到未来丈人处去与我父亲谈诗词，有一次还与他祖父一起去山上吃过一顿午饭。他告诉我，他祖父称赞那男仆素菜烧得好吃。

这样随便聊聊，不觉天已黎明。看床前的小钟，已是六点。听见楼下祖老太太已经起身。我的几个喜娘也陆续起身了。我们俩虽一夜未睡，也只好套上外衣，起床了。

高诵芬作文
徐家祯整理
1995年5月11日
于斯陡林红叶山庄

贰拾叁章

结婚之四

——从"三朝"到满月

结婚第二日也是忙碌的一天：我要去见丈夫家的长辈、平辈；我父母要来接我们回去；还有客人要来贺喜。所以即使昨晚一夜没睡，我们也只好起床。

梳洗、早餐完毕，喜娘搀我下楼，至丈夫的祖老太太，也就是我的太婆的房里。喜娘领我叫"奶奶"之前先说：

"新娘开金口！"

我就面带笑容地跟着叫了一声"奶奶"。这就算新娘第一次开了金口。

我又问："奶奶昨天辛苦吗？"

她笑着说："不辛苦。"

正在此时，娘家差自备包车来接我回娘家去了。丈夫坐他家的自备包车与我同去。喜娘也同去一个。

到了我家，我父亲陪我丈夫坐在一间名"小仇池屋"的客厅里谈话。小仇池屋外边有一大金鱼池，池中有一块两三米高的、上大下小的蘑菇云形假山石，故将此厅取名为"小仇池屋"。我则在母亲的内房里休息。我一夜未睡，人很疲倦。吃了午饭正想上床午睡，徐家电话来了。原来我丈夫的外公叫了一班唱杭州滩簧的戏子到客厅准备开场演唱了，在等我们俩回去呢。徐家的包车夫阿雄师傅已经来高家接我们了。我和丈夫只好各人坐车回徐家去了。

到了徐家，喜娘要我对外公、外婆、娘舅和徐家的叔公、叔婆、堂兄弟、堂姐妹行见面礼、开金口。这时，不知是谁提议，要我丈夫领我开口。于是，我丈夫叫一声，我就跟着叫一声。徐家亲戚多，大家庭里有两位叔叔，两位婶娘，还有十几位堂兄弟、堂姐妹和其他亲戚，一个个叫下来倒着实费了很多工夫。

叫毕，坐在太婆住的屋子的客厅里听滩簧。外公兴致很好，合家大小陪着他听到半夜一点半还没有完。

我只好直挺挺地坐着，从下午坐到半夜。后来我实在太累了，就闭上眼睛，脑子里胡思乱想起来。

我想：明天是"三朝"，又有很多客人来贺喜，还要闹新房，不知要到几时才能好好休息休息呢！

我又想：明天娘家将要送来儿箱东西，其中两个缎盒中放着两个有玻璃罩的红木盒子，里面是我母亲辛辛苦苦到杭州最大的首饰店乾元首饰店去挑拣来的首饰，还有一些是从卖珠宝婆萧阿奶那儿买的首饰，也有一些是我曾祖母的首饰。我曾祖母在七十多岁时把她一生积累起来的首饰全部分给四房子孙。现在我母亲把她分到的首饰分了一部分给我。在我结婚前几天，母亲又亲手把所有的首饰用红色丝线缝在两块用大红纸裱着的硬纸板上，再放入一尺长的玻璃罩红木盒内。她要我把这两盒首饰放进一口大橱里。我记得我一边放橱，一边在想：

"现在我母亲送给我这么许多首饰，以后我老了也要把这些首饰分给我的媳妇和女儿。如果我没有福气，嫁过去以后家境贫穷了，我要把这些首饰卖出去，以供家用，就像萧阿奶现在把破落了的大户人家的首饰拿来卖给我们。谁知道我以后是不是会跟那些人家一样呢！"

可是那时万万不会想到，我所想象的种种情况，结果一种都没有实现：这些首饰我只在"三朝"和满月的喜庆活动中戴过一些，还没等我有机会戴过所有的首饰，抗日战争就爆发了。以后，这些首饰就被放进保险箱，从来没有再拿出来用过。1966年"红卫兵"将这两箱首饰原封不动地拿去，从此一去不返了！现在我有了女儿、媳妇，到了可以给她们分首饰的时候了，可是首饰早已没有；而当我们的确穷得到了要变卖首饰的地步时，哪里还有首饰可以让萧阿奶之流去卖！所幸的是，我已经活了近八十岁，总算不靠卖首饰也生活过来了，也算不幸之中的大幸。当然，这一段的思想并不是我那天在听滩簧时所想的。

想着想着，时已半夜。不知哪位长辈见我眼睛闭着，一副倦态，就说："让新郎、新娘先上楼去睡吧。"外公也答应了，于是我和丈夫乃得先上楼去。此时早已过了半夜一点，倒头便睡。后来听喜娘说，那天晚上外公和两位客人一边听滩簧，一边喝酒，一直吃到凌晨三点钟，将一坛十斤重的陈酒完全喝完，还要喊人再开一坛，被账房先生连哄带骗，劝住了。后来徐家让包车夫拉他回家，一进大门，他就酒醉懵懂地将小便全拉在丝绵裤中。旧时棉裤的裤脚是扎住的，小便全盛在裤中，等男仆给他脱裤时才发现。

我那晚一觉睡到第二天八点还醒不过来。喜娘见我们俩还不起床，不敢来叫。我一直睡到听见楼下有客人来跟太婆在说话了才急忙起身。一看窗外，大雪纷飞，屋瓦皆白。我心中担忧：中午应该换那件衬绒旗袍，但现在天气转冷，如何是好？

我让喜娘把箱子里那件大红狐皮旗袍取出穿了，又戴上男家下盒时送我的首饰，就下楼去见太婆和来客。

上午男女来宾聚在大厅中满满一堂。本来，徐家故世不久的祖老太爷的灵堂是应当设在大厅里的，可能因为要办喜事，就改在三叔公住的房子楼下了，所以我一直没有看见，客人也不会看见。

在大厅里，我和男女来宾行见面礼。搀扶叫："给太婆八跪拜！""给外公、外婆八跪拜！""给两位叔公、叔婆四跪拜！"（原来，按规矩，应该给自己的公婆八跪拜，而给叔公婆则只要一跪拜就可以了，但因为我丈夫父母双亡，是太婆和叔公婆照顾大的，所以要四跪拜。）我都一一照办。其他长辈，或一拜、二拜，或鞠躬等，忙了一大半天。

上午十时，我娘家的礼物送来了，又是几个条箱，内装几个缎盒的旗袍，还有两个缎盒，里面是我的首饰盒子，再有一个缎盒，内是送新郎的手表和一对翡翠图章，以及送我的一千元存折和股票。这些东西都放在大厅上方的桌子上。桌上点着一对大红蜡烛，好不富丽堂皇。诸客都可以前去观看，大家赞美不已。

此时，绣花娘子沈蕴仙又将一个用绣着玫瑰花篮的印度绸包的针线笸和一箱送给长辈、平辈的绣件送到厅里。大家见了绣花沈妈的手艺，又一阵赞叹。绣花沈妈也因此得到一笔丰厚的赏钱。

等大家观赏过后，东西都一一搬到楼上我的房里。此时已近中午，喜娘

结婚之四

高诵芬和徐定戡在杭州榆园新房走廊中（摄于1936年）

要我穿那件丝绒夹旗袍。我发起小孩脾气来，说：

"冷死了。我不穿这件！"

喜娘拗不过我，只好迁就地说："那就穿衬绒的如何？"我点了点头。换了衣服，外面再加一件紫貂皮的短大衣，戴上自己家里送来的首饰，就下楼去了。下面正在表演变戏法。

中午，我与女客单独一桌吃酒席，但新娘是不能大吃的，只能装装样子而已。下午又在大厅里看了一下午的戏。

晚上又是大宴宾客。我穿了一件银丝面子的兔毛旗袍，与四位做陪客的女青年单独一桌，叫"开席"，跟新郎结婚那天来我家时"开席"的形式一样。四位女青年中，我记得有一位大家叫她"四毛小姐"，还有一位是她同学、徐家五房的大嫂，姓严。四毛小姐提出来，桌上每一个人轮叫一声"严某某"的名字，如果谁迟疑一下，就要罚喝酒。我被罚了一次，但只是将酒杯放在嘴唇上碰一下就算喝过了。没过多久，忽然从外面拥进来一大群男客，老少都有，喊着：

"我们来敬新娘一杯酒！"

我心想："不好了！我不会喝酒，如何应付得了这么多人灌酒呢？被他们一灌不是就要灌醉了出洋相！"

哪知搀扶是个经验丰富的人，她马上笑面迎人地说：

"老爷、少爷，我们小姐不会喝酒，不敢当！不敢当！"

客人纷纷说："酒，小姐是一定要喝的！喝不下，你代她喝！"

搀扶笑着答应了。于是每个客人轮流向我敬酒。搀扶拿过敬我的酒，先在我的嘴唇上碰一碰，再高高举起酒杯，一上一下地向客人作揖，一边说：

"谢谢！谢谢！"一边将酒全倒在地上，然后在自己的嘴上假喝一喝，就此混过去了。

酒席吃到一半，两个伴房奶奶手托两个福建漆盘，来分桂花糖，每人四包。客人们有的拿在手里，有的当场打开吃了，口中赞不绝口。

新娘在酒席中还是不能开怀畅吃的，所以几乎一直是空肚子。晚饭完毕，三叔公和我丈夫的娘舅穿了戏子穿的五彩衣服，到祖老太太面前去跳舞，引得大家哈哈大笑。他们二位也跳到我的面前来，想引我也笑。但我在高家时每次去吃喜酒，从来没有看见新娘笑过，所以我想，我也不能笑。于是即使觉得很好笑，也只能板起脸来。

后来听见有人在议论说："新娘面紧，怎样都不肯笑一笑。"

那时做新娘真是难呀：笑也不是，不笑也不是！

晚上，我换了一件天青色有月亮图案的貂皮大礼服，脚上是定做的大红丝绒高跟鞋。一大批男客上楼到新房里来吵房，要桂花糖，女客亦跟上来看热闹。他们在各处翻找，把喜娘放在被子及子孙桶内的四十扎桂花糖全部拿去了，还是不停地要，一直闹到半夜一两点钟，最后以我二叔婆的眼镜做抵押才散场，这一幕我已另文详述（见第拾捌章《桂花糖》）。

这晚，外婆在新房里坐到十一点先回去了。我与二位叔婆一起送客送到大厅外。外婆是坐一顶轿子离开的。记得我很响亮地对她道了再见，她听见了很高兴，也回说："少奶奶再见！"现在回想起来，那时的主客大部分都已作古了，但那时他们的音容笑貌却像还在眼前。

从结婚到满月，差不多每天我父母家都差人来接我回去一次。这也是杭州的风俗习惯之一。其实，是怕女儿新做别人的媳妇会紧张、劳累，所以接回娘家去松散松散。对我来说，这样做实在十分必要。四朝那天，娘家来人接我和丈夫两人回家。我三天忙乱下来，累得神魂颠倒，那天在娘家睡了一下午，到晚上六点才醒来。本来预备下午吃好点心就回徐家，也只好打电话去通知：要吃好晚饭才回家。

五朝，总算可以安静一会儿。于是我逐渐融入了徐家的生活。那天上午，我丈夫带领我参观每一间新房，最后坐在书房中看外国电影画报，我忽然流起鼻血来。他连忙叫喜娘拿冷毛巾按在我的额角上，血才渐渐止住。我知道这是连日少睡、过于吃力所致。

结婚之后不到两星期就过年了，当然要大大庆祝一番。分好岁，丈夫说要同我到账房去看老老少少的几位账房先生分岁。我心中很窘，心想：账房先生都是男的，我们高家女主人是从不去账房的。我是新娘子，出去看他们吃年夜饭算什么呢？但再一想：我已由小姐变为少奶奶了，他们家的规矩如此，我也应该入境问俗才好，于是就跟丈夫从大厅的一条走廊中穿出，走到账房里。只见二叔婆、三叔婆坐在账房先生的桌子旁看他们分岁，一边还在跟大家说说笑笑，很是热闹。我们俩进去，账房先生们就来招呼我们，称我丈夫的小名"祖大哥"[1]，叫我为"祖大嫂"。我第一次被别人这样称呼，感到十分害羞，但只好装出大方的样子跟他们一一打招呼，也在桌边坐下。我平时不善辞令，桌上都是陌生男子，我感到甚窘。恰巧这几天天气甚冷，作为新娘，我每天皮袍、衬绒衣服脱下、换上，着了凉突然大咳起来，而且咳个

---

[1] 祖大哥，即当时夫家账房先生对我丈夫的称呼。我丈夫名徐祖武（1916—2009），字定戡，号稼研，杭州人。幼年在私塾念书，启蒙老师为张惠衣先生。幼年即出版诗集，被称为"神童"。后考入上海大夏大学，攻读法律。毕业后通过国民政府司法官考试，任上海地方法院检察官。出版《两汉刑名考》。1949年后，被派送至北京新法学研究院学习。后回上海担任华东最高人民法院审判员。二十世纪五十年代，被派去苏州进华东革命大学学习。结束后回上海担任第一医学院附属卫生干部学校语文教员兼教研组长。1959年，被判为"历史反革命"，管制三年。"文革"结束后平反。二十世纪八十年代，被聘为上海文史馆馆员。担任海内外十多个诗社名誉社长，台湾"中华学术院诗学研究所"研究委员，在中国（包括台湾和香港）、新加坡、泰国、马来西亚、美国及欧洲、澳大利亚等地发表古典诗词数百首，毕生创作诗词近万首。"文革"后作品集成诗词集《和陶九日闲居》《稼研庵近词》《居夷集》等十三册，成为二十世纪古典诗词创作的代表人物之一。1994年移居澳大利亚。2009年在澳大利亚阿德莱德市去世。百度百科上有徐定戡的长篇介绍。

不止，丈夫与我只好起身告辞，进了自己房里。

按照杭州风俗，新娘新郎第一个月吃饭由用人搬到房里单独吃。但只吃了几天，丈夫就提议说：不要搬上来了，我们下去同祖母一起吃。我也同意，于是从此就下楼跟祖母一起吃饭。祖母一桌上一般还有三叔公[1]、三叔婆。他们的孩子不同桌，另外在他们自己的房里，由用人照顾吃饭。二叔公[2]那时在上海管理那边的丝绸业务，只有回杭州时才跟祖母一起吃。二叔婆本来也跟祖母一起吃，但后来知道二叔公在上海娶了姨太太，就生气不来同吃而在自己房里跟她的孩子一起吃饭。

我丈夫有很多堂弟、堂妹，大的十七八岁了，小的还在吃奶，他们也渐渐跟我熟悉起来。最好玩的是三房里的十四弟，当时只有两三岁大，他傍晚时常自己走到我房里来玩。那时我们住后厅楼上，他们住前厅楼上，楼上四周有走廊相通，叫"走马楼"，所以他可以自己走来走去。我床前茶几上有一只电灯，灯上有一个盖子，里面放了香水，电灯一热会放出香味来。有一次，十四弟进来闻见香味，问我是哪儿来的。我告诉他是灯上出来的。他就好奇地动手去揭盖子，一不小心盖子掉在地上，幸亏地上铺了地毯，没有打破，但他吓得哭了起来。专门负责照看他的奶妈闻声赶来，把他抱了回去，从此他就不再一个人过来了。

三房的十一弟和二房的十二弟亦来过几次。喜娘拿出糖来请他们吃。十一弟很顽皮，把我的一副手套藏到一张八仙桌的抽屉里，不告诉我们。我们遍寻不得，一直到很久以后才无意中发现。

---

[1] 三叔公，即我丈夫的三叔叔，徐礼耕先生，杭州人，工商实业家。杭州安定学堂肄业。杭州庆成缫织厂负责人。1949年后曾任浙江省政协委员、民主建国会负责人之一。1957年被划为"右派分子"，后平反。二十世纪八十年代末于上海去世。
[2] 二叔公，即我丈夫的二叔叔，徐立民先生，杭州人，工商实业家。上海庆济纺织厂负责人。"文革"中期于杭州去世。

高诵芬夫妇摄于上海（约 1939 年）

1936 年去绍兴上祖坟时，在船上（中立者为高诵芬，桅杆前为三叔婆，其余皆为乡邻们）

结婚之四

绍兴老家的乡邻们（摄于 1936 年）

1936 年去绍兴上祖坟，在祖屋前徐定戡（中）与乡邻们合影

大年初一午饭后，丈夫叫我带了几百个铜子，下楼去与诸弟妹一起掷骰子玩。我以前在自己家是从来不许玩这种游戏的，现在学着玩起来。虽是门外汉，最后大家倒也没有什么大输赢。

一天下午，我丈夫说要带我去看看他家的花厅、书厅、船厅。徐家的房子很大，以前是一个姓许的大家族的住宅，叫"榆园"[1]，有假山、亭子、花墙，布置得跟西湖上的大庄园一样。船厅是靠运河的一间大厅，沿运河有一排折叠式的门，可以拉开，观望运河上来往的船只、河边洗衣服的妇女和玩耍的小孩。船民以船为家，在船厅窗口看得见他们在吃红的萝卜、黑的荸荠，我们也可以向他们买香瓜子等食品。那天我们到船厅时，丈夫的弟妹们已经在那儿玩儿了。我们也同他们一起观看河上景色，极为有趣。

正月的一天，丈夫提议带我去城隍山看十二生肖石。我从未去过，于是就带了七妹、八妹分坐两辆车去。城隍山上看相、算命的很多，都在庙内或路旁设摊兜生意。沿途还有不少叫花子，我们走过，他们有的叫我们"少爷、少奶奶"，有的叫我们"老爷、太太"。我想：难道我刚结婚几天就一副太太相了？在我心里，做太太的人总应该年纪还要大一些吧！不想，一转眼，我已经是名副其实的"老太太"了！不过那天既然被人叫了"太太"，就只好拿出钱来，每人布施了几角钱。城隍山上的蓑衣饼是有名的，大而薄，酥而香，我们买了几个尝尝。所谓"十二生肖石"，其实是地面泥土中露出来的十二块岩石，有点像十二生肖的动物形状，于是不知什么时候被人取了这个名字。城隍山很低，古树茂密，我们四人坐在茶室里喝了茶，到傍晚才回家。这是我婚后与丈夫第一次出外旅游，所以印象特别深刻。

以后，在新婚第一个月中，我们还去了西湖旁的玉皇山、北高峰。北高

---

[1] 榆园，即"娱园"。

峰是西湖边最高的山。我们上午坐轿子上山,中午下山。山顶上有一间用楠木建造的厅,名"楠木厅"。路上丈夫替我拍了很多照片,可惜后来被"红卫兵"拿去了。

在结婚满月前几天,我们跟徐家的其他亲戚一起到西湖上的玛瑙寺去打了七天水陆道场,这是为纪念我公公的四十阴寿。他的生日是正月二十一日,我们是提早去做法事的。玛瑙寺是杭州有名的大佛寺。据说,秦始皇南巡到杭州,曾把他坐的船的缆绳系在这儿一块巨石上,后来就在这块山岩上雕了一座大佛。[1] 做法事的几日当然很多亲戚都来参拜,顺便也来寺院游览。每天中午,寺里都开出素斋来招待,正日那天来宾更多。我和丈夫在寺里住了七天,不但吃素,而且随僧念佛,有时半夜也起来念佛。我们还各人用朱砂抄了一本金刚经,先供在斋堂供桌上,到佛事结束才火化。

正月十八是结婚满月。外公与舅舅一早兴致很高地来贺喜吃满月酒了。这天请了很多亲戚、好友来。中午开了几桌酒席。下午有的打麻将,有的谈闲天。晚上又摆酒席。我在满月这天也要一一向长辈跪拜。

到了晚上,外公、娘舅、两位叔公及男客多人上楼到新房来吵房。外公知道我在娘家时和我的兄弟一起请北京来的一位陈老师教过三年太极拳、太极刀和太极剑,所以一定要我打拳给大家看。我哪里敢在客人面前献丑?外公虽一再要求,但我明白他也知道高家是旧式家庭,我决不会当众打拳的,只是要吵吵新房,热闹热闹而已。

后来他们在我新房客堂间的红木圆桌上喝酒,酒菜摆了一桌子,吃到一

---

[1] 玛瑙寺,杭州里西湖宝石山下沿湖的一个寺庙,现还存在。大佛寺在玛瑙寺附近,寺早已不存,刻在山岩上的大佛还在。所以,玛瑙寺和大佛寺不是同一个寺。我母亲在此将两个寺庙搞混了。我猜,当年做道场,应该是在玛瑙寺,与大佛寺无关。但参与其事者如今都已不在了,所以在此只能照母亲原文照录。玛瑙和大佛二寺,《西湖志》上都列有条目。——徐家祯注

高诵芬夫妇婚后在浙江旅游（1936年）

1936年去绍兴上祖坟时在祖先老屋前（中立者为高诵芬，中立老者为二叔公，其余均为徐定戡堂弟妹们）

徐定戡在浙江旅行途中（摄于二十世纪三十年代）

二叔婆在督促孩子做功课（约摄于二十世纪三十年代）

点多还要厨房送夜点心来。那时厨师已睡，只好起身炒了一盘韭黄冬笋肉丝年糕，请客人吃了才回家。那时早过半夜。我们想留外公、舅舅睡在我家，他们一定不肯，最后还是让家里的包车夫阿雄师傅把他们送回去了。

结婚生活到满月算是结束了。一转眼，一整个甲子（即六十年）已经过去了。在这六十年中，我经历了军阀混战和民国政府，直至新中国成立。家庭由杭州迁到上海，再由大家庭转为小家庭。家里人口也由我夫妇两人增添了四个子女，又增添了媳妇、女婿、孙子、外孙和外孙女。最后，又从北半球移居南半球来了。现在竟然在外国写起六十年前结婚的事来了，这些都是当时所万万意料不到的。

高诵芬作文
徐家祯整理
1995 年 5 月 15 日
于斯陡林红叶山庄

贰拾肆章
我的公婆

我从来没有看见过我的公婆,因为我嫁到徐家的时候,他们都早已故世。我的丈夫对他的父母知道得也很少,因为他还没有出世,父亲已经去世;而母亲去世时,他只有十二岁。所以这儿记载关于我的公婆的点滴事情,大部分都是从我丈夫的外婆和别的亲戚那儿听来的。

我的太公、太婆共有三个儿子,我公公是长子。不知为什么,杭州有一个风俗,讨媳妇总喜欢讨比儿子大几岁的姑娘,可能是因为想家中有一个帮手做家务。于是,我公公十几岁的时候,便已经和绍兴一个韩姓殷实的工商地主家庭的小姐订了婚。那位小姐的年龄比我的公公大四岁。不料,订婚不到两年,那位韩小姐就一病不起了。

按照旧风俗,女儿一旦出嫁,就不再属于自己家的人了,死了就要列入夫家祖宗的神主牌位,享受那家的祭祀。但是订婚却不同于结婚,因为姑娘还没有嫁到夫家,所以不能算是夫家的人,死了当然不能算夫家的鬼。然而,既然已经许了人家,身份就不同于还未许配的小姐了,于是死后也不能再依附于本家的神主:这样一来,进退两难,成了无主孤魂,无处着落。唯一的解决办法是补办结婚仪式,使死者名正言顺地成为夫家的鬼,这就是所谓的"冥婚"。

死人无法参加婚礼,只好以木主代替。所谓"木主"者,就是一块写着死者姓名的木牌,举行婚礼时由"新郎"抱着代替"新娘"。虽然这样的婚礼只是象征性的,但是一切仪式都要完全按照常规办理,连陪嫁妆奁都照样由女家送到男家。举行婚礼时,新郎与木主拜天地,再送入洞房,照样宾客满堂,坐床撒帐,表示祝贺。最后,木主送进祖宗堂。那次冥婚,也是按照这样的形式办的,韩家不但送了嫁妆,还送了妆田,当然徐家其实是不会真去那块田里收租的。但从此,每逢韩家小姐的生日、忌日,徐家都祭祀上供,从不间断。

"冥婚"举行过之后,当然还可以真的结婚。于是不久,我公公就又和杭州一个朱姓书香门第举人老爷的独生女儿攀了亲。刚巧,那位小姐也比我公公大四岁。那年我公公十八岁,我婆婆二十二岁。很快,他们就举行了婚礼。不幸,只隔了一年,我公公就得了中医所谓的"火症伤寒"去世了,享年仅十九岁。所幸的是,那时我婆婆已经有了身孕。到第二年三月,就生下了一个遗腹子,即我的丈夫。生我丈夫时,据说是难产,生了一昼夜都生不下来。接生的助产士已经束手无策,她对产妇的婆婆和母亲说:"你们要保大还是保小?"意思是,要保证母子双双平安已经不可能了,所以如果要"保大",那么,婴儿就可能会死亡;如果要"保小",产妇就可能死亡。产妇的母亲听了连忙说:"保小!保小!"其实,母亲怎么忍心自己的女儿有生命危险呢?只是婴儿是徐家的长孙,又是遗腹子,怎么好意思在徐家人面前说"要保大"呢?不过她那时的悲痛心情是可想而知的了。幸亏后来总算老天保佑,孩子生了下来,母子均告平安。

高诵芬婆婆及幼年徐定戡（摄于1920年前）

徐定戡（右）与堂弟（约摄于1917年）

徐家家境富裕，虽然我婆婆失去了丈夫，但与大家庭生活在一起，经济上并无影响。不过她年轻守寡，其悲痛和苦恼之情可想而知。我曾听二叔婆对我讲："你婆婆常对我说：'我没有做着人！'"

另外，在封建社会，寡妇不论在家庭还是在社会上，都是低人一等的，受百般禁忌的约束。比如：不许穿红戴绿，只许穿灰暗色的衣服；不能抛头露面，到处游逛；不能随便去婚礼或寿庆的人家做客。总之，自己随时要严加检点，不要被人非议。受封建迷信思想的影响，有人还总认为寡妇是不吉利之人，丈夫之死应归罪于她，因为是她命凶，克死了丈夫。即使公婆表面上可能并无表示，但她知道他们内心总是怪她的。所以她生了这个苦命的遗腹孙子，一则以喜，一则却悲：喜的是丈夫虽然短命死去，总算有了儿子，不致让徐家断了香火；悲的是小孩生下就没有看见过父亲。

因为这个小孩是从小失去父亲的长房长孙，负担着传宗接代的重任，所以全家都当他宝贝来看待。据二叔婆告诉我，偏偏这宝贝孙子从小身体不好，从无三日太平，医生成为家中常客。每到这孩子生病，夜间往往哭闹不安，全家大小都要起来，整个住宅里里外外灯火通明，还通知他外婆家人也来，以免有个三长两短被他们责怪。

有时，那孩子还会生不明原因、奇奇怪怪的病，弄得群医束手无策。比如，有一次，他忽然两脚发软，站不起来了。大家慌作一团，内、外科的医生都请来，也没有办法。后来不知是谁想出一个单方：用煮熟的鸡蛋，剥去外壳，趁还是滚烫的时候从大腿开始，不断上下里外地滚摩，直到鸡蛋发黑，再换一个。这样如法炮制，反复滚摩了一昼夜，居然慢慢好了起来。还有一次，那小孩忽然小便不通，大哭大闹起来。大家急得如热锅上的蚂蚁，走投无路，不知如何是好。后来，有一老女仆说，她家有一个世传的通小便秘方，很简单但有效。于是听她的话，用一根很粗的大葱，剪下三四寸长一截，套在小孩的阴茎外面。隔了没有多久，果然小便顺葱管而下，孩子就不哭闹了。诸如此类的事，不一而足。

等那孩子长到十多岁时，身体才慢慢硬朗起来。然而，他母亲却又得病医治无效而去世了。我嫁到徐家之后，丈夫的外婆曾对我说："你婆婆的病是生你太婆的气而引起的。我从没有对你丈夫说起过，免得他难过。"

据说，事情是这样的：按照旧时迷信风俗，一般老年人一到六七十岁，只要经济许可，就要置备棺材和死后用的衣衾，称之为"寿材"和"寿衣"。这其实是一种魇禳法，起避灾避邪的作用。我太婆六七十岁时就开始置办寿衣、寿材了。寿材是请专门的木匠来做的，与媳妇们无关；然而采购寿衣衾褥等就须媳妇们出力了。置办寿衣、寿材必须在闰年。于是，有一个闰年，太婆叫二房和三房的两位媳妇去采办寿衣。平时，我婆婆跟其他两房媳妇的关系很好，常常同进同出。这次，太婆没让我婆婆去，很明显是因为她是寡妇——所谓"不吉之人"，所以不能参与准备寿衣的事。但不知怎么，可能我婆婆忘了自己的身份，也凑热闹和她们两位一起去了。采购回来，已是傍晚，肚子饿了，她就关照厨房炒了一碗蛋炒饭吃。饭后，一个女仆偷偷告诉我婆婆：

"太太（即老太太）知道大少奶奶（即我婆婆）也一起去采办寿衣，很光火，觉得触了她的霉头。"

我婆婆听了先是一愣，继而一想，就很生气，便气呼呼地说：

"这些料子她不穿归我穿好了！"

没想到后来果然应了她的气话！

生气的第二天，我婆婆就病倒了。不想吃东西，也整天不说话。她娘家人都来探望，各主其见，莫衷一是。有一个西医说可能是慢性脊髓炎，于是就动手抽脊髓，但从此就神志忽清忽浑。神志清醒的时候说牙龈痒得很，自己用一根很细的棉纱线不停地勒牙缝，好像觉得有什么东西嵌在牙里一样。但是别人要她张开嘴来看，却不见东西，只见牙缝被棉纱线勒破，鲜血淋漓。后来，昏迷的时间比清醒的时间越来越多，这样拖了三个星期竟撒手西归了，终年仅三十五岁。我丈夫那时只有十二岁。

我丈夫的外婆在告诉我关于婆婆之死时，似乎有不满的口气，特别是对徐家让我公公抱木主与韩家小姐结婚的事更为不满，甚至怀疑我公公的英年早逝是被韩家的小姐讨了命去，到阴间组织家庭去了。我当时不便问她：冥婚的事徐家是否告诉过朱家。不管如何，外婆失去了独生女儿，其悲痛之情可想而知。她说，她的眼睛自从痛哭女婿和女儿之死后就渐渐看不见了。

关于我的公公和婆婆，除了这些零碎听到的信息外，我的印象只剩从每年新年供在客厅里的影堂（即祖宗的大幅五彩画像，专供新年祭祀用）上看见的形象了。像上画了坐着的一男二女，排成品字形。中间一位很年轻的男子，穿着蓝袍黑马褂，头戴一顶常礼帽，端坐在一张搭着狐皮椅披的圈椅里；右首是一位很年轻的女子，穿着凤冠霞帔；左首是一位中年妇女，头戴倭绒包帽，身着深蓝团花皮袄和五彩百裥裙，都端坐在大体相同的圈椅里。所谓"倭绒包帽"是当时中老年妇女冬天常戴的帽子，约一手横阔，成两爿半月形，正好护着两耳及部分面颊，一端在脑后发髻上用带对绾，另一端在前额，一般加上饰物，如珠子、翡翠、宝石之类。这三人，中间的当然是我公公，旁边的则为我的两位婆婆。而两位婆婆从服饰、座位来看，却是韩家的在上，朱家的在下，难怪外婆要不满了！

我公公和婆婆的婚姻，无疑是父母之命、媒妁之言，但婚后他们感情甚笃。我嫁到徐家之后，有一次，太婆要我整理婆婆的遗物。我从一口三门大橱的抽屉里无意中翻到四封他们在婚后所写的书信。至于为什么他们新婚不

高诵芬太公公徐吉生在绍兴创办之吉生小学学生做早操（摄于 1936 年）

久会分开一段时间，要用书信交流，现在就不得而知了。但信中情意绵绵，很像现在的情书。后来，我丈夫请人把这四封信裱了起来，留作纪念。几年前，我丈夫将信送给了大儿子，现在我将这四封信附录于文后。我们不但可以看到八十年前年轻人的思想、感情，而且也可以看到当时的礼节和写信的格式，是很有意思的。

记得我丈夫说过：有一位很有名望的、维护中国传统的学者辜鸿铭[1]曾在对外国记者评论中西方婚姻制度的不同时说："西方人结婚是爱情的终了；而在中国，结婚是爱情的开始。"这句话用在我的公公和婆婆身上倒很是合适。可惜的是他们的爱情只延续了一年就被死亡中断了！

高诵芬作文
徐家祯整理
1995 年 5 月 18 日
于斯陡林红叶山庄

---

[1] 辜鸿铭（1857—1928），学者、翻译家、北京大学教授。名汤生，字鸿铭，号立诚，自称慵人、东西南北人，又别署为汉滨读易者、冬烘先生，英文名字 Tomson。祖籍福建省惠安县，生于南洋英属马来西亚槟榔屿。学贯中西，号称"清末怪杰"，精通英、法、德、拉丁、希腊、马来西亚等 9 种语言，获 13 个博士学位，是晚清时代精通西洋科学、语言兼及东方华学的中国第一人。

他翻译了中国"四书"中的三部——《论语》《中庸》和《大学》，创获甚巨；著有《中国的牛津运动》（原名《清流传》）和《中国人的精神》（原名《春秋大义》）等英文书籍，热衷于向西方人宣传东方的文化和精神，并产生了重大的影响。西方人曾流传一句话：到中国可以不看三大殿，不可不看辜鸿铭。

附录一：公公给婆婆的第一封信

面交

朱羹初君啟

徐緘 元月廿四日

羹姊如晤 一日之別如隔三秋弟自君歸寧以後百事無聊夜間自十一句鐘上樓閱香豔叢書數頁以慰寂莫乃以人遊室通愈益增悲勉强就眠枕上餘香半牀不暇雖有三弟作陪奈情非吾姊亦徒虛設耳此種私衷在弟知厭心余身後其境齊不期然而然諒妙定表同情也所幸歸期尚近稍堪自慰月館秘籍身不克趨前致特修此奉候知我者諒不怪我也岳父今日高末四府念甚家中二老無恙華

亦好春日嚴寒諸惟
珍重情長箋短餘面叙手此即訊
迎佳
太岳母大人鈞安
岳母大人稟安
兄嫂問候

弟瀚丞上白

附录二：公公给婆婆的第二封信

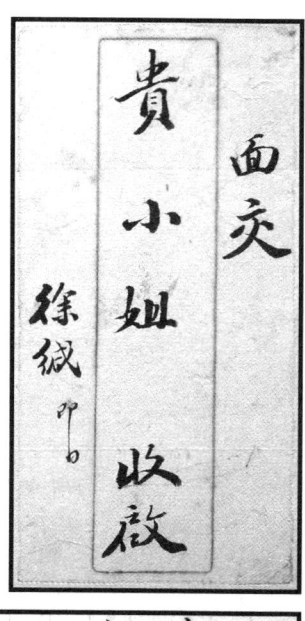

面交

贵小姐收启

徐缄 印

龚妹必握别又两日矣 湖上归来玉体不觉辛劳否念之

太岳母庆祝之期完定何日 顷诒阿金钱竟无确答 珠为闷甚难

太岳母省事为怀而米等孝敬之心终不能不尽礼 各妹竭力运动 二弟弥月亦拟卷延宾客

刻同父亲赴申 西衣府已决十九未迎归

省故另期明晚家宴不延外宾矣岳

妹丈能归来望於明午 命驾为盼 附上何府弥敬贰元请

笞收为转送 为荷草此不恭 幸希见

谅此请

侍安

大岳母
凤太亲母
岳父母 均祈代为禀告

小弟瀚上言 印

附录三：公公给婆婆的第三封信

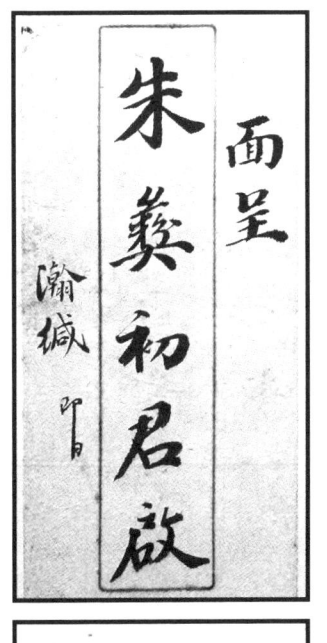

面呈

朱藜初君启

瀚城 即日

藜姊阁别忽数日怅若经年两地悬念良何如之前日之会虽属意外之遭遇过嗣以敦促不克同观夜剑薄蒨分襟而同伴多人未能一伸依恋转恨相逢之多事矣此怀私衷未尝不日笑甚其癡稚君同心定未同情可为知乃道不足为外人言也夜膳后百无聊赖怅何怙两弟暨颐兄同往观剧证困君不

在坐日间之赏心悦日者彼时竟鹘猪增愁亦不自解其何以致此也前闻全妈言及知一君夜不安眠定甚忆想彼时消受惊慌悸怖定尚神静心调养目可即日平和君安则弟亦安也廿三之约君能证亦不为伪偏比后目栗责任托故往言为无俾证人之责任何在个搬赵府面诘况绿簿务罹身故先以书达请即明日答复为荷现在三弟责言迭至谓我

灵言相邀我实无词以对不知君何以教我也但此约万难消灭月内当祈先示知以免再蹈覆辙也先生今日来上馆客后有暇当趋府问候手此讯 近佳
大岳母岳父母叔岳母恕不另禀
哥嫂祠此问候

弟瀚丞上言 三弟叨候 即日

附录四：婆婆致公公的第四封信

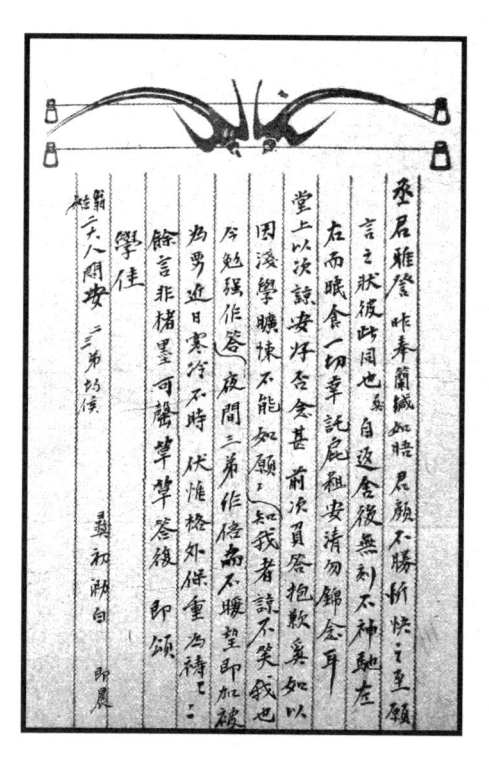

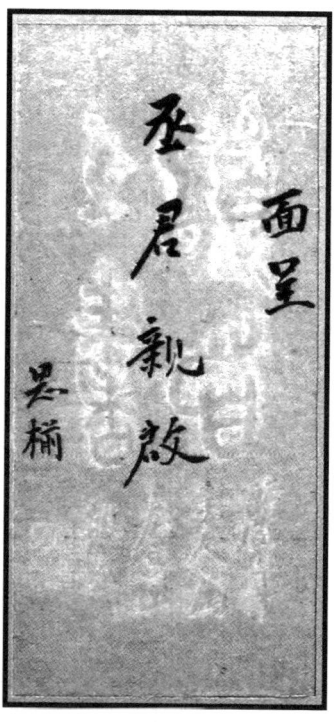

丞居雅鉴 昨奉兰缄如晤 君颜不胜忻快之至 愿
言之状彼此同也 兄自返金后无刻不神驰
左右 而眠食一切幸托庇粗安 清勿锦念 年
堂上次谅安怀 各食甚前次具答 抱歉莫如以
因 复学瞧谏不能如愿 知我者诗不笑我也
今勉强作答 夜间三弟作伴 尚不寂寞 望即加被
为男近日寒冷不时 伏惟格外保重为祷 余
余言非楮墨可罄 草草 答复 即颂
学佳

 轴 天人閫安 三弟均候

                    蕙初谨白 即晨

面呈
丞居亲启
吴楠

贰拾伍章
我的太婆

我订婚的时候,媒人,即我丈夫的舅舅对我们说:他徐家外甥父母早亡,家中有祖父母、两位叔叔、婶婶,还有堂弟妹十几人。徐家的下辈是总的排行,我丈夫在所有堂兄妹中排行老大,所以弟妹们都叫他"大哥"。

在我结婚前一年,我丈夫的祖父忽然中风去世。因此,我嫁过去时,只有一位太婆了。我丈夫十二岁母亲去世,他就一直在祖母床边搭一张单人床,睡在祖母的房中。所以,可以说祖孙两人是相依为命的。

我在还未嫁到徐家时,常常暗暗地想:我的丈夫真够苦命的,还未出世,父亲已死;十二岁时,母亲又亡;将要结婚,祖父离开人世,幸亏还有祖母照顾,否则岂不孤苦伶仃?我过了门一定要孝敬祖母,以报答她抚养我丈夫之恩;我也一定要体贴丈夫,以安慰他无父无母之苦。但转念一想:这位太婆不知性格如何。爱孙子不等于爱孙媳,是否日后我们相处会有困难呢?再想想,我的丈夫一定受祖父母宠爱,脾气不知如何。我的好心会不会有好报呢?

高诵芬太婆徐母李太夫人

过门不久，我看出我的太婆是对人十分宽宏大量的，她很喜欢我。我结婚后，每天早上要去太婆房里请安，午饭和晚饭前要去太婆房里坐一会儿，这叫"定省"。她总叫服侍我丈夫的许妈去拿一碗白木耳来给我吃。我对这类补品从来不太相信，而且觉得味道也并不好吃，所以有一天我看见她又交给许妈一包白木耳，我知道是明天煮给我吃的，就乘机对太婆说："奶奶再也不要给我吃白木耳了。我不敢当。"但她坚持一定要给我吃满一个月。后来我知道，她认为这是待新妇之礼。

按杭州规矩，新婚头一个月，新娘和新郎可以在自己房里吃饭，不用跟大家庭别的成员一起吃，这是怕新娘感到陌生。所以每天，由我丈夫的女仆许妈和我带过去的女用人王妈两人，将饭菜从大厨房里搬到房里来吃。但吃了不多天，我丈夫就提出下楼去跟太婆他们一起吃了。晚饭后，按规矩，应该到太婆房里坐到太婆要睡觉了才可回自己房里。而太婆很体贴爱护我，她知道我与陌生的长辈在一起很拘束、窘迫，于是见我上楼去洗脸时，往往说："少奶奶，你洗好脸不用下来了！"我听了如同小学生放了学一样，身心轻松。从此，没有特殊情况，我晚饭后就不用去她房里坐了。

在新婚头一个月中，我跟丈夫去游西湖、看电影多次。每次出门，我们必要到太婆房中，对她说一声。她总很和颜悦色地对我们说："你们去吧。"

我每次回娘家，母亲问起夫家情况，我总告诉她太婆是怎么待我的。我母亲说："这个太婆真好。高家规矩很重，平时媳妇出门，总要晚饭前回来，哪里可以晚上出去玩？我做媳妇时哪有这么自由！"

我觉得母亲这句话对我产生了很大影响，因为未出嫁的姑娘，常常会听见大人们在议论家事，开口闭口总说："公婆对媳妇是不会存好心的。俗话说：'鸡皮同鹅皮贴不牢。'"于是往往婆媳还没见面，大家就存了戒心。这样一来，做媳妇的就不会好心对待长辈。我母亲屡次在我面前赞扬太婆，就使我觉得她待我确实不错。

而事实上，太婆对我确实一点没有架子。我到她房里去坐时，她常跟我讲一些前朝后代和她亲戚中的事，非常和蔼可亲。

从她的讲述中，我知道她出身很苦。她家姓李。跟我太公结婚时，徐、李两家都还住在绍兴农村。徐家那时的家境也跟李家差不多。家里连她共妯娌三人，每天轮做家务，还要纺线、织布。一年到头只有过新年才能休息几天。她的大妯娌曾说："做产妇的一个月最适意，可以名正言顺喝老酒、吃荤菜，吃吃困困，不必做事。"

我太公[1]在家里排行第四，在四兄弟中，人最为聪明干练，又肯勤奋自学。他觉得守着乡下一块土地终究不能兴家立业，于是就到杭州去发展商业。也是命中有福，他的生意做得一天比一天发达兴旺。在我太婆三十八岁那年，他们在杭州买了房子，全家迁居到杭州。第一次世界大战期间，又因做颜料生意而发了大财，于是买了榆园那座大房子。

我结婚次年清明节，曾同全家大小一起到绍兴乡下祭扫祖坟，太婆也同去，大家住在三房三老爷家。她曾带我到她年轻时住过的房屋去参观。我扶了她走进一个大杂院，四面有一排很低矮的平房。当时她的一些老邻居还住在里面，见她来了都出来招呼，叫她"四娘娘"。太婆指给我看一间伸手可碰到屋顶的平房说，这间房就是她生我三叔公的地方。那次做产妇时正是阴历七月十八，"秋老虎"热得厉害，她产后身体虚弱，忽然中

---

[1] 我太公，即徐吉生先生。

高诵芬太公太婆

暑晕了过去。那天丈夫在外做事,家里没有人。幸亏邻居有一位大娘去看她,见她双目紧闭,面色惨白,叫她也不答应,吓得连忙奔出外面,请有经验的老婆婆进去,说:"四娘娘死了!"一时大家着了慌。其中有一老者说:"这是产妇血晕,不是死去。可把秤锤烧红,将醋喷在秤锤上,对准产妇的面孔,让醋气冲进产妇的鼻子里。"如法炮制之后,果然太婆醒了过来。

太婆还告诉我:"我们刚搬到杭州去时,你太公曾对我说:'现在你要吃啥尽管吃。不必省钱了。'但我仍然省俭,舍不得花钱。现在年纪大了,要吃也吃不下了,真懊悔。"

我太婆平时生活很简单、俭朴。她没有什么嗜好,喝茶、喝酒、抽烟都没有瘾。每天一般只喝两杯红茶,用一只下面有锡座的闷盖碗盛着,红茶里必放两朵玫瑰花;秋冬时喜欢放一颗剥开皮的金橘,取其香气。她每天还抽两支英国加力克香烟,晚上喝一小杯黄酒。每天早晨,她吃一粒胶囊装珍珠粉。这是买了上等珍珠,拿到杭州最大的中药店胡庆余堂去请他们磨粉包装的。因为她有慢性肠炎,每到五月黄梅天气要复发,一定要吃外国进口的特效药才会好。这些较贵的东西当然都是她的儿子孝敬她的,她自己从来不舍得去买。儿子买来之后,她不忍拂逆儿子的孝心,只好吃下。但一面吃,一面总要念叨:"要花多少钱啊!"

后来,我丈夫在上海做法官了,法院里每月有几十斤上等白米平价配给。我总把米送到太婆的房中去,请她每天叫用人烧小锅饭吃。她很开心,逢人便说:"我现在在吃孙子的饭了。"我有时早上做点心,总叫用人送到楼下她的房里去,她也开心地对人说:"我早上总吃孙媳妇的点心,不吃粥了。"

她对看戏、打麻将等女太太们喜欢的活动没有什么兴趣。记得抗战初

1936年摄于绍兴祖居（自左至右：二叔公、太婆、老邻居）

期，因为躲避日寇而初到上海时，二叔公买了戏票请她下午去看京剧。她老人家一出门就神经紧张，不停地要小便，于是只好由二叔婆、三叔婆轮流扶着到戏院的厕所去。其实，她也不懂京剧，以后再也不出门了。平时只在自己房里坐坐，去别的房间走走。她房里有一只收音机，有时就在房里听听戏曲。

因为她自己不喜欢打麻将，所以当然也不喜欢她的儿媳妇们打麻将。抗战期间，我们住在上海，米珠薪桂，她常常说："我们现在是在吃地板了！"意思是：入不敷出，在用本钱了。她还对我说："你的两个叔婆如果不打麻将，我们这房人家还会更好一点呢！"我听了心中暗暗好笑，因为我知道我的叔婆们玩麻将也不是大输大赢的，对家庭支出毫无影响。只是太婆节俭惯了，看不得一点花钱的事罢了。

虽然我太婆自己节俭，也不喜欢她的儿媳打麻将，但她从来不摆出婆婆的威风来当面责备她们，甚至阻止她们。她对人总是十分宽厚的。其实，她不但对小辈这样，而且对用人也这样。记得她告诉我，她年轻时有一次走进房里去，看见她的用人正在打开她的箱笼偷东西。她连忙轻轻退出房间，以免使那用人难堪。

因为太婆为人宽厚，所以大家对她都极为孝敬。等我生了孩子之后，一家四代同堂住在一起，上下大小一共几十口人，和和睦睦、敬老爱幼，可谓当时很少有这样的人家的。她的子孙、儿媳、孙媳每天都要去她房里坐坐、谈谈，解闷而已，很像《红楼梦》里大家到贾母房里去请安、讲话一样。有一天，大家又都坐在她房里，她则坐在沙发上。我忽然说："我们真像在中人店（即所谓的'荐头店'，专门介绍工作的）里坐着等生意。"太婆和叔婆们听了都大笑不已。

初到上海时，杭州各本家、亲戚也纷纷逃避日寇到了上海，聚在一起有一百多人。我的三叔公最孝顺她母亲,每月都借上海青年会、绸业会馆或饭馆聚餐一次,请老太太参加,大家热闹热闹。有时还请变魔术的、唱戏的来表演给老太太看。老太太七十九岁那年,更是既唱堂会,又到上海最大的寺院玉佛寺去拜了三天皇忏,请诸亲好友都去吃素斋。

我太婆之所以喜欢我,我想大概跟我也很节俭,平时不喝酒、不抽烟、不打麻将、没有任何不良嗜好有关。

记得我结婚第二年生日,按规矩,娘家要将鸡、鸭、鱼、肉和寿桃、寿面之类装在红漆大圆盆内挑到徐家来,还要送一桌鱼翅席过来。据说,这样的做法是让夫家记住新娘的生日,否则以后他们就可以装作不知道新娘的生日而不加庆祝了。因为高家不杀生,所以从糕团店去定了糯米的鸡、鸭、鱼、肉送来。生日后,王妈来问我:"老太太问少奶奶,送来的点心先吃什么?"我说:"对老太太说,哪种易坏先吃哪种。"我太婆听了很高兴,说:"十九岁的人那么懂得爱惜东西。"

我家搬到上海以后,太婆还是保持以前在绍兴乡下时的习惯,每到黄梅天就要在院子中自己做酱。她先将豆板(即蚕豆)和在面粉里,做成饼,使它发霉,然后泡在咸水缸中,等大伏天搬到太阳底下去晒。她老人家每天顶着烈日一缸缸去检查,看酱有没有异常的现象,还不时用手指蘸着缸里的酱汁尝味道。酱最怕淋着雨,但缸又不能搬动,于是一下雨就要用大斗笠帽盖在缸上。她曾对我说过,从酱上霉毛的颜色,可以看出酱的质量的好坏:白毛最好,黄毛次之,如果是绿毛或黑毛,全缸酱都要倒掉,不能再吃了。她还说:"做酱的人家,可以从酱的好坏预兆来年家道的兴衰。"所以每年她都是倾注全部精力去做的。她做的酱用在日常小菜中,比买来的鲜美。

到了冬天,她就做白腐乳。那时,可在菜场定一二板老豆腐,将它切成小方块,用稻草铺在大篱篮中闷数星期,豆腐四周就会起黄花。然后就用花

1936年，高诵芬太婆回绍兴上坟祭祖

高诵芬太公徐吉生在绍兴故乡创办的吉生小学（摄于 1936 年）

椒、盐拌在豆腐四周，放入小口坛中，次日再用绍兴黄酒浸没，坛口用箬包紧，一月后开坛，色、香、味无可比拟。现在回忆起来还会馋涎欲滴呢！

有一次，不会做生意的太婆听了别人的劝说，忽然也想做点买卖，赚两个钱了。其结果，当然可想而知。那件事跟我也有点关系，想起来很好笑。那时正是在日寇统治之下，物价飞涨。很多会做投机生意的人，借机囤积了某些紧缺物品，在物价上涨时卖出，以此发了大财或者小财。徐家老三房里有个老大，大家叫他"绍大"[1]，当时已经四十余岁，没有什么职业，长年在我们家的丝绸发行所里吃住。他平时就常去我太婆房里坐坐。一次，他对我太婆说："四娘娘，绍酒要涨了。买两坛酒来，涨了价卖出去，可以赚点钱。我有一个开绍酒店的同乡，可以向他买。"老太太听了动了心，就说："好。托你给我定两坛酒来。"那时我正在老太太房里，就说："那我也托你买两坛。"这几坛酒买来后就一直放在绸庄里，没有动过。我和太婆既不懂行情，当然也没有真想要去卖掉酒赚钱。一天，老太太的生日到了，要酒请客，就想到了这几坛酒。老太太就说："去拿来开开吃。"谁知打开一看，竟都是些空坛！既然卖酒的是亲戚、熟人，究竟是谁从中搞的鬼，当然就没有人再去弄清楚了。

我在上海生了第一个孩子[2]，就是太婆的第一个曾孙。我们请英国毕业的吴烈忠医生[3]来家中接生。孩子不足月，又是难产，脚先出来，合家急得团团转。太婆从来不上楼，那天她也耐不住了，叫用人扶了到我楼上，坐在房外听。孩子早产四十天，只有四磅重，放在早就准备好的保温床里用电灯泡烘着，怕这孩子养不大。产房是所谓的"暗房"，太婆不能进去，听大家报告

1　关于绍大，有专章记叙，可见本书第肆拾肆章《阿苏和绍大》。
2　我的第一个孩子，即本书作者之一，徐家祯。
3　关于吴烈忠医生，有专章记叙，可见本书第贰拾柒章《吴烈忠医生》。

她说:"这个孩子生下来就会睁眼看电灯泡,手指甲、脚指甲和头发都生得很好,养得大的!"她这才放心下楼去了。后来她说,因为多年不走楼梯了,走了一次,骨头酸痛了好几天!

我的第二个孩子是女孩,半夜出生的。她老人家特地起来坐在楼梯口等消息。听说是个女孩,她说:"好的,好的,多一个帮手!"此乃指女孩将来会做母亲的帮手也。

每个小孩满月都要抱去给她看,放在她的床上睡一会儿。有时,让她也坐着略抱一会儿。她抱着婴儿笑嘻嘻地说:"这是荷花蕊头呢!"意思是说:孩子还像花蕊一样娇嫩呢。她的第一个曾孙满月时,还在内、外客厅摆了许多桌酒席,大宴宾客。

我太婆八十四岁那年夏天,感到胃有点不适,但她不对小辈说,还每餐一定要吃饭、吃面。到八月,吃了一块鱼,鱼刺哽在喉咙里。她用老办法吞一大块饭下去,想把鱼刺带下去,不想第二天即引起胃出血。老太太不肯进医院去看,两位叔公只好请上海许多名医来家中出诊。诸医认为老太太年纪太大,没有什么好办法,只好先吃点流汁,如葡萄糖之类的,补充点营养,最好是外国货的,质量较可靠。但当时上海买不到外国货的葡萄糖粉。大家正在一筹莫展,我想到生我大儿子时买过英国货的葡萄糖,有一罐还没有开来吃过,即刻飞奔上楼去取来,当即打开给太婆吃了。叔公们请了特别护士,日夜护理太婆。我太婆平时身体很好,从来不生病,用不惯床上大小便用的替盆,一定坚持要下床。结果第四天半夜两点钟起来小便之后,忽然吐了一口血。她说胸口不适,不久就撒手西归了。叔公们连忙去请傅庄民医生来。二叔公流着眼泪恳求医生,说:"请随便怎么样都救救她!"但医生检查后说:"瞳孔已经放大,无药可救了。"这时,我长子已六岁,我连忙上楼去把他叫醒,抱他下来给老太太送终。全家子孙都聚在她房里,不敢哭出声来,怕惊动她老人家,只好暗暗流泪,不胜悲伤。我的那罐葡萄糖粉,她只吃了小半罐!

她故世之后,因为我负承重孙媳之责,所以由我先给她老人家洗脸、揩身、穿衣,叔婆和老太太的用人在旁帮忙。太婆生前已在杭州准备好寿衣、寿材,就赶紧差人去运出来。入棺之后,按照当时大出丧的各种仪式,像大游行一样把她的灵柩运到上海北站。杭州车站上早已预备好大出丧的一切人马、物件,前面用两个比真人更高的纸人开路。我丈夫当时在上海法院当法官,法院还专门派了两位护兵走在灵柩之前,后面还有一队队的和尚、尼姑。孝子跟在灵柩后面,在用白布围成的棚内走,女眷、男女亲眷则坐在轿子里,跟在后边。我是承重孙媳,坐的是第一顶轿子。一路经过亲戚和自己家门口,大家要在家门口设一桌酒菜奠祭、跪拜,这叫"路祭"。就这样,一路从火车站走到天竺坟上。子孙在坟庄门口一齐跪下,迎接灵柩。

徐家的坟是按绍兴的做法,即将坟做在地面,叫"石礅",一排排像窑洞一样。那时,在坟地里已经有我的太公、公婆和两位三叔婆葬在里面了。我太婆就跟太公同穴而葬。太婆的棺材抬到墓前,我的三叔公看见棺材上有点污泥,就流着眼泪将污泥抹掉,然后由专人将棺材推进洞里,在前面封上墓门,立了墓碑。老人家就落土为安了。老太太没有经历局势的动荡、大家庭的瓦解,应该说还是有福气的呢。

不想二十多年后,我家墓地上的石板大半给周围农民偷去筑路建屋,棺材都露了出来。我的婆婆的棺材还被人撬破,可能想看看有没有珍贵的陪葬品。那时,我们三房人家都自顾不暇,当然就无法顾死人了。三叔公决定请住在杭州的一个儿子找人买了一只坛,将骸骨都装进去,再在原来的坟地附近挖深坑埋葬了。三叔公苦笑着说:"这真是叫'生同衾,死同坛'啊!"

两年前，我的大儿子去杭州，特地到坟上看看，只见该地已经面目全非，连墓道都找不到了。找来找去，只见以前墓道上立着的一块"永思庐"的石碑，给一家人家放在门口做了垫脚石。真是不胜感慨系之！他把这块石碑拍了一张照片，带回来给我们看，也算是个纪念吧！

高诵芬作文

徐家祯整理

1995 年 5 月 21 日

于斯陡林红叶山庄

贰拾陆章
黄妈

1951年之前，我们跟大家庭住在一起，三餐饭由大厨房做好送上楼来吃。大厨房很大，有两个大师傅：一个小灶师傅专门管下锅、烧菜；一个大灶师傅专门管洗菜、煮饭，也管把饭菜送到各房里去。各房吃剩的饭菜由女用人送回大厨房里去。所以每房自己不用设厨。但是如果自己想吃一点添菜，做些点心，则可以在住处生一个煤炉，请一个女仆烧煮，但不用另备专职的厨师。

1948年，大家庭的纽带——我的太婆去世了。新中国成立后，我们在上海玉佛寺附近大家庭共住的大房子[1]里住不下去了，于是决定分家。1951年，三房人家各自买了房子，组成了小家庭。我们一房最简单，只有我和丈夫以

---

1 我们徐家大家庭原来住在上海戈登路（1949年后改为江宁路）1017号一栋有几十个房间、三层楼的大房子里，房子前面还有一个好几亩地的大花园，从大铁门进去要穿过一条很长的汽车道。房子一边靠上海有名的寺庙玉佛寺，一边是著名的工商实业家、安达纱厂创办人刘靖基先生的住宅。我们大家庭在这栋房子里一直住到二十世纪五十年代初才卖给政府，做了普陀区纱厂医院。现在已经时隔半个多世纪，此屋是否还在，就不得而知了。

黄妈在上海江苏路朝阳坊家中花园（摄于二十世纪六十年代初）

及四个孩子，就在沪西买了一栋两开间三层楼大房子，独立生活起来。那时，我的三个大孩子已经读小学了，最小的孩子只有三岁，就请了一个叫大顾妈的保姆照管这些孩子。之所以叫她"大顾妈"，是因为后来她又介绍一个也姓顾的亲戚来做，于是家里有了两个姓顾的女用人。为了加以区分，年龄大一点的就叫"大顾妈"，另一个叫"小顾妈"。

除了照管孩子的女用人外，我们也需要一个专门煮饭的女用人。上海可靠的用人一向很难找到，于是托以前在我家做过的用人何妈去找，她就把同乡人黄妈介绍来了。后来，我们发现黄妈其实并不姓黄。她姓齐，叫花娟。我问她为什么不叫"齐妈"，而叫"黄妈"，是不是因为夫家姓"黄"。她说：以前在我家三房六弟处带过一个孩子。六弟妹有主尊仆卑的等级观念，认为"齐"跟"徐"的发音用上海话说很像，仆人怎么可以用主人的姓？于是改叫她"黄妈"。以后大家就这样叫惯了。所以我们也不便改口，就这样一直叫了下去。

黄妈初到我家来做时，因为刚从农村来到大城市，买菜、烧菜都不会，我只好一样一样地亲自教她。连她到菜场去买菜，我也要同去。那时，上海菜场的小贩很不老实，总是短斤缺两，还漫天讨价，以坏充好。所以买菜时不但要与小贩讨价还价，注意质量好坏，而且要自己带一杆秤去，将要买的菜一一称过。黄妈初去菜场时，人很老实，不但不会帮我讨价还价，而且连动手帮我拣菜也不会，只会提着菜篮呆呆地站在一旁看着。

回到家里，她也不会煮菜，要我一一教她。有一次，她中午煮了油爆虾和荷包蛋，叫大顾妈送饭到学校去给我的三个小孩吃。大顾妈回来对我说："今天的菜，三个小孩都不爱吃，说咸死了。"我问黄妈是怎么一回事。她说："煮菜时我尝过不够甜，所以放了很多糖，怎么还会咸呢？"我听了就问她放的是哪一瓶糖。她点给我看了，我大笑起来。原来农村用的是粗盐，色黄，颗粒很粗；而上海的精盐，既白又细，看起来像白糖，于是黄妈就把盐当糖放了。难怪越放越咸！

黄妈在我家一做就做了十三年。她的优点是人很规矩、老实。我们的房子很大。我与丈夫睡三楼，四个小孩住二楼，两个用人住楼下，而领小孩的女用人，一般是与所领的那个小孩一起睡的。后来，另一个用人走了，黄妈就一个人住楼下。如果晚上或我们出去时她带朋友进来玩，甚至过夜，我们根本不会知道。但十三年里，这样的事从来没有发生过。所以我们让她一个人住在楼下很放心。孩子们放假时，我们常全家出去旅行，让她一个人看守房子很觉得安全。

黄妈手脚很干净，买东西不会揩油，所以我们让她去买菜也很放心。后来，她懂得怎么买菜，也熟悉我们的口味了，菜也越烧越好。二十世纪五十年代时，虽然大家庭已经分解，但三房人家的来往还很密切。尤其是每逢过年，三房亲戚都要相互拜年。遇到共同的祖先，如我太婆、太公的生辰、忌日，三房人家都要共同祭祀。当时，我们采用的办法是三房轮流负责，每房负责一年，每三年轮到一次。凡我们轮值的那年，每逢祖先的生辰、忌日要由我们一房负责祭祖，其他两房的亲戚和好友都要来祭拜。仪式结束后，就在我家吃饭。所以每次祭祀，都要准备几桌酒菜。我们的房间很大，最大的几间房间，每间可放置六个圆台面。有时，我们请大饭馆的厨师来家里做几桌酒席；有时，我们也自己做。那时，黄妈的菜已经做得很好了。在别的用人和我的帮助下，她能做出几桌酒席来，来客吃得赞不绝口。

黄妈的最大缺点是手脚比较慢，做事不灵快。要她做分内的活还可以，要她做一点儿额外的工作，她就不愿意。但工资却总要跟上海一般"一把抓"——即什么都做——的用人一样。她常常在我面前说："某某人家的用人工资已经是多少多少了。"意思是她的工资也应该加了。这很像现在西方社会的工人，时时处处要跟老板争工资、争权利。我们一般从不叫她做额外工作，而她的分内工作其实并不多，只是买菜、煮饭、打扫楼下三件事而已。楼上房间的打扫和洗衣由另一个用人做。后来，另一个用人走了，楼上房间就由我自己打扫了，衣服则就请钟点工来洗。黄妈觉得洗衣服可以赚外快，后来就主动提出要洗。我们逢过年、过节另送她钱。

有时，家里有一点例外的事，如突然来了几个客人，要添菜，或者我在外地的子女回来了，要在上海家中住几天等，她不但难以应付，而且会不高兴。比如有一次，我在外地念大学的女儿放暑假回来，我带她出去买东西，回家时已晚上六点半，家里别的人已经吃完晚饭了，黄妈也已吃完。她一面给我和女儿摆碗筷，一面嘴里唠叨说："人家明天六点半还要买菜去的！"意思是：她明天因为要买菜而早起床，我们吃饭吃得那么晚要影响她休息了。其实那时只有傍晚六点半！于是，那天我们吃完就不敢麻烦她洗碗、收拾了。

还有一次，我在菜场里看见很好的玉米，就买了很多回来，要她剥皮煮来吃，她脸色就不好看了。煮好，大家在吃，我也叫她："黄妈，来吃玉米。今天的玉米很好吃。"她脸一板，说："我没有工夫吃！"我知道她一定觉得今天煮玉米的工作是额外工作了。

有一年，我们全家去莫干山避暑。我想，这个星期她在家里什么事也没有，就在临走时吩咐她说："这星期你有空最好把院子里的野草拔一拔。"她回答说："我还想自己做两双鞋呢！"意思是：草是没有工夫拔的。于是拔草的事当然就算了。

有时家里来了几个客人，要烧饭、添菜，她就装起了脸，跟她说话也不搭理了。我知道她不开心，就连忙去帮她摘豆芽、剥毛豆、下锅炒菜，她就高兴了。她还有一个怪脾气，就是有客来不肯多烧饭，往往客人要添饭时，见锅中已是锅巴了，我很不好意思。但关照她以后有来客要多烧饭却没有用，因为下次饭还是照样不够。

我们对用人一向平等对待：吃饭一桌吃，点心、水果也常分给用人尝尝。黄妈在我家做了几年，就渐渐心宽体胖了。她对我说："在乡下，吃饭没有油水。家里要什么东西都向我要。现在吃饭油水足。要东西只要向你要就可以，所以没有心事了。"

后来，有一年她回乡去探亲，回来说：她的同乡人都说她在上海住了几年，人发胖，连骨头都嫩了，有人还想娶她为妻呢！但她想到丈夫临死时对她说的话，就不愿意改嫁。

原来，黄妈十四岁时就由乡下的举人奶奶做媒，嫁给了黄山一个年龄比她大十几岁的丈夫。生了一个儿子，三岁就死了；后来又承继了一个儿子。丈夫临死时对她说："花娟啊！你活着是我的妻，死了是我的衣。"大概意思是说：不管我活着还是死了，你都是我的人。于是，黄妈就一辈子不再改嫁了。

黄妈从来没有上过学、念过书，但平时听大家嘴里在说新名词也会学着用。有时因为不懂其意，就自己想当然地篡改了。比如：有一时期，里弄里卫生工作抓得很紧，里弄的干部常来检查蚊蝇"滋生地"。她却以为是蚊子、苍蝇的"子孙地"！

1962年，上海因为人口太多，动员农村来的人回乡。当然我家的用人就首先受到动员。那时，另一个用人大顾妈已经回苏州去了，于是居民委员会就来动员黄妈。黄妈不想回去，言语抵挡一番抵挡不住，又说乡下的儿子不是亲生的。但一切无效，她就急得日夜不安。最后，居民委员会一日上门来动员三次。她在煮饭，她们就坐在厨房里动员，还要我也当面表态。我怎么敢说不让她回乡？只好不但说"愿意"，还答应送她三个月的工资，再送她用着的帐子、被褥、毛毯及其他日用品。于是，黄妈终于只好走了。她心中好不愿意，临走还说："我生了那么多年煤炉，现在刚装了煤气，却没有享受几天，要走了！"

我叫她儿子来接黄妈回乡。路费由我出，还送给她儿子四件礼物。

过了几年，我家搬到附近一所房子里只有十六平方米大的后间，住了十几年。1980年2月底的一天下午，黄妈忽然由她以前的介绍人何妈领到我家来了，还挑了一担冬笋、山芋、豆腐皮、粽子、糕点来送给我们。原来，一年前，我家落实政策，抄家抄去的财产算是发还了。我给她去过一信，探问她的近况，并寄了一些钱给她做零用。她那时已经七十八岁了，但身体仍很硬朗。同乡人劝她来上海看看我们，所以她决定一个人来了。

当时我们的房子还没有发还，仍住在十六平方米的后间。黄妈来我家前几星期，我的大儿子刚去了美国，小儿子已结婚，不久前刚生了一个儿子。小儿子认为他哥哥走后，我们二老没有人在身边不方便，就准备住过来。所以那么小的房里要住三代五口人，挤得像沙丁鱼一样！就在他们讲好要搬过来的前几小时，黄妈又来了。真是巧到极点！

黄妈当然无法再住我家，只好让她住在何妈那儿。每天我给她车钱，让她来我这儿。我每月也送何妈一笔钱，算感谢她代替我招待黄妈。黄妈身体不错，还可以帮我烧菜、抱小孙子。这样住到年底。

有一次，我二儿子的媳妇出差来上海看我。黄妈迎出去看，穿着塑料拖鞋的脚在院子门口的台阶上滑了一下，手里还抱了一岁多的小孙子，差一点摔倒。幸亏旁边有人扶住了，否则，老小两人可能都要受伤。我们觉得黄妈年纪到底大了，出了事怎么向她儿子交代。再加后来天气渐冷，天寒日暮，早晚挤公共汽车，对七八十岁的老人来说很危险。于是，我们就送黄妈几百

"文革"后黄妈来上海（摄于安定坊斗室中。怀抱者为高诵芬孙子徐一安，右为高诵芬）

块钱和衣服、食品，写信让她的儿子来接她回去了。

　　黄妈走后，还来过信，邀我们春节去她家玩。但我因年尾家中多事，无法接受她的邀请，只是回信谢了她的好意，还寄了她抱过的小孙子的照片送她。何妈每次回乡后回来，都来我家告诉我黄妈身体很好。直到她八十六岁那年，何妈来说：黄妈寿终正寝了。早在二十世纪五十年代时，黄妈已经趁一个闰年回乡准备了寿材，最后终于享受到了。黄妈四代同堂，真可谓福寿全归了！

高诵芬作文
徐家祯整理
1995 年 5 月 25 日
于斯陡林红叶山庄

贰拾柒章
吴烈忠医生

我从一开始就有月经不准的毛病。那时,母亲陪我看了杭州的西医妇科医生,认为可能是因为初来月经才有这种紊乱现象,以后就会好的。但是以后却一直不好。医生给我吃药、打针也没用。

结婚后,我的太婆当然很想早点见到第四代,尤其因为我丈夫是她的遗腹孙子。我丈夫的外公、外婆同样盼望辛苦养大的外孙能早日得子。但我偏偏结婚后一直不能怀孕。

过了一年,日寇犯杭,全家逃到上海,因为人多,只好暂时分两处住开:我夫妇和太婆暂住在上海我家开的绸庄发行所里,两位叔公他们则租了房子住在另外一处。这样分住了两三年,才在沪西玉佛寺附近买了一所正屋为五开间三层楼、边屋为三开间二层楼的大花园洋房,花园有七八亩地那么大。这是后话。

我因月经不调,不能生育,所以情绪日见低落。长辈们都主张去看中医,于是看了上海最有名的几位中医妇科，吃了许多中药，都毫不见效。我是个从小怕吃中药的人，现在也只好捏了鼻子整天跟药罐子打交道了。此时，我父母逃难在外地，我只能与他们通书信，将情况告诉他们。他们也鞭长莫及，无法帮助我。

一天，我丈夫同我到二、三叔婆处去问候，正好丈夫的舅母在打牌，见了我就问近况。她说，她娘家有一位亲戚，也是月经不准，去西医妇科检查，发现有子宫瘤，医生给她开刀切除，结果良好，现已出院回家。舅母劝我不妨去让西医检查一下。

听了舅母的话，我们立刻去那位姓金的妇科医生处检查。他诊断说肯定有卵巢瘤，必须开刀。我跟丈夫听了都非常踌躇，因为我们知道徐家诸长辈是决不允许让我去冒开刀之险的。但是我心里却倾向于开刀，而且相信我父母也一定会支持我的想法，因为我知道他们一直比较相信西医。以前我弟弟鼻子有病，杭州没有动手术的好西医，我母亲还特地陪我弟弟去上海请当时最有名的耳鼻咽喉科专家李冈医生[1]开刀呢。但是我丈夫仍然不放心，于是陪我到上海各妇科诊所去检查，记得前后一共看了十位名医，大家都异口同声说有卵巢瘤，要开刀。

最后，我们又去向汤书年医生[2]请教。汤医生是杭州人，美国医科大学毕业，在纽约有执照，可以挂牌行医。回国后，在上海已经行医多年。他是徐家和高家两家的世交，已经与我们有三代交情了，所以遇到医学上的难题，我们总去向他请教。汤医生也主张开刀，但是他认为要请眼明手快、年纪较轻的医生主刀较妥。上海虽有几位妇科名医，但年纪都已不轻。于是我们问

1　关于李冈医生，可见本书第肆拾柒章《说说沪杭的私人医生》一文。
2　关于汤书年医生，本书有专篇叙述，见第肆拾陆章《汤书年医生》一文。

长子徐家祯未满周岁时在上海戈登路阳台上（摄于 1942 年）

徐家祯与妹妹家和在上海中山公园河边（约摄于 1946 年）

他有无熟识而可靠的医生可以介绍,他便提到了吴烈忠医生。

汤医生介绍说,吴医生是福建人,从北京协和医学院毕业,后曾留学英国。在上海的各位妇科医生中他虽还不能算是最有名的,但年龄最轻,学识最新,将来一定会成名。何况,现在他已是上海红十字会医院的妇产科主任了,同时又在家开业。汤医生还说,他太太生孩子就是吴烈忠医生接生的。

我们听了汤医生的介绍,次日就去吴烈忠医生家里门诊。吴医生仔细检查以后,同意别的医生的诊断,说有瘤。然后,他又让我去红十字会医院做子宫探针,拍X光,证实了瘤确实长在子宫外面的卵巢上,须要开刀。我们就请吴医生动手术。他说:"开刀最好不要在很热的天,因为伤口出汗,对收口不利。"那时正是阴历五月,还不太热,要开就应当赶快。然而,开刀是性命攸关的事,我们俩不能擅自决定,只得去同各位长辈商量。但我们知道,要得到他们的支持是十分困难的:当时上海还很少听到开刀的事,何况这次是打开肚子,动大手术呢!

果然,我们跟我太婆和二位叔公说了,他们都极力反对,并去与一位做中医的好友商量。这位好友就是当时上海极有名的、二十世纪五十年代当过浙江省卫生厅副厅长、提倡妇女吃钉螺说能避孕的那位叶熙春医生[1]。他当然也不赞成开刀,说吃中药可以将瘤从小便中解出。我听了极不相信,

---

[1] 叶熙春,杭州人,著名中医。……1929年,至上海行医,接连治愈若干疑难绝症,名声益振,江、浙、皖诸省慕名求医者亦众。寓沪期间,对家乡医药事业极为关心,1946年得知余杭县建立卫生院(今余杭区第二人民医院),即解囊相助。院内建"熙春亭"以彰其举,再三谦辞,乃改"回春亭"。1946年,与丰子恺、潘天寿等人发起恢复明远社,变卖余杭祖屋,捐款筹建明远中学(后辗转发展成今日之浙大附中和杭十五中)。1948年,年近古稀,回杭定居,悉心著述。1952年,与杭州著名老中医史沛棠、张硕甫等发起集资创办杭州广兴中医院(今杭州市中医院前身),不顾年高,出任中医门诊部主任。后任浙江中医院主任、顾问等职。1954年当选为浙江省第一届人民代表,任浙江省卫生厅副厅长。1956年出席全国先进生产者代表大会,补选为第一届全国人民代表大会代表。后连任二、三届全国人民代表。参加农工民主党,任浙江省委员会副主任委员。黄炎培先生有诗云:"中西法冶一炉新,岁岁辛苦为人民。浙江农村行一遍,家家争诵叶熙春。""文革"中,遭受迫害,于1968年10月含冤而逝。1978年8月平反昭雪,恢复名誉。1954年,省卫生厅整理总结他的临床经验,编印出版《叶熙春医案》。1983年,汇编出版《叶熙春学术经验专辑》。

就请汤书年医生来家里说服我的长辈。各位长辈虽心中极不赞成,但当着汤医生的面不好说什么。三叔公等医生走后,对我丈夫说:"我看你要闯祸了!"

后来,他们见我坚持要开刀,三叔公就对我丈夫说:"你们先打个电报给你老丈,报告开刀之事。"意思是:如果他们也同意,我们就没有意见了。当然,我那时也理解长辈们劝阻我开刀是好意,而且我刚到徐家不几年,如果因开刀而有个三长两短,他们怎么向我父母交代?更何况我是父母的独养女儿呀!所以如果我父母也同意,万一出事,徐家的责任就可以减少了。

然而,我心里想:父母突然接到电报知道我要开刀,不是要急煞?所以就对叔公说:"不必先打电报去,我父母要着急的。等开刀之后拍个电报报平安就可以了。"长辈们一定还不满意,但见我坚持,也只好不管了。

由吴烈忠医生决定,我去上海有名的私人医院虹桥疗养院开刀。记得进医院那天是阴历五月廿一,我二十二岁。我带了女仆陈妈,住进了虹桥疗养院的特等病房。这间病房的条件很好,有独用的会客室,有陪病人的人住的房间。吴医生还介绍了两位特别护士来日夜轮流照顾,陈妈和我丈夫也日夜陪伴着我。

开刀那天,吴医生的太太也来了。吴太太姓程,杭州人,是内科医生,那天她做我的麻醉师。程医生在我的肛门里放了麻药,我就什么也不知道了。那天从上午九点到中午十二点手术才做完。吴医生从我肚子里取出一个五磅重的水瘤!他把瘤拿给我丈夫看,我丈夫去请照相馆的摄影师拍了一张照片寄给我父母看。

我开刀后一直昏睡到下午才醒来。我感到好像已经睡了几天似的,问护士现在什么时候了。护士答曰：

"五点半。"

我又问："肚子里有没有瘤？"因为我心中还有点怀疑，怕万一打开肚子找不到瘤，岂不笑话！

丈夫说："医生开出了一个五磅重的瘤呢！已经拍了照片，等洗出来给你看。"

我一听，心中一放，迷迷糊糊地又睡着了。

后来，吴烈忠医生对我说，他在国外医院里曾开出来过一个十多磅重的肌瘤。瘤里面还有头发、指甲等物。吴医生还说，这种肌瘤是对生的，所以可能我另一边的卵巢也会生瘤。果然，我六十三岁时在另一边的卵巢上生出一个水瘤，根据医生的建议，我就连子宫带瘤一起切除了。那时，可惜吴烈忠医生早已不在人世，所以我就无法告诉他四十年前预言的正确性了。

开刀第二天，高家的昆明叔叔[1]和徐家的两位叔婆来探望我。我睁开眼来叫了他们一声，他们连忙叫我不要出声，怕我吃力。

因为动手术的情况良好，我丈夫打电报给我父母，向他们报告开刀的前后情况，让他们放心。

我的身体一天天恢复起来，胃口也好了起来。这家高级疗养院的设备很好，饭菜有中式、西式两种，可点菜。我每餐吃医院的西餐，另外叫陈妈做我喜欢吃的中式素菜。

1　关于昆明叔叔，本书有专篇叙述，见第贰拾捌章《昆明叔叔》一文。

家树与家和在上海戈登路家中花园里（摄于 1945 年前后）

高诵芬与徐家祯在杭州（摄于二十世纪四十年代）

到第七天，吴烈忠医生来给我的刀口拆线了。我丈夫拍了许多拆线的照片，后来跟那个瘤的照片一起贴在一个大相册中，留作纪念，后来"红卫兵"拿去说要开展览会用，就此不知去向。

在虹桥疗养院住了八天，可以出院了。但我丈夫不放心，怕回家住刀口长不好，他要求吴医生让我到他家去住一个月，等刀口完全恢复才回家。吴医生当然允许，因为他家本来设有两间病房，还雇用了两位护士。于是，我就和陈妈去吴家住了一个月。回家后，丈夫还让特别看护彭云庆女士每天来照顾我很长一段时间。这样一来，吴烈忠医生和彭云庆护士都成了我们的好朋友。我生四个小孩都是吴烈忠医生接生、彭云庆做特别护士护理的。

我开刀后，身体很快康复，六个月以后就怀了孕，于是亲友无不相信吴医生的医术。再加吴医生的态度认真，有请必到，毫无架子，所以我家只要有人生孩子，就叫他来接生，有时小孩生病也请他来看。他完全成了我们徐家的朋友兼家庭医生。

有时候，吴烈忠医生出诊去看病，经过我们家，也会进来坐坐谈谈。如果碰到我们正要吃饭，邀他吃便饭，他也不会客气。我与丈夫有时星期天也常去他家探望他夫妇俩。记得吴烈忠医生告诉我们，他是福建农村出身。他还给我们看过他父母的照片，赤着脚，完全农民打扮，相貌纯朴、忠厚。他说，他之所以今天能做到医生，完全是教会学校的培养，使他能够从英国伯明翰大学毕业。当然，他没有说这也是他自己努力的结果。我们听了，更加对他产生敬意。

记得我生第一个孩子，既不足月，又加上难产。吴烈忠医生来接生时，我的三叔婆还自告奋勇做吴医生的助手。她手脚麻利，与吴医生配合得很好。

吴医生看她很内行的样子，以为她是学过助产科的呢。后来问了她，才知道这位三叔婆在娘家时曾帮助姐、嫂生产，所以很有实践经验。谁知我生大儿子后只有一年工夫，这位叔婆就因生产而心脏病突发去世了。那次接生请的不是吴烈忠医生，而是由她娘家介绍来的一位妇科医生。等到出了事急忙打电话去请吴医生来，可惜已经太晚。我记得吴医生接到电话，马上骑着自行车赶来，满头大汗地飞奔上楼，也已回天乏术了。吴医生伤心地流下了眼泪。他来到我的房里，安慰我说："你不要怕！你不会这样子的。你放心好了！"因为那时我正怀第二个孩子。

我的大儿子不到一岁时，他的奶妈很不负责，把自己在用的牙签拿给他玩。孩子把牙签放到嘴里，吞了下去。奶妈明明发觉却怕闹出事来，竟然不告诉我。当天午睡时，孩子就大哭而惊醒。以后，情况日渐严重，最后发展到日夜啼哭、发烧、拉脓、不能进食的地步。请了上海最有名的小儿科医生来，都说是重感冒，但打针、吃药却毫不见效。当时，我的母亲正在上海，住在我家。她忽然说："何不请吴烈忠医生来看看，这孩子是吴医生接生的，说不定他有办法。"我丈夫立即打电话把吴医生请来。这时，奶妈眼看情况越来越严重，再不说出来可能要出人命，于是说出牙签的事来。但她狡辩："没有亲眼看见孩子吞下牙签，只是猜想而已。"吴医生听了，认为即使是吞下了牙签，那么多天了应早已从大便中排出，不会再在肚子里了。当时我母亲说：

"会不会在肛门口呢？"她又问吴烈忠医生能不能用手去摸一下。

吴医生听了外婆太太的话，真的戴了橡皮手套，到床上用手指伸到孩子的肛门里去摸了一下，忽然说：

"牙签是在肛门口斜刺着！"他轻轻取出，只见一根牙签原来已折成两截！取出之后，孩子马上就不哭了。吴医生又开了抗生素，不久孩子就痊愈了。事后，大家都说这条小生命真是外婆和吴烈忠医生捡回来的呀！

二十世纪四十年代末，吴烈忠医生用一生积蓄所得，在上海西区买了一块地，准备自己设计建造一座三层楼的花园洋房。这时法币通货膨胀已经到了一泻千里、每况愈下的地步。建筑材料飞涨，而且私商囤货不卖。一天，吴医生来我家对我讲："房子看样子造不起来了，只剩了一堆黄沙！"看他十分忧急的样子。

后来，他好不容易把房子造了起来。我们本来以为吴医生有了自己的房子，一定会生活得更快乐。但是却见他忧心忡忡的样子，不知是什么原因。

不久，我女儿得了盲肠炎，又是吴烈忠医生介绍了一位外科医生在德济医院开刀。[1] 吴医生来探望她，见我丈夫在，着急忙慌地把我丈夫拉到头等病房的厕所间去说话，我们才知道了吴医生担心的是什么。

原来，以前堕胎在中国是不合法的，但大家都这样做，政府当然也睁一只眼、闭一只眼，只要不出事就不去管。吴烈忠医生作为一个妇科医生，当然不可避免给人做过人工流产。现在，他怕政府部门追究他的法律责任，就害怕得日夜不安。那时，我丈夫在上海的华东最高人民法院任审判员（这是"法官"的新式称呼），所以吴烈忠医生就来跟他商量，看情况严重不严重。当然，我丈夫安慰他说：

"你做过妇科医生，做人工流产是在所难免的事。上海的妇科医生不止你一个，别人都没事，你何必担心呢？"但是显然，我丈夫的话并没有说服他。

1　关于我女儿盲肠炎开刀一事，可见本书第肆拾柒章《说说沪杭的私人医生》一文。

1956年年末，我丈夫忽然在报上看见一条"找寻吴烈忠医生"的广告，我们连忙打电话去问吴太太。吴太太说，昨天下午吴医生出去后一直没有回来，到处都找不着他，只好登报找寻了。那时，电台里也可以广播找人。吴太太去做了广告广播，但仍无结果。我们除了安慰她一番，实在没有什么事可做。

过了一个多月，我忽然接到吴太太的电话。她哭着告诉我说：

"明天下午在某某殡仪馆举行吴烈忠医生的葬礼，请你们参加！"

我听了心里难过得说不出话来。那天正好是星期天，我丈夫休息在家，我们俩就赶去她家安慰她。

事情原来是这样的：吴烈忠医生家的隔壁是一个木材行，有门通吴家。木行里平时有工人住在宿舍里。元旦那天，工人们放假一天，都回家去住了。一个月后，工人们搬运木材，忽然发现床下露出一只穿白棉毛衫的手臂，拖出来一看，才知道是隔壁的吴医生死在床下！吴医生的遗体旁边放着一排空玻璃瓶，看起来他是趁工人放假回家的时候，在那儿吃安眠药自杀的。而发现时离他去世已经一个多月了，尸体却一点没有腐烂，可能他也吃了防腐剂。

我们听了只好叹息而已。吴烈忠医生死时正当壮年，那时他在上海已经很有名气，可惜不能排解会被追究的顾虑，终于走上了绝路。

但对我来说，我为失去了一位好朋友、好医生而深感痛心。

吴医生的太太、女儿和女婿都是医生，我和他们一直保持联系。现在吴太太已经九十余岁，仍然耳聪目明、手脚轻健。我来澳大利亚后，我们还通

吴烈忠太太程英美九十六岁时（摄于 1999 年）

信联系。[1] 她的女儿一家都定居美国，子女学习优秀。吴太太还有一子，在香港也事业有成。我想，如果吴烈忠医生地下有知，一定也会感到欣慰的吧！

高诵芬作文

徐家祯整理

1995 年 6 月 6 日

于斯陡林红叶山庄

---

[1] 吴烈忠夫人，名程英美。我母亲来澳大利亚定居后，还经常与吴烈忠夫人通信联系。2001 年，我趁回国开会之际，陪母亲回沪杭探亲。这是我母亲最后一次回国。她还去吴太太家拜访她。那年，吴烈忠太太已经九十五岁高龄了。这是我母亲与吴太太的最后一次会面。又过了几年，吴太太去世，享年近百岁。——徐家祯注

贰拾捌章
昆明叔叔

我有个叔叔,我们都叫他"昆明叔叔"。其实,他的年龄比我大不了几岁,但他的辈分却高我一辈,所以要叫他叔叔。这在大家庭中是常有的事。

昆明叔叔的父亲就是我的五叔祖,高子白。他早年留学日本,就读于日本士官学校与蒋介石同班。后来似乎也参加辛亥革命,打过仗。革命胜利后,还做过一些地方官。这些事发生时,有的我还未出生,有的我还太小,所以都弄不太清。但知道这位五叔祖到底只是一位少爷公子,并不是真正的革命家,于是革命胜利后就享受革命成果,不再革命了。后来,干脆连官也不做了,拿了蒋政府给他的干薪,在上海做"寓公"。

我的五叔祖一生没有结婚,但与很多堂子(即"妓院"的另一称呼)里的女人有来往,有的还同居过很长一段时间。除了昆明叔叔,他并没有后代留下。昆明叔叔的母亲就是他早期同居过的一个妓女。后来,那女人与我五叔祖闹翻了,五叔祖就离她而去。于是,昆明叔叔就由他的母亲来照管。我的曾祖

左起：昆明叔叔及其俄国夫人、高诵芬、父亲、徐定戡、女仆（1937年摄于杭州）

高诵芬、哥哥（左）及昆明叔叔在杭州（摄于1937年）

母知道了，觉得虽然那孩子不是她儿子正式结婚生下的孩子，但总归也算是高家的骨肉，让一个妓女去带不但让人笑话，而且那孩子将来也不会有教养、懂规矩，所以就把他收进来管教，让他学大家庭的样子，见点世面。那时，昆明叔叔的母亲寄住在朋友家里，知道高家肯收留她的孩子，当然求之不得。

这位昆明叔叔进高家来时只有十岁，我还没有出生。据我父亲说，他第一年到高家时，正月里要与我父亲——他叫我父亲为"大哥"——一同到长辈、平辈那儿去拜年，借此机会也让他有出头露面的机会。他以前一直住在外面，没有见过世面，不知道拜年是如何拜的，因此我父亲事先教他一遍。比如对他说：

"你到了本家，见了大哥，就要一面双手作揖，一面说'恭喜，大哥'！"

昆明叔叔听了，就整天在房内对着大着衣镜一面口中说"大哥，恭——喜，大哥""六哥，恭——喜，六哥"之类的话，一面打躬作揖，练习了好几天，家里人见了无不好笑。直到我们小时候见了他，还当他的面以此作为说他笑话的材料。

这位叔叔年纪比我们兄妹三人大几岁，所以从小我们跟在他的后面玩儿，听他的指挥。他很聪明顽皮，喜欢对人恶作剧，有时近乎刻薄。比如，当时的女用人都是小脚，每天傍晚，两个用人用一根粗竹竿，抬了一串内房里用过的便桶去菜园倒粪便。叔叔见了小脚用人，就要欺负她们。有时他正在跟我哥哥踢皮球，故意把皮球向女仆的屁股上踢去，看她们突然一惊抬着便桶站立不稳的样子就大笑。

昆明叔叔还很小、他父亲还没有离开他母亲的时候，他家靠高家的津贴过日子，当时生活很富裕。他母亲从小不管他，每天给一个二爷（即高级男用人）一块钱，让他背着小少爷出去买零食、玩儿。那时，一块钱是一大笔钱，可以买很多东西，于是养成了他爱吃零食的习惯。进了高家，他算曾祖母房里的人，要用钱只能去账房拿，所以他常叫男仆阮师傅去买甘蔗、橘子、红枣、黑枣、生栗子、老菱和各种糖食来吃。我们见了十分眼红，忍不住向他讨要。他就对我们说：

"你们要说'好好叔叔，亲亲叔叔，小狗嘴巴馋'，我才给你们吃。"为了吃零食，我们只好照他的话说了。

我母亲怕他欺负我们，所以凡是她外出，就总是带我们一起出去，生怕大人不在时昆明叔叔对我们恶作剧。

不久，我的曾祖母请了个家庭教师褚先生教昆明叔叔语文。他虽然平时不用功，但因为人聪明，写的字、作的文都不错。他对先生也毫无畏惧。记得我们三兄妹进私塾，跟他一起念书时，见他在自己的椅子上总是坐不住，读一会儿书就会跑到我哥哥或我的桌子旁来看看、讲讲。直到褚先生叫他坐到他自己座位上去，不要干扰别人，他才走开。

我们小时候见了老师很害怕，不敢随便跟他们言笑。昆明叔叔却敢跟老师随便攀谈。后来褚老师走了，我们就换了一位年纪很轻的黄老师，是浙江富阳人。[1]那时昆明叔叔已经进了中学，不在私塾念书了，但他仍常来私塾跟黄老师聊天。

记得有一天晚上，昆明叔叔去私塾找老师，我们兄妹也跟他去听听。大家正在说话，忽然听见有人从窗外经过，可能听见房里有声音，就将头探进来看。昆明叔叔跟平时一样不礼貌地大声吆喝道："是谁啊？"

---

[1] 母亲在本书第捌章《褚先生》一文中提及过：她跟三位私塾老师学过，但只写了其中的两位。除了那位褚先生外，还有一位就是第玖章《黄先生》中的黄静山先生。她说有一位老师教的时间很短，印象不深了，就没有写。我想，那位没有专篇写出的老师，大概就是这里所说的"年纪很轻的黄老师"。而这位黄老师一定不是前面专篇所述的黄老师，因为黄静山是浙江萧山人，年纪应该也不轻了，且已有两个年纪比我母亲大的女儿；而这位黄老师却是浙江富阳人，而且年纪很轻。——徐家祯注

那人回答："我是二房里的先生。"

昆明叔叔一听是老师，倒不好意思起来，连忙起身开门请他进来坐坐。那位先生和我们的黄先生是初次见面，于是要互问尊姓大名，仙乡何处。原来那位先生是萧山人，姓韩。黄先生请他坐。他一面客气地用右手朝椅子处像刀斩下去一样地斩了几刀，一面用浓重的萧山口音说：

"坐——坐——坐——！"

最后一个音拖得特别长，非常滑稽，我们看了都暗暗好笑。

我们的黄先生问韩先生那么晚了去哪儿。他用萧山口音回答道：

"我去亲戚家，就在竹竿巷七十九——号啦。"

"九"字不但拖得特别长，而且读得像"鸠"的发音。我们强忍住不笑出声音来。以后，又是昆明叔叔带头，大家常常学韩先生的样子，一面将右手像一把刀似的斩下去，一面用萧山口音拖得很长地说：

"坐——坐——坐——！竹竿巷七十九——号啦。"玩了好一阵子。

叔叔是十多岁时进中学的。进了学校大概也很调皮，常听说学校来告状。后来曾祖母去世，昆明叔叔已十七八岁了，住在上海的他父亲，也即我的五叔祖，来叫他去哈尔滨住。因为他觉得让儿子留在高家没有父母管教，依赖大家庭过活不是长久之计，到哈尔滨可以得到锻炼。于是昆明叔叔从此离开了高家。

那时哈尔滨都是俄国人，昆明叔叔不懂俄语，初去那儿时，要喝水、要洗澡只好以手势来达意。后来，他的俄文学得很好了，而且认识了一位俄国女子，与之同居。等他找到工作以后，叔叔很孝顺他母亲，一定要接母亲去哈尔滨奉养。他母亲是上海人，不愿去天寒地冻、人地生疏、语言不通的东北。但经不住其子的苦苦恳求，不得已只好答应去东北。临离上海时，在船码头与朋友告别，大家都说她儿子有孝心，来接娘去享福了。她自己却对着送行的朋友大声恸哭，如同生离死别一般。不想，在哈尔滨只住了一年，她就患肋膜炎而去世，只有四十多岁。据说她死时痛得在地上打滚，十分痛苦。她离开上海时难道有预感才如此痛哭流涕的？昆明叔叔的那位俄国夫人虽然语言不通却很尽妇道，服侍到婆婆去世。

昆明叔叔在我结婚次年曾带着俄国夫人到上海居住，还去杭州高家住了一个月。他带夫人游览了风景区和狮子峰顶我父亲的意胜庵。我问叔叔俄文"婶娘"怎么说。他说叫"交加"，于是我们就以"交加"称呼他夫人。

当时，昆明叔叔的父亲还住在上海，但他分到的财产全部被那时跟他同居的、我们叫她"广佬"[1]的一个广东女人所控制。那女人不会把财产分给昆明叔叔，所以叔叔只好自己谋生。我记得在我办嫁妆时，母亲整理曾祖母遗下的首饰，想分一部分给我，却发现有一圆形铁盒，用皮纸封着。拉开皮纸一看，里面有一只碧绿的翡翠手镯、一对金刚钻耳环和一只金刚钻戒指。我母亲觉得奇怪，因为她知道我曾祖母从来没有这样的首饰。再仔细看撕破的皮纸，发现上面有一个"押"字。于是，她记起有一年昆明叔叔的娘生活困难，拿来这些首饰押了六百块钱去，看来后来一直没有钱来赎，这盒首饰就算高家的了。但我母亲心地善良，她对我说：

"叔叔太可怜。老家的遗产一分钱拿不到，都给广佬拿去了，这些东西

---

[1] 《山居杂忆》在我博客"六树堂文集"上发表之后，一天，忽然有一位名叫钱天华的来与我联系。原来钱先生是高子白的后代，虽然其实并无血缘关系у。据钱先生说：他外公（即高子白）后来与一位叫杨石君的女士结了婚。所以我母亲在本文中说高子白"一生没有结婚"是错的。因为杨氏没有生孩子，所以高子白与杨氏就领养了两个汕头佃户的女孩做女儿。钱天华先生就是其中一个女生的孩子。看来，母亲文中所说的"很厉害"的"广佬"大概应该就是这位杨氏。那位杨氏后来又领养了她妹妹的一个孩子做儿子，看来也是为了名正言顺地取得本来应该属于昆明叔叔的遗产吧。——徐家祯注

虽是他娘押给老太太的,但我们不能拿他的。还给叔叔算了。"

我父亲也同意这个意见。于是趁那次昆明叔叔带了俄国夫人来杭,当着我的面,对叔叔说明了情况交给了他。叔叔十分感激,他对他夫人说:"我知道兄嫂是一直对我不错的。"并当即把首饰送给了俄国夫人。

几年以后,俄国夫人与叔叔分手,回国去了。她把这些首饰还给叔叔,叔叔不肯接受,全部给她做了纪念。那女人回国后嫁了别人,他们俩来中国旅行过一次。她的新丈夫很开通,还让她跟昆明叔叔会了最后一面。

叔叔在上海住了多年,靠他父亲在政界的关系有时有一点工作,有时没有,生活很拮据。新中国成立以后,徐家大家庭分开,我们自己买了房子后,昆明叔叔来新房子吃过几次饭。不久,他去了天津,好像在河北师范学院教过俄文,后来,听说他在一次政治运动中自杀了,不知什么原因。

昆明叔叔人很聪明,实在是一个很有用的人才,可惜没有好好地发挥其所长,死时只有五十岁左右。[1]

高诵芬作文
徐家祯整理
1995 年 6 月 8 日
于斯陡林红叶山庄

---

[1] 关于昆明叔叔,我兄恺之后来在来信中有所补充:"所谓'叔叔',其实是高子白先生第一个同居的女人所生。在旧家庭中,同居者自然得不到承认,但所生的儿子却并不遗弃。这位叔叔名叫维勋,与我父亲同一排行。他的号叫策英,小名叫昆明,我们也常称之为昆明叔叔。他自幼即被带到杭州家中,生活在他祖母即我的曾祖母身边,而且很受曾祖母的钟爱。他比我长六岁,幼时常在一起玩。不过我总是跟在后面受其差使而已。但也有非常有趣且值得回忆的事情。例如过新年时,家里供着许多祖宗画像,供桌上摆着许多盘干果点心之类。我和他常常偷偷地去拿来吃。看了上面挂的人像,他们的眼老对着我们,觉得有点怕。于是两个人就想出自欺欺人的办法,应是先在像前拜一拜,然后再拿来吃,以为这样就可以得到祖宗的宽恕了。昆明叔叔新中国成立后在南开大学(一说在石家庄河北外语学院)教俄文,后来因与老朋友的妻子闹出桃色事件,双双服毒自杀。"

贰拾玖章
寡妇

不知是哪个朝代,也不知是哪个害人精,兴出了女人死了丈夫要为他守一辈子节的鬼花样。还发明了贞节牌坊,凡守节的寡妇就可立贞节牌坊,以表扬其能为丈夫守节一辈子也。

于是,自古以来,有多少妇女嫁了男人,不幸守寡,就迷信"贞节"二字,甘心情愿,活活守寡一世:有的则碍于名誉,表面守寡,而心中实在勉强,郁郁不乐、悲悲切切地度过一生;有的则阳奉阴违,与别的男人偷偷摸摸,结果败坏名誉,家丑外扬。真是林林总总,不一而足。

我出生在封建大家庭中,亲戚中各色各样的寡妇真是见了不计其数,选各种类型的写出,也可见封建的守节制度对妇女的迫害。

堂房三伯母

我有一位堂房三伯母。她出身于世家,真正的大家闺秀,名门淑女,生得也相貌端正而秀丽。可惜,她的未婚夫身体却有病。那时通行所谓"冲喜",即让病重的人结婚,据说喜事能冲去病痛,使他痊愈。于是,择吉日将这位黄花闺女迎娶过门。不幸,三个月之后,丈夫即呜呼哀哉。这位新婚的三伯母徒有结婚之名,而无结婚之实,年纪轻轻,其悲可知。用人们与她房间相近,每夜听见她一个人在房里哭泣,用人听了也伤心流泪,于是不免传给她的长辈。长辈们想了一个办法,就是把四房弟媳所生的长子承继给她,用一个保姆照顾这个小孩。

三伯母自从有了孩子之后,就思想分散,专心注意小孩的健康成长和品行教育。平时她常带小孩到娘家去散心,住上数月才回夫家。后来,她又在娘家亲友中选了一个可爱的小女孩做女儿。于是,这位知书识礼的三伯母就有了一子一女。她家境颇富裕,就这样安安心心守了一世寡。

她承继的儿女成家后,养育出第三代。她自己活到八十出头才寿终正寝。虽然我三伯母这样的寡妇还算是"幸福"的,但人们心中无不为她这样有才有貌的贤淑女子葬送在旧礼教的坟墓里而惋惜耳!

远房大伯母

我小时候见过一位个子矮小、穿着很朴素整洁的女人,常来我家坐谈一会儿就走。据我母亲讲,她属于高家的另外一支,所以是我们的远房本家,我叫她"大妈"。大妈丈夫早死,生了三个儿子。因为家境困难,经人介绍,带了三个孩子进了"清洁堂"。我现在想,应该叫"贞节堂"吧,那时因为年龄太小,我不懂"贞节"两字的意思,就理解成"清洁堂"了。"贞节堂",顾名思义一定是为守节的寡妇所办,大概是帮助家境贫苦的寡妇维持生活的,这样一来,她们可以衣食无忧,安心守寡一辈子了。因为是她的远房本家,

高诵芬（中）与二姨（右）及母亲在杭州（摄于抗战前）

所以我们在经济上给她一点帮助，帮她的三个儿子进学校念书。所以她一年必来我家几次，问好、攀谈。

后来，她的大儿子毕业做了小学教师，就把母亲和两个弟弟接出贞节堂，另外租房子住。以后，两个弟弟由我父亲介绍工作，他们的家境就渐渐好转。

她的大儿子娶的妻子也是小学教员，与婆婆同住。这位新娘却不大懂规矩。婆婆是旧式女人，受传统教育；三个儿子也都受过教育，有礼有孝，见了这位媳妇的粗俗言行，心中常为不适。有一天，大妈忽然跑来我家，对我母亲说：

"大妹，我今天不回去了，要住在你家了。"

我母亲忙问她原因，她气呼呼地说，因为她儿媳为了一件事对她出言不逊，所以她气得离家出走。我们平时见大妈总是温和耐心的样子，从未见过她如此生气，当然答应让她住在我家。大妈在我家吃了午饭，大家就闲谈一会儿。到下午四点左右，她大儿子忽然来了，对大妈说要接她回去。我们以为她上午那么生气，一定不会跟儿子走，至少会住几天再说。谁知大妈竟然毫无生气的样子，若无其事地答应跟她儿子回去了。等她走后，我父母都称赞大妈有度量、有才干，能趁儿子来接就大事化小、小事化无，就此落场。否则事情弄僵，以后难道就永远住在我家了？

后来大儿子到绍兴去做校长，媳妇也同去了。她的二儿子娶了媳妇另外居住，大妈靠三儿子服侍。大妈年龄大了，得了妇科病。那时老式妇女尤其是寡妇，得了妇科病不肯求医。结果，她下身大出血，终于卧床不起。第三个儿子侍奉母亲，直到她死去才成亲。

这位大妈是过去最典型的节妇：为人善良老实、勤俭朴素，肯吃苦肯守，教子有方，但可惜未能活到高寿，未见小儿子成家就离开人世。呜呼哀哉，亦旧社会之一受苦之人也！

虽然大妈已去世多年，但她的形象仍留在我的脑海中，没有磨灭。如果她早出生几十年，像她这样的寡妇，生前能入贞节堂，死后也应该有资格立贞节牌坊、入节孝祠了！

二姨母

我的二姨母嫁给浙江余杭周家。周家上代是读书人，有过科名，家产中等。她丈夫身体虚弱，又染上鸦片瘾，生了一个女儿，婚后七年就一病不起，后来去世。消息传到我外婆家，全家极为悲伤。我外婆不习惯出远门，于是叫我二舅陪我母亲坐船去余杭吊丧。二舅先回家，由我母亲陪伴二姨母和她小女儿。当时我母亲只有十六岁，姐妹见面，不免痛哭流涕，不胜凄凉。

从前规矩，凡有人去世，家人七七四十九天不许到别人家里走亲访友，所以我母亲一直陪到断了七，才与二姨及她数岁的女儿回到杭州家中。因为丈夫去世，二姨情绪忧郁不堪。我外婆觉得这样下去不好，就叫她出去打牌，以作消遣。在娘家住了一年左右，她的悲思渐渐减弱。没想到，不久她的小女儿因生病夭折，这给二姨母的精神伤害太大，使她无法控制了。据说，她女儿已经断了气，她还捏牢了女儿的小辫子拉扯，边哭边说：

"你没有死！你没有死！"

大家劝说之后，二姨母就终日发呆，茶饭无心，家人极为担心。幸亏我外婆家人多，大家终日劝慰，周家小叔子、婶子也时来安慰，她的悲思之结遂逐渐解开。

她的丈夫排行第二,她有一个排行第四的小叔子,北京大学毕业,是学数学的,与家眷一起迁杭州居住,因此请我二姨母去他家一起住。二姨母杭州有房产出租,有房钱可收,生活尚过得去。

这位四小叔夫妇十分有礼有情,对二嫂一直尊敬、和睦。二姨母每月给四叔饭钱,与他们同桌吃饭。他家女孩众多,她就选了一个老三和她同睡,好像自己女儿似的。那女孩一直在她身边,也对她十分亲热。周家亲戚、本家都同情她年轻守寡,时常请她吃饭、打牌。后来四小叔生了一个儿子,先承继给她做儿子,所以她的情绪就一天天好了起来,不再去想过去悲伤的事了。

二姨母对我也特别爱护,常与母亲和我同去游西湖、吃点心。有一年大伏天,她约我的母亲带我们三兄妹早上六点在西湖船埠头等候,一起落早湖。母亲隔夜在井里浸了西瓜带去,在船上吃,玩到上午九点多钟,太阳高了就回家。我还记得那天早晨凉风习习,荷叶清香,湖边柳树成荫,水清如镜,可见游鱼往来,真似神仙境地也。

又有一次,她带我去大世界看哈哈镜。所谓"哈哈镜",就是故意做成弯曲的镜子,站在镜前,可以看见自己变形的形象:一会儿变瘦,一会儿变胖,一会儿变高,一会儿变矮。当时我只有五六岁,看得又惊又喜。她还买了一个一尺余长的、穿红衣的洋娃娃给我,我喜欢得终日抱着,与它同睡,爱不释手。平时她常买了我爱吃的水果、甜酱菜、糕点,送到我家。我对她也格外亲热。

她来我家总要聚一天。有时,就与我父亲、大姨母和表姐们打打牌。二姨母人很风雅。记得有一年夏天傍晚,她兴致很好,说:"何不在花园里石桌上吃晚饭,不是胜过西湖边的六公园?"于是我们吩咐用人把饭菜搬到花园里吃。我出嫁之后,还与我丈夫同她和我母亲一起去杭州灵峰看梅花,拍了很多照片。

日寇即将犯杭，我父亲那时在杭州安定中学执教，所以我父母准备与安定中学师生一同避居浙西永康。而二姨母则准备与四小叔一家避居余杭。这天她来与我母亲告别时，正好我与丈夫家准备避居浙江富阳里山，也在这天向父母告别，遂见了一面，说了一些分别的话，以为后会有期。谁知我与徐家由里山转去上海，过了几年接到她小叔的信，说二姨母去余杭不久又回杭州家中，最后一病不起去世了，年仅五十五岁！

这位寡妇不但死了丈夫，而且失去女儿，痛不欲生。幸亏后来能将情感转移到亲戚的小孩身上，勉强度日。但我想，她的内心一定仍然痛苦，不然也决不会中年早逝。

琴姐姐

我有一位表姐，就是我大娘舅的女儿，我叫她琴姐姐。琴姐姐受过中等教育，母亲早逝，从小许配给她父亲的好友做媳妇，那个男孩的年纪跟琴姐姐相仿。不久，我大舅（也即她父亲）的这位好友去世了，其妻等儿子长大有了工作，就想实现丈夫生前之遗愿，遣媒人择日成亲。

婚后夫妇恩爱。过了一年，生了个大胖儿子，日子过得颇美满。琴姐姐的丈夫原来在天津银行工作，后来失业回到上海来住。他在上海没有工作，就与友人共同做证券生意。这种生意实际是投机性质的，很多人因此而倾家荡产。她丈夫一次次失败，把老家的一点薄产都搭了进去，弄得一家老小度日如年。后来，幸亏婆婆娘家的兄弟来接济，才能过日子。婆婆不久因病去世，她和丈夫、儿子只好住到上海的七叔叔处去了。琴姐姐是颇有志气的人，她可能觉得丈夫生意不顺，靠亲戚过日子很不光彩，因而终日郁郁不乐。记

琴姐姐全家

得我与丈夫有一次去看她，见她从楼上下来，一脸非常阴沉的样子，连话都懒得讲。后来，她告诉我，曾几次想自杀都没成功。

不久，她的丈夫得了伤寒病，住进医院，我和丈夫常常去看他。星期天她孩子也在，我们带点糖果、点心去给那孩子吃。一天，我又去医院探望，忽见病房关着，门缝里竟塞了棉花，好像在消毒的样子。我觉得奇怪，问护士："病人哪里去了？"她们答道："昨天晚上死了。"我大吃一惊，连忙赶到琴姐姐住处，只见她躺在床上，她的七叔公和两个七叔婆以及她的孩子都在房里。那天我还带了我母亲给她的信。拿出来一看，信封上还写着"姚某某夫人收"的字样，不料信寄到时，姚某人已经作古。我这样一想，忍不住扑到琴姐姐身上大哭起来。琴姐姐推开我，说：

"不要哭！你走开！我吃力死了！你要哭，到厕所里去哭去！"

我只好到厕所大哭一场。出来见她，她要我晚上再去。等我晚上去时，她的亲戚已不在了。她告诉我，要我明天对她叔公说，让她在外边住到七七四十九天过了才回家，房钱让我为她出。她说她不想住在这间房里。我当然只好答应。第二天我去对她叔公说了她的意思。她叔公不同意，说：

"房钱不必你来拿。她还是住在家里好。你可以每天来看她。"

我也无话可说。以后虽不能每天去探望，但也去得很勤。

自丈夫死后，这位心地善良、贤妻良母型的表姐就此心灰意懒，觉得生活没有了乐趣。受传统教育的影响，她认为"要我同某人一样改嫁，我是做不到的"。

记得有一天我劝她，说："你有儿子，等他长大，你就出山了。"

她回答说："以后无非讨了儿媳，抱抱孙子，做儿子们的老保姆而已！"

七七四十九天一过，琴姐姐忽对我说：

"我现在自由了！我要做什么就可以做什么了！"

从此，她一反常态，几乎每天都到亲友家东跑西跑。她常常来拉我出去，在路上走得飞快，我都跟不上她。到了公司里，买了东西，她就对我说：

"账房先生，付账！"于是，我为她付了钱。

有一天早上，她来我家，我们都没有起床。用人陈妈已经准备好早饭，她不客气地坐下吃了起来。等我们出来，她正在吃饭，看见我们哈哈大笑。我们觉得她神经有点不太正常了。

当时，琴姐姐和她儿子是跟她叔公一起住的，零用则由她在外地工作的父亲每月寄来。可能她的叔公也觉察了她的不正常情况，怕她每天在外面乱跑发生意外，就写信告诉了她的父亲——就是我的大舅。我大舅是道貌岸然的老派人，他不但不想法安慰他女儿，反而写了一封严厉的责备信，教训女儿一顿，叫她以后少出门，多待在家里。于是，琴姐姐从此恢复了以前郁郁不乐的样子，整天在家，不再出门。

这时，我丈夫家正准备在上海办丝厂，本拟工厂开工之后请她到厂里工作，一方面可解决她的生活问题，另一方面可解她心中的寂寞。但因为看她神经不太正常的样子，不敢预先告诉她。不久，我进医院做卵巢瘤切除手术，她还来医院探望，不想这竟是永别！

一个星期天下午，琴姐姐只有十四岁的儿子正在家休息。他见她母亲口中总吐口水，而且满房间都是硝镪水的味道，就问他母亲怎么一回事。她说，已经喝了硝镪水。儿子连忙去告诉叔祖，将她送去医院。据说救护车来时，她还能自己下楼。不料第二天就不治身死。

我真后悔，如果早点告诉她厂里给她一个职位的事，她应该不会走上绝路吧？

琴姐姐的儿子长大后发奋学习，后来移居中国香港、台湾，做生意十分得法，现已在美国退休定居。可惜琴姐姐没有等到过她儿子的富裕日子，诚不胜惋惜耳！

慧姐姐

慧姐姐是我大姨母的女儿。她结婚后，夫妇恩爱，生有一子一女。她丈夫在北平浙江兴业银行北平分行工作，夫妻、孩子都生活在北京。不意过了七年太平生活，丈夫得肺病不治身死。因为家无恒产，同事就集资资助了抚恤金三千元，给她存在银行里。抗战前币值稳定，三千元钱存在银行里每月可得三十元利息，作为慧姐姐的生活费用是很不错的了。但是当时有一个约定：如果慧姐姐改嫁，这笔抚恤金就要取消。

慧姐姐的婆家住在杭州，她丈夫死后家里派人去把她母子三人接回杭州同住。据说慧姐姐一到杭州家中，就从行李箱中拿出丈夫的神主牌位，一面指着神主牌位，一面哭骂，说她丈夫害人。她的婆婆是后母，听了无动于衷。而她的公公却是亲生的，听了自然既伤心又苦恼。

在婆家住了不久，婆媳发生口角，最后发展到大吵起来。慧姐姐一气之下，带着子女回娘家住了。

当时已是民国时期，新潮流的影响渐大，寡妇改嫁的事时有所闻。慧姐姐的思想较为开通，所以她暗中物色起对象来。她的小女儿不到三岁生病死去，使她反而少了一个包袱。她还有个儿子，只有四五岁，母子相依为命。

慧姐姐夫妇

抗战爆发，杭州即将沦陷，居民大多逃难他乡。慧姐姐带了十岁左右的儿子逃难，于是她要求把存在银行里的三千元抚恤金拿出来做逃难的费用。这时，她以前丈夫的同事各个自顾不暇，只好答应她把全部抚恤金取出。她随同母亲、妹妹一起避居浙江壶镇。

慧姐姐的母亲在逃难中看报，见到一则征婚启事。男方在银行工作，妻子去世，想找个续弦的，看情况各方面条件不错；而且通过关系打听，觉得男方可靠，就想让慧姐姐之妹去应征。她先派慧姐姐去男家跟男方谈判，说明妹妹嫁过去之后，她的母亲也要一起过去。男方一口答应，就结了婚。嫁过去以后三天，慧姐姐母亲竟然高兴得发狂而死。后来，妹夫知道妻子的姐姐（即慧姐姐）也是寡妇，现在一个人住，就给她介绍了自己的一位同事做续弦。

那时，慧姐姐的儿子已经十四岁了，心中极不愿意其母改嫁，但也无法阻止母亲。慧姐姐结婚之日，她让孩子一个人住在旅馆，因为带了"拖油瓶"儿子去结婚，在当时社会里会成为一个大笑话。等婚后几天，才让孩子进后父之门，与之同住。这位后父十分疼爱后妻之子，待之宛如亲生。他一直供给这孩子生活费用，培养他大学毕业，分配到兰州铁路局工作。可惜这个孩子封建思想太深，始终不肯叫他一声"干爷"。

慧姐姐改嫁之后享了几年福，可惜后来她后夫的银行要搬到香港去了，她妹妹和妹夫跟银行南迁，而她自己的丈夫却被银行裁员，失了业。因为生活拮据，他们只好搬到汉口跟她后夫前妻的子媳同住。慧姐姐对她丈夫前妻子媳很好，尽了后母之责，还给子媳看管孩子。因此孩子长大后跟她十分亲热，儿子、媳妇也很尊敬她。

1972年，慧姐姐后夫因病去世，享年七十九岁。她等丈夫落葬后，就与汉口的子媳告别，回到自己儿子家中去住。那时她儿子早已结婚，生了孩子。

慧姐姐对她儿媳很好，生产时还赶到兰州照顾过她。但这次搬到兰州去住时，原来她儿媳的母亲已跟他们同住，见慧姐姐回去，当然儿媳的母亲只好回自己家了。于是，儿媳有点不太高兴，与她婆婆有些面和心不和的味道。慧姐姐善于写信，每次来信要写三四张纸，长篇大论，连芝麻小事都要写上。读她的信真如与之面谈。

慧姐姐平时待人十分和气，善于交际，所以住在儿子家的宿舍时，常到他同事家走动。

她在汉口的后夫前妻的儿子、媳妇则对慧姐姐很有感情，每年都要寄她爱吃的名贵食品给她。她从小带大的孙女儿长大工作后，还去兰州探望她，带了许多礼物去送她。她自己的孙子孙女都结婚生育，四代同堂。慧姐姐活了九十岁才寿终正寝。

金三太太

我有一位本家，大家叫她金三太太。媒人在给金三太太做媒时，没有说明男方是个有病的青年——可能媒人也不知底细，也可能媒人故意瞒着——这就是旧式婚姻的害人之处。等金三太太过了门，才发现丈夫不但有病，而且神经不太正常。有时，丈夫会将妻子的衣服拿到天井里焚烧，还跪拜大哭，说他妻子死了。

过了一年多这种如同地狱般的生活，那个丈夫竟然死了。那时金三太太那时只有二十多岁。金家是大户人家，深门大院，她只好住在里面守节。

金家共有三房兄弟，她丈夫是老三，还有一位叔公当家。叔公的妹子虽然已经出嫁，但娘家的事都要请她出主意，大家很尊重她。金家还请了一位账房先生，管理三房人家的大小账目。

金三太太的丈夫在世时，因为他们这房里人口最少，就让这位账房先生在他们房里吃饭。现在金三太太的丈夫死了，金三太太不好意思叫账房先生另外开一桌去吃饭，而且有人同吃，也可以聊聊天、解解闷，就跟账房两人一起吃了下去。谁知日子久了，那位账房先生心怀不良，起了引诱寡妇之心。而金三太太结婚之后就是守活寡，没有尝着新婚的乐趣；现在又是守死寡，哪里经得起男人的种种引诱，终于两人有了私情。日子长了不觉忘形，但有许多不自觉之处流露出来。

金三太太有个老女仆，做了多年，她先看出了东家女主人的私情。后来，渐渐传到大房、二房里去，大家背后议论纷纷。尤其这位高一辈的老叔公与姑太太，觉得此种不贞节的行为败坏门风，使全家出丑，岂可容忍！但要顾全金三太太的脸面，只好借口要查这位账房的账目。居然，在账目中查出了不清之处：原来账房把自己家的私账都开到金家的账上去了。于是，叔公老爷大发雷霆，当场叫账房滚蛋。而对于账房跟金三太太的私情却只字不提。

后来也有人传给金三太太听，说叔公开除账房实质是为了她跟账房有私情，查账只是借口。金三太太听了，就哭哭啼啼，到亲戚、本家处为自己辩护。大家面子上安慰她，背后却说她不贞。

后来她一人在家苦闷，就被同善社教徒劝入会去。每月她要去社里拜佛、念经、忏悔。教徒们知道她有钱，都特别奉承她，请她出钱资助佛堂。每年她的生日，全体信徒都上她家祝寿。她叫了酒席，宴请来宾和亲戚。

她年逾古稀时，家中财产由一个平时她很信任的侄子保管。不意这个侄子表面对她百般奉承，暗中却摆布她，吞没了她的全部财产和首饰。待她发觉，已经迟了，因此晚年她生活十分拮据。

抗日战争时期，我们去沪上躲避战火。她因经济不宽裕，只好留在杭州。不久，听人说她病逝在家。

我觉得，金三太太虽与人私通，似乎道德不良，但实质上她只是封建礼教的牺牲品而已。

本家嫂子

我还有一位本家嫂子，丈夫是独子，婚后连生了两个女儿。她丈夫二十四岁时患了盲肠炎。本来患盲肠炎并不会死人，在当时已经可以开刀治疗。但是她的公公自学过中医，会开药方，平时家中有人生病，他总自己开中药方让他们服用，小病也就慢慢好起来了。这次他儿子患的是急性盲肠炎，非同小可，不开刀会有生命危险，而这位公公仍开中药方让他独养儿子服用。过了三四天，他儿子腹痛如绞，甚至昏厥过去。他父亲方知大事不妙，乃请杭州最有名的几位西医来诊治，说是急性盲肠炎，现在已经变成腹膜炎了，没有办法开刀。他父亲连忙打电报到上海，请他熟悉的一位西医连夜坐快车来杭诊治，但这位上海名医也因病已拖得太迟而束手无策。

那时，我的这位本家嫂子方生第二胎女儿。产后不到一星期，就成了寡妇，悲痛万分之情，自不待言。她公婆又是封建不堪的人物，她只好困守在家中，死心塌地抚养两个女儿。

本家嫂子的婆婆是"不孝有三，无后为大"的信徒，不甘心独养儿子死去，自己没有后代，希望丈夫娶个妾再生个儿子，传宗接代。于是到处托人物色，最后找了一位小家出身，样子长得"木楦楦"（杭州话，意即身体壮实而粗笨）的姑娘来做姨太太。那时，她丈夫已五十多岁，娶了姨太太仍生不出一男半女。

后来，抗日战争爆发，他们全家避居上海。本家嫂子公婆先后去世，两个女儿大学毕业有了工作，这位本家嫂子就与公公的姨太太回杭州老家了。姨太太年龄比她稍大几岁，人尚安分守己，在家给她做家务。而我的这位本家嫂子听说守不住寡，就与一男子有不正当行为。

　　不过，我想错也不是在她身上。如果当其丈夫去世时，她的公婆思想开通，让她自由改嫁，她也不会在公婆身边做十几年寡妇，辜负了自己的青春，直到公婆故世才有婚外情，被人们指摘了。

　　看看现在，只要自己愿意，男人死了妻子，可以名正言顺再娶；妻子死了男人，也可以正大光明地再嫁。这是社会进步的标志呀！以前的寡妇真是封建社会的牺牲品！

高诵芬作文
徐家祯整理
1995 年 6 月 8 日
于斯陡林红叶山庄

叁拾章
姨太太

我小时候常听大人说，男人大多喜新厌旧，因此或大小老婆、三妻四妾，或寻花问柳、流连忘返。一般不外乎这三种情况：一是在妓院里纸醉金迷，但不将女人讨回家来，占为己有；一种是娶了女人金屋藏娇，狡兔三窟，不带回家；一种是在家里娶姨太太，有的甚至娶了三四个，因此造成家庭不和。

杭州有一句俗语说："若要家不和，讨个小老婆。"后来见梁实秋的《雅舍小品·请客》中说："若要一天不得安，请客；若要一年不得安，盖房；若要一辈子不得安，娶姨太太。"可见"姨太太"这三个字已经成了"不和"或"不太平"的代名词了。但其实姨太太也是人，也有不同的品性，好坏善恶，各式俱全。

我生活在一个大家庭中，家庭、亲戚、朋友中的姨太太屡见不鲜、品类不一。现在就记忆所及，写出几个来。

曾祖父的老姨太太

我曾祖父的姨太太原来是曾祖母身边的丫头，叫允儿。

我曾祖母以多子苦。她四十多岁怀我五叔祖，而她的大儿子，即我祖父却已到了结婚的年龄，且已择婚成亲。婆婆大了肚子为他准备喜事，各种烦琐礼节，使她实在感到吃不消，于是口中就出怨言，说丈夫害了她。更何况到了喜事这天，我曾祖母还要大着肚子在大庭广众面前立在大厅上受儿子、媳妇八拜，各种亲友在旁边看见这位大肚子的婆婆，多么难为情！所以等我的五叔叔出生以后，曾祖母就决定与曾祖父分房。谁知这位平常老老实实的曾祖父，因耐不牢孤枕独眠，暗中去和一个十七岁的丫头发生关系。等老用人看出这个丫头肚子大了，才去告诉太太。我的曾祖母思想开通、度量很大，就给丈夫把这丫头正式立为姨太太。

这个平常的丫头拜了祖宗之后，忽然一下子升为老爷的姨太太了，其他用人都要对她改口，连新嫁到高家的少奶奶也要叫她姨太太，她岂不要受宠若惊，骄傲起来？

这姨太太头胎生了一个女儿，排辈分比我父亲高一辈，我父亲要叫她三姑母，因为曾祖母已有两个女儿出嫁了。隔了一年，她又生一女，叫她四姑母。于是那姨太太渐渐变得胆大、心狠起来。

不知是那姨太太怕老爷年纪大起来了，自己生不出儿子的话，将来分不到财产，还是她天性水性杨花，后来那姨太太竟然与家里的包车夫私通起来。一天，老爷的二孙子在花园里闲逛，忽然听见花房里有人窃窃私语，推门进去，发现了允儿和车夫的丑事。二少爷抓住了那姨太太的"小辫子"，就命他们两人当场写"服辩"（就是坦白书），并盖指印。后来，他把情况报告给祖父母听，还给他们看了"服辩"，于是当即解雇了那个车夫。

过了几年，我曾祖母讨了孙媳妇，即我的母亲。不久，生了我哥哥。老太太见家里人渐多，同桌吃饭不太方便，就让老太爷和姨太太及她的两个女儿搬到旁边一所五开间的楼房里去住了，这栋房子的后面还有花园和另一栋三开间的楼房，离我曾祖母之屋颇远。他们两人共有五个用人服侍：一个二爷（即年轻的男用人）供使唤，或者出去时搀扶主人；两个女用人，烧老太爷吃的酒菜，而三餐所吃的饭菜，则仍由大厨房里送过去；另外，再买了两个小丫头。

这姨太太自己是丫头出生，却对这两个不到十岁的小丫头十分虐待，动辄打骂。据女用人讲，有时一不顺她意，就把丫头的衣服脱光，用柴棍乱打，还戳她们的屁股。用人们看着不忍，连忙劝开。我小时候亲眼看见那姨太太睡午觉时要小丫头给她打扇，稍微慢一点，就劈手打过去。平时，丫头也不跟用人一起吃饭，另外坐一张小矮桌，吃点猫鱼一样大小的鱼和用人不吃的小菜。后来，一个小丫头到十七岁时得霍乱病医治无效而死去；另一个，十几岁时给她嫁了人，生产时小孩生不出来，母子一起死去。真是罪过！罪过！

再过了若干年，姨太太见我母亲来了三年，第一胎就生了男孩，心里不免羡慕，于是就想出一个诡计。她叫自己的弟弟从北京来杭州认亲。照以前的规矩，买来的丫头与娘家卖断，不准再有来往；再加丫头一般是从小卖给人家，自己家在哪儿也都记不清了。允儿卖到高家时恐怕已有相当年纪，所以能记得自己老家的地址，于是与老太爷商量，讲要自己的兄弟来杭州见面，以示自己已经升级成为姨太太，而不再是丫头了。老太爷只好到老太太这边来商量此事。老太太一向宽宏大量，就允许允儿写信叫兄弟来杭州。兄弟来后，老太太还亲自见了他，让他在家住了若干天才回去。临行，姨太太送了他许多钱钞、东西，表示手面阔绰。

兄弟来过不久，姨太太就想出办法，说要回娘家住些时候。老太爷和老太太也都同意了，就让她回到北京，衣锦还乡去了。听说，住了一年半载回来，当月就怀了孕，后来生了一个男孩，比他的两个姐姐小十多岁。因为那男孩比我高两辈，虽年纪跟我同年，我们兄妹三人却要叫他"六爹"。很多人背后都怀疑这个孩子是她去北京时与人私通才怀的孕。

自从生了这个男孩，那姨太太就更是骄傲、任性了，样样东西都要到老太太这边来拿，并推在老太爷身上，说是老太爷说要的，老太太也没有办法。她对老太太一向阳奉阴违，反正她们不住在一起，与老太太不每天见面，老太爷无事也不过来老太太这边坐，所以她的很多做法不容易被人戳穿。

老太太气量很大，平时说过一些冠冕堂皇的话，如："我是不会妒忌的，反正'不是东风压倒西风，就是西风压倒东风'。"但真的事情当前，她也会忍不住了。这姨太太深谙老太爷的心理，服侍周到，还学会了做小菜、点心，比老太太大厨房送过来的菜味道好吃。有时，老太爷在老太太面前称赞姨太太几句，老太太心中难免沉不住气，发作起来。我六七岁时，记得有一次不知为了什么事，老太太气得夜间失眠，甚至大哭，揿床边的电铃，叫她的老用人叶妈起来。叶妈安慰不好，又来叫我父母半夜起来安慰她。次日，大家议论纷纷，说："老太太平时度量大，现在到底也要吃醋了！"

过了一段时间，姨太太又想出办法，说要娘家一个堂兄来杭州住些时候。来后，也见了老太太，样子看上去似乎略懂文墨，能算算账，比她的亲兄弟样子文雅一点。大家背后都议论说，那个六爹就是此人所生，因为这人身材胖胖的，面孔圆圆的，六爹也是这个类型。

老太爷到八十二岁去世，几房子孙分了家，姨太太也分了一份。那时，姨太太的儿子只有十岁。她就叫这个所谓的"堂兄"来杭州，住在她对面房中，中间仅隔一个客堂而已。背后大家又指指点点，说他们的关系。连附近的裁缝在我母亲叫他来裁衣时也说：姨太太叫他将旗袍放大，后来到上海住了几天回来，又叫裁缝将她的衣服改小。意思是她大了肚子，到上海打掉了胎。母亲也当笑话听听而已。

这"堂兄"在杭州家中住了几年，六爹渐渐懂事，且进了初中。大概看出了娘的破绽，就叫"娘舅"回北京去住，不让他在高家继续住下去了。

六爹长大之后，姨太太家的财产就由他来掌握了。他把分给他母亲的那部分房子卖掉，去租新式的小洋房住，还把老屋内的东西全部贱卖。姨太太在别人面前哭诉儿子不听话，但也没有办法。

日寇犯杭前，六爹和他母亲迁居上海。听说结婚后，六爹在法租界买了一栋洋房，但对其娘毫无孝心。我听人家传说，一次，他娘一个人半夜在外滩流浪，警察见疑，以为她要自杀，把她送回家去。

后来听说六爹跟媳妇移居香港，很早就去世了。姨太太一个人回到杭州，租了一间棚户住，夏天邻居见她可怜，送她一块西瓜吃吃。她的两个出嫁的女儿，抗战爆发后家境亦一落千丈，无法帮助她。据说，那老姨太就生活困苦、贫病交加地在棚户里了却一生，这也算是她平时对人刻薄的报应吧。

钟家的姨太太

我家有一位堂房姑母，她父亲有些中医知识，知道这个女儿患有不孕症，因此给她物色了一个有学问而无恒产的穷书生，姓钟。他对那书生说：愿意把女儿许配给他为妻。如果几年不生，答应给那书生另娶小妾。那书生平白得来一个有钱人家的小姐为妻，而且丈人亲口答应将来可能会给他娶妾，当然求之不得。

听大家传说，那书生来时穷得只有一把雨伞、一双钉鞋，为人却非常正派。丈人看中了他，送给他一栋有高墙门、几进深的大房子及存款等财产。他们结婚成家之后，丈人还介绍他到中学当了校长。

几年后，妻子果然不育，于是丈人就叫他妻子给他物色小老婆。这妻子很是精明能干，家中样样事都由她掌管，丈夫没有说话的份。娶妾大事，当然更要她妥善选择。最后，果然给她找到了一个相貌端正、人品贤淑的贫家女儿，做她丈夫的小妾。过来之后，这位丈夫哪天可以到小老婆的房中去住，都要妻子决定。小老婆在家就是做做家务，当然还有就是生孩子。

那小妾开始一连生了几个女儿，后来才生儿子。生出的小孩全由大太太教管，好像是她的孩子一样。小妾只管生育，仍然在家中没有说话的份。她一年四季除了生孩子，就是给孩子哺乳，或者缝补衣鞋。虽然小妾与老爷和大太太同桌吃饭，但也不敢吃好小菜，更不得出外自由行动。

后来儿女大了，婚姻大事均由大太太决定，他们的亲生母亲没有参与意见的份，而且宾客上门来贺喜时，要先对大太太道喜，而后才对小妾道贺。新娘、新郎见礼时，大太太与丈夫站在上面正中，小妾立在大太太的下方。有一次，我母亲去吃喜酒，就看见这样的情况。她说，她看见大太太觉得小妾站在她的下面还不满足，一次又一次地把小妾往下挤，欲使她无立足之地。有的客人觉察到了这种情况，只好抿嘴暗笑。给自己的亲生儿女办喜事，小妾理应高兴，但反而眼泪汪汪、十分伤心的样子。我母亲看见这种情况，觉得那姨太太实在可怜，很为她而不平，在无人注意时特地到姨太太面前，再次向她道贺，以表示对她的尊重。

那位大太太活到七八十岁才去世，此后姨太太总算与丈夫过了几年平安和谐的生活。她的儿女婚嫁完毕，子孙满堂。只有她的大女儿，因为最受大太太的喜欢，所以把她许配了她自己娘家的一个侄子。但这侄子品性恶劣，经常在外面寻花问柳，妻子苦劝不听，忧郁成疾而亡。这真是"爱之适足以害之"也。亦算是美中不足矣！

远房大伯祖的姨太太

我远房的一个大伯祖，妻子死了，自己身体不好，年纪也已经不轻，却不娶续弦而买了一个十八九岁的小老婆，真是害人害己！

后来，子女大了，要给他们娶亲。那儿子只有十四岁，就给他娶了前妻十七岁的内侄女为妻，这是前妻生前就定下的亲事。虽然儿子年纪尚小，但先择日娶来管家也好。儿子在结婚那天拜了天地、祖宗、长幼亲朋，并不与新娘同房。新娘由大伯祖的大女儿陪伴同睡，直到儿子十七岁时才让他与妻子正式入洞房，生儿育女。

这个年纪轻轻的姨太太，在有跟她年纪相仿的小姐、少奶奶的家庭里做人，其难可知。而且那老爷终日只是一只药罐头而已，起床时少，卧床时多，每天要媳妇称药、煎药。于是大女儿和嫂子联合起来欺负姨太太，把她看成眼中钉，百般凌辱，甚至连饭都不让她吃饱。

这两个姑嫂平时有零食可吃，所以吃正餐时只吃一碗、半碗即起身回房。而那姨太太平时没有钱可买零食，亦不敢叫用人做点心，所以每餐要吃两碗饭。有些用人是势利眼，看见东家姑嫂欺负姨太太，她们也总给她脸色看。于是见姨太太多添一碗饭，就口中嘀咕道：

"到底是小娘出身，终究两样，吃饭也要穷吃！"

于是，这姨太太只好每顿饭见到小姐、少奶奶吃好，就不敢再添饭了，让用人早点收掉饭桌，免得遭她们的白眼。

那姨太太平时不许外出，所以无处可以诉苦。一年半载后，得了忧郁症。她想自己年纪还不到二十岁，来日方长；而那老爷全身是病，寿数不会久长。若等老爷一死，自己没有子女，一定会受姑嫂的欺负，这日子更要苦到何等程度？也许永远不会有出头的日子了！越想越怕，就想到一死了之。她不知从哪里弄来水银，一口吞下，竟七孔流血而死。

后来，有心地善良的用人，把平时看见她受折磨的情况讲了出来。大家听了，也只好愤愤不平、摇头叹息而已。

傅医生的姨太太

上海有一位姓傅的医生，太太面貌端正、美丽贤惠，而她的妹妹却面貌丑陋：面孔是有麻子的，鼻子只有一个鼻孔，年龄大了也嫁不出去。她的父母发了急，忽然异想天开，竟想出一个嫁姐媵妹的办法，跟大女儿商量，可否把大妹妹给她的医生丈夫做二房。这位大女儿倒也天生贤惠，有姐妹手足之情，亦有孝顺父母之心，想男人反正一个老婆不够，要到外面寻花问柳，弄得不好，还要把别的女人弄进门来养着，使家庭不和，明争暗斗，倒不如把自己的亲妹子娶来作为二房。一则可使父母放了一件心事；二则使妹妹有个归宿；三则姐妹两人同侍一夫，可以管住丈夫，不让他到外边去胡作非为，岂不是更好？

如此一想，那大女儿就和医生丈夫商量。这位医生，虽然妻子貌美，但也是一个女人不会嫌多的人。既然丈人、妻子要他娶个姨太太，即使只是一个丑女人，亦可以尝尝新，同时在名义上讨了岳父母的欢心，尊重了长者之言，何乐而不为呢？于是就答应娶来做了二太太。

这姐妹两人相夫有道，倒也能和睦度日。但姐姐生了大批子女，而妹妹却一个也不生，所以傅医生家里只不过多了一个人吃饭而已。姐姐心中更是称心如意。

我小时候战火不断，从杭州逃难到上海，在一条里弄暂租房子住，就跟那位医生做了邻居。有人告诉我母亲那医生两位太太的情况，我在旁边听着。有几次去这位医生家看病，我看见过他的两位太太，一美一丑，相貌截然不同，至今仍有印象。

姚家的姨太太

我有一个亲戚姓姚。他太太的妹妹是个大家闺秀，受过教育，还是中学老师。因为常常去姐姐的家里游玩，日子长了就与姐夫有了关系。姚太太不防其亲妹妹会与自己丈夫发生这样的事情，也没有想到丈夫会与小姨有私情，真是又气又恨。她想：若要人不知，除非己莫为，他们俩的关系总有一天会露出马脚来，还不如去告诉父母，看他们有什么主意。

姚太太回家将事情一讲，父母觉得事情十分尴尬。后来想出了一个折中的办法：让妹妹正式住进姚家，做了他的姨太太，但她从此以后再不许回娘家来，就算不承认这个女儿了；姐姐以后当然仍然可以回家，即使女婿姚先生也算给他面子，允许他跟妻子一起去见岳父母。

这样一来，姐妹两人就正式共侍一夫。姚先生在家里排行第七，我们称大太太为"七婶娘"，而称二太太为"婶娘"，以示区别。

两姐妹面和心不和地同居一处，过了一世。结果，大太太因为心中不快，郁郁寡欢，生了胃癌，七十多岁去世。姚先生在她之后几年，也生病死去。二太太在她丈夫去世时已七十多岁，不知现在还活着否。她未生小孩，所以丈夫死后，就与大太太的儿女同住，有何乐趣可言呢？

我觉得那个姨太太真是一失足成千古恨也。如果当初不走错这步，自己正式组织一个家庭，那不是更好！不知她现在后悔否？

五叔祖的姨太太

我的五叔祖[1]同蒋介石在日本士官学校是同班同学。蒋介石回国之后追随孙中山革命，我五叔祖也一起参加。后来不知何故，五叔祖不再继续下去，长期住在上海做了寓公，但仍受蒋政府经济上的资助，直到他去世。

这位五叔祖一生从未正式娶妻，喜欢在妓院中游逛，有时就与某个女人同居。第一个同居的女人生过几个孩子，但只有一个养活，就是我叫他"昆明叔叔"的那位，前文已经讲过。

五叔祖与那个女人在上海组织家庭。妓女出身的人爱吃、爱玩、爱穿、爱赌，不会管家，只会乱花钱。家用的钱不够的话，便由五叔祖向杭州老家的父母去要就是。生了孩子也不会管教，雇了一个年轻的男仆人，每天交给他一块钱，让孩子骑在他背上，出去到处游逛，买这买那，哄骗小孩。用人当然也从中落点腰包。那女人自己则整天打牌、看戏。家里用了两三个女用人服侍她。

辛亥革命时，我母亲和长辈们逃难，避居沪上。曾祖母是不允许妓女入高家之门的，但看那女人生了孙子，就让我母亲代表她去那女人家看看，并要我母亲叫她"五太太"。这是因为她没有跟我五叔祖正式结婚，不可称她为"叔婆"。她对我母亲很客气，每次必留我母亲吃饭。我母亲是遵太婆之命，经常去她那儿望望。

---

[1] "我的五叔祖"，即高尔登（子白）。

高尔登（子白）

高尔登在广东肇庆与同僚合影

杭州做的服装当然不及上海的衣服新式。有一次，五太太邀我母亲看戏。她觉得我母亲的衣服不合时，就借了一件给她。她打开大橱，让母亲自己挑。母亲看见衣橱里满满一橱漂亮衣服。五太太换衣服时，让一个女仆帮她穿衣，又让另一个女仆往她嘴里放葡萄吃。衣服还没有穿好，门口汽车已经在等候她了。真是穷奢极欲！

但好景不长。过了几年这样的生活，我五叔祖又去玩别的女人了。这次是一个叫"王妹妹"的女人。五太太知道后大发雷霆，与五叔祖大吵不休。我母亲及曾祖父的老姨太太都去相劝。她意气用事，不肯屈服，说：

"若要我退让，除非红脚盆翻身！"

我至今不知这句话是什么意思。后来事情越弄越僵，五叔祖就与王妹妹另外同居，不再到五太太那里去，我想五太太一定后悔莫及。那时五太太已生过几个小孩，年龄也大了，妓院里不会再要这样的女人做生意，于是只好靠杭州高家每月寄给她的若干钱做生活费用。曾祖母将五太太生的儿子收回高家，让他受点大家庭的传统教育。

我的这位五叔祖喜新厌旧，一个又一个地换女人，不知换了几个。最后一个同居的女人是广东人，大家背后叫她"广佬"，人很厉害。那时曾祖母和曾祖父都已故世，大家庭分了家。广佬把大家庭分给五叔祖的财产一把捏住，五叔祖和五太太所生的儿子一分钱都拿不到。

五叔祖活到五十多岁病故。这广佬从上海搬到杭州去住，在高家老屋旁硬要了一块公用的土地，盖了一所房子，跟她妹妹、妹夫等人住在一起。我父母从来不跟他们来往，不知她最后结果如何。

三叔祖的姨太太

我的三叔祖的原配是清朝宰相王文韶的孙女。王文韶是唯一跟随慈禧太后、光绪皇帝逃避八国联军去西安的重臣元勋。王家的家教不好，家里人都抽鸦片，他孙女嫁到高家做媳妇，也抽鸦片。初来时，我曾祖母不知道。过了几年，有人传给她听了，曾祖母很光火，带了用人去那媳妇的房里搜查。媳妇处用人、丫鬟众多，里里外外有人值班侍候。见老太太远远来了，早有人去通风报信。正在鸦片床上的媳妇听见婆婆来到，知道必非好事，忙从后门逃出，命轿夫抬到娘家躲避去了。见老太太来了，丫鬟们慌了手脚，将那烟枪、烟具抛在后花园的草堆里。这位媳妇以后就不敢再回夫家来了。[1]

一开始，我三叔祖还常去岳家小住，但后来渐渐少去，最后到上海妓院娶了一个嫁给人家做过小妾、后因丈夫去世才又回妓院的女人，还带来一个"拖油瓶"儿子和一个老母。因为不能进高家的门，于是在上海租了一栋两开间二层楼的房子，用了男女用人单独住。这女人大家叫她三太太，生活状况很像五叔祖的五太太，每天不是宾客满座，打牌吃喝，就是外出看戏、应酬，开销由老家支付。

我母亲与太婆在辛亥革命时到上海去避居，老太太听三叔祖告诉她，其

---

[1] "我的三叔祖"，即高尔登(子白)的三哥，名高尔嘉(子谷)，是我外公的三叔叔，所以我母亲称他"三叔祖"。他的太太是王文韶的孙女。王文韶(1830—1908)，晚清重臣。字夔石，号耕娱、庚虞，义号退圃。祖籍浙江上虞梁湖，浙江仁和(今杭州)人。咸丰二年(1852年)进士。权户部主事，同治间任湖南巡抚，光绪间权兵部侍郎，直军机，后任云贵总督，擢直隶总督兼北洋大臣，奏设北洋大学堂、铁路学堂等，旋以户部尚书协办大学士，官至政务大臣、武英殿大学士。李鸿章去世后，王文韶实际上接管了外务之责。正因如此，所以高子谷也在外务部门任职。

最近，看到一些资料，说到《老残游记》作者刘鹗利用高子谷的特殊官场关系，把情报出卖给外国，最后他们一起被判充军新疆的事。刘鹗因此死于新疆。后来高子谷怎么离开新疆的，就不清楚了。有资料说，高子谷一直活到1951年，死于杭州。而且据我母亲在本书有关逃难的两篇(即第叁拾柒章《逃难之一》和第叁拾捌章《逃难之二》)内容来看，民国二十年(1931年)前后，高子谷已经在上海了。我猜，有可能辛亥革命成功，高子谷就离开新疆了。不过，似乎我母亲的曾祖父一过世，我外公再也不与他这位叔叔有来往，所以我母亲既不清楚高子谷究竟犯了什么王法，更不清楚他后事如何。——徐家祯注

妾乃浙江上虞人，父亲在世时是教书先生，后因去世早，遗下妻子及两个女儿，没法生活不得已才做妓女。老太太听了颇感同情，因此叫她到家里来见见。这位三太太没想到老太太竟然不见五太太而要见她，喜出望外，好像自己的地位比五太太高了一级，马上来拜见老太太。我母亲也时常去她家拜望她，称她为"三太太"。她的"拖油瓶"儿子，大家则叫他"毛少爷"。

毛少爷年纪大了，给他娶了一个他母亲家乡的媳妇。结婚以前先相过亲，认为好的；女方也同意到上海来结婚，于是成亲。想不到结婚那天，出来的新娘竟不是相亲时看过的那位，被人掉了包。那位三太太当了许多客人的面，差一点气得昏过去。经诸客解劝，只好既来之则安之。这位新娘子，大家就叫她毛少奶，相貌尚过得去，人亦能干，很会做家务、针线，对公婆也服侍周到。但三太太心里总是不满意，甚至不许儿子进太太的房；还故意把乡下亲戚中一个叫阿兔的小孩叫到上海来，让毛少奶跟他同睡。

三叔祖有位老朋友，就是大名鼎鼎的陈果夫[1]。那时，陈家正在找一个保姆看管他们家的孩子，三叔祖和三太太就把那媳妇介绍给陈家当保姆去了。1949年陈果夫全家去了台湾，将保姆也带去，遂不通音信。

毛少爷由三太太另外找了一个媳妇，生了几个小孩。但后来的媳妇不及毛少奶贤惠，对公婆一事不管，毛少爷也中年去世。三太太和三叔祖老境很不愉快。我们大家背后常为毛少奶感到不平。

---

[1] 陈果夫（1892—1951），"四大家族"之一，陈立夫之兄。名祖焘，字果夫。浙江吴兴东林镇人。民国时期政治人物，是国民党内右派。任中央组织部副部长，成立国民党中央政治干部学校。（与弟陈立夫）两兄弟掌国民党党务机构，至此有了"蒋家天下陈家党"的说法。陈果夫及其弟陈立夫与蒋介石关系密切，在大陆时期为蒋所倚重，负责国民党内组织及党务，有"二陈""CC系"之称。陈果夫利用政治特权发展官僚资本，控制中国农民银行；抗日战争期间在川、云、桂等省兴办和投资许多企业；抗战胜利后主持经营"党营生产事业"，接管大批敌伪资产，开办公司、银行等；还将文化、新闻、电影、广播单位改为"党营"。1949年去台湾，1951年8月25日病逝于台北。一生写有各种体裁的文字一百九十余万字，台湾当局将其编成《全集》十册。

做过奶妈的姨太太

我哥哥小时候用过一个奶妈，绍兴人，年轻但相貌并不美，无非五官还算端正而已，但一双眼睛很是灵活。她在我家做了几年奶妈，哥哥断了奶，另由保姆带领，奶妈就回乡下去了。

过了几年，有一天，我母亲身体有点不适，去一位中医的诊所就诊。在候诊室里等候的病人不少，我母亲只见有一个女病人，穿戴合时，双手总拿一块粉红的绸手帕盖在脸上，久久不放，不知她生什么病，要将脸遮起来。因为我母亲不停地注意那个病人，久而久之，那个病人也不好意思起来。她把手帕放下，忽然叫了我母亲一声"少奶奶"，我母亲这才认出来，原来这人就是以前我哥哥的奶妈！

我母亲忙问她看什么病。她含糊其词，只说回乡后又生了一个小孩，于是出来在某家做奶妈，现在已给那家的少爷做了姨太太。我母亲猜想她一定是"害喜"（即孕妇的早孕反应）才来就诊的。

那姨太太问我母亲"毛官"（即我哥哥的小名）好吗？又拿出来两块钱，说是给毛官的。当然，我母亲不会拿她的钱。那天回家，母亲当作新闻，把那奶妈的事告诉了大家。

过了几年，佣工介绍店的王中人来我家讨药，我母亲就问王中人知道不知道那个奶妈。王中人说，那奶妈就是她介绍到某家去的，后来被少爷看中，做了他的姨太太。奶妈的丈夫从乡下出来讨人，这家出了几百元钱给其丈夫了事。但不久，那位少爷死了。此时，那姨太太已生下一个女孩。他家的大太太就把那姨太太转送给朋友家，去做了人家的小老婆，从此就再也未闻她的消息了。

尼姑庵里来的姨太太

我丈夫的舅父姓朱,是我父亲的老朋友。在我还未嫁到徐家去时,我父亲已经知道这位朱友在海宁盐务稽核所办事处工作,带有一个姨太太。据说,这姨太太原来是在杭州带发修行的,人称"四小姐"。朱友因为经常出差海宁,所以家中妻子起初并不知道。

我与丈夫结婚后,日寇侵杭,徐、朱两家跟一家姓陈的律师一起,均准备避居富阳里山。徐家是一个大家庭,祖母以下儿、媳、子孙、用人几十人,分乘两艘大船,由杭州江干出发,次晨到了里山。朱家人较少,只有我丈夫的外公、外婆、舅父、舅母及两个孩子,他们就另雇一艘大船到里山去。船上就带了那位小老婆。我丈夫的舅舅只对家里人说这位是朋友的女眷,托他带到里山去的。陈家亦带全家老小、老婆孩子多人一起乘船同行。

这位四小姐坐在朱家的船里,还帮外婆拿行李包裹。据说,外婆一点首饰即在这个包中。船到里山,徐、朱、陈三家早已托熟悉的乡下人租好房子,彼此距离甚近,每日必有来往。这个四小姐则由舅舅另外租屋给她住。在里山住了几个月,三家亲友又一同搬到上海去住,这四小姐就回杭州,住在朱家老屋。不久,外公、外婆在上海先后去世,两个孙子先后完婚,舅母和子媳仍住上海,而舅父则时时去杭州住。

若要人不知,除非己莫为。日子长了,舅母开始怀疑舅舅在杭州有小老婆,后来就完全知道了。于是,夫妇之间醋海波澜,在所难免。外公、外婆死后,财产在我丈夫舅舅的手里,金银饰物乃至房产、存折也全部在杭州,上海妻子和孩子一无所有,真可谓鞭长莫及、鹊巢鸠占,亲戚们虽然都为舅母不平,但也只有徒叹奈何而已。

舅舅渐渐不去上海，好像上海已经不是他的家了。对上海生活方面的事，他也不闻不问。抗战胜利后，我与丈夫第一次带小孩们回杭州，我父母也自壶镇避难回杭。舅舅请我夫妇和孩子某日到某尼姑庵用午膳，那天吃饭在座的还有丈夫的表舅。那尼姑庵的素菜做得别有风味，大家正吃得高兴，忽然从里面出来两三位尼姑，拥着一个女人出来。尼姑口里说：

"四小姐，你坐这里。"

于是，那四小姐就坐在我旁边的一个空座位上了。我心中想：莫非这位就是平时大家议论的、娘舅的小老婆吗？但我丈夫不与她打招呼，他娘舅也没给我们介绍，我就不好意思问，只管自己吃菜。舅舅则对四小姐说：

"你吃呀！吃呀！"

她吃了一点，觉得没趣，就起身进去了。事后，表舅来我家，说起那天的事，他说这是舅舅不对。作为长辈，他应该先把姨太太介绍给外甥，否则，外甥和外甥少奶奶当然用不着跟她打招呼。

又过了几年，我夫妇又去杭州探亲。舅舅邀我们到他老家去吃饭，在座的又有表舅。吃饭时，我们只见舅舅而不见姨太太。我暗中问表舅，是否应该请她一起同吃。表舅说："不必，且看她如何可矣。"这天，只见一道道菜从厨房里做出来，极为丰盛，我们猜是四小姐做的，但始终未见她出来跟我们打招呼。

1949年之后，我与丈夫带了小孩去杭州，再去看朱家舅舅和另一房的两个姨母。正在谈天，四小姐进来了。二位阿姨叫她"四小姐"，我也起立，命我的小孩叫她"阿婆"。她就坐下与大家谈话。她说，她现在在居民委员会当卫生员，要到每家检查卫生，也要叫居民去拔草，人家都有难色，但只好勉强答应。后来，她出去买了一包鸭梨来送给我的孩子们。

高诵芬大舅、大舅妈及其子阿苏在杭州

后来舅父患了前列腺癌。去世前，我和丈夫特地去杭州探望他，表舅也陪去。我们在客厅里等了大约一个小时，才见舅父从卧室里出来，身体已十分衰弱，面色落形，憔悴不堪。那天，表舅悄悄对我们说："四小姐早有准备，已经另外有男朋友了。"我们见桌子上有一碗菜放着。表舅说："这一定是给四小姐的男友吃的。"

舅父去世时，他上海的妻子和儿、媳都去送终。但等他一死，小老婆拿出丈夫遗嘱，当着居民委员会干部的面，给大太太和子、媳看。遗嘱上写着：杭州财产全部给姨太太，上海的财产则给妻子、儿子。显然，四小姐是跟居民委员会的干部串通好的。后来，四小姐拿出两件皮袍来，算是给儿媳作为纪念的。不久，四小姐名正言顺地把那个男友接到舅舅的老屋里去同居了。

其实，这种小老婆喧宾夺主的事，在我的亲友中也不少见。更有甚者，有的小老婆成正太太，当家做主；大老婆反倒做用人，烧饭煮菜，领小老婆生出的孩子。做用人的人至少还有工钱，这种大太太连零用钱都没有，还要吃残羹剩饭，一直苦到老死。杭州有句俗话说：野鬼坐正堂，正主戤门枋。就是指的这类姨太太。

大舅父的姨太太

我的大舅父做学生时品学兼优，考取公费，去日本留学。回国后，在北京做官，接了老母、妻子、儿女到北京去住。若干年后，妻子不幸因病去世，家中没有女主人，无法照顾孩子，我的外婆只好带了孙子、孙女回杭州老家了。

大舅一人在北京过了几年，就在妓院里娶了一个苏州人为妾。他来信告诉老母。大家都认为，妓女这种人是一定不会安分守己，而只会勤吃懒做、贪图享受的。

又过了若干年，大舅的工作调到了杭州，他就另外在西湖边租了一栋房子住。我母亲有三姐妹，还有一个二哥。大家商量应该怎么称呼那位姨太太。

按照杭州的规矩，姨太太不能称我外婆为"婆婆"，而只能称"老太太"；他们也不能叫她"嫂子"，而只能称她"姨太太"。但这时大嫂已去世，而且我的大姨母因寡居，每月生活费要由大舅供给，不能太亏待了大舅的姨太太。为了照顾我大舅的面子，有人说："去掉'姨'字算了。"

也有人说："从前人家称小妾为'如夫人'（即'如其夫人'之意），我们是否可以称她为'如嫂'呢？"

但大家又觉得，大舅的子女已十几岁了，听了恐怕会不快。最后，不知是谁想出来的，叫她为"新太太"；前妻的子女则称她为"庶娘"；她称婆婆为"老太太"，称我二舅舅为"二少爷"，称我的三位姨母为"姑太太"；而我们小辈，就称她为"如舅母"。这样的称呼，总算使大家称心满意了。

等到大家跟这位如夫人见面之后，出乎意外，每个人对她的印象都很好。她相貌端正，举止稳重，毫无轻佻相；穿着朴素，与平时家庭妇女一样；待人接物大方、稳重，亦有分寸；对亲戚长幼都极懂礼貌；每月生活也很节省。她做我大舅姨太太时，明明知道我大舅是一个两袖清风、家无恒产的清官，还要寄钱供养老母，接济大姐生活，培养两子一女，她跟了大舅是绝对不能像有些妓女那样，嫁了阔公子就大大享受一番的。但她只爱大舅为人正派，自己也愿意做个良家妇女，成为贤妻良母，于是就跟了大舅。以后，她对大舅的三个孩子亦如己出。子女有病,她如生母一样日夜耐心服侍、陪伴,毫无怨言。她对我外婆也非常孝顺。我外婆病重时,大家轮流陪夜,她也参加,而且做得井井有条。比如,凡她陪的这夜,晚上外婆的情况,包括服什么药、热度多少等,她全写在一张纸上,使人一目了然。

这样过了几十年,我大舅在信中流露出想给她扶正的意思。大家无不同意,遂一齐改口,平辈称她"嫂子",我们下辈则称她"大舅母"。

抗战胜利不久,大舅的长子在念大学时患肺病身亡。不久,大舅又患病去世。我的大舅母就与二儿子和儿媳同住杭州老家,只靠老屋出租的微薄收入来生活。那个儿子[1]后来失业,精神消极,变得不大正常起来,最后发展到跟他妻子离婚的地步。1949年之后,那个儿子更是住进了养老院。这位大舅母的生活就日见困难。她的生活费,除租金之外,我哥哥平常也补贴她一点。她娘家嫂子与侄儿同她平日颇有感情,就把她接到苏州娘家居住,这样她的起居可以有人照应。

她的侄儿是个中医。有一天下大雨,病人请他出诊,他用一只大脚盆当船,划着去看病。不幸风雨交加,脚盆失去重心,翻入河中沉没,侄子溺水而亡,家中就此少了顶梁柱。后来,那家病人对她侄子一家十分照顾,凡有什么大小事情都来帮忙。

这位老太太一年总要回杭州几次,去收一点微薄的租金,维持生活。有时,她就住在我母亲家中。我兄嫂总在她回苏州去时送她钱钞、东西。她的老屋后来失火焚毁。她老人家在她侄儿家活到八十六岁,寿终正寝。我兄嫂还寄了一笔钱去,做她的丧葬之费。

---

1 大舅的这个儿子就是阿苏,有另外一章详述,可见本书第肆拾肆章《阿苏和绍大》一文。

这位虽是妓女出身，但为人正派、自尊自重的姨太太，甚是值得佩服和尊敬呀！

高诵芬作文
徐家祯整理
1995 年 6 月 11 日
于斯陡林红叶山庄

叁拾壹章
香市

所谓"香市",就是善男信女在每年一定的日子朝山进香,因为参加香市者众,于是商人、小贩乘机在这个时候把货物运到寺庙附近去做生意,所以往往在进香的同时又有集市,故叫"香市"。香市究竟应该从什么时候开始,到什么时候结束,那确切日期,现在大家都有点说不清楚了,而且也因地而异。最热闹的日期当然是阴历四月初八,这是浴佛日,亦即释迦牟尼佛诞辰的日子。

以前,杭州西湖一年一度的香市热闹非凡。香市的范围很大,包括西湖的南山和北山两个区域,涉及玉皇山、小和山,以及留下这三个地方的东岳大帝庙。实际上,玉皇山、小和山以及留下这三个地方的东岳大帝庙原来都是道观,并非佛教寺院,但远道而来的虔诚信徒并不讲究这是道观还是寺院,只要供有神像,香烟缭绕,他们就进去磕头礼拜、解囊施舍。更何况,这三个地方都是杭州的风景区,他们既积阴德又玩山水,何乐而不为呢!

明末绍兴人张岱著的《陶庵梦忆》中有一篇提到杭州西湖的香市：

> 西湖香市，起于花朝，尽于端午。山东进香普陀者日至，嘉湖进香天竺者日至，至则与湖之人市焉，故曰香市。

接着，张岱描述了明代杭州西湖区昭庆寺香市期间的盛况：

> 昭庆寺两廊故无日不市者，三代八朝之骨董，蛮夷闽貊之珍异，皆集焉。至香市，则殿中边甬道上下，池左右、山门内外，有屋则摊，无屋则厂，厂外又棚，棚外又摊，节节寸寸。凡胭脂簪珥、牙尺剪刀，以至经典木鱼、伢儿嬉具之类，无不集。此时春暖，桃柳明媚，鼓吹清和，岸无留船，寓无留客，肆无留酿……数百十万男男女女、老老少少，日簇拥于寺之前后左右者，凡四阅月方罢。恐大江以东，断无此二地矣。

后来，清军占领杭州时，将昭庆寺一把火烧个精光。现在杭州湖滨还有一个昭庆寺，但为以后的重建，远远不及以前的规模，而且不再有张岱所描述的香市盛况。

我小时候，因为跟母亲和曾祖母一起朝山进过香，所以见过香市。虽然我所见到的仅限西湖北山区域，或者严密地说，仅限于灵隐寺、上天竺寺、中天竺寺、下天竺寺一带而已。但我仅在这一范围的所见所闻，可以代表整个西湖地区香市的情况。

记得我陪曾祖母和母亲去灵隐和天竺的时候，大约只有五六岁。坐在轿子里，只见一路上朝山进香的善男信女，都挎着一只黄布口袋，上面用墨笔写着"朝山进香"四个字，分两行。在四个楷书中央，还盖着一方手掌大小的朱印。据说，这方大印是到东岳大帝庙里出钱盖来的，以后进入阴司，可以通行无阻。所以这只黄布袋，生前作为朝山进香的用具，死后装了锡箔灰随死者带往阴司花费。有的善男信女还拎着一种香篮。这是细竹编成的长方形提梁式篮子，分上下两层，漆成红黑两种颜色，里面盛放与烧香、拜佛有关的用具，如香烛、锡箔等。我家老女仆叶妈也有一只，平时收拾得干干净净，用纸包着，搁在大橱顶上。每年农历三月二十八日东岳大帝生日，她就坐了轿子，备了用红糖、面粉做的大如狗舌的"狗舌头糕"做干粮，提了香篮，天还没有亮即出发去烧香、拜佛，直到摸黑才回来。

在香市里，除了烧香、拜佛的善男信女以外，还有路两旁排得密密层层的乞丐，男女老少都有。他们搭着整齐的茅棚，在整整四个月的香市期间，这是他们的主要活动场所。凡有香客经过，乞丐们就一齐伸手乞讨。因为布施乞丐也是结善缘，所以香客尽管平时节衣缩食，到这时都能或多或少解囊布施。后来，我听父亲说，这些乞丐大部分不是杭州本地人，而是从浙东、浙西乡下赶来的。经过一个香市，他们无不满载而归。积少成多，就能买田造屋，这倒也不失为一种生财之道呢。

至于进香的女客们，有的还穿着红、黄、赤、白、蓝各色绸布缝制的宽袍大袖的古装服饰，戴着与衣服色泽相配的风兜之类的帽子，还拖着飘带，随风高扬，煞是好看。据说，这是故意预先穿戴死后的殓服去进香，目的是让菩萨对她们有一个印象，将来一旦去世到了阴间，因生前已用香烛、锡箔孝敬过，而且穿着同样的衣服见过面，不至于有面目陌生、留难阻挡等问题了！

我八岁那年夏天，因为逃避军阀混战，全家到上海，在哈同路租了一栋三开间两层楼的房子住了一年。曾祖母喜住楼上，她的房间朝南，左首有一个阳台，可望马路。她每天早上朝西念佛。哈同路离静安寺很近。我记得到第二年四月初八前几天，静安寺外就在准备庙会了。工人们在路上搭起席棚摊位来，从木器到绸布、衣帽、鞋子、藤竹漆器、大小皮箱、妇女饰物，以至文具、玩具、点心、糖果，应有尽有。从初六开市，到初九收市。初八那天一早，善男信女就背了黄布袋，手提香篮，在静安寺等开门，以便第一个进去烧香、拜佛，以表虔诚。这叫"烧头香"。据说，功德特别大。上海的这个"庙会"，实质就是杭州的"香市"。我与曾祖母去静安寺看过庙会的盛况。因为浙皖军阀混战，西湖香市已经一落千丈，于是上海静安寺的庙会正好满足了烧香、拜佛的善男信女的愿望。

我家自曾祖母去世后，母亲再不在香市期间去灵隐、天竺进香拜佛了。到我十几岁时，父亲在杭州狮子峰顶造了一所别墅，住在那儿做居士。关于狮子峰，《杭州游览志》上有如下的记载：

> 狮子峰位于杭州龙井西侧，天竺乳窦峰右方。兀突于层峦叠嶂之间，若雄狮蹲踞，人称狮峰。狮峰茶叶与龙井齐名，均列为上品。峰下原有胡公庙，今不存。庙前有茶树十三株，曾经乾隆皇帝品为极品，为当时进贡珍品，有"十三株头"之称。

这部游览志只提了已经不存的"胡公庙"[1]，但没有提到至少我小时还在的望仙亭。每年，望仙亭也有香市。我和母亲、兄弟在周末总要去看那儿的香市。香市季节，满山都是乡下来的年轻姑娘在采新茶。翠绿色的茶丛中掩映着穿红着绿的少女，还能听到她们的笑语声。山上除了茶树，就是映山红。"映山红"是杜鹃花的另一个名称。因为大多是红色，而且漫山遍野都是，映得山都红了，故得此名。张岱在描述香市的文章里说的"山色如娥，花光如颊"的景色，确是狮子峰上香市期间我看到的情景。

1　胡公庙，《杭州游览志》和我母亲都说"今已不存"，其实，胡公庙不但现在还存在，而且修缮一新了。我最近几年去龙井两次找我外公的意胜庵遗址，都经过胡公庙。胡公，名胡则(963—1039)，北宋人，进士，为官四十多年。毛泽东在二十世纪五十年代，曾夸过胡则是"为官一任，造福一方"的清官，这大概就是胡公庙至今还存的原因吧。——徐家祯注

高诵芬在杭州狮子峰别墅意胜庵

从上天竺到狮子峰有七百级石阶。除了本地的香客，还有上海来的香客和游客，都坐了轿子上山。山路两边也有各地来的乡下人，全家老小在山坡上搭了临时草棚，见游客上来就向其乞讨。我父亲因为长期住在山上，跟他们朝夕相见，彼此已经认识，所以他们从不向我父亲乞讨。不知为什么，他们知道我和母亲是高先生家的人。所以我们上山时他们也不乞讨。但我父亲碍于情面，上下山时多少布施一点，有时还送些糖果、点心给他们的孩子。因此上山、下山时，他们称他"高先生"，十分亲热。

高家二房在狮子峰开设茶场。清明前，几百个乡下姑娘每日采茶。到了傍晚，就开始称茶叶记账。到茶市落令时，茶场才分别跟她们一一算工资。采来的茶叶，由白天来的乡下男工在茶场里炒茶。炒好的新茶就在望仙亭设店出卖。上山的香客、游客都要购买一点回去。我们一般是星期六上山，星期天傍晚下山回家，在山上度个周末。

转瞬间，这些情景已经过去六十年了。回想当年承平风物、熙熙攘攘的热闹景象，真有隔世之感呢。

高诵芬作文
徐家祯整理
1995 年 6 月 18 日
于斯陡林红叶山庄

叁拾贰章
放生

所谓"放生",就是遵照佛教"不杀生"的戒条,把已经捉住的动物放掉,留它们一条活路,救它们一命。俗话说:救人一命,胜造七级浮屠。就是这个意思。

在杭州西湖区,有一个有名的风景点,叫玉泉。台湾"中国文化大学"编的《中文大辞典》中有记述道:

> 玉泉:在浙江省杭州市西湖清涟寺中,源出西山,伏流数十里,至此始见。寺人甃石为池,养五色鱼。《浙江通志·杭州府》:玉泉在钱塘县九里松北净空院,齐建。元末,灵悟大师昙超说法,龙君来听,为抚掌出泉。

辞典中所说的"寺人甃石为池,养五色鱼"那个池,就是有名的玉泉放生池。现在,玉泉的那个寺,一般人都称之为"玉泉寺"。其实,玉泉并不因那个寺而有名,却是因那个放生池而著称。去杭州的游客,少有不去玉泉

1947年之杭州玉泉放生池（中间栏杆内为高诵芬及其母亲）

观鱼者。玉泉的池有一两亩地见方，池清见底，池中养有数百条大鲤鱼，以黑色为主，也杂有红、黄和花斑的。最大的鲤鱼有十二三岁小孩身子那么长，最小的也有二尺左右。它们在池中慢吞吞地游来游去，像潜水艇似的悠然自得。听说，最大的鱼已有几百年了！现在的游客当然不能再去放生池放生了，但是还可以从池畔的茶室里买了鱼食去喂鱼。

以前，放生池当然不只是供游人观赏的，只要想有善举，就可以去池里放生。然而，千百年来从来没有听说玉泉的放生池有鱼满之患，于是人们也有"和尚们晚上偷偷捉鱼来吃"或者"和尚把池里的鱼捞起来卖给善男信女放进池里去"的说法。不过，这也可能只是不信佛的好事之徒造谣惑众而已，只能姑妄听之。不过，我还听人说，抗战期间，日寇占领杭州，日本兵将池中的大鱼捉上来吃掉许多。我想，这种讲法很有可信之处，因为这不但符合日军的贪婪本性，而且抗战之后我们去玉泉游览时，确实发现池中之鱼没有以前的多，也没有以前的大了。

我三十岁生日时，去玉泉放过生。不过要说我的这次放生经历，还得先从我外婆的杀生讲起。

我的外婆出身于杭州小粉墙朱家。朱家是杭州有名的世家大族，在西湖十景之一的平湖秋月附近有一个朱公祠，就是她家的家祠。这是一个规模不大的别墅，三开间两层朱红漆的楼房，面临西湖，风景极佳。

在我出生前，我的大娘舅在北京做京官。他很孝顺他母亲，所以接了我的外婆到北京去跟儿媳、子孙一起住了若干年。后来，我四五岁时，因为大舅母去世了，我外婆就回杭州跟她的二儿子、媳妇住在一起。我记得那天我母亲对我说："今天晚上我们要去火车站接北京来的外婆。"我很兴奋。因为我不但从来没有看见过外婆，而且从来没有看见过火车呢！

那天晚上，我们先在二舅家吃晚饭，八点多钟同一大批亲戚一起去火车站。记得那时的火车站上没有很多电灯，站里黑洞洞的。九点过后，火车鸣着汽笛呜呜地开进站来。这是我第一次看见火车，十分新奇。只见许多乘客走完之后，一位年迈的老太太穿了大斗篷，由表姐、表兄扶下火车。我母亲一行人上前去招呼、寒暄。我见外婆是一位个子不太高、面孔瘦削而清秀、无牙的老太太。她见了我也没有爱抚的动作，所以我见了她有点怕。母亲要我叫她，我怕羞，不肯叫。

外婆有一个贴身的女仆，个子很矮，姓黄，大家叫她"矮子黄妈"。她能做一手好菜，很合外婆的口味。外婆很讲究菜肴，她每顿要吃鲜蹦活跳的鲜鱼、鲜虾，或者自己园里养得肥肥胖胖活杀的鸡鸭。其他肉类、蔬菜概不入口。

因为她住在北京多年，所以冬天房中都生火炉。每到九月、十月里，大家还只穿薄棉袄，她房里就生起一只大炉子，火很旺，我们进她的房里都要脱衣服，否则要感冒。冬天吃饭时，饭桌上总有一只烧得很旺的火锅，锅里是自家腌的雪里蕻菜和冬笋煮的一锅清汤。桌子上放一大碗现杀的鲗鱼，吃时用筷子夹几条，放进锅里去现烧，取其鲜嫩。我外婆虽满嘴无牙，但一定要趁鱼火烫的时候就放入口中，然后很灵活地吐出鱼骨。平时不用火锅的季节，外婆总吃火腿笋片葱姜蒸鲜鱼、蒸河虾，或者红烧青鱼、鲗鱼、鳊鱼、大鲫鱼，以及白斩鸡、百宝鸭。每次我母亲带我去外婆家吃午饭，我总觉得她们的菜比自己家的鲜美得多，所以都要多吃几碗饭。高家不许杀生，所以用人买鱼虾时一定要买刚死的，用人称之为"混"的。因为如果死得太久，鱼虾就不新鲜了，也不能吃。

我听母亲讲，大家认为外婆的牙齿满口脱落得很早，可能是因为她年轻时爱吃滚烫的菜点，所以牙齿烫坏了。外婆到了七十五岁那年，忽觉全身东痛西痛，求医无效。母亲听说杭州有按摩医生，请他出诊来治疗，但按摩几个月仍毫不见效，反而日重一日。

母亲认为，可能外婆平常喜欢吃活杀的鱼虾，杀生过多，这病痛是罪孽深重的报应吧。于是，想到以放生来赎她母亲杀生之罪。

那时，每年四月初八浴佛节菩萨生日时，杭州人都要到里西湖去放生。人们放得最多的是螺蛳，因为螺蛳一买好几斤，既便宜，生命的数量又多，一举多得，何乐而不为！那么为什么要到里西湖放生呢？这是因为那时杭州的游客还少，不会有人到里西湖去游览，或者坐船捕鱼、捉螺蛳。

关于浴佛节放生的事，至少南宋时就有了。宋周密的《武林旧事》中《浴佛》一节说：

> 是日，西湖作放生会。舟楫甚盛，略如春时小舟，竞买鱼龟螺蚌放生。

因此，我母亲每年四月初八和其他菩萨的生日，总去买了几十斤螺蛳，亲自乘船到我们自己的高庄附近、很冷僻的湖里去放生。但是，我外婆并没有因为我母亲的善举而恢复健康。她痛了四五年，后来躺在床上不能翻身，只好朝天直躺，日夜叫痛。母亲救了几百斤螺蛳的生命，仍不能替她母亲消灾延寿。我外婆终于在七十九岁那年春天寿终正寝了。

后来，我父亲也相信了佛学。他经常与和尚往来，并拜了紫阳山上的一位高僧澹云和尚为师。我与母亲、兄弟也去见过澹云法师一两次，记得见他时要向他跪拜。我父亲经常向我们兄妹讲些佛教的五戒，其中第一戒就是

高诵芬及弟弟高悌、母亲、外婆（坐者）在杭州西泠印社

"杀戒"，也就是不杀生，包括不杀一切禽兽鳞介。从不杀生，再要进一步做到"放生""救生"和"护生"。我父亲还告诉我们，他小时候，杭州各大寺院，如昭庆寺、灵隐寺、净慈寺、云栖寺等，逢释迦牟尼佛生日、观世音菩萨生日和地藏王菩萨生日，都要举行放生会。善男信女带了准备放生的动物，到寺院里去集体放生。有的大寺院还有放生池。根据当时历史记载，全国有八十一个放生池，西湖是其中之一。苏东坡在杭州做太守时，曾对皇帝讲过西湖的五大益处，其中之一就是作为放生池。在东坡诗里就有关于西湖放生的记载，从中可以看出西湖一千多年前的情景：

  放生鱼鳖逐人来，无主荷花到处开。

我父亲又说，每到各寺院举行放生会的日子，西湖上有许多小船，载了满船鱼虾、螺蚌之类，向善男信女兜售，情景很是热闹。这可以跟《武林旧事》中的记载合起来了。可见，从南宋到我父亲小时候这一千年中，放生的习俗没有多大改变。

我结婚后，徐家是不通行戒杀、放生这一套的。我想，他们经营丝绸生意，绸是丝织成的，而丝则是从蚕茧里缫出来的。织成一匹绸，要杀多少蚕茧的生命啊！干这一行，实在是很残酷的。

徐家有一个规矩，孩子成年以后，每逢正生日（即逢十的生日），要向长辈叩头，还要祭祖、请客，给男女用人发红包。我三十岁那一年，忽发奇想，想改变这老一套，而到杭州去放生。我把这一想法先对丈夫说了，他非常赞成。到我生日将近的时候，我又把这个主意向太婆请示。太婆一向是节俭之人，听了我的计划，不请客、不送红包，认为可以省一大笔钱，也顺遂了我的心意，满面笑容地一口答应了。

生日的头一天，我带了当时已经出生的三个孩子，到了杭州母亲家中。抵杭后的第一件事，就是去灵隐附近的玉泉寺，向方丈请教放生手续。他问我们想放多少鱼。我说，想放两担，亦即二百斤。他一口答应，说寺里可以代办。我生日那天，他会把鱼准备好，就放在玉泉寺里那个大放生池里。我们可以亲眼去看放生。

我三十岁生日那天，风清日和。三个孩子迫不及待地要去看放生。这天，我父母、兄弟的兴致都很好，我们夫妇就邀请他们同去。

这天中午，我们先在西湖边的楼外楼菜馆用午膳。楼外楼以西湖醋鱼和龙井虾仁闻名中外，但我们这天既是要放生，当然不能在午饭时先杀生，所以鸡鸭鱼虾一概不点。下午到玉泉，一直等到五点，寺里的和尚说乡下人的鱼还没有送来。那时，从玉泉到城里来回，只有永华汽车公司的班车可乘。班车时间一过，回家就有问题了。我们不能再等，只好扫兴而归。约好次日上午再去。

次日上午我们一到玉泉，只见放生池旁已经整整齐齐地放着一桶桶的鱼了。这些鱼都有一尺以上，大的有两三尺长，跟池里的鱼一样，也是黑、红和花斑的几种。方丈说，昨天我们刚走，乡下人就将鱼送来了。因为我们已走，送鱼的人昨天就住在庙里，等我们今天来看放鱼。此时，三个小孩看见大鱼，兴奋得围着桶又跳又笑。

和尚打开池边的栏门，乡下人把鱼一桶桶倒下池去。老和尚披了袈裟，双手合十，在一旁念佛经。我们大家也双手合十默祷。我小时候跟父亲学过往生咒，听和尚念的正是往生咒，我就跟着一起默念。

当时，我们还拍了许多放生的照片，但这些照片后来都丢失了。现在，玉泉放生池里悠然游动的大鱼中，还有没有我们五十年前放生的鱼儿了呢？还是它们早已葬身于人腹了呢？

高诵芬作文

徐家祯整理

1995 年 6 月 20 日

于斯陡林红叶山庄

叁拾叁章
我的弟弟宜官

西子湖边柳,番风四纪春。

朱阑浑已朽,欲觅倚阑人。

我有一个同胞哥哥,比我大三岁;还有一个同胞弟弟,比我小三岁。我和弟弟的出生还都跟花儿有点关系:我出生那年,家中园里有一株牡丹花开得特别茂盛,我父亲数了一下,有三十六朵花!他说:"今年要生女孩子了。"果然,在农历三月廿六生了我;我弟弟的生日则是农历二月十二,这天叫"花朝",是百花的生日。过去,到这一天之前,要在每株树木上都贴一张红纸,表示给它们过生日。

我们三兄妹从小生活在一起,一同进私塾念书,一同玩儿,感情很好。现在,我的哥哥还住在杭州,我们时常通信;而我的弟弟,却已失去了联系,我时常想念他,特别是我现在正在写杂忆的时候。其实,如果没有我弟弟的话,我今天根本不可能坐在南半球写文章呢!

我弟弟小名叫"宜官"。他从小有慈悲心肠，不但不杀生，而且更爱生。他喜欢养小动物，更喜欢养猫。我家那时养了一只纯白色的猫，眼睛一蓝一黄，品种十分名贵，叫"日月眼"。它生了小猫，也是日月眼。弟弟将大猫和小猫都养在家里，不肯送人。后来，小猫也大了，又生小猫，也是日月眼，也养在家中。于是，三代同堂，都在一起，十分有趣。

我弟弟还爱养兔子，每天自家去喂它们。兔子很会生，不久就生了一大群小兔子。有一天，弟弟以自家菜园子里种的莴苣笋的叶子喂兔子，谁知兔子不能吃莴苣叶，大小兔子竟然全都拉肚子死了。弟弟心中难过了很多天。

弟弟也养了很多鸡、鸭、鹅，但从不杀了吃肉，只生蛋吃。有一次，一个包车夫和一个女用人嘴馋，想吃鹅肉，就偷偷用剪刀把一只鹅的头颈剪了一刀。次晨，他们谎报小主人，说夜里黄鼠狼来咬鹅了。弟弟连忙去看，只见这只鹅的头颈出血，但尚未死去，还会走路。他忙用纱布和红汞水将鹅的伤口包好，希望它能好起来。可惜养了几天，终于死了。死鹅当然给用人们煮煮吃了。后来，其他用人知道了有人剪鹅头颈的事，来告诉我母亲，我们才知道这是人为的事故。弟弟尽管很伤心，但想想用人也只是贪一时的口福而已，所以没有去说穿他们的坏事。

每天男用人买菜回来，我弟弟必亲自去厨房检查。如发现活鱼、活虾，就拣出来养在一只小缸内，不许做菜肴，以免杀生。

我与弟弟每天私塾放学，必在园中种花。我们有时插枝，有时用花籽下种，等花长出来了，就分盆。杭州有一种萝卜，紫色，约半尺长，像红蜡烛一样，我们叫它"蜡烛萝卜"。我和弟弟将这种萝卜割去下半段，上半段种入

高诵芬和宜官幼时（约摄于 1921 年）

高悌在家里院中喝自制汽水（摄于二十世纪三十年代初）

高悌（摄于二十世纪二十年代中）

左起：高悌、高恺（恺之）、高媞（诵芬）
（摄于二十世纪二十年代初）

花盆里，它就会生长、开花。收了籽，我们交给菜园师傅，让他拿去种在菜园里。

我弟弟跟我很好，很听我的话。我九岁时，他才六岁。我家避军阀混战，逃难到上海。那时，不知为什么，他一不顺心就要哭，而且一哭就不会收场，有时甚至从上午哭到傍晚，叫他吃饭都不肯。后来，大家都吃完了饭，上楼去了，不理他，他就一个人站着呜呜地哭。我看他很可怜，就想了一个办法，轻轻对他说："现在没有人了。我跟你最好。我陪你去吃饭好吗？人家不会知道。"他点点头，就跟我去吃饭了，于是一场风波就此收场。以后，凡是他哭，大人们就叫我偷偷去劝他。我每次用不同的方法哄他，有时，我说："现在没有人在旁边，你可以不要哭了。"有时又说："我同你去玩，没有人看见的。"往往他就听我的话，不哭了。于是，父母都叫我"小娘娘"。"娘娘"者，就是杭州话中"母亲"的意思也。

弟弟十岁时想放风筝了，他就要母亲答应让用人去买一只"瓦片鹞"来。杭州话将风筝叫作"鹞子"。"瓦片鹞"是最简单的一种风筝，只是方方正正的一块，像瓦片一样。买来之后，弟弟高兴极了。他在风筝上缚一根棉纱线，线绕在一块线板上，弄好之后来约我一起去放。我们两个人都从来没有放过风筝。他拿着风筝，等风来了就举起风筝往前跑，我则连忙放线。手忙脚乱了好几次都放不成功。后来，我父亲从堂房伯伯那儿听来，说放风筝须用一根长竹竿，在竿顶缚一把大剪刀，风筝线套在剪刀环里，一人把竹竿竖起来，一人乘风来时朝风来的方向放出去，风筝就会上天。于是，放了学，我和弟弟两个人又去菜园子里试：我把竹竿竖起来，他拉线，终于把风筝放了上去。但是我们发现，只有风清日和的时候，风筝才能飞得很平稳、很远；若来了"乱头风"，风筝就会突然一个"倒栽葱"，从天上掉下来。有一次，就是这样，弟弟来不及收线，风筝掉到墙外去，给人将线剪断，风筝也拿去了。我们虽赶快叫车夫去隔壁找，然而从菜园跑到前门，再去隔壁的院子，要绕一个很大的圈子。等车夫跑去，人家早就将风筝藏了起来，哪里还肯还我们？于是车夫只好空手而归。弟弟肉痛了好几天，他就发心想自己做风筝。

他要求母亲答应，让用人去买几根竹篾和最薄的桃花纸来，先将竹篾劈得又细又薄，扎好一个框架，然后再将桃花纸糊上去。一开始，因为没有经验，左右两边用的篾子轻重不匀，风筝飞不上去。后来他慢慢研究，用手将劈好的竹篾一根根都用手掂过分量，一直劈到两边用的篾子轻重一样了，才扎到框架上去。这样糊出来的鹞子果然飞上天去了。我们俩欣喜若狂！于是，天天放了学放鹞子。

后来，他又要求母亲给他买了一只蝴蝶鹞，有两尺见方，放时要用较粗的麻绳。我还记得母亲叫用人去买了一大把麻绳来，花了六角钱，那时，这也是一笔很大的开支呢，尤其是用在孩子的玩具上的。我俩等到风和日暖的时候，就竖起竹竿去放那只大鹞子。鹞子飞得很高，望上去只有不到半尺大小了。父母、哥哥都赶来观看。

我们两人放风筝越放越有经验，也越有兴趣。每年一到二月，弟弟就要开始劈篾子，做鹞子。后来，鹞子越做越复杂，从瓦片鹞一直做到蝴蝶鹞。弟弟还用五彩笔在风筝两翼上画出眼睛、胡须之类的图案。

开始时，他糊鹞子总是在晚上，吃好晚饭，做好功课以后。母亲因为晚上常要起来小便几次，总睡得不好，所以很早就上床了。弟弟就坐在母亲床前灯下糊鹞子。我坐在弟弟旁边看他做。每晚,我母亲总要叫他:"宜官,你好睡了!"叫了好几次他才肯去睡觉。

过了几年,家中请了一位绣花沈妈来做绣货。绣花沈妈会讲故事,我弟弟就每天放学后去她房里做风筝,一面听她讲前朝后代的故事。我亦在旁边听。

日寇侵杭时,我才结婚一年。我与夫家逃到浙江富阳里山,再转上海;我的父母则随安定中学迁往浙江壶镇;而我大哥却随医学院迁到四川重庆;弟弟就跟中学迁到浙江丽水:一家人四分五裂!抗战结束,大家才得以重新团聚。

团聚后,我弟弟告诉我们:他逃难时带了一辆自行车。在乡间时,幸亏有了这辆自行车,免得靠两只脚跑路。但是,没想到自行车也会给他带来危险。一次,他骑了车在田野里赶路,忽然来了一架日本飞机。飞机上的日本兵看见有人在骑自行车,以为一定是中国军人,因为那时一般农民是没有力量买得起自行车的,于是就从飞机上用机关枪向他扫射。弟弟连忙跳下自行车,躺在田间草丛里,装死不动。日军以为他已死,就离去了。等飞机飞远,他从草丛中钻出来一看,四周都是机枪扫射的弹痕。他总算幸免于难。

弟弟又说,乡下苍蝇很多,卫生条件很差。他之所以八年没有生病,都要归功于吃饭前先做消毒工作。他常常随身带一小瓶酒精,吃饭前先用酒精擦擦碗筷。但在乡下,酒精也不容易得到,所以他不舍得乱用,于是到小饭店吃饭时,他常先向店里讨一碗滚烫的开水,把筷子、调羹都放进去烫几分钟,这也是一种消毒,所以那么多年中,他连拉肚子都没有过。

左起：高悌、徐家祯、高诵芬、高恺之夫妇、母亲和保姆在杭州布店弄高宅院中（摄于抗战胜利后）

抗战胜利，弟弟回杭时，我父母已经先回去了。我们大家发现，经过抗战的磨炼，弟弟的性格有了改变，以前的少爷派头竟然完全改掉了。那时家里有包车，但他上浙江大学时却不肯坐包车上学，宁愿自己骑自行车去。每天早上，他不吃用人准备好的粥、菜、点心，却自己去买一个很大的烤面饼来，切成几块当早饭。那种烤面饼在杭州叫"羌饼"，是用很粗的面粉做的，平时只有车夫、小贩才买来吃，现在我弟弟竟然也吃了起来，我们很感奇怪。我弟弟还不肯让用人洗他的衣服，而要自己洗。他平时吃东西只讲究营养，不讲究味道。只要他认为有营养的东西，都能吃下去，不浪费掉。我常常听他说："我今天吃的东西已经够一天的营养了。"

出门时，我弟弟对周围邻居，甚至路人，都十分客气。我们听见他叫临街棚户中住着的贫苦人家的老年人"大妈""大伯"，叫得很亲热，好像很看得起他们的样子。即使在路上问路，也对人家十分尊敬，一点架子也没有了。看见街上有讨饭的，他总布施他们，有时把身上带的所有的钱都拿出来给他们。有一次，是冬天，他看见路上有个乞丐冻得发抖，就把自己身上的棉衣脱下送给了他，自己穿了单衣回家！

家中人都识他不透，怀疑他是不是参加了共产党，或者参加了什么宗教团体，所以才过这种清教徒的生活。

我弟弟对我一直很有感情。他在浙江大学是念药物学的。二十世纪五十年代初，他从大学毕业了。有一次来上海，到我夫家的大家庭来看我。我正好低着头在地上捡东西，他看见我头顶上有一撮白发，就很感慨地说："啊呀，姐姐怎么也有白头发了！我看了真痛心呀！"对岁月如流、青春不再来表示无限惋惜的样子。

弟弟对我的几个孩子——他的外甥——十分钟爱。他念过化学，会做氢气。一次，我带孩子去杭州，他在家里做了氢气球给我的孩子玩。孩子们看着他把各种药品混合在一起，烧出气体来，灌进气球里去之后，气球就会升上天去，看得又新奇又高兴。

1949年后，一开始，百姓们还可以自由进出国门，我弟弟打算出国。他认为"三十六计，走为上计"，他也动员我父母和我们一家一起走，但当时我们没有一个人听他的。我丈夫虽然在国民政府中是做法官的，但他认为法官只按法律办事，不参与政治。成立了新政府，只要他们继续用他，他可以仍然按新法律办事。我父亲虽然在国民党时做过参议员，但他认为自己无党无派，没有做过坏事，有何畏惧？何况他认为我弟弟大学毕业，应该留在国内，以所学储为国用。结果因为意见不合，我弟弟与父亲还大吵了一场。最后，我弟弟决定自己一个人离国。那时，我父母家已经把大房子卖了。弟弟分了他应得的一份，就去了香港。

现在回想起来，我们总改不掉一动不如一静、因循保守的本性，现在不是到了垂暮之年还是终于步了我弟弟的后尘吗？

临走时，弟弟还买了一只手表送给我大儿子，作为纪念。到了香港，他常给家里和我们来信，还寄了五彩的、米老鼠形的气球来送我的孩子们玩。他在信中常有一些之前说过的话。有一次，还画了一张"倦鸟归林图"来给我丈夫，意思是暗示他不应多做留恋，应该早作打算为是。

那时，一个运动接着一个运动地开展起来了。大家都担心国外来信会惹出是非。我们收到我弟弟这样的信，真是害怕得不得了，觉得弄不好真会惹出祸事来呢。于是，写信去要他不要再来信了。只有我母亲，因为爱子心切，还是通过我在香港一个表姐的传递，仍跟我弟弟有书信来往，但信中也只是报个平安而已，不敢多写什么。而我们，也不知道我弟弟具体在香港做什么。后来，情况日紧，我母亲也不敢再跟弟弟通信了，于是，联系就此中断。

1964年时，我们忽然从友人处转转弯弯接到我弟弟从美国托人带来的一封信。他说，正在美国某州立大学当助教，生活还算安定，"既然树静风停，就想到双亲"，不知他们是否在世。如果还在人世，他想向银行借款买房子，接父母出去养老。我接到此信，又惊又喜，连忙坐火车去杭州给我父母看。我父母一向胆小怕事，何况那时谁都没有想到可以去美国养老，只以为我弟弟又在痴人说梦，赶快把信烧掉，连地址都不留。就这样，我们跟他又失去了联系。

过了两年，大儿子曾托他有海外关系的朋友们去打听他舅舅的消息。可惜因为我们1964年时没有记清他的地址，去问了几所大学，都回答说"查无此人"。

这样，竟然一晃又过了十年！"四人帮"打倒了，国内形势好转了，我也开始四处托我的亲友打听弟弟的消息。结果，我在台湾的一位表侄与我弟弟有联系，终于从他那儿得到了弟弟的地址，知道他住在纽约，我们就写了一封短信去试试运气。岂知不久即收到了弟弟的亲笔来信，真是全家喜出望外，欢欣若狂。可是打开一看，大家很觉奇怪，因为我们本来以为那么多年弟弟没有跟我们通信，第一封信中一定会长篇大论谈他三十年的情况，也问我们三十年的遭遇，谁知这封信里一共只有四句话：第一句问父母是不是还活着，愿不愿去美国养老；第二句问杭州的兄嫂及我夫妇是否已经退休，想不想去美国生活；第三句话问他的侄子、外甥辈是否想到美国留学，他可担保；最后一句话是："无事少来信。"

我们看了来信,有点丈二和尚摸不着头脑,不知他是想跟我们有来往,还是不想跟我们来往。因为,从"无事少来信"一句来看,似乎我弟弟不想跟我们有往来;然而,他明明又请我们去美国,并愿担保!于是,我们不管他信中的话,马上回了一封长信,谈了三十年的遭遇。当然,很多事情都只敢避重就轻,一笔带过,不敢写得太具体。不久,他回了信,还寄来很多衣料、白糖、毛线等,送给我们;也寄来许多降血压及治心脏病、失眠症的药来;又索讨我丈夫的诗词,说要分别寄给美国各大学的中文系,让他们请我丈夫去讲学。其实,那时国内情况已大大好转,我们家抄家抄去的钱财也基本发还,生活上并不缺吃少用,但我弟弟寄衣物来的心意,我们当然完全领会。

在一封信中,我弟弟还寄给我丈夫他四十年前在梦里做的一首古体诗,要我丈夫改削,原诗如下:

行者如何不念经,低头松月自沉吟;
人生薤露欢无几,早向空门习上乘。

后面还有一段小注曰:

夜梦为僧,独游碧湖大龙子庙,徘徊联高校门巨松下,正沉吟间,为人吆喝而醒,诗犹历历可记也。

我丈夫当即回了一首词给他。原文如下:

烟穗三生,贝多半偈,宿慧天成。尘网虽撄,灵根不昧,止水泓澄。松风凉月诗清,梦醒处、皈依上乘,薤露无欢,春晖永慕,莫负初程。调寄柳梢青。

也附小注一段曰：

宜弟自北美洲远寄四十年前梦中所得句，诗含禅意，吾弟殆夙具佛性者欤。赋小阕为赠。稼研

至于他头一封信中邀请我们大家出国的事，我们都还认为他只是又在痴人说梦而已：二十世纪七十年代末，哪一个中国人会梦想能去外国？！我将弟弟的信转寄杭州的哥哥，他们也认为出国是梦话。而他下一辈中，在念书的念书，在工作的工作，已经结婚的结婚，何况英文也都不行，谁都没有听说过中国人哪一个可以自费去外国留学，哪个敢冒这个险！

只有我的大儿子，那时虽然已经大学毕业，教书多年，但还没有结婚成家。他本来就喜欢英文，这些年来悄悄翻译了十几万字的英文小说、散文、诗歌。他听说舅舅肯担保去美国留学，就说：

"既然舅舅信里这样写，一定是他在国外知道我们可以去自费留学了，不然他不会这样问。我想去试试，大不了不成功。如果能去美国，念个学位回来固然是好，即使念不到学位，去美国见见世面，看看世界也是好的！"

我没有想到我平时很胆小、怕事的大儿子，这时怎么会鬼使神差，竟然那么胆大起来了。但我又想，他平时做事很是稳重，遇到大事都处理得很有头脑，待人接物很有分寸，所以在工作单位一向人缘很好，即使在政治环境最险恶的时候，他都没有受到过批判，所以这次他做出这样的决定，一定也是有道理的。

不过，我又想，如果他被批准出国，不就要远渡重洋，独自去人地生疏的美国了，几时才能相见呢？因此心中七上八下起来。然而，我这人虽然从未进过学校，但思想还是比一般的妇女开通。我的独生女儿十七岁考取西安

交通大学，我毫不阻拦地让她一人到千里之外去念大学；过了两年，二儿子考取了北京的大学，我又让他去念。当时虽然心中不免有依依不舍之情，但我都尽量克制，没有在表面上流露出来。这次大儿子如去了更远的地方，我就只有一个儿子留在身边了，真是有点不愿，但终于"让他出去"的思想占了上风。何况，我想，虽然我弟弟已有三十年没有见过我的儿子，但他在国内时一直很爱他的外甥，有他在美国，我儿子总有一个亲人照顾，有什么可以担心呢？于是，大儿子就写信通过舅舅申请了学校。得到入学申请之后，又办护照，然后到北京美国大使馆申请签证，竟然给他一关又一关地通过，将手续都办妥了。那时我们经济已经恢复，买机票、办行装都毫无问题，很快做好准备，马上就要出国了。

1980年2月5日，我的大儿子要去美国了。那时亲友中不但没有一个人出国，几乎连出国的事都没有人听说过，大家都把此事当作奇事来看待。出发那天大清早，亲戚、朋友、大儿子的学生，几十人来送行。我不喜欢去机场送人的场面，心中虽然难过，但面带笑容，若无其事地把他送到院子门前的汽车边，对他说：

"祝你胜利归来！"

那时，我万万没有想到，最后，他倒没有胜利回来，却是我们大家都随他离去了！

大儿子离沪次日下午，我就接到弟弟从纽约机场打来的电报，说他平安抵美了。不久，又接儿子写来的长信，知道我弟弟去机场迎接，当天给他安排了住处，第二天就帮他租了一套公寓，给他买了全套生活必需品，还送他一台电视机，要他多看电视，赶快提高英文。因为那时出国有规定，不能多换外汇，我儿子只带了四十块美金出国，因此，头一个月的房租、第一期学校的学费、所有的日用器皿、食品、调料费都是我弟弟给他付的。他还问我儿子要不要零用钱，儿子坚决不要，就靠这四十块钱过了差不多一个月。我儿子的住处离他舅舅的住处很近，白天，舅舅去上班，他就自己煮来吃；晚上舅舅下班，他就坐地铁去舅舅家同吃。一个月不到，我弟弟帮我儿子找了个洗碗的工作，赚生活费；又帮他办好进学校的手续；还告诉他自己在美国生活的经验，我儿子的生活就渐渐安定下来了。我很感谢，就去信向他道谢。

不过，从我儿子的来信中，我倒对弟弟的情况很是担忧。原来，在我儿子开始申请去美时，我弟弟还在一家药厂工作。那家药厂的老板很重用他。但后来，他要我弟弟做一种药，说可以加他工资。我弟弟说，他没有做这种药的许可证，不能做。老板不太高兴，我弟弟就自动辞了职。所以，我大儿子到纽约时，实际上正是弟弟很困难的时期，不过他没有在信中明说，也没有要我儿子不去。我儿子后来问他，为什么不等找到另外一个工作再辞职呢？他说：

"我找到工作走了，叫老板怎么安排？"

虽然从一般人听起来，我弟弟这种想法简直是迂腐得近乎可笑了，但我完全能理解他的想法，因为他从小就是这么一个总想到别人而不管自己的人。看来，到老都改不掉了！

那时，我弟弟已经成家，他妻子有英、美两国的学位，但因为两个孩子都小，所以不能去工作，只能在家照看。我弟弟一失业，家里生活就受了影响。幸亏我儿子很快就靠课余做工不但能够自给，而且还能有余。他见舅舅经济不宽裕，就提出想分批将他刚到美国时舅舅为他付出的费用还清。不料，我弟弟勃然大怒说：

"我把你担保出来难道是要你为我打工赚钱的吗？我是看在你外公、外婆的面上才担保你出来的！"

吓得我儿子从此不敢再提还钱的事。

不过，他对我在美国的大儿子却仍十分关心。虽然我儿子那时已能独立生活了，但我弟弟还常请他去他家吃饭。我儿子搬家时，我弟弟开车帮他搬。他知道我儿子一个人在海外，过节时一定特别想家，就在中秋节，特地送了一盒月饼到他打工的饭店去给他过节。在纽约第一个圣诞节，那天冷到零下二十度，滴水成冰，我弟弟约了我儿子到曼哈顿一家湖南馆子吃饭，庆祝圣诞。

在纽约住了一年半，我儿子申请到了夏威夷大学的助教奖学金，要到夏威夷去念研究院了。我弟弟前一天去他住处帮他整理行李，临走那天早上开车为他送行。他给我大儿子一只血红的大苹果说：

"我离开中国的时候，你外婆送给我一个苹果，说'祝你平平安安'！我今天也送你一个苹果，祝你一路顺风，平平安安！"

我儿子非常感动。十五年之后的今天再回想起来，他说，吃了舅舅送的这个苹果，果真不但平平安安到了夏威夷，而且后来拿到学位，找到工作，又一次跨越半个地球来到南半球，把我们大家接了出来，凡事都一帆风顺，平平安安，真得感谢他舅舅临行的祝福啊！

到了夏威夷，我儿子还跟他舅舅通信联系。他也在给我儿子的信中附过一封给我的信，说对我儿子在纽约时没能好好照顾，很感抱歉云云。我也通过儿子回了他一信，表示对他的感谢。那时弟弟已经得到了一家公家医院药剂师的工作，生活似乎安定了一点。但是不久，他又给我儿子写信，说他搬了一个地方住，那儿的治安不好，汽车都给人偷去了，信中情绪甚低。信里还附了新的通信地址。那时，圣诞节将近，我儿子想，他在纽约时舅舅为他破费了那么多钱，现在他有助教收入，虽然不多，但何不寄一些去表表心意呢？但是，因为有以前要想还钱而挨骂的经历，这次就寄了二百五十元美金的支票，信中只说作为节礼，只字不提还钱的事。不想，几个星期之后，信竟原封不动地退了回来。一开始，我儿子还以为是他发现了支票又生他的气了。但仔细检查信封，发现根本没有拆过，怎么会知道信里夹有支票呢？

自从这次退信之后，我弟弟就再没有给我儿子和任何人写过一信。又过了一年，我儿子在澳大利亚找到了工作。他在离开美国来到澳大利亚之前，跟同学一起回过一次美国大陆，也到纽约去看望朋友，当然没有忘记去找他舅舅。可是，按他收到的最后一个地址找去，那栋房子里竟然没有一个人知道有我弟弟这个人在那儿住过！我儿子怅然徘徊了一会儿，只好失望地离去。

到澳大利亚之后，我儿子又几次写信去我弟弟住过的几个地址问询，还写信到纽约邮局去要求查问，信件都给退了回来，说"查无此人"。

现在，一晃竟然又过了十三年。在这段时间里，我们的变化真大呀：我的大儿子在澳大利亚定居了下来；通过他的担保，我的二儿子和女儿全家也先后来澳大利亚定居；最后，连我们两老也于去年来澳大利亚定居了。全家只有我最小的儿子一家还在上海。饮水思源，如果不是我弟弟最初担保我大儿子去美国留学，怎么会有我们的今天呢？现在，如果我弟弟还活在人间，他知道我已经到了澳大利亚，一定会来与我联系，而且一定会来南半球看我呢！

可是，我怎么能把我们的消息告诉他呢?![1]

高诵芬作文

徐家祯整理

1995 年 6 月 25 日

于斯陡林红叶山庄

---

[1] 自从与我小舅第二次失去联系后，我无一日不在留心寻找他的新地址。但是找到九十年代底，一直没有找到。后来，有一天，我见到另一位亲戚，谈起我小舅。他说，他是杭高（"浙江省杭州高级中学"的简称）毕业的，而我小舅也是杭高毕业的。杭高是杭州重点中学，有同学会组织，还有会刊，他可以通过同学会问问其他会员，有没有谁跟我小舅有联系。说不定，他跟他以前的老同学还有联系呢。但我想，小舅中学毕业已经六十年了，经过这些年的大变化，他难道还会与中学同学有联系吗？不过，既然没有别的好办法，那么就去试试也罢。不想，这次倒真有了好消息：原来我小舅竟跟两位杭高的老同学有来往。不久，我那位亲戚就给我送来了那两位住在国内的、我小舅老同学的地址和电话。我当天晚上就给这两位老同学打了长途电话，从他们那里得到了我小舅的新地址。于是失去联系十多年后，我们与小舅又联系上了！

那时，我小舅虽还住在纽约，但已经退休在家。我拨通了小舅家的电话，让我母亲跟他通了话。他们姐弟自从五十年代分手后，虽然到八十年代通过一些信，但相互通话，却还是五十年来第一次！本来我还有陪母亲去美国纽约与小舅会面的打算，但是，那时我母亲身体已经很虚弱，我怕她受不起几十小时的长途旅行，最后终于没有成行。2005 年 2 月 20 日，我母亲在澳大利亚去世了，她与她弟弟始终未有见面的机会。这也算是一个很大的遗憾。

但我小舅和小舅妈至今还很健康地生活在纽约。我小舅今年已经实足九十四岁了！他两位子女都大学毕业，成了家，立了业：他儿子是医生兼医学科学研究员，有两个儿子；他女儿是医生，有一子一女。我 2007 年特地去纽约探望小舅；今年 6 月，我还准备再去纽约，与小舅和他儿子、女儿两家团聚。这也算是这篇长文的大团圆喜剧结尾吧！

——徐家祯 2015 年 3 月加注（小舅于 2016 年 9 月在纽约去世，享年 96 岁）。

叁拾肆章
我的哥哥恺之[1]

常听人家说,人到老年,总把远事记得甚清楚,而将近事忘却得很快。现在我已是虚岁七十有九了,真有这种体会呀。

去年因儿子家祯的鼓励,不觉写了五十一篇人与事的追忆。[2]儿子说我还有不少事情可写,数次劝我再写下去。但我以为,我是一个家庭老妇,有什么新鲜动人之事物可付诸笔墨、值得让人们去看呢?我屡次写信给我杭州的哥哥恺之兄,告诉他我儿子不该将我婆婆妈妈、啰啰唆唆的事情整理出来,公之于众,使我汗颜惭愧不已。不料我哥哥复信,说我"老年交了文字运",还说"既交之,则何不续之?既可解寂寞,也可使后辈知道一些从前的情况"。因此,自昨天接读了哥哥的来信,我心中不免有些活动起来。但思前想后,实无可回忆之事。今日上午,忽然念及小时候与我哥哥的一些淘气情况,

---

1 本篇,先母也只留下一些零碎的草稿。写此篇时,她哥哥(即我大舅)还健在。2007年,他以九十二岁高龄在杭州去世。——徐家祯注
2 即指本书《山居杂忆》之初版本,共伍拾章。

高诵芬之兄高恺之（约摄于 1915 年）

高恺之在杭州布店弄高宅庭院中（约摄于二十世纪三十年代）

左起：父亲、高恺之、家祯、高诵芬、徐定戡、家和于杭州（约摄于抗战胜利后）

一路想来，一直想到目前情景，竟有点情不自禁起来。

我父母生了三个小孩。我哥哥高恺，字恺之；弟弟高悌；我高嬺，字诵芬。我与哥哥、弟弟各相差三岁。三兄弟姐妹关系一直很好。

我还记得我只有五六岁时，老屋还没有翻造，厕所间在卧室的后面，白天很暗。那时好像杭州还没有电灯，所以也无灯可开。我哥哥那时只有八九岁，怕黑，每次去厕所大便，都要我在他旁边坐在小凳上陪他。有一天，我学大人的口气对他说："你要是没有我这个妹妹，就苦了！"

我十岁以前，因两次跟大人逃难，失去好好读书的机会，直至十一岁，父母才请了一位黄先生到家里来教我们兄妹三人。我是没有天资的人，也不肯用功，因此每天上的课，只知像小和尚念经般地念。虽然每天晚饭后自己也要苦念、苦背到九点才上床，但其实对所念、所背的内容一知半解，只求早上在先生面前背得顺利即可。后来，我兄弟们在家念到十四岁都进了学校，亦均学有所成：哥哥是血吸虫病研究专家，弟弟则在美国取得硕士学位，是化学工程师。只有我一生管管家务，孤陋寡闻。

记得那位黄先生的两位女儿住在杭州江头，黄先生每天回家不便，开始住在我家。后来，他把女儿搬到我家附近，租房居住，他自己也早来晚归，不住我家了。他一般每天早上来，下午四点回去。夏天，他来得很早，七点来，七点半就上课。一到馆里，要是看见我们三人还不进馆，就按书馆里的电铃，按个不停，意思是催促我们快去上课。要是那时我们正在吃早饭，就得赶快三口并作两口地吃完，或者干脆放下筷子，快步跑去上课。所以，每天都要起床起得很早。每到晚上九点，已觉十分瞌睡。早上也是勉强醒来的。中午，由我哥哥陪老师吃饭，我们则回家吃。哥哥吃完，进来玩一会儿，到一点钟回书馆上课。三点，用人端点心进去请先生吃点心，我们也回家吃点心。四点钟下课放学。

记得有一天下午，母亲出门去了，走前关照我家的男仆阮司务去买热的沙壳老菱来给我们三个孩子当点心吃。沙壳老菱是秋天江南水塘里产的一种果子，壳深褐色，很硬，煮熟后里面是白色淀粉质的果实，很好吃。因为母亲不在，我们自己分食买来的老菱，分得不均争吵起来，互相追逃。我从小跑得很快，哥哥在后面追。我们家很大，我在回廊里转来转去，哥哥追不上我。最后，走到书馆我的座位上，才无路可走了。晚上，母亲回家，我和哥哥两人一起在母亲面前告状，诉说对方的不是。最后，母亲判决：大家都不好，各打三下手心。我记得我九岁以后就不再流泪了，认为哭泣是可羞的事。所以这次虽被母亲痛打三下手心，我也忍住不哭了事。

我十五六岁时，哥哥订了一本柯达摄影杂志以及其他各种外国电影明星画报，于是就爱上了摄影。他看到摄影杂志上有征求投稿的广告，就拍了各种照片寄去，还要我做他的模特儿，摆出各种姿势来让他拍照。有一次，他看见一本电影明星杂志上有某影星留前刘海拍的照，就一再劝我把前额的头发也剪成这样，我坚决不肯这样做。他每天一放学就来央求我剪头发。我情面难却，只好勉强在前额留了薄薄一层头发，让他拍照。后来，我看见画报上梳这种发型的女孩子越来越多了，也梳这样的发型一直梳到我结婚。我哥哥替我拍的那张前刘海照片，竟然到现在还在。

也在差不多这个时候，我哥哥去买了一架唱片机回家。那时的唱片机不是电动的，要靠手摇发条带动转盘；每放一张唱片，还要换一根钢针，很麻烦。但是，在杭州二十世纪二十年代，唱片机是很新奇的东西。我哥哥买了几张当时流行的中外歌曲唱片，如《大路歌》《渔光曲》《桃花江》等。我们兄妹就跟着学唱。哥哥也买了京剧梅兰芳、程砚秋等四大名旦和马连良、言菊朋等名角的唱片。于是，我们兄妹三人每天都学唱京剧。我和哥哥都最迷程砚秋的唱腔，因为觉得程派唱腔更婉转动人。后来，哥哥每次路过上海，

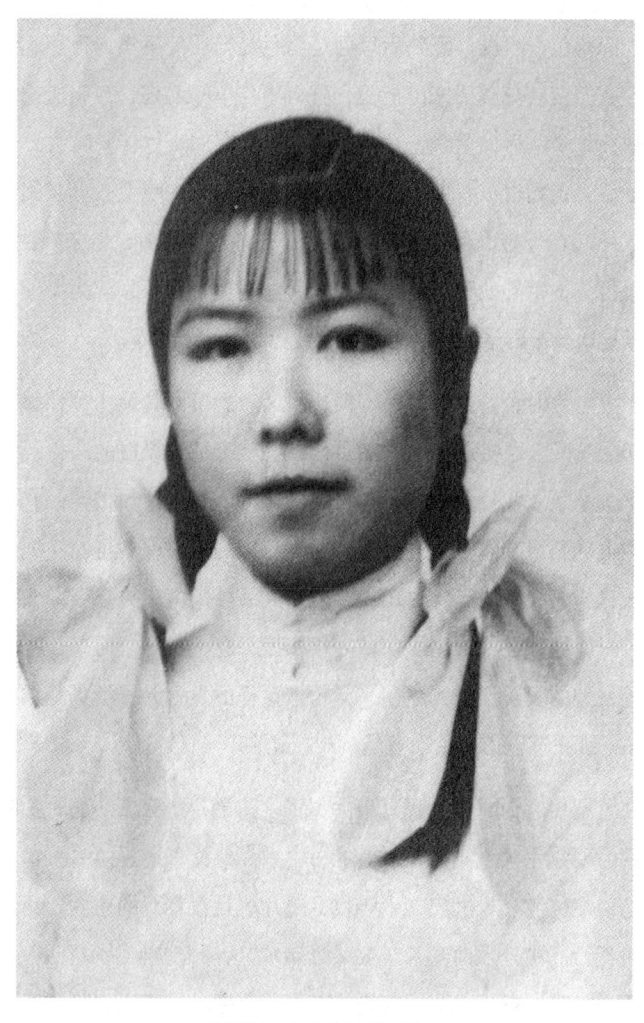

高诵芬十五六岁时（高恺之摄）

高诵芬兄高恺之在杭州家中牡丹亭

高恺之（摄于抗战前）

必买几张程砚秋的唱片回来。要是遇到程砚秋正好在上海演出,则必去戏院观看,过一番戏瘾。回到杭州,还要将演出情况告诉我。

我小时候嘴很凶,不肯服输。有一次,不知为了什么事情与母亲顶嘴,我受了委屈,哥哥很为我而感到不平。当时,我在自己房中生气,不肯出去。哥哥进来对我说:"这件事我看是母亲不对。"我一听有人帮我,更感委屈了,心里一酸,大声哭了出来。哥哥怕我母亲听见,忙把我拉到后花园去劝解一番,我才停止。

我十六岁、哥哥十九岁那年正月,我哥哥与我父亲去岳坟上我们曾祖父母的坟。那天,我父亲是坐自家的包车去的;哥哥说他要骑自行车去,说好到坟上碰头。到岳坟去要经过把西湖分割成里西湖和外西湖的白堤,白堤上有两座桥,车子冲下去时开得很快。我哥哥跟在一辆公共汽车后骑车,汽车到站了,他就从车后转出来,谁知对面正开过来一辆小汽车,撞到他身上,一下弹出去好几米。他戴的眼镜腿嵌进太阳穴里,舌头都咬断一半,人昏了过去,毫无知觉了。

我父亲在岳坟等了我哥哥好久,不见他来,只好自己上好坟,独自去我三叔祖家打麻将去了。下午,家里账房派人去找我父亲,说哥哥出了车祸,被人送进医院了。原来我哥哥进了医院,医院见他伤势很重,也不知是谁家的孩子,就先抢救了。等我哥哥醒来,抢救已经完毕。哥哥不能讲话,就在纸上写了家里住址、电话,还写明不愿追究撞他的司机,因为这是他自己的不是。医院就立即通知我母亲。

我母亲那天感冒初愈,正躺在床上。接到电话,马上起床要我同她一起到医院去。她不知我听了这个消息,惊慌失措得哭都哭不出来,想想实在不敢去看医院里躺着的哥哥。母亲以为我不肯去,就骂了我几句,与我弟弟走了。他们一走,我心中伤心,就独自在房间里痛哭一场。

晚上，母亲回家报告了哥哥伤势详情，还说医生给他缝上了舌头，但不知道伤愈之后能不能讲话。我当晚睡在床上，想想哥哥的情况，又暗暗大哭起来。

那天晚上，我父亲和车夫阿根陪在医院过夜。次日，我与母亲和弟弟去医院探望。如是一周，医生给哥哥舌头拆了线，知道他仍能说话，大家才放下心来，都说我哥哥大难不死，必有后福。目前看来，此言果然不差也。

我在家里住到十八岁结婚，嫁到徐家来。出嫁前一年，我已订婚了。一天，我和哥哥在家中后花园旁边一间凸出在园中、三面有玻璃窗的房间里，他正在为我拍照。他忽而对我说："明年此时，你已去徐家了。我不能再像现在一样，可以随意为你拍照了。"我听了心里很是难过，真想流下泪来，只好勉力忍住。此情此景，我至今还记得很清楚。

结婚后徐家也住在杭州，我跟哥哥就仍常有来往。记得结婚第二年，我丈夫与我去西天目山旅行，也邀请我哥哥同往。回杭之后，哥哥坚持要还旅费给我们，后来我丈夫买了一部书送他。

结婚后一年半，日寇犯杭，我与徐家一起逃难，最后全家迁移上海。我父母与我弟弟则逃到浙江。我去沪那年，我哥哥因考取医学院要到重庆去念书了，就先从浙江来沪，再从沪乘轮船到重庆去，因为那时大学都纷纷内迁了。在上海停留期间，我给哥哥买了一床布面的新被褥，让他带着去重庆。后来，我又好几次从上海寄食用品，如食糖之类的东西给他。因为那时物质缺乏，连日常用品都常常无法买到。后来，邮包常会遗失，最后上海到重庆的邮路中断了，我才停止跟他联系。

抗战胜利，终于把日寇赶出中国，邮政亦通了。我哥哥来信说，他已毕业，在重庆医院当医生，不日就要迁到南京工作。我听了十分高兴，因为南京离上海不远，我们可以时常见面了。一天，我正在上海戈登路我们大家庭那栋五开间三层楼大房子的楼上走廊里坐着，忽见花园里拉进来一辆人力车，在屋子正面的台阶前停下，车里走出来一个我不认识的人。再定睛一看，原来是我哥哥。我喜出望外，连忙跑下楼去招呼，一面关照用人帮我哥哥将车上的行李拿到我们住的楼上去。他打开箱子，取出送我的一幅重庆出产的竹帘画及白木耳等土产。他也带了一些东西分送我的长辈们。看见我已有三个小孩了，他十分高兴，记得他还特意出去买了一些玩意儿送给我的孩子们。

我哥哥告诉我，他在重庆医院里认识了一位女药剂师，年龄比他小好几岁，两人感情甚好，准备订婚了。他给我看了他女友的照片，相貌清秀端正，我心中很为他高兴。现在他要到南京工作了，他女友亦调到南京，仍与他同事。我在哥哥上任前交给他一块红底白花的绸料，要哥哥转送给我的未来嫂嫂。

过了若干时日，我哥哥与女友两人均调到杭州工作，我也正回杭去探望父母。我和丈夫陪着我哥哥去他女友家拜访她的二老。我父母也第一次请他女友到家里吃饭。我记得那天杭州书画家朱孔阳先生[1]也在座。下午，我兴致很好，建议一同去游西湖，并在楼外楼用晚膳，直到很晚才回家。现在回忆，八年抗战，全家分离；胜利后回杭，能一家团聚何等幸福呀！此情此景，已如梦中，不可再来了！

我哥哥订婚，我与丈夫带了三个孩子去参加订婚仪式。仪式之后，在某酒楼吃两家的会亲酒。结婚时，我原定也要去参加的，但却发现我已经怀上最小的孩子，也就是第三个儿子。但出发前几天见了红，医生关照不能出门，

1　关于朱孔阳先生，详见本书第肆拾章《一位朱先生和三位朱师母》。

要在家休息，只好由我丈夫带了两个小孩，由保姆陪同，去参加我哥哥的婚礼。那时，我大儿已经五六岁，我女儿也已四五岁了，他们俩就当了我哥哥、嫂嫂的一对小傧相。后来，我看到他们在照相馆拍的结婚照上，我大儿子穿了一套小中山装，我女儿穿了一套小连衫裙，站在新郎新娘和别的大傧相的旁边，十分可爱。那张照片倒保存到了今天。

过了几天，我身体好了，就回杭州去祝贺我哥嫂。见了新嫂子，我心中颇觉温暖，因我从无姐妹，所以觉得这嫂子就像我的亲姐妹一样。记得我父亲以前在我还没有出嫁前说过：姑娘要先嫁，哥哥要后娶，这样姑嫂之间就会客客气气，不会有摩擦了。所以，我想，现在我先出嫁，哥哥后娶媳妇，我与嫂子的关系也会好的。事实上，我们几十年如一日，姑嫂一直和睦相处，从无争吵。

我这位嫂子人很能干。在外，能工作；在内，会做菜、做点心。记得她一嫁过来，就动手做葱油花卷给我们吃。我们家里以前别的点心都做，花卷倒从未做过，于是我学到了一种点心的做法。据我哥哥讲，我嫂子还会做饼干呢！

我哥哥结婚比我晚好几年，因此他的大儿子比我最小的儿子还小四个月。每次我回杭，他们两表兄弟总玩得很融洽。我这大侄子从小很重感情，所以每次我们要回上海去时，他总依依不舍，要大哭一场。后来，我们在临走时就叫用人把他抱得远远的，或者到邻居家玩，不让他看见我们的离开。后来，我哥哥嫂嫂又有了一个女孩。每次我去杭，那小女孩子对我很亲，我亦心中感到十分温暖，很喜欢抱她。我父母健在时，我每年都至少回杭州一次。每次从上海带了东西送给两个侄子、侄女，还带他们去游西湖。这是我一生中最难忘的日子之一。

1966年突如其来的"文革"冲乱了我们的生活。在杭州，我父母、兄嫂家亦受到打击。其实早在1949年以后，我父母已无法维持高家原在孩儿巷布店弄老屋的大房子，于是就把整栋房子卖给了国家。高家自迁杭始祖高士桢从乾隆年间就住在此地，两三百年间，人口增长、屋宇扩建、庭院延伸，最终成了杭州城里屈指可数的大家族。这株枝茂叶盛的大树，终于迁移他处了。

我哥哥的丈人原是安徽合肥大学教授，后来调到杭州教书，就全家搬到杭州来定居。他们在1949年前造了并排的两栋西式房子：一座有院子的平房，供自己居住；一座也有院子的楼房，供出租做投资用。在这两座房子对面，还有一大块空地，本来也是准备造房子的，但后来这个计划没有实行，就只好空着成了荒地。我父母卖了自己的老屋后，租了亲家两层楼那栋房子的楼上一层，与亲家成了隔壁邻居。后来，到了二十世纪六十年代初，他们又搬到亲家原住的那栋平房去住了。所以1949年前我们全家去杭州，就住在我娘家；但1949年老屋出卖之后，我父母家住房缩小，我们去杭州只能住在旅馆了。[1]

"文革"之前我父母他们的房子已经缩小了，"红卫兵"还是去抄了家，想找出暗藏、转移的财物，最后当然一无所获。只是可惜了花园里几缸名种荷花——红卫兵把大缸敲碎，想找"藏在缸底污泥中的金银财宝"，结果使这种白底红边的荷花绝了种。这个品种，好像是我在美国的弟弟培养出来的呢！

我父母那时已经八十多岁，经受不起这样的打击，相继卧病不起了。我

---

[1] 此段完全是我所加添的，因为母亲原文中并没提到我外公家1949年后房屋的变迁情况。而缺少了这些背景情况，读者看到抄家部分就会产生误解，以为他们那时还住在原处了。——徐家祯注

当时日子也很不好过：搬到后间之后，街道"造反派"不许我们家在新住处装煤气设备，我只好每天早晨起来生煤炉；除了要买菜、烧饭、洗衣、做家务外，我还要照顾半身不遂的丈夫；作为"四类分子臭老婆"，我还要去扫弄堂、搞卫生……但一接到我哥哥来信告诉我父母这样的情况，我只好抛下丈夫，把我已分配在上海郊区农场劳动的小儿子叫回来暂时照管一下家里，独自去杭州探望我父母了。

到了杭州，见我父母已被从正屋赶出，住在井边一排厢房中的一间了。他们二老原来已经分居多年，从不住在一起，现在只能同室而居。那厢房很小，两张小床无法并排放，只好一张靠墙，一张靠门。

我父亲平时十分耐心，有了病也一声不吭。我每次问他有何处难过，他总回答说："没有。"而我母亲本来十分胆小，经抄家惊吓，就有了小便问题，日夜要起床小便多次。我把她抱起来放在床边便桶上解手，只觉得她已经瘦得骨瘦如柴了！在便桶上，没有肌肉的臀部接触到桶边就要叫"痛"，在便桶上坐都坐不住。那时，父母身边还有一个老女用人。我不在时，母亲要小便，就由她来抱。我母亲说我手脚很轻，比那女用人抱她时好得多。我母亲还有便秘的问题。每次她大便困难，我给她塞开塞露通便后，她都说"舒服"。

我住了几天，我父亲就去世了。我们就瞒着母亲，怕她要害怕，只说我父亲病重，送医院去了。其实，那时即使病重，医院里也是不敢收"四类分子"和家属的。我母亲当然不清楚外边真情，所以至死不知道她丈夫已先她而去。

我父亲去世后一天，我就回上海了。到了该年阴历正月，我大儿子去杭州看外婆和大舅一家。几个月后，我女儿刚结婚从西安探亲回沪，也同她丈夫一起到福建老家去见公婆，顺路在杭州停留几天探望外婆。我母亲还对我女婿说了"要爱惜妻子"等话。她对我女儿说：想吃鸡蛋，但是用人告诉她

"现在鸡蛋买不到"。我女儿上街一看，店里明明放着鸡蛋卖！就买了一篮放在她外婆床前，还留了十多元钱给外婆用。那时大家经济都很窘迫，也只有这点钱可以拿得出来了。等她走后，用人是否做给外婆吃，就不得而知了！

数月后，我母亲病重。我兄嫂那时在杭州近郊劳动，哥哥想请假回家服侍母亲，单位不允，只许我嫂嫂回去。我母亲有媳妇在旁服侍，总算享了几天福。我嫂嫂后来告诉我：她给母亲洗脚，母亲感激得流泪。我自问做女儿的没有好好服侍母亲，还不及我嫂子代我服侍到我母亲临终，至今心中不安。真是"欲报之德，昊天罔极"呀！

我二十世纪八十年代初带我第二个媳妇和大孙子、外孙女去莫干山过夏天，顺便在杭州我兄嫂处停留了三天。我外孙女要我带她去看她母亲（即我女儿）小时候掉落到西湖里的地方。[1] 我就带了两个孩子和我的二媳妇去孤山放鹤亭下面的湖边。那天我们还去楼外楼吃了龙井虾仁和西湖醋鱼。第二次我再去杭州，那是我的二媳妇陪我去她的娘家长沙，我们在杭州路过住了几天。这是我最后一次去杭州了。[2]

我每次在杭州兄嫂家，总会在父母原来住过的房间门口站一会儿，望望里面不愿进去，心中既悲又怯。我本是个内向的人，表面上看去不易哭泣流泪，但事实上心却常怀悲哀。我父母在世时，我每晨醒来总会想：不知道父

---

[1] 大约我五六岁，我妹妹四五岁时，一年夏天，我们全家去杭州西湖游玩。那天下午我记得是去孤山背后里西湖的放鹤亭。那时，放鹤亭上是个茶室，可以坐着喝茶。我父母他们在喝茶，我和妹妹还有弟弟，走下亭子去玩儿。我看见湖里有小的游鱼在游动，就喊妹妹他们来看。湖边有台阶，台阶上有水，我妹妹一滑，就跌进了西湖。我吓得发呆，只看见妹妹慢慢沉入水中，才大声喊叫。母亲听见喊声，连忙从高高在上的放鹤亭上飞奔而下。跑到湖边，只见妹妹已经全身没入水中，看不见了，只有双手伸过头顶，虽也在水中，但还能看见。母亲赶忙蹲下身去，一把抓住妹妹双手，把她拉出水面。妹妹全身湿透，站在岸边大哭起来。那天的游湖就这么结束了。后来听船夫说，里西湖放鹤亭一段的水最深，所以要是没有母亲的急救，那天要弄出人命大祸来了。——徐家祯注

[2] 2001年6月，我去长江三峡开会，一而再、再而三地动员母亲与我同去。最后，她终于同意了。记得那次坐新加坡航线，在新加坡停留一晚，第二天到达上海。开会期间，我弟弟一家陪母亲去杭州看望大舅和舅妈。这才是母亲最后一次赴杭。——徐家祯注

母现在做什么事情了。自父母去世，我就只想兄嫂不知现在做什么了。

我的大侄子后来去香港做生意得发，在深圳蛇口买了一套公寓，因为冬天杭州太冷，就叫他父母每年冬天去蛇口过冬。我哥哥打电话给我，要我夫妇也去那里避寒。但那时我丈夫正患疝气，不敢长途旅行，我就没有领我哥哥之情，很觉抱歉。

在我和丈夫赴澳定居之前，我原想由媳妇陪我再去杭州一次，与兄嫂聚聚。但那时他们正在蛇口，而我的行期已定，于是赴杭计划也就作罢。现在我来澳大利亚已经五年，从此我与哥哥更加难以会晤矣！[1]

1999 年写于澳大利亚南部绿陂寄庐

2011 年 2 月 26 日

重新整理于刻来佛寺新红叶山庄

---

[1] 母亲 1994 年出国后还回杭州过一次，所以与她兄嫂的最后一次见面应是 2001 年 6 月。见前注。——徐家祯注

叁拾伍章
家乡的吃

我来澳大利亚已是第二次了[1]。澳大利亚气候温暖，冬天不会冷得像上海一样，达到零下几摄氏度，穿了鸭绒衣裤还感到寒冷。但是美中不足的是，吃的东西味道总不如中国的。虽然比中国好的也不是没有，但大多仍比不过中国。比如牛肉比中国的嫩，羊肉没有膻味；然而猪肉就臊味太重，只有到中国店去买才没有臊气。澳大利亚的猪肉瘦而不鲜，不像中国的猪肉，皮薄有膘，烧出来有一种香气，吃起来有一种鲜味，使人开胃。澳大利亚的鱼虾种类虽多，但也不鲜，所有海味都是一个味道。而且澳大利亚没有金华火腿，没有咸肉、风肉和家乡肉，也没有冬笋、春笋、鞭笋、茭白、慈姑……所以

---

[1] 我父母头一次来澳大利亚，那是1987年11月下旬。我1986年办完在澳大利亚定居的手续后，就不断邀请父母来澳旅游，他们不肯来。后来，我的好友、马来西亚来的钟医生到中国去旅游，答应把我父母带来，他们才决定来了。来后在我家住了九个月，直到1988年8月中旬回国。其间，我写成我的第一本散文集《南澳散记》（1991年中国华侨出版公司出版），其中有一篇叫《父母来访南澳》，记载此事。

再过几年，我弟弟和妹妹两家也相继移民来澳大利亚定居。此时，中国只剩我小弟弟一家。于是，我父母也开始考虑来澳大利亚定居。1994年1月底，他们终于移民来到澳大利亚洲。这就是本文开头所说的"第二次来澳大利亚"。——徐家祯注

做不出有家乡特色风味的中国菜来。山居无事，我与丈夫常常回忆小时候在家乡吃过的菜肴和点心。

以羊肉来说，我丈夫时常念叨杭州夏天吃的白切羊肉。以前，每到夏天，有一家店专卖羊肉早市。大约早上五六点钟开市，八九点钟就息市了。他们卖五花肉、太极图、羊眼睛、羊脑子等。所谓"太极图"，就是羊的后腿肉。煮得半熟时先把骨去掉，用线扎紧，再煮；煮熟后一片片横切，每一片都成圆形，而且看起来都有像太极图一样的图案。羊肉还要用新鲜荷叶包好才卖给顾客，吃时一打开荷叶包，即闻到荷叶的清香而无羊膻气。

这家店同时还卖西湖出产的藕，做成酥藕和藕粥出售。所谓"酥藕"，就是先把藕的一头切下一段，在藕的每个洞中都灌入糯米，然后再用细竹签插入藕中，把切下的那段和藕身连起来，以免煮时糯米漏出来。灌了糯米的藕在锅中煮三四小时，即成酥藕。吃前先把藕切成一片片，用荷叶包起来；吃时蘸白糖，香甜可口。在煮酥藕的汤中加糯米烧成藕粥，色泽淡红，荷香扑鼻。

杭州还有一家名为西乐园的百年老店，早晨专门卖羊汤饭及各种羊肉点心，也卖羊身上的各个部件，当早饭吃，叫羊汤饭。这家店兼卖自制的白玫瑰花烧酒，酒精浓度不高，香甜醇厚。

杭州习俗有"羊肉过午不化"之说，故羊汤饭店只卖早市。

夏天，杭州的饭店里还有荷叶粉蒸肉出售。在我年轻时，荷叶粉蒸肉只卖一毛钱一包。荷叶粉蒸肉也可自制：先将炒香的粳米磨成粗粒粉，拌在已用上等酱油、绍酒浸过三四小时之大块猪肉上，再在每块猪肉上略加白糖，然后用新鲜荷叶包成方形，放在蒸笼里蒸几小时就成。荷叶粉蒸肉香美酥嫩，油而不腻，很有特色。

夏天头伏这天，每家酱园都开缸卖一天双插瓜。这种酱瓜色黑而咸脆。买来后，一层瓜一层白糖腌在坛里，甜而且脆，是佐粥之佳品，可吃数年而不变味。凡爱吃此瓜的人家，均在头伏这天一早就去买来，因为他们的双插瓜往往不到中午即已卖完，所以去得晚了就会错过机会，要再等一年才能买到。

杭州还有不少有特色的饭店。比如，有一家叫王顺兴饭店，杭州人叫它"王饭儿"，以件儿肉闻名。件儿肉是一种方形、色如琥珀的肉，看上去珠光宝气；味与咸肉略同，但又不太咸，还有一股杏仁香，而且肥而不腻，风味独绝，真是色香味俱佳，别家无法仿制。

有一家叫颐春斋的酱鸭，也是有名的。他们的酱鸭味道咸中带甜，入口使人食欲骤增，为下饭之美味也。

杭州人爱吃河鱼，著名的楼外楼西湖醋鱼就是用饲养在西湖中的草鱼（杭州人叫"鲲鱼"，音"混"）做的。以前，在楼外楼饭店外的西湖边就用竹篱栏出一个小鱼塘，专养草鱼。客人点了西湖醋鱼之后，堂倌从鱼塘中捞起一条来，湿淋淋地提到饭桌旁给客人看过。客人满意之后，马上把鱼提进厨房下锅。片刻，刚才还鲜蹦活跳的大鱼就成盘中之餐了，所以特别鲜嫩。

在楼外楼吃醋鱼，还可以"带柄"，也就是吃生鱼片，用装在小碟子里的葱、麻油、酱油蘸了吃。楼外楼还有醉虾，是将鲜活河虾用酒闷在一个倒扣的大碗中。吃时把盖略开一点，用筷夹出一只，用麻酱油蘸了鲜蹦活跳地放入口中。现在西湖之水污染，大概没人敢吃生鱼片、活醉虾了吧。

西湖莼菜也是杭州的名菜。《红楼梦》中提到小荷叶即指这种莼菜，因为其状如荷叶。将西湖莼菜用火腿丝、肉丝、笋丝煮汤，或加入虾仁，则味更佳。楼外楼还有生爆鳝背、炸响铃儿等菜，都是全国名菜。

杭州还有几家不但在当地而且在全国有名的点心店，比如：知味观的全虾小馄饨；聚永馆的全蟹粉汤面、河虾黄鱼面、春笋鲚鱼面、虾仁火腿汤面、蟹粉小笼包子，都是别家点心店无法相比的。抗战之前，杭州又新开了一家面店，叫奎元馆。此店后来渐渐成名，成为点心店中后起之秀。他们的虾仁汤面、虾爆鳝面、蟹粉面、片儿川（即雪菜肉丝面），色、香、味俱全，跟聚永馆的一样好。二十世纪五十年代后，这家店虽然生意仍然兴隆，店面也装饰得金碧辉煌，但面与佐料却"移步换营"了。最近我儿子告诉我，从中文报上看到广告，说在墨尔本或悉尼开了一家饭馆叫"知味观"。我想，虽然名字跟杭州的那家老店一样，但他们不可能用杭州的菜料煮菜，厨师可能没有吃过正宗知味观的味道。可想而知，煮出来的面点一定名不副实，这也不能怪他们。

杭州的糕点也很有特色。比如，杭州有一家叫徐德昌的南货店，是百年老店，是我们一家亲戚开的，夏天清早专卖早点，名曰"夏糕儿"，种类很多，有条头糕、大方糕、黄条糕、薄荷糕、膏药糕、水晶糕、黄松糕、黄条糕等，一过七点钟就卖完了。大家一定要黎明前去等开门。

还有一家叫颐香斋，他们专卖干点。如，有一种叫麻糕，是用黑芝麻泥做成的，约三寸长、二寸宽，用油纸包好，隔纸即能闻到芝麻的香味，现在已经失传了。还有一种用炒米粉做的点心，叫炒米糕，香甜松脆，最宜给小孩做零食吃，因为容易消化。他们的寸金糖、白芝麻片、黑芝麻片、雪枣、枇杷梗、冰雪糕、绿豆糕等，都按季节出售。我们小时候，一年到头各种糕点吃个不断。而今，这些糕点在杭州大多失传，没有失传的大概也不会是原味了吧。

在风景区天竺，有一种天竺豆腐干出售，约三分见方，十块一扎，有五香味而咸淡适宜。以前游客坐永华公共汽车去灵隐，即在这家店门口停下，因此大家总要顺便买几扎回家，或者即在灵隐溪边茶室里喝茶时做茶食。那时灵隐溪水边、大松树下，有一排藤躺椅和小桌子，茶客可以躺在藤椅上一边听潺潺的溪水声，一边喝龙井茶，吃五香豆腐干或瓜子、花生。现在城市到处是咖啡、巧克力，已经失去过去清雅之风味了。

除了店里出售的特色菜点之外，杭州一般人家吃的菜点也很有地方特色。总的来说，杭州人爱吃比较清淡的食品。比如杭州人爱吃腌菜。我家以前每年自制腌菜。冬季每餐必有一碗：既可以生吃，也可以用来炒冬笋或煎鱼。春季则用雪里蕻菜腌制，用来炒小蚕豆、豌豆都其鲜无比。多余的腌菜晒干，就成霉干菜。几年陈的霉干菜据说可以治喉痛，所以常有人来讨去做药。

从霜降开始到次年清明，我家煮饭时必放一二只大萝卜。煮时将大萝卜一切为二，铺在饭上，使其汁水流入饭中，据说可以防止冬季感冒、喉痛、咳嗽。饭后还要喝一碗不放任何调味品的橄榄萝卜汤，医书上称之为"青龙白虎汤"，据说来自中医古方，与饭里放萝卜有同等功效。

杭州人连除夕必备的四样取意的吉祥如意菜也是素菜：一样叫"如意菜"，用黄豆芽（像如意）、白萝卜条（象征银条）和胡萝卜条（象征金条）加上自制雪菜同炒；一样叫"钱包"，用百叶把金针、木耳和豆腐干、冬笋丁包在里面，做成像春卷一样的百叶包；一样叫"元宝"，用慈姑和自制腌菜煮成，慈姑的形状像元宝，所以也是过年必吃的如意菜；最后一样叫"藕脯"，是将藕、莲子、红枣、白果、马蹄、赤豆加红糖煮成的甜菜。因为藕里有很多孔洞，就叫"路路通"，象征来年万事亨通。

杭州人端午节不裹粽子，而过年每家必做年糕、裹粽子，取其"高"（糕）、"中"（粽）两个音。因为在封建时代科举制度时，家家都希望有人高高中举也。

春天，玉兰花开了，我们把花瓣采下，涂上甜面粉糊，放入油锅内炸，既香又甜，另有风味。

夏秋之季，西湖出产水红菱与莲蓬，可以生吃，亦可以煮后加冰糖做点心吃。菱肉还可煮熟，用麻酱油拌之，佐餐及做下酒之用，也可放在炒素什锦或豆腐羹内做配料，鲜嫩可口。

到了七月下旬，杭州西湖区的桂花栗子上市。我家人爱吃嫩的，买来用冰糖煮了做点心。栗子还可以用来煮栗子红烧肉和栗子炒子鸡，也可做栗子蛋糕，皆上等菜点也。

每年立夏，我家必采山上乌饭叶，用淘箩在盆水中搓出黑色汁水，然后把糯米泡入这水中。次晨，米成乌蓝色，用此水蒸出糯米饭，香而韧，与寻常的白糯米饭不同。我二十岁离杭，直到三十岁生日回杭州玉泉去放生才又吃到。母亲知道我爱吃乌糯米饭，特地叫家里的男用人杨海师傅去山上采了乌饭叶做乌糯米饭给我吃，还带了许多回上海，吃了好多天。然后，又是几十年未尝矣。直到八九年前，我兄嫂特地托我侄媳带了一些乌饭叶到上海给我。我想这叶子来之不易，舍不得做完，只用了一半，还有一半放在冰箱里，想以后可以慢慢用。哪知冰过之后的乌饭叶却搓不出黑汁了，白白浪费了很多叶子，实在可惜。自从这次以后，我就没有再吃过乌糯米饭了。

每年新蚕豆上市时，我家还喜欢做豆板糕。我们先把老豆板煮烂，加糖和面粉，调成糊状，在蒸笼里铺一块布，将面糊倒入。蒸至将熟的时候，把花园里的紫藤花采下，撒在糕上。于是，淡紫的花，嫩绿的糕，色味俱佳。

还有一种点心叫珍珠肉圆，是将糯米浸一天，把猪肉酱捏成圆子，擂上糯米，放在蒸笼里蒸。熟时糯米与肉混而为一，亦是请客佳点之一。

我家园中春天长出嫩的艾草，取其叶，可做点心。先将艾叶略泡一下，使之成鲜绿色，用捣臼捣成糊状，放入水磨干粉，调以开水，捏成艾团，再用猪油、豆沙做馅，蒸熟即成香甜可口的艾团。自己做的艾团非店里买来的艾团可比，因为店里的艾团其实是麦子的嫩头做的，因此虽然颜色差不多，但香味就差得多了。

杭州还有一种点心叫油墩儿，乃是用萝卜切成细丝，加开洋（即虾干）、葱花、细盐，拌入面粉成糊状，用调羹一调调放入油锅炸成外黄内熟，香气扑鼻。也可用山芋丝、南瓜丝代替萝卜丝，做甜的点心，各有所长。

梅子上市时，我们用一只瓷缸，将梅子切成块，放入瓷缸内，一层白糖，一层紫苏叶，一层茭白片，装满一瓷缸，然后用丝绵包在缸上面，放在太阳里晒一个月左右，缸内的梅子就变成碧绿，茭白则变成雪白，而紫苏却变成血红，真是既好吃又好看。这种糖食名叫"梅舌儿"。清朝大诗人龚定庵也是杭州人。在他的《己亥杂诗》中特别提到"杭州梅舌酸复甜，有笋名曰虎爪尖"，就是指的"梅舌儿"。可见由来已久。

除了梅子可以做梅舌儿，金橘、红果也可以做果酱。金橘买来之后，用小刀在皮上割出条纹，放在开水中泡几分钟，再把里面的酸水和核挤出，放在黄铜锅内加水少许，和入冰糖，与金橘同煮，煮到汤浓皮软就成。金橘酱吃时香甜带酸，老人食之开胃通气。红果也可做果酱，或用冰糖熬成一颗颗的糖红果，当作甜品吃。据说，红果还有降血压的功效。

在肉类方面，杭州人最讲究做菜用火腿。火腿不是杭州的特产，而是出自浙江金华。金华火腿跟外国火腿的味道完全不同。可能福建、广东人不吃这种火腿，所以在海外的中国食品店中只有卖腊肉、腊肠而不见金华火腿。金华火腿可以单独做菜，也可做别的菜的配料。比如可以买一个火腿蹄髈（杭州人叫"火腿膛儿"）回来，隔水炖四小时，再加鲜猪肉和干贝、竹笋同蒸，蒸到火腿皮酥软，香味扑鼻为止。如果买来火腿的上腰峰，则可加上等黄酒和蜂蜜而不加水蒸，蒸好的火腿色泽金黄，叫蜜汁火腿。

杭州人喜欢在各种菜肴里都加一点火腿，尤其在清蒸鳜鱼和其他河鱼时，加了几片火腿就能吊鲜；用火腿蒸笋、蒸虾、蒸干贝等，也成美味。可惜在澳大利亚买不到金华火腿，所以再好的鱼、肉，蒸起来都不入味。

讲到鱼虾，我就想到鲥鱼。鲥鱼是长江的一种特产，主要产地在离杭州西面五十公里的富春江上游。南京附近的镇江虽然也产鲥鱼，但味道不如富春江的。富春江的当地人不吃鲥鱼，就将鱼卖到杭州。虽然鱼运到杭州，一出水就死，味道差了一点，但还是名贵难得的美味。鲥鱼煮时不能去鳞，因为鳞背含大量脂肪，这是其他鱼类所无。鲥鱼可以清蒸，亦可红烧，皆为名菜，其味鲜嫩、香腴，无其他鸡鸭鱼肉可比。

我丈夫家以前有个厨房师傅叫炳荣，他的手艺很好，有几样名菜，连饭店都比不了他。他的绝招之一是做水晶鱼圆，我看他做过。他从菜场拣来鲜活的大青鱼——但不可太大，否则肉就会太老——对剖、去骨；再将整块鱼钉在板上，用刀轻轻将鱼肉自上而下刮下来，做成鱼酱。然后，他将鱼酱放在一只钵里，用几双筷子不停地向右搅，搅时绝对不可逆转方向，一直要搅到能见钵底，不再凝聚，才算功夫到家。他再煮一锅开水，水中放长茎葱、姜和块盐，煮成淡盐汤。等汤煮开，他用汤匙将鱼酱舀出一匙，轻轻放入汤中，待其凝成一个椭圆形，即成水晶鱼圆。做好的鱼圆可以浸在汤钵中，随时取出食用。吃时，只须将鱼圆跟火腿片、笋片和葱结放在鸡汤或肉汤中氽一下，不可久煮，否则就会变老。鱼圆色白如玉，嫩得不能用筷子夹，只能用汤匙舀之，入口即化，鲜美无比。

青鱼可以晒成青鱼干，在店里买得到。将青鱼干用茶籽油浸入坛内，过一年以上取出蒸食，鱼干色如琥珀，味油而酥。也可将青鱼干放在甜酒酿中浸半年，取出蒸食，鱼肉甜而酥，也别有风味。我嫂嫂家是安徽人，他们做的鳊鱼干也别有风味：买来大鳊鱼，不洗，也不去鳞，只把鱼肠从鱼鳃处取出。然后将猪油切成小块，加鲜大蒜叶和细盐，塞入鱼肚内，挂在走廊通风处数月，即可蒸而食之，其味无穷。

杭州菜虽说以清淡、鲜嫩为主，但也不排除肥浓，有的还有特殊风味。比如有一种菜叫"腌炖鲜"（这个"炖"字要念成"笃"音，意思是用文火炖）。所谓"腌"就是咸肉，而"鲜"就是新鲜猪肉。将咸肉和新鲜猪肉加上冬笋或春笋一起用文火炖，就成了腌炖鲜。腌炖鲜混有三种配料的鲜味，这是杭州的独特做法。

宋代大文学家苏东坡在杭州做过官，他发明的东坡肉也算是杭州的特色菜。其实，东坡肉倒并不是他在杭州时发明的，而是他因事得罪了朝廷被发配到湖北黄州去当地方小官时发明的。当地猪肉很多，也很便宜，他便买来用树皮草根慢火烧煮，结果发现猪肉竟特别酥嫩，味道也特别浓厚，真是清香扑鼻，入口便化。他写了一首诗介绍猪肉的这种做法：

> 净洗铛，少著水，柴头罨烟焰不起。待他自熟莫催他，火候足时他自美。黄州好猪肉，价贱如泥土。富者不肯吃，贫者不解煮。早晨起来打两碗，饱得自家君莫管。

以后，大家把用这种做法煮出来的猪肉叫作"东坡肉"。其实，现在东坡肉的煮法当然远远要比苏东坡时的煮法复杂、讲究多了。

杭州还有一种做蹄髈的方法，做出来的蹄髈叫"水晶蹄髈"。做水晶蹄髈不能用长江以北产的猪，因为江北猪太瘦，一定要用百斤以上的大猪，皮薄膘厚。猪肉以文火清炖，加入葱、姜和上等黄酒，亦可配以笋嫩头，增加鲜味。火候到功时，只要用筷试之即可。水晶蹄髈的肉酥嫩不韧，入口即化。

煮时还须注意让汤水略多，因鲜腴滋味，半在汤中也。

杭州的吃食当然远远不止这些。历代书上记载以及听民间传说，真是品类繁多，不及备载。有些菜肴只闻其名，而不知其烹调方法。我所提到的仅我亲眼所见、所尝，有不少是我所亲手烹调过的，与书上提到的相比，真是小巫见大巫了。

高诵芬作文

徐家祯整理

1995 年 7 月 11 日

于斯陡林红叶山庄

叁拾陆章
我的烹饪经历

别人都说我很会做菜,也很奇怪我出生在有男用女仆的家庭,根本不用自己动手下厨,是何时学会做菜的呢?其实,我觉得煮饭、做菜并不须要专门进什么学校去学,只要有兴趣,平时注意别人怎么做菜,多问、多试就能学会。等到学会了基本的做菜方法,举一反三,就不是难事。我就是这样学会做菜的。

记得我曾祖母在世时,家里有男厨师做菜;曾祖母故世之后,父母就改用男用人买菜、女用人烧菜了。虽然我那时只有十岁左右,不用做家务,但我爱看用人怎么做菜,也爱听母亲怎么教用人做菜。

曾祖母吃的小菜并不要求食材讲究,但在烹调上却要求精工细作。她还不爱吃外面买来的菜点,认为不清洁。比如,她从不吃大饼、油条。她说,做大饼的这块板,晚上就是做饼人的眠床;捏粉的盆,平时就用来洗脚、洗衣服;做饼人工作时鼻涕流出来,用手一抹,又继续做下去:可能从小受她说话的影响，后来我吃买来的大饼、油条时总想到当床的板、洗脚的盆和擦过鼻涕的手！

因为不吃买的东西，于是叫家里的用人做。她最相信老用人叶妈，让她做水饺、蒸饺、汤团、春卷等点心。杭州人喜欢用笋丝、韭芽、肉丝包春卷，而且不入锅油炸，而是将春卷皮一张张用稻草捆起来，然后蒸软，边包边吃。我们每年自磨水磨糯米粉，把粉晒干，藏入坛中，能吃一年。叶妈还会自制玫瑰瓜子、香草瓜子和烘青豆。她将家里园中的毛豆采下，加盐和糖稍煮后，在烘缸里用文火慢慢烘干，就成烘青豆。色香味俱全，历久不变。

杭州临平出产一种很软很薄、几乎透明的豆腐皮，叫"糖豆腐皮"，可以用来做素烧鹅。我看用人用酱油、白糖、麻油涂在每张豆腐皮上，卷成三寸宽、七寸长的一段，稍蒸几分钟后，放在细竹制的小竹笾上。再在炒锅里放入几调羹红糖，将豆腐卷连竹笾放在灶上干烤，再搁在锅子上熏其烟气，使其两面都成金黄色，就像烤鹅了，所以叫"素烧鹅"。

听用人说，普通的葱是荤的，吃素的人不能吃；而家中菜园里却有一种素葱，比一般的葱细而香，吃素的用人就采来煎豆腐，其香无比。

我还爱看用人做雪里蕻及冬腌菜。她们把菜一棵棵洗净，挂在竹竿上晒一天，将水分晒干，然后堆在大笾中，将笾放在一格格的架子上。几天之后，菜就略黄而发出香气来了。这时，以十斤菜三两盐的比例把盐捏进菜里，放进坛或缸里，上面用大石头压牢，否则要坏。大缸，一个月才可开缸食用；小缸，半个月就可食用了。

我小时候用的素油不像现在的油，已经提炼过，没有气味，可以直接炒菜。那时，我常听母亲教用人做菜时讲：油放入锅里以后要烧到油上的泡沫消失才可以将菜放下去炒，否则菜就不能入口，只能倒掉了。于是我又学会了一个技术。

在吃饭时，我也常注意听父亲和母亲议论菜的做法。比如，我父亲在馆子里吃饭时问熟识的堂倌，为什么他们的狮子头如此之松软。他们告诉他，要猪肉的精肥搭配得当，斩肉时要掌握"细切粗斩"的要旨，我就记在心里。有一次，父亲还说，店家告诉他：炒肉丝时要先将少许菱粉倒在肉丝上拌匀，再在砧板上用刀背将菱粉敲进肉里去。这样，炒起来肉丝就会鲜嫩。我后来如法炮制，果然效果很好。

我还爱看用人们非常熟练地将很长的笋一刀刀切断，一直可以斩到离笋老头只有不到一寸处，不会伤到手指。我十一二岁时，有一天中午，看见厨房桌子上有大量鞭笋（这是杭州人夏天吃的一种笋，细而鲜嫩，不会长大成竹）放着，就心血来潮，学用人一段段斩下去，而且手举得高高的，很得意的样子。用人看我如此猛斩，忙叫我当心。说时迟，那时快，我正斩到笋的尾端，用力一刀下去，将左手食指斩了深深的一个口，鲜血直流。我吓得发呆，不知如何是好。用人忙叫我母亲来，把我扶到叶妈的房里。叶妈有各种药物，收藏在她房里。她连忙找出药来倒在手指上，用白布包好。我吓得面如土色，魂不附体，吃饭、洗脸时都将手指跷起来，不敢去碰它。我父亲吓唬我说："斩得那么深，手指可能要断一截了！"因为手指上的血跟药粉凝结成一个硬块，看不到里面的实际情况，所以我担心了一个月，不知道以后打开来，是不是真的手指断了一截。一个月后，我将布包去掉，每天将手指放在绿茶水中浸一小时左右，手指上的硬块终于变软脱落了，只见手指并未脱落，这才放了心。不过这只手指的皮肉很嫩，而且新换了指甲，明显地跟别的手指不同。一直到现在，我的这只手指上还可见刀痕。从此以后，我就不敢进厨房了。

抗战期间，我随夫家逃难到上海。我们大家爱吃甜酱红烧萝卜青菜这道菜，但是厨房里烧出来的味道总不对大家的口味。我就说："让我来试试吧。"于是就在天井走廊里生了一只炭炉。但是我从来没有下过厨，连应该放多少油，怎么才算油熟都吃不准，只好去请教太婆，请她在旁边指点。那天的甜酱红烧萝卜青菜完全成功，中午吃饭时大家赞不绝口。于是，我就对做菜这件事大胆起来了，经常自己动手做添菜。所以，我第一次正式做菜还是太婆教的呢！

徐家不会做点心，我就将高家的枣饼、甜咸糯米粉圆子、糯米粉面粉混合猪油清蛋糕，以及水饺、蒸饺做给他们吃。慢慢地，我不但会做菜，连点心也会做了。

住在后间时，我们连买糕点的钱都没有了。我就把小时候看过、吃过的点心一一回忆出来，试做起来。于是，酒酿、生煎包子、锅贴、烧卖、百宝饭、汤团、粽子、饺子都会做了。我还请教别人，用一块铁板学做春卷皮子，居然也成功了。

粮食供应不足，连上海这样大城市里的居民都要搭杂粮吃。每到秋季，粮店里发售白皮山芋，一斤粮票可以买七斤山芋，每斤三分钱。因为那时家家粮食不够，所以听说一斤粮票可以买七斤山芋，大家就争先恐后地蜂拥而去。那时我的大儿子在学校工作，其他的孩子在外地的在外地，在农场的在农场；我的丈夫又中过风、行动不便，因此买山芋的事责无旁贷地落到了我的身上。每次买山芋往往要在粮店门口排几个小时队。五斤粮票可以买三十五斤山芋，装满两菜篮。我提不动，只好走走停停拖回家。有一次，路上一个陌生女人见我很吃力，主动帮助我拿回家。大家都很喜欢吃山芋，因为不但可以代替粮食，而且比米饭可以变出更多的花样来，如：可以用糖水煮，可以放在炉子中烘烤，也可以煮山芋粥，更可以切片、切块做菜吃。将山芋、大白菜和萝卜用酱油红烧，真是冬令佐餐佳肴呢！

那时经济困难，买不起鱼肉，只能在素菜和便宜的荤菜上变花样。上海冬春之际新鲜的雪里蕻菜很便宜，只要三分钱一斤。但正因为便宜，买的人也多。上海买菜一向很难，往往早上天不亮就去菜场排队。因为买什么菜都要排队，而一个人又没有分身之术，所以只好与其他买菜人相互合作。我在排这个队的时候，就到别的队伍里去放一个小板凳，甚至一块砖头之类的东西代替本人，请排在那些队伍里的熟人帮我照看一下。当然，我也在自己排着的队伍里帮别人看管他们的小板凳或砖头之类的东西。这样每次可以买到五十斤雪里蕻。因为一次拿不动，只好把菜放在菜场里，一次次搬回家。

被扫地出门时，幸亏我们带出来一只日本式烘缸，以前是冬天放火炭取暖用的，现在就用它来腌咸菜了。四五十斤菜晒干之后正好放进这只缸内。我的三叔公[1]最喜欢吃我做的雪菜，有时菜未做好，他已经来打听何时可吃了。所以凡做雪里蕻，我第一碗先送给他尝尝。做的雪菜，除了自吃，还分送左右邻居，大家无不称赞，说比买来的味淡而鲜美。我还学做五香大头菜、萝卜干，都很成功。自制比买来的便宜，可以省一笔钱。虽然，现在想来所省无几，但在那时能省几分钱，也是好的呢。

依我们那时的经济，不要说鱼虾买不起，即使连猪肉都成了奢侈品，当然更不用妄想吃火腿了。那时菜场的火腿摊上有火腿边上批下的肥肉卖，只要一块一毛钱一斤。我去买一斤火腿肥肉来，熬成油。再用五分钱一斤的黄芽菜煮汤，汤里放一调羹火腿油，就有火腿香了，大家吃得津津有味。难怪我小儿子的同学倪兄[2]说我做的菜是"妙手回春"了！

---

[1] "我的三叔公"，即徐礼耕先生。
[2] 关于倪兄，有专篇详述，可见本书第伍拾章《倪兄》一文。

杭州、绍兴人喜欢吃发霉的菜，简直什么都可以拿来霉，比如霉菜头、霉苋菜梗、霉豆腐等，家家会自制。不吃的人闻到气味就觉得奇臭无比，绍兴人却拿来当美味，我和丈夫也喜欢吃。到了澳大利亚，以为从此吃不到霉菜类了，想不到后来知道一位朋友家里种有苋菜，我就叫她把菜梗给我。第一年做了一次没有成功，以为大概是澳大利亚空气新鲜，没有霉菌，所以菜不会发霉。今年却一次就做成功了。我和丈夫每顿饭都不忘那位送菜的朋友呀！

那位朋友的园里还有新鲜雪里蕻、南瓜等蔬菜。我们杭州人爱吃嫩南瓜，可以切成片用开洋炒。小的嫩南瓜还可以用来做南瓜盅——就是将小南瓜的瓜蒂切下，肚子挖空，填装进鸡丁、肉丁、虾仁、香菇、蘑菇和青豆，再将割下的瓜蒂盖上，隔水蒸熟而成。可惜在澳大利亚南部没有新鲜的竹笋，也没有中国火腿，缺了这两样东西，做出来的中国菜缺点儿江浙风味了！

高诵芬作文
徐家祯整理
1995 年 7 月 10 日
于斯陡林红叶山庄

叁拾柒章
逃难之一

读《丰子恺文集·从孩子得到的启示》,看到一段话觉得很有意思。丰子恺说,有一天晚上,他问四岁的孩子:"你最喜欢什么事?"那孩子仰起头一想,率然地回答:"逃难。"丰子恺觉得奇怪,进一步问他:"你晓得逃难就是什么?"那孩子天真地回答:"就是爸爸、妈妈、宝姐姐、软软……娘姨,大家坐汽车,去看大轮船。"

丰子恺先生的小孩对逃难的想法,跟我小时候对逃难的想法竟然一模一样。所以等我自己有了孩子,他们要我讲故事的时候,我就常常把逃难的经历当作故事讲给孩子们听,他们听得津津有味,听了还想听,于是我也讲了还再讲。现在既然回忆往事,逃难的经历当然不能不写。

我七岁、九岁两次,都因军阀混战而随家人逃到上海租界。当时因为年龄太小,我根本不懂逃难究竟是怎么一回事。只看见大人们一片混乱:父亲差账房先生去车站买票;母亲上楼去理衣服、被褥,叫男用人将箱子拿下来;又叫账房里的阿顺师傅在天井里将箱子一只只用麻袋做好的箱子套套上、扣好，然后用木夹板在箱子上下用当时最牢的一种叫"弹索儿"的麻绳扎住；再在客堂里把油布和棕毯铺着垫底，把各种不同厚薄的被子、夹被、羊毛毯一层层叠上去，卷成几个铺盖，以备全家大小一年四季之用。最后由账房先生与老师傅一起叫了人力车，把行李运到火车站去托运；再预定好熟识的人力车夫，要他们某天早上几点钟来接我们去车站。

出发前一天，父母关照大家早睡。第二天天还未亮，父母就先起来了。他们自己梳洗完毕，整理好随身要带的行李，就来叫我们起身。我只觉得睡眼蒙眬，勉强醒来，穿衣下床，只见房内、房外灯烛辉煌。同去的用人早已准备好自己要带的东西，此时帮我们穿衣、梳头、洗脸、吃饭。桌上的早饭早就放好。我还没睡足，实在一点东西也不想吃，但父母频频催促，只好胡乱扒进几口稀饭。

快要出发前，我听见父母在关照用人："到了车站东西要拿牢，孩子要管住！不要乱跑！火车站人多手杂，容易丢失东西；坏人也多，要拐孩子、偷东西的。"用人都一一答应着。

一会儿，账房先生进来说："人力车已来了！"于是帮我们提行李上车，还送到火车站。记得第一次逃难，除了家人之外，我们带了黄妈和小李妈两个女用人，曾祖母带了叶妈，再带一个黄四十师傅一起到上海去的。其余的仆人则留在杭州看家。

去车站时，曾祖母坐的是自家的包车，其余人等就坐雇来的人力车了。上路时天尚未大亮，街上店门未开，一路静悄悄的。到了火车站，只见人头攒动，既混乱又热闹。火车的汽笛声呜呜呼叫，眼前满目男女老少，立的立，坐的坐，候车的长凳间包裹、衣箱排得连路也走不过去。

我们一行排在队伍的后边：父亲搀着曾祖母，母亲搀着我，黄四十搀着我哥哥，黄妈抱着我弟弟，小李妈和叶妈就管行李。等检票时间一到，铁门一开，大家鱼贯而入。我们刚上车坐定不久，只见站台上的工作人员挥红绿旗子，车子就开动了。

等到车子开动，我才发现同去的用人们不见了。原来他们坐的是三等车厢，而我们坐的却是二等。当时，头等车厢是没有中国人坐的，因为太贵，往往只有几个外国人坐着。二等车厢里的人也不多，大家都有座位。记得那时的座位是藤面的软椅，每椅可并排坐三人，两张面对面的椅子中间是一张长方形的小桌。我们全家六人，正好占用一张桌子，两排椅子，大家相对而坐，只有弟弟还小，在摇摇晃晃的座位上坐得不稳，时时要父母操心。

我和哥哥可以自己独坐。我们都是初次坐火车，看着车窗外飞快闪过的田野、树木、房屋，觉得十分新鲜。但不久，就已睡眼蒙眬，终于渐渐睡去。

不知什么时候醒来，只见小长桌上已经放满茶壶、茶杯以及糕点、糖果之类的东西，原来大多是从沿途车站上买的，都是当地的特产。母亲给我打开一包有芝麻香味的酥糖，又打开一包玫瑰酥糖；还有一种叫"葱管糖"，像中指粗细，四寸长短，外面是白芝麻，里面灌满磨细的白糖。这些糖食都是长安镇的特产。火车经过嘉兴，车站上有卖南湖菱和嘉兴粽。到了松江，可以买到丁义兴出的酱烧猪蹄筋和酱麻雀，盛在用细篾竹编的小篓子里。车厢里的旅客几乎无人不买。

快到傍午时分，我看见一个身穿白大褂、头戴白帽子的服务员来车厢问乘客要吃什么。那时火车上供应西餐，父母就点了炸鱼、蔬菜浓汤和火腿蛋炒饭。我和哥哥吃不下一客，就合吃一份。这是我第一次吃西餐，刀叉拿在手中不知如何使用，顾了刀就顾不上叉，弄得手忙脚乱。如果不是父母教我怎么用刀叉，帮我们将鱼切碎，恐怕我们的饭菜都会滑到地上，一块也吃不到嘴里。我最爱吃火车上的蛋炒饭和炸鱼。蛋炒饭一端进车厢，我就闻到一股开胃的香味。鱼也炸得两面黄松松的，蘸了辣酱油或番茄酱吃，这是我在杭州从来没有尝过的味道。

曾祖母不爱吃外边买的东西，就只点了一客果酱面包。面包只吃一半，她就不要吃了，于是由我们三个小孩吃完。

吃完午饭，火车上报告："上海快到了，请旅客准备好行李。"父亲将行李从行李架上拿下来，母亲帮我们穿好外衣，用人们也从他们的车厢过来帮我们拿东西、抱弟弟。不久，火车前后晃动了几下，就停在上海北站了。

振华旅馆的账房鲁先生早就在火车站上等候我们。振华旅馆在上海四马路（现在叫福州路）。我们在上海振华旅馆有股份，是他们的大股东。按店规，股东可以免费住十天，所以我们逃难到上海都住振华旅馆。

鲁先生雇了马车，把我们一行人接到旅馆，只见以前服侍过我祖父的二爷，现在做了振华旅馆的茶房领班，已经在等候我们了。见我们走到，他站起来一个个招呼：叫我曾祖母"老太太"，叫我父母"少爷"和"少奶奶"，叫我们"阿官"。他把我们领进已经准备好的楼上房间。房间是朝南的，有大阳台，可以俯视四马路上的车马、行人。曾祖母住的房间更大，在右边拐角上，可以望见对面一品香西菜馆。

进了房就有茶房来端洗脸水、倒茶水，并问吃什么午饭。旅馆有大厨房，可以点菜，送进房里来吃。同来的用人坐三等车，没有吃过午饭，我们就为他们在旅馆的厨房叫了一桌饭菜。我们因为已经在火车上吃过午饭，就让他们到对面点心店去叫几客熏鱼面、排骨面来，大家分而食之。我觉得上海点心店的面跟杭州的不同，吃起来特别有味。不知这是事实，还是只是孩子新鲜感造成的错觉。

我从小生活在深门大院里，从来没有见过上海大马路上的形形色色，于是就和哥哥整天在阳台上看四马路的街景。四马路在当时是上海最主要的大马路之一，整天人来人往，繁忙热闹。尤其是傍晚，妓女们都出来了。只见一辆辆包车上坐着梳了头、戴了花、穿了裙子绣花鞋、打扮得漂漂亮亮的女人。每辆车上坐两个。车前一个人拉，车后一个人推，走得飞快。车的篷角上左右还各插一把五色小鸡毛掸帚，车篷两旁及下面各挂两盏擦得铮亮的有玻璃方罩的洋烛灯，比一般只挂两盏灯的自备车要亮得多。后来看周作人的《知堂回想录》，讲到他北京大学同事冯汉叔坐的自备包车有四盏灯，全北京没有第二辆，大概跟我在上海看见的、高级妓女坐的包车一样吧。周作人还说：

> 爱说笑话的人便给这样的车（即挂四盏灯的车）取了一个别名，叫做"器字车"，四个口像四盏灯，两盏灯的叫"哭字车"，一盏灯的就叫"吠字车"。算起来坐器字车还算比较便宜，因为中间虽然是个"犬"字，但比较哭吠二字究竟字面要好的多了。

按照周作人的讲法，四马路妓女坐的就是"器字车"了。

我们到上海的第二天，住在上海的三叔祖[1]来看望我们，还请我们大家到旅馆对面的一品香西菜馆吃午饭。我好奇地把餐刀放进嘴里去，刀刃在嘴唇上一碰就划出了一道血痕。幸亏母亲用餐巾按住，血才止住了。以后，我接受教训，再也不把刀放进嘴里去了。

到了晚上，我们从楼窗口望见一品香西菜馆里宾客满座。每一个男客后边都坐了一个打扮得浓妆艳抹、花枝招展的女人，或陪酒，或谈笑，有时还见一个男子拉胡琴，一个女子唱戏，男男女女做出各种亲热的样子来。听大人们在说：这就叫"吃花酒"，这些女人就是妓女。但我那时不懂什么叫"妓

---

[1] "三叔祖"，即高尔嘉（子谷）。

女",也不懂什么叫"吃花酒"。

有时,四马路上还有"大出丧"。所谓"大出丧",就是出殡。我在杭州从来不出门,当然没有机会看过大出丧。有时,一天之内有好几家大出丧,我们可以从上午看到傍晚,连午饭都捧在手中,边吃边看,像现在的小孩看大游行一样津津有味。

我当时想:逃难真有趣呀,又有吃又有看,又有玩,以后最好永远逃难,不要再回杭州去了!

在振华旅馆住了几天,我们就在沪西哈同路[1]慈厚里租了一栋三开间两层楼的石库门房子,又雇了一个烧饭师傅,连黄四十等杭州带来的仆人就有两个男仆和三个女用人了。

七十年前的哈同路极冷僻,很少见行人。每天,曾祖母要带我出去散一会儿步,有时母亲也一起出去走一圈。但她们两人都不认识路,而我却从小能认路,于是曾祖母就笑说:"一个八岁带一个八十岁。"

这一年是我曾祖母的八十大寿,理应庆祝一番。但她老人家不爱热闹,也不喜欢铺张浪费,所以没有请客做寿。她对我父亲说,想到南海(即普陀)去烧香、拜观世音菩萨。父亲一向对他祖母十分孝顺,就准备船票,陪她同往。曾祖母是小脚,行动不便,上下船时我父亲就背她上下,同路者无不称赞:"这个孙子孝顺!"他们从南海带回来许多玉石雕刻的花瓶、假山、笔筒、笔架、猴子和一种叫"醋鳖"的玩具,分给我们。把醋鳖放在盛醋的小碟子里,它就会游来游去,我视为珍宝,爱不释手,直到我出嫁,这些东西还完整地保存着。

---

[1] "哈同路",就是现在的铜仁路。以前之所以叫"哈同路",是因为路东就是犹太富商哈同的大住宅,上海人称"哈同花园",后来在该地建了原先叫"中苏友好大厦",后来改为"上海展览中心"的建筑。

我曾祖母一向十分健康，谁知到了这一年六月，她从楼上下来时跌了一跤，就此一病不起了。曾祖母爱干净，平时上下楼梯不是由我母亲搀扶，就是用一张草纸扶着楼梯扶手下来。那天下楼她却既不叫人搀，也不扶扶手，走到最后三磴就跌了下来，手骨脱了臼，又引起内病。她不肯去医院，在家里躺了两星期，请医生来诊治无效，就仙逝了。

我曾祖父知道曾祖母跌跤的消息，带了姨太太从杭州赶来上海看望她。但曾祖父跟她说话时，她将脸别转朝里，不搭理，使曾祖父心里非常难受。曾祖母一直到临终神志都很清楚。她还要人拿开水给她漱口，然后面西而逝。父亲摸她的头顶，去世后还有余热。父亲说：

"佛经上说：死后头顶和眼还有余热是好现象，这说明曾祖母升天到西方极乐世界去了。最坏的是脚底和臀部有余热，那就是投胎去做畜生了。"

这种六道轮回的说法，我小时候十分相信。

曾祖母故世后，我父亲先打电报通知杭州的账房里派几个人来上海帮忙，并把曾祖母的寿材、寿衣运出来。再通知沪、杭的亲友。他们得到消息急忙赶来送殓。有的住在我家，有的则住旅馆。上海家里的天井中搭起明瓦棚，还点了株朱红漆的树灯。这是一株木制的树，每一根树枝上都装上一盏油灯，如宝塔，有许多层。据说，设树灯是让死者在阴间可以得到光明，不至于暗无天日。这是高寿去世的人才可以用的，是福寿全归、死而无憾的象征。

曾祖母的棺材停放在家中客堂里。按礼节，棺材应该与房屋出入口平行，即死者的脚应对着大门。因为上海的房屋狭小，只好将棺材横放。我最怕见到棺材，尤其到了晚上，棺材成了黑黝黝的庞然大物，更觉可怕。上下楼梯时，我一定要等父母一起，走在他们中间。

家里设了灵堂，灵前供了曾祖母的大照片，点了香烛，挂上挽联，三餐都要供饭菜、点心；子孙要上香跪拜；还请和尚、尼姑来念经、拜忏。这些都是我以前从来没有见过的。

按规矩，"五七"的晚上要搭一个望乡台，以便死者的灵魂回来探望子孙。望乡台由两张方桌搭成，椅子也放得高高的。台前供奉点心、香烛，请和尚拜念。到了晚上，在曾祖母原来睡的床上放好她的衣裙，房中地上铺上灰，次日验看有无脚印，以证实灵魂是否回来望过乡。事实上，我们次晨并没有看见灰上有任何痕迹。

哈同路当时属于上海的租界区，巡捕房只允许在家中停放棺材四十天，所以在四十天期满前要账房先生去定一节火车，将家人和亲戚朋友送回杭州去，棺材则停在后面挂的铁篷车内；再要定大出丧时用的仪仗队、乐队及和尚、尼姑。

大出丧那天，半夜大人们都起身了。等准备好一切，才叫我们孩子醒来。睁开眼睛，又见灯火辉煌、人影晃动。有的人是来帮忙的，有的是来送殡的，有的则是同行的。孝子、孝媳、孙子、曾孙都要穿不同级别的孝服，以粗麻、毛边的孝服为最重，一般的麻衣或白衣次之。我祖父、祖母早就亡故，我父母是承重孙、承重孙媳，代表我的祖父母，所以他们两人都与我的叔祖父们一样，穿毛边粗麻孝衣。孙子穿细麻的，我们是曾孙辈，穿白布孝衣。孝媳头上要戴白花，孙女戴蓝花，曾孙女则戴黄花，都是用毛线或粗线钩出来的。孝子和媳妇还要穿"幔鞋"。这就是在黑鞋前面缝上一块麻布，在后跟上缝一块红布。意思是现在虽披麻戴孝，将来还是会穿红戴绿的。孙子则穿白布鞋。至亲好友这天也要穿白衣来拜送。

母亲怕我们孩子走散，就叫哥哥和弟弟同黄妈同坐一车。她自己拉着我坐在马车里。但走了一段路才想到她坐的车是"重孝车",我是死者的曾孙女,不应该坐这辆车,但车已走到半路,只好算了。

在马车上,我只见前前后后车马很多、队伍很长。我心中想:以前在旅馆阳台上看别人大出丧,现在人家也在看我们大出丧了!

到了上海北站,家住上海来送殡的客人就回去了。杭州来的客人就同我们坐在一节车厢里一起回去。到了中午,车上又有蛋炒饭和炸鱼吃了。但是,现在和来时不同:多了几十个男女客人,却少了一个曾祖母。我这样一想,不免心中悲伤。

车抵杭州城站,已有许多亲友在迎候,账房先生和仆人也来接车。等客人走完,才由十几个扛夫把棺材抬下,套上绣花套。杭州大出丧的队伍也已等在站外。棺材后用白布围成一圈,孝子在白布围中行走,女眷和客人则坐轿子。队伍从城站一直走到西湖高庄,停放在一个厅中,等坟落成才择日落葬。

第一次逃难就是这样以曾祖母之葬礼结束,这是我们大家万万预想不到的。

高诵芬作文
徐家祯整理
1995 年 7 月 19 日
于斯陡林红叶山庄

叁拾捌章
逃难之二

自从曾祖母去世之后,曾祖父身体就不大好了。我听父母说:"老太爷去探老太太的病,而老太太不理他。尽管老太太到临终神志一直清醒,但她始终没对老太爷说话,这使老太爷心里很难过,所以后来一直郁郁寡欢,不久就生病了。"父亲请了许多有名的西医来给曾祖父诊视,吃了药仍不见效。父亲又请人陪他打麻将,还暗中付钱给三位陪客,让他们故意输给老太爷,让他开心。从那时候开始,我才知道打麻将是怎么一回事。

我九岁那年下半年,听见大人们讲军阀孙传芳和卢永祥争夺杭州,又要打仗了。我亦不知道那些是什么人,只听父亲说又要逃难到上海去了,心里就暗思:逃难最好,又要坐火车,吃炸鱼和蛋炒饭,住振华旅馆,看街景,买好东西了。真开心!

当时正是十月初,园中洞庭红橘子结得果实累累。母亲关照阮师傅将橘子采下来,放在大竹筐里,端到客堂间里去。但刚采下来的橘子吃起来并不十分甜,母亲就拣了少许,放在行李包中带到上海去。后来到了上海从包里

高诵芬曾祖父杭州西湖高庄主人高云麟

拿出来吃，甜得很，大家后悔没多带一些。

这次又像上次一样：理行李，打铺盖，订火车票，差账房先生去托运行李、送我们上火车。这次，母亲带了陈妈、新来的小脚王妈和账房里的一个阿金师傅一起去上海。家中留老李妈、叶妈供曾祖母的灵，阮师傅看管园子，外边还有账房先生们多人，有什么事可以去跟他们讲。曾祖父这次亦跟我们一起逃难，但他与姨太太、儿子六爹比我们晚动身几天。因为曾祖父身体不好，还请孙云章医生同行。

这次还是先住振华旅馆。该旅馆在杭州的大股东好像都逃来了，大家住在一起，像大家庭一样。曾祖父年龄最大，其他股东们每天到他房中问候、谈天，或打牌，给老人家解闷。我们小孩不大进他的房间，只是有时经过向里一瞥，只见里边高朋满座，谈笑风生。

记得一天上午，母亲带了女用人和我们三个小孩去参观振华旅馆的大厨房。这个旅馆很大，荤素小菜样样俱全。一只大缸里养了许多大活鱼，客人点了菜就捞一条起来活杀。我最喜欢他们早上用大锅煮的粥和下粥的肉松、熏鱼、甜酱瓜，还有一种圆形、味甜的小萝卜，都比杭州的好吃。

母亲常带我们三个小孩出去逛街。我总喜欢买水果。上海的水果种类比杭州的多，质量也比杭州的好。我最喜欢香蕉、黄岩蜜橘、莱阳梨和广东甘蔗。广东甘蔗比杭州卖的塘西甘蔗粗而长，汁水也多。塘西甘蔗一捆十根，只有四五尺长，广东甘蔗有竹竿那么长。我记得水果店里把甘蔗切成一段段，放在桌子上卖，按长度分三种价格：一尺半长的四个铜板一节，一尺长的三个铜板一节，不到一尺长的两个铜板一节。有的已经削好皮，买来就可吃；有的没削过，可以叫店员现削。母亲怕店员在削好皮的甘蔗上洒生水，就总是要他们现削。

到大公司去要穿过大马路（即现在的南京路）。当时上海市面已经非常热闹，上下班时汽车一辆接一辆，像一条长龙。等到红灯，汽车一停，我总先飞跑过去，而母亲小脚，还在后面一拐一拐地过来。我最爱买上海公司里外国货的小奶油糖，哥哥则喜欢吃鸭肫肝。我还记得当时大的鸭肫肝二毛钱一个，小奶油糖一元八毛钱一斤，都是算很贵的零食。

上海是个大地方，社会复杂，坏人也多，父母总叫我们要小心，不要乱跑，以免上当受骗。我们在振华旅馆住了不久，杭州高家老二房的一位大婶娘也来上海了，同住振华旅馆。一天，她带了大儿子到先施公司去买东西，忽然走来一个男子，在她大儿子头上拍了一下。小孩喊叫起来，大婶娘回头一看，那男子趁她回头的一刹那把她头上插着的一根翡翠金挖耳拔去逃走了。以后，母亲出门再也不敢戴首饰了。

还有一事更为严重，发生在我三叔祖家。当时，我曾祖父在振华旅馆住了不久，就由他的三儿子即我的三叔祖接去住到他爱文义路联珠里的住宅去了。他带了一个男用人，叫黄四十。有一天，三叔祖的太太有个乡下亲戚来玩，带了一个孩子名叫阿兔，约三四岁。不知怎么一来，阿兔被人拐走了，大家急得要命。三叔祖差他一个名叫陪一的二爷去火车站找，叫烧饭师傅去轮船码头找。因为黄四十是杭州来的绍兴人，上海地方不熟悉，人又老实，就随便差他到附近去找。黄四十从上午找到下午一无所获。傍晚，他正想回去，忽然看见一个十几岁的小姑娘抱着阿兔，旁边跟着两个五六岁一男一女小孩子。黄四十就大喊一声：

"阿兔，你在这里啊！"

那女孩一听有人喊，放下阿兔，拖了另两个孩子飞快地逃走了。黄四十也不追，抱了阿兔回家，全家人欢天喜地。不一会儿，差去车站、码头的师傅空手而回。大家都笑说："当初看不起黄四十，以为他老实、不能干，想不到还是黄四十找到了！"于是阿兔的父母谢了黄四十好几块大洋；另两个师傅虽然没有找到人，也得到劳金。但是大家也说，那小姑娘领着的两个孩子是不是也是骗来的呢？黄四十应该把那小姑娘扭住，报告巡捕房，这样既可以抓到骗子，又可以救了另两个孩子！可惜白白让她逃走了。黄四十说到底还是老实啊！

不久，我们住的房间隔壁住进来了一对母子，听口音好像是湖南人。母子穿戴整洁、朴素，举止大方，看样子是正经人。其子跟我哥哥一样年纪，很有教养。他们谈谈话就做朋友了。母子俩住了几天就搬走了。临走，那孩子还来向哥哥道别，并彼此交换地址。以后，我哥哥还跟他通过几封信，后来不知怎么就中断了。

我看见哥哥找到了一个小朋友，很是羡慕。那时虽然旅馆里住进来很多我们的亲戚、朋友，他们都有孩子，但有的孩子十分顽皮，整天拿枪舞棒，我的父母不准我们跟他们一起玩，恐怕闯祸。

一天，我和哥哥、弟弟三人"躲毛毛果"（杭州话"捉迷藏"的意思），我跑得最快，从楼上跑到楼下，躲在没有人去的一条夹弄里。只见那儿已有一个麻脸的小女孩躲着，可能也是跟她的朋友或弟妹在玩捉迷藏。我们两人蹲着躲了好久，谁都不说话，也不见有人来找我们。忽然，那女孩子先开口了，对我讲："我们做朋友好吗？"我点点头，于是两人就携手同行，在旅馆里到处玩耍。我心里想："哥哥有朋友，我现在也有朋友了！"很是开心。回到房间，连忙告诉父母和哥哥我交了一个朋友的事。后来，我哥哥看见了我的朋友，笑着对我说："我的小朋友面貌清秀，你的是个麻子！"我听了心里有说不出的遗憾。过了几天，那个女孩就不见了，恐怕跟她家人回家去了吧。

以前，在自己家里住时，大家都是大户人家，各人归各人生活，很多家庭生活上的小事彼此不会知道。现在逃难住到旅馆来或者租了小房子住，家家户户碰在一起，就成了浅门浅户的小户人家了。我看见每家人家的生活琐事，感到这是以前闻所未闻的，十分新奇，所以过了七十年还是记得。其实，后来自己在朝北的后间，也浅门浅户地过了十多年，这样的事现在想起来也不稀奇了。

比如，我记得我们在振华旅馆住了几天，就租了同孚路一条弄堂内两开间的一幢楼房，由阿金师傅买菜、陈妈烧饭、煮菜、王妈收拾房间，做些针线活。那时对面也住了一家江西逃难来的老老小小四五口人。因为两家门对门，我母亲就与那家媳妇攀谈起来。原来她公公也是举人，而且与我曾祖父是"同年"，即同一年中的举人。这家媳妇像是规规矩矩的家庭出身，穿得朴素大方，家里亦有用人。从我们家后房间望去，可以看见那个用人在给东家收拾二楼书房。她揩抹好每件文具都物归原位。我哥哥说："这个用人比我家的几个女仆都好，做事仔细、能干。"

一天，我母亲与我偶然望去，看见对面的老爷爷正坐在客堂正中教训孙子的样子。孙子毕恭毕敬站着，好像在受审一样。老爷爷骂了一会儿，好像要打孙子的样子，孙子一面哭，一面还是站着听，不敢走开。孩子的母亲似乎很疼爱自己的孩子，但又不敢阻拦公公教训她的儿子，只好站在儿子背后不停地打扇。我看了感到好笑，直到七十年后还记得。

这次逃难住在上海，好几个人都生了病。一次是我们的小脚王妈突然下嘴唇红肿起来，疼得不能吃喝。因为知道对门那家的老太爷是挂牌的中医，遂请他去门诊。他说这叫"翻唇疔"，有性命之忧，只有一种草方可治。于是按吩咐到中药店去买二两红赤豆，捣碎用冷开水浸后不时涂在患处。王妈说，红赤豆涂在患处只觉冰凉舒服，痛楚渐减，肿亦渐消，次晨起来就好了八九成；再连续用药一天，病就完全好了。我们要谢对门的老爷爷诊金，他说彼此是邻居，坚决不肯收。只好叫王妈过去再三道谢。

不久，我母亲得了夜尿症，一夜要起来小便六七次，去看了上海的许多西医都没有效。后来去看中医，吃了中药，到晚上竟解不出小便了，她很着急。这天正好父亲在他祖父处，忙打发阿金去叫他回家。我在自己房中听见母亲对父亲讲：

"我恐怕要死了。我死后你总要讨填房的，三个小孩要吃苦头了。"

父亲回答说："我不会讨的，你放心好了。"

我母亲就说："那么你只好让老姨太太来管这三个孩子了。他们仍会吃苦的。"

我在隔壁听了，知道情况很严重，真想哭出来。但想想自己已经十岁了，无缘无故在房里哭起来不是会让大家感到奇怪？于是只好忍住了。后来请西医傅医生来放了尿，总算一天天好了起来。

病得最严重的是我，竟得了伤寒症。这事要从上海的小贩说起。上海那时夏天有各种小贩上门来卖货，如花布担、铜匠担、箍铜担、水果担、熟食担，一天到晚来去不停，还叫出各种声调来，我们三个小孩都爱学，而且学得很像。母亲常叫住水果担买水果。担上购物可以讨价还价。我最爱讨价还价这一套，也会站在母亲背后帮忙还价。

一到下午，有虾肉馄饨担、白糖红枣莲子糯米粥挑来卖，我们常买来做点心。傍晚，还有人背了一口玻璃橱，卖熏肠、熏肚子、鸭胗肝、鸭翅膀、五香牛肉或荷叶粉蒸肉。我哥哥最爱吃这类东西，就叫母亲买。我喜欢吃各种酱菜，卖扬州酱菜的担子来了，母亲就买各种酱菜、酱瓜，吃了很开胃。到了深夜，有人在叫卖五香茶叶蛋、檀香橄榄。母亲说，他们的叫声最凄苦。

那时大家还不懂卫生，门口来了卖马蹄、小红萝卜、小黄瓜等瓜果的小贩，我们买来不消毒，也不削皮，只叫用人用凉水洗干净，再用冷开水冲一下就吃了。谁知瓜农是用粪便做肥料的，上海的自来水又不能食用，于是大家吃了都拉起肚子来。后来别人都好了,只有我变成了伤寒症。幸亏母亲和陈妈的照料才好起来。

然而我曾祖父的病却不但没有好,反日见沉重,后来日夜打起呃来。中医说此乃绝症,不可救药。他也自知不起,忽对我父亲说,要搬到我们这儿来住了。我父亲当然一口答应,马上准备了楼下吃饭的房间,给我曾祖父、姨太太和她的儿子住。我听父亲对母亲说:

"老太爷自知病重,三伯[1]的内眷是妓女出身,终日客人满座,吃喝玩乐。如果他死在那里,恐怕老姨太太和她儿子看坏样,不放心。而且办丧事在那边也不正气。我是承重孙,所以要到这儿来死。"

因为曾祖父搬到我家楼下住,我们吃饭就改到后间,把当中一间当作客堂。那时我伤寒症还未痊愈,父亲花五块钱买了一个八音琴给我玩,一开发条就会奏乐,我很喜欢。他还给我订了《小朋友》《儿童画报》等杂志,我就一个人在楼上自娱。

不久,听大人们说:曾祖父不行了,但死不去。虽已不能言语,眼却还不闭,喉中发出打呃之声,听起来十分难过,我在楼上都听得见,至今犹在耳中。我听父母又在议论,说:

"老人家讨姨太太,生儿子,不是好事。到临终放不下心:怕姨太太嫁人;儿子只有十岁,怕没有人管教,因为姨太太本是目不识丁的乡下人。"

父亲还说:"所以我是不讨姨太太的,免得老了死不去。"

曾祖父这样呃呃地拖了几天,终于撒手西逝,但眼却未完全闭上。来吊唁的亲戚们都暗暗说:"他放心不下两个人才不闭眼的。"他们要我父亲给他

---

[1] 三伯,即我父亲三叔叔高尔嘉(子谷)。

揉眼皮，并到他耳边说："你放心，姨太太、六爹我们会照顾的。"果然，他的眼皮闭上了！

听说曾祖父死了，我在楼上一个人心里很怕。日里还好，一到晚上就一定要人来陪。

接着就跟上次曾祖母故世一样，又是大出丧，将灵柩运到杭州。于是，我的第二次逃难又以一位长辈的去世而告终，真是一个很奇怪的巧合。两次逃难虽然我都没有吃什么苦，但结局却都是十分凄凉的。

到了杭州，在大厅设了灵堂。这次归姨太太供灵，我们每天早、中、晚三次去拜。家里和尚、尼姑、道士念了好几天经，我们三个小孩天天看在眼里，耳濡目染，就学起和尚念经来了。大和尚如何开头，下面一大群小和尚怎么接下去，我们把这一套学得活灵活现。

不久，我弟弟夏天养的一只"叫哥哥"（即蝈蝈儿）因为天气变冷死了。哥哥与我忽发奇想，对弟弟说："何不去菜园里给叫哥哥做个坟墓？"于是我们在园里挖了一个墓，还找来一个尖顶洋铁盖，盖在坟上。我们三人各拿一件念佛工具：或木鱼，或小锣，或念佛珠。哥哥学大和尚，开头念；我和弟弟学小和尚，接下去。就这样一路走，一路念到叫哥哥的坟前。再学和尚的样，边念边拜。父母知道了，叹曰：

"近朱者赤，近墨者黑。怪不得孟母要三迁了！"

高诵芬作文

徐家祯整理

1995 年 7 月 22 日

于斯陡林红叶山庄

叁拾玖章
逃难之三

我结婚第二年秋天，日寇在卢沟桥发出挑衅，抗日战争全面爆发。我先从报上看到上海南京路上被扔了一个炸弹的消息，说大世界门口血肉横飞。有人从上海回来，传说得更为详细，说这次死伤行人不少，南京路上炸死的人堆成小山似的一座；电线杆上挂着女人的手臂，上面还戴着金戒指；先施公司也被炸掉一部分，里面一只很大的挂灯掉下来，将一个女职员罩在里边，居然毫发无损。又传说，这次是因为国民政府的军政要人在先施公司楼上开军事会议，所以日本飞机才来投弹的。但也有人说，这次炸弹并非日寇所投，而是因为黄浦江上停着日本军舰，国民党的飞机想炸日舰，投弹不准，误炸了南京路。一时谣言四起，众说纷纭。

过了一些时候，日机又来杭州笕桥投弹。听说这是因为笕桥有机场和航空学校。这一下，杭州也人心惶惶了。

我夫家的祖坟在三天竺[1],我们决定到三天竺的坟庄永思庐去避难。永思庐就在三天竺寺对面一个略高的坡上,是一座三开间的平房。前面是一个厅,两旁前后均有厢房,旁边是厨房。平时,坟庄是由管坟的张妈和她十七八岁的独生子住的。张妈的娘家就在天竺,所以她是老土地,当地人都认识她。

我丈夫家人很多,连我太婆、三叔公婆和他们的孩子、二叔公和他的孩子,还有用人、奶妈,一共去二十几个人。我的二叔婆因为怀孕快生产了,就没有去,住在教会办的仁爱医院里待产。我丈夫的外婆家也到天竺去避难了,他们在中天竺庙内租了一栋房子住着。我父母、兄弟则住到父亲在狮子峰上的别墅意胜庵。我丈夫当时正在浙江兴业银行工作,虽住天竺,但每天

---

[1] 我大家——即徐家的——祖坟,在三天竺寺对面,叫永思庐。坟庄的房子,白墙黑瓦,六米的一个平台上。过了永思庐坟庄门口的平台,就是一条铺得整齐的、长长的上山石级,每走十几个台阶,就有一个平台。石级两边,每隔几阶,就有一块长方石柱,上刻"永思庐徐氏"字样。走过十几个平台,就到山腰上的一片一两亩地大小的平地。平地正面是一排凹字形的墓穴,高出地面。这是因为杭州一带风俗,棺材不埋在地下,而是将坟墓做在地面上。徐家坟墓是先在地面造一个一米左右的高台,然后在高台上用石板砌成一个个石室,就是墓穴。人死了,将空的墓穴正面的一块石板移开,把棺材推进去,再放回石板封死,就是坟墓了。死者的名字等写在正面那块石板上。每个墓室都很大,足够放两具棺材。要是夫妇中一位先去世,可以先放进墓室。等另一位百年之后,可以把墓门打开,再放进第二具棺材,以达夫妻同墓的目的。徐家那排凹字形的墓,大概有十多个墓穴,但到1949年止,只有几个墓穴是有棺材的,如:我太婆和太公合葬的那个墓穴,我公公和婆婆的墓穴,还有我三叔公徐礼耕先生第一位和第二位夫人的墓穴,其余墓穴都是空的。凹字形墓穴中间是一张三四平方米的大石桌,放供品所用。石桌前还有一块也是石制的矮平台,这是用作祭祖时跪拜用的。这片坟地的风景很好,面对北高峰和天马山,在一个山坳里,周围都是茶树和别的树木,终年碧绿青翠、宁静安谧。

1949年前,大家庭每年定期要去祭祖。1949年后,没有了大家庭集体的祭祖活动,但我与丈夫和孩子们每次去杭州,大多抽时间到坟上看看,顺便也到坟亲张妈那里坐坐。张妈总泡茶出来招待我们,我们也给她丰盛的茶钱。可能我三叔公和二叔公每年还会给张妈一笔钱,感谢她帮我们照顾祖坟。

"文革"期间,我儿子家祯去过杭州几次,每次他也去坟上看看。1968年前后,他去坟上见有几个已放棺材的墓穴被人打开了,石板被人偷取,少了不少。有的棺材露在外面,有一具棺材还被打破了,里面露出红绸和棉花。可能有人以为徐家是富有的大户人家,棺材里大概有什么值钱的陪葬品。其实,按照杭州风俗习惯,棺材里是不放任何陪葬品的。

不久,张妈通知我们杭州的亲戚,说公社里要用坟上的石板建房子,最好徐家派人去处理一下棺木和遗骨。三叔祖跟我丈夫商量,最后决定,请三叔祖在杭州的一个儿子去买几个陶瓮来,把遗骨放入瓮中,再出钱请农民挖几个深坑,把瓮埋了进去。所以后来儿子家祯去坟上,再也不见墓穴、石桌和墓道了。最近几年,听说天竺开了公路,修了公园,还开了山底隧道,那么说不定我们深埋的那些盛祖先遗骨的陶瓮,已经被挖出来不知去向。

高诵芬二叔婆在杭州天竺上坟

高诵芬在徐家杭州天竺坟前（约摄于 1949 年）

徐定戡在徐家天竺坟前（约摄于 1949 年）

左起：父亲、高悌同学、家祯、母亲、高悌、徐定戡、家和、高诵芬（抗战胜利后摄于杭州西湖）

徐家树在徐家天竺坟前（约摄于 1949 年）

徐定戡在徐家天竺坟前祭祖（约摄于 1949 年）

后排左起，嫂子、母亲、高恺之、徐定戡、父亲、高诵芬；前排左起，家和、家树、家祯（约摄于二十世纪四十年代中后期杭州放鹤亭前）

高诵芬与丈夫之堂妹（七妹和八妹）在杭州天竺（约摄于1936年）

去城里上班。每逢星期天，我就和丈夫一起爬山去狮子峰看望父母，吃了午饭，下午才回三天竺。记得有一次，还约了三叔公的女儿八妹一同上狮子峰去游了一天。当时，八妹只有十一二岁，活泼可爱。

那时，三个天竺寺里都住满了伤兵。老百姓爱国热情很高，纷纷自发捐款或捐食品及医疗用品慰问抗日伤兵。青年男女还志愿为伤兵服务，情景甚为感人。我有一次也捐了一百块大洋给医院做药费。因为这在当时算一笔大钱，所以报上登了我的名字，并加上几句表扬的话，我看了十分高兴。

在天竺住了几个月，关于日寇犯杭的谣言多了起来，山上也风声日紧，大家讨论进一步逃难的事。我的二叔公在浙江富阳里山有熟人，就准备托熟人在那儿租房子，全家老小一起逃到里山去住。我和丈夫只可带一只箱子和最必需的铺盖、衣服去；日用品也必须拣最不起眼的带去。因为里山是一个偏僻的小山村，居民生活水准很低，所以我们去那里避难，不能在生活上显得特殊，以免招摇。

在决定离杭的前几天，先定好两只大木船，挂在小火轮后面。因为要避免日机的注意，我们只好在傍晚开船。此船原来是装货的，舱位很大，吃水很深，所以可以载我们这么多人。船开了一夜才到里山。那天晚上，全家老小加用人二十多人，大家把铺盖打开，成了一个统舱，胡乱睡了一夜。

次晨，天刚蒙蒙亮，船已到达里山船埠头。我们租住房子的房东已在码头上迎接我们了。他们帮我们把行李七手八脚地搬到住处。我们老太太是小脚，走不动，由当地人准备好一顶用一张靠背椅和两根毛竹做成的轿子抬到住地，其他人走着去住处。

沿途中，我们也以好奇的眼光观看了小镇的风貌。里山实在太小了，只有一条街，至多半里长。街上只见一家破破烂烂的杂货店，半爿店卖炒花生，半爿店卖火油、草纸等日用品。还有几个卖菜的摊子，红枣只卖一角小洋一斤，鸡蛋三个铜板一只。我们租的房屋就在街的中段，往街底望去一目了然，可以望到里山山脚。

我们一群从杭州来的城里人走在小街上，大概像外国游客走在二十世纪七十年代的上海一样引人注目。于是不断有人过来跟我们说话，介绍小镇上的情况。

不一会儿，我们租住的房子就到了。推开两扇小板门，里面是一块一亩左右大小的泥地，大约是做打稻晒谷之用的。进去是一座五开间的楼房，很低矮。楼上五间让二叔公和三叔公两家和用人、奶妈住；三叔婆因怀孕待产，带了一个助产士，也住一起。楼下我们租了一个客堂间，供全家吃饭之用。左面一间做太婆和她用人的住房，我和丈夫及我们的女仆住后间。房东一家就住右边的两间。

我们住的这个后间只有八平方米左右。地上是七高八低的泥地。墙上离地面一人高处，有一个两尺见方的木格纸窗，用颜色已经泛黄的白纸糊着，不能通气。空气只能靠通向太婆前间的那扇小门进来一些，所以房里不但很暗，而且很闷。

楼下左右两边的两间做了厨房：一间是我们用的，一间是房东用的。厨房里似乎没有烟囱，所以一到煮三餐饭的时候，柴草的烟气就冲入楼上，连我们楼下都闻到烟气，楼上的人更被烟熏得眼泪、鼻涕直流，只好逃下来。

住在里山的头几天，我在房里日夜听见一种迟钝的撞击之声，不知为何物。后来问了主妇，才知道富阳是产纸的地方。这儿的竹子很多，乡下人把竹砍下，浸在溪水里，使其腐烂，而后做成各种纸张。细的是写字所用，中等质量的做包装纸，最差的则做厕所用纸。造纸的工具名为"水碓"，是靠水力推动的一种锤子，日夜运转，用来舂纸浆。我们听见的就是这种水碓发出的声音。我和丈夫听了房东的话，还特地到造纸的作坊参观过，可惜现在没有一点印象了。

住在里山，平时无事，我和丈夫去外面走走，看看街景，熟悉熟悉市面。只见街的一边是一条溪流，约二三丈宽，水很清澈。溪水用一根根的大毛竹引进每家每户，供人饮用。

我们刚到里山时看见的那家唯一的杂货铺，后来我们也经常光顾了。店内吃的、用的东西都有，倒也不少，价钱比杭州的便宜。但后来杭州风声日紧，逃难到这里的人日增，店里的生意大为兴隆，物价很快涨了一倍左右！一只鸡蛋由三个铜板涨到五个铜板。

因丈夫的外婆家也逃难到这儿，就住在附近，不到百步之遥，所以我们两人每天必去探望一次。

有一次，我们两人沿着这条街走到尽头，只见一路都是乡曲小户，但到了一个转角，忽然看见有一大户人家，门口三磴台阶，台阶上是石库墙门。门开着，望进去有厅堂，气派不同凡响，看上去是镇上最大的大户，可能是什么科举的人家吧。

一天下午，我同几个年轻的男女亲戚去附近的小山玩了，到傍晚才回家。到家门口，只见丈夫和诸长辈很着急地在门口等着。原来他们怕我们几个年轻女子在路上遇到歹徒，十分不安。我知道回家太晚了，让长辈和丈夫担心，心里很是抱歉，连忙低头不语地走进房里去，从此再也不敢与他人随便出去游逛了。

在里山住了不久，一天早上，我无意中发现胸前皮肤内有一粒如黄豆大小的硬块，就说给丈夫听了。丈夫很着急，怕是乳腺癌。因为他舅母得过乳腺癌，开过刀，割去了两乳，所以我们就去外婆家找她。舅妈一摸我的硬块，也吃不准是不是跟她症状一样。我丈夫决定带我回杭州去医院检查，而且次晨就动身出发。

我们主仆三人走到船埠头，正巧有一只小火轮停在那儿。问开船的去不去杭州，他点头说可以，但要价五块大洋。我丈夫一口答应，就进了船舱。刚坐下，见岸上有一家老小，约七八人，看样子是老母、子媳和孙辈，也想去杭。他们问能不能带他们一起去。我们的船不小，再加他们一家地方也绰绰有余，丈夫就允许了，让他们坐在外舱。晚上九点多到钱江大桥，他们就上了岸。老太太叫儿子来问要付多少船钱，我们当然坚决不收。他们谢了就上岸而去。

我们也上了岸，只见大桥上车水马龙，一片人心惶惶、兵荒马乱的样子。路边有几辆人力车停着，遂雇了三辆，到了老家。

次日到浙江医院就诊，只见一片人去楼空的凄凉景象。偌大的一个医院中只有一个鼻科医生在值班。真是"蜀中无大将，廖化作先锋"。经他仔细检查，说没有问题，只是淋巴结而已，就放心回家。

这时，家中只有一位姓吴的老账房和两位练习生在管家，还有两个厨师、司阍和车夫等用人。我们在家里住了几天准备回里山去，忽然在一天傍晚五点左右，三叔婆带了助产士、几个小孩、仆人、奶妈，由二房的三弟陪着，也到了家中。原来三叔婆不习惯住在里山，说每天受烟熏，以后生产时眼睛会出毛病，于是带了一部分子女回杭。三叔公不放心，就让当时已经十八九岁的三弟陪他们同来。本来，三弟拟定送到杭州后只住几天就回里山去，谁知三叔婆一到杭州只有半小时就发动要生了。幸亏有助产士在，很顺利地生了一个女孩。我丈夫家的孩子按大家庭总的人数排行，所以我要叫她二十妹。[1]

这时，杭州情况一天比一天紧张。三叔婆刚生孩子不能马上去里山，在杭州家里住下去又不安全，总得想个更安全的办法。我丈夫就去跟徐家的老朋友朱孔阳先生[2]商量。朱先生是杭州青年会的负责干事，他正要借美国教会的力量在青年会里办起一个难民收容所来。所里分高级和通铺两种房间：楼上是按房出租的，每间每月三十六元；楼下后面原来是一个室内操场，现在在地下铺了稻草、芦席，做通铺，主要收妇女，不收钱。在大门口挂起了国际红十字会的旗子，以免日兵进入捣乱。

我丈夫一算，连三叔婆一家大小一共有十几个人，就租了楼上朝南的两间，万一情况紧张可以住进来。他从朱先生处回来就把此事跟我们说了。

过了一个星期，一天下午，我正坐在三叔婆的房间里闲谈，忽然听见一声巨响，连房屋都震动起来，乃知一定是日寇炸杭州了，但不知炸的是何处。到傍晚，想开电灯，电灯已经不亮，后来传来消息说：国军已经撤退，撤退前他们把发电厂和钱塘江大桥都炸毁了，想阻止日寇进攻的速度。这时，整个杭州一片黑暗，社会秩序也大乱起来，坏人乘机四处抢劫。我们大家非常紧张。

我丈夫说，日寇势必犯杭，家中目前有产妇及我和十一二岁的八妹两个年轻女子，留在家里很不安全，还是尽快迁到青年会去住。但三叔婆则一派

---

[1] 我三叔公，即我丈夫的三叔叔徐礼耕先生。礼耕先生一生娶过三位太太：第一位即本章说到的这位，是杭州骆驼巷王家的小姐。王家开办王悦昌绸庄，当时被杭人称为"首富"之家。这位大太太生了十几个孩子，后来得病去世。礼耕先生的第二位太太姓潘，只生了一个儿子，就在生产时因心脏病去世。此事曾在本书第贰拾柒章《吴烈忠医生》一文中提到过。这个儿子在我丈夫这一辈中总排行第二十四，所以，我们叫他廿四弟。礼耕先生的第三位太太姓俞，生了一个女儿，总排行是第二十五，我们叫她廿五妹。本文中提到日寇犯杭时在家里出生的那个婴儿是女孩，总排行是第二十，所以叫她二十妹，可惜未成年就因病去世。

[2] 关于朱孔阳先生，可参见本书第肆拾章《一位朱先生和三位朱师母》。

正在建设中的钱塘江大桥（摄于抗战前）

被炸毁前之杭州发电厂（摄于抗战前）

太平思想，认为自己刚做产妇不到一个星期，不可外出吹风，无论如何也不听我丈夫的劝告。她用浓重的绍兴口音说：

"要去那（你们）去好哉。我只要大门关上，里头困困吃吃，怕点啥！屋里绍兴老酒一坛坛放咚（放着），鸡、鸭、火腿、鱼刺、海参也有咚（有着），有啥要紧！"

我丈夫实在无法说服她，只好晚上坐在太婆的房外点起蜡烛，跟账房里的吴先生、徐先生和三弟商量。我见吴先生已经吓得说话结结巴巴了，手里夹着香烟，火光一上一下地颤动，映着微弱的烛光，情景更为凄凉。

那天晚上，账房先生们和我丈夫准备一夜不睡，怕有人跳墙进来抢。丈夫不放心我一人睡在房里，就叫我到三叔婆的楼上，与诸弟妹和女用人一起睡，决定明天一早把我和我的女仆先送进青年会。他自己只好在家陪三叔婆和孩子们。

但是一到第二天早上，不知怎么三叔婆的陪嫁用人李妈说服了三叔婆，让我把八妹和十一、十四两个弟弟也带去。她说这三个孩子我可以管得住，以后万一他们也走可以少几个人。于是，丈夫就去街上雇了三辆三轮车。平时，从家里到青年会最多两三毛钱车资，那天却要价五块钱！

进了青年会，与朱孔阳先生一说情况，就住进了早已租好的楼上房间。我丈夫把我们刚安排好想回家，朝窗外一看，只见一小队日本兵举着太阳旗在青年会门口行走了。于是我丈夫也不敢回家，只好留在青年会。以后就此与家中留着的三叔婆他们中断了音信。

从我们房里窗口望去，可以看见日寇在街上走来走去。又见日兵从屋顶上爬进人去楼空的房子里去抢东西，还把人家的家具拿来焚烧取暖。有一次，远远望去火光冲天，后来知道是日兵烤完火没有把火弄灭，房子就烧了起来，引起大火。

青年会每天有人进来避难,楼上已经租出的房间陆续有人搬进来住了,有的是我们的亲戚、朋友,同住一楼。晚进来的人带来了不少关于日寇暴行的消息:有的说某人失踪了,想必已经被日寇所杀;有的说日本兵一家家敲门,找"花姑娘",奸淫妇女;有的说日本兵喜欢用红木家具烤火取暖,因为红木烧起来没有烟;还有人说日军在路上随意杀戮行人,还将人头挂在县政府大门口。我听了他们的讲述,记挂家中诸人,不知他们如何了。我也记挂我自己的父母,他们此时正跟着安定中学一起逃难[1],不知怎样了。一天午后,与丈夫、弟妹和王妈坐着,我愈想愈忧,忽然说:

"这次家中的人一定不全了!"

说着就忍不住痛哭起来。八妹及王妈见我伤心,也都流泪不止。

我们刚住进青年会那天,中午和晚上的饭菜颇佳:四菜一汤,一桌四人。次晨早餐是稀饭和四样下粥菜。但后来日兵一到,店家关门停业,市场也没有蔬菜鱼肉供应,大家都要逃命,杭州顿时成了一座死城。而青年会中却难民日增,于是柴米油盐和菜都成了问题。青年会对面有一家酱园,当然也关了门。因为救人要紧,朱孔阳只好不管三七二十一,带领几个义务人员破门而入,将酱园里的油、盐、酱、醋,凡是可以吃的东西全部搬来青年会。即使这样,仍不够这么多人吃饭。于是,三餐改为两餐,早上的一餐取消。上午十一点半开饭,分两批吃。为了省米,米饭改为泡饭,每桌四人改为八人。一块大方乳腐一切为四,每桌一份,再加一盆白盐。下午四五点也分两批吃泡饭,菜跟中午相同。再过几天,乳腐吃完,桌上就只有一盆盐、一桶泡饭

---

[1] 我父亲任杭州安定中学董事长,抗战时带领全校师生把学校从杭州市迁到浙南壶镇,继续上课,直到抗战胜利迁回杭州。

了，去得迟点连泡饭都已吃光。大家终日饥肠辘辘，日夜提心吊胆，度日如年。十四弟只有五岁，大概因为饿，常要呜呜地哭闹。幸亏我临走带了一点吃剩的糕饼，可以给他充饥，但不久这点糕饼也吃光了。

又过了四五天，下午忽然来了吴麟昌、徐周兴两位账房先生。他们战战兢兢地报告说，家中大门虽然关着，但是仍不时有日兵来敲门。三叔婆十分不安，后悔当初不跟我们一起来青年会住。我丈夫同朱孔阳商量，是否还有办法可以把他们接来这儿。朱孔阳写了一封信，给英国人办的大方伯广济医院的院长，叫一位名朱执绥的青年拿了红十字会的会旗同吴、徐两位账房先生一起去见院长，想用医院的救护车将产妇送到医院，其余的人则接到青年会来。但吴、徐等人一去之后就音信全无了。我们在青年会等得像热锅上的蚂蚁，焦急不堪。

等了三四天，吴先生和周兴才狼狈不堪地来了。原来那天他们拿了朱孔阳的信去找广济医院院长，院长答应开救护车去接产妇，但说明只收产妇一人。谁知到了徐家，三叔婆自说自话地把一家大小诸人，连账房先生和女仆都塞进救护车，简直将救护车当成公共汽车用了。到了医院，三叔婆要求医院全部收留，医院院长出来说：有言在先，只收产妇，不收他人。三叔婆要求把车开到青年会，院长亦不答应。正在讨价还价，远远看见日寇来了。院长光火，要将车上的人都赶下。三叔婆遂说：如果只有她一个人可进医院，她情愿下车跟大家一起走回家。于是每人拿了一点行李下了车。李妈抱了一大包尿布等婴儿用品，里面还藏着三叔婆的一点首饰。奶妈抱着十八弟，张妈抱着十六弟，三叔婆自己则抱着刚出生不久的小毛头。

天已近傍晚。一路走，一路看见远处有日本兵走过。为了躲避日寇，只好拣僻静的小巷走。但走到东看见日兵，走到西也看见日兵，一直到天黑也没有走到家。他们走进一个小巷，想敲一户人家要求进去躲一夜，不料听见里面是日本兵的说话声，连忙逃开。大家走得精疲力竭，东西越背越重，只好边走边扔，直到半夜才到家。进去一看，小毛头在襁褓里已经倒抱着也没有发现。幸亏她路上竟一声没哭，否则被日寇听见不堪设想。

几天之后，吴、徐两位账房先生再冒生命危险来到青年会，要求朱孔阳先生想办法把他们救出来。

朱孔阳答应收留他们，但问题是怎么将一家男女老少都接来。想来想去，我丈夫想到向"治安维持会"去商借汽车。"治安维持会"是一个民间组织，由杭州部分商界头面人物组成，在国军撤退后与日军打交道，帮助维持地方秩序。从现在的角度来看，这当然是个汉奸性质的组织，但那时救人要紧，不管它是什么组织了。朱孔阳仍派朱执绥拿了红十字会旗，同我丈夫一起步行到该会借车。会里的人大多认识朱先生和我丈夫，他们一口答应。但汽车司机却只答应开一趟。可是因为人多，一车坐不下，第一车到了青年会，只好再向司机求情，并答应给他二十块大洋做报酬，第二次才去把全部人接来。车上撑起红十字会的会旗，总算一路平安到达青年会。

这时天气已经渐冷，三叔婆他们的行李铺盖那天晚上已在路上扔掉，朱孔阳先生找出几条被子来给他们还不够用，我们只好把自己的被子匀一点出来让他们盖。因为生活不定，神经紧张，再加上风寒，我终于得了重感冒。当时无医无药，只好听其自然。咳了几个月，到二月里，我发起高烧来了。那时，杭州社会秩序已略见好转，我丈夫就找到了他的朋友、西湖肺病疗养院院长杨郁生先生，由他介绍嵇钧甫医生检查，说已转成肺炎。经打针、服药虽然退了烧，但身体一直没有复原，咳嗽则更成了痼疾。

我们在青年会住了几个月，虽然受红十字会的保护，日军不敢进来抢、杀，但听说日寇也进难民营来索取"花姑娘"，也就是现在所谓的"慰安妇"。这由朱孔阳先生应付过去了。

后来，朱先生跟我丈夫商量，用赠送书画的办法和日军打交道。恰好有一位姓寿的女画家在青年会中避难，这位寿女士当时已经六十多岁，原是中学国画老师，山水、人物、花卉都能画。朱孔阳也能画会写，于是每当日军找借口进青年会来，就送他们书画。日寇拿了东西，居然相对平静了一段时期。

次年春天，杭州秩序已经好转，沪杭铁路开始通车，但没有公开出售火车票。三叔公给一个在日军那里做翻译的名叫陈少君的汉奸送了红包，弄到一节铁篷车，车厢里铺了稻草，大家席地而坐，逃到上海租界。从此，我们在上海定居了下来，一住就是五十多年。

高诵芬作文
徐家祯整理
1995 年 7 月 27 日
于斯陡林红叶山庄

肆拾章
一位朱先生和三位朱师母

朱先生就是我丈夫的老朋友，叫朱孔阳。我大儿子的《东城随笔·云间朱孔阳轶事》一文中，曾对他做过这样的描述：

> 我记得的朱孔阳是位剃很短的平顶，穿一身中式短衫裤的老人。有时裤脚上还系了一根束带，很利索的样子。他讲一口松江口音的上海话，年龄那时已经六十多，但精神十足，健步如飞……

> 在朱孔阳的字画上，他一般常署名为"云间朱孔阳"。"云间"，实际上是松江的别称，因为他是松江人。西晋文学家陆士龙居华亭，即现今松江县，他自称"云间陆士龙"，故松江得此别名。我儿时不知"云间"两字的来历，总想象不出这么敦实的人怎么能飘到云间去。

我原先也不知道"云间"是地名，还以为是朱孔阳的别号。后来丈夫告诉了我，才知道松江还有这么个古色古香的别名。

抗日战争前,朱孔阳是杭州基督教青年会的干事。我丈夫十六岁时投考青年会夜校念英文,就和朱孔阳先生认识,那时朱先生三十多岁。他知道我丈夫家里有钱,就拉我丈夫加入青年会,做永久会员,可以将名字刻在青年会大厅庭柱的铜牌上,平时去青年会吃西餐、打网球、洗澡,均可获得优待。

朱孔阳先生为人热心,见人有难,无不尽心帮助。他能写字、画画、刻图章。杭州城里几条大街上,几乎条条有他写的招牌;名胜古迹也到处有他的字画。他能饮酒,爱说笑话,善交际。喜庆宴会、大庭广众之中,总是他的嗓门最高。他由会说笑话,发展到能为人测字,往往信口开河,但能言之成理。

朱先生还组织青年会的会员旅游。我结婚次年,就和丈夫参加他带队的黄山旅游团。[1]那时全团十六七人,只有我一个女的。团员中有一位是中山大学教育系主任庄泽宣[2]博士。回去后,他在林语堂先生编的《宇宙风》上发表游记,对我冒寒雾登上黄山最高的莲花峰表示钦佩。就在这次回杭之后,朱先生又发起了聚餐会,这次他的夫人也来参加,所以我就这样认识了她。因为朱先生年龄几乎大我们一辈,我尊称她太太为朱师母。

朱师母是一位大家闺秀,举止文雅庄重,是典型的贤母良妻。她娘家十分富裕,从小娇生惯养,年轻时身体虚弱,后来时常吐几口血,因此面色苍白,体形消瘦,但眉目清秀,为人热情,谈锋甚健。她又是虔诚的基督教徒,同她谈话不到一小时,就会在话中多次提起上帝,但她从不劝人入教。

---

[1] 关于那次黄山之游,可详见本书下一章《黄山之游前后》一文。
[2] 庄泽宣(1895—1976),中国著名教育家。浙江嘉兴县人。1916年毕业于北京的清华大学。1917年赴美留学,获美国哥伦比亚及普林斯顿大学教育学、心理学博士学位。回国后任清华、厦门、浙江、中山、岭南、广西等大学教授及系主任。1948年,应联合国邀请赴巴黎主持战后文教损失调查。1950年去马来西亚办学。1952年任新加坡联营出版公司总编辑。编写、出版教科书多种,在东南亚一带影响甚大,至今仍被人称道。被列入美国《教育领袖》一书。1976年病逝于新加坡。著作有《职业教育通论》等30余种。

不久，日寇入侵，杭州沦陷，听说朱师母带了孩子，侍奉公公向浙西方面避难去了。朱先生因担负红十字会救济难民的任务，留在杭州。我和丈夫以及三叔婆等大小十多人都曾在他的难民所中住过，这在《逃难之三》一文中已有详述。

当时，朱孔阳先生还发起办过一个钱塘公墓，地点在离杭州约三十里的古塘。不料，该地正在日寇侵杭的路线上。那时在钱塘公墓的工作人员达数十人。他们见日军来了，来不及撤退，就躲入空的墓穴之中暂避。不幸被日军发现，用机枪扫射，只有少数几人逃脱。我还记得有一位叫朱执绥的小青年，哭哭啼啼地避入难民收容所来报告。朱先生晓得此事，十分伤心，号啕大哭了一场。此事对他刺激很深，直到晚年提起此事还会流泪。

杭州沦陷后的次年春夏之交，杭州情况相对稳定，收容所的难民逐渐回家，不久收容所的工作结束。按理说，朱孔阳先生在杭州最危急的时候救了很多人，应该是立了大功的。然而，世上的事总有例外：立了功不但不得奖，反而受罚。朱孔阳可能在某些地方得罪了一些人，于是有人就向青年会领导告状，说他在办收容所期间违反青年会章程，应该撤职。其实，杭州沦陷这段时期是非常时期，怎么能用常规来束缚住自己的手脚，听任自己的同胞受日寇的宰割呢？真是"欲加之罪，何患无辞"啊！

比如，说青年会的楼上宿舍规定是不准妇女涉足的，结果为了收容避难的妇女，朱孔阳却让妇女住到了楼上，其中包括了我和三叔婆一家。还说他用书画招待日本人，用老酒慰劳义务服务人员。因为青年会是基督教团体，规定不许喝酒，何况那老酒又是从对面酱园里搬来的。

这些情况被当时另外派来的一个干事叫田浩来的报告给上海青年会总会，还把空酒坛拍了照作为附件，以证明事实确凿。青年会总会派人来做了

青年会旅游（握会旗尖角者为朱孔阳）

调查，认为情况基本属实，就将朱孔阳青年会干事之职革除了。朱先生就此失业。

幸亏朱先生能写会画，也会刻图章，于是就靠此为生。他也代人卖字画、古董，赚点佣金。我经常看见他挟了一个蓝布包袱，来我家向我丈夫和两位叔公兜售文物、古董。我家原来放在客厅里的整堂紫檀木桌椅，大厅上供的两尺多高的乾隆年间制的景泰蓝香炉、烛台、花插，以及大堂上挂的"福""禄""寿""喜"挂屏等，都是从朱孔阳先生手里买来的，而且往往由他开价。

我记得有一年大除夕傍晚，朱先生的女儿夹了一包字画和一只大花瓶来向我丈夫兜售，可见经济情况很是窘迫。还有一个时期，他曾在一个学校教国文课，用的课本是《孟子》，他常拿了书来和我丈夫讨论文中疑难词句的解释。后来我们移居上海，朱孔阳也搬来上海定居，我们两家仍常来往。

我心中很佩服朱师母的诚恳待人，知道她因生活拮据，操劳过度，再加身体虚弱，常要吐血，就时常去她家探望。有一次，我去探望，朱先生不在家，她老病正发卧在床上。她叫我坐在她的床边，跟我谈话，忽然对我讲起她的身世来了。

她说，她跟朱先生先同学、后好友，最后以身相配。但男家只开一家小酱园，而女家却是松江有名的大地主，又经营商业，家境十分富裕。因为两家贫富悬殊，再加朱师母又是家中独女，所以女方父亲坚决反对，百般阻挠他们两人的来往。但他们两人真心相爱，继续保持联系。最后发展到朱师母的父亲将她禁闭在家中，两年内不许她离家一步的地步。幸亏她有一位二姨对他们的爱情十分同情，帮助他们秘密传递书信。二姨觉得他们的爱情到了坚定不移的地步，如果再阻止下去会出意外，所以她反复说服朱师母的父亲，并晓以利害，终于使她父亲同意了他们的婚事。但朱父提出两个条件：一是从此不认她这个女儿，结婚后不许回娘家；二是嫁妆一点不给。其母出于母女之情，暗中给了一点首饰，他们就这样结了婚。

朱师母还说：他们结婚之后，夫妇感情非常真挚。第一胎生了个女儿，"全靠上帝保佑，过满月时还能请两桌酒席"。后来，他们一共生了两女一男。夫妇都做工作，平时精打细算，生活总算达到小康。我听了才知道原来朱孔阳夫妇还有那么一段恋爱经历。他们活到现在的话，要超过一百岁了。那时候能反抗家庭、自由恋爱，真不容易。他们的爱情真像古代传说中的梁山伯、祝英台那样呀！

可惜朱师母是老肺病，终于有一天吐血去世，享年才六十出头。朱先生当然痛不欲生。

过了几个月，朱先生来我家，对我们说，他已经续弦了。我听了一愣，心想：他和朱师母恋爱之时，吃尽千辛万苦；婚后几十年，也是同甘共苦。为什么朱师母尸骨未寒，他就另觅新欢了呢？我实在为朱师母大为不平。

但是，听了朱孔阳的解释，我就理解了。原来当初朱先生与朱师母在谈恋爱时受家庭阻拦，两人一年未能见面通信，朱孔阳以为以后永无希望继续跟她保持关系了，就在此期间认识了一位女士。不想他跟那位女士的友谊正在日深之际，忽接到了由朱师母通过姨妈传来的亲笔信，真是"山重水复疑无路，柳暗花明又一村"，朱孔阳又旧情复燃了，最后有情人终成眷属。朱先生把情况跟那位女士说明，她很理解，表示愿意跟他们做普通朋友。朱师母得知此事，亦很感动，大家成了要好朋友，彼此经常来往。朱孔阳的孩子叫她"阿妈"。

那位女士后来也结了婚，可惜婚后没有孩子，而且过了三年，丈夫就去世了。朱师母病危之时，自知不久人世，就对朱先生说，希望她死后请这位女士做朱先生的续弦，代她照顾朱先生。所以，现在朱孔阳遵照她的遗嘱同这位女士结了婚。

那位朱师母也是基督徒，而且狂热地相信宗教，愿为宗教牺牲一切，经常为传教、募捐、散发传单而到处奔走。

按照政府规定，男女双方决定结婚之前要得到领导的批准。朱孔阳先生当时在中医医史博物馆工作，他决定续弦之前也得首先向领导报告，得到领导的同意。过了几天，领导找朱先生谈话，说朱孔阳的对象有政治问题，不能同意他们结婚。

朱先生说："我是同她的人结婚。她的政治问题跟我有什么关系？"

领导说："你这个人呀，头脑真不清楚！"于是再三对他说服、教育，但朱先生坚持要跟她结婚。最后，领导说："你如果一定要同她结婚，一切后果由你负责！"就这样不欢而散了。

知道朱孔阳第二次结婚的第二天，我和丈夫就登门补贺嘉礼，见了第二位朱师母。她那时已经六十左右了，个子矮小，文气而秀丽。

朱孔阳先生和第二位朱师母结婚只有一年左右。一天，朱先生来告诉我们，第二位朱师母因长期神经紧张，突然中风去世了！

过了若干年，朱孔阳跟老朋友金元达先生的大女儿金启静结了婚。这第三位朱师母与我家有亲戚关系，是我曾祖母的内侄孙女，比我长一辈。她本人在日本留过学，是位女画家。她父亲是有名的藏书家，又是版本学家，和我丈夫是忘年交。抗战期间，她妹妹嫁给了以前江阴要塞司令做太太。结婚那天，为了表示庆祝，放礼炮三下以示庆贺。谁知有人报告当时的最高统帅蒋介石，说他在战争期间擅自开炮，违反军纪。经核实，就按军法枪决了。

真是得意忘形，乐极生悲！

朱先生第三次结婚后一年，"文革"爆发了。朱孔阳的历史问题和社会关系十分复杂，就被隔离审查。这时，他已年近八十，得了严重的重听症，"红卫兵"要他交代历史问题时，他常常答非所问，所以吃了不少苦头。他几次想自杀，都被第三位朱师母劝住了。第三位朱师母对他说：

"你千万不能死！你一死，万事都说不清了。"

隔离审查了一段时间，当然查不出任何罪行。在放他回家时，他们给朱先生叫了一辆三轮车，对他说：

"因为你不老实，所以现在送你去提篮桥！"

上海人一直把"提篮桥"当作"监狱"的代名词。朱先生以为这次一定会老死狱中了。谁知到了目的地抬头一看，竟到了自家弄堂树德坊门口。他又惊又喜，不禁涕泪纵横！

"文革"结束，朱孔阳先生的问题总算完全弄清，不久他就退休。后来又受聘成了上海文史馆馆员。他和第三位朱师母过了好几年志同道合、和谐美满的夫妻生活。

第三位朱师母人很热情，跟我们关系很好。在我家搬到后间的第一个春节时，我们连准备年夜饭的钱也没有。大除夕傍晚，朱师母特地送来两条黄鱼，连葱姜和佐料都给我准备好了，说是让我们做年夜饭吃的。虽物微而情重，且含"年年有余"之意，真是给我们雪中送炭了。平时逢年过节，她常亲手做些菜来给我们吃。朱师母能说会道，而且说到高兴之时，会手足同时舞动，看上去好像翻了身的甲虫一样。

二十世纪八十年代中，有一年三九严寒，朱先生决定将自己收藏的一段古柏树化石捐献给杭州岳王庙。岳王庙里以前有一段古柏树化石，叫"精忠柏",供在庙里,作为岳飞精忠报国的象征。"文革"中,"精忠柏"被毁而不知去向。朱孔阳把收藏的古柏树化石送给岳庙,正好代替以前的那块。

本来,捐献那块古柏树化石不必亲自送去,可以让岳庙派人来拿。但朱先生兴致很高,一定要夫妇两人亲自冒严寒送到杭州去。在杭州,他们住在朋友家。朋友的房子是老式房子,门窗关闭不严,房里又没有取暖设备。一天深夜,朱师母竟在睡梦中死去了。朱先生虽跟她同床而睡,但因耳聋竟木然不觉。直到次晨主人来问候,才发觉朱师母已溘然长逝矣。

第三位朱师母去世以后,朱孔阳先生又活了几年,到九十六岁才寿终正寝。朱先生一生先后娶了三位太太,结果都比他去世早,这倒是令人预料不到的。

高诵芬作文
徐家祯整理
1995年7月30日
于斯陡林红叶山庄

肆拾壹章
黄山之游前后

我跟丈夫结婚之后不到两年，日寇就进犯杭州。在这不到两年的时间里，虽然从全国来说，日寇已经侵犯中国，但杭州还是歌舞升平。在这段时间里，我与丈夫常常去各处旅游。

一开始，我们主要利用周末在杭州附近游览。记得我们去我父亲在狮子峰的别墅意胜庵上住一夜，还托男仆去天竺寺里买和尚私下用蜡烛煮的名菜，叫"蜡烛头夜壶肉"。据说是和尚偷偷用夜壶在墙上挖个洞点了蜡烛煮出来的。肉炖得酥而不走样，十分美味。和尚卖肉是破坏戒律的，所以当然不能公开买到，要托相熟的和尚去买才可。

有一次，我们还跟我哥哥一起去游西天目山。天目山以原始树林闻名。古寺前有一株上千年几人合抱的大树王，四周用矮墙围着。据说因为此树的树皮可以医病，所以常有人去剥皮。寺僧怕古树受伤，就造了矮墙，使游人可望而不可即。

再有一次，我和丈夫去游绍兴。我们坐了绍兴有名的乌篷船去兰亭，坐了划子在东湖泛舟，还骑了驴子去大禹陵。驴子会欺生，见我是外行，就故意走起路来一跛一拐的，使我坐不稳；又故意挨着墙壁、树丛走，让我磕磕碰碰。幸亏主人走在边上不断呵斥，它才安分一些。到了大禹殿，我们改坐两根竹竿中间兜一把椅子的轿子，叫"斗子"，上殿去游览，还在绍兴的一家小饭馆吃饭。点了白斩鸡，就听见屋后有杀鸡的声音；点了麻酱油拌春笋，店主人就去后园挖起笋来。其味之鲜美，至今想起还馋涎欲滴。

而所有旅游之中，我印象最深的就是黄山之游。那是结婚第二年的春天，大概阴历四月的时候。这一年早春，我的三叔祖跟他太太先去了黄山。在山上遇见大雪，四天不止，积雪盈尺；封了山，不能行走，险些断粮，只能狼狈而回。

我们听见他们说黄山如何之美，如何之险，也想去看看。于是，丈夫就跟杭州青年会的干事朱孔阳先生商量，看他是否能组织一个小团体一起去。朱先生十分赞成，在一周内就组织了十个人左右的团体，并于启程前几天在青年会的大厅里举行了一个自我介绍座谈会，大家先认识一下。

我只记得，同游的有中山大学教育系主任庄泽宣教授。他穿了一件灰色的布长大褂，戴一副金丝边眼镜，一副温文尔雅的旧知识分子模样。还有一位就是大名鼎鼎的杭州都锦生丝织厂厂长都鲁滨[1]先生。都锦生丝织品畅销中外，几乎无人不知，原来都鲁滨先生本人就是一位摄影家，所以丝织品上的风景很多是他自己的作品。那天他来开会也带了一个照相机，当场给大家拍了几张照片。记得同去者中有杭州会计师公会会长韩祖德先生。这是一位短

---

[1] 都锦生(1897—1943)，号鲁滨，杭州人。民国八年(1919年)毕业于浙江省甲种工业学校机织专业，留校任教。在教学实践中，亲手织出我国第一幅丝织风景画"九溪十八涧"。1922年5月15日，在杭州茅家埠家中办起都锦生丝织厂。都锦生丝织后来成了名誉中外的艺术品。1943年5月在上海病逝。

在黄山旅行

小精干的年轻人，在会上他提出了不少旅游建议，得到大家赞同。另有一位是杭州的名律师，叫田浩徵先生，谁知道他讲起话来竟有点口吃，不知道他在法庭上怎么辩论。余下的几位先生年纪较大了。我们夫妇是同去者中最年轻的；而我，则是唯一的女士。

当时，从杭州去黄山已有一条杭徽公路相通。朱先生就以青年会旅行团的名义包了一辆小客车，直接从杭州出发，开到歙县，再直达黄山脚下。

出发的前几天，连日阴雨。特别是出发前夕，雨越下越大了。然而到了出发那天早晨，却只见阳光灿烂、万里无云。汽车开出杭州市区，就见公路上坑坑洼洼的，车身颠簸得很厉害。我们一直沿着富春江西上。越走公路越是不平，车身也震动得越厉害。

到了安徽境内，我们只见公路一边是新安江上游，一边是山坡，路势越来越险要。可能是因为前几天大雨，路上不断可以见到山坡上冲下来的树木、柴草、石块。最后，终于有一段路完全被冲积物堵住了。大家下车一看，都束手无策，不知如何是好。原来公路上横着一块方桌那么大小的巨石，周围还有两三间平房那么大小的柴草跟树枝，所以公路完全给堵住了。

后来，不知是谁的主意，决定到附近乡村找了几十个农民来，请他们帮忙搬石块、柴草。从中午一直搬到下午，大约用了四五小时才把公路勉强开通了。

到黄山脚下，已是黄昏，天正在昏暗下来。幸亏我们事先已经向中国旅行社黄山招待所预定了房间，也定好了山轿，所以旅行社里已派人在山脚下等我们一行了。他们手举火把，把我们领上了山。路上，他们还说等了我们很久，以为我们今天不来了。

快到招待所时，我们只听见传来轰雷似的溪水声。原来因为连日大雨，黄山的溪流也特别大起来,而招待所就建在溪水边上,所以水声特别响。

所谓招待所,在当时只是一排刚盖好的茅顶平房而已。可能没有很多游客住过,房间里面倒布置得很简单、清洁。一到招待所,最要紧的是解决吃晚饭的问题。那时,黄山的食物都是靠人工背上去的。因为旅客不多,所以食品也备得不多,主要是一些不易败坏的素菜,如香菇、黄花菜、木耳、百叶干、烤麸干之类。幸亏大家早有准备,各自带了点罐头荤菜,如红烧牛肉、凤尾鱼、沙丁鱼等,还有些干粮,都拿出来充饥。

晚饭后,我已经很累了。朱先生给我和丈夫开了一个单独的房间,我就先进房睡觉去了。在床上,听见窗外的泉水之声如潮涌、雷鸣,彻夜不绝。

朱先生和其他旅客开了几个大房间,大家合睡。那晚他兴致很好,提议要我丈夫等给黄山写点书画,留作永久纪念。于是,他们在客厅里动起手来。其实,十人之中,真正会动手的也不过两三人而已,主要是朱先生画画,我丈夫写诗。朱先生画了很多幅,大小不等,可惜因为没有颜色,都是水墨画。我丈夫作诗都是绝句。回杭之后,朱先生把我丈夫的诗交给《杭州日报》发表了,现在还记得以下六首:

> 碧翁知我欲山行,才断檐牙积溜声。
> 挽就鸿妻试腰脚,棕鞋席帽话初程。
>
> 从此青山共鹿车,平生泰岱愿犹虚。
> 黄山扑面先相迓,不用文园封禅书。
>
> 溅珠跳沫湿衣襦,日夜轰雷万马趋。
> 逝者如斯叹川上,廿年尘垢得湔无。
>
> 一鉴名泉委草莱,疲氓汤沐未堪哀。

濯缨濯足寻常事，我为朱砂饮泣来。

五丁移此碧巉岏，崩岁岭岈骇汗捐。
辛苦黄淞三十里，岂知却有看山缘。

五岳归来不看山，黄山归来不看岳。
想见吾宗老霞客，横担即栗唯被襆。

那天晚上，一夜在溪声中度过。水声时时都将我从梦中惊醒，似乎睡的床也在溪水中晃动。清晨天色微明，我们俩就醒了，马上起床，欲观黄山晨色。走出屋外，只感到一阵凉风扑面而来，我打了一个寒战。再看四周，只见白茫茫铺天盖地的一片云雾，什么也看不见，唯有一股清香，使人头脑清醒，心情舒畅。

招待所的附近有小卖部，但尚未开门。旁边有一排茅屋，就是温泉浴室。此时，耳闻朱先生一行也陆续起身了，大家都出来散步、观赏山色。

六点半，大家入屋内吃早餐。朱先生对大家说：

"小卖部七点钟开门，要买黄山特产的可以去采购。后天下山我们不走这条路，所以不会再路过此地。"

他还对大家说，可以趁此机会洗个黄山温泉浴。黄山朱砂泉的温泉对身体有益，如果长洗，还可治病、长生。于是早饭后，大家都去洗温泉浴了。

那时的黄山温泉浴室设备十分简陋，分男女两个部分。因为只有我一人是女客，所以我就独自去女子浴室了。女浴室是内、外两间茅房，点着一盏风灯。浴池就是一个十余平方米的天然朱砂泉，约二尺深，室内也有一片云雾，但不浓，不知是外面的云雾跑了进来，还是里面温泉的热气。我进去时，只见已有一位女客在池中。她脱去了上衣，留着短裤，池边上放着一双高跟鞋，正慢慢地抹上身，洗脚洗腿。我也学她的样，只脱去上衣，穿了短裤，洗抹上身和腿、脚。我那时年轻怕羞，不会跟陌生人打招呼、攀谈。而那位女客已经三十多岁的样子，却也不同我说话。两个人就这样闷洗完毕。

等我走出茅屋，我丈夫等人已在小卖部等我了。小店已经开门。职员招待周到，向我们介绍黄山云雾茶和徽州（歙县）纸、墨。我们每人都买了许多。职员还介绍山上出一种冬青竹筷子，有种种好处，是黄山名产，但我们没有买。不想四十多年之后，我丈夫已故好友杨廷福[1]教授去游黄山归来，买了一把冬青竹筷子来送我们。我们不舍得用，带到南半球来，至今还珍藏着。

买来的东西都放在雇好的山轿中。只见朱先生手里高举"青年会旅行团"的三角小旗，口含一个哨子，正召集大家出发了。

第一天的行程是天都峰和莲花峰。天都峰太险，朱先生说不爬上去了。莲花峰是黄山最高峰，有一千八百多米高。大家坐着轿子鱼贯而行。一路看见的是悬崖、峭壁、奇松、怪石。最奇怪的是松树，从石缝中钻出，大大小小、奇形怪状，整个黄山看上去就像一个放大了几千、几万倍的盆景。我在休息的时候把我的想法告诉了大家，大家都说有同感。

一路上山，不见一个游客。直到半山，才见那位穿高跟鞋的女士和三位男客也在游览。其中有一位长髯老者，面貌清秀，衣冠整齐，另两位都是青年。大家攀谈，知道他们是北京来的。我们都朝女客的高跟鞋看，她说她每次游览都穿高跟鞋的，已经习惯。

---

[1] 杨廷福（1920—1984），教授。上海市人。1945年毕业于复旦大学中文系。1984年加入中国共产党。曾任上海政法学院、同济大学讲师。新中国成立后，历任上海市教育学院教师、教授，国务院古籍整理出版规划小组成员，中国唐史研究会常务理事，《简明不列颠百科全书》编审，《中国历史大辞典·魏晋南北朝史卷》主编。中国民主促进会会员。专于中国法律史、隋唐史。著有《唐律初探》《唐代妇女在法律上的地位》《法律史论丛》第3辑）等。我丈夫二十世纪四十年代在上海地方法院任检察官时，杨廷福还是法院档案部的一位小职员。我丈夫见杨先生勤奋好学，就与他成了朋友。他们的交往直到杨先生去世才中断。

去莲花峰的路很险要。有一处叫"阎王壁",不能抬轿,非走不可。我就由轿夫拽着一步步走过去。路很窄,有的旅客不敢直立,就扑在地上望悬崖。我跟丈夫连看都不敢看。过了阎王壁就是莲花峰了。男客走在前面,我和丈夫落在后面。将近顶峰,有一块两尺左右宽、一丈多长的石板,搁在两面断壁上,石板下边就是万丈深渊,真不知当时这块石板是怎么搁上去的。我由轿夫拽过去时吓得简直不敢向下看一眼。

到了莲花峰上,大家见我来了,都拍手欢迎,表示佩服,我也有些自豪。往四周望去,只见一片云雾,诸山都只有隐约之形而已。我丈夫给大家在顶峰上拍了一张照片留念。可惜,黄山之游的照片都被"红卫兵"拿去了。

从莲花峰下来,我们到居士林休息。居士林是一座新式的小洋房,在屋外可以望见对面天都峰上的"金鸡望月",这是一块石头,好像一只鸡一样站在山脊上仰头望月;从后山看去,这块石头却像猴子了,于是叫"猴子望太平",因为山下即太平县。

中午,大家在居士林吃午饭。各自拿出罐头、干粮,坐在一间三面有窗的客厅里,一边赏景,一边充饥,风雅极了。

下午,到文殊院,路上看见了迎客松。这是一株大松树,从山壁上长出,向前外扑,好像在迎接客人一样。到了文殊院,我们累极了,就在那儿睡了一个午觉。醒来已经下午四时,一场大雨刚刚停止,只见山下一片云海,山峰都像海中的小岛一样。真是天公作美,特地让我们看见的。

晚上,我们住在文殊院。晚饭吃的又是素菜。饭后,朱先生跟我丈夫搭档,一画一写,作了许多书画,送给寺里。

那天晚上,朱先生又把我们俩安排在一个小房间里。两张床,被子很厚,蓝布的被面有气味,不干净,一定是和尚们或别的旅客或轿夫盖过的。

睡了不久，我被什么东西咬醒，忙叫丈夫，原来他也被什么东西咬醒了。坐起来打起手电筒一照，只见瓜子一样大的臭虫，吃得满身是血，饱鼓鼓地在板壁上、地上鱼贯而行。我以前从未见过臭虫，不敢去捉。丈夫虽也没见过，但只好起床帮我捉。我们捉了又睡，睡了又捉，一夜不得安睡，次日精神就远不及昨日。

第二天坐轿子去狮子林。狮子林一片平地上栽满松树，都开着松花，花香扑鼻。一阵风吹来，松花如黄雪一般，飘落满地。用手去拍松花，手上就沾满一层黄黄的松花粉，使我想起在家中吃过的松花擂沙团，真想带点松花回去，可惜没有盛器。下午游西海，见到的松树和松花更多，真像汪洋大海一样，大概这就是"西海"名字的来源吧。

在黄山看到的各种景色，后来我丈夫都有诗句记载：

阴晴只在刹那间，惆怅莲花雾里攀。
一宿文殊情不尽，晓风残月下黄山。（宿文殊院）

好凭阑槛倚崔巍，小雨初停暮景开。
惭愧尾君终日望，几曾盼到太平来。（猴子望太平）

长笺短札兴纵横，笔阵玄霜细柳营。
今日江郎才欲尽，笔花梦里为谁生。（梦笔生花）

风林宿雨听初残，岩馆新晴未戒寒。
竟日折腰迎送客，更无五斗饷苍官。（迎客松）

在狮子林住了一夜。第二天，我们一行就坐轿子从后山下山，汽车已经在山脚等我们了。由于昨天我们在文殊院休息时下的一场大雨，路上又泥泞不堪起来。车轮几次陷入泥坑，好容易才开到歙县，已经过午。

朱先生介绍说："歙县有'小上海'之名，可以吃到正宗的徽菜。"

大家吃了几天素菜、罐头，早就饥肠辘辘了。听他一介绍，不免馋涎欲滴。找了一家很大的徽菜馆，让堂倌介绍名菜，点了生爆鳝背、清炒虾仁、白斩鸡、油爆虾，吃得酒足饭饱。吃完上路，大家都有睡意，没有去黄山路上的兴致了。

傍晚到了杭州，在西园茶室分手。临别，朱先生对大家说，过几天他会通知大家聚餐。

过了几天，他果然通知大家在青年会聚餐。在会上，我看见了他的太太惠华新女士。她是三句不离上帝的虔诚的基督教徒。我们成了朋友，这也是我的第一个朋友呢。

席间，大家商议决定：出版一本图文并茂的游记，由庄泽宣先生写长篇游记，大家写比较短小的附在其后，再配以朱孔阳先生的画和我丈夫的诗；大家也决定开一次黄山记游摄影展览会；还准备在当年秋高气爽之际再组织一次雁荡之游。

记得摄影展览会是在杭州青年会大厅中开的。都鲁滨先生是摄影家，他的放大风景照片无论在质和量上都是展览会中最引人注目的。这些作品的一部分后来制成丝织风景画出售国内外，很受欢迎。我丈夫也展出了三张风景照：《西海云海》《猴子望太平》和《梦笔生花》。三张照片上都题了他自己的诗。朱孔阳先生后来说，著名摄影大师郎静山先生[1]也去看了这个影展。郎先生特别提到，黄山云雾、阴雨的天气比其他名山多，能在短短的两天就有如

---

[1] 郎静山（1892—1995），浙江兰溪人，中国最早的摄影记者。郎静山创立的"集锦摄影"艺术，在世界摄坛上独树一帜。一生酷爱摄影，共有1000多幅次作品在世界的沙龙摄影界展出。曾经获得美国纽约摄影学会颁赠的1980年世界十大摄影家称号。他是以中国绘画的原理，应用到摄影上去的第一个人。

此成绩，实为不易。

可惜，那天在聚餐上决定的另两件事却都没有实现：庄泽宣的游记在林语堂主编的《宇宙风》上发表了，但书却始终未出版；计划中的雁荡之游也没有实现，这是因为当时时局已经日趋紧张，治安不靖。而第二年，则日寇侵杭，游侣星散，天各一方。以后更时过境迁，不可能再把同游者找齐了。

同游的十个游伴中大概都已不在人世了吧。回首往事，真有如梦之感！

高诵芬作文
徐家祯整理
1995 年 8 月 3 日
于斯陡林红叶山庄

肆拾贰章
周端臣和沈颂南

我的二姨母年轻守寡,又无子女,只靠收几间房屋的租金生活,后来,幸亏被她小叔子接去一起生活,才不致一个女人过孤苦伶仃的生活。那位小叔就是周端臣。

二姨母的丈夫排行第二,周端臣是他四弟,我叫他四伯伯。四伯伯身材不高,剃一个平顶头,平日总穿一件布料长袍,面上显出很严肃而凝滞的表情,不苟言笑,为人方正得近于古板,但待人接物却很讲情讲礼。他是北京大学数学系毕业,但因为家道小康,所以也不出去工作,就在家里吃安稳饭。

当时,社会上有卖一种彩票,叫"白鸽票",意思是说买这种彩票中奖的机会极少,几乎等于零,所以花的钱好像放白鸽一样,有去无回。社会上有这样一句口头禅,叫"三鸟害人鸦、雀、鸽",就是说:吸鸦片、打麻将(雀)和买白鸽票这三件事是最为害人的。但投机、侥幸是人的本性,所以社会上买白鸽票的人还是很多,连这位平常安分守己、胆小谨慎、刻板老实的四伯伯也经不住发财的引诱,花两角小洋买了一张"白鸽票"。想不到他财运

左起：长女家和、高诵芬、弟弟宜官、徐定戡、长子家祯、朱孔阳、沈颂南（摄于杭州灵隐）

亨通，竟中了头奖两千元大洋！

那是我四五岁的时候。七十年前，两千元是巨大的一笔钱，可以用来买田地、造房屋，大有作为一番了。所以周端臣欣喜若狂，整个杭州社会上这一消息也遐迩咸知，十分轰动。周端臣跟我二舅父商量以后，就在离我外婆家不远之处买了一块三四亩大的地，再设计了两栋房子：一栋是二层楼三开间、很扎实的房子，出租给人家，每月收租金；一栋是三开间的平房，自己住。那平房很大，开门进去是一个大天井，中间是客厅，左边是书房，右边是会客室，后边又有一个大天井，天井后又造了有前后间的三开间平房。房后还有厢房、厨房等，足够他子女七人分开住。

我二姨是周端臣二嫂，被周家接去后，就长住他家了。周端臣的夫人亦是旧礼教教育出来的妇人，非常贤惠、宽厚，因此与我二姨的妯娌关系很融洽，同住同吃，并无不愉快之事发生。周端臣夫人一连生了六个女儿，最后才生了一个儿子，因恐养不大，就取了一个女孩子的名字，叫"花儿"，表示轻贱之意。按照传统的礼节，因为二姨没有子女，就将花儿承继给了二姨，等于两房祧一子。周端臣的其他几个女儿对我二姨也很亲，真是一个难得的和睦家庭呀！所以虽然我二姨年轻守寡，日子倒过得安安逸逸的。我小时候常与母亲到周家去探望二姨，见了周端臣夫妇，就叫他们"四伯伯""四妈"；对他们的女儿，就叫姐姐、妹妹，跟他们一家很熟，可以说是他们看着我长大的。

后来，因为躲避日寇，大家离开了杭州：他们避居离杭州几十里外的家乡余杭，而我则与夫家一起迁居上海了。

一两年后，在敌伪统治下，通货恶性膨胀，物资异常缺乏，而且日甚一日。老百姓为了保全币值，只好就自己的财力所及，积累些日用品，囤积起来，以备涨价时脱手，赚点钱维持生活。当时我母亲从浙江永康来沪探望我，住在我家。一天，忽接我二姨从杭州老家来的一封长信，说：逃到余杭后，几个女孩子都换了男装，脸上抹了黑，不让日本兵知道是女的。住了几个月后，不放心杭州的老家，听说杭州社会秩序逐步安定，她就回杭了。但物价高涨，房租虽也随着高涨，房客却付不起，常常拖欠不付。四小叔一家人口众多，积蓄有限，又不善于适应潮流而去做些投机生意，势必坐吃山空了，云云。

母亲看完这信递给我和丈夫看了。我们三人很同情二姨和周端臣一家的遭遇，总想设法帮助他们。但是俗话说："救急不救穷。"现在，周家的困难不是借给他们一笔钱可以解决的，非要有一个善于经营调度又能与周端臣合作之人帮助他们，才可解决他们日后长期的困难。这时，我就想到了我丈夫的一位表舅沈颂南先生。

沈颂南表舅不但是我丈夫家的亲戚，而且为人诚实可靠，办事干练老到，深得徐家祖老太爷的信任，所以多年来徐家大小事务、红白事项都交给他负责，连账房中的事也交给他去管。日寇犯杭之后，沈颂南全家仍居杭州，没有离开。他能看形势做事，平时也囤些实用品赚点钱，所以生活上尚过得去。我想如果沈颂南肯帮助周端臣，周家就能挺过难关了。

丈夫经我一提，认为沈颂南此人可靠，也热心助人，可以相托，于是立即提笔写信给沈表舅，将我们跟周端臣的亲戚关系和周家目前的情况说了一下，托他去周家看看，认识认识，然后再决定是否有可以相助之处。另外我们也写信给我二姨，给她介绍沈颂南的为人，说此人可靠，不妨将心事与他商量。

过了一星期，沈君即有信来，说已去看过周端臣，两人谈得极为投机，沈颂南已让自家的独生儿子拜周端臣为师了，请周端臣教他数学和语文，每月送周薪金若干；周端臣也已托沈表舅代他囤些日用品，由沈相机买进卖出。

不久，我又接到二姨来信，万分感谢我们介绍沈颂南给他们，使他们全家生活得以改善。此后，周、沈两家不但是师生之交，而且也成为知己朋友了。

抗战胜利后，我和丈夫带了小孩去杭州探亲，住在我父母家。一天，周端臣同我二舅一起来看望我们，谈了别后的情况和对我们的感激之情，约我们次日下午到一家百年老店——咸桥纯号酒店去吃老酒和点心。我丈夫听说请吃老酒，甚为得意，次日就带了两个大孩子去赴了约。这家酒店在咸桥桥脚下，除供应上等陈酒及佐酒小菜，如菜卤豆腐干、咸煮花生、发芽豆以外，还供应荤素面点、小笼包子之类。这家店的绍兴酒真香，连我不会喝酒的人闻着也觉一股醇香，忍不住喝了几口。

过了几天，我们应邀去周端臣家小塔儿巷的老屋，拜望他夫妇和我的表姐妹。可惜此时我的二姨已经去世了。

周端臣是老派人。他招呼我丈夫坐在外间客厅里谈天，而让我进后面的内屋去与四妈说话。内屋的左边一间原来就是我二姨的屋子，现在看见两门紧闭的屋子，我想到小时候总同母亲去看她的情景，也想到逃难前还与她在娘家最后一次相会、互道避难后再见的情景，好像历历在目，而现在却室迩人遐了，我真想哭出来。

可能四妈也看出我几次回头看二姨房间的神色，她就告诉我二姨病时他们全家对她尽心服侍、延医诊治以及去世后所有亲戚都来吊唁的情景。我想到二姨二十多岁守寡，直到五十多岁去世，三十多年都住在周家。周家对她以礼相待，同桌吃饭；周家的子女把她当作自己的母亲一样，从来没有听见过她有一句抱怨的话。这种关系只有在古书中才能看到了！于是，就向四妈表示了诚挚的感谢。

四妈还为我介绍沈颂南先生给他们，对我表示了感谢。她说：那时物价飞涨，他们坐吃山空，真是走投无路，幸亏沈颂南先生帮他们做了一点小生意，才得以维持到今天。我也就谦虚了一番。

这次见面以后，我跟周端臣只再见过一次面，那是他有事来上海，特地来我家看望我们。我深知他爱吃水果，但由于财力不足，不能经常畅吃。那天我家正好有一个文旦（上海对柚子的称法），就拿出来请他吃。我丈夫还要请他在附近一家本帮名菜馆吃午饭，他说要赶火车来不及了，还是带上文旦去路上当饭吃吧。就这样拿了文旦匆匆而别。

几年后，我去杭州看父母，母亲告诉我周端臣已经去世了。据说起先是胃痛，没有及时治疗，他的一个女婿买了一瓶药给他吃。吃了药，病反而更为加剧，只好请邻居帮忙抬到医院去就诊。不料正给他穿衣服、扶下床时，他大叫一声："好痛啊！"就倒地去世了。忙请医生上门，说已停止呼吸，无药可救了。医生看了药，还说是因为吃错了药。全家不胜哀悼。

沈颂南先生听到周端臣去世的消息，赶来帮助办理丧事。以后，沈表舅还常去周家嘘寒问暖，关怀备至，成了周家的一位大恩人。沈表舅一直到八十二岁高寿去世。

我常以沈颂南和周端臣这两人的关系来比喻诚挚的友谊。他们真够得上古人所说的"白头如新，倾盖如故"了。

高诵芬作文
徐家祯整理
1995年8月10日
于斯陡林红叶山庄

肆拾叁章
丁蕙女士

我的两个大孩子上学都很早,这是因为有一年我带他们到杭州外婆家玩,当时我父亲是杭州有名的私立学校安定学校的董事长,他带了两个小外孙去小学部玩玩,让他们坐在教室里听课,就开始读起书来了。那时,我的大儿子实足还不到五岁,我的女儿不到四岁。在杭州读了半年书回到上海,他们继续在上海的小学读书。这时,我们住在大家庭,与我孩子年龄相仿的叔叔、阿姨很多,放学回家做好功课就在一起玩,倒也不闯祸。到了小学三年级,我给他们请了一位家庭教师,叫丁蕙。因为孩子们叫她丁先生,我们大人也就跟着叫她丁先生了。

丁蕙女士是我丈夫任职的上海地方法院的女同事郁懿新法官介绍的。有一天,郁女士对我丈夫说丁蕙是她的老同学,浙江萧山人,父亲丁元甫曾当过嘉兴的法官,丁蕙女士自己也做过书记官,后来改任上海某小学的教师。

郁女士说,丁蕙女士原来跟老母住在一起,由她奉养老母,她父亲则住在嘉兴。这是因为她父亲在嘉兴当法官时有人讨他好,送给他一个小老婆。

1964年春节，全家在上海江苏路寓所花园中（左起：家树、高诵芬、家和、家祯、徐定戡、家汇）

1959年，母亲来沪小住与我们全家在上海江苏路住宅花园中（左起：母亲、女儿、高诵芬、次子、幼子、丈夫、长子）

因那女人的脸黑，被称为"黑牡丹"。为此，她父母的感情就破裂了。父亲跟黑牡丹住在一起，而老母住在乡下。日寇犯杭时，丁蕙女士同母亲逃难来到上海定居，在静安寺附近顶了一栋房子。后来，手头积蓄日渐不够支出，只好将全栋房子让房管部门收回，出租给很多家租户，自己就跟老母住到顶楼一间朝南的房间去。那时，老父法官也不做了；小老婆养不起，跟别人走掉了，他只好来上海要求跟老婆、女儿同住。一间房住三个人，夏天太拥挤，所以丁蕙女士想趁暑假找个补习老师的工作，一方面可以赚点外快，另一方面可以住在学生家里，等开学秋凉了再回去住。郁女士想到我家房子大，大家庭孩子多，可能需要家庭教师，就托我丈夫帮丁蕙找工作。

丈夫回来跟我商量，说是否可以请丁蕙女士来做我们孩子的家庭教师。我一听十分赞成。那时我们住在大房子左侧三开间一个楼面上，旁边一排三个房间给三个大一点的小孩住；最小的孩子那时只有两岁，由保姆带着住在我房间的对面。我想，如果丁蕙来住，可让她与最小的孩子同一个房间。于是，就请郁女士约个日子陪丁先生来给我的孩子做家庭教师。

郁女士对我丈夫说："丁先生过去家境很好，也受过大学教育，自尊心很强，很爱面子，最好对她尊敬一点。"

我丈夫说："我们夫妇一向不会骄傲、看不起人，这点请你放心。"

学校放假的第二天，郁女士陪着丁蕙女士来上课了。宾主见面之后，大家谈得很是融洽。我一向没有朋友，而丁先生又是浙江人，彼此家乡风俗习惯都相同，所以谈得很投机。

丁先生是三十余岁的一位老小姐，脾气很好，和蔼可亲，作风正派。她有两个姐姐、一个哥哥。哥哥早死。大姐嫁给杭州大族戴文节公的后代，所以算起来和我家有亲。可惜大姐嫁的那个男人是个勤吃懒做、不务正业的纨绔子弟。大姐生了几个子女，郁郁寡欢，在抗战中患白喉症未及时治疗身亡了。二姐在家乡嫁给一个地主，生有一子；后土地改革时，姐夫去世，家破人亡。丁先生看到两个姐姐的遭遇都如此不顺利，就决定不再结婚了。她在言谈中流露出对父亲另找新欢、对老母毫无感情，事业失败走投无路之后回来找她们母女的做法之不满。我们夫妇也很同情并尊重她。

丁先生在这年暑假住在我家。上午给孩子们辅导；下午带孩子们去花园里玩儿，还在闲暇时给他们讲故事、讲自己念书时的事，他们听得津津有味，所以孩子们也不怕她，跟她很亲热。暑假一结束，丁先生就搬回自己家住了，但有空常来看我和孩子们。孩子们见她来了，就拥住了她，表示欢迎。

次年，大家庭分了家，我们一房买了沪西一栋两开间三层楼的花园房子。丁先生住在静安寺，离我们家不远，我就在寒假、暑假仍请她来给孩子补课。上午上课，中午吃一顿午饭，下午回去。

有一年，我患妇科病，就诊于孙克基医生[1]。孙医生是上海最有名的妇科医生，以前宋子文家的子女全部是他接生，所以宋家送了孙医生一栋大房子做医院，就叫"孙克基医院"。1949年以后，"孙克基医院"改名为长宁区妇产科医院，但孙医生还在医院当院长。直到"文革"开始，被迫害致死。

我听说，凡去看孙克基医生的病人，他都劝她们割子宫，所以我那次去看，他也劝我早日将子宫割掉。但到底是否有开刀必要，当然要先做切片检

---

[1] 孙克基(1892—1968)，湖南湘潭人，著名妇产科医生。民国七年(1918年)，美国霍普金斯大学文学系毕业后，转入医学院攻读医科。民国十一年(1922年)，获医学博士学位。毕业后留校担任助教及住院医师，常随著名妇产科教授威廉姆斯出国讲学。回国后，于民国二十四年(1935年)创办上海妇孺医院(亦即文中所说"孙克基医院")。1949年后，将医院赠给政府，改为长宁区妇产科医院，自任院长。历任上海及长宁区人民代表、政协委员、政协副主席等职。

查,结果一周后才能知道。在等检查结果的时候,我和丈夫非常紧张。丁先生知道了,她说家里有一本《文王神课》和一本《麻衣相法》,颇有些灵验,她可以代我问卜。我们平时听见丁先生嘴里常挂着一些相法术语,她还说过我们夫妇俩有福相,所以我丈夫就请她卜了一个卦。第二天,她来说,卜辞云:"凤凰不出窝,君子回来笑呵呵。"当然是好的意思了。我丈夫笑着对丁先生说:

"如果你的卜课准确,我们请你吃一只鸡!"

过了一星期,丈夫到医院去拿报告,回来时哈哈大笑地说,我只是普通炎症,用不着开刀,应了丁先生卜卦上的句子。于是,忙请她来我家用午膳。我们特地煮了一只火腿炖的大母鸡,大家吃吃笑笑,十分高兴。

在那天午饭时,丁先生还告诉我们:有一次,邻居一位青年将去参加高中会考和大学入学考试,考前去请丁先生给他卜课。丁先生要他随便拿一样东西来卜。那青年看见桌子上有一串钥匙,就顺手指着说:

"就这个东西吧。"

丁先生说:"那你可以考取的。"

青年忙问原因。丁先生解释说:"'串'字由两个'中'字组成。你的两个考试当然都会中的。"

后来发榜,果然那位青年人都中了。

不久,那人又来请丁先生卜一件事。他想:上次指了钥匙而中了考试,这次也选钥匙吧。丁先生一听就说:

"那么,这次你一定不会成功。"

那青年人听了发急,忙问:"为什么?"

丁先生说："上一次你指这一串钥匙，那是无心的，所以两个'中'字就是告诉你能中；这次你又指钥匙却是有心的，所以两个'中'字成了'患得患失'的'患'字，当然不会成功。"后来那青年所问之事果然没有成功。

我们听了丁先生的话，也只是将信将疑而已。但是大家都不得不承认丁先生确有急智，能言之成理也。

丁先生辅导我的两个大小孩一直到他们进入初中，因为那时他们已经能自觉抓紧学习了；而两个小小孩也可以问大哥、大姐，不必请教家庭老师了。但丁先生与我们成了朋友，平时仍互相往来。

我家的房子很大，每年几次大扫除工作，家里长做的几个女用人弄不过来，须要请临时的男用人来帮忙。有一年，我问丁先生有没有合适的人可以介绍。丁先生说，她住处附近有一个以前在银行工作的男工，有时给她家做大扫除工作，可以介绍给我。于是，以后每年逢年过节或里弄居民委员会突击打扫卫生，我们就请那位男工来帮忙。

那个男工名叫刘继昌，浙江绍兴人，年纪五十多岁，妻子已去世，没有再续娶，只有一个儿子，在我家附近一个大饼摊上工作。继昌自己从银行退休，因为退休工资太低，所以就一边帮人打短工，一边摆了一个小摊卖旧货。我们大扫除找出来的破旧东西，常常就送了他。每次大扫除，他总爬高落低地要忙一星期甚至十天才能把整栋房子打扫完。我们不但一天供应三餐，还外加点心、工资，这在当时算是待遇相当不错的，所以他很愿意来做。

有时，继昌爬在上面擦窗、掸尘，我就在下面递揩布给他，做他的帮手，一边也随便跟他聊聊。继昌嘴巴很是唠叨、碎烦，常讲张家长李家短的事，当然也讲到丁先生。

有一次，丁先生告诉我，她有一个表姐的丈夫是地主，在土改中死了，家中一无所有，乡下住不下去了，表姐只好来沪投靠她，现在正在找工作。在大扫除时，我无意中问继昌：丁先生的表姐工作找到了没有？他说："哪里是丁先生的表姐？就是丁先生的同胞姐姐！丁先生叫她三阿姐，丁先生是四小姐。"

我这才知道丁先生大概爱面子，不肯让人知道自己的姐姐在乡下苦得住不下去，落魄得只好到上海来投靠妹妹，所以推说是她"表姐"了。其实，我们如果知道她的亲姐姐有如此遭遇，不但不会讥笑反而会同情她呢。不过，既然她想隐瞒事实，我们考虑到她的自尊心，就从来没有点穿过她。

过了一段时间，继昌又告诉我们，他常帮丁家做事，还代她去居民委员会领救济米。我听了不相信，说："丁先生在学校教书，怎么会去里弄领救济？"继昌说："每月都是我去给她背回来的，怎么会错呢？"于是，我联想起几年前我有一个亲戚去登记申请教师工作，回来告诉我看见丁先生也在登记申请工作。当时我还以为那亲戚看错了人，因为丁先生既然在小学教书，为什么还要申请工作呢？现在看来，她可能早就失了业，但也是因为自尊心强，不肯告诉人。我们当然也就当作不知道，没有点穿她。

丁先生的父母在高年相继去世，我知道了，就到她家去慰问、送礼，她姐妹两人正巧都不在家。邻居说："她们到生产组去工作了，还没有回来。"这才证实了继昌的话确实不假，丁先生早就不再教书了。

我家搬到一个十六平方米的后间去住后的一天，丁先生忽来看我们。她说：她的"表姐"在生产组工作，因为上班时穿了一件旧的缎子背心，被揪出来训斥。她"表姐"受了惊吓，回家生病而死。她自己则在生产组当了"工宣队员"。我们想丁先生父亲是法官，姐姐是地主，自己以前是教师，怎么能当"工宣队员"呢？但既然她要如此说，我们也不便问她究竟。

不久，我的女儿在西安要生孩子了，我要去西安帮忙，特地去丁先生家辞行。找到她的住处，原来这间房子已经易了主人。我忙问她的老邻居："丁先生搬去哪儿了？"她们告诉我，丁先生也遭受冲击，居民委员会不许她住朝南的一大间，逼她搬到附近一条小弄去了。

我按邻居的指点找到她的新住处，她正好在家。原来她住在三层楼上的一个小阁楼上，房子的建筑十分简陋，四边是很薄的板壁。她告诉我们：夏天四面太阳光照来，逼得她透不过气来；冬天冷得像风波亭一样，冻不可忍。她想与居委会说，换一个好一点的房子。

我临行对她说："丁先生，再见。我从西安回来再来看你！"

她吓得朝四面看看，连忙摇手，叫我不要再称呼她"丁先生"，态度甚为尴尬。看来，她在里弄里处境是十分不妙了。但我知道她爱面子的脾气，也就不便追问了。

等我从西安回上海再去看丁先生，发现那个地方又换了住户。我向邻居打听，大家都说不清她搬到哪儿去了，我只得怅然而归。本来，我想她一定会来看我们的，可是从此她就再也没有来过。我几次在路上看见继昌的儿子，问起他父亲是否知道丁先生的消息。他说父亲年已八十，有头晕病，不出门了。最后一次是在两年前，我又遇见继昌的儿子。他告诉我父亲得了老年痴呆症，口中不停地讲话，神志不甚清楚，所以丁先生的情况他已无法打听了。

现在我们都已移居南澳，即使丁先生还活着，她再也找不到我们了。我想起她，总有一种惆怅之感。丁先生是一位正派、老实的人，可惜生不逢时，误了青春，一辈子没有结婚。到了老年，她有时流露出对没有亲人照顾的懊悔语气，但又没有勇气托人找个伴侣。她的出身不好，所以找不到好工作，常常陷于失业的境地，但她又爱面子，不肯把真相向朋友和盘托出，结果使别人没法跟她推心置腹。当然更不用说为她提供帮助了。

丁先生的一生，可以说是悲剧的一生呀！

高诵芬作文

徐家祯整理

1995 年 8 月 11 日

于斯陡林红叶山庄

肆拾肆章
阿苏和绍大

以前，一个男人只要家里有点财产，如果不想去社会上工作，就可以留在家里守着家吃饭，大家也视为正当，没有人会大惊小怪。然而，如果家里并无家产而不想工作，甚至想靠着亲友生活，那么这样的人就会被人看作不光是勤吃懒做，而且是荒唐古怪了。我的亲戚中就有这样的两个人。当然，他们的经历、学历不一样，不工作的原因也完全不同，但一辈子没有好好做过事这一点是相同的。

先说阿苏。阿苏是我表兄，他的父亲是我的大舅。苏表兄是个一生郁郁不得志的人。他十几岁失去了母亲，有一个大哥，但在读大学时得肺病夭折。他的父亲在北京做官，是一个不苟言笑的古板人，虽然对子女心里有爱，但表面上却不流露出来，对孩子从不说说笑笑，表现慈爱的样子；而孩子有错，则严厉惩罚。比如，罚跪在一块钱板上，在太阳底下晒几个小时。那时用的是铜钿中间有孔，可以用绳子串起来，然后放在有一条条槽的木板上，这就叫"钱板"。跪在钱板上，膝盖当然是很痛的。所以这是一种体罚。可能是因为我大舅是做官的，所以知道怎么对犯人用刑罚。不管怎样，我的表兄从小就对父亲有怕的感觉，而不觉得爱。

阿苏的亲生母亲死后，他父亲娶了后母。[1] 虽然这位后母颇尽母责，对阿苏十分照顾、慈爱，但阿苏总感到同亲母不一样。所以他等于从小失去了父母的爱。

阿苏从小身体虚弱，后来上了北京大学，身体时常感到不适。去检查身体，说他肺弱要休养。他父亲怕他跟大儿子一样得肺病死去，连忙让他休学回到杭州，由继母陪着到杭州西湖烟霞洞休养半年。当时最新的医疗方法是睡在山间露天，盖了棉被，光露出头部，吸进新鲜空气。其实，阿苏并无真正的肺病，疗养了一段时间，也就算好了，回到北京大学读到毕业。

毕业以后，他没找到工作——也许是根本没有找——就在家里待着。后来，交了一个女友，结了婚。那女友有过一个男朋友。两人谈恋爱时，那个男友一定要与那女子结婚。后来，那女子跟阿苏结了婚，男友仍不死心，他将自己的手指斩断一只，立志不另娶妻，要等她回心转意。阿苏知道此情，当然心中不乐。据闻，他们婚后夫妻感情一直不好。

过了不久，阿苏的父亲年老退休回了杭州。阿苏夫妇也带了小孩同回杭州老家，但妻子的男友却仍与他妻子通信。那男友知道阿苏夫妻都没有工作，就介绍他妻子去杭州市政府工作，也介绍阿苏去杭州近郊的一家银行工作。虽然他们俩都有了工作，但阿苏认为这些工作是通过妻子的男友介绍而得到的，他很没有面子，因此心里并不痛快。

---

[1] 阿苏的后母，就是我在本书第叁拾章《姨太太》中说的最后的那个姨太太，"大舅父的姨太太"。

高诵芬大舅母、大舅及阿苏夫妇和子女

尤其使阿苏不快的是他妻子不断地跟男友通信,而且发现男友信中还有挑拨他夫妻感情的话。于是,阿苏夫妇的感情更加恶化,常常吵吵闹闹,终于办了离婚手续。妻子的男友不但如愿以偿地将阿苏的妻子娶去,而且将阿苏的三个孩子也带去抚养了。阿苏成了光身一人,心情当然更为恶劣,最后发展到辞去工作,在家吃起家产来。

但阿苏的父亲是个清官,家里本来就无恒产。而且那时老父已经去世,家中少了一笔收入,仅靠他拥有的一点房屋出租的租金维持生活。而且这点租金还要由阿苏跟他的继母两人平分,当然得到的不会很多。

阿苏在家终日无所事事,就结交了一批与他同样不得志的朋友。据他继母讲,这些朋友一来家里,不坐椅子,都坐在地上;嘴里不讲中文,只说英文,不知道他们在谈什么。有时,阿苏和一帮朋友还到外面去谈话,大家就坐在垃圾桶上说话,穿得也像叫花子一样,破破烂烂的。

那时已经是1949年后,杭州市容很整洁,西湖是闻名中外的风景区,杭州派出所看见阿苏这批人实在毫无办法,因为他们虽然有碍市容,但又不触犯法律。最后,只好把阿苏收进敬老院去住了。听说,阿苏活到六七十岁,寿终正寝。

像阿苏这样的人,虽然行为怪诞,而且一生没有正式做过什么事,这可能是因为他终生不得志才这样的,情有可原。而绍大的情况就跟他很是不同了。

绍大是我丈夫家的远房亲戚,他的爷爷我要叫他绍兴三老太爷。据我太婆讲,绍兴三老太爷是我太公的亲阿哥,因为排行第三,就叫"三太爷"。他的儿子我就叫他二伯伯。这二伯伯有四个儿子,都没有受过什么教育,至多不过认识几个字而已,连一封简单的信札都不会写。按族中排行,二伯伯的孩子与我丈夫平辈，所以我们要叫他的大儿子"大哥"。这个"大哥"就是绍大。

据我太婆讲，这位绍大从小好吃懒做，不爱念书，要有红烧肉吃才肯去私塾。家里对他管教也不严，只要他一说头痛或肚痛，明明知道他是假装的，也就让他不上学了。

因为三太爷想要早点四代同堂，所以绍大一到十六岁，家里就让他结了婚。不久，就生了一大班子女。三老太爷家有房屋、田地，绍大不用工作也不愁没有饭吃、没有房屋住。绍大的妻子是旧式女子中的能干人，虽无文化，但能管住丈夫，不让他在外面胡搞。

这样吃用了几年，因为不善经营产业，最后也就渐渐坐吃山空起来。绍大虽然不会做事，但知道怎么巴结人。他特别会拍我的二叔公的马屁，捧得二叔公给了他一些钱，帮他在我家上海的绸厂附近置了几台织绸的机器，雇了几个工人，做起小老板来了。

绍大既没有学问，也不会做生意，当然他的作坊也赚不了钱。然而，他倒真的以小老板自居，穿着时髦，手面大方，还追起当时上海的越剧名角筱丹桂来。绍大是一个面目可憎、语言无味的人。再加一生从来不刷牙，牙齿上堆满了蓝绿色的牙垢，说话时嘴角上还有白浮浮的唾沫出来，一副肮脏相。他相信算命先生的话，说他眉毛太浓，影响福运，所以平时一天到晚用手拔眉毛，以求稀疏。像这样的一副尊容，筱丹桂当然是不会看得上眼的。绍大只是"癞蛤蟆想吃天鹅肉"，白白将钞票扔在水里，不但一无所得，而且还遭了白眼。

绍大的妻子听见他在上海追戏子的事，就赶到上海来，将丈夫叫回乡下去，绍大却也不敢不听从。上海的几部纺机本来没有赚几个钱，只有蚀本，就让我的二叔公收回去了，绍大蚀的本由二叔公来还清。绍大还将已经织好的几匹绸偷偷带回乡下去，卖卖吃吃，很快花完了。二叔公在他身上浪费了一大笔钱，也无可奈何。

在乡下住了一段时间，将偷带回去的几匹绸卖光，绍大就到杭州来投靠徐家。日寇侵杭，徐家逃到上海不久，绍大也跟到上海来了，就住在徐家在上海的绸庄发行所里。店里的职员很看不起他，要同他开玩笑，叫他"绍大"（"大"字要按绍兴方言的发音，念成"头"的浊音）。这在绍兴方言里还有讥笑他是"戆大"（南方话，"傻瓜"的意思）之意，绍大的脾气倒很好，大家取笑他，他也不生气。

当时，我们刚到上海不久，房子还未买妥，我和太婆也住在发行所里一栋两开间二层楼的房子里。绍大三餐都跟我们一起吃。他吃饭时吃相很差：总是口中先含满满一大口白饭，腮帮子鼓得高高的，嘴巴半开，两眼盯住一碗要吃的菜，看准碗里最好的一块鱼、肉之类，手掌向上翻转，像老鹰捕小鸡似的一下子把菜夹到自己的嘴里，才将饭咽下，好像没有这筷菜是咽不下饭去的。连我太婆也经常取笑他吃饭、夹菜的样子，还模仿他的模样，引得大家都笑，他却若无其事。

绍大终日无事，上下午都到我太婆房里听收音机。他以前追过戏子，所以对越剧的情节很熟悉，就讲给太婆听，我在旁边时也听到一些。他还几次要陪我们去看戏，当然要我们付钱，我们没有去过。

记得他四十岁那年，乡下来了电报，说他妻子和儿女都得霍乱病死了，只有一个女儿因已出嫁在外，没被传染上；一个大儿子没有得霍乱，却得了伤寒，幸好没死。绍大接到电报，就回乡下奔丧，出来时将大儿子也带了出来。那时，这大儿子只有十七岁，伤寒初愈，还未复原，头发黄黄的，面色苍白，一脸病容，人也生得又瘦又小。

幸亏那时绍大有个堂房弟弟在上海做股票生意，赚了一笔钱，生活阔绰，就叫绍大的儿子到他家去住，还培养他读到高中毕业。后来，那位亲戚投机失败，倾家荡产，搬回杭州去了，欠了一大笔债，又由我二叔公替他还清。那时，绍大的大儿子已经高中毕业，我丈夫把他介绍到上海税务局去工作。

这儿子完全不像他父亲那样脱底[1]，他规规矩矩工作，还规劝他父亲也要好好工作。于是，绍大又向我二叔公借了一笔钱，用了几个女工，去做织绸生意。可是，"江山易改，本性难移"，不久，绍大生意不好好做，却将一个十八岁的女工弄到了手，娶来做了续弦，还生了二子一女。绍大整天在外游荡，生意做不好，本钱都被他蚀掉，二叔公只好将织机收回，就此不了了之。后来，续弦的老婆回乡下得了精神病死了，三个孩子和绍大都归长子抚养。

1949年后，绍大一家就住在我二叔公另外租的一栋房子里。他的长子成了国家干部，一直侍奉他父亲到八十多岁。另三个子女也由国家分配工作。

绍大晚年得了老年痴呆症，大小便失禁，其臭不可向迩。他的子女也要上班，不可能照顾他，只好叫他乡下的女儿将他接到乡下去，最后老死在女儿家。那时，城里已经不可能棺葬，绍大死在乡下，倒还能睡棺材。乡邻们都来吃"豆腐饭"（办丧事时招待来吊亲友的一顿饭，因为总有一碗豆腐，故称之为"豆腐饭"），办得很体面。

绍大一生始终依赖别人生活：童年依赖父母，成年后依赖徐家的亲戚，

---

1 上海话，形容不留余地，不留后路。

老了依赖自己的子女。绍大自己从来没有做成过什么事，浑浑噩噩地过了一生，倒也从来没有缺吃少穿过。如果这也算一种福气，那么他也可算福气不坏的人了！

高诵芬作文

徐家祯整理

1995年8月13日

于斯陡林红叶山庄

肆拾伍章
吴汉槎先生

从前，差不多每个大户人家总会有几个食客。有的食客出身还很富有，但后来由于种种原因而破落了；有的食客因为无一技之长，所以难以找到合适的工作；有的即使略有所长也因机遇不佳而得不到理想的工作，或者根本不屑于工作，于是靠做食客生活。但不管什么原因使他们做了食客，食客们往往都有一个共同的特点：那就是他们大多能说会道，能陪主人清谈；也能在主人空闲时帮闲，忙碌时帮忙，使人不但不觉得他们讨厌，有时可能还感到他们有用。吴汉槎先生就属于这一类人。"槎"按普通话读音是跟"查"同音的，但我们根据乡音却读成"坐"的浊音。

吴汉槎先生其实并不是我丈夫的朋友，而是我们大家庭的一位常客。他跟我二叔公共过一段时期的事，所以算起来还要长我们一辈。以前，年轻人不管家里有没有自己的企事业，一般都先去大的银行、钱庄、商行工作一段时间，取得商业经验，发展业务关系，然后回到自己家庭的企事业工作。我二叔公也这样。他年轻时就是和吴汉槎先生一起考进大清银行的后身中国银行做练习生的。

吴汉槎先生家是松江数一数二的大地主,据说从火车站到他家一大片土地都是他的。松江是上海附近的鱼米之乡,拥有如此大一片土地,可见他家多富有了。吴汉槎先生和我二叔公共事了一段时间就都辞了职:我二叔公是因为家里经营的工商业需要他去管理;吴汉槎则因为家里富裕,不需要他外出工作。离开银行以后,他们还经常来往,所以吴汉槎先生就成了我们大家庭的常客。

抗战爆发后,因为种种原因,吴家破落了,吴汉槎先生的经济就此一落千丈。但他已过惯了闲散生活,当然无法再去工作;再说就算有工作机会,像他这高不成、低不就的人又有什么工作可做呢?于是仍在家吃闲饭。后来又因为松江治安不靖,他家搬到上海来住了。那时我们也已搬到上海,所以吴汉槎先生就常来我家做食客。

吴汉槎先生是一位面皮黄黑、瘦削矮小、背脊略驼的文弱书生,一口浓重的松江口音,说话时喜欢掉掉书袋,用用成语典故,"之乎者也"脱口而出,讲到得意之处就摇头晃脑一番。有时别人还没有听清他的松江口音,他自己就已经用沙哑的喉音呵呵呵地笑了起来。他的年纪虽然比我丈夫大得多,但喜欢同我丈夫谈论文史、书画。后来家道中落之后,他常拿些家藏的古碑帖、字画、书籍来出让给我丈夫。以前我丈夫书房的书架上有好几木箱线装的碑帖就是他和儿子一起拿来的。他跟我,一个家庭妇女,也能谈谈柴米油盐酱醋茶。有时,他还提起他太太善于烹饪。正因为如此,所以虽然大家庭分了家,我们与二叔公分开住了,吴汉槎先生还常来我家。当然,这跟吴先生家道中落之后经济窘迫,不得不靠到以前的朋友家去吃几顿白饭也有关系。所以,有一时期,吴汉槎先生每月总要来一两次。来时,总先谈一会儿;到了吃饭的时候,就坐下一起喝酒、吃饭;饭后,再谈一会儿就告辞了。他吃饭时十分客气，从不露出狼吞虎咽的吃相，即使我夹菜给他，他也吃得十分斯文。平时他几乎从不开口借钱，即使有急事要借，数量也不多，非常识相。所以我们对他以礼相待，并不怠慢他。

命运实在不肯给吴汉槎先生一点青睐。他有三个儿子，但只有大儿子在他身边。二儿子在国民政府的军队中当个文职人员，后来可能跟蒋政府去了台湾，就此下落不明。

最使吴汉槎先生痛心的是他幼子死于抗日战争的事。那天，吴先生的幼子搭乘一辆客货两载的私家汽车去上海。所谓客货两用车其实就是一般的卡车，改装一下，在车里加几条长木板做凳子，让乘客挨次坐在板上，车顶再架一张帆布篷挡风遮雨。那天，幼子原坐在车身的深处，与驾驶舱只一板之隔；而车身的后部坐的是别家的母子二人。那孩子年幼有病，坐在车门口受了风寒不断啼哭。吴汉槎先生幼子看他可怜，主动提出和母子二人换座。其母起初谦让不肯，推让再三才同意换座。不料换座不久，卡车即遭日寇飞机扫射。车中乘客受轻伤、重伤者多人，而死者却仅吴先生幼子一人，那母子倒安然无恙。真是生死命定！事后，吴先生还告诉我们，当天早上，其子从松江老家出门，准备搭车前往上海。家中所畜一小白花犬口衔其子裤脚，坚不让他出门。一再将犬赶开，仍追啮不放。当时家人都觉得奇怪。出事之后才恍然大悟，原来犬已有前知，所以阻其登车也！

吴汉槎先生的大儿子在杭州著名的百年老店胡庆余堂中药店工作，后来换到该店在上海的分行，所以吴汉槎先生才会来上海住。但没过多少年，他大儿子就病死了。那时，吴先生已经非常潦倒。我记得这是他仅有的几次开口向我们借钱中的一次，而且只借了十块钱，说要给儿子办丧事。

吴汉槎先生对松江的名胜古迹很熟，我经常听见他在跟我丈夫谈论醉白池、十鹿九回头、方塔、董其昌故居、秀野桥的名产四鳃鲈鱼，说得津津有味。他还一再邀请我们到他松江老家去玩，说可以做东道主。但实际上我们只有一次机会真的去他家。那时他家道还没有真正中落。

记得那是某年秋天，吴先生来看望我丈夫，高兴地说：他因我二叔公帮他做成了一笔生意，赚了五六百块钱，所以决定做一次东道主，邀我夫妇及我丈夫的堂弟阿六夫妇共四人到松江做竟日之游。那时正值四鳃鲈鱼当令，这是松江名产，他说要请我们尝尝。

到了约定的那天，我们四人赶头班早车从上海到松江，不过上午十点左右。吴先生先陪我们去松江的名胜醉白池及醉白堂。这是宋代宰相韩琦最初建造的，为了纪念唐朝大诗人白居易晚年辞官以饮酒吟诗为乐，尤喜在池畔拄杖行吟，故取名为"醉白"。宋代苏东坡有《醉白堂记》，写的就是此地。宋代原有的建筑当然早已湮没无存，根据《方志》上记载，现在的建筑是清顺治年间重修的。园林以池水为主，环池三面皆曲廊亭榭及历代名流题咏石刻。我们去时已满目荒芜，但环境还是极其幽雅、清旷的。

接着，吴汉槎先生带我们去看了有名的"十鹿九回头"石刻。据说，这石刻的年代已很久远。石刻上的鹿，姿态各不相同，形象栩栩如生，可惜保护得不好，已有多处受损。后来，我们又去看了松江有名的方塔。吴先生说，松江的名胜古迹很多，他随口说了多处，我们也记不住。

中午，大家来到吴汉槎先生的老家。他家的房屋轩敞，建筑虽已陈旧，而且又住进了不少人家，显得十分杂乱，但原有的规模和气魄还是令人刮目相看的。厅堂地下铺的是一色水磨地平砖，尽管破碎的很多，在别处却已很难看到了。

中午的酒席是请了松江一家名菜馆的大师傅来家里现做的。吴家还添了

几色家厨精制的菜肴,其中最有名的当然要算火腿笋片清蒸的松江四鳃鲈鱼了。据《中文大辞典》载:

> 四鳃鲈:鲈之一种。长约四五寸,口巨大,两鳃膨胀,现绛色之红纹,有似四鳃,故名四鳃鲈,俗呼四鳃鱼。按:四鳃鲈产于松江秀野桥南者最佳。此鲈全体无鳞,唯有类似薄膜之皮。苏轼《后赤壁赋》中所云:"巨口细鳞,状如松江之鲈",乃普通之鲈,非四鳃鲈者也。《正字通》云:"天下之鲈,皆两鳃,唯松江有四鳃。"范成大《秋日田园杂兴》云:"细捣枨虀卖鲙鱼,西风吹上四鳃鲈。"

我小时上私塾也记得念过"巨口细鳞,状如松江之鲈"的名句,今天居然亲自尝到,感到很是新奇。不过,说实在的,四鳃鲈的味道跟一般鲈鱼差不多,并无十分特别之处。

这顿饭一直吃到下午三四点钟才吃完。饭后,吴汉槎先生又邀我们去看四鳃鲈的产地秀野桥。出了吴家大门,前面不远即横着一条一般江南水乡常可见到的小河道。左首约三五十步处有一座拱形石桥。吴先生说:

"这就是秀野桥,四鳃鲈的产地。但是奇怪的是,四鳃鲈只产在桥的南面,桥北就没有了。桥北有清代著名大藏书家顾嗣立的秀野草堂遗址,我小时候还看见过那草堂墙脚的遗址呢。"

傍晚,吴汉槎先生雇了几辆人力车送我们四人到松江车站,搭夜车回了上海。临上车,吴先生送我们一包家制烘青豆和一包玫瑰瓜子,这些食品都是松江特产。

二十世纪五十年代以后,吴汉槎先生的境况每况愈下。他大儿子去世后,他夫妇俩就靠里弄救济生活。我记得一次他讲起太太很会烹调,说她在蔬菜里放几片肉,味道就不一样了。可见,那时他家已吃不起大块的鱼、肉,只好靠几块薄片肉来吊吊味了。

吴汉槎先生最后一次来看我们,正是我们全家搬到后间一两个星期的时候。那时,吴先生已衰老、憔悴,而我们的处境也正是困难到极点之时。以前每次他来,我们都以酒菜招待;那天他来,我们中午除了一锅冷饭和一点残羹冷炙之外,一无所有。我无法留他吃饭,只好从口袋里摸出两毛钱来送他做车资,目送他弓得快成九十度的背影渐渐远去。从此,他就再没有来过。

记得,他临走还吟过两句诗:"衰颓故旧都疏阔,犹作颜公乞米书。"这倒真是一个穷途末路的老人的感叹!

高诵芬作文
徐家祯整理
1995 年 8 月 30 日
于斯陡林红叶山庄

肆拾陆章
汤书年医生

汤书年医生是我家在上海时的家庭医生之一,杭州人。汤医生跟我父母和我舅舅等都认识,所以算是我们的世交。但我第一次正式去请教他,还是抗战时我因生卵巢瘤去征求他的意见。他给我介绍了吴烈忠医生,手术十分成功。

记得我和丈夫第一次到汤书年医生沧洲别墅的住所去看他,只见一所老式的洋房前面有高高的台阶通到大门口。门边左方钉着一块一尺高两尺阔、白底黑字的搪瓷招牌,上面分两行横写着:

美国纽约注册

汤书年医学博士

这是十三个两寸左右见方的正楷字。我想:汤医生既然能在美国开业,一定是位十分了不起的医生。

我丈夫和他很熟,见面后就跟他谈笑风生起来。汤医生知道我是高家的小姐，就不无倚老卖老地对我说起他跟我曾祖父和我父母的交往经过来。

汤医生身材不高，穿着一套颇合身的西装，细皮白肉，文质彬彬的，讲一口带上海口音的杭州话。令我不解的是，汤医生在跟我们谈话时，夹着香烟的手不断地抖动。我暗想：他年纪才中年，怎么会患起这种老年病来了？后来我才知道，汤医生早年在美国留学时因用功过度，得了神经衰弱症，每晚要服安眠药才能入睡，有时一夜要服三四回药，这手抖的毛病也跟神经衰弱有关，直到他去世都没有根治。

汤医生回国时只是二十世纪二十年代，那时去国外留学的人不多，能真正学成的更少，所以他一回来就十分吃香，尤其在杭州人中名气很响。钱学森的父亲、我父亲的老朋友钱均夫先生就跟汤医生是好朋友，常去看汤医生。直到六十年代，钱学森将他父亲接到北京去住了，钱均夫还写信来向汤医生讨治胃病的药方，说只有吃汤医生的药才有效。汤医生回国不久，任职于上海美商自来水公司，工资丰厚，还有其他福利，生活很是优越，进出有轿车代步，家里有男女用人。

汤医生上午在公司工作，下午在家开诊所。那时，有美国医学博士头衔的人不多，所以他的生意极为兴隆。汤医生擅长心肺科，家里设有小型X光机，可以为病人透视、拍片。他也能给肺病病人打空气针。我有了小孩后，小孩发烧有病就常找他看。看见他抖巍巍的手拿着空气针筒为病人打空气针，我实在有点担心，怕他出事故。有时，他给我小孩打退烧针，先在孩子的小屁股上一再比画注射的部位，然后举着针筒全神贯注地扎下去。可是，往往越是全神贯注，他就手抖得越厉害，我看着都为他发急，所以只要他太太在，打针的事就由他太太代劳。他太太虽说学的是体育，但打针非常在行。我见她将针在小孩子的屁股上刺下去时，一边也同时在屁股上打一下，于是小孩就一点不觉得痛了，所以我的小孩都喜欢让她打针。

汤书年医生

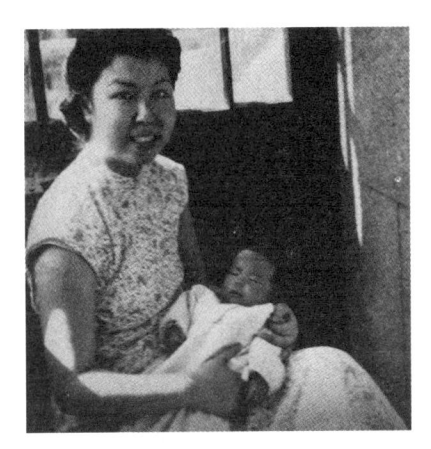

高诵芬及刚出生不久的家祯在上海戈登路家中
（摄于 1942 年）

高诵芬与长子家祯、次子家树在上海戈登路家中阳台上
（摄于 1945 年）

高诵芬与家祯在上海中山公园（摄于 1946 年前后）

讲起汤太太，倒也有趣。汤医生二十世纪二十年代中期从美国学成归国，正是年轻有为、风华正茂。那时他还未结婚，向他介绍名媛淑女的人，真是户限为穿。可是汤医生择偶的条件十分苛刻：不但新娘的家庭出身、品貌才学以及言行对答都在考虑之列，而且据说连手指长短、粗细；头发颜色、粗细、软硬都要讲究。于是，当时汤医生的亲戚、朋友中都将他的择偶标准当作闲谈的资料。最后，还是汤医生自己找到了后来的那位汤太太。这位太太出身无锡名门望族，本人毕业于上海两江女子体育专科学校，而且是该校第一届毕业生。她相貌长得的确不错：身材不高，瓜子脸盘，婀娜多姿，一望而知是江南闺秀，毫无女运动员那种刚健粗犷的体态。

然而，人不可貌相。他太太人虽长得斯文，脾气可实在有点让人难以忍受。汤医生对我们说，他太太除了在他诊所帮帮忙，做些挂号、打针等护士工作外，成天就知道穿着打扮、交际、打牌，不管家务，不看孩子。我们的确看见他们的几个小孩常常衣服肮脏、蓬头垢面，汤太太也视若无睹。连孩子生了病都要由汤医生来照看。后来，汤太太甚至发展到玩起"轮盘赌"来了。而汤太太则也在我们面前说汤医生的不是，说他在外面拈花惹草，但并没有确切证据，只是疑心而已。我们了解汤医生的为人，不相信汤医生有这样的事。后来他们的孩子长大了，也对我们说是他们妈妈的"疑心病"。然而，汤太太却不觉得自己是"疑心"，于是就在家里跟汤医生大吵大闹，一定要他讲出来，"情妇"是谁。有一次，据说汤太太在他们住所不远的南京路上等汤医生的汽车回来。汽车一到，汤太太就躺在汽车前面，要死给汤医生看。南京路是上海最繁华的大马路，这样一来当然交通大乱，警察来调查怎么一回事。后来知道是附近大名鼎鼎的汤书年医生的家务事，也就一笑置之。汤太太还怀疑汤医生的司机跟东家勾结起来，一起瞒住她，于是不断盘问司机，要他讲出汤医生的"情妇"是谁。有一次甚至气得将刀子朝司机劈过去，幸未劈中，但汤医生吓得从此不敢再雇司机，当然汽车也就不坐了。

抗战爆发后，日本兵占领上海租界，英、美、法三国的产业被日本没收，侨民被关进集中营，汤医生当然不能再为自来水公司工作了。后来，英、美、德、日留学归国的医学博士在上海开业的越来越多，汤医生二十世纪二十年代毕业反倒成了老派，生意当然大不如以前。1949年之后，私人医生更受影响。汤太太一向过惯优裕生活，现在手头感到拮据起来，精神不快，可能这是她跟汤医生吵吵闹闹的原因之一。

我们虽然后来主要去看比较年轻的私人医生了，但跟汤医生仍保持交往。他家在南京西路附近，有时我们去买东西，就常去汤医生家弯一弯，探望他们一家。他跟我们已不是医生与患者的关系，而是世交的好朋友了，连他的孩子也跟我们有来往。尤其是他的儿子汤国华先生，后来当了耳鼻咽喉专科医生，常常来看我们。直到我丈夫戴上"历史反革命"的帽子，他还不避嫌疑地上门来。我们总叫他"小汤先生"。小汤先生一直没有结婚，二十世纪八十年代去了美国，我们就失去了联系，不知他现在在哪里呢。

汤医生后来也被抄了家，幸亏他的家人事先将那块美国注册的医生招牌收藏起来，总算减少了一条罪状。那时人人自危，我们跟汤医生家也就失去了联系。记得我和丈夫最后一次去探望汤医生，已是"文革"后期了。那时社会上混乱的局面已经稍有改观，我们才敢出门访客。

那天正是隆冬天气，汤医生家楼下原来的陈设已经面目全非。汤医生八十多岁了，政府早就不许私人医生继续开业，所以他就很少下楼来。我们上二楼去看望他，只见楼上卧室里的炉火生得很旺。汤太太那时已先去世，房里只有汤医生一人独坐在圈椅里对着熊熊的炉火出神。我们和他寒暄后不敢提及汤太太，怕他难过，他倒主动说：

"内人已经去世了！"

口气里似乎不胜惋惜、无限凄凉，一点没有流露对她生前作为的不满，可见几十年的夫妇感情还是深厚的。他还说，他现在生活很枯寂无味，除到附近白玫瑰理发店去理发外，其余什么地方都不去了，也没有地方可去。听着很使人感到落寞、凄怆。我们在谈话时，他不断神经质地看望四周，好像有人会偷听到我们的谈话似的，还不时关照我们：

"说话小声点！隔壁听得见的！"

其实，汤医生的房子是二十世纪初建的老房子，结构很好，墙壁很厚，邻居根本不可能听见我们的讲话。一定是汤医生这些年受了刺激，变得有点疑神疑鬼了。

那次拜访以后又过了一年半载，有一位朋友想找医生请教关于五官科疾病的问题，要我写一封介绍信给小汤先生。我在信中让他代为向他父亲问候。隔了一两天，小汤先生来看我了，说：其父已于数月前去世，在这非常时期，不便通知亲友，很是失礼，请我们原谅，云云。他还告诉我们，汤医生的骨灰安葬在杭州灵隐附近的龙驹坞，与汤太太合葬一个墓穴。正是合了《诗经》上所说"谷则异室，死则同穴"的古训。

高诵芬作文

徐家祯整理

1995 年 8 月 31 日

于斯陡林红叶山庄

肆拾柒章
说说沪杭的私人医生[1]

（一）

以前中国的医疗体制，跟现在的很不一样。1949 年以前，除了医院——公立、国立医院很少，大部分不是私人医院，就是外国教会办的医院——以外，生了病就要去看私人医生。不管中医、西医都如此。1949 年之后，私立医院大部分变成了公立。到了 1956 年"工商业社会主义改造"，没有变成公立医院的私立医院，也公私合营了。而私人医生，也大多"合作化"起来，成立了联合诊所，或者进医院去看病人了。于是，所谓"私人医生"开业的私人诊所，就越来越少了。但在上海据我所知，私人诊所一直存在到 1966 年。该年八月，"扫四旧"开始，上海才真正取消了私人医生的私人诊所。至

---

[1] 本篇，先母只留下一些零碎的草稿，我在整理时做了大量的增补和修改，使篇幅加了一倍以上，有很多内容是根据我的记忆添加的，如果有错，应该由我负责。本篇中的医生名字很可能有错，除了我考证后发现确有错误的已经加以纠正之外，其余一律按照先母草稿或我的记忆来写。如是有错，也应由我负责。——徐家祯注

于外地是否如此，我就不很清楚了。改革开放之后，私营医院倒又恢复起来了，但是私人诊所还没有恢复。当然，不合法的"地下诊所"，是不能算数的。

我家的传统，以为医院设备不佳，医生资格浅，病人太多，因此医生看病马虎了事，于是，凡是家人生病，除非要开刀必须进医院，否则一定去看私人医生的。即使要进医院，也必进私人医院，因为可以请私人医生开刀，可靠一点。所以，从我有记忆开始，到私人诊所取消为止这半世纪中，我在杭州、上海两地看过的私人医生不计其数。有的在沪杭一带，甚至全国，都算十分有名。有的还成了我们家很好的朋友。

我在前面就写过三位医生：一位是杭州我小时候看过的孙云章医生，还有两位，则是上海的吴烈忠医生和汤书年医生。这三位医生不但是我们的好朋友，还是我家的世交，有了两三代的交情了。现在我想写的，是出现在我头脑里的另外几位医生，对现在没有看过私人医生、去过私人诊所的读者，或许会有些新鲜感。

我小时候住在杭州，一直住到抗日战争爆发后的1938年，即我二十岁时，才搬到上海居住。因为离现在太久，对小时候看过的杭州医生有点记忆不清了。记得当时，凡是大人有病，总请几位所谓的名中医来看病，如金之久、黄向全。这几位医生我有没有见过已记不清楚，连他们的大名写得对不对都不知道了，因为只是常听大人在嘴里叨念而已。这些医生都是杭州近百年前的名医，我想即使在杭州，现在大概也找不到听见过他们名字的人了。

我父母中西医都相信，所以有时也看西医，如江秉甫、黄自雄、张宝春、钱潮等，都是留学生。我们小孩生病，则看一位叫包金林的西医。记得他总穿西装、打领带，脚上一双黑皮鞋，在当时杭州是很洋派的打扮。他总给我们喝一种暗红色的药水，有甜味，大概就是止咳糖浆之类的东西吧。我们生小病，就去包医生诊所就诊；有热度发烧，就请他出诊来我家里看。

记得我十几岁时，杭州出现了一位后起之秀的中医，叫陈道隆。他无论门诊、出诊，都先替病人量体温。这在当时杭州，是很新派的事情，因为一般中医，是只把脉，不量体温的。于是，大家都相信他，一时就生意兴隆、名声大振。有一次，我哥哥出痧子（即出麻疹）了。那时，他已十四岁。在中国，出麻疹是很普通的事情，人人一辈子一定要出一次。出过一次，一辈子就不会再出了，因为体内会产生免疫力。但是，一般人出麻疹，都是很小的时候——大约三四岁、七八岁的时候。年龄越大，病情就会越严重。要是到了二十多岁才出麻疹，往往就会有性命之忧了。

因为我哥哥出麻疹很迟，所以我父母很担心，就请西医孙云章和中医陈道隆两位来会诊。记得陈医生戴一副金丝边眼镜，身穿毛料长袍，脚上穿的却是西式的黑皮鞋。他说：麻疹病人要保暖，不可吹风，就是所谓要"焐"。焐到全身发出红点。他说："一日有三潮，三日有九潮。"大概意思是一天会发三次红点，三天共发九次红点。等到全身都发到，红点就会慢慢退下去，这样就算痊愈了。陈医生说起话来有腔有调、抑扬顿挫，我们小孩听来觉得很滑稽，于是等他走了，我们兄妹三人就学他口气讲话。边讲边笑，闹了好一段时间。

（二）

我弟弟小时候有一阵子鼻子里常有黄脓鼻涕。当时杭州没有看耳鼻咽喉的专科私人医生，所以只好到浙江医院去看那里的鼻科医生。但看了好几次，都不见效。于是，父母决定到上海去找美国留学的医学博士、我家世交汤书年医生。那时从杭州到上海无法当天来回，何况还要看医生，所以，先由我母亲带了弟弟去上海，就住在我们家拥有股份的振华旅馆。汤书年医生介绍他们去看那时上海最有名的一位李冈医生，是英国留学的医学博士，耳鼻咽喉专科。李医生诊断说系鼻喉交界处生了一朵菜花状的东西，须进医院，全身麻醉，动手术割除。那时，开刀是件大事情，全身麻醉更是大事。母亲立刻写信给父亲，要他也到上海来。于是父亲立即赴沪，让弟弟进医院开刀。结果一切顺利，手术后病情就消失了。

从此以后，我们就认识了这位李冈医生。我们定居上海后，我生了四个孩子，孩子们小时候常常有扁桃体发炎的毛病。一发炎就有高热，喉咙里还出现满喉咙的白点，看起来像白喉的样子。白喉是一种严重的呼吸道疾病，会致命的。认识李冈医生后，我们碰到这种情况就请李冈出诊。李医生嘴唇上留一点小胡子，身材不高，看起来有点像日本人的样子，总是西装革履，十分精干。他诊病很有把握，是不是白喉一看就能确定，但出诊费却要二十四元一次，连门诊都要四元，比当时上海一般医生的诊费高出好几倍。

记得李冈医生的门诊所是在陕西北路平安电影院附近，离汤书年医生的住宅和诊所都不远。我女儿七八岁时，一次感冒后常说耳朵背后疼痛。记得那天没有请李医生上门出诊，而是坐自己家的汽车去他诊所看病的。李医生一看就说是因为感冒，鼻涕流进耳道，得了中耳炎。他开了一小瓶药水，滴了两三天就痊愈了。新中国成立后，我们还去看过李医生的门诊，但不久知道他自杀身亡。听说，是他自己注射了一针药剂自杀的，不知为何原因。

我四岁时，不知为何，有一时期眼睛总要不停地眨。现在看起来，大概总是眼睛干燥的原因。于是，就去看杭州一位有名的眼科医生，叫石焕如。石医生配了眼药水，滴了几次就好了。这位医生知道高家乃杭州大族，每次去看门诊，总要与我母亲攀谈。门诊室里面就是石医生的住家，久而久之，他就把他太太请了出来，跟我母亲打招呼。有一次，记得是夏天，他请我们进里屋去坐，还开了一只大西瓜招待我们呢！后来，石医生搬了家，我们就不去看了。我九岁逃难到上海，父母忽然在报上看到石医生的广告，知道他原来搬到上海去了，于是母亲带了我去他上海的诊所拜望。不过后来，我们就失去了联系。

我十岁时，眼睛常会发红、发炎，有时眼皮上还会生一个小疖子。石医生不在杭州了，就去看一位张圣正眼科医生。张医生那时刚从日本留学回国，也戴金丝眼镜，穿西装革履，绍兴人，很和气，善言笑。他给我动手术，将眼皮上生的疖子去掉，做得干净利落。每次我们去看他，总发现他的病人很多。他知道我们是高家的，每次去也必敷衍奉承，要对我们大谈高义泰绸布庄，因为那是杭州独一无二的名店了。我母亲对他说："这家布店属于我们家大房的，不是我们的。"但张医生总不信。后来我长大了，看病不用母亲陪，自己去了，张医生就叫我"高小姐"，每次去看病，也总要与我谈一会儿闲话。

有一天，我家门房突然进来通报我母亲，说张圣正医生来了，要见她。母亲觉得很奇怪，不知有何贵干，乃同我一起到大厅去，请他进来坐。原来，那天张医生下午到属于我们高家二房的一个叫"若园"的果园去玩。此园很大，种了桃子、苹果之类的果树，对外开放。游人交几块钱，可进内采果子吃，也可采了买回家。不知为何，这次张医生去，园里的看园工人对他出言不逊了。他气得对工人说"要告诉东家"，就找到我母亲这里来了。母亲听了，派人到账房间请我们的账房李先生到大厅来，给他介绍张圣正医生认识。我母亲说了张医生的来意，李先生一听，马上说："我一定到若园去，把工人骂一顿。如何可以得罪张医生！"母亲也对张医生连连道歉，张医生才消气回家。不久，日寇犯杭，张医生和我们都逃到上海去了。在上海，我们还去看过张医生几次，后来就不再来往，不知他的情况如何。

（三）

我结婚后第三年下半年，日寇就侵入杭州。我们先避居浙江乡下，后来我发现有妇女病，回杭州看病，就住到了朱孔阳先生主持的青年会，住了三四个月，直到去上海找医生检查发现生了卵巢瘤。住院、开刀之后，不意在上海一住就住了五十五年，直至出国。这些在以前都已写过了。

刚到上海，凡是伤风感冒，我们总去看汤书年医生，因为是几代认识的世交了，像朋友一样。后来，知道江秉甫医生也搬到上海来了，有时也去看江医生，因为他也是我祖辈的老朋友。

江医生的诊所也设在他家里，是一座两三层楼的弄堂房子，诊所在楼下客厅里。一张书桌，江医生自坐，旁边两张小沙发，病人坐。窗外绿树婆娑，很安静。墙上挂着好几张文凭，有英国的，有德国的，有没有美国的就不记得了，我们也从没有站起来去仔细看过，不清楚他得的到底是什么学位。他太太就是护士兼挂号。看完病，大家就张家长李家短、前朝后代地谈论一会儿，因为他病人好像也不多。上海医生多，在杭州有名的医生到了上海大家不一定都知道，所以往往生意就清淡了。

江医生在外国留过学，虽也穿西装，但看上去还很中国化。他身材高大，宁波人，对我们说宁波口音很重的上海话。他既是医学博士，人又很聪明，但不知为什么，他的儿子却有点先天智力发育不健全，十多岁了还不能读书，见了人有点傻乎乎的样子。江医生去国外留学不知是何时，但他是我叔公他们的朋友，年龄也是我上一辈的年纪了，所以我想他一定在二十世纪初就出国了。后来年纪大了，江医生开的药方当然有点过时，再加上他本性小心，开的药都很温和，不敢大量用药，所以只能治治伤风感冒这些小毛病。后来，我们认识了比他年纪轻得多的也是英美留学的周颂康医生后，就很少去看江医生了。不知他后来何以为终。

我们定居上海后，跟医生打交道，大部分是为了孩子们的健康，所以有名的儿科专家认识不少。比如，有一位叫高金郎，那时算上海名气最响的儿科医生了。我儿子小时候身体很弱，经常感冒、发高烧，我们就请高医生出诊过几次。高医生身材瘦而高，戴金丝边眼镜，却穿中装灰色哔叽长袍。话说得很少，一副很高傲的样子，所以我跟他不熟，也不常请他。上海还没有解放，听说高医生就去美国子女那里住了。还有传说，高金郎医生有八个子女在美国，他的飞机一到美国，八个子女开了八辆汽车到机场迎接，真是"海威"得来（上海话，真是"威风"之意）！

还有一位富文寿医生，也是当时上海的儿科名医，浙江人，美国哈佛大学医学院毕业，在美国行过医、教过书。因为儿子生病，我们也请他出诊过几次。富医生身材中等、结实，面微黑，也有名医的架子。亦可能因为他们名气都很响，所以心理上觉得他们很高傲吧。以前上海，凡名医都有自备汽车，还雇有司机开车，派头大得很。1949年后，富医生还担任过上海儿科医院院长。

家祯在上海戈登路家中园内
（摄于 1946 年前后）

家祯、家和在上海戈登路家中园内（摄于 1946 年前后）

丈夫徐定戡（左）1950 年在北京新法学
研究院学习期间

全家在上海中山公园（摄于二十世纪六十年代初）
（左起：家祯、家汇、家树、家和、高诵芬、徐定戡）

我自己在上海看过的名医，就是大名鼎鼎的妇产科专家孙克基医生了。孙医生是湖南人，美国医学博士。听说蒋、宋、孔、陈四大家族的孩子都是他接生的。他在上海延安西路江苏路口有一栋高楼，据说就是蒋介石、宋美龄送给他的，后来他在那里办了一所自己当院长的医院，叫孙克基妇产科医院。有个时期，我的经期不稳定，阴道常出血，经人介绍，到孙克基医院去看病。他说是子宫颈发炎，但子宫内有个小块，最好把它切掉。我当时不想开刀，觉得既然是良性的，就先观察一下再说，于是没有继续去看他。一直到我六十多岁，医生说那个肿块变大了，我才去开刀。我是由他的学生动的手术，很成功。孙医生是名医，架子也很大。听人传说，凡病人去看他，他总劝人开刀。

（四）

自从耳鼻咽喉科专家李冈医生自杀之后，我大儿子扁桃体一发炎，我们就去看李宝实医生。李医生是北方人，身材高大，说一口北方腔的硬邦邦的上海话，但话不多。他的诊所在南京西路附近。李医生也算是中国耳鼻咽喉科的创始人之一了，手术做得很好。我哥哥的大儿子就是由他做的扁桃体手术，但我大儿子为什么不请李医生做手术，就忘记原因了。反正我儿子手术后，扁桃体不再发炎，伤风感冒也不发高烧了，我们就不再去看李医生了。

我大儿子的扁桃体是上海另一位耳鼻咽喉科专家许炜鑫（是不是这几个字已经忘记）医生开的刀。许医生是福建人，说话福建口音很重。我想大概他是我们的老朋友吴烈忠医生的同乡，所以吴医生介绍他来给我大儿子开刀的吧。不管如何，自二十世纪五十年代以后，一直到私人诊所取消为止，我家孩子有了耳朵、鼻子、喉咙方面的问题，就主要去看许医生了。有一时期，我二儿子常流鼻血，就去看许医生，许医生说"可以烧一烧"。他用一种药水，放在棉花上，再将棉花固定在一根长钎子上，捅进鼻腔去，把常常破裂的小血管封住了。大概就像电焊一样，把血管"焊"牢。此后，他就不再流鼻血了。

许医生住宅和诊所都在南京西路静安寺和中苏友好大厦中间那段路上，是一个很安静的地段。中苏友好大厦就是五十年代中期中苏关系好的时候由苏联专家设计建造的一栋苏式高楼，有俄国式的尖顶，顶上还有一颗红星。建好以后几十年间，都算上海最高的建筑。后来，中苏关系破裂，这栋房子改为"上海展览中心"。建那座房子的这一大块地，就是以前犹太地产商哈同的住宅，叫"哈同花园"。那一带当时十分安静，路边法国梧桐树成荫，一条条弄堂都是高级住宅，路上没有什么行人走路。记得张爱玲在上海时也住过附近哪一座公寓。

许医生的房子是两层楼的小洋房，西班牙式，是那条弄堂沿马路一排房子中间的一栋。房子前面有个窄窄的小花园，也安有沿马路的大门，但平时进出都走在弄堂里面的后门。每次去他诊所，从来没有看见弄堂里有人进出，真是十分安静、高雅。他隔壁住了一家外国人，养一条狼狗，有人进出会听见狗叫。许医生诊所设在楼下他书房里，不大，一面墙上全部是书，绝大部分都是洋装书，大概是医书。许医生是英国还是美国医学博士我就忘记了，但他很洋派，跟我丈夫谈话，因为怕他的福建口音别人听不懂，常夹几个英文单词。讨论我儿子手术时，他有时会在纸上画示意图给我丈夫看，旁边注的也是英文。连病历记录都是用英文写的。平时看许医生，都是我带了孩子去的，但关于开刀的事，却总是我丈夫出面跟医生讨论细节。有一次，许医生问我丈夫："你是不是也学过医的？"大概他觉得我丈夫医学方面懂得很多，谈起来很内行的样子吧。我儿子手术后，我丈夫还送过他一本英文原版书，好像是讲西方中世纪巫术的。

至于我儿子，却常抱怨说许医生扁桃体开得并不好。他说，开刀前，许医生打麻药的针有缝被子的针那么长、那么粗。一针一针戳进他的面颊和喉咙，疼得他直喊直叫。后来动手术了，我儿子说他还可以感到刀在切割的痛。许医生不断说："熬一熬，快好了！"真是吃足了苦头。那时，开个扁桃体，还要在私立德济医院住好几天。我儿子还说："开扁桃体最开心的是：许医生关照，手术后可以吃冰激凌，防止伤口出血！"不过，开刀之后，我大儿子伤风感冒就不再发高烧了，身体也就强壮起来。

"文革"期间，许医生怎么样，我们就不知道了。但二十世纪六十年代末，我大儿子有一次出门，坐20路电车经过许医生家门口，从车上看见许医生一个人背着手在路上踱方步，心事重重的样子，大概日子总也很不好过吧。

许医生这栋房子至今还在，但是已经与原来外国人那栋打通，开了什么公司，面目全非了！那条马路也不再安静，不但车水马龙，而且行人也多得无数，真是沧海桑田，恍如隔世啊！许医生年纪比我要大好几岁，现在也许不在人世了吧。

（五）

我大儿子小时候身体很弱，常有这个那个毛病，总要去看各种医生。记得他念高中二年级时，大约十五岁吧，一次在学校里不知怎么把膝盖扭伤了，一瘸一拐地回到家里。我一看，膝盖肿了起来，可能伤了骨头，就去问住在同一条路上的我丈夫的堂弟祖伟，问他可有认识哪位好点的骨科医生。他介绍了一位杭州医生，叫陈家驭[1]。陈医生住在南京西路近茂名路一条叫静安别墅的弄堂里。进了黑漆大门，有一个小小的天井，这是最典型的老式上海弄堂房子。跨过天井，是一排落地玻璃门，里面就是陈医生诊所。陈医生诊所里备有小型X光机器，所以，马上搬出来，给我儿子的膝盖拍片子。他说，膝盖里有一个小碎片，慢慢会自己吸收进去，但是，现在不能动膝关节，要上石膏固定起来，让它自己慢慢恢复。他要我儿子卧床休息两三个月。

这样，我儿子就不能去上学了。幸亏他那时学习已经很自觉。我们家有一张专供放在床上吃饭、看书、写字用的桌子，还是我年轻时切卵巢瘤时买的，现在拿来给大儿子看书、做功课用。他在床上，每天照学校课程表看课本，做功课。作业由住在附近的张姓同学拿到学校去给老师批改。有不懂的就问同学。在床上躺了两三个月，差不多缺课一学期，后来拆掉石膏，学期末去参加大考，居然考得很不错，还排在全班前几名。

在这两三个月里，我带大儿子坐三轮车去请陈医生复查过好几次，看骨头长得怎么样。其实现在想想，腿扭了一下，即使真的骨头有点损伤，也不用上石膏、卧床几个月。私人医生知道去看他们的人，只要医生认真、热情，医疗效果有保证，钱一般来说不太在乎。所以他们照X光、上石膏、定期检

---

[1] 我的这篇文章放到我的博客"六树堂文集"后，陈家驭医生的亲戚看到了，来与我联系，并补充了一些陈医生的情况。他说，陈医生太太1957年去世后，陈医生就常常患病卧床，只有病人来了才起来。但老实说，我作为陈医生的病人，实在看不出陈医生自己有病。"文革"中陈医生被抄家。1973年因病去世，享年74岁。

这位先生还说：陈医生的祖籍是广西，因祖父去杭州任职，就移居杭州。陈医生的祖父和父亲都是书画家。

陈医生祖父名陈璚。陈璚（1827—1906），字鹿笙，又作六笙、鹿生，号澹园，晚称老鹿，室名随所遇斋。广西贵县（今贵港市）人。清咸丰十一年（1861年）廪贡。同治四年（1865年）以军功简任浙江杭嘉湖道。以忤触上官左迁，累知处州、台州、嘉兴、杭州等府，擢湖南岳常澧道，署衡永郴桂道，转任长芦盐法道，升湖南按察使，历山西、四川按察使。官至四川布政使，护理四川总督印信。著有《随所遇斋诗集》，存《澹园吟草》一卷。书法为一代名家。政事之暇，不废文翰，工书法，兼画墨梅，自钟、王下讫赵、董，"莫不摹拟酷似，于宋四家尤得神髓。人争宝之"（《贵县志·陈璚传》）。曾临写自曹魏钟繇至明代董其昌诸名家之作，由张逸田刻石为《樵古斋法帖》，置杭州西湖烟雨楼，时人因有"为湖山润色"之誉。晚年寓居杭州时为西泠印社第一批社员之一。

陈医生父亲，陈少鹿，名薯诰，号画禅，又号退龛，原籍广西，寄籍杭州，寓北京。清季补用道。擅长花鸟，自成一派。历任北京艺术学院、辅仁大学、华北大学中国画教授。——徐家祯注

查、拆石膏等等，一一做得万无一失，病人既放了心，他们的诊费也就源源不断地送上门去了。

陈医生是杭州人，讲起话来"夹噶、夹噶"（就是"这个，这个"的意思）的，一口杭州话，很亲切。看病时，他话很多，很随便，喜欢跟我闲谈。我丈夫去，他还谈时势。记得二十世纪六十年代初，我大儿子腿酸痛，又去让他电疗。他一边做电疗，一边跟我丈夫谈当时缺油缺粮的市场情况。

我四个小孩年龄相差不大，第一个跟第四个只相差六岁而已。小孩成长期，牙齿的花头很多：到了一定年龄要换乳齿，多吃了糖要生龋齿，牙坏了要去补要去拔。这个小孩的牙齿好了，那个小孩的牙齿又坏了，所以一年到头要去找牙医。我们常看的牙医叫李郁文，广东人，身材高大，一口广东上海话。他的诊所就在南京西路新华电影院对面那一排公寓里，窗口望下去就是南京路大马路。记得那时，"牙科李郁文大医师"的白底黑字大广告横着挂在公寓墙上，十分醒目，一直挂到后来不许私人行医为止。

牙医要赚病人的钱是十分容易的。要补一颗牙，可以先让你去好几次，每次去坐在躺椅上磨呀磨的，磨个没完没了。所以我们小孩常常一下课，我就到学校接了他们，坐三轮车去李医生诊所。等候的时候，就在诊所的桌子上做功课。好在那时看私人医生的人已经很少了，诊所很空。我大儿子换牙时，门牙长得不好，有点往里长。李医生就关照他常常用舌头往外顶长出的新牙，以便矫正它。结果，小孩不懂道理，顶得太多了，牙齿就反而往外凸了一点出来，一直到现在都是这样。

我大儿子1983年从美国到澳大利亚的大学来任教，就定居在澳大利亚了。他第一次去这里的中华会馆，就见到一对上海来的老夫妻。男的老先生姓林，二十世纪四十年代是上海国际饭店的经理。当时，上海国际饭店是美国人开的大饭店，叫Park Hotel，就建在跑马厅（后来改为人民公园和人民广场）对面，有二十四层，是当时上海最高的建筑。一直到五十年代造了有尖顶红星的中苏友好大厦，国际饭店才成了上海第二高楼。改革开放后，上海高楼四起，现在这两栋大楼算是小矮子了！那位林先生后来不知怎么来澳大利亚定居了。也不知是不是因为太太去世，我儿子遇见他时，他刚娶的填房太太竟然就是原来李郁文医生的护士！我1987年第一次来澳大利亚，就遇见过林老先生夫妇。没有想到以前在上海李医生诊所时常见面的护士，过了二三十年我们又在南半球见面了，真是"无巧不成书"呀！林先生比林太太大很多岁，我见到他时已经近九十岁了，但身体健朗，红光满面，不过几年后听说去世了。林太太比我还年轻，现在一定还健在吧。

（六）

我们大家庭因抗日战争，全家从杭州移居上海后，不久就在戈登路（现在改为江宁路）玉佛寺附近买了一栋占地好几亩、三层楼五开间的大房子，全家老小都搬进去住了，一直住到二十世纪五十年代初。一次，我们的老友朱秋岩先生偶然谈起他家小孩生病是请一位叫陈琪[1]的儿科医生看的。陈医生也是国外毕业的医学博士。朱先生还说，他工作的新闻日报馆同事的孩子也请陈医生看病的。当时，上海有《新闻报》和《申报》两大报纸，都是有名的。他还说，陈医生的私人诊所就在海防路，离我家戈登路很近。这样一来，我的小孩有病，也就去看陈医生了。

陈医生诊所设在一栋西式洋房里，有两间房：外间是挂号间和候诊室，有护士挂号，病人也在此候诊；里间是陈医生诊室。每次去，总见不少家长

---

[1] 我记得医生的名字大概应该是"程琪"而不是"陈琪"，因为上海话"程""陈"是不分的。不过我也无法确证是否应是"程琪"，所以还是照我母亲的写法。——徐家祯注

带了孩子在候诊,生意十分兴隆。最特别的是,陈医生的候诊室一角,有木栏拦着的一块地板,里面放着各种玩具,供候诊的小孩子玩耍。这样,等的时间即使稍长,小孩也不会吵闹了。后来我出国,见到国外公共场所常有这样的设施,才知道陈医生这样的做法一定是在国外学医时学来的。当时,上海医生这样做的却不多。

陈医生每天上、下午都在诊所看门诊,出诊要下午五点以后,才坐了自备小轿车,由司机开车上门去看病。陈医师十分和气,没有一点架子,看病也颇仔细,小孩子都不怕生,很喜欢他。看了多年,我们跟陈医生熟了,就像朋友一样了。

1950年,司法制度改革,我丈夫不能当上海地方法院检察官了,被派送到北京新法学研究院去学习一年。[1] 偏偏那时我四个孩子一起得了麻疹。麻疹是重症,弄得不好有生命危险,我很担心,每天请陈医生上门出诊。他知道小孩的父亲不在上海,去北京学习了,就看得更加仔细小心。记得我大儿子全身正在发红点子的时候,半夜我去摸他额角,发现他的体温好像突然低了很多。我很紧张,不知是否病情有变了,就不管那时已经凌晨一点半了,打电话到陈医生家去。陈医生被我吵醒来接电话,耐心听完我的报告,他说应该不会有问题,要我放心,明天他上门来看。我才安心下来。后来,我的四个孩子的麻疹痊愈得都很顺利,没有一点后遗症。我很感激陈医生。

我的孩子长大了,我们也搬出了戈登路的大房子,在江苏路买了新屋,就不再去看陈医生了。"三年严重困难"期间,上海物资供应紧张。因为鱼肉

---

[1] 关于我丈夫的经历,可参见本书第贰拾叁章《结婚之四》注。所谓"新法学研究院",是新中国成立后政府对以前遗留下来的司法人员进行审查、改造、处理和学习教育的机构。创办于1950年前后,究竟前后办了几批,不很清楚。我丈夫参加的是1950年到1951年那一批,很可能是第一批(也可能是仅有的一批)。经过一年学习之后,我丈夫被派回上海,担任华东最高人民法院审判员(即以前的"法官")。

鸡鸭、蔬菜食油这些副食品供应大大减少，分配给我们的粮票吃不饱肚子了，只能经常到饭店去吃饭，用以补充营养之不足。但是，那时去饭店吃饭也是要付粮票的，只是少算一点罢了。然而那时饭店里，实际上已没有什么菜肴可以供应了，而且大家都像我们一样，家里吃不饱，要上饭店补充，于是饭店天天人满为患。中午吃饭，常常上午十点就要去占桌子等候了。记得有一次去南京路有名的起士林西餐馆吃饭，等到十一点半，饭店服务员挂出的黑板上写着：只有红烧带鱼一种菜！

不久，我们发现国际饭店十四层楼有西餐供应，开始四块钱一客套餐，后来很快涨到五块，最后又变成十元一客了。大概因为贵（当时一般在饭店吃一顿便饭，五角、一元，已经可以吃得很不错了。大学生工资，上海五十八元、北京五十二元，每月工资只够在国际饭店吃五顿西餐），或者很多人不知道国际饭店十四层楼是对外开放可以去吃西餐的，反正去的人不多，不用很早去排队等候。而且那个套餐质量相当不错：有色拉，有汤，有两个正餐——一鱼一肉，还有冰激凌和咖啡，做得非常地道，吃饭的环境也幽静、干净，于是我就常带小孩一起去吃。那时我丈夫已戴上"历史反革命"帽子，受里弄管制不能出门了。我的女儿去西安念大学不在上海住，而我的大儿子已经进了大学要住校，只能每星期六回家一次。他吃食堂饿了一星期，常常星期六下午直接坐车从大学去国际饭店，吃一顿西餐填饱了肚子再回家。所以我常带着去国际饭店的，只是我的两个小儿子而已。

有一次，我带着当时十二三岁的小儿子在国际饭店吃饭，忽然迎面走来一位五十多岁的老人，问我："认识我吗？"我看了又看，实在不认识他是谁，只能摇头表示歉意。那人笑了笑说："我是陈医生。"我才恍然大悟。他看到我的小儿子，还以为是我大儿子，说："哦，长得那么高了！"可见时间在他头脑里已停滞不前了。我告诉他，这不是常去看病的大儿子，大儿子已经上了大学。大家都感叹时间的飞逝。他说，过几个月，他要去美国他儿子那里了。我不知道那时他怎么能出国。不过，这就是我跟陈医生的最后一次见面。现在回忆起来，此事也是三十几年前的事情了。陈医生如还在人世，应该近百岁了吧。光阴似箭，倏忽间我也是八十一虚度之人了呢！

（七）

二十世纪五十年代初期，"三反""五反"运动在轰轰烈烈开展，每个单位都在搞批斗，大家都担心有罪名飞到自己头上，尤其是从旧社会过来的工作人员。我丈夫那时已经在北京学完法律回沪，分配在华东最高人民法院担任审判员，也就是旧时的所谓"法官"。

一天天下大雪，我们江苏路家四层楼大平台上积雪甚厚。我家隔壁就连着我叔公礼耕先生家的房子。礼耕先生的孩子大我孩子一辈，我们孩子要叫他们"小叔叔""小嬢嬢"，但是年龄却相差不大。礼耕先生的小儿子和小女儿，甚至比我大儿子和女儿都小一两岁。那些小叔叔、小嬢嬢们看见下雪，就很高兴地过来招呼我们家的四个孩子到四楼平台上去玩雪。我当时正在楼下房里，听见楼上小孩们的笑闹声，才知道他们已经在玩雪了，连忙上前阻止，怕他们着凉生病。果然，次晨我大约十岁的女儿发起高烧来。我丈夫已经去法院上班了，我摸摸女儿的额角，感到很烫手，气得痛骂她一顿，说昨天去玩雪，现在生了大病。骂了一会，只见她头缩在被子里一声不响。再凑近一看，只见她咬紧牙关正在发抖，上下牙齿碰在一起，咯咯作响。问她何故，她说"肚子痛"。我一时吓得手足无措，不知如何是好，连忙打电话给江秉甫老医生，请他马上出诊来看看。江医生来后，先按我女儿的肚子，还要她合扑躺在床上，将双脚伸直，可是我女儿无法将右腿伸直。江医生就说："那一定是盲肠炎了。"但他又说不知道是急性的还是慢性的。要是急性，马上就要去医院开刀，否则有性命危险。但是当时只我一人在家，我不能马上做出决定。千愁万虑之后，我决定请吴烈忠医生来家商量。我家四个小孩全是吴烈忠医生接生的；我的卵巢瘤也是他取出的，我们与他是十多年的老朋友了。吴烈忠医生很快赶来，检查了一番，认为是急性盲肠炎，要马上开刀。他说，可介绍他的朋友瞿鸿杰医生来动手术，到德济医院去开刀。

二十世纪五十年代初，上海还有私人医院，德济医院即是其中一家，在南京路静安寺附近，算是上海较好的一家私立医院。后来，德济医院跟别的医院合并，就成了公立的静安医院了。我听了吴医生的话，就说："好！"吴医生马上打电话请瞿医生过来。瞿医生的检查结果也是急性盲肠炎，于是就坐瞿医生的汽车去德济医院开刀。当时，我还怕女儿听见开刀要害怕，骗她说去医院检查。还说，吴医生也在旁边陪她，所以不用害怕。因为她从小常见吴医生，跟他很熟的。

医院离我家只两三站路，很快就到了。那天开刀，除了吴医生、瞿医生以外，还有一位赵勤医生也在场。吴医生后来给我解释说："手术是瞿医生做的，赵医生是内科，之所以也在场，是为了怕开刀中间万一有变化，需要内科医生，可与赵医生商量处理办法。"不一会儿，吴医生从手术室出来了，手里拿着一个小玻璃瓶，交给我说：药水里面浸着的就是我女儿的盲肠。他还说：这次得盲肠炎的原因是一条蛔虫钻进盲肠去了。他指给我看，盲肠头上还有一截割下的蛔虫尾巴。

那天下午我丈夫回家，我家用人王妈和看孩子的保姆大顾妈告诉他此事，他才知道。连忙赶到医院，见女儿已经安睡在病床上。那时德济医院还有头等病房，除了一张病床，旁边还有一张床可供人陪睡。我们还请了两位特别护士：一位日班，一位晚班，二十四小时陪着。我自己晚上睡在病房里陪了一星期，直到女儿拆线了，我才放心回家。我丈夫则每天早晨上班前来看一会儿，下班又来看一会儿。吴烈忠医生也时常来病房闲谈。出院时结账，发现原来三位在开刀房的医生每人都收一百元，住院费两百元，总共五百元，还要另加两位特别护士费，每人每天八元。后来听别人说，一般人在医院开刀，只需几十元就可以了！不过，当然开刀医生不会是外国的医学博士，也不会住头等病房的。我听说，有人盲肠炎开刀开得不好，常有肚子隐痛的后遗症，还有的医生甚至连拆线都拆不干净，更听说有把小剪刀等留在肚子里的事故。于是想想，虽花了一笔在当时来说十分昂贵的医药费，但只要手术安全，也是值得了。

瞿鸿杰医生瘦瘦高高的身材，赵勤医生脸孔白皙清秀，戴一副金丝眼镜，十分儒雅。那时他们两位都只有三十左右吧，大概是刚从国外留学回国的。后来我还知道，他们不但是德济医院的医生，而且在这家医院也有股份，是股东之一。五十年过去了，瞿、赵二位医生要是还在，也要八十岁左右了吧。

（八）

二十世纪五十年代中期有一年，我家长做的用人黄妈回乡下去做寿材了。所谓"寿材"，就是人还没有死就准备好死后可以躺的棺材。既可由子女准备，也可由自己准备。因为不希望为之准备棺材的人早死，就称之为"寿材"。王妈丈夫早就去世，她没有自己亲生的子女，只有一个承继来的儿子，是农村公社大队长，不会为她准备寿材，所以只好由她亲自回乡下去做。做寿材也称"割（或'合'，音'割'）寿材"，因为要选料裁割，还有种种仪式，不是很简单的事，所以她走了以后，我们请了保姆大顾妈介绍的她家亲戚兰英来做替工。

兰英当时只有二十三岁，没有经验。一天，我丈夫自己到菜场买回来很多大闸蟹。我见这些蟹壳色不青，有点发黄，知道不是正宗的所谓"阳澄湖清水大闸蟹"。但看蟹倒只只都是活的，没有死蟹混在其中，就吩咐兰英去洗洗干净，蒸而食之。我因心有疑惑，所以吃得最少；丈夫和大儿子两人吃得最多，其他三个孩子吃得也不少。不知是蟹本身不新鲜、带细菌，还是兰英没洗干净，吃了蟹，当天晚上我们六个人就腹泻起来：我和三个孩子泻得最轻，丈夫泻得厉害，但是倒没有发烧，只有我大儿子泻得最厉害，还发起高烧来。我家平时备有黄连素之类的止泻药，服后大家都好了，但是大儿子不好。

那天下午，我们先后请江秉甫、赵勤等几位医生来诊治，因为那时，我们的老友吴烈忠医生已经自杀身亡。关于吴烈忠医生的事，我在本书第贰拾柒章已有单篇详述，这里不再重复。几位医生看后，都诊断为盲肠炎，要开刀。赵勤医生推荐瞿鸿杰医生动手术，但不知什么原因，瞿医生那天不能开刀，推荐了一位叫尤大镳的外科医生来执刀。那时，德济医院好像已经不再存在，于是就去华山路的私立大华医院，也住在头等病房，请了日夜班两个特别护士，一个星期后拆了线才痊愈出院。

尤大镳医生很年轻，那时看上去三十多岁，是不是外国留过学就不清楚了。他当时白天在上海电力公司的职工医院任职，业余还有一个门诊所，设在虹桥疗养院内，所以与瞿鸿杰、赵勤等医生都很熟。那时政府可能还允许医生除了在公家单位任职外，再在外兼职吧。

尤医生身材不高，但很结实，是运动型的身材，很活泼潇洒的样子，也常穿西装、夹克。他给大儿子动的手术不错，因此以后我们有了外科方面的小毛小病，就常去他诊所找他。每次我们夫妇去，他就跟我们高谈阔论。有一次，我们到他诊所，他正在诊所外院子里骑一辆看上去很新的英国兰铃牌自行车。他说，想把这辆自行车卖掉。那时西方国家的这些日用百货在上海已经断档十多年了。商店里那时出售的自行车都是国产的永久牌，马路上要是有一辆英国兰铃自行车出现，一般不是四十年代进口的老车，就是海关没收的处理货。不知道尤医生那辆很新的兰铃是不是有亲戚从国外回国带进来的。那时，我大儿子胆子很小，不太敢骑自行车，所以对这辆车不感兴趣。但我小儿子已上中学，每天要走好几站路去上学，他一直想要一辆自行车。我们就向尤医生买了，记得价钱不便宜，比国产的要贵好几倍。那辆自行车当时在上海要算很招摇的奢侈品了，骑在路上很引人注目，好像现在在街上开一辆法拉利跑车一样。我小儿子一直骑了很多年，此车后来被人偷走。

还有一次，好像已经进入二十世纪六十年代了，尤医生问我们要不要买冰箱。1951年我们大家庭分家时，大家庭的几台冰箱由三房人家平分了，我们分到两只很旧的冰箱：一台是非常老式的、要将买来的大冰块放进去才能起冷藏作用的老冰箱，后来市面上根本买不到冰块，就无法使用，成了废物；还有一台大冰箱也很旧了，开起来噪音很大，冷冻效果不佳，我们也很少使用。而当时在上海，像自行车一样，也不再进口美国冰箱了，而中国那时还不能自制冰箱，所以现有的冰箱坏一台，市面上就少一台。尤医生说，那台冰箱是他认识的一位外国老太太的。那位外国太太要回国了，所以要出售冰箱。我们去一看冰箱不大，是美国的牌子道奇牌子，还算新，就买了下来。谁知搬回来一清洗，发现冰箱顶面一块平的盖板下面，藏满黄色的小蟑螂，看得我汗毛直竖！后来让用人们手忙脚乱地喷洒药水、用清水冲洗，好不容易才消灭干净。这台冰箱用起来倒一点没有问题，我们一直用了很多年。

这两件事虽说与医生看病毫无关系，但是从中也可见那时私人医生与病家的关系。[1]

（九）

我们最晚认识的上海私人医生，是针灸医生陆李怀（汉字可能有错）、内科医生周颂康和神经科医生曾经臣三位，都跟我丈夫1965年12月26日突然中风有关。

其实，认识周颂康医生还在我丈夫中风前好几年，记得是一位我们叫她朱小姐的护士介绍的。朱小姐的父亲叫朱勤荪，是上海丝织行业的大资本家，开过丝织厂，与我们家是同行，而且也住在江苏路，本来大家就认识。朱家有一男二女，朱小姐是老大，下面两个与我孩子还是同学。朱家长女朱小姐医学院毕业后，不愿去外地，就在家里待着，那时在家闲着无事，她就上门替熟人打打针，收取一点服务费，也有点事情做做。当然，对医学院毕业生来说，这是大材小用了。我们就是她上门来打针的熟人之一。那时，我常有这个那个的健康问题，医生建议打一些增强体质的补针，如B_{12}、球蛋白什么的，所以朱小姐三日两头会上门打针。打好针就坐着聊天，谈社会新闻、谈熟人、谈她父母弟妹等，有时可以谈一两小时。

---

[1] 整理到母亲为我和妹妹盲肠炎开刀而担心的事，又想到她自己最后却因盲肠炎开刀延误而去世，就十分难过。其实，母亲二十多岁时打开过腹腔，取出一个大卵巢瘤；六十多岁时又打开过腹腔，割掉子宫。在动两次大手术时，完全可以请医生也顺带割掉盲肠，以免后患！现在想来，却已经后悔莫及了！再过四天，即母亲去世六周年。——徐家祯注

我们到上海后，有了病，一般都去请教我们认识多年的吴烈忠、汤书年和江秉甫三位医生。但吴医生于二十世纪五十年代中期自杀；而汤书年和江秉甫则是我上辈人，越来越老迈、过时了，所以我常感到有了病痛无处可以咨询。一次，在闲谈中跟朱小姐谈起此事，朱小姐就介绍了他们家常看的周颂康医生。就这样，我们一直看周医生看到私人医生诊所取缔为止，他是我们1949年后看得时间最长，也是最后的一位私人医生了。

周颂康医生是美国医学博士，内科和心脏专科。周医生诊所有心电图设备，而我从年轻时就有心脏阀门闭锁不全的症状，所以常去周医生诊所做心电图检查。我们认识他时他大概五十多岁吧，中等身材，戴一副眼镜，穿一套干干净净的人民装——因为那时，上海已经没有什么人再穿西装了——说话有条有理、慢条斯理，十足一副医生的样子，使人觉得很可信。听人说，他不知什么原因割掉过一只肾，但我们看不出他有什么健康问题。

周医生诊所和住家都在一起，设在北京西路常德路附近一座新式公寓里，房子建得很考究，是上海二十世纪四十年代后期建造的一批质量较好的西式公寓住宅。那时北京西路一段既无商店，车辆也不多，十分安静。记得他家好像有四个卧室吧，客厅以一排上面玻璃、下面木板的墙壁一隔为二：前面一条窄的，较小，做诊所；后面一块正方的，较大，做候诊室，里面有沙发、小桌、摆设，布置得很高雅、整洁。一般是他太太做挂号之类的杂事。有时他太太不在，一位替他们做家务的阿姨也会帮忙挂号。

因为常去找他看病，也请他出诊，所以彼此就熟悉了，如同朋友一样，看病除了谈病情，也聊家常，谈笑风生。他太太也常来参加谈话。记得他还有个儿子，跟我大儿子差不多年纪，在市西中学念书，是否还有女儿就记不清了。

我丈夫中风送华山医院医治，住了一个月，情况稳定就出院了。回到家中，把楼下大书房改成病房，从我丈夫堂弟那儿借了一张可以摇动的病床来。除了请两位特别护士日夜看护照料外，还请了一位男用人老李来帮助我丈夫活动手脚、练习走路。除了护士和老李，每天还有三位医生轮流上门诊治，其中一位就是周颂康医生。他负责内科药。

我儿子文章里说，那时真是病急乱投医，的确就是这样。有时，一位医生还没有送走，另一位医生已经在敲我们后门了；有时一位医生还在看病，另一位医生已经来了，只能请他先在客厅坐一会儿！我也被家里这种混乱的场面弄得精神不安，失起眠来。此时，"文革"在社会上风起云涌，但大家不知道这会影响到我们的命运，以为与普通老百姓无关。所以我们只管关起大门来，忙活我们的疾病。直到有一天，我们差老李到周颂康医生家去请他出诊，老李回来说："周医生说的，今天开始，全上海私人医生都停止开业了，他也不能再来。"直到此时，我们才知道局势严重起来了。从那天开始，连我们请的特别护士都不来了。

不久，我们从朱小姐口里知道，周医生也被抄了家，还被扫出那套公寓，住到另一套小房子去了。我们七十年代后期才去探望他的。他说他现在每天上午在某联合诊所上班，下午在家休息。那时，他已经七十岁左右了。我和丈夫还去他的联合诊所看过几次病。有一天，我丈夫在路上遇见周太太在锁店买锁，她说："周医生已退休了。"还说，他们就要搬家，并把新地址也告诉了我们。可是因为路远，我们后来就再也没见过周医生夫妇。现在想来，他们不会在人世了吧。

（十）

我丈夫中风后几乎每天上门的医生，除了周颂康以外，还有一位叫陆李怀，是针灸、推拿专科的中医。我们家对中医不太相信，所以平时基本不看中医。现在我丈夫得了重病，只好病急乱投医了，不管中医、西医，只要是能看好病的，一律请上门来。请陆李怀医生来，是给我丈夫推拿失去知觉、不能动弹的左半身，还为他扎针灸。陆医生父亲是陆瘦燕[1]，那可是上海滩上大名鼎鼎的针灸医生，算第一块牌子了！1966年，大概老陆医生已经年迈不能出诊了，于是请儿子出诊。小陆医生长得短小精干，人不高面目清秀，话不多，我们也没有上门去看过他，跟他不熟。私人诊所被勒令关闭后，陆医生也就不再上门来了。

上门来看我丈夫的最后一位医生叫曾经臣，广东人，五十多岁，黑黑高高的个子，是神经科专家，好像也是外国医学博士。我已经忘记是谁介绍的了，很可能是周颂康医生。

之所以请曾医生上门看病，是因为我丈夫中风后就患了严重失眠症，晚上睡睡醒醒，无法安眠。他每晚都要值夜班的护士看着钟，等他醒来告诉他：刚才睡了几分钟或者几个钟头。要是第二天早上把睡着的时间加起来不到六个小时，他就整天坐立不安，情绪十分烦躁。于是，我亲自去曾经臣医生的诊所找他。记得他诊所在一栋大楼的二楼。我把我丈夫的病情告诉他，请他出诊。他当天下午就来了。我看到曾医生一边用手给我丈夫按摩手足各个部

---

[1] 陆瘦燕（1909—1969），江苏昆山县人。出生于上海市嘉定西门外严庙乡一个针灸医师家庭。其父李培卿，育有6子2女，陆氏排行最小，因出嗣陆门，故改姓为陆，迁居昆山。陆氏幼年精读《内经》《难经》《针灸甲乙经》《类经》《针灸大成》等书。他勤练书法，字体苍劲有力，自成一格。

陆瘦燕先生是我国现代著名针灸学家和教育家。他少年时随父习医，得其真传，18岁即在上海悬壶济世，因针刺沉疴，屡见奇效，求治者络绎不绝，成为一代名医。他开创了针灸实验之先河，还开办了"陆瘦燕朱汝功针灸学习班"，在国内外针灸界颇具影响。"陆氏针灸疗法"已被列为"上海市非物质文化遗产名录项目"。

位，一边与他用广东口音很重的上海话闲谈。我知道这是一种精神疗法，目的是要病人神经放松。以后，曾医生每隔一两天就来看一次。曾医生见到我子女，也必告诉他们：时常给你们父亲做做按摩，使他神经、肌肉都放松下来。

然而，曾医生开的安神药却并不见效。后来，他想了一个办法：他仍旧用原来的安神药，却换了一个新名字，以为我丈夫见到换了一种新药，会增强安神、安眠的信心。谁知我丈夫服药前要看药瓶，他一看配方，就知道医生是换汤不换药，于是还是没有什么效果，弄得曾医生黔驴技穷起来。现在我想，私人医生大多胆子较小，不敢用重药，生怕万一出了医疗事故，要吃官司。记得二十世纪六十年代中期，我也患有很严重的失眠症，那是因为我的独生女儿考取西安交通大学，要去西安上学了，我很不安。周颂康医生给我开的安神药，吃来吃去也没有什么效果。后来，我大儿子大学同学沈宗洲介绍他的一个朋友，是上海精神病院的医生，给我看病。他开的药与周颂康医生开的基本一样，但是量要大几倍。我服后不久就痊愈了。我想曾医生的药不灵的原因，大概就在于此。

我没有去过曾医生家，但有一次差我们的男仆老李去他家取药方，老李回来说曾医生家是一栋花园洋房，怎么怎么漂亮。老李怎么说的，现在我当然已经记不清了，只记得他说曾医生的那张书桌不是普通长方形的，而是腰圆形的，非常别致。

当然曾医生后来也如同别的私人医生一样，不能再开业了，我们也就不知他的情况如何。一天，我大儿子去外滩看大字报，忽然遇见曾医生从对面朝他走来，神情十分忧郁的样子。他对我大儿子说，他曾到我们家门外去过，看见贴满了大字报，就不敢进去。我大儿子告诉他：我们已经不再住在老房子里了，所以即使他进去也不会找到我们。曾医生又说：他们家也被抄了，存款也被冻结，以后不知怎么过日子。自此以后，我们就再没见过曾医生。还是周颂康医生告诉我们：曾经臣医生已经在那时自杀了。

关于我看过的沪杭私人医生的琐事，到此写完了。似乎以前的私人医生都是很有医德的好医生，其实并不尽然。最后，也来写一个骗人、害人的坏医生，不过这不是我的亲历，所以细节就记不清楚了。

我丈夫的一个堂妹嫁给上海某位极为知名的大资本家。大约在1948年至1949年的光景，她婆婆得了重病，可能是某种癌症吧。这种重病，在当时是没有什么办法治愈的。他们看的那位医生——当然也是上海名医之一——知道她家有钱，就想方设法骗他们的钱了。癌症病人到了晚期，一定会有种种疼痛和不适出现，医生就给病人打吗啡，但是不告诉病人的家属打的是吗啡，而说这是美国进口的特效药，很贵。具体多少钱，现在我已经忘记，但那时中国的金融市场已经十分混乱，所以进口药是以金条计算的。吗啡是麻醉剂，一针下去，病人当然感到十分舒服，于是就真的相信这位医生医术高明，也相信这种特效药效用神奇。然而，吗啡是毒品，多用会上瘾的。所以不久，普通的剂量不起作用了，医生只好加大剂量，药钱自然也会按量上涨。到了最后，即使用到最大剂量，也已经对病人不起作用了。于是，医生干脆用蒸馏水代药给病人注射，但还是骗病家说打的是美国"特效药"，照样收金条做药费。最后，病人就不治而死了。

至于这个骗局是怎么戳穿的，我现在已经忘记了。事情败露之后，我丈夫堂妹的婆家当然上告那个害人的庸医。当时，我丈夫是上海地方法院的检察官，所以他们家几次来与我丈夫商量怎么上告。最后，当然是医生被判刑。这个案子，我记得那时在上海算是一则很大的社会新闻。我丈夫堂妹现在还健在，她一定能把此事说得比我清楚得多。不过，即使就从我说的故事梗概，亦看出以前社会上也是有骗钱、害人的庸医的。

二十世纪前六十年我在杭州、上海看过的各种私人医生的琐事，拉拉杂杂地谈完了。我把这些琐事写下来，或许还有一点历史意义。而对晚生者来说，看到这些琐事，也就好像看"天宝遗事"一般新奇吧！

1999 年 7 月 14 日

写于澳大利亚南部绿陂寄庐

2011 年 2 月 17 日

重新整理于刻来佛寺新红叶山庄

肆拾捌章
奶婶婶

从前大户人家生儿育女，不论自己有奶与否，总要请奶妈在家里给自己的子女吃奶，直到二三岁才断奶。主人对奶妈的待遇要比一般的女用人丰厚几倍，对奶妈的称呼也各有不同，有的称为"奶婆"，有的称为"阿妈"，有的称为"奶婶婶"。奶妈则称吃奶的小主人为"吃奶儿子"，意思是把他当作儿子来对待。小主人则称奶妈为"姆妈"，也是把她当作妈妈的。

奶妈总是由熟人或荐头店（即介绍用人的职业介绍所）介绍来的。奶妈离开自己的孩子、家庭出来给人喂奶，无非是因为经济困难。奶妈把自己的孩子交给娘或婆婆带领，她就可赚点钱补贴家用。另外，当时一般人家都没有避孕条件。离家几年，与丈夫分离，就可以不生育而减少养育孩子的经济负担。

所以奶妈离家出来喂奶，都是夫妻俩下了决心的，讲好要在主人家住满几年才回去。主人家大多在介绍人介绍成功之时要奶妈立一张契约，写明在孩子断奶之前奶妈不可回家。当然，主人对奶妈的待遇也要在契约上写明，比如，每月给奶妈多少工资；主人还要先做春、夏、秋、冬四季的衣服送给奶妈；在孩子百日、断奶、周岁时，主人再要送奶妈衣料或衣服，以及金银饰物，也要付奶妈双倍的工资等。在契约上也写明：平时奶公（即对奶妈丈夫的尊称）可以来主人家探望奶妈，但不能同房。

有的奶妈与主人或孩子的感情很好，在孩子断奶之后再继续将孩子带领下去的情况也很常见。如果这样，那么等小主人结婚举行婚礼时，还要请奶妈坐上座，并送她一笔丰厚的礼物，以感谢她把孩子领大的功劳。但在断奶之后，平时对奶妈的待遇就跟别的用人基本一样了。我母亲说：我们兄妹三人的奶妈在给我们喂奶时每餐都要给她添鱼、肉、蹄髈等菜，下午再给她吃肉汤面作为点心，使她奶水增加。但断奶"干领"之后，就只是工资比别的用人多一些，一年三节的赏金也比别的用人高些而已，吃饭则跟别的用人同桌了。我弟弟的奶妈在弟弟断奶之后就一直在我家，做到弟弟十岁。有时奶公从乡下出来，说家里要修房子或田里要下种，向我父母借钱，我父母就给他一笔钱，算是送奶妈的礼了。而奶妈回乡时，则带些土产来给我们，算是表示感谢。其实，当然她也知道我父母一定又会加倍还她钱的。

我母亲曾告诉我，家里有一本孕妇看的书，叫《达生篇》，内容是说孕妇在怀孕时可以做什么，不可以做什么。等我第一次怀孕时，母亲就将这本书给我看。书上说，孕妇不可看不好的东西，不可听不好的话，以免影响胎儿。比如，书上说，一切不雅的形象都不能看：孕妇看了兔子，孩子就会有兔唇（即先天性的唇裂）；看了乌龟，孩子就会成驼背。书上还说，孕妇要清心寡欲，心情愉快。我看了十分相信。

我丈夫则买了十几本新式的育儿书给我看，要我学。我觉得书上说的总不会错，就一本正经地照做。比如，我记得书上讲：孕妇的奶头每日要用酒精、甘油擦两次，使奶头的皮肤变老，于是奶管就会畅通，将来喂奶时皮肤不会破，也不会生奶疖。书上也说怀孕期最好多听音乐。反正我头三个月反应很厉害，胃纳不良，终日无力，躺在床上，就一面看育儿书，一面听西方音乐、歌曲。书中又说了很多婴儿吃母乳的种种好处。于是，我就一心想等孩子出生后不怕辛苦，自己喂奶。

可是，天不从人愿。孩子生出后，我发现我是"漏奶"，也就是奶水平时都流掉了，最多只能挤出半两。于是只能再加美国货的克宁奶粉给孩子吃。

我每次生产，都先请一位特别护士来照顾我和孩子，直到找到奶妈为止。我丈夫特地去买了一架英国货的磅秤，每次给孩子喂好奶，就由特别护士磅一下孩子的重量，在本子上记录下来，看看孩子长得多快。我从特别护士那儿也学到了许多育儿知识，比如，知道了喂奶时要不时让孩子扑在母亲肩上，在孩子背脊的下部轻轻拍几下，使孩子打几个大嗝，然后才能继续喂奶，否则孩子会呕吐。如果躺在床上，婴儿还会将奶水吐出，这样就会有危险：如果奶水流入耳朵，孩子会得中耳炎；如果奶水流入气管，孩子还可能会被闷死呢。护士又告诉我，婴儿洗澡时，可用大人的手肘去试冷热。

护士说，婴儿吃了好的母奶，一天可以长二三两；我的奶有名无实，加了克宁奶粉，一天只重一两。我大儿子是不足月出生的，早产四十天，生下只有四磅半重，到五个月大了，头还竖不起来，而找奶妈却一时又找不到。

原先，我以为奶妈随时可以找到；等我有了孩子，才发现找奶妈原来那么难。好不容易，我总算在中人店里找到了一个三十岁左右的奶妈。她是第二胎生产刚三个月，奶头墨黑，奶水充足，我觉得很满意，就请她带了她的婴儿来我家住三天，看她喂奶的情况。每次看她喂奶，孩子都可以吃一百多口。她的孩子吃奶时常常嘴边溢出奶水来，说明奶水不但多而且急，孩子来不及咽下去。于是就正式雇用了她。她要求把九岁的一个儿子也带在身边，我们答应了。我们先付她三个月的工资，与她签了契约，说好吃到我大儿子周岁才回去，并答应在断奶、周岁等时候送她东西和双倍工资。她和丈夫都十分满意。于是她丈夫带了他们的婴儿就回去了。

开始，我大儿子吃了奶妈的奶一天真的可以长三两重，我们全家都非常高兴。可是好景不长，因为她丈夫每隔几天就要来我家，要求见那奶妈。见面之后，两人就为家里的事而吵吵闹闹。不到半个月，我们已经把答应给她的一年四季的衣服都做好给她了，她丈夫忽然来我家跟她大吵起来。从门房进来以后，奶妈就气得发呆，饭也不吃，话也不讲。不久，她的奶水就减少了，而且大儿子的大便开始发绿。这说明奶妈心神不定，所以奶水的质量就差了。我们对奶妈好劝好说，希望她安下心来，却没有用。最后，她提出想回去了。当然，她订了契约，也拿了三个月工资和四季衣服，我们完全可以不同意她回去。但如果奶妈心神不定，奶水不好，我孩子吃了也会有害无益，所以我就同意让她回家了。幸亏那时特别护士还在，就仍让护士喂孩子克宁奶粉，四处托人寻找奶妈却不得合适者，最后只好登报。

我生大儿子以后，我丈夫每天记录小孩的情况，一直记了一两年，共有大小三本日记本至今由大儿子保存着。我找出来看，那时寻找奶妈的广告还在，现抄录如下：

"征奶妈：廿五至三十岁，身健，乳足，貌端美；须医验体格及血；有殷实铺保者。上午九时抱婴儿到××路1017号××路口徐宅应征。"

这个广告分别登在上海当时的大报《新闻报》和《申报》上，因此每天总有一两个奶妈来应征，但是竟没有一个合适的：不是奶水不足，就是她自己的孩子月份已经太大了。记得有一个奶妈来应征，产后只有几个月，丈夫已经去世了。她拿出丈夫的照片给我们看，当即流下了眼泪。我长辈认为这种心酸的奶，孩子吃了不好，我只好不雇用她，但心里为她难过，所以过去五十多年了还是记得。

最后来了一个年轻、貌端、奶足，而且产后不久、信基督教的奶妈。她带了孩子来我家住了几天试看，双方都很满意。于是也付给她三个月工资，签了契约，留下正式雇用了。她的孩子则由她丈夫抱回。谁知吃了几天奶，她又呆若木鸡起来。问她原因，她说想念自己的孩子。我觉得我对自己儿子这么宝贝，让人家把孩子扔在家里不管，实在于心不忍，就对她说：

"你既然想念孩子，就回去吧。三个月的工资不要你还了，衣服也送给你好了。"

于是，她当天傍晚就走了。但到了晚上，她的姑娘将她又领了回来，对我们说：

"我们全家都是信耶稣的，不可以白拿人家的钱。既然她已经拿了你们三个月工资和衣服，就让她喂完三个月奶再回去吧。"

我想，如果硬让她在这儿三个月，她心中会多么想念她的孩子啊！于是我对她姑娘说：

"我也有孩子，将心比心，让我的孩子强抢别人孩子的奶吃，我于心何忍？至于工资和衣服，送她算了。你们不必计较。"

奶妈和她姑娘几次推让，见我坚决不要，遂再三道谢而去。

后来，又由人介绍来一个奶妈，奶水不多；看奶头，不像新生孩子的。但想想找个奶妈实在困难，况且我的孩子已经五个月了，按妇科医生指示，除吃克宁奶粉、葡萄糖、鱼肝油及钙片外，已可吃蛋黄泥拌的粥。虽然这奶妈奶水不多，但可以加吃奶粉和粥，也就够了。于是就正式录用她。

孩子吃了那个奶妈的奶，就不肯再吃粥。我每天只好想尽办法骗他多吃一点。比如骗他说飞机来了，等他一抬头，我就忙塞一调羹粥在他嘴里。这样半骗半哄吃下去的东西当然不多，但也好过仅吃奶粉。过了半个多月，孩子的头就能竖起来。大家都说："这要归功于人奶的好处！"

这个奶妈一直喂奶喂到我大孩子周岁。一天，奶妈将她自己在用的牙签拿给那个还不会说话的孩子玩，孩子把牙签吞了下去，卡在肛门里。奶妈怕担负责任，竟然瞒着我们，直到看到孩子已有生命危险才说出来。幸亏吴烈忠医生伸手到肛门去摸，才把牙签拿了出来，避免了一场大祸。当然那个奶妈也就此辞掉了。那时我大儿子已可断奶，所以不用再请别的奶妈，就请了一位曹师母来带领他。

我的第二个孩子是女儿，也是登报找的奶妈。那位奶妈是苏北人，三十岁左右，生产不久，奶水多；身材高大，面孔方正，性格开朗直爽，脸上常带笑容，只是有时要与带领大儿子的曹师母及别的用人发脾气。大家看在她是奶妈的面上，都对她礼让三分。

我的女儿因为吃了奶妈的奶水，所以长得很结实，脸圆圆的，剪了一个童花头，像日本小孩一样。妹妹很凶，有时还要欺负比她大一岁的哥哥。哥哥发起脾气来也要打她，她打不过就哭，两个孩子整天吵吵闹闹的。那时，我丈夫已经买了一个小的电影摄影机，把两兄妹的活动拍摄下来，其中有一段就是他俩吵架的镜头，直到现在还保存着。

这个奶妈喂了一段时间，一天，奶公忽然打电话来说他们寄养在别人家里的女儿不幸去世，叫我不要告诉奶妈，以免她伤心。我听了心里非常不安，于是叫他下午两点到我家来，但不要让看门的说是他来找我，以免让奶妈知道；而我派用人去门房关照好。下午，看门的水金师傅把奶公领到大厅里坐着，再来通知说"有人来找"，我知道奶公来了，连忙下楼去见。我一面安慰奶公，一面向他表示歉意，因为是他妻子来照顾我的孩子才使他们自己的孩子发生意外的。我把准备好的一笔钱交给他。他再三道谢而去。奶妈一直不知道这件事。

等我女儿周岁时，她说要回家去看她女儿。我只好答应，并让奶公来接她回去。在他们坐三轮车回去的路上，她丈夫只能说了实话。奶妈气得在车上就跟她丈夫扭打起来，三轮车夫只好停车劝架。下午，奶妈又回到我家，把情况告诉了我。好在她已有子女数人，死的是最小的女儿，也就宽心了些，只说了一句"以后再来过"（意思是"将来再生一个"），就又平复如初了。

这个奶妈的丈夫是救火员。她告诉我，那时发生了火灾，救火员先抢室内值钱的东西，等抢得差不多了才救火。后来我女儿周岁断奶、奶妈回去之后，她还常常来我家探望我们，并将丈夫救火时分得的力士肥皂等实用品拿来送我。我当然不能白拿她东西，就以几倍的钱回她，还送她小孩穿过的旧衣服之类东西。

1950年，我丈夫被派到北京新法学研究院学习。我因杭州的老屋要出售了，赶去整理物品。我女儿的奶妈来上海我家看我们，只见到我的二叔婆，在她那儿吃了一顿饭就走了。可能二叔婆没说清楚我们去北京、杭州只是临时的事，她以为我们搬去外地定居不再回沪，从此就没有再来看过我们。

我在怀第三胎时已留心物色合适的奶妈了。那时，大家庭中常有一个四十岁左右、面貌端正的女裁缝轮流给各房做衣服，每天早出晚归，我也请她来做过。一天，我发现她肚子有点大，和她随便闲谈，知道她也怀孕在身，产期比我晚一点。我问她以前产后奶水多不多。她说，奶水很多，孩子吃不完。我又问她，生产之后是否自己抚养孩子。她说，要将孩子送人，自己找一家主人做奶妈。我从别的用人那儿知道，那女裁缝的丈夫两年前已去世。她有两个儿子，都已长大成人：一个是红帮裁缝（上海叫西式服装的裁缝为"红帮裁缝"），一个是外国铜匠（即会开西式门锁的铜匠）。这次怀的是跟人同居所生的孩子。她既然没有告诉我详情，我当然也不便点破她。不过，她想当奶妈的意思我听了正中下怀，就问她愿意不愿意来我家当奶妈。她一口答应。因为我比她早生几个月，就说好先请护士喂孩子奶粉，等她生产了来喂奶。就这样说定了，我也放下一件心事。

女裁缝的孩子满月以后，她如约前来。验过身体，一切正常，就给我第三个孩子喂奶。果然那奶妈的奶水很多，我的孩子一天重二三两，几个月就长得又白又胖，头重得抬不起来，两只小脚胖得连袜子都拉不上去，只好穿到脚背。大家见了称赞说："好白相！"（上海话："有趣""好玩"的意思。）

孩子周岁断奶，我请她继续做下去，平时常送她各种衣服、衣料，还把零碎的花缎送给她做拖鞋。一天，她在附近学校做校工的后夫来看她，看见她穿着花缎拖鞋，以为她有外遇，跟她发生口角。不久奶妈跟这人断了关系，对我说，想回乡下去了；以后如来上海，希望能再来我家。我一口答应。但她一去之后就音信全无。我写信给她，也不见回信，不知出了什么事。

我第四个孩子的奶妈，是我母亲在杭州托人找来的。她是湖州人，二十四岁，生第二胎，丈夫是法院的录事，有文化。这位奶妈相貌清秀漂亮，可算是四个奶妈中最漂亮的一个了。她把自己的女儿寄托在杭州邻居家中。我母亲常去看望那个小女孩，我哥哥还拍了小孩的照片寄给奶妈看。

这奶妈奶水多，人很稳重，不苟言笑。喂了五个月奶，我的孩子长得十

徐家祯幼时在上海中山公园（约摄于 1944 年）

分结实，虽不及我第三个孩子那么胖，但从来不生病。到孩子七八个月时，她丈夫调到汉口工作。有一天，他来信说全身生了湿疹，寝食不安，要奶妈回去服侍。奶妈知道了很着急，不知为什么会病得这么重。我丈夫知道了，说，他汉口法院有认识的人，打个长途电话即可清楚了。谁知对方说，奶妈的丈夫平安无恙，一点病也没有。我们才知道是他假病，想妻子回去。奶妈也笑了，就此放心。

过了几个月，阴历十二月廿九小除夕，她丈夫忽然驾到，带两瓶青梅酒及一包点心来送我们，要求接他妻子回汉口去。当时内战局势日益紧张。奶妈丈夫可能怕打起仗来两人失散，所以要那么匆忙地把她带走。虽然这种突如其来的举动完全违反做奶妈的常规，但我想孩子已经十个月了，平时早上已加吃米粥；按照妇科医生的看法，小孩吃奶的时间太长并不一定对身体有好处。于是就同意奶妈丈夫把她接回去。

奶公当天就去买了火车票，准备先回杭州接了两个孩子，再一起去汉口。他们在我家住了一夜，我把他们当作客人来招待。奶妈走时我送了她很多礼物，车票钱我也替他们出了。大年三十，我就给小儿子断奶。幸亏那小孩很乖，断奶时没有哭闹。一个月后，我找到了保姆，就让保姆带领了。

以前，家里没有钱请奶妈的女人可能认为，有钱人生了孩子有奶妈可以照看孩子，一定是很幸运的事。其实，根据我的经验，找奶妈真是不容易啊。我自己没有奶，但又不能少生孩子，因为在大家庭里生活，只生一两个孩子就不生了，会被人说闲话，所以，生孩子也是一件苦事。我生了四个小孩，终于下决心不生了。

当然，从奶妈的角度来说，因为没有钱而生了孩子自己不能亲自喂奶，却狠了心把孩子交给别人照管而去给别人的孩子喂奶，这也实在是很不人道

奶妪妗

高诵芬与家和在上海戈登路家中阳台上
（摄于 1943 年）

抗战时母亲及外孙家祯在上海戈登路徐宅院中
（摄于 1942 年）

保姆曹师母与家祯在上海戈登路家中（约摄于 1943 年）

的事。随着时代的进步，如今"奶妈"成了历史名词。现代社会里，再也没有人肯去当奶妈了。我上面所讲的事情就成了一段历史陈迹，现在的年轻妇女是无法体会的了。

高诵芬作文

徐家祯整理

1995年9月21日

于斯陡林红叶山庄

肆拾玖章
阿四老太

俗话说:"一旦权在手,便把令来行。"就是说有些小人一旦得志,就会利用手头仅有的一点权力为所欲为、趾高气扬。阿四老太就是这样一个小人。

1966年11月4日下午,我们全家搬进了附近一个弄堂房子的朝北后间。[1]

这条弄堂的房子并不差,是二十世纪三四十年代一个姓宋的资本家造的。全弄堂有十几栋独立的小洋房,除了进门左手那几栋房子比较大,与其他的房子不同外,其余的几栋都是单开间两层楼的,有一个小花园,与较大的那几幢成"T"字形分两边排列,每边两栋,一共三排。原来,这条弄堂在上海也算是中上层阶级的住宅区,住户不管是自己拥有住房还是租用,大多不是资本家就是知识分子。每栋房子只住一户人家,因此,整条弄堂也就安安静静、干干净净的。

---

[1] "文革"期间,我们被当成资本家,生活也经历磨难,被迫搬了家。

该弄堂的房子在1956年由房管处接收了。上海房屋紧张，房管处不断将一家家人地塞进每栋房子里去，于是每一门牌之内就都有五六家人居住了，整个弄堂的人口渐渐多了起来，什么样的人家都可以找得到。

在上海，一般好一点的弄堂都有一个看弄堂的人，那条弄堂的看守人姓高。弄堂底里有间小屋子，就是归高姓看门人住的；弄堂口也有一间木板房，归他值夜时住。那个看门人倒还有大小老婆：大老婆住在乡下，没有生过孩子；小老婆跟看门人在上海弄内同住，生了一个儿子。后来，小老婆先死了，儿子结了婚，占用弄堂底里的屋子；老头就把乡下的大老婆接出来，住在弄堂口，代替他看弄堂，自己就退休了。可能那个看门老头叫"阿四"，于是，大家就把他的大老婆叫作"阿四老太"。

阿四老太是个"大块头"（上海话："大胖子"的意思）。身体像以前上海修马路时盛柏油的圆桶。她常常喜欢两手叉在腰间站在弄堂门口，很像俄文字母的"Φ"。有时也一手叉腰，一手指指点点地讲话，于是看起来又像一把大茶壶！不知道是因为她的腿脚有点毛病，还是因为胖，阿四老太走起路来脚有点跛的样子，身体一摆一摇，像在划船一样。她的嗓门很高，讲起话来全弄堂都可以听见。

不要看阿四老太是个目不识丁的乡下人，她倒是个很善于见风使舵、懂人情世故、能察言辨色的大角色。比如，作为弄堂的看门人，除了看门外，主要的工作是打扫弄堂。但那时这条弄堂有我们这班"牛鬼蛇神"每天扫地已经绰绰有余。尤其随着被揪出来的"牛鬼蛇神"越来越多，扫弄堂这点工作简直是人浮于事。阿四老太成了扫弄堂工作的"领导"，自己不用动手。但她又不能白拿了钱不做事，于是，就管孩子。每逢看见弄堂里有孩子在捣乱，比如扔垃圾什么的，她就用高音喇叭那样的嗓门骂街，一骂可以骂一个、半个小时，骂得全弄堂从头到尾每家每户都听见。大家都知道这是阿四老太在履行看弄堂的职务了。

按上海一般弄堂的规矩，弄堂看守人的工资是按户支付的，比如：每户两毛钱，每月十五日由看守人一家家去收。于是，每到十五日这天上午，我们总能听见阿四老太在一边骂、一边扫，从弄堂口一直扫、骂到弄堂底。我们也不知道她是在骂孩子，还是在骂哪家人家门前、门后不干净。反正，我们都知道这是阿四老太在告诉大家：她正在履行她的职务，现在我们应该付她的工资了。我们刚搬进去还不清楚，后来，不用看日历，只要听见阿四老太在骂街、扫地，就知道每月十五日又到了。

虽然扫弄堂这个职位真是在百行百业中再低微不过的了，但在派出所、里弄居委会看来，却也有其重要性：因为她是全弄堂的耳目。每个从弄堂门口进出的人都逃不过她的眼睛；弄内发生了什么事也躲不过她的耳朵。据说，弄内有几家人家之所以抄了家，就是因为得罪了阿四老太，她在里弄干部那里"戳了壁脚"（上海话："在背后讲别人坏话"之意）。但那时我们还没有搬进那条弄堂去，不知这样的传说是否可靠。

阿四老太自认为已经重任在肩，大权在握。于是，凡是里弄干部布置下来要大扫除，阿四老太就会上门来通知我，还给我和我的丈夫布置任务：要挖这只阴沟或者出清那只垃圾桶，因为她知道我们是她的指挥对象，不敢说一个"不"字。

我们刚搬进去时，弄堂门口有一扇大铁门，每到晚上就由阿四老太锁起来，直到第二天六点多钟才打开，这是为了晚上的安全。弄内每家都有一把钥匙，可以开那扇铁门，以便万一晚上有事晚回来可以不用敲门喊阿四老太起来开门。我们一搬进去知道了这个规矩，就向阿四老太要钥匙，准备配一把，因为我的两个儿子分别在学校教书和念书，都有可能晚上开会要晚回来。但阿四老太认为我们拿了钥匙晚上会进行什么破坏活动，于是找种种借口不肯给我们配。我儿子有几次晚回来，大铁门已经关了，敲了几下门，阿四老太装作不听见，不起来开门，只好从门上爬进来。后来，儿子光火了，索性半夜三更回家时故意把大铁门敲得嘭嘭响，逼得阿四老太只好寒冬腊月从被窝里爬起来开门。这样几次以后，她觉得不给钥匙反而是自己倒霉，就屈服了。

阿四老太既是里弄的"权力"人物，当然大家不敢得罪她，至少也要当面对她笑脸相迎，叫她一声"老妈妈"。尤其是弄堂里有点政治问题、家庭出身不太硬的人家，都要对她敬而远之，平时以小恩小惠来敷衍她。她也深懂大家的心理，所以就顺水推舟，得寸进尺。比如，每个月十五日阿四老太来讨工资，总在厨房里坐着谈半天，张家长李家短地搬弄一番是非，大家也就应酬应酬她。如果她看见别人家有好吃、好用的，就大大称赞一通，直要说得别人送给她为止。有的人家知道阿四老太有贪小利的脾气，就不等她开口，自己送上门去了。我们同住着的那家，就每做一碗点心都要端出去孝敬阿四老太。她吃了还要在我们面前说他们做得不好吃。

我们一家在阿四老太眼里，大概还是"百足之虫，死而不僵"，日子总归还比她过得好，所以要千方百计占我们便宜。有一次，政府配给皮蛋，每户四只，我去菜场买来。走过阿四老太门口，给她看见了。她就上来跟我打招呼，而且立定了说个不住，还不停地称赞说这次配给的皮蛋如何如何好，一而再、再而三地反复不休。说得我终于心领神会，拿出两只来送给她，她才连忙拿了转身就走！

"红卫兵"大串联结束了，居委会还了我们一些借去的被子和被单，我和儿子去领了回来。走过阿四老太的门口，又被她的一双贼眼看见，跟在我们后面进来，站在我们的窗外开口向我要被单，我当然只好给了她几条。我想：这几条被单真是我家抄去财物的沧海之一粟呢！而在阿四老太看来，真是一笔大财富，她就要眼红分享了。

一年，我第二个儿子和媳妇从外地来上海出差，带来一些土产，当然经过阿四老太门口又逃不过她的眼睛。第二天一大早，她就借扫地为名站在我家窗口，跟我谈个不停，直到我把儿子、媳妇给我的土产拿出来分些给她才走开。

在我们一开始搬到这条弄堂去的时候，阿四老太可能对我们不太了解，于是把我们一家当作"坏人"来看待。后来彼此渐渐熟悉起来，阿四老太看我们和和气气待人，并不像坏人的样子；再加上局势渐渐和缓起来，"资本家的财产终究要发还"的传说越来越多，阿四老太就再也不敢一味对我们狐假虎威了。她要留一条后路，万一我们真的财产发还，重回老屋，她也可以攀上一个富"邻居"。于是，她当面对我们仍哼而哈之的，好像跟我们的界限很清，背后却说几句安慰话，甚至还拍拍马屁。有时我走过她门口，她看看四周没人，就把我喊进她的房里，说张家的坏话、李家的不是，以示跟我亲切。还安慰我说："要想开点，譬如天火烧！"有一次，甚至走到我正在做饭的厨房来对我说："以后你房子发还了，搬回老房子去住，我来陪你去中山公园玩儿。"我当然只好点头敷衍。

再有一次，我走过她的门口，她正在吃炒米粉，见我走来，就招呼我过去，说："这炒米粉真好吃。"说着，用她正在吃的调羹舀了一勺子递过来要我尝尝。我实在感到腻心（上海话："肮脏"的意思），但怕不吃会得罪她，只好硬着头皮吃下去，一面嘴里对她说"谢谢"，一面却恶心得差一点吐出来。

还有一次，我大儿子走过阿四老太门口，她忽然拦住他说：

"你们现在是这样（说着，做出九十度弯腰的样子），过些时候就要这样（说着，做出伸直身子的样子），以后就要这样了（说着，做出仰脸向上、挺胸凸肚的样子）！"意思是说：现在我们低人一等，以后马上就会与别人平等，而将来则又会高人一等了。我大儿子只能笑笑说："不会！不会！"

后来几年局势忽松忽紧，阿四老太的男人阿四也被揪了出来，说他是"资本家的狗腿子"。

阿四一揪出来，阿四老太马上像戳了一个洞的气球，泄了气，顿时威风扫地。平时阿四老太对弄堂里的孩子们很凶，动不动就把他们骂个狗血喷头。现在，小孩子们扔石头的扔石头，骂"老太婆"的骂"老太婆"，一时风起云涌。阿四老太虽然还是回嘴，但已经失去了威势，没有人怕她了。最后，她只好把房门紧闭，躲在里面，不敢随便出来。我看了暗暗好笑。不久，阿四即得了毛病，就此一命呜呼。

不久的一天早上，阿四老太的儿媳走过弄堂口，见阿四老太的门还是关着。打开一看，见她只穿一件单布衫倒在脚盆边上已经不省人事了。原来，据说阿四老太不管天热、天冷，临睡之前都要将上下身洗抹一遍。那天可能正在洗抹，身体出了问题，晕倒在脚盆旁边。因为没有人在边上，就这样冻了一夜。儿媳连忙将阿四老太送到医院急救，她终于恢复了讲话能力。阿四老太告诉儿子：家里还有三百块钱和若干斤粮票，放在何处。不久，从医院回来，她躺在床上不能起来，半年以后就去世了。从此，弄堂门口再也看不见那把大茶壶，也听不见高音喇叭似的嗓子，弄堂里就此变得冷冷清清的。

再过了几年，我们真的搬回了老屋。当然，阿四老太已没有机会来陪我去中山公园玩儿了。否则，我想，她一定会把我们当作她的老邻居而经常来串门。那时，不知她又会有什么戏剧性的表现呢！而我，则一定又只好不断地敷衍、孝敬她一点东西了！

高诵芬作文

徐家祯整理

1995 年 9 月 11 日

于斯陡林红叶山庄

伍拾章
倪兄

倪兄并不是我的亲戚或朋友，他只是我小儿子的同学，只因常常来我家，并且为人随和，跟全家大小都谈得来，所以就成了我们全家的朋友。倪兄当然姓倪，至于叫他"兄"，则跟他的年龄就毫无关系了，只是称兄道弟，表示脱俗而已。

倪兄跟我最小的儿子在高中是同班同学，但是我并不认识他。他说以前来过我家，只看见我丈夫坐在底楼放满了书架的大书房里，自觉低人一等，不敢进来与我们攀谈，只能随着一班同学趸进二楼我小儿子的房间玩儿去了，所以我没有见过。"文革"之后，倪兄家也被抄了家，却没有扫地出门，还住在我们附近，于是就常上门来。那时，我们不但经济上一落千丈，而且政治上更是打到了社会的最底层，威光扫尽，倪兄当然再也不会有"高攀不上"的感觉。再加上那时我们全家都挤在一个斗室之中，他要回避我们也无法回避，于是跟我们就渐渐熟了起来，最后，终究成为大家的朋友。那时我们家好像得了瘟疫，没有人敢上门来与我们交往。倪兄倒成了唯一的常客。

倪兄家被划为资本家实在有点不公。他父亲有一技之长，以前从乡下到上海来时，背了工具挨家挨户给人家修水电、修冰箱，倒真正是白手起家，靠手艺吃饭。后来，积累了一些资本，开了一家修冰箱的工场，楼上就做住家之用。1956年全国工商业公私合营，倪兄家被评为小业主，楼下的冰箱店变成国家的，他们一家五六口人还是住在楼上。"文革"开始，倪兄家还是受了冲击、抄了家。但是实在家里既没有变天账，又没有元宝、金条，只拿去了老母的几件首饰，销毁了几本教会赠送的《圣经》，冻结了几张存单、存折：损失还算不大。只是老母被厂里造反队叫去，说她不老实，受了点惊吓和侮辱；老父减了工资，下放车间劳动，家庭开销受到影响。不过，那时倪兄的哥哥、姐姐都已工作，家里只剩倪兄和他弟弟、妹妹还没工作。

倪兄最大的优点是脾气随和，跟什么人都搭得上、谈得来，所以不管他来我家时我的小儿子在不在，他都可以找到谈话的对象。我的老家是浙江杭州，我丈夫的老家和倪兄的老家都是浙江绍兴，大家的饮食、习俗都差不多，连方音也很近。所以，倪兄跟我就有了共同的话题。

倪兄跟我丈夫本来应该没有共同的话题，但是那时他忽然对"犯罪学"大有兴趣起来，不知是否真如他常说的"有收集信息的癖好"。倪兄知道我丈夫以前做过法官，他便挖根究底地问犯罪学方面的事。于是跟我丈夫就有了共同话题。不过我丈夫当面说倪兄的浓眉大眼、络腮胡子，很像欧洲犯罪学始祖朗勃罗梭《犯罪学》插图中的人物，大家听了哈哈大笑，倪兄却并不生气。

连我同被扫到一条弄堂的三叔公，跟倪兄似乎也一见如故。三叔公那时最关心的是财产、房子何时可以发还，常常一日两次来我家打听消息。而倪兄的家庭也是资产阶级，又被抄过家，于是倪兄就成了三叔公小道消息的来源之一。

而跟倪兄话题最多的，倒是我的大儿子。说起他跟我大儿子的交往，先要说说倪兄的爱好。据我小儿子说，倪兄在中学时最喜欢的学科是英文。不管老师在上什么课，倪兄总"我行我素"，拿出一本英文书来看。我大儿子1980年去美国留学买不到好英汉辞典，倪兄拿了他用过的郑易里编的《英华大词典》给他，只见书页上密密麻麻写了批注，可见他确实下过一番苦功的。于是，同学们给他取了一个绰号，叫"洋孔乙己"。"孔乙己"是指鲁迅小说中满口"之乎者也"的人物，而倪兄则满口"ABCD"，就得了"洋孔乙己"的雅号。那时我大儿子从学校一回家，就埋头于翻译英文诗歌、散文，每天弄到深夜。倪兄跟他就有很多共同语言。后来我小儿子下乡去农场，倪兄就来找我大儿子了。有一时期，倪兄闲散在家，几乎每天都要来我家谈话。有时深更半夜，我和丈夫都已睡着，倪兄在我们后间的窗外夹弄里"笃笃"地敲几下窗子，还在伏案看书的大儿子就轻轻去开门。倪兄进来以后，他俩就谈文学、谈音乐、谈英文，一直到深夜。书桌上点着一盏小灯，一室之内，他们谈他们的，我们睡我们的，大家各不相犯，倒也安然自得。

"文革"开始时，倪兄和我小儿子都正读完高中二年级。后来，学校停课"闹革命"，他们就没有机会读完高三。1969年，知识青年上山下乡，中学毕业生是动员的主要对象。我小儿子想，他的哥哥姐姐中虽只有一人在上海，但都大学毕业分配在国家单位，我们家出身不好，他一定躲不过上山下乡的命运，还不如自己主动报名好。于是，他在全班表示愿意到上海近郊农场去，班主任当场批准，还表扬了他，其余同学包括倪兄在内，总抱有幻想，想观望一下，结果连上海近郊农场也轮不到，只好去了江西、安徽、云南或黑龙江插队。倪兄就这样到了江西南丰。

在江西插队五六年，倪兄吃了些苦头。后来大部分青年找种种借口回了上海；找不到借口的也赖在上海，不再愿意去农村吃苦。倪兄有一时期也这样游手好闲地待在上海家里。那时,他常常跑医院检查身体,最好能量出血压升高,照出肺部穿孔,查出胃膜流血,可以名正言顺把"病退"资格捞到手,将自己调回上海。

大概也就是在下乡无路、上调无门的最艰苦阶段,倪兄有一朋友给他画了一张油画小像,他拿来请我丈夫题词。我丈夫就写了一篇《像赞》。具体词句已有些记不清了,大致内容如下:

> 呜呼倪兄,不文不武,亦工亦农。插队落户,江西南丰。接受教育,贫下中农。赤脚耙地,烈日严冬。油灯暖瓶,百发百中。恼羞成怒,气势汹汹。手印服弁,作揖打躬。笑话百出,玩世不恭。胃里挖肉,血压上冲。时机未到,一篑亏功!

《像赞》里所说的"油瓶暖灯,百发百中""恼羞成怒,气势汹汹""手印服弁,作揖打躬",则都是有"出典"的,词句背后有很多倪兄的绯闻、轶事可谈,不过在此还是不提为妙。

"有志者事竟成"。最后,倪兄倒没有"一篑亏功",却上调回了上海。他说,等他将被头、铺盖搬到南丰汽车站,想到从此可以脱离农村,就喜不自禁地在车站上做了两个"虎跳"(一种翻跟斗的方式),引得周围乡下人目瞪口呆。以前,倪兄在跟我丈夫谈话时曾谈到南丰出一种炉子,造型很古朴,我丈夫很感兴趣。回沪时,倪兄就带了一个石重的南丰炉送给我丈夫做纪念。于是,那篇《像赞》倒应该有个续篇,说:

> 苦尽甘来,机会难逢。上调有份,消息先通。拔脚就走,迟恐落空。一声怪叫,火车隆隆。直奔上海,后福无穷!

回来后,倪兄被分配在街道工厂工作。因为他有英文根基,不久就当上工厂的资料翻译员。二十世纪八十年代后期,上海掀起了"出国潮","洋孔

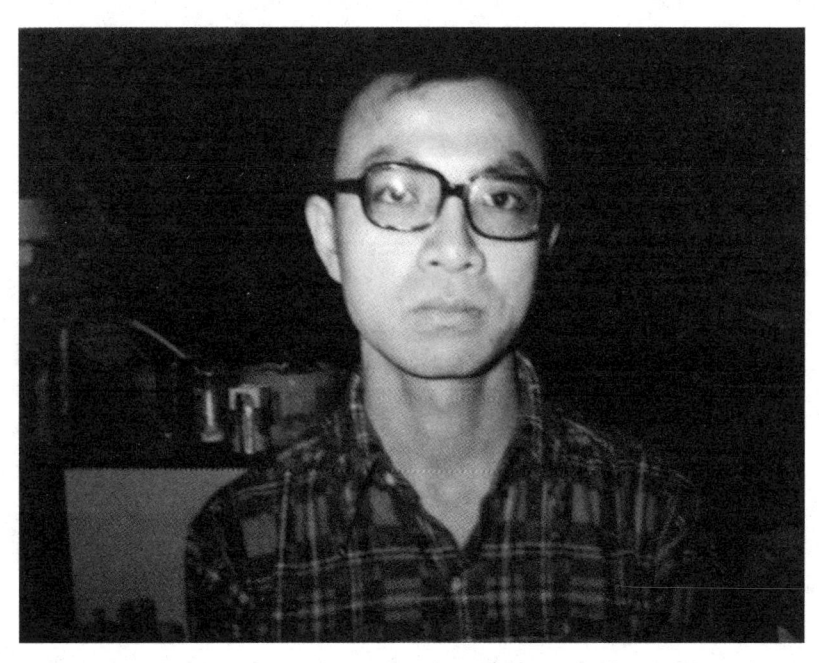

1980 年前后倪兄在上海

乙己"当然不会落后。但是他并无海外关系,连护照也难以申请。这时,我大儿子已在澳大利亚任教,他要我大儿子写封信邀请他来澳大利亚旅行。我大儿子照他意思写了一封不满三百字的空头邀请信,倪兄居然凭这封信拿到了护照。不久,澳大利亚政府实行"教育出口"政策,几万中国人乘机拥入澳大利亚,倪兄也被这股潮水冲到南半球来打工。他就这样在澳大利亚定居,正应了《像赞》中"后福无穷"的预言。

倪兄有很多怪习惯,最突出的是他的穿着。他穿衣服完全不讲究式样,只要宽大即可。于是衣袖长到手背,下摆拖到膝盖,裤腿宽得像裙子,鞋子大得像舢板。倪兄走起路来一步一顿,好像在戏台上踱方步;走进门来时,还会无意识地把脚抬高,好像进庙门时跨过高高的门槛似的。正因为倪兄理的是很短的平顶头,穿的是宽袍大袖、晃晃荡荡的衣服,很有点走气了的古代名流的风度。于是他的同学就给他取了个绰号叫"老顽",他也毫不介意。

倪兄还有一个怪习惯,那就是怪笑。这也是《像赞》中"一声怪叫,火车隆隆"的来历。我来澳大利亚后,听说这里有一种鸟会笑,叫"笑鸟"[1]。在我的斯陡林山居,时常可以听到这种鸟拖得很长的怪笑声。不过,我觉得这种鸟儿的笑声跟倪兄的怪笑比起来,只算小巫见大巫了。倪兄怪笑起来,不但频率高、时间长,而且时高时低、时轻时响、时快时慢、时紧时松,真是抑扬顿挫、婉转起伏。既像雄鸡报晓、雌鸡下蛋,又像公猫发情、母鸭争食。而且倪兄的怪笑是不考虑时间、地点的,只要他想发泄一下,就开始狂笑起来,连正走在马路上也不管。住在后间的时候,我们连大气都不敢透一口。而倪兄在我们斗室之中,却常常得意忘形地怪笑起来,吓得我们连忙制止他。他却若无其事地说:

---

[1] 澳大利亚的"笑鸟",叫 Kookaburra,叫起来如人在狂笑,而且声音拖得很长,时高时低,很有特色。

"这有什么关系！我狂笑的时候，整个世界都不存在了，还管别人！"

这倒可能只有倪兄才有这种旁若无人的气魄！难怪他有胆量在南丰车站的大庭广众面前做"虎跳"。

跟倪兄的怪笑可以配对的，大概就是他的一手怪字。他写起字来完全不管六书的法则，想怎样写就信手写来。比如，写一个"回"字，就画两个圆圈，一大一小，一内一外。这还算是最好认的呢。"文革"之后，我大儿子跟语言学家吕叔湘先生[1]常有书信来往。不知为了什么，有一次倪兄也想到要高攀名人起来，给吕先生写了一封信，请教一个问题。吕老是位有信必回的忠厚长者，所以也给倪兄回了一封短信。信封上，吕老在"同志"两字前画了一朵篆书的"云"字般的图案，信中加注道："不但你信的内容我不能尽懂，而且你的署名，我研究了半天也猜不出是什么字，只好依样画葫芦了。"这倒真是一桩文坛趣事，不知今年已九十一高龄的吕先生还记得否？

倪兄最大的好处是性格随和，不拘小节，也乐于助人。搬到后间后，我们除了家里四人之外，毫无帮手。我丈夫又因中过风，不能当一个人派用场。我小儿子后来去农场插队，大儿子学校工作很忙，每天要很晚才回家。有时我有急事要请倪兄帮忙，他总乐意效劳。有一次，我丈夫被叫去听训，我在家里照看只有一岁的小外孙女。忽然我肚子不舒服起来，但又不敢擅自去厕所，让小孩一个人在房里。正在焦急之时，倪兄驾到，真是救命活菩萨呀！

---

[1] 吕叔湘（1904—1998），中国著名语言学家。江苏省镇江市丹阳市人。1926年毕业于国立东南大学（现南京大学）外国语文系。1936年赴英国留学，先后在牛津大学人类学系、伦敦大学图书馆学科学习。1938年回国后任云南大学文史系副教授，后又任华西协合大学中国文化研究所研究员、金陵大学中国文化研究所研究员兼中央大学中文系教授以及开明书店编辑等职。新中国成立后，1952年起任中国科学院语言研究所（1977年起改属中国社会科学院）研究员，中国科学院哲学社会科学学部委员（院士），语言研究所副所长、所长、名誉所长，中国语言学会会长，美国语言学会荣誉会员，全国人大常务委员会委员。享年94岁。

连忙要他帮忙看一会儿小孩，我得以上了一趟厕所。

有时，我在外地的女儿、儿子回上海出差、探亲，大儿子不能接送，我们也请倪兄代劳。那时去外地的人多，回来的人更多。外地供应不好，凡去外地者都行李、铺盖、食品、用具一大堆，有的连被柜都搬上火车，所以送行的人比上路的要多好几倍，帮忙扛行李。到火车站接送客人像出征打仗一样，绝不是一个好差使，倪兄却总不辞辛劳。

我家财产发还之后，托人在北京买了一台冰箱，用货运到上海，只能托倪兄借了一辆三轮"黄鱼车"，将冰箱运到家里。冰箱很重，在火车站有搬运工帮忙搬上"黄鱼车"，而到了家中就要靠他们俩抬了。他们抬不动，倪兄说可以把冰箱一个跟斗从车上翻下来。既然别无他法，就这么照办了。冰箱经这么颠倒一翻，居然用了十多年没坏，也真是奇迹。

倪兄还有一个特点就是乱用词语，但倒有意想不到的效果。比如，住在后间时，倪兄三天两头来我家闲谈。我们吃饭时邀他坐下，他也从不客气。那时，我们可怜得一天常常只有几毛钱的菜钱。倪兄却从不嫌憎，还赞我的菜是"妙手回春"，意思是能将普通的作料变成美味。

有一时期，不知为什么他突然对"猪兄"和"冥顽不灵"两个词语感起兴趣来。任何人在他嘴里都不是被称为"猪兄"，就是被评为"冥顽不灵"。

倪兄对于他欣赏的东西，一律赞为"浓汁"。于是，好菜是"浓汁"，好书是"浓汁"，好音乐也是"浓汁"！而对于他厌恶的东西，则一律斥为"渣滓"。有时倪兄看完空洞无物的报纸，往往把报狠狠地往桌上一扔，齿缝里挤出两个字来："渣滓！"好像吐出一嘴已经嚼碎了的瓜子壳！

1977年，倪兄和邻居孙融同我大儿子去浙江雁荡山旅行，住在合掌峰山洞旅馆。倪兄大呼："真是住'陈尸所'！"在青田转车，倪兄一马当先，挤进售票处买长途车票。等他拿了三张车票满身臭汗挤出来时,又连连高呼:"差一点儿连肋骨都被挤断。这哪是旅行,简直就是'奔丧'!"

来澳大利亚后不久,倪兄找到了一份工厂工作。那时他太太、孩子还未来澳,倪兄一个人赚赚吃吃,绰绰有余。他常常大鱼大肉,还打长途电话给我大儿子,闲聊解闷。我儿子问他今天吃了什么。他答道:"今天我又'鱼肉百姓'了!"说完,就在电话里怪笑一分钟。

有一次,倪兄坐长途夜车来南澳大利亚州玩,我儿子去车站接他,问他昨晚一夜在车上如何。他说:"当然'死去活来',还有什么问头?"这"死去活来"当然就是指在车上睡去醒来的意思了。

倪兄最近一次来南澳大利亚州,我二儿子一家已来澳定居了,倪兄去他家看望他们。这天正好我儿媳去考驾照回家,倪兄问她考得怎样,她说一次就通过了。倪兄说:"好!'一举粉碎'!"听者无不捧腹大笑。

倪兄来澳大利亚后不久,就学会了开车,也买了汽车。他喜欢大汽车,特别喜欢 Volvo 牌。我儿子问他为什么,他说:"这种车'格杀不论'!"当然,倪兄的意思只是指这种车线条方正,车身扎实而已。

还有一次,大儿子去倪兄家住了一夜。那时,倪兄还寄人篱下。晚上,我大儿子已上床,倪兄的房东叫他出去,对他关照什么。我大儿子在房里听见倪兄回答:"Yes,Yes。"等倪兄进来,大儿子问他刚才房东说什么。倪兄说他没听懂。大儿子就问:"你不懂怎么可以说'Yes'?"倪兄回答说:

"外国人讲话,声音在喉咙里咕噜咕噜,谁听得懂?!你不用与他们啰唆,只要回答'Yes'就是!"真是妙不可言!

倪兄的妙言实在太多,可惜很多都已忘记。我大儿子常说:倪兄的用语很有特色，可惜没有随时记下，否则倒可以编一本《倪兄语录》。看起来，以后真要随时记下了。

倪兄拿到四年"临居"，马上就把老婆、儿子接到澳大利亚。现在，身份到手，又赶快换车、买房。倪兄有了"老婆儿子热炕头"的温暖小家庭，成为有屋有车的"有产阶级"。如果再有人给倪兄画像的话，我丈夫说他一定要重写一篇《像赞》了：

> 善者倪兄，护照到手，身价不同。踏上飞机，跳出樊笼。老婆儿子，其乐融融。洋房汽车，的确威风。忆苦思甜，满脸笑容。来日方长，财运亨通。涂脂抹粉，好话重重。树碑立传，贯彻始终！

《像赞》中"涂脂抹粉，好话重重"两句是有来历的。因为倪兄知道我在写《山居杂忆》，就说："你也应该写写我呀！不过不要忘了给我讲点好话！"我答应说："一定给你涂脂抹粉。"于是就写成这篇短文，作为我《山居杂忆》的压轴篇。不知倪兄看了满意与否呢？

高诵芬作文
徐家祯整理
1995年9月13日
于斯陡林红叶山庄

伍拾壹章
依然静好楼记

我夫家是一个四代同堂的大家庭，仆人比主人多，加起来不下五六十人之多。我太婆1948年以八十三岁高寿去世。那时，大家庭还住在沪西一座大花园洋房里。这座花园洋房占地五亩，食指既众，日常开销也大得惊人。1949年，两位叔公建议分家，三房人家各自独立门户。我们一房里，我丈夫的父母早已故世，所以两位叔公就来同他商量。我丈夫一口赞成。不久，大房子就找到了买主。那是一个私营企业集团开办的医院，他们买去以后把这座房子改为医院。但买主要求我们在两个月内出屋交产，于是三房人家连忙分头寻觅新居。

我和丈夫在房地产经纪人的陪同下，前后看了好几处房屋，才知道在上海寻找房屋并不像想象中那么容易。除了环境、地段等难以合意以外，房屋本身也存在不少问题。比如：有的私房住有租户，如果将此屋买下，还必须解决租户迁居的麻烦；有的私房有家庭纠纷，对于卖与不卖的问题，长辈和小辈意见不一，有一次我们去看房，竟被骂了出来。

后来，总算在沪西一处较僻静的地段寻到了一座两开间三层楼的花园洋房。我们看中这座房子的原因有三点：一、环境清静；二、房屋建了才十余年，而且最近刚修缮一新；三、待房屋脱手，屋主即将迁居香港，不会有纠葛。我们看中的房子隔壁，正巧还有一座比我们那座还大的房子，也是空屋待售。我们看了回来，把经过情况向二叔公报告。他说他已知道有这所房子。如果能把比邻的两屋一起买下，正好可以使我们与三叔公一家相邻而居。于是，就这样初步定了下来。

但我心里觉得这栋房子太大。当时我家除我夫妇两人和四个从九岁到三岁的孩子以外，还有两个女仆。一家八口住五百多平方米的房屋实在太大。我丈夫却认为寻房子太麻烦，既然两位叔公没有意见，就这样定了。两人意见不合，准备第二天再跟二叔公商量。到了第二天晚上，正准备去找二叔公，在过道上却碰见了。他主动对我们说：

"这两座房屋我已经对经纪人说过，敲定下来了。一座你们的；隔壁那座大一点的给三叔公。"

我一听木已成舟，就不再说什么了。事有凑巧，后来二叔公在同一条路上相隔半站公共汽车路的地方找到一座花园房子。虽然我们分了家，但三家仍住在一条路上，相隔一两百米而已。我们和三叔公更是一墙之隔。后来我们在矮墙上开了一扇门，一打开，两家就相通了。一栋大房子换了三栋房子还有余钱，三房分配之后供生活开支之用。

这座房子，除了厨房、厕所、浴室、储藏室以外，共有十三间房间，前面还有个小花园。朝南的每层有两间，是最大的房间，每间都有四十到五十平方米。朝南的一面是一排大玻璃窗，光线充足，冬暖夏凉。冬天，太阳能够晒进大半个房间。夏天，把窗户打开，就会凉风习习。每层朝北还有一两个比较小一点的房间。在每两层中间,则又有一个亭子间。我从小喜欢种种瓜果花草,现在独立门户,自家有了房屋土地,可以在小花园里随心所欲地种点东西了。

在大家庭里住时,我们一房住一百平方米左右的房屋,这在别人看来已经很宽舒了;到了新居,我们更是"庙大菩萨小",显得空空荡荡的。我跟丈夫决定,我们俩住三楼朝南的两大间。其中一间带厕所,给我们俩做卧室。隔壁一间更大的,做我丈夫的书房。卧室后有一个狭长的小间,就放平时常用的衣物、橱柜。朝北那个房间则做箱子间,放平时不常用的东西。

二楼朝南的两个大间给我四个孩子住。朝北后间做客房。我母亲、父亲都到上海来过,就住这间。尤其我母亲来的次数更多,住的时间也长,所以孩子们就习惯于把这间房叫作"外婆房间"。直到外婆早就去世,他们还是习惯地把这间房叫"外婆房间"。

底楼朝南两间中,大的一间做我丈夫的书房兼会客室。另一间做餐厅。大家庭原来有一堂古旧的清朝紫檀木客堂陈设,有大圆桌、供桌、香案、十张太湖石镶嵌的太师椅和茶几,共二十多件,体积很大,重量惊人,又占面积。出屋前,两位叔公都主张贱价出卖。我丈夫很喜欢这套古色古香的家具,就提出由我们来承购。两位长辈说:"既然你们赏识,就拿去算了。"我请了十几个搬运工人分几批才好不容易把这套家具放进我楼下的餐厅,竟然好像定制的一般,大小正好合适。原来在大家庭客厅里正中还挂了清代大书家梁同书[1]和潘

---

[1] 梁同书(1723—1815),钱塘(今浙江杭州)人。清代书画家。字元颖,号山舟,晚号不翁、石翁,九十以后号新吾长。大学士梁诗正之子。乾隆十二年(1747年)举人,乾隆十七年特赐进士,改翰林院庶吉士,散馆授编修。后任顺天乡试同考官、会试同考官、翰林院侍讲、日讲起居注官,赐加侍讲学士衔。梁同书生性重孝,以书法著名。

世恩[1]用珊瑚洒金笺写的"福""寿"两个高一二米的大字,每幅都配有紫檀的框架,现在也随家具一起拿来,挂在正中墙上,大小、高低一分不差,真是天造地设!

底层朝北的一间做用人房间。客厅朝南是两扇落地玻璃门,开出门去是一个大走廊,我们夏天有时就在走廊里乘凉、吃饭。走廊下面就是一个小花园。我们搬进去时,那园子基本上是个荒园,只种着十几株丝瓜,蔓延在地上。我们搬进新屋的日子正是九月十八日,丝瓜已成瓜萎,总共四五十只吧,有手臂那么粗。

我们搬家的当天早上,我丈夫从老屋离开去上班;傍晚,他下班回家,我已把新屋全部安排、布置好了。他称赞我能在一天之内将那么大的一栋房子安排好。那时我年轻,也有临时雇用的男用人帮忙,所以当然能那么快做好。

抗战时,我丈夫的老友朱孔阳先生送给我丈夫一幅清代中叶杭州书画家陈豪[2]画给当时杭州著名大收藏家汪小米的立轴,名《依然静好楼图》。陈豪就是后来著名的民主人士陈叔通先生的父亲。这幅画是纪念洪杨兵起[3]历劫无恙而送给汪小米的,画上有长篇题跋。现在我丈夫正可以把它挂在三楼房里,

---

[1] 潘世恩(1770—1854),清朝大臣。初名世辅,小字日麟,字槐堂,一作槐庭,号芝轩,晚号思补老人,室名有真意斋、思补堂、清颂。吴县潘氏先世为中原人,唐代有潘逢时为歙州刺史,因"居官有惠政,秩满,父老攀留,遂家于歙"。潘世恩六世祖潘仲兰自明代起由歙北迁,落籍苏州。乾隆五十八年(1793年)状元及第,授修撰。嘉庆间历侍读、侍讲学士、户部尚书。道光间至英武殿大学士,充上书房总师傅,进太傅。为官五十余年,历事乾隆、嘉庆、道光、咸丰四朝,被称为"四朝元老"。与堂兄潘世璜、孙潘祖荫合称为"苏州三杰",著有《思补斋诗集》。
[2] 陈豪(1839—1910),浙江仁和(今杭州)人。字蓝洲,号迈庵、墨翁、止庵、怡园居士,同治九年(1870)优贡生,官湖北汉阳知县。光绪三年(1877年)知房县。是陈汉弟和陈叔通先生之父。工诗及书法,学苏轼。画山水,用墨干湿并举,意境超逸,神似戴熙。又擅画花卉,有更深功力,设色运笔,能得罗南河之神韵,不仅貌似,人们以为浙江画家,自奚冈、黄易之后,当以陈豪为第一。著有《冬暄草堂诗集》,传世作品有《苍松图》轴,现藏浙江省宁波市天一阁文物保管所。光绪二十年(1894年)作《暗香疏影图》轴,藏故宫博物院。
[3] 洪杨兵起,即太平天国。

我们的那栋房子就叫作"依然静好楼"了。他数十年中陆续刊印的各种古典诗词集的总名也叫"依然静好楼所刊书"。

我们新居的弄堂很短，人家也不复杂：前面半条弄堂只有我们和我三叔公家两栋房子，占据了全弄堂的一半。后边一半有五栋单开间三层楼的、小一点的房子，都是租用的，一共大约住了八九家人家，人口很简单。在这八九家人家中，孩子大约有八九个，有的比我的孩子稍大，有的则稍小。再加上我三叔公的孩子，全弄堂总共有二十个十五六岁以下的孩子。他们见我家地方大、人口少，我也态度和蔼，于是都来我家玩耍。那时上海治安好，我家大门终日敞开，孩子们进进出出，从来没有出过事情。

那时，我的大儿子喜欢当小老师，让其他孩子坐在小板凳上听他上课。我觉得这是有意思的游戏，既不会闯祸，又有教育意义，于是去买了小黑板、粉笔来给他们用。想不到大儿子后来竟真的做了一辈子老师。那时上海通行玩康乐球，我也去买来给孩子们玩。家里的儿童书本来就看不完，所以全弄堂的孩子们都喜欢来玩儿。我看了也觉热闹、可爱。

孩子渐渐长大，他们不再玩老师和学生的游戏了。大儿子喜欢做模型和化学实验，我就把底楼到二楼之间的亭子间让给他做劳作间。他常带同学回来做飞机、轮船、房子等模型。

第一年搬进去，院子里的丝瓜都老了，我把它们全部采下来，堆在走廊的角落里，一大堆。邻居小孩看见了，争大论小，各自拣了一根，拿回家去了。我看见了连忙阻止他们，说我家也要的，但已经少了一半。第二年春天，我把院子里的杂草都拔掉，托亲戚绍大代购了几件农具。我把地一点点开辟出来，再去附近的花店买了黄瓜、茄子、番茄等瓜果的秧苗来种下。那时门口常有花贩子挑了花木来叫卖，我就买了一株腊梅花，一株白丁香、两株棕榈树和两株香椿树。香椿树的嫩叶可以拌豆腐，我丈夫很喜欢吃。

可惜上海的地势很低，每年黄梅天时，园中的瓜果正在结实，园里却涨起大水来，瓜果都浸在水中淹死了。只有丝瓜倒不怕水，我并不有意识去种它，它却自己长了出来，而且蔓延得整个院子都是，到秋天又是果实累累，既可吃又可用。

种了几年蔬菜都不成功，我就不再种了，只种花草树木。我在附近花店买了墨笔花（一种深紫色的玉兰花）、栀子花、蔷薇花、石榴花、雁来红、菊花。在书房窗外，我种了一排玫瑰；在园中一块水泥地边上，我也种了一排玫瑰。在泥地上铺了方砖的小路，大家可以在园中行走观花了。我趁去杭州娘家之便，带回来几支小竹和一丛芭蕉，种在东西两边墙脚。经过几年布置，园里一年四季都可以有花儿看了。

我丈夫的朋友介绍了一位有经验的花农，每月来我家一两次，替我的小花园施肥、松土、除草、修枝。这花农自己在上海郊区有一个规模不小的苗圃，出售各种花木盆栽。每次来，他都传授给我一些花木的知识。比如：他说，过年时放在房里的水仙花晚上一定要脱水，因为水仙晚上长叶白天长花；果树的果子不能留得太多，否则营养耗尽，明年果子就不好了。他还说，豆类不能浇太多肥料，否则会长叶不长实；而花木则浇水不宜过频，宁干勿湿。干尚可补救，湿就无可挽救了。

我们在这栋房子里住了十五六年，孩子们都一个个长大成人，进了大学、有了工作。虽然也有不愉快的时间，但总的来说还是太平无事的，倒与"依然静好楼"的名称名实相符。

1966年，我们一夜之间被扫地出门，住进了附近一间朝北的后间。那幅已一百多年的《依然静好楼图》早已不知去向。

直到"四人帮"被打倒，政府落实政策，区政府发还老屋，我们才得以搬了回去。那时，老屋已做了公安局。政府先让住在三楼的局长一家搬走，让我们回家。楼下仍是公安人员办公和住宿之用。又过了几年，整栋房屋都还了我们。不少认识与不认识的好心人看到房子发还我们，重回老屋，都在路上为我们苦尽甘来、平安无恙表示祝贺。

后来，我大儿子在澳大利亚定居，第二个儿子和女儿也在外地成了家，家里只有我们夫妇和小儿子一家三口。五口人住这样的房子的确太大，而且十多年中房屋未加修缮、保养，现在要大修需要不少人力物力。许多人见我们房子发还，都劝我们把房子卖掉或者出租。我想，十五年前，我们被迫扫地出门，今天否极泰来，重回旧居。我家不但没有缺少人口，反而添了四个第三代，所以应该在老屋内重新享受团聚之乐。何况我们又不缺少钱，何必去卖房子？

我丈夫请杭州一位年已八十六岁的老画家王小楼补画了一张《依然静好楼图》，又请九十六岁的老词人徐曙岑先生[1]题了长跋，说明老屋失而复得的经过，还挂在原处。

老屋虽然全部发还，但里里外外已经面目全非了。首先映入我眼帘的是花园回到初买的时候那样一片荒芜。原先的花木都不知去向，只有原来种在墙边的两株小棕树已长得二层楼高。此外还多了两棵梧桐树，也有二层楼高。邻居告诉我们，所有的花木都被房管处挖去给公园或宾馆派用场去了。

房子本身虽然没有墙穿地裂，但暖气炉、纱窗、煤气灶、热水炉等设备都被房管处拆去。原来四五个厕所里的马桶、水兜、浴缸和房间里的吊灯、

---

1 徐曙岑（1893—1988），即徐行恭，我丈夫的忘年交。字颙若，号曙岑，别号竹间。杭州湖墅人，善行楷，工诗词。藏书万卷，所著有《竹间吟榭集》十卷。姜亮夫先生曾称之为浙东名宿，一代词宗。民国初年（1912年），徐行恭在北洋政府的财政部任第一司司长，后任兴业银行行长、杭州市商会执委、浙江省文史馆特约馆员。

电扇，有的拆去，有的打破，有的弄坏，有的换了质量很差的次品；连门的把手和铰链都弄得七零八落。墙上、门上还有用墨笔写的口号。当时上海发还的房子十栋有九栋处于这样的状况。本来，我想自己请人来大修一下。丈夫觉得太麻烦。于是，只做了小的修理，就这样将就住着。

谁知住了十个寒暑，果然遭遇变故，这次是因为修马路。我家门前的马路原来是一条不宽的小路。二十世纪五十年代初我们刚搬去时，那条路十分安静，只有附近一所著名女校中西女中（后来改名为"市三女中"）上下课时才热闹一些。后来，上海人口密度越来越大，我们门前的路上行驶起公共汽车来。起先是一路，后来变成行驶两路公共汽车的大路。再到后来大卡车越来越多起来。从我家门前那条路可以直通浙江、安徽等省，成了省际主要通道。尤其是晚上运输大卡车不断，我们一夜被车声惊醒多次。

1992年，市政府下决心拓宽这条马路，两边的房屋拆的拆、削的削。我们的房屋在三叔公的房屋里面，不受拆除的威胁；而三叔公的房子沿着这条路，就首当其冲，被削掉三分之一。

工程开始了，工人大多原来只是农民，毫无筑路的经验，有时连起码的常识都不具备；政府不对他们进行培训，再加劳保设施太差，所以伤亡事故经常发生。比如有一次挖土时，民工把煤气管挖破引起爆炸，当场炸死两人，重伤十多人；煤气火焰高达两层楼，幸亏周围的房子已经拆除，没有酿成火灾。另一次，民工把大口径的地下污水管砸破，污水外冒，又有工人当场中毒。工程经费经层层克扣，中饱私囊，于是建筑材料偷工减料、以次充好：打桩的钢丝由五根改为两根，加固用的钢板长短、阔狭都不符合规格，造成施工时地面严重震撼，地层移动、走样，致使两边的房屋受到影响。

开始，我只感到像地震一样，房屋日夜震个不停。一天半夜，突然一声巨响，我以为房子倒塌了，起来一看，原来卧房内厕所的墙裂开一道大口子。这条口子从三楼一直裂到底层，从房内可以看到天上的星星和月亮！房子上的裂缝越来越大，终于成为危房。

从1993年2月开始，因为施工的关系，下水道堵塞，阴沟里的污水无法排出去，我家的小花园积起了污水。从花园里，污水通过地板下的通风口流到房屋下面，于是阵阵恶臭从地板下面透到房间里来。路上的排粪管也由于野蛮施工而被弄断，整条弄堂粪便横溢，臭气冲天。全弄堂只有一架抽水机，抽了前弄，后弄就涨满；抽了后弄，前弄就涨满。晚上工人下班，抽水机一关，第二天又水漫金山。我们家的厨房里都进了粪水，只能搭跳板走路。我的媳妇、孙子去工地指挥部办交涉、送香烟，在我家花园里放了一架抽水机日夜不停地抽，才解决了涨水问题。但我搬回去后种上的花木大多已被淹死。原来两株梧桐树一到夏天浓荫满园，葱绿可爱，现在这两株梧桐也都死去。我丈夫为此非常不快，他觉得是不好的征兆。

针对这样的情况，我的小儿子把房屋损坏的情况用照相机拍下，加上说明，复印数份分送有关单位。他们都无话可说。而我们也把这情况告诉了在澳大利亚的子女。我大儿子很是担忧，连忙打长途电话来问情况，又写了一封措辞严厉的信，分寄市、区和工程指挥部，要他们严肃处理我们房屋受损的事故。这样总算引起了他们的重视。不久，一个由几方面组成的小组来我家调查。他们认为虽然房屋严重损坏，但还不至于到倒塌的地步。市房屋勘测机构决定专门成立一个工程小组，负责拟定一个修复方案，答应待工程结束即修缮我们的房屋。

马路于1993年9月完工通车，10月，工程小组来我家商量修理房屋的事。不久，派来了一个二十人左右的工程队，再加一个年纪很轻的陈姓工程师做监工。工人们在我们院里搭了工棚，把没有被水淹死的花草全部铲除，两棵死的梧桐树也被他们锯断做成了桌椅。于是，我的花园就彻底被夷为了平地！

修缮工程是以承包的方式来进行的，所以免不了逐层克扣、偷工减料。我小儿子每天回来仔细检查一天的工程情况，发现他们做的跟合同上说的不一样。比如，原来讲好整栋房子用钢丝网包裹起来，外面再涂水泥。结果，不但包裹用的钢丝网的规格降低了，而且只包了裂开的部分，没有包裹全部外墙。小儿子跟工头和工程师交涉，他们只是采取敷衍态度。我们怕把关系弄僵自己吃亏，只好委曲求全。本来讲好全部修理工程在一个至一个半月内完成，结果拖拉了三个月。上海11月天气很冷，寒流来时冷到零摄氏度以下。我们就这样在窗户没有玻璃、厕所没有马桶、尘土满地的屋子里住了三个月。那张请人重画的《依然静好楼图》又被修房工人扔到地上损坏了！

房屋还没有修好，倒又有人眼红了。那时，上海正处于房地产热的高潮时期。我们地区的房管部门跟一个私营单位成立了"西园房产开发公司"，采取瞒上欺下的手段，从区里开来一张"红头文件"，说我们整条弄堂都是"危险房屋"，要马上拆除；区里已经把这块地交给他们开发公司来建屋开发了。那时，正好我大儿子从澳大利亚回上海访问。他认为现在不是六七十年代，政府把民房弄坏肯花几十万元巨款修理、赔偿，说明现在的政府重视民生和法治。更何况，我们家庭的情况也跟三十年前完全不同了，不用怕他！他们碰了一鼻子灰，结果只好空手而归。

到了年底，房屋终于修好了。虽然从外表看起来有"夏屋渠渠，美轮美奂"的气派，然而我和丈夫的心境并不舒畅，相反有一种不安全感。我丈夫说："世事茫茫难自料，春愁黯黯独成眠。"他认为我家房屋受过损害，小园里的一草一木均被淹死，连原来标志"桐荫门第"的两株大梧桐树也难逃浩劫。看来对我们来说，此地地脉已断，不宜再住下去了，还是赶快卖掉。正

在客厅吃年夜饭,墙上挂着清代潘世恩、梁同书写的"寿""喜"二字(摄于1964年)

上海江苏路200弄22号故居(摄于1996年前后)

杭州书画家王小楼画的另一幅《依然静好楼图》

巧，我大儿子也劝我们俩去澳大利亚定居。我们于1994年1月25日告别住了三十年之久的老屋，来到了南半球。

在离开老屋的前一天早上，我丈夫天还不亮就起来写了四首《别旧居》的诗：

履道闲坊认故庐，空桑何况卅霜余。
敢云避俗翁今是，好向栖仁里卜居。
撰杖比邻怜老惫，布施鸟雀集阶除。
从教画出村夫子，秃管劳薪薄笨车。

思觅行窝廉让间，毛锥安足济时艰。
愧无邻壁余光照，倘许荆扉尽日关。
陈迹苔阴遗屐印，车声门外有尘寰。
最愁旧燕归来后，室迩人遐怅屋山。

委巷铿然杖屦声，醉乡拓地费经营。
墙低客过闻吟诵，园小花光管送迎。
突兀杜陵广厦感，辛勤韩子结庐情。
烟云泡影皆遗躅，弹指楼台即化城。

买宅钱多为买邻，著书仰屋枉劳神。
世观漫等堂坳水，琢句争如食墨鳞。
暇语灌畦资掌故，通衢广拓欲迷津。
露车流冗恩差免，荒服曦和早得春。

来到澳大利亚南部后不久，我在上海的小儿子来信告诉我们，老屋已顺利出卖。于是，"依然静好楼"跟我们的情分终于告尽。虽然现在我跟丈夫住在大儿子的斯陡林红叶山庄，倒是名副其实的"依然静好楼"，但终究不是故乡故土，所以我们总免不了时时回想起那幢老屋。现在，我就以这篇《依然静好楼记》作为我的《山居杂忆》的终篇，以纪念一个时期的结束，另一个时期的开始吧！

高诵芬作文

徐家祯整理

1995 年 9 月 18 日

于斯陡林红叶山庄

后记

我和家母合作的《山居杂忆》终于结束了。历时半年有余。本来以为只要五个月即可完成,结果多花了一个半月;本来以为只用二十万字就可写完,现在也多用了八万字。写完之后意犹未尽,就再加个《后记》。

《山居杂忆》是家母的回忆录。一般来说,回忆录多按时间顺序来写。这次我们按的却是以人或事为纲的写法,这倒有点像司马迁的《史记》。但是在开始动笔的时候,我们却并未有意识想要如此。只是因为一开始是写杭州的四时风俗,后来就想到了写人,于是自然形成了《史记》以记人记事为纲的格式。

不过,跟《史记》不同的是,《史记》把人分成主次:以"本纪"序帝王,以"世家"述将相,以"列传"志士庶。各篇排列先后有序,绝不颠倒错乱。而《山居杂忆》却有意把各种人物混杂在一起,不分先后、主次。这正是为了要体现"人人平等"的思想。

事实上,本书内只有很小一部分写的是自己家人。其余篇幅,大多用于写亲戚、朋友、医生、老师;还有很大的篇幅用来写女仆、男用。这是遵循周作人先生的主张,要写"人的文学",将一个时代的人物、风貌记录下来。

家母从来没有正式进过学堂，她所受的教育只局限于十八岁结婚前的私塾教育。结婚以后，家母从来没有正式到社会上去工作过。她的唯一社会活动经验就是二十世纪五十年代被里弄推选为妇女代表，以及差不多同一时期，响应政府要把妇女从家庭中解放出来的号召，去里弄生产组参加了一段短时间的劳动。所以总体上来说，家母婚前只是一个闺房小姐，婚后只是一个贤母良妻。即使如此，她也能通过她的亲戚、朋友、仆人来接触社会、了解社会。再加她出身于世家大族，后来又嫁到一个社会关系很多的大家庭中去，所以即使她本人的社会活动有限，却并不影响此书表现的社会面。其实，作家的创作能力和作品的社会意义跟他的社会活动并不一定成正比，这点在文学史上也可找到根据。美国著名女诗人艾米莉·狄金森（Emily Dickinson, 1830—1886）一生住在家乡，除了三次外出访友或求医，几乎足不出户。生前，狄金森只发表过七首小诗，但在她去世之后，却在她的遗物中发现大量诗作，总数达一千七百首之多，成为美国文学史上最重要的诗人之一。可见，即使毫无社会活动，也并不妨碍诗人的创作。

　　事实上，本书所涉及的人物很多，仅是作为主题来叙述的人物就有几十个。如果把书中各篇提到的人物也计算在内，则有上百人之多。上到"总统"、大臣，下到贩夫、走卒，可以说二十世纪中国社会的各个阶层，都可以在本书中找到一点踪迹。这可能是本书最大价值之所在。

　　作为主题来叙述的几十人中，恐怕除了倪兄之外，全都已经不在人世了。[1]所以，倪兄应该以作为活人而能有与死者同时列入史册的资格而感到荣耀！

　　在写人物时，我们尽量做到客观、公正地加以描述和记叙，不因人"讳"言，让读者自己对文中的人物做出评价。虽然作为作者，有时也不免要在文中做一些评论，但我们希望读者能把这些评论看作是作者的一家之言而已，作者并不想把自己的意见强加于人。

　　幸亏家母的记忆力很佳，所以能把几十年前的细节、小事都一一记下。在写初稿的过程中，家父也帮忙回忆。我在整理的阶段，则尽我之所能再加以补充或做些查考工作，尽量使文中所述准确可靠。但散文究竟不是历史，由于记

---

[1] 《山居杂忆》出版之后数年，我们才发现原来书中所写我的小舅也健在，位于美国纽约。不过那是我写成《后记》以后的事了，不在这里更正原文，只加一注，用以说明。——徐家祯 2007 年注

忆的不确而造成的错误在所难免。好在即使历史书里，有意或无意的错误也难免存在，所以散文中有些无意识造成的错误当然是可以理解和原谅的。

本书不但所有的材料都来自家母的回忆，而且绝大多数篇幅确是家母亲自动手写的原稿，我只是在篇章结构和文字语句上做必要的调整和润色。在整理时，我尽量保留家母底稿中的词句，以使文章更有特色。在写作过程中，家父的参考意见很多。很多细节都是由他提供的，尤其是有关历史和典故方面的材料。书中有极少几篇，是由家父起草，再由我修改、整理的。每篇文章写完，都由我们三人共同讨论修改。所以，这本书可以说是三人合作写成。但既然家父不想署名，我们就仍用两个人的名字，这样也显得前后一致。

今年是家父八十岁寿辰，也是家父、家母结婚六十周年。《山居杂忆》的完成倒正是对这两个喜庆的最好纪念！

徐家祯

1995 年 9 月 21 日

于斯陡林红叶山庄

增订版后记

《山居杂忆》是我和母亲高诵芬于1995年写成的。那时，我父母住在山上，跟我一起。我母亲除了做一日三餐和在院子里种些瓜菜，还有时间可以写东西。每天，她和我父亲坐着谈谈旧事，随手就记下草稿。晚上，我就用电脑整理成文。这样，只用了五个月的时间，一本三十二万字的回忆录就写完了。

该书写成之后，先在墨尔本的《汉声》杂志上连载了绝大部分，后来就在中国南海出版公司出版成书，销售到中国和世界各地。无论在该书的连载期间还是出版以后，也无论在中国还是在海外，该书得到的反响都是很鼓舞人心的，比如：

《山居杂忆》一出版，就被《中国图书商报》提名为2000年最佳"回忆录"。

在上海，半年之内，《山居杂忆》就在各大书店销售一空。

在澳大利亚，即使还在连载期间，悉尼、墨尔本、布里斯班各地就已经有读者纷纷来信，表示对该书的兴趣。布里斯班有两位读者看到书中我母亲对金华火腿的怀念，还为在澳大利亚买不到火腿而感到遗憾，竟然通过邮局分别寄来两块火腿。悉尼一位香港读者不但自己来信邮购一本《山居杂忆》，还替香港的亲友也买一本带到香港去。在墨尔本有一位正在澳大利亚探亲的老年读者，见到报上《山居杂忆》出版的消息,来信要求购书,说要带回中国去作为礼物送给孙子,让他知道中国的过去。

自从该书出版至今,在这十多年中,不断有读者来信与我联系。有的询问何处可以购到该书,有的向我表述他们的读后感,有的告诉我书中提到的某人就是他们的亲戚或长辈,有的对作者之一——我母亲——的去世表示悼念,有的因研究杭州的风土人情、历史掌故而向我进一步了解书中所述某事、某人或某地的详细内容。

《杭州日报》最近几年,曾两次以整版或大篇幅摘要登载了《山居杂忆》中有关章节。

2000年后浙江出版的关于老房子、旧庄园的书籍,几乎一律引用《山居杂忆》一书中所写的"高庄"(红栎山庄)等有关章节。

2008年澳大利亚南澳州《南澳时报》用一年半时间连载《山居杂忆》全书。

2009年,《中华读书报》推荐30部女性自传,《山居杂忆》被列为第18部,介绍该书说:

高诵芬,1918年出生于浙江杭州一个世代书香之家。自幼在家塾延师授读。18岁时,依父母之命、媒妁之言,嫁于同邑徐定戡。从此相夫教子,恪尽妇道职守。1994年1月,双双定居于澳洲,2005年去世。由于作者生活在大半个世纪之前,又居住在相当特殊的家庭环境中,所以她笔下所写平常事,对于现代读者来说,也就显得不那么寻常了……其中从"抗战逃难"到"文革受难"等,无不扬清激浊,曲尽其致,从而成为杭州乃至中国特定时代的教科书。

最近,在淘宝网上,还发现杭州满觉陇村一位沈阿姨,在用我父母结婚准备嫁妆时用的传统方法制作桂花糖,放在网上卖。网上特别提起《山居杂忆》,并推荐顾客去看这本书!

以上只是综述了现在能够记得起来的一些关于《山居杂忆》出版后的反响。不过,仅就这些事例,也就可见该书的社会影响了。

其实,当初在开始动笔写《山居杂忆》的时候,我和母亲并没有一个清楚的概念:要把这本书写成怎么样?最初,我们只是想把母亲经常回忆的事情写下来,不要遗忘掉而已。但是写着写着,该书的创作意图和目的就越来越明确了，那就是要想把已经过去或者正在消失的中国传统社会在纸上记录下来，让现在的年轻人和以后的很多代人都知道以前中国的社会和传统究竟是怎么样的。所以，我有一个澳大利亚同事曾建议，要是《山居杂忆》有朝一日能翻译成英文的话，可以用这样的一个题目 *Memoirs on a Disappearing China: A Century of a Traditional Chinese Clan's Daily Life*（回忆正在消失的中国——一个传统中国大家族一百年来的日常生活）。这倒是跟写作此书的意图十分符合的。

《山居杂忆》中记录的虽然最早不过一百年前的事，但是由于最近这一百年恐怕是人类历史上变化最快的一百年了，所以很多书中所记之事不但不被现在只有十多、二十多岁的年轻人所知道，而且对现在年已四五十岁的人来说，也已经十分陌生的了。尤其，如果不是曾经在书中所描写的这种封建大家庭生活过，那么即使现在已经五六十岁，而且也在中国生活过大半辈子的人，也不一定会熟悉《山居杂忆》中所描写的事情了。《山居杂忆》中所写的很多事情，现在已经成了历史，只有亲身经历过的人才会熟悉。所以虽然《山居杂忆》只是一部散文，但是完全可以当作一本历史书来读。这是一本活的历史书，记录的是以一个江南家族为中心、从清朝末年到"文化大革命"结束、改革开放开始这一百年的中国社会变革史。通过这个家族的社会关系，读者可以从一点出发，深入观察这一历史阶段中国社会的纵切面和横断面。从这点来看，《山居杂忆》跟《红楼梦》有相似之处。难怪已故台湾原诗学研究所所长李嘉有先生和悉尼的古典文学学者许德政先生都不约而同地把《山居杂忆》称作为"现代《红楼梦》"了。我想，《红楼梦》的意义之所在也就是我们能把它当作一本历史书来看，从而了解几百年前的中国历史。

现在人要了解南宋的社会情况固然可以去读有关南宋的历史，但是更多学者会去查看周密的《武林旧事》；现在人要了解明朝的社会情况固然可以去读有关明朝的历史，但是更多学者却会对田汝成的《西湖游览志》《西湖游览志余》这类笔记、随笔更感兴趣；现在人要了解清朝的社会情况固然可以去读有关清朝的历史，但是更多学者会去参考俞樾的《春在堂随笔》和厉鹗的《东城杂记》。因为这类笔记、随笔比历史书更亲切、更生动、更具体、更真实，因而也更可靠。我想，几十年、几百年之后，可能人们也会把《山居杂忆》当作这类书籍来参考，从而了解二十世纪中国社会的情况。

这次再版《山居杂忆》，希望不仅是重新出版原书，而是希望能够出一个增订版。增订版与原版的区别主要有以下几点：

（1）改正了原书一些文字上的错误。

（2）我母亲在《山居杂忆》初版出版后，又写了三篇，经过我的修改和补充，也收入新版。

（3）增加了注解。注解主要有两种：一、历史人物介绍；二、历史事件介绍或补充说明。

（4）增加了一些老照片。我家的照片，以前保存在几十本大相册中，共有上千张之多。"文革"中，大部分照片丢失了。我们把剩余的照片拣了起来，装在一个空鞋盒中，居然保存了一些。最近，又从我妹妹那里收集到一些她保存着的老照片。再加上我远在美国的小舅为我提供了他保存了几十年的旧照片。我小舅抗战期间跟随浙江大学逃难，从浙江山区一直逃到重庆，后来又逃到香港、台湾，最后到美国，几十年来颠沛流离，居然能比我们在国内"安居乐业"者更好地保存这些历史照片。这次我整理这批照片，能够选出两百张左右的老照片，倒是很出乎我意料的。希望这次能够更多收进这一增订版中去。书中所有老照片都由徐家树先生做过修饰。

（5）增加了上海文史馆馆员百岁老人周退密十多年前《山居杂忆》刚出版时，为该书写的题词。

希望增加的这些内容，能使本书内容更充实、更丰富、更生动，从而也使读者对此书有更大的阅读兴趣。

徐家祯

2015 年 4 月 1 日

于刻来佛寺新红叶山庄